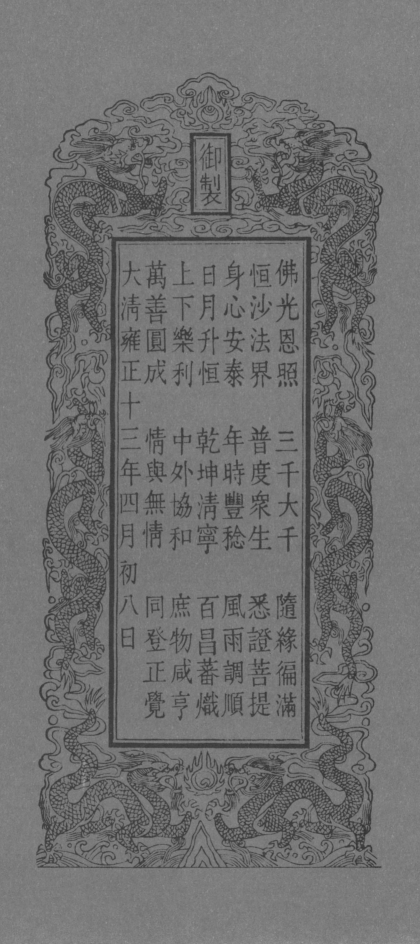

御製

佛光恩照　三千大千　隨緣徧滿
恒沙法界　普度衆生　悉證菩提
身心安泰　年時豐稔　風雨調順
日月升恒　乾坤清寧　百昌蕃熾
上下樂利　中外協和　庶物咸亨
萬善圓成　情與無情　同登正覺

大清雍正十三年四月初八日

第六二册 宋元入藏諸大小乘經（四）

四經同卷

清刻龍藏佛說法變相圖

四經同卷

穢跡金剛說神通大滿陀羅尼法術靈要門經

穢跡金剛法禁百變法門經

佛說大乘大方廣佛冠經上下卷

佛說八種長養功德經

穢跡金剛說神通大滿陀羅尼法術靈要門經

北天竺國三藏沙門無能勝譯

如是我聞一時佛在拘尸那國力士生處跋提河邊娑羅雙樹間爾時如來臨入涅槃時

有無量百千萬衆天龍八部人非人等啼泣向佛四面哽咽悲惱而住爾時復有諸天大衆釋提桓因等皆來供養唯有螺髻梵王將諸天女依於四面圍繞而坐前後天女千萬衆共相娛樂聞如來般涅槃而不來覲省時諸大衆爲言今日如來臨般涅槃是彼梵王何不來耶其王必有我慢之心而不來至此我等徒衆驅使小呪仙往彼令取作是語已策百千衆呪仙到於彼處乃見種種不淨而爲城壍其仙見已各犯呪而死時諸大衆恠未曾有復策無量金剛亦持呪而去乃至七日無人取得大衆見是事已倍復悲哀爾時大衆同聲而說偈言

苦哉大聖尊　入眞何太速　諸天猶決定

天人追喚得　痛哉天中天　入眞如火滅

時諸大衆說此偈已倍復哽咽悲啼嘷哭是時如來愍諸大衆即以大遍知神力隨左心化出不壞金剛即於衆中從座而起白大衆言我有大神呪能取梵王作是語已即於大衆中顯大神通變此三千大千世界六反震動天宮龍宮諸鬼宮皆悉摧崩即自騰身至梵王所以指指之其彼種種穢物變爲大地爾時金剛至彼報言汝大愚癡我如來欲入涅槃汝何不去耶以金剛不壞之力微以指之梵王發心至如來所爾時大衆讚言大力士汝能有是神力取彼梵王來至於此時金剛即報言若有世間衆生被諸天惡魔一切外道所惱亂者但誦我呪十萬遍我自現身令一切有情隨意滿足永離貧窮常令安樂其呪如是先發此大願南無我本師釋迦牟

尼佛於如來滅後受持此呪誓度群生令佛法不滅久住於世説是願巳即説大圓滿陀羅尼神呪穢跡真言

唵　咈咶啒嘩　摩訶鉢囉(合二)恨那㖿　吻什吻　微咭微　摩那栖　嗚深暮　啒嘩𤙖𤙖泮泮泮　娑訶

時彼金剛説此呪巳復作是言我於如來滅後常誦此呪若有衆生情願受持此呪者我常爲給使者令所求如願我今於如來前説此神呪惟願如來於真際中照知我等世尊若有衆生多被諸惡鬼神之所惱亂誦此呪者皆不能爲害永離苦難世尊若有善男子善女人欲救療萬病者先持此神呪四十萬遍見有病者治之有驗無問淨與不淨隨意驅使我當隨從滿一切願若欲令枯樹生枝葉者取白膠香一大兩塗樹心楊枝呪樹一百遍日三時至滿三日即生華果若欲令枯泉出水者淨灰圍之取井華水三升置泉中於寅時呪一百八遍水如車輪涌出若欲令枯山生草木取賓鐵刀一口於四方圍山呪三千遍七日滿即生若欲令野獸歸伏者取安息香燒向有獸住處呪一千遍其獸至夜間並集持法人門首歸降如人間六畜相似隨意驅使永不相捨若欲令夜叉自來歸降者取桃柳枝十翦齊截取水一碩煎取五升澇桃柳枝出以丁香三大兩乳頭香三大兩白膠香三大兩後和柳水煎取五升即置一破盆中取一桃枝長三尺攪水誦呪一百遍一切夜叉羅刹皆來現共行法人語請求與人充爲侍者若令諸惡鬼神毒蛇蠍猛獸等

毒以滅者取淨灰圍所居穴孔普自出來當微出聲呪之一百遍其蛇等一切蟲獸各滅毒心不敢傷人速得解脫若令惡鬼不傷人者取食一摶呪七遍與食永不傷人復不出聲若欲令惡人來降伏者書前人姓名置呪人脚下呪之百遍心念彼人其人立至降伏捨怨憎之心若欲令人相憎者書彼二人名號於自足下呪二百一十八遍其人等便相離背不相愛敬若有相憎人令相愛敬者即書取彼名姓於自足下呪一百八遍其人便相愛重永不相捨若有未安樂之人令安樂者取前人名字書足下呪三百遍當爲彼人發大誓願我於彼時即自送辯才無滯隨行者意所須之者並悉施與若持呪人求種種珍寶摩尼如意珠等者但至心誦呪自限多少我即自送滿其所願若欲治人病者作頓病印先以左手頭指中指押索文即呪之一百遍以印頓病人七下立瘥若病人臨欲死者先於禁五路印然後治之即不死印自如是先以准印以無名指屈向掌中竪小指呪之百遍其患速除若治邪病者但於病患人頭邊燒安息香誦之呪立除之若治蠱毒病書患人名字紙上呪之即瘥若治精魅病者亦如上法若治伏連病者書患人姓名及作病鬼姓名埋患人牀下呪之其鬼速奉名字自出現身便令彼鬼看三世之事一一具説向人其病速瘥若有人患時氣病者呪師見之即瘥若欲令行病鬼王不入界者於十齋日誦我此呪一千八遍能除萬里衰患

穢跡金剛説神通大滿陀羅尼法術靈要門經

穢跡金剛法禁百變法門經

三藏沙門阿質達霰譯

爾時金剛復白佛言世尊若有善男子善女人持我此呪無効驗者無有是處欲令山摧者取白芥子三升上好安息香於山中疑有寶處取賓鐵刀一枚晝四方爲界取淨巾一枚香爐一枚燒安息香先呪一千八遍取白芥子四散乃至七遍作是法其山自摧若有寶之處其藏神捨寶而出任意用之若欲令海竭者先呪一千八遍以金銅作一龍形擲於海中即時海竭若欲令江河逆流者取安息香作一象形無問大小擲水中呪一百八遍登時逆流令依舊者呪一淨石擲之水中其水如故若有雷電霹靂毒龍卒風惡雨者即作止雷雹印以左手中指無名指小指並屈掌中頭指以大拇指捻頭指中節上誦呪呪之以印遥指雷雹之處自止若欲令一切鬼神自來歸伏爲給使者取水三升盛銅器中以淨灰圍之即作都攝録印以二無名指並屈掌中令背相倚二中指頭相捻二頭指及小指各如開華以大拇指捻頭指中節㸃呪一百八遍其世界内所有諸惡鬼並來雲集自現其身捨毒惡心任行人驅使若禁山者所至之山誦呪百遍大叫三聲即作印以右手無名指屈於掌中直竪中頭大拇等指並直竪向山印之七遍即却行七步後七即山其山中即一切鳥獸並移出山若作此印呪七遍以印向空中印三七度其空中毫釐不遇若欲令人不語者書前人姓名向口中含之其人口不能言吐出即語得若誦一切

諸呪先須作壇若誦我此呪者即勿須作壇但尅一跋枳金剛橛杵於佛塔中或於靜室中用香泥塗地隨其大小著種種香華供養安杵壇中呪一百八遍其杵即自動或變作種種異物亦勿恠之更誦呪一百八遍其杵自去地三尺以來或五六七尺乃至一丈以來持法之人即須歸依懺悔發願我於彼中即現真身隨行人意所願樂者並皆速得如意我即與授菩提之記即得身心解脫先須誦十萬遍滿然後作法若課未充不得効驗

印法第二

此印方一寸八分尅之呪一千遍用白膠香度之尅印日勿令人見用印印心得心智自然智宿命智持印百日即得任種種大法門也

方一寸二分呪六百遍以安息香度之帶行令一切人愛樂大自在求離衆苦

方一寸五分尅之呪六百遍以白膠香度之用印印脚便得飛騰空所向自在

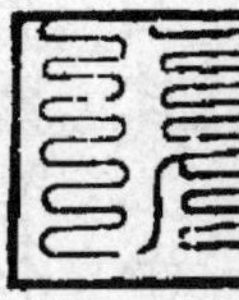

方一寸八分尅之用白膠香度之呪七千遍用印印之可日行三百萬里無人得見

神變延命法

伏連書心上即瘥大吉急急如律令

鬼病朱書吞之

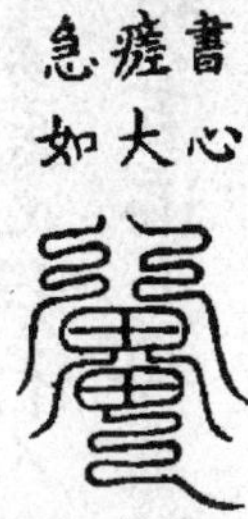

心爲書之立即除瘥大吉利急急如律令先呪七遍

精魅鬼病之人朱書吞之七枚立瘥大神驗

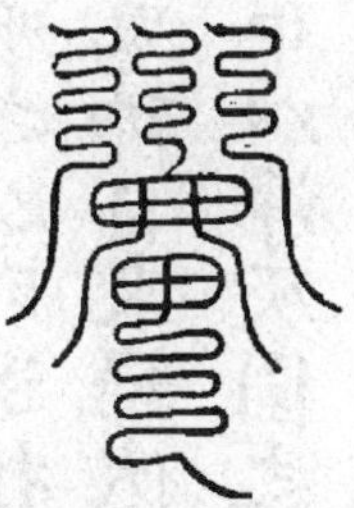

若依法之人取白檀綾二丈一尺七寸白練裹之置於地輪世界令人延年得七十歲若無人送者即安自宅中庭掘地七尺埋之亦得又得聰明多智辯才無礙

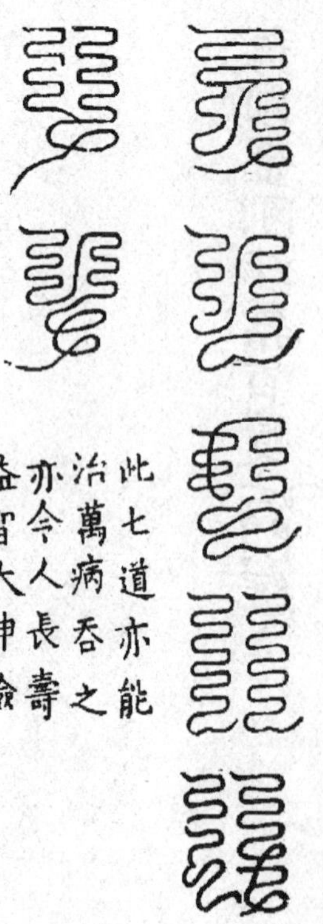

此七道亦能治萬病吞之亦令人長壽益智大神驗

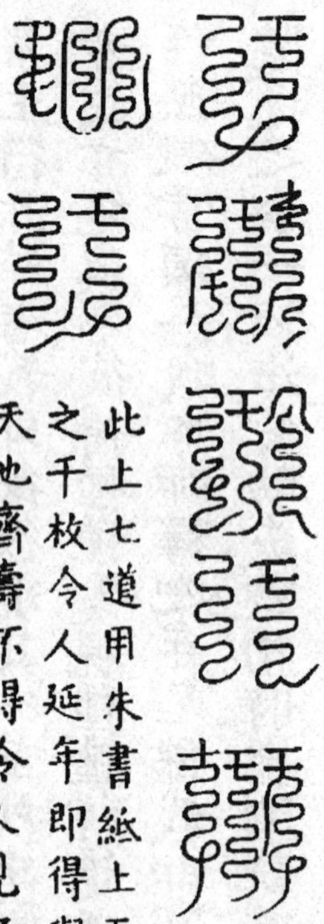

此上七道用朱書紙上吞之千枚令人延年即得與天地齊壽不得令人見之

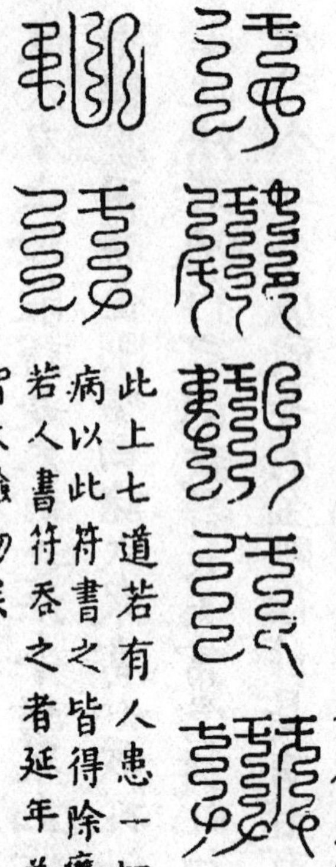

此上七道若有人患一切病以此符書之皆得除瘥若人書符吞之者延年益智大驗矣

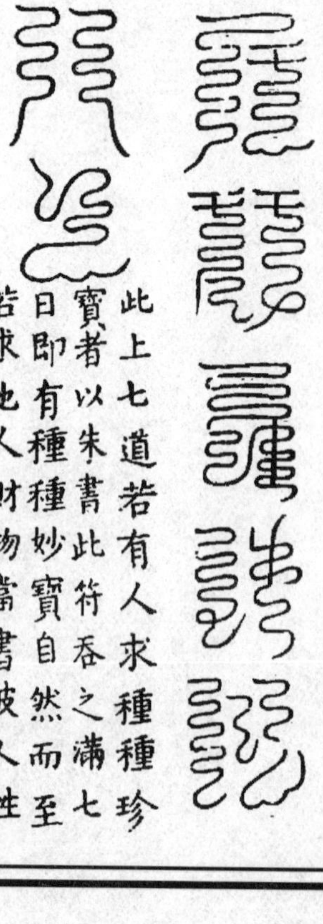

此上七道若有人求種種珍寶者以朱書此符吞之滿七日即有種種妙寶自然而至若求他人財物當書彼人性名於符下其人立即送物到

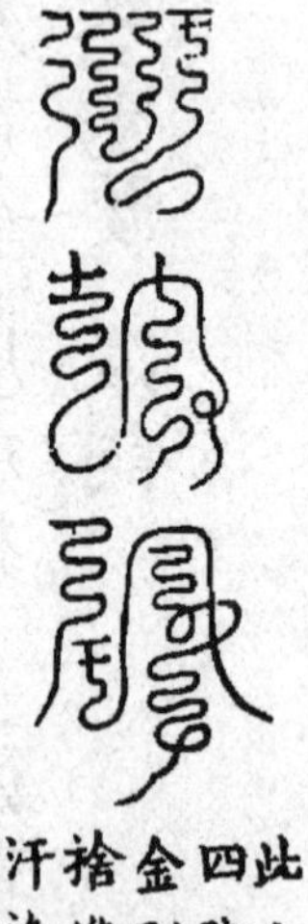

此上三符朱書牀四脚上常有八大金剛衛護悉不暫捨惟須嚴淨勿令汗染之物入房切須慎之

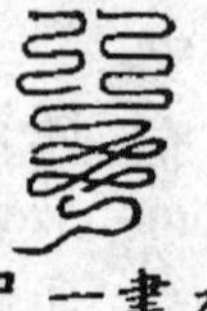

有大火災起者書符擲一枚呪一百八遍向火中須臾災自滅

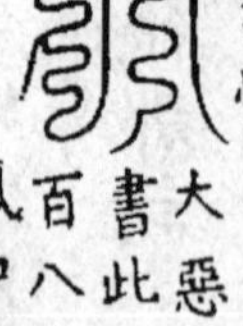

大惡風起者書此符呪一百八遍即向風中即上

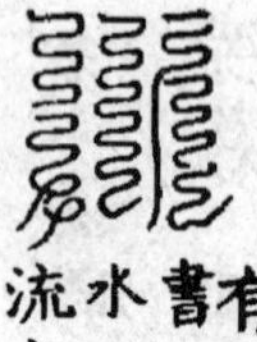

有大水起者書此符擲於水中立即斷流水不瀰人矣

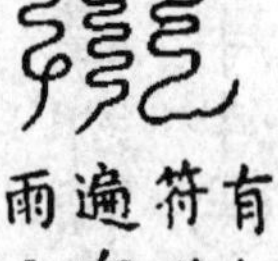

有大雨者書此符呪之一百八遍向雨擲之其雨立即自定之

此符朱書吞三枚及可與他人此符即有驗効若不爾者用諸符無驗

爾時穢跡金剛說此符已大衆同聲讚言善哉大力士汝能說是大妙之法令諸衆生皆得解脫爾時金剛頂白諸大衆當知我於汝等此法若流行之處我等大天常當護此行法之人助令成就是時金剛復作是言若有衆生行此法者我即往彼現其人前所求願者我亦施與令彼得種種變現種種神通所作無礙常須念我本師釋迦牟尼佛我即常隨逐之令一切法皆助成就爾時金剛說此法已大衆倍加悲喜及諸天龍大鬼神等各奉聖言禮足而去

穢跡金剛法禁百變法門經

古經本呪四十三字唐太宗朝人多持誦感驗非一除去十字今就錄出速獲靈應無過是呪

唵咈咶　啒嘩摩訶般囉合二很那㖿　吻汁

吻醯摩尼微咭微　摩那棲唵斫急那烏

深暮　啒嘩吽吽吽泮泮泮泮泮娑訶

眞覺禪師所傳神呪與今經呪同但梵音賖切字語少異

唵佛咶窟嘩　摩訶般那很那詡　吻泮吻

尾劫尾　摩那棲　烏澁謨　窟嘩吽吽吽

發發發　莎訶

佛說大乘大方廣佛冠經卷上

宋西天三藏朝散大夫試鴻臚卿傳梵大師法護等奉　詔譯

如是我聞一時世尊在王舍城鷲峯山中與大苾芻衆千二百五十人俱皆是阿羅漢諸漏已盡復有諸大菩薩之衆慈氏菩薩妙吉祥菩薩而爲上首并餘無數天龍夜叉乾闥婆及持明仙天女衆等爾時世尊告尊者大迦葉言迦葉我今爲令諸初發心菩薩成熟一切善根故有所宣說汝等諦聽極善作意時大迦葉白佛言善哉世尊受教而聽佛言迦葉東方去此佛刹過一殑伽沙數等世界有世界名曰定嚴其土有佛號定手最上吉祥如來應供正等正覺今現住彼教化利益其佛刹中有菩薩摩訶薩名離塵步次補彼佛當成阿耨多羅三藐三菩提果號常定手最上吉祥如來應供正等正覺出現世間迦葉若有住菩薩乘諸善男子及善女人聞是定手最上吉祥如來名號及離塵步菩薩摩訶薩名號能稱念受持者是人轉生得宿命智百劫之中背於生死而能攝集無量福蘊近證阿耨多羅三藐三菩提果復次迦葉東方去此佛刹過二殑伽沙數等世界有世界名大菩提場莊嚴妙愛其土有佛號蓮華最上吉祥如來應供正等正覺今現住彼教化利益其佛刹中有菩薩摩訶薩名蓮華手次補彼佛當成阿耨多羅三藐三菩提果號蓮華上王如來應供正等正覺出現世間迦葉若有住菩薩乘諸善男子及善女人聞是蓮華最上吉祥如來應供正等正覺名號及蓮華手菩薩摩訶薩名號能稱念受持者是人

轉生得宿命智乃生常得蓮華化生於諸世間而無染著超越一切不善之法猶如蓮華不著於水當得不退轉於阿耨多羅三藐三菩提三十千劫中皆於生死而能攝集無量福蘊近證阿耨多羅三藐三菩提果復次迦葉東方去此佛刹過三殑伽沙數等世界有世界名離塵藏其土有佛號曰輪光明最勝吉祥如來應供正等正覺今現住彼教化利益其佛刹中有菩薩摩訶薩名曰光明次補彼佛當成阿耨多羅三藐三菩提果名諸聖吉祥圓滿最上衆相嚴身如來應供正等正覺出現世間迦葉若有住菩薩乘諸善男子及善女人聞是日輪光明最勝吉祥如來應供正等正覺名號及日光明菩薩摩訶薩名號能稱念受持者是人轉生得宿命智乘曰輪光照諸善法不復更生墮三惡趣疑惑怖畏當得不退轉於阿耨多羅三藐三菩提千劫之中皆於生死近證阿耨多羅三藐三菩提果復次迦葉東方去此佛刹過四殑伽沙數等世界有世界名得自在其土有佛號一寶蓋最上如來應供正等正覺今現住彼教化利益迦葉若有住菩薩乘諸善男子及善女人聞是一寶蓋最上如來應供正等正覺名號能稱念受持者是人轉生得宿命智不於下劣族姓中生不於貧窶族姓中生在在所生而悉於彼王宮中生所生之處無母障難無父障難無富貴難無疾病難當得不退轉於阿耨多羅三藐三菩提三十千劫中皆於生死近證阿耨多羅三藐三菩提果復次迦葉東方去此佛刹過五殑伽沙數等世界

有世界名清淨藏其土有佛號定最上吉祥如來應供正等正覺今現住彼教化利益迦葉彼定最上吉祥如來應供正等正覺往昔修行菩薩道時發大誓願願我當來得成佛時若有住菩薩乘諸善男子及善女人聞我名號能稱念受持者是人世世生生常得出家得出家已而悉獲於千三摩地一一三摩地中復證百千俱胝那庾多三摩地門彼之所得諸三摩地永不散失能於過去已入涅槃十千佛所瞻禮聽法所有現在未來世中見佛聽法亦復如是當得不退轉於阿耨多羅三藐三菩提世世所生千劫之中背於生死近證阿耨多羅三藐三菩提果迦葉若有住菩薩乘諸善男子及善女人聞是定最上吉祥如來應供正等正覺名號能稱念受持者是人於彼如是行相所求皆得復次迦葉東方去此佛刹過六殑伽沙數等世界有世界名寶莊嚴其土有佛號寶輪光明高勝吉祥王如來應供正等正覺今現住彼教化利益迦葉若有住菩薩乘諸善男子及善女人聞是寶輪光明高勝吉祥王如來應供正等正覺名號能稱念受持者是人轉生得宿命智有念有慧諸相圓滿當得成就信順之語獲得無斷語言辯才迦葉是人能於天人世間一切辯才之中不爲他所退怯間斷常得語言辯才無斷又善男子及善女人若能稱念彼佛名者是人聽法之時得佛聖相爲現其前若於諸法昔所未聞隨所受學即時獲得無邊俱胝那庾多百千隨轉陀羅尼又此閻浮提中一切有情隨所樂求而悉能知然

後如其信解善爲説法當得不退轉於阿耨多羅三藐三菩提阿僧祇俱胝那庾多百千劫中背於生死而能攝集無量福藴

佛説大乘大方廣佛冠經卷上

佛說大乘大方廣佛冠經卷下

宋西天三藏朝散大夫試鴻臚卿傳梵大師法護等奉　詔譯

復次迦葉南方去此佛剎過三十千世界有世界名悅意聲彼土有佛號無邊步跡如來應供正等正覺今現住彼教化利益迦葉若有住菩薩乘諸善男子及善女人聞彼無邊步跡如來應供正等正覺名號能稱念受持者是人轉生得宿命智獲得月輪清淨菩薩三摩地住是三摩地已所有東方殑伽沙數等諸佛世尊親得瞻覩如是南西北方四維上下普徧十方彼一一方所有殑伽沙數等諸佛世尊悉得瞻覩而於彼彼佛世尊所聽受說法皆能解了常得值遇諸佛出世於一切時不暫捨離諸佛世尊乃至證成菩提畢竟邊際永得不退轉於阿耨多羅三藐三菩提三十五千劫中背於生死而能攝集無量福蘊復次迦葉南方去此佛剎過三十五世界有世界名妙香最上香彼土有佛號無邊香最上王如來應供正等正覺今現住彼教化利益迦葉彼無邊香最上王如來往昔修行菩薩道時發大誓願願我當來得成佛時若有住菩薩乘諸善男子及善女人聞我名號能稱念受持者是人獲彼多種功德所謂於一切處在在所生得宿命智梵行圓滿具三十二大丈夫相莊嚴其身又復餘佛剎中蒙光照觸者皆悉來集我爲彼等圓滿一切菩提勝行又復若此大地大火充滿普徧燒然火燒然已大地出現種種珍寶諸來求者而周給之然彼一切亦無少分差動之相當得不退轉於阿耨多羅三藐三菩提三十千

劫中背於生死而能攝集無量福蘊復次迦葉南方去此佛刹過一殑伽沙數等世界(此下合有世界之名梵本元闕)彼土有佛號寶上如來應供正等正覺今現住彼教化利益迦葉若有住菩薩乘諸善男子及善女人聞彼寶上如來應供正等正覺名號能稱念受持者是人轉生得宿命智又復當生在母胎中即得見佛彼佛勸讚作如是言善男子汝當成熟阿耨多羅三藐三菩提故速出母胎千劫之中背於生死而能攝集無量福蘊復次迦葉西方去此佛刹過三殑伽沙數等世界有世界名不知徧知彼土有佛號大光明照如來應供正等正覺今現住彼教化利益迦葉若有住菩薩乘諸善男子及善女人聞彼大光明照如來應供正等正覺名號能稱念受持者是人轉生得宿命智獲得日輪光明最上三摩地住是三摩地已得見殑伽沙數等諸佛世尊如無能勝等諸大菩薩所有功德亦同稱讚是人功德迦葉又若女人在母胎中得聞彼如來名者是人後生不復成彼女人之相此報終已當成男子何以故爲由得聞如是大神通大威德如來名號能受持故爾時世尊即說頌曰

若有女人處母胎　聞佛大僊勝名號
是人轉此女身已　當成有智之男子
證成無上大菩提　利益一切衆生類
能於天上及人間　普爲衆生作趣向

復次迦葉若有住菩薩乘諸善男子及善女人聞彼如來名號能稱念受持者是人阿僧祇劫中背於生死而能攝集無量福蘊近證

阿耨多羅三藐三菩提果復次迦葉北方去此佛刹過四十千世界有世界名有寶彼土有佛號寶開花普耀吉祥如來應供正等正覺今現住彼教化利益迦葉若有住菩薩乘諸善男子及善女人聞彼寶開花普耀吉祥如來應供正等正覺名號能稱念受持者是人轉生得宿命智獲得寶月菩薩三摩地住是三摩地已能解一切衆生語言音聲得佛加持無礙語言辯才成就若有衆生樂求見彼住虛空中宣說諸法是人即時隨意能現又此閻浮提中一切衆生隨有樂求所出音聲是人各各悉能了知又若此三千大千世界一切衆生隨有樂求所出音聲諸言說等是人悉知如其信解各爲說法當得不退轉於阿耨多羅三藐三菩提六十千劫中背於生死復次迦葉東方去此佛刹過六十千世界有世界名衆寶彼土有佛號曰寶藏如來應供正等正覺今現住彼教化利益迦葉若有住菩薩乘諸善男子及善女人聞彼寶藏如來應供正等正覺名號能稱念受持者是人轉生得宿命智當得成就七覺支法復次迦葉東方去此佛刹過阿僧祇世界有世界名寶耀彼土有佛號曰寶勝如來應供正等正覺今現住彼說法教化迦葉若有住菩薩乘諸善男子及善女人聞彼寶勝如來應供正等正覺名號能稱念受持者是人能生多種福蘊迦葉正使住菩薩乘諸善男子及善女人廣集珍寶其積量如須彌山王以如是相行於布施廣大奉獻諸佛世尊如是行施經俱胝那庾多百千歲中曾無間斷又若有

人聞彼寶勝如來應供正等正覺名號能稱念受持者前之布施無量功德比是功德百分不及一千分不及一百千分不及一阿僧祇分不及一筭分喻分皆不及一爾時世尊說伽陀曰

所有東方諸佛刹　南方西方及北方
諸方現住諸世尊　光照衆生作利益
若時非時悉應知　晝夜常起尊重想
合掌虔恭發至誠　信禮最上人中勝
何能知名而表了　意想禮奉人中尊
所謂於其千劫中　極難得值佛出世
若欲恭敬於諸佛　爲求無上菩提者
聞佛所說諸佛名　應當於彼常歸命
我今無復諸所求　唯求佛智中出生
於彼所得衆善根　迴向佛智不思議
若人欲供於諸佛　佛不思議常作意
彼諸佛名得聞已　當爲他人廣宣說
欲令俱胝衆生類　出離三有得解脫
彼諸佛名得聞已　受持不復生人間
欲令俱胝諸佛刹　能以足指而震動
彼諸佛名得聞已　受持廣爲多人說
若曾供養於諸佛　彼聞佛名得受持
非一非十二十生　此即多生種善本
若聞佛名能受持　若以河沙金寶施
較量受持佛名人　福蘊百分不及一
若聞佛名受持者　當得最上人身相
妙色端嚴處世間　出家堪受人天供

佛說此經已彼諸苾芻諸大菩薩摩訶薩衆尊者大迦葉并諸世間天人阿脩羅乾闥婆等聞佛所說皆大歡喜信受奉行

佛説大乘大方廣佛冠經卷下

佛説八種長養功德經

宋西天三藏朝散大夫試鴻臚卿傳梵大師法護等奉　詔譯

歸命一切佛惟願一切佛菩薩衆攝受於我即説伽陀頌曰

我今歸命勝菩提　最上清淨佛法衆
我發廣大菩提心　自他利益皆成就
懺除一切不善業　隨喜無邊衆福藴
先當不食一日中　後修八衆長養法

當知八種長養法者所謂八戒弟子應於阿闍梨前二三重復説是伽陀已次復當稱已之名字我名某甲惟願阿闍梨攝受於我我從今時發淨信心乃至坐菩提場成等正覺誓歸依佛二足勝尊誓歸依法離欲勝尊誓歸依僧調伏勝尊如是三寶是所歸趣我某甲淨信優婆塞惟願阿闍梨憶持護念我從今日今時發起淨心乃至過是夜分訖於明旦日初出時於其中間奉持八戒所謂一不殺生二不偷盗三不非梵行四不妄語五不飲酒六不非時食七不華鬘莊嚴其身及歌舞戲等八不坐卧高廣大牀我今捨離如是等事誓願不捨清淨禁戒八種功德二三重復作如是説又言我持戒行莊嚴其心令心喜悦廣修一切相應勝行求成佛果究竟圓滿又説伽陀曰

我發無二最上心　爲諸衆生不請友
勝菩提行善所行　成佛世間廣利益
願我乘是善業故　此世不久成正覺
説法饒益於世間　解脱衆生三有苦

佛説八種長養功德經

音釋

塹七豔切遶城水也　嘷胡刀切大哭也　摶徒官切以手圜之也　捻奴協切指捻也　榼苦盍切　殑伽梵語也此云天堂來河名也殑其陵切　窶郡羽切貧無禮也

大雲輪請雨經

唐特進試鴻臚卿三藏沙門大廣智不空奉詔譯

清刻龍藏佛說法變相圖

大雲輪請雨經卷上（上下同卷）

唐特進試鴻臚卿三藏沙門大廣智不空奉　詔譯

如是我聞一時佛住難陀塢波難陀龍王宮吉祥摩尼寶藏大雲道場寶樓閣中與大苾芻及諸菩薩摩訶薩衆復有諸大龍王衆其名曰難那龍王塢波難那龍王娑伽羅龍王阿那婆達多龍王摩那斯龍王嚩嚕拏龍王德叉迦龍王持國龍王嚩素吉龍王目眞隣陀龍王伊羅跋拏龍王芬陀利龍王威光龍王吉賢龍王電鬘龍王大摩尼髻龍王摩尼珠髻龍王光耀火龍王帝釋仗鋒龍王帝釋幢龍王帝釋杖龍王贍部幢龍王吉祥龍王大輪龍王大蟒蛇龍王光味龍王月威龍王具吉祥龍王寂見龍王善見龍王善住龍王摩尼瓔珞龍王興雲龍王持雨龍王澍雨龍

王大拍脅聲龍王小拍脅聲龍王奮迅龍王大撥拏龍王大項龍王深聲龍王大深聲龍王大雄猛龍王塢鉢羅龍王大步龍王螺髮龍王質怛羅斯那龍王大名稱龍王醫羅葉龍王徧光龍王驢耳龍王商佉龍王捺度羅龍王塢波捺度羅龍王安隱龍王臆行龍王大臆行龍王大力龍王呼嚧拏龍王何波羅龍王藍謨羅龍王吉哩弭賖龍王黑色龍王帝釋軍龍王那羅龍王塢波那羅龍王劒謨羅龍王捺囉弭拏龍王端正龍王象耳龍王猛利龍王黃色龍王電焰龍王大電焰龍王天力龍王嚩嚕蘗蹉龍王妙蓋龍王甘露龍王河津龍王瑠璃光龍王金髮龍王金光龍王月幢光龍王日光龍王警覺龍王牛頭龍王白色龍王黑色龍王焰摩龍王妙彌龍王

蝦蟇龍王僧伽吒龍王尼泯馱囉龍王持地龍王千頭龍王寶髻龍王不空見龍王雲霧龍王蘇涎那龍王優波羅龍王仁施龍王調善龍王宿德龍王蛟龍王蛟頭龍王持毒龍王食毒龍王蓮華龍王大尾龍王騰轉龍王可畏龍王善威德龍王五頭龍王波哩羅龍王古車龍王嗢怛羅龍王長尾龍王鹿頭龍王擯比迦龍王醜相龍王馬形龍王三頭龍王龍仙龍王大威德龍王那羅達多龍王恐怖龍王焰光龍王七頭龍王大樹龍王愛見龍王大惡龍王無垢威龍王妙眼龍王大毒龍王焰肩龍王大害龍王大瞋忿龍王寶雲龍王大雲施水龍王帝釋光龍王波陀樹龍王雲月龍王海雲龍王大香俱牟陀龍王華藏龍王赤眼龍王大幢旛龍王大雲藏龍王

雪山龍王威德藏龍王雲戟龍王持夜龍王雲龍王雲雨龍王大雲雨龍王大光龍王雲聲離瞋恚龍王惡餅龍王龍猛龍王焰光龍王雲蓋龍王應祁羅目佉龍王威德龍王出雲龍王無邊步龍王蘇師拏龍王大身龍王狼腹龍王寂靜龍王勤勇龍王老烏龍王烏途羅龍王猛毒龍王妙聲龍王甘露堅龍王大散雨龍王擾震聲龍王相擊聲龍王鼓聲龍王注甘露龍王雷擊龍王勇猛軍龍王那羅延龍王馬口龍王尾羯吒龍王有如是等諸大龍王而爲上首復有八十四俱胝百千那庾多諸龍王俱來會坐時彼一切龍王等從座而起各整衣服偏袒右肩合掌向佛即以種種無量無邊阿僧祇數微妙香華塗香末香華鬘衣服寶幢旛蓋龍華寶冠眞珠瓔珞寶華繒綵眞珠羅網覆如來上作衆妓樂起大殷重奇特之心右遶佛已却住一面爾時諸龍心發是願所有一切諸世界海微塵身海一切諸佛菩薩衆海徧於一切諸世界海已過所有一切四大地水火風微塵等海所有一切諸色影像微塵數海已過無量不可思議不可宣說阿僧祇數諸身等海於一身化作無量阿僧祇諸手雲海徧滿下方又於一一微塵分中化出無量供養雲海徧滿十方我等咸皆持以供養一切諸佛菩薩衆海無量無數不可思議不可宣說阿僧祇數無有間斷普賢行願色身雲海滿虛空際住如是菩薩色身雲海以一切寶衆光明色一切日月身宮殿道場雲海以一切寶鬘雲海以一切寶光明藏樓閣雲海一切末香樹

藏雲海以一切塗香燒香現一切色雲海以一切擊諸音樂聲雲海以一切香樹雲海如是等無量無邊不可思議不可宣説阿僧祇數如是一切供養雲海如是等滿虛空際住我等咸皆供養恭敬尊重禮拜一切諸佛菩薩衆海復以一切莊嚴境界照耀藏摩尼王雲海滿虛空際住我等咸皆供養恭敬尊重禮拜一切諸佛菩薩衆海復以一切普徧寶雨莊嚴摩尼王雲海以一切寶光焰佛決定音聲摩尼王雲海以一切佛法平等音聲普徧摩尼寶王雲海以一切普門寶焰諸佛化光雲海以一切衆光明莊嚴顯現不絕摩尼寶王雲海以一切光焰順佛聖行摩尼寶王雲海以一切顯現如來不可思議佛刹電光明摩尼王雲海以一切間錯寶微塵三世佛身影像示現徧照摩尼王雲海如是等滿虛空際住我等咸皆供養恭敬尊重禮拜一切諸佛菩薩衆海復以一切寶香間錯華樓閣雲海以一切無邊色摩尼寶王莊嚴樓閣雲海以一切寶燈香焰光樓閣雲海以一切眞珠妙色樓閣雲海以一切華臺樓閣雲海以一切寶瓔珞莊嚴樓閣雲海以一切寶微塵數嚴飾無量莊嚴示現樓閣雲海以一切徧滿妙莊嚴樓閣雲海以一切普門華幢垂鈴羅網樓閣雲海如是等滿虛空際住我等咸皆供養恭敬尊重禮拜一切諸佛菩薩衆海復以一切妙金寶間雜莊嚴瓔珞寶歡喜藏師子座雲海以一切華照耀間雜師子座雲海以一切帝青摩尼閻浮檀妙色蓮華藏師子座雲海以一切摩尼燈蓮華藏師子座雲

海以一切摩尼光寶幢妙蓮華藏師子座雲
海以一切寶莊嚴妙色蓮華藏師子座雲海
以一切樂見因陀羅蓮華光藏師子座雲海
以一切無盡光焰威勢蓮華藏師子座雲海
以一切寶光普照蓮華藏師子座雲海以一
切佛音聲蓮華光藏師子座雲海如是等滿
虛空際住我等咸皆供養恭敬尊重禮拜一
切諸佛菩薩衆海復以一切妙香摩尼樹雲
海以一切諸葉周帀皆如合掌出香氣樹雲
海以一切莊嚴現無邊明色樹雲海以一切
華雲垂布寶樹雲海以一切出於無邊莊嚴
藏樹雲海以一切寶焰輪電樹雲海以一切
栴檀末菩薩示現神通身樹雲海以一切不
思議無邊樹神莊嚴菩提道場寶衣藏日雷
光明樹雲海以一切妙音聲流出意樂音普
徧金光樹雲海如是等滿虛空際住我等咸
皆供養恭敬尊重禮拜一切諸佛菩薩衆海
復以一切無邊寶色蓮華藏師子座雲海以
一切周帀摩尼王電藏師子座雲海以一切
瓔珞莊嚴藏師子座雲海以一切諸妙寶鬘
燈焰藏師子座雲海以一切圓音出寶雨藏
師子座雲海以一切華香蓮華莊嚴寶藏師
子座雲海以一切佛座現莊嚴摩尼王藏師
子座雲海以一切欄楯垂瓔莊嚴藏師子座
雲海以一切摩尼寶峯金末香胎藏師子座
雲海以一切妙香寶鈴羅網普莊嚴日電藏
師子座雲海如是等滿虛空際住我等咸皆
供養恭敬尊重禮拜一切諸佛菩薩衆海復
以一切如意摩尼寶王帳雲海以一切帝青
寶華蘂一切華莊嚴帳雲海以一切香摩尼

帳雲海以一切寶燈焰形帳雲海以一切神力出聲摩尼寶王帳雲海以一切華光焰寶帳雲海以一切妙鈴普徧出聲焰帳雲海以一切無邊色無垢妙摩尼臺蓮華焰帳雲海以一切金藥臺火光寶幢帳雲海以一切不思議莊嚴諸光瓔珞帳雲海如是等滿虛空際住我等咸皆供養恭敬尊重禮拜一切諸佛菩薩衆海復以一切雜妙摩尼寶蓋雲海以一切無量光明莊嚴華蓋雲海以一切無邊色真珠藏妙蓋雲海以一切諸佛菩薩慈門音摩尼王蓋雲海以一切妙色寶焰華鬘妙蓋雲海以一切寶光明莊嚴垂鈴羅網妙蓋雲海以一切摩尼樹枝瓔珞蓋雲海以一切日照明徹焰摩尼王諸香烟蓋雲海以一切栴檀末藏普徧蓋雲海以一切廣博佛境

界電光焰莊嚴普徧蓋雲海如是等滿虛空際住我等咸皆供養恭敬尊重禮拜一切諸佛菩薩衆海復以一切寶明輪雲海以一切無間寶焰光形輪雲海以一切華雲電光輪雲海以一切寶光佛化寶光明輪雲海以一切佛刹現入光輪雲海以一切普門佛境界吼聲寶枝光輪雲海以一切佛刹吠瑠璃寶性摩尼王光輪雲海以一切無邊衆生色心刹那顯現光輪雲海以一切佛願生放悅意聲光輪雲海以一切所化衆生會妙音摩尼王光輪雲海如是等滿虛空際住我等咸皆供養恭敬尊重禮拜一切諸佛菩薩衆海復以一切摩尼藏焰雲海以一切佛色聲香味觸光焰雲海以一切寶焰雲海以一切佛法震聲徧滿焰雲海以一切佛刹莊嚴電光焰

雲海以一切華樓閣光焰雲海以一切寶末光焰雲海以一切劫數佛出音聲教化衆生光焰雲海以一切無盡寶華鬘示現衆生光焰雲海以一切諸座示現光焰雲海如是等滿虚空際住我等咸皆供養恭敬尊重禮拜一切諸佛菩薩衆海復以一切無邊色寶光雲海以一切普徧摩尼王寶光雲海以一切廣博佛刹莊嚴電光雲海以一切香光雲海以一切莊嚴光雲海以一切佛化身光雲海以一切種種寶樹華鬘光雲海以一切衣服光雲海以一切無邊菩薩諸行名稱寶王光雲海以一切真珠燈光雲海如是等滿虚空際住我等咸皆供養恭敬尊重禮拜一切諸佛菩薩衆海復以一切不可思議摩尼寶光輪雲海以一切寶焰蓮華光雲海以一切無邊色摩尼寶光輪雲海以一切摩尼真珠色藏雲海以一切摩尼妙寶栴檀末香雲海以一切摩尼寶蓋雲海以一切清淨諸妙音聲悅可衆心寶王雲海以一切日光摩尼莊嚴雲海以一切無邊寶藏雲海以一切普賢色身雲海如是等滿虚空際住我等咸皆供養恭敬尊重禮拜一切諸佛菩薩衆海爾時諸龍王等作是願已遶佛三帀頭面作禮得佛聖旨各各還依次第而坐爾時有一龍王名無邊莊嚴海雲威德輪蓋三千大千世界主得不退轉住願力故爲欲供養恭敬禮拜於如來聽受正法來此贍部洲時彼龍王從座而起整理衣服偏袒右肩右膝著地合掌向佛而白佛言世尊我今欲有少問如來正徧知惟願聽許

爾時世尊告無邊莊嚴海雲威德輪蓋龍王言汝大龍王若有疑者恣聽汝問吾當為汝分別解說令汝心喜作是語已時無邊莊嚴海雲威德輪蓋龍王即白佛言唯然世尊云何能使諸龍王等滅一切苦得受安樂受安樂已又令於此贍部洲時降甘雨生長一切樹木叢林藥草苗稼皆生滋味令贍部洲一切人等悉受快樂爾時世尊聞是語已即告無邊莊嚴海雲威德輪蓋大龍王言善哉善哉汝今為彼諸衆生等作利益故能問如來如是等事汝大龍王善聽善聽極善聽汝當作意我為汝說龍王汝成就一法令一切諸龍除滅諸苦具足安樂何者一法所謂行慈汝大龍王若有天人行大慈者火不能燒刀不能害水不能漂毒不能中內外怨敵不能侵擾安樂睡眠安樂覺寤以自福護持其身以大福而獲威德不被他陵於人天中形貌端嚴衆所愛敬所行之處一切無礙諸苦滅除心得歡喜諸樂具足大慈力故命終之後得生梵世汝大龍王若有天人修大慈行獲是福利是故龍王以慈身業以慈語業以慈意業應當修行復次龍王有陀羅尼名施一切衆生安樂汝諸龍等常須讀誦繼念受持能滅一切諸龍苦惱與其安樂彼諸龍等既得樂已於贍部洲即能依時降注甘雨使令一切樹木叢林藥草苗稼皆得增長爾時龍王復白佛言何者名為施一切樂陀羅尼句

爾時世尊即說陀羅尼曰

怛你也(二合)佗(一)馱(引)囉抳(尼貞切)馱(引)囉抳(二)嗢跢(引)囉(三)三(去聲)鉢囉(二合)底(丁以切)瑟恥(二合)跢

(引四)尾惹野䩭囉絮(五)(二合)薩底也(二合)鉢囉(二合)底(同前)枳孃(引)(二合)(六)薩(引)賀(引)枳孃(引)(二合)曩嚩底(七)嗢呑播(引)(二合)娜顊(八)尾嚧(引)賀顊(九)阿鼻矖左顊(十)阿鼻弭也(引)(二合)賀囉輸(上聲)婆(去聲)(引)嚩底(十一)阿惹麽底(十二)噎呬禁婆(引)路(引)底(十三)嚩(引)賀(引)訶囉訖禮(二合)餉度曩(十四)播(引)跛戍(引)馱野(十五)沫(引)巘(引)顊哩(引)賀迦達摩曩(引)(十六)秫(詩聿切)馱(引)路(引)迦(十七)尾底銘囉賀囉惹索(十八)耨佉(上聲)捨麽曩(十九)薩嚩毋馱(引)(二十)嚩路(引)迦曩(引)地瑟耻(二合)帝(二十一)鉢囉(二合)枳孃(引)(二合)曩(引)覔娑嚩(引)(二合)賀(引)(二十二)

佛告龍王此陀羅尼句一切諸佛加持汝等常須受持讀誦成一切義利得入法門是名施一切樂句復次龍王有大雲所生加持莊嚴威德藏變化智幢降水輪吉祥金光毗盧遮那一毛端所生種姓如來名號汝等亦復憶念受持持彼如來名號者一切諸龍種姓族類一切龍王眷屬徒衆并諸龍女生龍宮者所有苦惱悉皆除滅與其安樂是故龍王應當稱彼如來名號　南無毗盧遮那藏大雲如來　南無性現出雲如來　南無持雲雨如來　南無吉祥雲威如來　南無大興雲如來　南無大風輪雲如來　南無大雲閃電如來　南無大雲勇步如來　南無須彌善雲如來　南無大雲如來　南無大雲輪如來　南無大雲光如來　南無大雲師子座如來　南無大雲蓋如來　南無大善現雲如來　南無雲覆如來　南無行雲如來　南無光輪普徧照耀十方雷震聲起雲如來　南無大雲清涼雷聲深隱奮迅如來

南無布雲如來　南無虛空雨雲如來　南無疾行雲如來　南無雲垂出聲如來　南無雲示現如來　南無廣出雲如來　南無擊雲如來　南無雲支分如來　南無如著雲衣如來　南無雲苗稼增長如來　南無乘上雲如來　南無飛雲如來　南無雲名如來　南無散雲如來　南無大優鉢羅華雲如來　南無大香身雲如來　南無大涌雲如來　南無大自在雲如來　南無大光明雲如來　南無大雲施如來　南無大雲摩尼寶藏如來　南無雲聲藏如來　南無雲族如來　南無雲攝受如來　南無散壞非時雲雹如來　南無大雲空高響如來　南無大發聲雲如來　南無大降雨雲如來　南無族色力雲如來　南無大雲幷雨水如來　南無流水大雲如來　南無大雲滿海如來　南無陽焰旱時注雨雲如來　南無無邊色雲如來

南無一切差別大雲示現贍部洲檀飛雲威德月光焰雲如來等應供正徧知三藐三佛陀爾時世尊說是如來名巳告無邊莊嚴海雲威德輪蓋龍王言汝大龍王此等如來名號汝等一切諸龍若能受持稱名禮敬者一切諸龍所有苦難皆悉解脫普獲安樂得安樂巳即能於此贍部洲降注甘雨令一切藥草叢林樹木苗稼悉皆增長爾時三千大千世界主無邊莊嚴海雲威德輪蓋龍王復白佛言世尊我今啓請如來說陀羅尼句令於未來末世之時於贍部洲亢旱不降雨處誦此陀羅尼即當降雨飢餓惡世多饒疾疫非

法鬭諍人民恐怖妖星變恠災害相續有如是等無量苦惱以佛威神加持皆得除滅唯願世尊以大慈悲愍諸衆生爲說陀羅尼句警覺諸龍悉令受持能使諸天歡喜踊躍能摧一切諸魔遮止衆生災害逼惱能作息災吉祥之事能除妖星變恠如來所說五種雨障亦皆消滅即令此贍部洲雨澤以時惟願如來爲我等說

大雲輪請雨經卷上

大雲輪請雨經卷下

唐特進試鴻臚卿三藏沙門大廣智不空奉　詔譯

爾時世尊聞此無邊莊嚴海雲威德輪蓋龍王如是請已讚言善哉善哉汝大龍王能請如是利益安樂一切有情是故龍王汝今聽善聽極善聽汝當作意我爲汝說此陀羅尼名爲大悲雲生震吼奮迅勇猛幢一切如來威神加持隨喜宣說利益安樂一切衆生故於未來世若亢旱時能令降雨若滯雨時亦能令止飢饉疾病亦能除滅普告諸龍令使知聞復令諸天歡喜踊躍能摧諸魔安隱一切有情說此陀羅尼曰

怛你也(二合)佗(去聲引一)摩賀枳孃(二合引)曩(引)嚩(無可切)婆(去聲引)娑(上聲二)顊室哩(二合)多帝祖(引祖魯切)洛乞史銘(三合引三)涅呫(二合)荼(去聲)尾訖囉(二合)莫(四)嚩(同前)日囉(二合)僧(去聲)伽(去聲引)多寧(五)鉢囉麼尾囉惹涅(寧逸切)麼羅麌拏(上聲)計覩(六)素(引)哩野(二合)鉢囉(二合)陛尾麼朗(引)誐(七)拽瑟置(二合)跛囉跛囉(八)三(去聲)跛囉三(去聲)跛囉(九)跓(吒鄔切下同)砧(吒添切下同)毋跓砧毋(十)賀曩賀曩(十一)摩賀(引)鉢囉(二合)陛(十二)尾度(引)多謨(引)輸(引)馱迦(引)嚓(十三)鉢囉(二合)枳孃(二合引)秫第跛哩布羅抳(二合十四)毎(引)怛嚓(二合)毎(引)怛嚓(二合十五)毎(引)怛哩(二合)味(引)囉那莫塞訖哩(三合)帝(十六)毎(引)怛覽(二合引)毋馱嚓惹(在娜切)攞惹攞(十七)惹攬(引)毋馱嚓月(引)地孕(二合)誐(十八)矩素銘娜捨麼黎左(十九)咄吠(引)舍(引)囉你曳(二合二十)(引)阿瑟吒(二合引)娜舍(引)吠(尾閉切)抳迦(引)毋馱達謎(二十一)輸(上聲)婆(去聲)麼底(丁以切)本寧野(二合)囉(引)始(二十二)輸(上聲)婆(去聲)羯磨(二十三)三門(上聲)尾帝儼避(引)嚓尾囉惹娑計(二合二十四)

尾補黎尾勢灑鉢囉(二合引)跛帝(二合引)二十五顊囉(引)室囉(二合)嚩達謎二十六薩嚩路(引)迦惹(慈瞖切)瑟姹(二合)二十七室嚟(二合)瑟姹(二合)嚩囉鉢囉(二合)嚩嚟二十八阿努(鼻聲)怛嚟阿僧(上聲引)霓二十九馱囉三十地哩地哩三十一度嚕度嚕三十二翁(引)多(上聲)麽帝扇(引)多播(引)閉三十三薩嚩薩囉三十四左囉左囉三十五唧哩唧哩三十六祖嚕祖嚕三十七跛囉麽毋馱(引)拏(鼻聲)麽帝三十八麽賀(引)鉢囉(二合)枳孃(二合引)播(引)囉弭帝娑嚩(二合引)賀(引)三十九

南無智海毗盧遮那如來南無一切諸佛菩薩摩訶薩衆

我今召請一切諸龍於贍部洲令降雨故以一切佛菩薩誠實眞言誠勑諸龍除滅五障

復說陀羅尼曰

怛你也(二合)佗一薩囉薩囉二悉哩悉哩三素嚕素嚕四曩(引)誐(引)喃(引)五惹嚩惹嚩六介尾介尾七祖舞祖舞八摩賀(引)曩(引)誐(引)阿(去聲引)蘖擦(囊曷切)多九毋馱薩底曳(二合引)寧訶贍部(引)你尾(二合引)閉十鉢囉(二合)韈殺陀鍐(二合)十一左囉左囉十二唧哩唧哩十三祖嚕祖嚕十四摩賀(引)曩(引)誐(引)地跛底(丁以切)十五曩(引)麽(引)蘖擦地暴(引)十六摩賀(引)曩(引)誐(引)毋馱薩底曳(二合引)寧訶贍部(引)你尾(二合引)閉十七鉢囉(二合)韈殺陀鍐(二合)十八馱囉馱囉十九地哩地哩二十度嚕度嚕二十一毋馱薩底曳(二合引)曩二十二薩嚩曩(引)麽(引)嚩(引)訶以史夜(二合引)銘二十三每(引)怛囉(二合)唧帝曩二十四迦嚕拏(引)唧帝曩二十五毋你跢(引)唧帝曩二十六鄔閉乞灑(二合引)唧帝曩二十七薩嚩毋馱冐地薩怛嚩(二合引)地瑟姹(二合引)

寗引二十八曩摩夜引曩引捨曳平聲曩引蘖攃侘
二十九摩賀曩引誐引地跛多上聲野三十娑麽二合
囉多母馱引南三十一母馱達磨引喃引三十二冐
地薩怛嚩二合虞拏引鼻聲南三十三跛囉跛囉三十
四鼻哩鼻哩三十五部嚕部嚕三十六摩賀惹攬
引謀謎伽去聲嚩引哩馱引哩抳三十七摩賀部
惹誐引跛哩迦囉入聲引每引怛囉二合喞帝曩
引三十八蘖攃多娑麽二合囉多三十九嚩囉舍引娑
難舍引娑覩二合四十伽去聲下同吒伽吒四十一岐去聲
致岐致四十二具誅去聲具誅四十三鄔佗囉二合矩
嚕二合引馱引四十四摩賀吠微閉切誐引路引攞尒
賀嚩二合四十五摩賀引尾灑入聲引阿去聲引蘖攃
多四十六每引怛囉二合喞路引韈囉灑二合陀鑁
二合四十七伊上聲訶贍部你尾二合引閉薩嚩怛佗
去聲蘖多薩底曳二合引曩娑嚩二合引賀引四十八怛

吒怛吒四十九底致底致五十咄跓吒鄔切咄跓五十
一摩賀引麽抳麽矩吒五十二冐引里馱囉引
試引尾灑嚧引比拏五十三娑麽二合囉多底哩
二合囉怛曩二合引地瑟姹二合引難五十四嚩日囉
二合馱囉薩底曳二合引曩韈囉灑二合多五十五伊
上聲訶贍部你尾二合引閉娑嚩二合引賀引五十六迦
攞迦攞五十七枳里枳里五十八矩嚕矩嚕五十九
麽護引娜迦嚩引悉諾六十摩賀勃囉二合矩引
吒夜引曩引鼻夜引以諾鼻聲六十一阿去引蘖攃
多六十二每引怛囉二合喞帝引曩伊上聲訶贍部
你尾二合閉六十三韈囉灑二合馱引囉引母此唱
二合惹多六十四怛佗去聲引蘖多薩底曳二合曩六十
五怛陀引蘖路引地瑟姹二合引寗引曩六十六
嚩日囉二合播引抳尼貞切囉引枳孃二合引跛野
底六十七囉攞囉攞六十八哩里哩里六十九嚕魯

嚕嚕(七十)尾誐多多弭娜嚩(二合引)婆(去聲)嚩多(七十
一)薩嚩部惹(在那切)虐(入聲引七十二)怛哩拽(二合)怛佗
(去聲引)蘖多薩底曳(二合引)曩(七十三)伽(去聲)麽伽(去聲)
麽(七十四)祇(去聲)弭祇(去聲)弭祇弭(七十五)具(重聲呼)毋
具毋娑嚩(二合引)賀(引七十六)阿(去聲引)嚩(引)賀夜(引)
弭薩嚩曩(引)獻(引)毋怛囉(二合)唧帝(引)曩(七十七)
冐(引)地唧多布(引)囉網(二合)誐謎(引)曩(七十八)怛
囉怛囉(七十九)底哩底哩(八十)覩嚕覩嚕娑嚩(二合)
(引)賀(引八十一)尾矩胝曩(引)曩(引)尾訖哩(二合)多(八十
二)試(引)囉灑(二合)娑賀娑囉(二合八十三)試(引)囉灑
(二合)囉訖跢(二合引)乞灑(二合八十四)摩賀(引)韈囉拏
(二合八十五)摩賀(引)摩護(引)囉誐(引)曩(引八十六)嚩(引)
訶夜(引)弭暴(引)摩賀(引)部惹虐(入聲引)娑麽(二合)
囉多(八十七)摩賀(引)迦(引)嚕抳迦(引)喃(引八十八)薩
嚩本孃帝(引)惹娑帝(二合引)尒跢(引)喃(引八十九)挽

(引)多訖禮(二合引)舍(引)喃(引九十)怛佗(引)誐跢(引)
曩(引)麽地瑟姹(二合)難(九十一)誐娜誐娜(九十二)儗
(研以切)你(泥以切)儗你(九十三)麌努麌努娑嚩(二合引)
賀(引九十四)阿(上聲)鉢囉(二合)底訶多麽攞跛囉(引)訖
囉(二合)謨(引九十五)袒(去聲引)馱(引)咯(入聲引)韈囉灑(二合)
馱(引)咯(入聲引九十六)鉢囉(二合)韈囉灑(二合)帝(引)訶贍
部(引)你尾(一合引)閉(九十七)捨囉捨囉(九十八)始哩
始哩秫(詩律切)嚕秫嚕娑嚩(三合引)賀(引九十九)暴(引)
暴(引)摩賀(引)曩(引)虐(入聲引)娑嚩(二合)矩攞遇(引)
怛囉(二合)麽努(鼻聲)娑麽(二合)囉多(一百)韈囉灑(二合)馱
(引)囉(引一)嗢比哩(二合)惹帝(引)訶贍部(引)你尾(二合)
(引)閉(二)薩嚩祢(引)嚩薩底野(二合引)地瑟姹(二合)
(引)甯(引)曩麽(鼻聲引)尾攬麽多娑嚩(二合引)賀(引三)
没囉(二合)賀麽(二合)薩底野(二合引)地瑟姹(二合引)甯
(引)曩鉢囉(二合)韈囉灑(二合)帝(引)訶贍部(引)你尾

引一合閉娑嚩引二合賀引四爍訖囉二合薩底曳二合
引曩鉢囉二合韈囉灑二合多摩賀引曩引虐入聲
引伊上聲訶瞻部儞尾引二合閉娑嚩引二合賀引五
抄出摩賀引囉引惹薩底曳引二合曩鉢囉二合
韈囉灑二合帝訶瞻部儞尾引三合閉娑嚩引二合
賀引六阿瑟吒二合麽鼻聲迦薩底曳二合曩鉢囉一合
韈囉灑二合摩賀引曩引虐入聲引七伊上聲訶瞻部
引儞尾引二合閉娑嚩引二合賀引八鉢囉二合韈囉
灑二合多摩賀引曩引虐入聲引九素嚕引二合多阿
去聲引半曩薩底曳引二合曩伊上聲訶瞻部儞尾
引合閉娑嚩引一合賀引十鉢囉二合韈囉灑二合多
摩賀引曩引虐入聲十一引娑訖哩二合那誐引弭
薩底曳二合曩伊上聲訶瞻部引儞尾引二合閉娑
嚩引二合賀引十二鉢囉二合韈囉灑二合多摩賀曩
引虐入聲十三引阿上聲曩引誐引弭薩底曳引二合

曩伊上聲訶瞻部引儞尾二合閉娑嚩引二合賀引十
四鉢囉二合韈囉灑二合多摩賀引曩引虐入聲引十
五阿囉恨二合薩底曳引二合寗引訶瞻部引儞
尾引二合閉娑嚩引二合賀引十六鉢囉二合韈囉灑
二合多摩賀引曩引虐入聲十七引鉢囉二合底曳二合
引迦毋馱薩底曳引二合寗引訶瞻部引十八儞
尾引二合閉娑嚩引二合賀引十九鉢囉二合韈囉灑
二合多摩賀引曩引虐入聲二十引薩嚩冐引地薩
怛嚩二合薩底曳引二合寗引訶瞻部引儞尾二合
引閉娑嚩引二合賀引二十一鉢囉二合韈囉灑二合多
摩賀引曩引虐入聲二十二引薩嚩怛佗引去聲薩路
引喃引薩底野二合地瑟姹引二合寗引曩伊上聲薩
訶瞻部引儞尾引二合閉娑嚩引二合賀引二十三
嚩祢嚩引喃引薩底曳引二合曩捨麽野多薩
冐引鉢捺囉二合嚩引抳尼呈切娑嚩引二合賀引二

十四薩嚩曩引誐引喃引薩底曳二合引曩鉢囉二合韈囉灑二合帝引訶摩賀引畢哩二合體丁以切毗琰二合娑嚩二合引賀引二十五薩嚩藥乞灑二合引喃引薩底曳二合引曩囉乞灑二合多薩嚩薩怛嚩二合引喃引娑嚩二合引賀引二十六薩嚩彥達嚩引喃引薩底曳二合引曩引跛賀囉多薩冐引播引夜引素鉢捺囉二合嚩引抳麽努鼻聲灑引喃引娑嚩二合引賀引二十七薩嚩阿素囉引喃引薩底曳二合引曩尾顊韈多野多入聲薩嚩尾灑麽鼻聲諾鼻聲乞察二合怛囉二合引抳娑嚩二合引賀引二十八薩嚩誐嚕拏上聲引喃引薩底曳二合引曩毎怛哩溼三合矩嚕多上聲二十九薩曩曩曩引誐引喃引野你寧以切訶贍部引你尾二合引閉摩賀引韈囉灑二合馱引囉引塢此哩二合惹自皆切欲娑嚩二合引賀引三十薩嚩緊娜囉引喃引薩底

曳二合引曩捨麽野多三十一薩嚩播引半引鉢囉二合賀攞二合引娜野多薩嚩薩怛鍐二合引娑嚩二合引賀引三十二薩嚩麽護囉誐引喃引薩底曳二合引曩尾補攞尾娑底二合引囉努二合韈囉灑二合馱引囉引塢此哩二合惹多散馱引囉野多半左韈產引多囉引夜引抳娑嚩二合引賀引三十三薩嚩麽努鼻聲灑引喃引薩底曳二合引曩跛哩播引攞野多薩嚩麽努鼻聲灑引喃引娑嚩二合引賀引三十四迦囉迦囉三十五枳哩枳哩三十六矩嚕矩嚕三十七娜囉娜囉三十八你哩你寧以切哩努嚕努嚕三十九曩吒曩吒四十顊胝顊胝四十一努鼻聲跓吒鄔切努跓同上四十二試伽囉二合嚩引呬顊摩賀謎引偷引謀馱隸四十三謎引祇岐藝切引謎引祇同上四十四摩賀引謎引祇摩賀引謎引祇四十五摩賀謎引偷引謀馱隸四十六謎

引具引你庚引二合底帝四十七謎伽去聲下同三去聲
娑去聲吠微問切迦引攞謎祇四十八謎引伽引去聲
羯𠻗謎引伽引去聲羯𠻗四十九謎引伽蘖惹寧
謎引伽具引央帝五十謎伽冐引里謎伽麼鼻聲
引邏引達𠻗謎伽尾步引灑抳五十一謎伽娑
嚩二合寗謎伽尾曩引捨顊五十二謎伽蘖陛謎
伽惹齲謎伽鉢囉二合陛謎伽嚩引哩馱引𠻗
五十三尾補攞謎伽引去聲地庚二合央帝五十四謎
伽野枳跛尾帝薩須引去聲跛賀引𠻗儗哩建
娜囉嚩引枲顊五十五曩引誐麼引帝娑誐嚩
底五十六摩賀引謎抵室哩引二合沫乳底囉細
試多僧去聲娑鉢二合勢五十七摩賀嚩引多曼拏
上聲囉帝娑遇引左𠻗五十八摩賀引曩引誐尾
訖哩引二合膩帝五十九娑誐嚩底報引拏𠻗二合
殺捺囉二合娑引野曩六十嚩引哩馱引哩抳鉢

囉二合韤灑毋馱薩底曳引二合寗引訶贍部引
你尾引二合閉娑嚩引二合賀引六十一伽去聲囉伽去聲
囉祇哩祇哩具嚕具嚕六十二祇哩抳祇哩抳
六十三具麼鼻聲下同具麼具麼具麼六十四具麼哩
具麼哩六十五曩誐引誐囉曬二合麼賀引謎引
伽去聲麼引鼻聲里顊六十六尾你庚二合囉迦二合邏
跛麼引鼻聲里顊六十七薩嚩步惹自攞切誐馱引
哩抳六十八謎引伽跛吒韤娑怛囉二合馱囉抳
六十九謎引伽尾數引疙囉二合遇引左𠻗引七十
謎伽去聲尾庚引二合訶嚩引賀寗蘖惹曩引娜
顊曩引娜曩引你泥以切七十一帝曩引誐引南引
散租引去聲娜顊引租同上娜野祢引微引摩賀
引謎引伽去聲麼引鼻聲里顊七十二怛佗引去聲蘖
多薩底曳引二合曩薩嚩曩引誐引韤囉灑二合
跢引麼鼻聲尾攬麼同上帝引訶贍部引你尾二合

引閉娑囉引二合賀引七十三伽去聲囉伽去聲囉祇岐與
切哩祇哩具嚕具嚕七十四祖去聲嚕祖去聲嚕七十
五尒哩尒哩尒哩七十六惹囉惹囉七十七薩囉薩囉
七十八虞拏上聲虞拏七十九蘖拏蘖拏儗䁲儗膩
八十賀羅賀羅呬馨以切里呬同上里八十一戶嚕戶
嚕八十二怛攞怛攞底丁以切里底里覩嚕覩嚕
八十三賀曩賀曩諾賀諾賀鉢左鉢左八十四疙
哩二合恨拏二合疙哩二合恨拏二合八十五沫轉舌呼下同
娜沫娜鉢囉二合沫娜鉢囉二合沫娜八十六薩嚩
韈囉灑二合尾覲南引二合毎引怛隸引二合夜枳
孃引二合跛野底丁以切娑嚩引二合賀引八十七毋第
毋第毋沒第毋沒第八十八賀囉賀囉播引半
薩嚩薩怛嚩引二合南引阿上聲地瑟姹引二合野
奔顊演二合薩嚩毋馱引南引馱引囉抳馱隸
八十九輸上聲娑去聲麼鼻聲帝引虞抳尼盈切引數鉢囉
引二合跛抳九十摩賀引枳孃上聲合引二怒引勤計
二合輸娑去聲達謎引薩底野二合鉢囉二合底丁以切
枳寧二合九十一摩賀引夜引曩你庚二合央帝路
引迦惹自曳切引瑟薑二合九十二娑去聲誐嚩底丁以切
毋馱毋怛隸二合引九十三阿去聲引布引囉野薩嚩
乞曬二合怛囉二合引抳束訖禮二合濕吠二合引櫓
去韈隸引半引拏上聲囉嚩引枲顊九十四度度
隸度度隸九十五捨麼鼻聲捨麼九十六扇引多麼
鼻聲引曩細引薩嚩韈囉灑二合尾覲南二合引尾
色檢二合娑野娑嚩二合引賀引九十七薩嚩怛羅拽
三合陀嚩二合怛佗去聲引蘖多薩底曳二合引曩毎
引怛囉二合唧怛多夜引九十八迦嚕拏唧怛多夜
引九十九三去聲藐沒囉二合多多布引顊野麼唧怛
多夜引二百摩賀引曩引誐囉引惹散租去聲引
娜夜引弭娑嚩二合引賀引一阿上聲難上聲多跛哩

迦囉娑(去聲引)蘖囉謎(引)伽(去聲)尾度(二合引)訶(二)帝(引)祖(去聲)曼拏(上聲)羅擦怛囉(二合引)迦(引)囉囉(引)殘摩賀(引)曩(引)誐(引)地鉢底(二合引)散祖(去聲)(引)娜夜(引)弭(三)鉢囉(二合)轗囉灑(二合)帝(引)訶贍部(引)你尾(二合引)閉娑嚩(二合引)賀(引四)難(去聲)奴(引)跛難(上聲)奴(引)曩(引)誐囉(引)遭散祖(去聲引)娜夜(引)弭鉢囉(二合)轗囉灑(二合)帝(引)訶贍部(引)你尾(二合引)閉娑嚩(二合引)賀(引五)娑(去聲引)蘖嚩(彈舌呼)曩(引)誐囉(引)殘散祖(去聲引)娜夜(引)弭鉢囉(二合)轗囉灑(二合)帝(引)訶贍部(引)你尾(二合引)閉娑嚩(二合)(引)賀(引六)曩嚩多跛單(二合)曩(引)誐囉(引)殘散祖(去聲引)娜夜(引)弭鉢囉(二合)轗囉灑(二合)帝(引)訶贍部(引)你尾(二合引)閉娑嚩(二合引)賀(引十)麼(鼻聲)曩娑尾(二合)難曩(引)誐囉(引)殘散祖(去聲引)娜夜(引)弭鉢囉(二合)轗囉灑(二合)帝(引)訶贍部(引)你尾(二合)閉

娑嚩(二合引)賀(引八)嚩嚕赦曩(引)誐囉(引)殘散祖(去聲引)娜夜(引)弭鉢囉(二合)轗囉灑(二合)帝(引)訶贍部(引)你尾(二合引)閉娑嚩(二合引)賀(引九)多(上聲)乞灑(二合)揵曩(引)誐囉(引)殘散祖(去聲引)娜夜(引)弭鉢囉(二合)轗囉灑(二合)帝(引)訶贍部(引)你尾(二合引)閉娑嚩(二合引)賀(引十)地哩(二合)多(上聲)囉瑟嚩(二合轉舌呼)曩(引)誐囉(引)殘散祖(去聲引)娜夜(引)弭鉢囉(二合)轗囉灑(二合)帝(引)訶贍部(引)你尾(二合引)閉娑嚩(二合引)賀(引十一)縛(引)素緊曩(引)誐囉(引)殘散祖(去聲引)娜夜(引)弭鉢囉(二合)轗囉灑(二合)帝(引)訶贍部(引)你尾(二合引)閉娑嚩(二合引)賀(引十二)毋唧隣(上聲)難曩(引)誐囉(引)殘散祖(去聲)那夜(引)弭鉢囉(二合)轗囉灑(二合)帝(引)訶贍部(引)你尾(二合)閉娑嚩(二合引)賀(引十三)愛(引)囉(引)嚩喃曩誐囉(引)殘散祖(去聲引)娜夜(引)弭鉢囉(二合)轗囉灑(二合引)訶

瞻部引你尾二合引閉娑嚩二合引賀引十四報引
拏嗷二合轉舌呼曩引誐囉引殘散租去聲引娜夜
引弭鉢囉二合韈囉灑二合引訶瞻部引你尾二合
引閉娑嚩二合引賀引十五室哩二合帝引惹珊曩
引誐囉引殘散租去聲引娜夜引弭鉢囉二合韈
囉灑二合引訶瞻部引你尾二合引閉娑嚩二合引
賀引十六室哩二合引跋捺闌二合曩引誐囉引殘
散租去聲引娜夜引弭鉢囉二合韈囉灑二合帝引
訶瞻部引你尾二合引閉娑嚩二合引賀引十七尾
你庚二合多麼二合引里雞曩引誐囉引殘散租
去聲引娜夜引弭鉢囉二合韈囉灑二合引訶瞻部
引你尾二合引閉娑嚩二合引賀引十八摩賀引麼
鼻聲抳租引赦曩引誐囉引殘散租去聲引娜夜
引弭鉢囉二合韈囉灑二合帝引訶瞻部引你尾
二合引閉娑嚩二合引賀引十九祖引拏引麼鼻聲抳

馱闌轉舌呼曩引誐囉引殘散租去聲引娜夜引
弭鉢囉二合韈囉灑二合引訶瞻部引你尾二合引
閉娑嚩二合引賀引二十阿嚩婆去聲引曩失棄難
曩引誐囉引殘散租去聲引娜夜引弭鉢囉二合
韈囉曬二合訶瞻部引你尾二合閉娑嚩二合引賀
引二十一噎鏺鉢囉二合目佉去聲引薩嚩曩引誐囉
引惹散租去聲引娜夜引弭鉢囉二合韈囉曬二合
訶瞻部引你尾二合引閉娑嚩二合引賀引二十二曩
引霓曩引霓摩賀引曩引霓二十三具引囉麼
鼻聲曩細曩引誐紇哩二合乃曳平聲二十四度引麼
鼻聲引矩黎二十五塢疙囉二合盧引曬引鉢囉二合
贊上聲拏帝引惹肯曳切引尾數引疙嚓二合引二十六阿
去聲引試引尾曬引阿引呬具引嚓訖哩二合央
拏二合水甲孕切蘖黎贊左黎路引攞尒賀吠二合
引摩賀引頗拏迦嚓迦引羅播引勢嘮引捺

囉(二合)嚩(引)枲顊(二十七)跓(吒塢切)跓謎(二十八)跛囉跛囉畢哩畢哩補嚕補嚕(二十九)尾娑普(二合引)介帝咄嚕咄嚕摩賀(引)暴(引)霓麽抳馱嚓(三十)呬哩呬哩戶嚕戶嚕(三十一)頗囉頗囉(三十二)嚩(无鉢切下同)囉灑(二合)嚩囉灑(二合)(三十二)惹(自二切)攬(引)母馱嚓咎謀咎謀(三十四)嚩邏(引)賀計(三十五)怛吒怛吒(三十六)跓(吒塢切)跓謀跓(同上)跓謀(三十七)度度度度度謎(三十八)謎(引)伽(去聲)鉢囉(二合)陛(三十九)謎(引)伽(去聲)嚩(引)呬顊(四十)荼(去聲)迦荼(去聲)迦荼(去聲)迦荼(去聲)迦(四十一)跓(吒塢切)跓謎伽(去聲)拏(鼻聲)伽(去聲)拏(鼻聲)(四十二)矢棄顊迦拏(鼻聲)迦拏(鼻聲)(四十三)誐拏(鼻聲)誐拏(鼻聲)(四十四)摩賀(引)曩(引)誐蘗抳顊囉怛嚩覽(二合引)母閉惹囉得迦(二合引)哩(引)(四十五)摩賀(引)曩誐訖哩(二合)乃曳(四十六)具麽(鼻聲)具麽(鼻聲)(四十七)具麽(鼻聲引)夜跛(引)(四十八)娑底(二合)迦葬(引)儗哩部葬誐謎尾迦吒僧(去聲)迦吒(四十九)具(引)囉尾婆普(二合引)介帝尾紫禀(二合)婆(去聲)寧(五十)阿(去聲引)嚩(引)賀夜(引)弭薩嚩曩(引)巘(引)薩嚩毋馱(引)地瑟姹(二合)寗曩(五十一)薩嚩怛哩拽(二合)陀嚩(二合)怛侘(去聲引)蘖多薩你曳(二合引)曩(五十二)毋(引)怛囉(二合)唧帝(引)曩鉢囉(二合)轗囉灑(二合)帝訶瞻部(引)你尾(二合引)閉娑嚩(二合引)賀(引)(五十三)

爾時三千大千世界主無邊莊嚴海雲威德輪蓋大龍王及諸龍王等并龍眷屬聞佛教勑皆大歡喜信受奉行

大雲輪請雨經卷下

天阿蘇囉藥叉等　來聽法者應至心
擁護佛法使長存　各各勤行世尊教
諸有聽徒來至此　或在地上或居空
常於人世起慈心　日夜自身依法住

願諸世界常安隱　無邊福智益群生
所有罪業並消除　遠離衆苦歸圓寂
恒用戒香塗瑩體　常持定服以資身
菩提妙華徧莊嚴　隨所住處常安樂

音釋

蘖魚列切　屣所綺切　麌虞矩切　嗢烏沒切　寤五故切　禁音禁

大乘密嚴經

唐三藏沙門大廣智不空奉詔譯

清刻龍藏佛說法變相圖

密嚴經序

唐代宗皇帝製

朕聞西方有大聖人焉演不言之言垂無教之教啓迪權實發披聾瞽遷其善者不疾而速階其益者即聖自凡擊蒙求於娑婆丘陵示達觀以密嚴世界匪染淨在我實是非遊而楚越生於念中及缺頓於目下彼魚藏鳥逝其若是乎欽哉密嚴迹超三有量同乎法界相離於極微非聲聞之所聞豈色見之能見嘗潔已至妙允恭付囑是欲泉靜識浪珠清意源窮賴耶能變之端照自覺湛然之境深詣心極其惟是經夫翻譯之來抑有由矣雖方言有異而本質須存此經梵書並是偈頌先之譯者多作散文蛇化爲龍何必變於鱗介家成於國寧即改乎姓氏矧詭略輕重

或有異同再而詳悉可爲盡善大興善寺三藏沙門不空像教棟梁愛河舟檝戒珠在握明鏡入懷雪涉雲征窮鹿野之眞諦帆飛海宿究馬鳴之奥旨聲該八轉言善兩方足可窺鑒閫奧抑揚了義詔令集京城義學沙門飛錫翰林學士柳抗等詳譯斯文及護國經等對執貝多翻諸簡牘憑其本夾依以頌言大羮之味不遺清月之魄恒滿豈不美歟豈不美歟朕詞乏清華文非道麗志流衍於祕賾將布濩於無窮聊課虚懷序之篇首云爾

大乘密嚴經卷上

唐三藏沙門大廣智不空奉詔譯

密嚴道場品第一

如是我聞一時佛薄伽梵住於超越欲色無色等想於一切法自在無礙神足力通之所遊戲密嚴世界而此世界非彼外道聲聞緣覺所行之境與諸修習勝瑜伽者十億佛刹微塵數等菩薩摩訶薩俱其名曰摧一切外道異論菩薩摩訶薩大慧菩薩摩訶薩一切佛法如實見菩薩摩訶薩聖觀自在菩薩摩訶薩得大勢菩薩摩訶薩神通王菩薩摩訶薩曼殊室利菩薩摩訶薩金剛藏菩薩摩訶薩解脫月菩薩摩訶薩持進菩薩摩訶薩而爲上首皆超三界心意識境智意成身轉於所依成就如幻首楞嚴法雲三摩地無量諸佛手灌其頂處離三有住蓮華宮爾時如來應正遍知從現法樂住自覺聖智甚深境界微妙奮迅無量衆色之所顯現三摩地起出帝弓電光妙莊嚴殿與諸菩薩入於無垢月藏殿中昇密嚴場師子之座世尊坐已觀察四方從眉間珠髻光明莊嚴出於無量百千淨光圍遶交映成光明網是光明網流照之時一切佛刹莊嚴之相分明顯現如一佛刹餘諸佛土嚴飾細妙同於微塵密嚴世界超諸佛國遠離星宿及以日月如無爲性不同微塵此密嚴中佛及佛子并餘世界來此會者皆如涅槃及以虛空非擇滅性爾時世尊現彼世界佛及菩薩威神功德勝妙事已復以佛眼遍視十方諸菩薩衆告一切佛法如實見菩薩摩訶薩言如實見今此世界名曰

密嚴是中菩薩悉於欲色無色無想有情之處以三摩地力生智慧火焚燒色貪及以無明轉所依止得意成身神足力通以爲嚴飾無竅隙無骨體猶如日月摩尼電光帝弓珊瑚紇利多羅黃金瞻蔔孔雀花月鏡中之像如是色身住於諸地修無漏因由三摩地而得自在十無盡願及以迴向獲殊勝身來密嚴剎爾時一切佛法如實見菩薩摩訶薩從座而起偏袒右肩稽首佛足右膝著地合掌白佛言世尊我於今者欲有所問惟願如來應正遍知哀許爲說佛告如實見言善哉善哉恣汝所問當爲汝說令汝心喜爾時一切佛法如實見菩薩摩訶薩承佛開許即白佛言世尊惟此佛剎超越欲色無色及以無想有情界耶佛言善男子從此上方過百億佛剎有梵音佛土娑羅樹王佛土星宿王佛土過如是佛土復有無量百千佛剎廣博崇麗菩薩衆會之所莊嚴彼中諸佛咸爲菩薩說現法樂住自覺聖智遠離分別實際眞如大涅槃界究竟之法是故當知此界外有如是等無量佛剎如實見匪惟汝今於佛國土菩薩衆會心生限量請問如來此有菩薩摩訶薩名曰持進曾於佛所生限量心便以神通昇于上方過百千俱胝乃至殑伽沙等諸佛世界不能一見如來之頂心生希有知佛菩薩不可思議還至娑訶世界名稱大城來於我所悔謝已過讚佛功德無量無邊猶如虛空住自證境來密嚴剎爾時會中金剛藏菩薩摩訶薩善能演說諸地之相微妙決定盡其源底從座而起偏袒右肩頂禮佛足右膝

著地合掌白佛言世尊我於如來應正遍知欲少諮問惟願哀愍爲我宣說佛言金剛藏汝於我所欲有問者如來應正等覺隨汝所疑爲汝開演爾時金剛藏菩薩摩訶薩承佛許已而白佛言世尊佛者是何句義所覺是何惟願世尊說勝義境示法性佛令除過去未來現在修菩薩行者於諸色相積集之見及餘外道異論執著行分別境起微塵勝性自在時方虛空我意根境和合如是諸見復有計著無明愛業眼色與明是時復有觸及作意如是等法而爲因緣等無間緣增上緣所緣緣和合生識執著行者起有無等種種惡覺於我法中復有諸人於蘊有情墮空性見爲斷如是妄分別覺惟願世尊說離五種識所知相能於諸法最自在者佛大菩提所覺知義令得聞者如其了悟所知五種而成正覺爾時佛告金剛藏菩薩摩訶薩言善哉善哉金剛藏十地自在超分別境有大聰慧能欲顯是法性佛種最勝瑜祇匪惟汝今於佛菩提所覺之義生希有念請問於我有賢幻等無量佛子咸於此義生希有心種種思擇而求佛體如來者是何句義爲色是如來耶異色是如來耶如是於蘊界處諸行之中內外循求不見如來皆是所作滅壞法故蘊中無如來乃至分析至於極微皆悉不見所以者何以妙智慧定意諦觀無所見故蘊麤鄙故如來者常法身故善哉佛子汝能善入甚深法界諦聽諦聽善思念之當爲汝說金剛藏菩薩摩訶薩唯然受教佛言善男子三摩地勝自在金剛藏如來非蘊亦非異蘊非

依蘊非不依蘊非生非滅非知非所知非根非境何以故蘊處界諸根境等皆鄙陋故不應內外而見如來且色無覺知無有思慮生已必滅同於草木瓦礫之類微塵積成如水聚沫受以二法和合而生猶如水泡餅衣等想亦二和合因緣所生猶如陽焰譬如盛熱地氣蒸涌照以日光如水波浪諸鳥獸等爲渴所逼遠而望之生眞水解想亦如是無有體性虛妄不實分別智者如有性見各別體相名字可得定者審觀猶如兎角石女兒等但有假名如夢中色惟想妄見覺悟非有無明夢中見男女等種種之色成於正覺即無所見行如芭蕉中無堅實離於身境即無體性識如幻事虛僞不實譬如幻師若幻師弟子依草木瓦礫示現色像幻作於人及諸象馬種種形相具足莊嚴愚幻貪求非明智者識亦如是依餘而住遍計分別能取所取二種執生若自了知即皆轉滅是故無體同於幻士金剛藏如來常住恒不變易是修念佛觀行之境名如來藏猶如虛空不可壞滅名涅槃界亦名法界過現未來諸佛世尊皆隨順此而宣說故若如來出世若不出世此性常住名法住性法界性法尼夜摩性金剛藏以何義故名尼夜摩遠離後有一切過故又此三摩地能決定除後有諸惡以如是故名尼夜摩若有住此三摩地者於諸有情心無顧戀證於實際及以涅槃猶如熱鐵投之冷水棄於有情故諸菩薩捨而不證所以者何捨大精進大悲諸度斷于佛種趣聲聞乘行於外道邪見之逕猶如老象溺在淤泥爲三

摩地泥所沈沒味定境界亦復如是退轉一切諸佛法門不得入於究竟之慧是故菩薩捨而不證近住而已以究竟慧入佛法身覺悟如來廣大威德當成正覺轉妙法輪智境衆色而爲資用入如來定遊涅槃境一切如來令從定起漸次加行超第八地善巧決擇乃至法雲受用如來廣大威德入於諸佛內證之地與無功用道三摩地相應徧遊十方不動本處而恒依止密嚴佛刹金剛自在具大變化示現佛土而成自在轉於所依智三摩地及意成身力通具足行步威德猶如鵞王譬如明月影徧衆水佛亦如是隨諸有情普現色相於諸衆會所益不空復令當詣密嚴佛刹如其性欲而漸開誘爲說一切欲界天王自在菩薩清淨摩尼寶藏宮殿諸安樂處乃至諸地次第從一佛刹至一佛刹示現富樂功德莊嚴盡於未來隨機應現猶如成就持明仙等及諸靈仙宮殿之神與人行止而不可見如來變化所爲事畢住於眞身隱而不現亦復如是爾時世尊而說偈言

根蘊如蛇聚　境界緣所觸　無明愛業生
熏習縛難解　心心所惡覺　纏繞如蟠龍
怒毒因之興　焞如炎盛火　諸修觀行者
常應如是觀　捨諸蘊法故　一心而不懈
如於虛空中　無樹而有影　風衢及鳥跡
此見悉爲難　於能造所造　色及非色中
欲求見如來　其難亦如是　眞如實際等
及諸佛體性　內證之所行　非諸語言境
涅槃名爲佛　佛亦名涅槃　離能所分別
云何而可見　碎末於金礦　礦中不見金

智者巧融鍊　眞金方可顯　分剖於諸色
乃至爲極微　及析求諸蘊　若一若異性
佛體不可見　亦非無有佛　定者觀如來
勝相三十二　苦樂等衆事　施作皆明顯
是故不應說　如來定是無　有三摩地佛
善根善巧佛　一切世勝佛　及正等覺佛
如是五種佛　所餘皆變化　如來藏具有
三十二勝相　是故佛非無　定者能觀見
超越於三界　無量諸佛國　如來微妙刹
淨佛子充滿　定慧互相資　以成堅固性
遊於密嚴刹　思惟佛威德　密嚴中之人
一切同佛相　超越刹那壞　常遊三摩地
世尊定中勝　衆相以莊嚴　得於如夢觀
顯現於諸法　衆謂佛化身　從於兜率降
佛常密嚴住　像現從其國　住眞而正受
隨緣衆像生　如月在虛空　影鑒於諸水
如摩尼衆影　色合而明現　如來住正定
現影亦復然　譬如形與像　非一亦非異
如是勝丈夫　成於諸事業　非極微勝性
非時非自在　亦非餘緣等　而作於世間
如來以因性　莊嚴其果體　隨世之所應
種種皆明現　遊戲三摩地　內外無不爲
山川及林野　朋友諸眷屬　衆星與日月
皎鏡而垂像　如是諸世間　身中盡包納
復置於掌內　散擲如芥子　佛於定自在
牟尼最勝尊　無能作世間　惟佛之所化
愚翳無智者　惡覺惑所縛　著於有無論
見我及非我　或言壞一切　或言於少分
如是諸人等　常自害其身　佛是遍三有
觀行之大師　觀世如乾城　所作衆事業

亦如夢中色　渴鹿見陽焰　屈伸等作業
風繩而進退　佛於方便智　自在而知見
譬如工巧匠　善守於機發　亦如海船師
執柁而搖動　無邊最寂妙　具足勝丈夫
利根者能證　鈍根者遠離　是修行定者
妙定之所依　一切定慧人　明了心中住
佛體最清淨　非有亦非無　遠於能所覺
及離於限量　妙智相應心　殊勝之境界
諸相妄所現　離相是如來　能斷諸煩惱
於定無所染　無動及所動　住於無染路
微妙諸天俱　乾闥脩羅等　衆仙及外道
讚歎常供養　於彼不驚喜　心無所動搖
由瑜伽本淨　是故超彼岸　以化佛現跡
爲人天示業　佛非彼此現　猶如於日月
住於圓應智　離欲現人間　異類諸外道
隨宜悉調伏　種種衆智法　王論四吠陀
悉是諸如來　定力持而說　現國王朝會
及諸國法令　山林修道處　悉皆佛示化
十方衆寶藏　出生清淨寶　悉是天中天
自在威神故　三界善巧慧　種種諸才智
所作方便業　因佛而成就　持鬘爲群品
業行者示因　戲笑衆善巧　常說歌詠論
或現降兜率　天女衆圍繞　歌舞交歡娛
日夜常遊集　或現如魔王　寶冠以嚴首
執世之所繩　與奪而招放　雖於一切衆
現爲明智者　常在密嚴中　寂然無動作
此大牟尼境　凡愚妄分別　如人患翳目
如鹿見陽焰　如世觀於幻　夢中之所取
天中天境界　佛子悉見眞　由見殊勝故
如從於夢覺　那羅伊舍梵　珊那單妙喜

童子劫比羅　首迦等示想　惑亂彼境界
不見正瑜伽　當來苦行仙　過去及現在
習氣覆心故　悉亦不能知　善哉金剛藏
普行諸地中　復以佛威神　而居密嚴土
此之金剛藏　示現入等持　正定者境界
由此相應故　或有妄分別　勝性與微塵
如工匠製物　種種相差別　生惟是法生
滅亦惟法滅　妄計一切物　細塵能造作
譬如燈顯物　因能了於果　初無所得相
後壞亦復然　非於過去中　有體而可得
未來亦如是　離緣無有性　一一諸緣内
遍求無有體　不見有無性　亦無無有見
分別微細我　有情餅衣等　邪宗壞正道
三百有六十　往來生死中　無有涅槃法

入密嚴微妙身生品第二之一

爾時一切佛法如實見菩薩摩訶薩無量威力世中自在寶冠瓔珞莊嚴其身從座而起右膝著地白金剛藏而作是言尊者善能通達三乘世間心得無違現法樂住内證之智爲大定師於定自在能隨順說諸地之相常在一切佛國土中爲諸上首演深妙法是故我今勸請佛子說諸聖者不隨他行現法樂住内證之境令我及諸菩薩摩訶薩衆得見斯法安樂修行趣於佛地獲意成身及言說身自在力通皆得具足轉所依止不住實際猶如衆色眞多摩尼現諸色像能於諸趣天王宮殿及一切佛密嚴國中說密嚴行爾時金剛藏菩薩摩訶薩以偈答曰

善哉天人主　菩薩中殊勝　請說入密嚴
無我之法性　應覺分別境　心之所取相

若捨於分別　即見世分別　了於世所緣
即得三摩地　我今為開演　仁主應諦聽
熱時見陽焰　世間相亦然　能相所相因
無而妄分別　能覺生所覺　所覺依能現
離彼則無此　如光影相隨　無心亦無境
能所量俱無　但依於一心　如是而分別
能知所知法　惟心量所有　所知心既無
能知不可得　心為法自性　有性所擾濁
八地得清淨　九地獲靜慮　覺慧為十地
灌頂證如來　法身得無盡　是佛之境界
究竟如虛空　心識亦如是　無盡無所壞
衆德已莊嚴　恒在不思議　諸佛密嚴土
譬如缾破已　瓦體而顯現　瓦破微塵顯
析塵成極微　如是因有為　而成無漏法
如火燒薪盡　復於餘處然　證如得轉依
遠離於分別　住於不動智　密嚴中顯現
無生現衆色　不住諸世間　能斷一切見
歸依此無我　相續流注斷　無壞亦無生
能盡一切見　歸依此無我　諸惑皆已滅
寂靜不思議　能淨一切見　歸依此無我
世間種種法　本來無我性　非由擊壞無
及喻之所顯　如火燒薪已　於中自息滅
觀察於三有　無我智亦然　是名現法樂
內證之境界　依此入諸地　淨除無始惡
捨離世所依　出世而安住　其心轉清淨
恒居密嚴土

爾時如實見菩薩摩訶薩及諸王等向金剛藏咸作是言我等今者皆欲歸依惟願示我歸依之處於是金剛藏菩薩摩訶薩以偈答曰

佛體非有無　已焚燒蘊樹　超勝魔王衆
而住密嚴國　所覺淨無垢　仁主可歸依
遠離於覺量　證於無所有　密嚴諸定者
仁主可歸依　淨勝密嚴刹　衆聖所依處
觀行者充滿　應歸於密嚴　當觀於世間
如畫有高下　夢中見美色　石女忽誕生
亦如乾闥城　火輪空中髮　如種種幻形
人馬華果樹　幻師所變化　一切悉非眞
如奔電浮雲　皆僞而非實　如匠作餠等
由分別所成　仁主應諦聽　世間諸有情
習氣常覆心　生種種戲論　末那與意識
幷餘識相續　五法及三性　二種之無我
恒共而相應　如風擊暴水　轉起諸識浪
浪生流不停　賴耶亦如是　無始諸習氣
猶如彼暴流　爲境風所動　而起諸識浪
恒無斷絕時　八種流注心　雖無若干體
或隨緣頓起　或時而漸生　取境亦復然
漸頓而差別　心轉於舍宅　日月與星宿
樹枝葉華果　山林及軍衆　於如是等處
皆能漸頓生　多分能頓現　或漸起差別
若時於夢中　見昔所更境　及想念初生
乃至於老死　筭數與衆物　尋思於句義
觀於異文彩　受諸好飲食　於如是境界
漸次能了知　或有時頓生　而能取之者
心性本清淨　不可得思議　是如來妙藏
如金處於礦　意生從藏識　餘六亦復然
識六種或多　差別於三界　賴耶與能熏
及餘心法等　染淨諸種子　雖同住無染
佛種性亦然　定非定常淨　如海水常住
波潮而轉移　賴耶亦復然　隨諸地差別

修有下中上　捨染而明顯　金剛藏復言
如實見菩薩　見聞覺悟者　自性如實慧
十方一切國　諸王衆會中　汝已從我聞
隨應廣爲說　若人聞法已　漸淨阿賴耶
或作人中王　轉輪四天下　或復爲帝釋
兜率蘇焰摩　乃至化樂宮　欲界自在主
或生色界處　或生無色天　無想有情中
靜慮受安樂　證眞而不住　猶如師子吼
於諸定自在　法喜以相應　一心求密嚴
不染著三界　至於密嚴已　漸次而開覺
轉依獲安樂　寂靜常安住　無量諸佛子
圍遶以莊嚴　爲法自在王　衆中之最上
非如外道說　壞滅爲涅槃　壞應同有爲
死有復生過　十業上中下　三乘以出生
最上生密嚴　地地轉昇進　得解脫智慧

如來微妙身　云何說涅槃　是滅壞之法
涅槃若滅壞　有情有終盡　有情若有終
是亦有初際　應有非生法　而始作有情
無有非有情　而生有情界　有情界既盡
佛無所知法　是則無能覺　亦無有涅槃
妄計解脫者　而說於解脫　如燈滅薪盡
亦如芭蕉種　彼說解脫性　是壞有成無
於解脫妙樂　遠離不能證　遍處及靜慮
無色無想定　逆順而入出　力通皆自在
於彼不退還　亦不恒沈没　了達於法相
諸地得善巧　如是而莊嚴　當來密嚴剎
若言解脫性　壞有以成無　斯人住諸有
畢竟不能出　既壞三和合　因等四種緣
眼色内外緣　和合所生識　世間内外法
互力以相生　如是等衆義　一切皆違反

若知惟識現　離於心所得　分別不現前
亦不住其性　爾時所緣離　寂然心正受
捨於世間中　所取能取見　轉依離麤重
智慧不思議　十種意成身　衆妙爲嚴好
作三界之主　而生於密嚴　色心及心所
所相應無爲　於內外世間　諦觀無別異
如是諸智者　來生密嚴國　名相與分別
正智及如如　牟尼三摩地　體性皆平等
應當往密嚴　佛所稱讚土　若壞三和合
及以四種緣　不固於自宗　同諸妄分別
惡習分別者　彼之五種論　譬喻不成立
諸義皆相違　彼五悉成過　惑亂覺智眼
著喻及似喻　顛倒不顛倒　如是虛妄執
一切依此壞　捨離於自宗　依止他宗法
初際等諸見　皆從滅壞生　大王應當知
有情在三界　如輪而運轉　初際不可得
如來以悲願　普應諸有情　如淨月光明
無處不周遍　隨彼先業類　應機而說法
若壞於涅槃　佛有何功利　增上有三種
解脫亦復然　四諦及神足　念處無礙解
四緣無色住　根力及神通　覺支諸地等
有爲無爲法　乃至衆聖人　皆依識而有
苦法忍法智　苦類忍類智　集智四亦然
滅道亦如是　如是十六種　名之爲現觀
學人數有十　第八七返有　家家一往來
一間而滅度　中般與生般　有行及無行
上流於處處　然後般涅槃　如是一切種
諸智之品位　修行觀行者　下中上不同
菩薩增上修　功德最殊勝　十一與十二
及以於十六　此諸修定者　復漸滅於心

所盡非是心　亦非心共住　未來心未至
未至故非有　心緣不和合　非此非彼生
第四禪無心　有因不能害　有因謂諸識
意識及五種　妄想不覺知　流轉如波浪
定者觀賴耶　離能所分別　微妙無所有
轉依而不壞　住密嚴佛剎　顯現如月輪
密嚴諸智者　與佛常共俱　恒遊定境中
一味無差別　難思觀行境　定力之所生
王應常修習　相應微妙定　欲界有六天
梵魔復十二　無色及無想　一切諸地中
若生密嚴國　於彼爲天主　欲求密嚴土
應修十種智　法智及類智　他心世俗智
苦集滅道智　盡智無生智　仁主汝所生
捨軍怛羅族　月王與甘蔗　種姓而平等
雖於彼族中　汝族最殊勝　當求密嚴國
勿懷疑退心　如羊被牽拽　喘懼而前却
末那在身中　似幻鹿而住　亦如幻樹影
河中之葦荻　如王戲園苑　運動身支分
意及於意識　心心法共俱　此法無自性
猶雲聚非實　藏識一切種　習氣所纏覆
如彼摩尼珠　隨緣現衆色　雖住有情身
如鵝王無垢　是決定種性　亦爲大涅槃
名從於相生　相從因緣起　以諸形相故
而起於分別　分別由二因　外相心習氣
第七末那識　應知亦復然　諸根意緣會
發生於五識　與心所相應　住身如宮室
正智常觀察　一切諸世間　從於如是因
而生彼諸果　眞如非異此　諸法互相生
與理相應心　明了能觀見　此即是諸法
究竟圓成性　亦爲妄所計　一切法不生

諸法性常空　非無亦非有　如幻亦如夢
及乾闥婆城　陽焰與毛輪　煙雲等衆物
種種諸形相　名句及文身　如是執著生
成於遍計性　根境意和合　熏習成於種
與心無別異　諸識由此生　資於互因力
是謂依他起　善證自覺智　現於法樂住
是即說圓成　衆聖之境界　佛及諸佛子
證此名聖人　若人證斯法　即見於實際
唱言我生盡　梵行亦已立　所作無不成
不受於後有　解脫一切苦　斷滅於動搖
熏習皆已焚　劫盡猶不轉　生法二無我
照見悉皆空　無始來積集　種種諸戲論
無邊衆過患　一切皆已除　譬如熱鐵團
熱去鐵無損　如是解脫者　惑盡得清涼
入於無漏界　密嚴之妙國　此土最微妙
非餘者所及　惟佛與菩薩　清淨之所居
三摩地現前　此以而爲食　欲生斯剎者
善習勝瑜伽　復爲諸有緣　分別廣開示
名本從相生　相復從緣起　從相生分別
不契圓成性　根境鉼衣等　假法共和合
分別從此生　了知而別異　若動若非動
一切諸世間　皆因癡暗生　愚冥以爲體
短長等諸色　音聲與香界　甘苦堅滑等
意識同所緣　所有諸善惡　有爲無爲法
乃至於涅槃　斯爲智之境　念念常遷轉
皆因識以生　末那緣藏識　如磁石吸鐵
如蛇有二頭　各別爲其業　染意亦如是
執取阿賴耶　能爲我事業　增長於我所
復與意識俱　爲因而轉謝　於身生煖觸
運動作諸業　飲食與衣裳　隨物而受用

騰躍或歌舞　種種自嬉遊　持諸有情身
皆由意功力　如火輪垂髮　乾闥婆之城
不了惟自心　妄起諸分別　身相器世間
如動鞦韆勢　無力不堅固　分別亦復然
分別無所依　但行於自境　譬如鏡中像
識種動而見　愚夫此迷惑　非諸明智者
仁主應當知　此三皆識現　於斯遠離處
是即圓成實　持進等菩薩　及聖目乾連
尋聲與遍觀　百千萬億剎　種種寶嚴飾
綺麗無等雙　於彼微妙境　密嚴最殊勝
極樂妙喜剎　下方俱胝國　一切諸世尊
皆讚如斯土　謂無有終始　威德化自然
本昔佛所居　超出於三界　豐樂非執受
寂靜自無爲　自利及利他　功業悉成滿
不於欲界中　成佛作佛事　要往密嚴土

證於無上覺　俱胝諸世尊　欲中施佛事
先從於此國　化爲無量億　正定常相應
神通以遊戲　遍於諸國土　如月無不現
隨諸衆生類　所應而化益　十地華嚴等
大樹與神通　勝鬘及餘經　皆從此經出
如是密嚴經　一切經中勝　仁主及諸王
宜應盡恭敬　欲色無色界　無想等天宮
如來逈已超　而依密嚴住　此土諸宮殿
如蓮備衆飾　是一切如來　淨智之妙相
佛及諸菩薩　常在於其中　世尊恒住禪
寂靜最無上　依自難思定　現於衆妙色
色相無有邊　非餘所能見　極樂莊嚴國
世尊無量壽　諸修觀行者　色相皆亦然
或見天中天　赫奕含衆彩　瞻蔔雌黃色
真金明月光　孔雀頸如蓮　相思子之聚

虹電珊瑚色　或現清羸身　或著蒭摩衣
或寢草茅等　或處蓮華上　猶如千日光
或見諸菩薩　頂飾蟠龍髻　金剛帝青寶
莊嚴爲寶冠　或見輪幢文　魚商佉等相
或見光麗色　如蜺而拖空　或以須彌山
置之於掌內　或持大海水　安於牛跡中
或現作人王　冕服當軒宇　輔佐皆恭敬
共宣於國化　或現密嚴場　寂靜修定者
說於自證境　先佛所知法　或說得轉依
心慧皆解脫　自在三摩地　如幻無礙身
或現境不染　斷諸取著業　以智燒見薪
不受於諸有　譬如膏炷盡　燈滅而涅槃
或示修諸度　大會施無遮　持戒苦行等
種種諸儀則　極樂莊嚴國　人非胎藏生
微妙金色身　光明淨圓滿　彼衆之境界
皆悉具瑜伽　若比於密嚴　百分不及一
極樂界中人　自然隨念食　牟尼勝自在
定爲甘露味　種種寶樹林　遊憩於其下
金沙布其地　顯現殊勝剎　淨妙之寶蓮
開敷功德水　如是殊勝境　不可得爲喻
彼皆蓮華生　恭敬無量壽　善修三摩地
愛樂佛功德　專精迴向者　悉皆生彼國
衆相以莊嚴　皎鏡無塵垢　金剛藏說已
自現於已身　或如於指節　或復如芥子
漸細如毫端　百分之一分　或現善逝身
聲聞與緣覺　衆色及餘類　乃至種種形
各隨其所宜　而說於諸法　或說於菩薩
入諸地了知　五法三自性　八識二無我
得於如幻定　隨意所成身　自在諸神通
十力四無畏　住於不退轉　得淨之所依

入於佛地中　無漏之蘊界　永離餘變易
寂然而常住　或說於菩薩　善妙而遊履
猶夢像水月　瑜祇所行道　得首楞嚴定
十種如幻身　十無盡願圓　證成等正覺
據妙蓮華座　相好甚端嚴　無量諸佛子
恭敬而圍遶　或說諸菩薩　願力現衆形
遍遊於十方　歷事恒沙佛　是諸菩薩等
其身甚微妙　出入常自在　不住有無中
譬如天神仙　及諸健闥縛　依彼妙高住
或處於虛空　地行諸有情　對之而不見
如是諸菩薩　現形亦復然　非修觀行人
無能覩之者　或說諸菩薩　得於勝靜慮
處處現受生　示入無餘界　或說諸菩薩
能以於定力　自在轉所依　不住眞實際
無量有情處　隨現差別身　身雖種種殊
其心一平等　猶如於地水　亦如於日月
或說諸菩薩　常以大悲心　憐愍諸有情
輪迴處生死　竛竮受窮獨　貪病衆苦煎
下賤與形殘　安之不憂惱　如蜂處舶上
飄然入海中　沿泝而往來　須臾數萬里
爲說非我法　生死速無常　令其知滅壞
刹那暫不住　或說於諸佛　及以菩薩等
明見衆有情　醉在於渴愛　爲分別苦逼
於無相法中　妄取種種相　計著能所取
心恒被縲紲　不能得解脫　溺生死海中
馳蕩無休息　貧賤而孤露　往來無所依
譬如大海中　蛛蝥網難住　諸佛及菩薩
如彼住船者　普憐諸有情　運出生死難
隨其若干類　爲現差別身　說施戒等門
種種諸勝行

大乘密嚴經卷上

音釋

樴所洽切與揷同　礫郎狄切小石也　礦古猛切金璞也　喘尺兗切疾息也　磁牆之切吸鐵石也　鞦韆鞦音秋韆音千鞦韆繩戲也　憩去例切息也　縲紲縲倫追切纆也紲私列切繫也　蝥莫侯切蠿蝥蜘蛛別名也

大乘密嚴經卷中

唐三藏沙門不空奉詔譯

入密嚴微妙身生品第二之二

爾時大會中有普賢衆色大威德菩薩摩訶薩與其同類持世菩薩摩訶薩持進菩薩摩訶薩曼殊室利菩薩摩訶薩神通王菩薩摩訶薩得大勢菩薩摩訶薩解脱月菩薩摩訶薩金剛𦒿菩薩摩訶薩大樹緊那羅王菩薩摩訶薩虚空藏菩薩摩訶薩等乃至摩尼大寶藏殿無量諸天復有密嚴土中諸瑜祇衆與彼無量俱胝佛刹來聽法者聞説密嚴甚深功德於法恭敬定得轉依恒居此土不生餘處咸共悲愍未來世中一切有情普欲等慈爲作饒益各共瞻仰金剛藏菩薩摩訶薩一心同聲以偈問曰

尊者具辯才　惟願見開示　世間諸色像
其誰之所作　爲如工造瓶　泥輪以埏埴
爲如奏樂者　擊動所成音　爲如一物體
有三種自性　爲已成未成　咸在於一物
云何種種色　一物而建立　爲兜率所作
夜摩所作耶　他化自在作　大樹緊那羅
善見天所作　色究竟天耶　螺髻梵王作
無色天作耶　一切天主作　自然所作耶
變化之所作　諸佛所作耶　爲餘世界中
佛子之所作　是諸作衆色　惑亂而建立
所起於惑亂　如鹿見陽焰　譬如於瓶處
爲德之所依　一切諸世間　能住於處者
非德者屬德　非德依德者　展轉和合故
衆德所集成　諸色惟惑亂　爲亦有住耶
爲梵王所作　那羅延作耶　雄猛及勝論

數論自作耶　勝性之所作　自在自然耶
時無明所生　愛業所作耶　天仙及世定
皆悉懷疑惑　爲先無有體　猶如於幻夢
亦如熱時焰　及乾闥婆城　無始安分别
隨彼彼相續　起能取所取　如蛇有二頭
亦如起屍行　木人機所轉　空中見垂髮
及旋火輪耶

爾時金剛藏菩薩摩訶薩告普賢衆色大威德菩薩摩訶薩及餘大衆而説偈言

世間衆色像　不從作者生　亦非劫比羅
因陀羅等作　亦非祠祭果　亦非圍陀教
彼有多種因　修行不常住　亦復非無有
能持世間因　謂第八丈夫　是名爲藏識
由此成衆色　如轉輪衆瓶　如油徧在麻
鹽中有鹹味　如無常徧色　丈夫識亦然
如香在沈麝　及光居日月　遠離能所作
及以有無宗　亦離於一異　一切外道過
非智所尋求　不可得分别　定心解脱者
自覺之所證　若離阿賴耶　即無有餘識
譬如海波浪　與海雖不異　海靜波去來
亦不可言一　譬如修定者　内定清淨心
神通自在人　所有諸通慧　觀行者能見
非餘之所了　如是流轉識　依彼藏識住
佛及諸弟子　定者常觀見　藏識持於世
如以線貫珠　如輪與車合　業風之所轉
陶師運輪杖　器成隨所用　藏識與諸界
共力無不成　内外諸世間　彌綸悉周徧
譬如衆星象　布列在虚空　風力之所持
運行常不息　如空中鳥跡　求之莫能見
若離於虚空　飛翔不可得　藏識亦如是

不離自他身　如海起波濤　如空含萬像
丈夫識亦爾　蘊藏諸習氣　譬如水中月
及以諸蓮華　與水一相離　不爲水所著
藏識亦如是　習氣莫能染　如目有瞳子
眼終不自見　賴耶住於身　攝藏諸種子
徧持壽煖識　如雲覆世間　業用曾不停
有情莫能見　身者衆色成　又能作諸色
如陶師不依　以泥成衆器　世間妄分別
見牛等有角　不了角非有　因言兎無角
分析至極微　求角無所有　要待於有法
而起於無見　有法本自無　無見何所待
若有若無法　展轉互相因　有無二法中
不應起分別　若離於所覺　能覺即不生
譬如旋火輪　翳幻乾城等　皆因少所見
而生是諸覺　若離於所因　此覺即無有
名相互相繫　習氣無有邊　一切諸分別
與意而俱起　有情流轉故　圓成則不證
無始有積集　沈迷諸妄境　戲論而熏習
生於種種心　能取及所取　有情心自性
瓶衣等諸相　見實不可得　一切惟有覺
所覺義皆無　能覺所覺性　自然如是轉
愚夫不除斷　習氣心迷惑　賴耶及七識
有時而頓生　猶如海波浪　風緣之所動
洄澓而騰轉　無有斷絕時　識浪亦如是
境界風所擊　種種諸分別　自內而執取
如地無分別　庶物依以生　藏識亦復然
衆境之依處　如人以己手　還自捫其身
亦如象以鼻　取水自霑灑　復似諸嬰孩
以口含其指　是如識分別　現境還自緣
是心之境界　普徧於三有　久修觀行者

而能善通達　内外諸世間　一切惟心現
爾時金剛藏　說是妙法已　默然而止住
思惟於法界　微妙普遍定　則入諸佛境
見無量佛子　當修住密嚴　即從禪定起
放光而普照　欲色與無色　及無想天宮
如是光明中　復現諸佛剎　悉見無量佛
相好妙端嚴　種種微妙色　皆從佛身出
隨其所愛樂　世間作利益　皆使彼佛子
稱讚密嚴名　欣然相顧視　復作如是說
密嚴妙無垢　能除一切罪　觀行者勝處
其土最姝妙　我等聞名字　心生大喜悅
各從其所住　俱來詣密嚴　色盡螺髻梵
及與淨居天　希慕此密嚴　佛子所生處
同心而共聚　咸請梵王言　我等今云何
得至密嚴土　天王若往彼　我等當營從

爾時螺髻梵　聞諸天衆言　遽即與同行
中路迷所適　梵王先覺悟　以慧審觀察
彼勝觀行境　何階而可至　欲色自在者
非彼所能詣　非空處識處　及與非非想
并餘外道宗　邪定者能往　云何作善巧
得至於密嚴　或以天中天　威神力加護
能令至亟往　得會密嚴宮　螺髻梵發聲
即時盡歸命　見佛滿空界　威光而熾然
告彼梵王言　汝當還本殿　如來密嚴剎
是觀行之境　非想尚難階　色者何能往
梵王從諸佛　聞如是告已　退還於本處
尋至梵天宮　時淨居諸天　各各共相議
螺髻梵天王　威神不能往　當知密嚴土
勝妙難思議　自非如幻定　誰能詣斯剎
此會開大衆　稱讚功德聲　生於奇特心

乃白金剛藏　我等皆樂聞　惟垂演深法
爾時金剛藏　即告大衆言　如來所説法
誰能盡敷演　自覺之聖智　境界不思議
非深觀行人　云何可開示　時持進夜摩
自在諸佛子　異口同音言　惟願速宣説
神通與曼殊　慈氏緊那王　及餘修定者
咸皆作是請　諸天持明仙　空中奏衆樂
同心而勸請　惟垂爲宣説　如是勸請已
各坐於勝座　梵王承佛力　還來此會中
復白金剛藏　作於如是問　今此諸大會
嚴飾未曾有　悉是尊者子　聽慧無等倫
皆於尊者處　渴仰而求法　我今猶未知
所問爲何等　憍臘與勝墮　及頂生輪王
爲是少年馬　爲是古仙傳　甘蔗種之子
千弓持國王　欲色無色中　人天等之法
爲是菩薩行　獨覺及聲聞　乃至傾羅明
星象等衆論　惟願如其事　次第而演説
我等及天人　一心咸聽受　爾時解脱月
持世虛空藏　大勢觀自在　總持自在王
寶髻與天冠　金剛手寂慧　及寶手大士
幷諸最勝子　皆從俱胝剎　來坐蓮華宮
咸請金剛藏　惟願大慧説　過去及未來
牟尼清淨智　仁於佛親受　明了心不疑
此衆皆樂聞　願尊時演説　定王金剛藏
普告大衆言　如來所説法　非我具能演
惟除佛菩薩　威神之所護　我今志心禮
自在清淨宮　摩尼寶藏殿　佛及諸佛子
我以敬心説　如來清淨智　能令紹佛種
汝等應諦聽　此非諸王論　及輪王儀軌
但示於密嚴　如來之種性　正定者境界

諸佛之勝事　如來微妙智　離於能所覺
是故非我力　能演此甚深　但以佛威神
從佛而聽受　此智甚微妙　是三摩地華
佛在密嚴中　正受而開演　遠離諸言說
及以一切見　若有若無等　如是四種邊
是名最清淨　中道之妙理　密嚴諸定者
於此能觀察　離著而轉依　速入如來地
時諸佛子衆　從尊聞是語　頭面禮雙足
恭敬而白言　我等愛樂法　如渴人思飲
如遊蜂念蜜　瑜伽自在尊　惟願正宣說
令諸菩薩衆　於定得自在　智慧大威德
及諸刹土王　深解觀行者　咸欲聞如來
所說甚深法　皆願聽尊者　微妙梵帝聲
如來所悅可　深遠善巧聲　演說殊勝義
悉令得明了　金剛藏告言　如來所說義
眞實甚希有　離相難可見　如空中無物
見影爲希有　如來所說義　希有亦復然
空中風鳥跡　其形不可見　牟尼演妙理
難見亦復然　世間之事喻　智者能明了
諸佛所宣說　譬喻不能知　今我之所見
如夢乾城等　此會有觀行　具大智慧者
通達眞實義　無不皆明了　云何爲是人
說佛難思境　然今所開演　憑佛威神力
一切最勝子　至心應諦聽　如來妙言說
句義皆相應　超越心境界　遠離於譬喻
猶如蜂採華　先者取精粹　是諸後至者
皆悉味其餘　勝牟尼亦然　先得妙法味
我則飲其餘　今爲衆宣說　天中天境界
增悅諸明智　實非意測量　言象所能表
示同人形色　相好以嚴身　現於勝妙宮

寶冠以爲飾　圓光及輪輻　種種皆成就
照耀於宮殿　能除外道憍　諸佛四時中
恒依密嚴住　而於一切處　現生及涅槃
純善少減時　惡生及濁亂　隨彼之意樂
利益諸有情　業用無暫停　常住密嚴剎
此之清淨處　瑜祇安樂宮　濁亂少減時
顯示如來相　譬如淨滿月　影徧於衆水
佛以一切身　隨宜而應化　如來淨智境
觀行者皆見　或現大自在　或現那羅延
或現迦毗羅　住空而說法　或現圍陀者
常行及妙喜　童天及尸棄　羅護都年盧
或現緊那羅　甘蔗日種姓　及諸國王等
一切所瞻奉　或作大醫王　示現於衆人
金剛等衆寶　銅鐵及諸礦　明珠與鈆錫
紅碧二玻瓈　隨彼諸有情　愛樂而顯現
由佛加持力　令彼悉安樂　天女及龍女
乾闥婆之女　欲界自在女　不能動其心
超勝欲境界　及勝色界色　空處及識處
無所有之處　非想非非想　於彼不迷惑
無想諸定者　未離於惑纏　非安非清淨
流轉於諸有　有身者所生　非如密嚴國
密嚴微妙土　清淨福爲報　解脫知見人
最勝之依處　具十種自在　六通三摩地
皆以意成身　如佛於彼現　修行於十地
檀等波羅蜜　一切相好華　常以爲嚴飾
遠離於分別　亦非無覺了　無有我意根
慧根常悅樂　施等諸功德　淨業悉圓滿
得佛勝所依　密嚴之淨國　此土最微妙
不假日月明　佛及諸菩薩　清淨光恒照
密嚴中衆聖　其光逾聚日　無有晝夜時

亦無老死患　殊勝密嚴宮　諸天所希慕
最上瑜伽者　地地而進修　了知一切法
皆以心爲性　善說阿賴耶　三性法無我
其身轉清淨　而生密嚴國

胎藏生品第三

爾時金剛藏　菩薩摩訶薩　復告螺髻梵
天主應當知　一切有情身　九物以爲性
有爲相遷動　能造所造俱　精血共和合
增長於不爲　爲無量諸業　之所常覆纏
如毒樹所生　扶踈而蓊鬱　貪瞋等煩惱
增長亦如是　九月或十月　生於滿足時
既從胎藏出　顛危受諸苦　天主應當知
此諸有情類　皆由業力故　驅馳運動生
或自人中來　或以傍生趣　非天與羅刹
龍及於諸鬼　或以持明族　天趣之勝身
或於瑜祇中　退失三摩地　輪王之貴族
而來生此中　如是既生已　諸根遂增長
隨親近宿習　復造於諸業　由斯業力故
輪迴諸趣中　若有諸智者　聞法得覺悟
離文字分別　入三解脫門　得證眞實理
清淨之殊勝　上上最清淨　即住於密嚴
能徧俱胝刹　隨宜而應現　天主如是生
永脫諸險趣　是名爲丈夫　亦名爲智者
亦名天中天　佛子衆圍繞　天主應當知
胎藏身虛僞　非從自性生　非從癡愛業
以皆因相有　了達滅無餘　亦離於分別
及以於文字　能如斯觀者　即住密嚴場
若諸修定人　住定攀緣境　即便爲聲色
誑惑生取著　不能得堅固　亦名散動心
以斯邪定縛　流轉生三界　若有勝瑜祇

善住三摩地　遠離能所取　寂然心不生
是名眞實修　無相觀行者　欲生密嚴土
常應如是觀

自作境界品第四

爾時金剛藏　菩薩摩訶薩　復告螺髻梵
天主應當知　八種九種心　常與無明轉
能生諸世間　皆心心法現　由彼流轉故
諸識與諸根　無明所變異　本心堅不動
世間及根境　皆從十二支　能生及所生
刹那而壞滅　梵世至非想　亦從於因緣
惟有天中天　能離作所作　有情及無情
動與不動法　皆如於瓶等　滅壞以爲性
天主應當知　諸識甚微細　遷流而速疾
是佛之境界　諸仙及外道　假稱是牟尼
以言互相縛　而貪種種色　於此生滅識
悉皆不能知　假使一千歲　思惟四吠陀
行施得梵天　還當有退落　或四月苦行
祠祭所獲果　或修異類壇　事火所求福
或修三趣法　宰羊以祈禱　得果還有退
梵王何不悟　三德果繫屬　不堅如芭蕉
惟以智解脱　得生密嚴土　定者證斯境
方能往彼宫　是故大梵天　應當善修習
密嚴中之人　無生死眷屬　一切有情識
不斷亦不壞　諸業無染著　亦無染熏習
如蓮不著水　猶空不染塵　日月無雲翳
瑜伽者亦爾　速修是觀行　如來所攝持
沐之淨戒流　飲以智慧液　由修淨戒智
生死得解脱　天主應當知　有情蘊處界
衆法所合成　悉皆無所有　眼色等爲緣
而得生於識　猶火因薪熾　識起亦復然

境轉隨妄心　猶鐵逐磁石　如乾城陽焰
愚渴之所取　中無能造物　但隨心變異
復如乾城人　往來皆不實　衆生身亦爾
進止悉非眞　亦如夢中見　寤後即非有
妄見蘊等法　覺已本寂然　四大微塵聚
離心無所得　世間可持物　孰非四非成
譬如風疾緣　惑亂見諸境　起屍無作者
世間法亦然　汝等諸佛子　應當善觀察
世間諸動植　猶如水聚沫　瓶衣妄想等
不實如陽焰　苦樂等諸受　方之水上泡
衆行如芭蕉　中無有堅實　是識如幻事
虛僞悉非眞　於彼三界中　動與不動法
皆同於夢境　迷心之所現　亦如幻化事
及乾闥婆城　但誑於愚夫　初無有眞實
佛子覺此法　其心無所畏　慧火焚諸患
即生密嚴國　世間皆無相　相爲所繫縛
無相爲吉祥　相乃心境界　心境界非眞
眞爲慧境界　遠離於衆相　慈悲之所行
無相徧一切　三界皆清淨　聲色等衆相
名爲三界法　一切諸根境　有情之縛因
由慧得解脫　安樂而自在　時寶髻菩薩
坐殊妙之座　向於金剛藏　而作如是言
徧諸俱胝刹　尊者爲上首　成就最妙智
了達所知法　於無量悉檀　皆已得明見
今在修行衆　能淨於彼疑　覺察有情身
一切之本起　以妙音演暢　窮劫不能盡
應當爲衆會　説離諸逆順　似非似等因
及以眞實法　令此諸智者　心淨無有疑
捨於諸蘊因　不久得解脫　蘊因法非法
生此身後身　智則能脫苦　愛則爲堅縛

有情心所起　由色及以明　作意等衆緣
馳散於諸境　迅疾甚奔電　難可得覺知
無明及愛業　以之而濁亂　諸法意先導
意速意殊勝　法與意相應　皆以意爲性
譬如摩尼寶　顯現於衆彩　如是之妙義
佛子何不說　如衆色摩尼　隨色而顯現
仁者瑜祇中　照曜亦如是　具足如來像
恒住自在宮　佛子衆圍繞　隨宜應爲說
爾時金剛藏　菩薩摩訶薩　於法自在者
復告大衆言　密嚴微妙土　是最勝寂靜
亦是大涅槃　解脫淨法界　亦是妙智境
及以大神通　修諸觀行者　所依之妙刹
不斷亦不壞　常住無變易　水亦不能濡
風亦不能燥　非如瓶等體　勤勇成而壞
非似不似因　二種所成立　立宗及諸分
皆是不定法　以宗及以因　各執差別故
密嚴微妙刹　體是轉依識　超於分別心
非妄情境界　如來密嚴刹　無終亦無始
非微塵自性　非由於樂欲　非大自在作
非無明愛業　但由無功用　妙智之所生
出欲色無色　超無想暗網　密嚴微妙土
是阿若悉檀　非諸因明者　所量之境界
非由於勝性　自在與聲論　及吠陀等宗
之所能開顯　乃至資糧位　智慧不能了
惟是於如來　及十地智境　仁者今諦聽
愚夫迷世間　爲業及非業　我今演此義
令修勝定者　獲得於安樂　內外一切物
所見惟自心　有情心二性　能取及所取
心體有二門　即心見衆物　凡夫性迷惑
於自不能了　如瓶現色相　無體惟自心

羸定及諸仙　於此義惑亂　捨於眞實理
而行分別路　是心有二性　如鏡像月影
如月而有翳　妄見於毛輪　空中無毛輪
亦無珠瓔珞　但從病翳眼　若斯而顯現
虛妄計著者　不覺恒執取　廣現諸嚴飾
種種梵等相　一切諸有情　及與瓶衣等
內外種種事　皆悉從心起　此密嚴妙定
非餘之所有　若有修行者　生於衆福地
或生欲自在　或於色界天　乃至無相宮
色究竟天處　空識無所有　非想非非想
種種諸宮殿　漸次除貪欲　不久得生彼
密嚴觀行宮　衆佛子圍繞　自在而遊戲
汝應修此定　如何著親屬　親屬常繫縛
輪轉生死因　男女意惑亂　精血共和合
如蟲生臭泥　此中生亦爾　九月或十月
肢體漸增長　時至出胎已　譬如蟲蠕動
從此而長大　乃至心了知　我觀諸有情
生生悉如此　父母無有數　妻子亦復然
於諸世間中　無處不周徧　譬如彼石女
夢已忽生子　生已方歡喜　尋又見其亡
悲哀不自勝　忽然從睡覺　不見有其子
初生及後終　又夢遊山川　城邑與園苑
一切諸境界　世間共受用　彼此互相見
馳騁而往來　運轉與屈伸　無量之境界
及從於睡覺　一切皆非有　亦如多欲者
夢見於女人　顏貌甚端嚴　服玩皆珍琦
種種恣歡樂　覺已悉皆無　一切諸世間
當知亦如是　正位及營從　父母等宗姻
但誑於愚夫　體性皆非實　汝於三摩地
何故不勤修　無量諸聲聞　獨覺及菩薩

住山間樹下　寂靜修禪處　摩羅耶乳海
頻陀婆利師　摩醯因陀羅　雞羅雪山等
或止圓生樹　或住嬌微那　處須彌半腹
或憩如意樹　絆住劒摩羅　於中而宴默
或食贍部果　及飲甘露味　具足諸神通
而常修此觀　過去未來世　坐於蓮華臺
結跏住等引　如是常觀察　善攝諸根故
不散一切境　如以鉤制象　住定亦復然
世間若出世　一切諸餘定　佛定淨無垢
貪愛皆遣除　徧愛無色定　無想等禪中
見彼日月形　蓮華與深險　如空大衆色
邪定非究竟　拂除如是相　得淨無分別
則見俱胝刹　諸佛住等引　同時共舒手
以水灌其頂　即入於佛地　示現衆色形
既得種種身　則具薩婆若　力通及自在
正定陀羅尼　如是等功德　莫不皆成就
分析於諸色　乃至觀極微　自性無所有
譬如於兎角　無分無分者　蘊有蘊亦然
同於幻所作　一切皆如是　此中無業果
亦無作業人　無能作世間　設有非能作
能作待於作　何名能作人　此言成過患
說非者清淨　我者成諸境　地輪依水輪
及有情世間　次第而安布　諸趣各差別
彼此互往來　於事起諸根　而能趣於境
此等非由我　皆是於分別　展轉而變異
同於乳酪酥　如是生住滅　計業與非業
定者常觀此　如乾城與夢　無始來戲論
熏習於有情　種種之過咎　而生分別業
諸根猶如幻　境界同於夢　能作所作業
定者能遠離　惡覺微劣者　迷惑生妄計

分別於能作　一切諸世間　或謂摩尼珠
金銀等衆礦　鳥獸色差別　刺端銛以利
此等皆不同　應知無作者　世間相差別
皆從分別生　非勝性微塵　無因自然等
惡覺者妄計　不知其體性　爲業爲非業
如是起分別　如毒在於乳　隨變與相應
一切處分別　諸法亦如是　是性亦不生
是性亦不滅　惑者不能了　種種異分別
世間惟積集　定者乃能觀　汝等應勤修
無思業非業　有情互來往　如日月照迥
在空無所依　隨風而運轉　業性其微隱
密嚴者能見　修諸勝觀行　不爲其所羈
如火燎長焚　須臾作灰盡　智火焚業薪
當知亦如是　又如燈破暗　一念盡無餘
諸業習暗冥　無始之熏聚　牟尼智燈起
剎那頓皆滅

辯觀行品第五

爾時金剛藏　菩薩摩訶薩　復告於大衆
諸仁應諦聽　譬如空閑地　欲造立宮室
匠人資土木　然後方得成　諦觀諸物中
一一皆無舍　亦如於衆指　和合以成拳
離指而推求　拳體不可得　軍師及車乘
城邑與園林　雲物須山川　瓶衣等諸相
皆是假和合　智者了如夢　如是身舍宅
諸界所集成　蘊積如崇山　欹危如朽屋
不生亦不滅　非自亦非他　如乾闥婆城
如雲亦如影　復如熱時焰　亦如觀繪事
相自於妄現　性淨離有無　亦如盲與跛
相假而得行　自性無能持　凡愚身亦爾
分析至極微　空名無實物　極微不可得

諸法亦如是　瑜伽淨慧者　作是思惟時
便於色聲等　遠離於覺念　一切意息已
泰然得解脫　不愛於諸有　常樂於等持
設有諸天仙　姝麗女人等　而來供養者
如觀夢無染　身雖住於此　外道不能見
持明與梵天　亦不覩其頂　當生摩尼宮
自在而遊戲　與諸明妃眾　離欲常歡娛
此之觀行法　薩埵之境界　仁應速修習
發於勇猛心　當生光明宮　利益於三有
則斷貪欲分　及離瞋恚癡　能詣大密嚴
寂靜殊勝處　彼無死境界　亦無識所行
遠離於諸相　非分別所得　此爲微妙處
瑜伽者相應　是故修觀行　希求於彼土
既勝於貪恚　無我亦無人　勝定汝應修
勿生於三毒　若執於境界　則有二覺王

猶如美女人　曼臉而鬒髮　多欲者見已
愛著而思惟　迷惑生染覺　專想無餘念
行來及坐起　飲食與睡眠　彼女之容姿
常現於心想　如此之惡慧　皆由妄境生
溺在境淤泥　是故不應著　或如諸世間
邪慧妄分別　於牛及山羊　設婆與麋鹿
見彼有角故　執之以爲實　而於虎兎等
便生無角解　若非見牛角　於兎寧執無
世間亦復然　妄見有所得　後求體非實
便言法定無　未捨分別來　常生是邪覺
仁應審觀察　心行諸境時　皆如妄所計
角與角角等　若諸修行者　能作如是觀
隨其所意樂　或作轉輪王　昇空而往還
具有大威力　或生日月殿　及諸星宿宮
四王忉利天　燄摩及兜率　化樂與他化

摩尼寶殿中　色界梵衆身　并十梵天處
無煩及無熱　善見與善現　阿迦尼吒宮
自在能遊戲　空識無所有　非想非非想
住彼漸除欲　乃生諸佛刹　常遊微妙定
解脱之境界　譬如因破瓶　而乃成於瓦
壞性刹那現　於常見無常　種子生於芽
芽生種已壞　又如彼陶匠　以泥而作瓶
泥若是奢摩　瓶亦如其色　或時彼匠者
兼用雜色泥　比至燒已成　各隨其泥色
從箭竹生葱　從角生於蒜　穢蠅與敗蜜
各得生於蟲　當知世間果　似因不似因
皆因變壞故　乃得生於果　衆塵成所作
體性不變壞　皆是世愚夫　而生妄分別
能作我內我　勝我不可得　亦無於意我
亦無積集因　及以親生因　不從識緣有
智者之境界　善巧力所生　拔除煩惱刺
降魔并眷屬　世間貪愛盡　如蜜能消瘦
諸仙由有貪　流轉生諸趣　多時所熏習
譬如瞋恚蛇　煩惱火燒然　流轉險惡趣
離貪即解脱　當勤修觀行

趣入阿賴耶品第六

爾時金剛藏　菩薩摩訶薩　復告諸大衆
仁等應當知　我昔蒙佛力　加持得妙定
明見俱胝刹　修行世定者　諸佛與佛子
清淨所住處　於中惟密嚴　安樂最第一
諸佛坐蓮華　有如殊妙殿　我尋從定起
一心以瞻仰　自見住密嚴　佛子衆圍繞
復見解脱藏　住在於宮中　身量如指節
色相甚明朗　如空淨滿月　如阿恒思華
我即心自念　是誰難思事　即便見已身

在於彼腹內　亦於中普見　一切諸世間
蓮華藏佛子　以佛神力故　亦皆如是見
咸歎不思議　天中天作已　即攝威神力
大衆悉如是　希有妙難思　瑜祇種種色
是佛之境界　諸仁應當知　佛昔爲菩薩
從彼歡喜地　得至於離垢　發光及焰慧
難勝與現前　遠行及不動　善慧法雲地
獲得陀羅尼　生無盡句義　首楞嚴等定
及以意成身　細性與輕性　大性及意樂
尊貴欲壽等　獲斯八自在　如應而顯現
遊戲於密嚴　名稱妙光明　功德皆成就
轉復得清淨　現成等正覺　化爲佛菩薩
種種妙色像　自然徧一切　而轉妙法輪
速令諸衆生　以智斷諸惑　利樂諸趣已
還住密嚴中　或有諸大士　見佛現色身
莊嚴吉祥相　光明自然發　熾盛如火聚
住於蓮華宮　與諸觀行人　嬉遊安樂定
三摩地自在　處所最殊勝　或見於大樹
緊那羅王身　現於百千億　種種之變化
光明皎如月　徧照諸國土　或見兜率天
無量諸佛子　身如帝青色　功德相莊嚴
首飾摩尼冠　坐於殊勝殿　光明普照曜
一切智通達　或見於普賢　具有大威力
得於一切智　四無礙辯才　身相現光明
獨勝無倫匹　住如滿月殿　密嚴之定海
徧見衆色像　賢聖所稱歎　無量諸天衆
及乾闥婆等　明仙及國王　眷屬衆圍繞
或見最勝子　并諸觀行師　寂靜而住禪
儼如在眠睡　遠離於沈怠　順行諸佛教
勤苦而清羸　示同於外道　六欲及梵天

有頂至贍部　於中而現化　多種之光明
神通調御者　赫奕而熾盛　或見爲導師
降胎示誕育　出家修靜慮　乃至般涅槃
佛智不思議　一切皆圓滿　得自在無畏
人天等歸依　仁者應當知　諸佛之體性
智慧最無比　惟佛所能知　如釋迦已獲
人中勝師子　汝等咸當得　生信勿懷疑
信即爲佛體　必當得解脫　或作轉輪王
及以諸粟散　乃至生梵宮　而爲彼天主
轉生蓮華藏　在彼佛會中　蓮華而化生
獲大精進力　由此降魔衆　及欲熏習因
志意無怯弱　證成一道法　紹繼於佛事
得王諸國土　若欲得作佛　當淨佛性道
種性既淨已　諸佛即授記　瑜祇轉覺悟
不久當成佛　一切修行者　而爲作依怙

譬如彼天地　亦爲衆所依　如於妙行者
能療一切病　覺者亦如是　能除虚妄疾
得無分別心　支解不傾動　内外之境界
了達皆惟識　能遠離於我　亦離於我所
所能害所害　及以於害具　一切悉皆是
意識之境界　皆依阿賴耶　如是妄分別
如珠合日光　相感而生火　此火非珠出
亦非從日生　心意識亦爾　根境意和合
能生於諸心　如海起波浪　此性非陽焰
亦非於夢幻　非同如是等　迷惑之所取
非同龜鼈毛　及與於兎角　又如雷電合
震發而生火　此火爲從水　爲從雷電生
意無有定知　此大從生處　如火爲從水
造作於瓶等　欲等諸心法　與心而共生
和合無定性　當知亦如是　心境不思議

密嚴者知見　有情之藏護　無始妙俱生
如涅槃虛空　擇滅無爲性　遠離於三世
清淨常圓滿　如月有虧盈　顯現諸國土
循環體是一　其性無增減　愚夫所分別
見月有增減　往來於四洲　而實無盈缺
如是之藏識　普現有情界　其體無增減
圓潔常光明　愚夫妄分別　恒於賴耶識
計著有增減　應知亦如是　若有於此識
能正而了知　即便得無漏　轉依位差別
如是差別法　得者甚爲難　藏識亦如是
與七識俱轉　熏習以相應　體性而無染
猶如河中水　隨水以漂流　而水與於流
體相各差別　藏識亦如是　諸識習氣俱
而恒性清淨　不爲其所業　清淨與雜染
皆依阿賴耶　聖者現法樂　等引之境界
人天等諸趣　一切佛刹土　如是染淨法
如來藏爲因　由彼悟成佛　爲諸乘種性
一切諸衆生　有具於威力　自在諸功德
殊勝諸吉祥　乃至險惡處　上中下差別
賴耶恒住中　徧爲作依止　悉是諸有情
無始時來果　以諸業習氣　而能自增長
亦復而增長　所餘之七識　由是諸愚夫
執以爲內我　能作所依我　輪迴於生死
意識在身中　迅疾如風轉　業風所吹動
徧住於諸根　常與七識俱　流轉如波浪
微塵與勝性　自在及時方　悉是淨賴耶
於中妄分別　賴耶由業力　及愛以爲因
成就諸世間　種種之品類　愚夫恒不了
執之爲作者　此識之體相　微細甚難知
未見於眞實　心迷不能覺　常於根境意

而生於愛著　金剛藏復言　無畏諸佛子
如是賴耶體　云何不見聞　衆身之所依
性淨恒無染　具足三十二　佛相及輪王
徧於三界中　而現種種色　猶如淨空月
衆星所環繞　藏識與諸識　住身亦如是
亦如欲天主　天女衆圍繞　顯於寶宮殿
藏識亦如是　如江海諸神　水中而自在
藏識處於世　當知亦如是　如龍依水天
如百川歸海　如樹王依地　現心亦如是
如日在宮殿　旋繞妙高山　諸天皆敬禮
佛地心亦爾　十種諸地中　修行一切行
在於菩薩身　顯現於大法　徧利與安樂
如來常稱讚　地地皆清淨　故號爲佛子
在於菩薩身　是即名菩薩　佛與諸菩薩
皆是賴耶名　佛及最勝子　已授當授記
廣大阿賴耶　當成等正覺　即此賴耶體
密嚴者能見　由最勝瑜祇　妙定相應故
諸佛與緣覺　聲聞及外道　證理無畏人
所觀皆此識　種種諸識境　皆從心所變
瓶衣等衆物　如是性皆無　悉依阿賴耶
所見皆迷惑　謂以諸熏習　妄生能所取
體非如幻化　非陽焰毛輪　非生非不生
空性空遠離　有無皆無性　長短等亦然
智者觀幻事　此皆惟幻術　未曾有一物
與幻而同起　有情所分別　如幻而可見
陽焰毛輪相　二俱不可得　離一亦無二
無過世當世　此皆識變異　無幻無幻名
諸性無所得　是幻幻所作　世間有迷惑
其心不自在　妄說有能幻　幻成種種物
動搖及往來　雖現皆非實　如鐵因磁石

所向而轉移　藏識亦如是　隨於分別種
一切諸世間　無處不周徧　如日摩尼寶
無思及分別　此識徧諸趣　見之謂流轉
不死亦不生　本非流轉法　如夢見生死
覺悟即解脫　佛子若轉依　即名解脫者
此即是諸佛　最勝之教理　審量一切法
如稱如明鏡　照曜如明燈　試驗如金石
正道之標相　遠離於斷滅　修習勝定者
皆由清淨因　令離諸雜染　轉依而顯現

大乘密嚴經卷中

音釋

埏埴（埏尸連切埴丞職切埏埴和黏土也）洄澓（洄胡瑰切澓房六切洄澓水漩流也）蓊（烏孔切蓊䕮草木盛貌）騁（丑郢切馳騖也）銛（思廉切利也）羈（居宜切羈係也）彪（補尤切小虎也）

大乘密嚴經卷下

唐三藏沙門不空奉　詔譯

我識境界品第七

爾時金剛藏菩薩摩訶薩徧觀十方從髻珠中出大光明照諸世界及他化自在天宮并密嚴中諸佛子衆放斯光已即告一切佛法如實見菩薩言仁主雪山之中有一惡獸名爲能害有千變詐以取諸獸應可食者殺而食之若見牡獸名能之者即須便爲呼子之聲害而食之若時或見有角之獸便現有角與其相似而往親附令無所畏殺而食之見牛羊等種種諸獸悉同彼形而肆其害仁主如彼能害現種種形以殺諸獸一切外道亦復如是於阿賴耶所生我見執著我相猶如惡獸變種種形亦如彼彼自類計我各各差別乃至極小猶如微塵仁主是諸我執依何而住不住於餘但住自識計我之人言我與意根境和合而有識生本無有我如華與衣合即有香氣若未和合衣即無香是故當知但惟有識心及心法若離於識心心所法則無有我如器中果如燈照瓶如伊尸迦文闍之草而可得者但以因緣心心法生此中無我亦無有生微妙一相本來寂靜此是覺悟勝觀行者自證境界如彼惡獸多所傷殺然諸外道亦復如是養育增長世間惡見無知法智而彊分別執有執無若一若多我我所論所以者何由不覺悟惟識性故思渴邪慧往來馳騖生死輪轉遠離諸佛菩薩善友違背解脫動揺正慧不能修持八支聖道於彼三乘乃至一乘都無所證由起執著不見聖

諦於密嚴名號尚不得聞何況其土而能得入仁主諸深定者咸於此識淨除我見汝及諸菩薩摩訶薩亦應如是旣自勤修復爲人說令其速入密嚴佛土

阿賴耶即密嚴品第八

爾時金剛藏　爲明此藏識　即密嚴之義
告如實見言　如磁石吸鐵　常能自轉動
如蘊車性定　轉動由習氣　草木土竹等
及繩以成舍　和合而可見　身蘊亦如是
起屍磁石鐵　轉動如有情　一切皆亦然
如是蘊無我　時寶手菩薩　白衆色王言
王今應請問　金剛藏定者　一切諸世間
所有於衆識　無覺離於覺　遠離諸言詮
相應不相應　二種之名字　彼世間所有
自性云何住　此會諸佛子　專心咸願聞
衆色最勝王　即隨義而問　名相等境界
一切世間法　爲惟是分別　爲離分別有
如是所立名　是名依何住　金剛藏聞已
即告色王言　一切惟有名　亦惟想安立
從能詮異故　所詮不可得　四蘊惟名字
是故說爲名　如名摩納婆　但名無有體
諸佛及佛子　說名惟在相　離相而有名
不可得分別　是故依於相　分別有諸名
如匿兎未勿　假名不可得　相相無所有
愚夫妄分別　世間亦如是　離相無有名
瓶衣車乘等　名言所分別　色相雖可說
體性無所有　世間衆色法　但相無有餘
惟依相立名　是名無實事　王應觀世法
離名無所有　但以分別心　而生於取著
若離於分別　取著即不生　無生即轉依

證於無盡法　是故大王等　常應觀想事
但是分別心　離此即無有　形相體增長
散壞質與身　皆惟色之想　相名及分別
如是等衆名　體性本無異　隨於世俗儀
建立名不同　若捨離名字　而求於物體
過去及未來　此皆不可得　但諸識轉變
無有所知法　所知惟是名　世間悉如是
以名分別法　法不稱於名　諸法性如是
不住於分別　以法惟名故　相即無相體
相無名亦無　何處有分別　若得無分別
身心恒寂靜　如木火燒已　畢竟不復生
譬如人負擔　是人名負者　隨其擔有殊
擔者相差別　名如所擔物　分別名擔者
以名種種故　分別各不同　如見杌爲人
見人以爲杌　人杌二分別　但有於名字

諸大和合中　分別以爲色　若離於諸大
體終不可得　如德依瓶處　瓶依名亦然
捨者而取瓶　瓶終不可得　瓶不住瓶體
名豈住於名　二合分別生　名量亦非有
住於如是定　其心不動搖　譬如金石等
本來無水相　與火共和合　若水而流動
藏識亦如是　體非流轉法　諸識共相應
與法同流轉　如鐵因磁石　周迴而轉移
二俱無有思　狀若有思覺　賴耶與七識
當知亦復然　習氣繩所牽　無人而若有
徧滿有情身　周流於險趣　如鐵與磁石
展轉不相知　或離於險趣　而得住諸地
神通自在力　如幻首楞嚴　乃至陀羅尼
莫不皆成滿　讚佛實功德　以之爲供養
或現無量身　一身無量手　肩頭口及舌

展轉皆無量　往詣十方國　供養諸如來
雨華及衣服　頭冠與瓔珞　種種寶莊嚴
積如須彌等　供養薩婆若　佛及諸佛子
或作寶宮殿　如雲備衆彩　化現諸天女
遊處於其中　妓樂衆妙音　供養於諸佛
或與佛菩薩　遊止常共俱　一切諸魔怨
自在而降伏　得自覺聖智　正定以莊嚴
已轉於所依　即見法無我　五法三自性
及與八種識　能成就諸明　住定常供養
或現身廣大　或現如微塵　種種諸色身
供養於諸佛　或身納諸剎　剎入芥子中
大海爲牛跡　牛跡或爲海　其中諸有情
無有所逼惱　平等施資用　如地及日月
如水及火風　如寶洲妙藥　普能作饒益
長養諸有情　諸法不生滅　不斷亦不常
不一亦不異　不來亦不去　妄立種種名
是爲徧計性　諸法猶如幻　如夢與乾城
陽焰水中月　火輪雲電等　此中妄所取
是爲徧計性　由彼彼名詮　以名彼彼法
於彼不可得　是爲徧計性　一切世間法
不離於名色　若離於能詮　所詮不可得
如是徧計性　我說爲世間　眼色等爲緣
因三和合起　聲依桴鼓發　芽從地種生
宮寶與瓶衣　無非衆緣起　有情及諸法
此悉依地性　若法是無漏　其義不可捨
自覺聖智境　此性名眞實　諸法相差別
已說其自性　若離自性門　諸法不明了
如衆物和合　現作幻化形　衆色雖不同
性皆無決定　世事悉如是　種種皆非實
妄情之所執　徧計無有餘　譬如摩尼寶

隨色而像現　世間亦復然　但隨分別有
體用無所在　是爲徧計性　如乾闥婆城
非城而見似　亦非無有因　而能如是見
世間種種物　應知亦復然　日月等宮殿
諸山及寶山　烟雲相擊觸　未嘗有雜亂
無共無自他　體性皆非有　但是所分別
徧計之自性　諸物非因生　亦非無有因
若有若非有　此皆情所執　名依於相起
二從分別生　正知及如如　遠離於分別
心如相顯現　相爲意所依　意與五心生
猶如海波浪　習氣無有始　境界亦復然
心因習氣生　境令心惑亂　依止賴耶識
一切諸種子　心如境界現　是說爲世間
七識阿賴耶　展轉互相生　如是八種識
不常亦不斷　一切諸世間　似有而安布
有計諸衆生　我等三和合　發生種種識
了別於諸境　或有妄計言　作者業因故
生於梵天等　內外諸世間　世間非作者
業及微塵作　但是阿賴耶　變現似於境
藏識非緣作　藏亦不作緣　諸識雖流轉
無有三和合　賴耶體常住　衆識與之俱
如輪與水精　亦如星共月　從此生習氣
新新自增長　後增長餘識　餘識亦復然
如是生死轉　悟者心無轉　譬如火燒木
漸次而轉移　此木既已燒　復更燒餘木
依止賴耶識　無漏心亦然　漸除諸有漏
永息輪迴法　此是現法樂　成就三摩地
衆聖由是生　從刹至於刹　譬如微妙金
在礦不能見　智者巧陶鍊　其金乃明顯
藏識亦如是　習氣之所纏　三摩地淨除

覺者常明見　如酪未鑽搖　酥終不可得
是故諸智者　鑽酪而得酥　藏識亦復然
諸識所纏覆　密嚴諸定者　覲觀乃能得
密嚴是大明　妙智之殊稱　佛子勤修習
生於此刹中　色及無色界　空識非非想
於彼常勤修　而來生是處　此中諸佛子
威光猶日月　修行得正定　演説相應道
諸佛與灌頂　咸皆授其位　如來所證法
隨見而轉依　雖處密嚴場　應物而變化
隨彼愛樂法　住空而演説　是時金剛藏
復告大衆言　賴耶無始來　爲戲論熏習
諸業所繫縛　轉輪無有窮　亦如於大海
因風起波浪　恒生亦恒滅　不斷亦不常
由不悟自心　隨識境界現　若了於自心
如火焚薪盡　通達於無漏　則名爲聖人
藏識變衆境　彌綸於世間　意執我我所
思量恒流轉　諸識類差别　各各了自境
積集業爲心　徧積集名意　了别名爲識
五識取現境　如翳見毛輪　隨見而迷惑
於似色心中　非色計於色　譬如摩尼珠
日月光所照　隨其所應現　各雨自類物
阿賴耶亦爾　如來清淨藏　和合於習氣
變現周世間　與無漏相應　雨諸功德法
譬如乳變異　成酪至酪漿　藏識亦如是
變似於衆色　如翳見毛輪　有情亦復爾
以惡習氣翳　住藏識眼中　於諸非色處
此所見諸色　猶如於陽焰　遠離於有無
皆頼耶所現　仁者依眼色　而生似色識
如幻住眼中　飄動猶熱焰　色皆是藏識
與色習相應　變似體非有　愚夫妄分别

諸惛醉放逸　坐卧及狂走　頓起諸事業
皆是賴耶識　猶如盛赫日　舒光照於地
蒸氣如水流　渴獸望之走　賴耶亦復爾
體性實非色　而似於色現　惡覺妄生著
如磁石吸鐵　迅速而轉移　雖無於情識
似情識而動　如是賴耶識　爲生死所攝
往來於諸趣　非我而似我　如海中漂物
無思隨水流　賴耶無分別　依身而運動
譬如二象鬬　被傷者永退　賴耶亦如是
斷染無流轉　譬如淨蓮華　離泥而皎潔
人天皆受用　莫不咸珍敬　如是賴耶識
出於習氣泥　轉依得清淨　佛菩薩所重
譬如殊勝寶　野人所輕賤　若用飾冕旒
則爲王頂戴　如是賴耶識　是清淨佛性
凡位恒雜染　佛果常寶持　如美玉在水
苔衣所纏覆　賴耶處生死　習氣縈不現
於此賴耶識　有二取相生　如蛇有二頭
隨樂而同往　賴耶亦如是　與諸色相具
一切諸世間　取之以爲色　惡覺者迷惑
計爲我我所　若有若非有　自在作世間
賴耶雖變現　體性恒甚深　於諸無知人
悉不能覺了　譬如於幻師　幻作種種獸
或行而或走　似有情非實　賴耶亦如是
幻作於世間　一切諸有情　體性無眞實
凡愚不能了　妄生於取著　起微塵勝性
有無異分別　及與於梵天　丈夫等諸見
分別皆是意　分別於世間　此之分別見
本來無有實　譬如畫中質　亦如虹霓像
及以雲中物　翳眼見毛輪　女人窺鏡容
如夢覩衆色　如帝弓谷響　樹影與乾城

熱時陽焰水　池中明月像　如是諸計度
於賴耶妄取　觀察是等時　諦了惟藏識
即達世間相　所依一切法　是諸分別見
即皆而轉滅　賴耶是意等　諸法習氣依
常爲於分別　心之所擾濁　若離於分別
即成無漏道　常恒而不變　猶若於虛空
若於阿賴耶　獲得三摩地　則生無漏法
如意定解脱　及以四無畏　十力并善巧
自在與神通　如是諸功德　起十究竟願
意成微妙身　永轉於所依　識界常安住
體同虛空性　不壞亦不盡　如來悉明見
世間無增減　有情復不生　涅槃者非滅
此刹及餘刹　同於一法性　諸佛出於世
或不出於世　法性本常住　不常亦不斷
又若解脱者　而有情界滅　即壞於如來
一切之智性　三世諸佛境　不得於平等
又若般涅槃　有情界滅者　是誰離於苦
得有餘無餘　降魔伏邪見　皆應是妄說
是故應當知　諸勝觀行者　若證於解脱
其身則常住　永離於取蘊　滅除諸習氣
譬如以熱鐵　投之於冷水　熱勢雖已除
其鐵體無壞　諸仁應當知　阿賴耶如海
常爲於戲論　麤重風所擊　五法三自性
諸識浪相續　所有於境界　其相如飄動
於無義處中　似義實無體　若悟則皆空
轉依恒無盡　住密嚴如月　影現於十方
應知賴耶識　行於蘊稠林　末那爲先導
意識能決了　色等一切境　及以五識身
與根境和合　了於現境界　自境之所取
皆是阿賴耶　藏識與壽煖　及觸和合性

末那依此識 識復住於意 所餘五種識
亦住於自根 心意及諸識 而安住於蘊
爲業習繫縛 流轉無有窮 如是所有業
皆由於貪愛 既以業受身 復以身造業
捨於此身已 更受於餘身 前後以依因
餘行如水蛭 心及諸心所 相續生諸趣
更展轉積集 住諸蘊稠林 壽煖及與識
若捨離於身 身則無覺知 猶如於木石
藏識是爲心 執我名爲意 能取諸境界
以是說爲識 採集業爲心 意爲徧採集
意識能徧了 五識現分別 心能持於身
末那著諸趣 意識能徧了 五識緣自境
藏識以爲因 從是生餘識 意意識所緣
無間而流轉 五識復更待 增上緣而生
同時自根事 是爲增上故 是身如起屍
亦如熱時焰 隨行因緣轉 非妄亦非實
爲愛之所牽 性空無有我 意等識轉識
與心而共生 五識復更依 意識而因起
如是一切時 大地而俱轉 賴耶爲於愛
所重而增長 既自增長已 復增於餘識
展轉不斷絕 猶如於井輪 以有諸識故
衆趣而生起 於是諸趣中 識復得增長
識與世間法 更互以爲因 譬如河水流
前後而不斷 亦如芽與種 相續而轉生
各各相差別 分明而顯現 識行亦如是
既三和合已 而復更和合 差別相而生
如是而流轉 常無有斷絕 內外一切法
皆因此而起 愚不了惟心 汝等勤觀察
時衆色王等 復向金剛藏 而作如是言
金剛藏無畏 善入於密嚴 能演一切法

佛及諸佛子　正定而思惟　無比甚奇特
顯明於法相　金剛藏無畏　垂見爲宣說
尊處摩尼宮　居師子勝座　最勝子圍繞
住於密嚴定　願爲諸佛子　說瑜伽勝法
此是月幢佛　爲衆所開演　彼衆當來此
願說而無倦　此月幢如來　亦現多神變
於欲界宮殿　及於色界中　與佛子圍繞
諸天皆侍衛　所說勝理趣　密嚴無畏法
彼諸瑜伽者　聞說如是已　得自覺聖智
內證之境界　怖於尼夜摩　及正位之樂
不住於實際　定中互觀察　而皆各念言
誰已證實相　觀行之上首　願得見斯人
此衆咸一心　復更重思惟　何者是於定
云何爲非定　復於何所定　又復以何法
爲定所待緣　彼諸佛子等　復於何所定
以三摩地力　見密嚴土中　清淨最勝子
菩薩衆之王　首戴於寶冠　具三十二相
及以隨形好　而作於嚴飾　彼諸佛子等
悉皆從定起　挂微妙寶瓔　從無量佛土
而來於此會　同共以一心　瞻仰金剛藏
大智瑜伽尊　彼等皆思惟　得法樂而請
金剛藏見已　周顧於四方　發於和雅音
微笑而告曰　汝等諸佛子　一心咸諦聽
瑜祇定境界　甚深不思議　非分別所知
定及緣亦爾　遠離欲不善　及以諸散動
有尋伺喜樂　寂靜入初禪　如是漸次第
四八至于十　著我諸外道　常修習此定
聲聞辟支佛　亦復皆如是　各知於世間
諸法之自相　蘊處如空聚　一切皆無我
無思無動作　但三和合生　如機關起屍

本無能作者　外道修是定　起於空性見
此人迷法相　壞於一切法　若修佛妙定
善知蘊無我　即發勝福聚　滅除諸惡見
一切皆惟心　無能相所相　無界亦無蘊
一切皆無相　分析至微塵　此皆無所住
愚夫妄分別　彼地水等性　不知其性者
取於如是相　妙色及惡色　似色餘亦然
如空中虹霓　雲霞等衆彩　思惟如骨鎖
徧滿於世間　及徧處想觀　觀於諸大等
身有色無色　定者常諦思　若於緣一心
即緣說清淨　如其所分別　即彼成所緣
非定非定者　妄計以爲定　定者在定中
了世皆藏識　法及諸法相　一切皆除遣
獲於勝定者　善說於諸定　破諸修定人
妄智所知法　若人生劣慧　取法及於我
自謂識諦言　善巧說諸法　計著諸法相
自壞亦壞他　無能相所相　妄生差別見
甜味能除熱　苦酸鹹止痰　辛味除於冷
鹹能去風疾　黃痰變異故　共生於瘧病
或時但因風　或因三和合　疾既有差別
古仙設衆方　石蜜等六分　糖沙及諸味
能除有情身　種種諸瘧病　若法有自性
及以諸相者　藥無除病能　病者不應差
云何世咸見　服藥病消除　定者了世間
但是賴耶識　變異而相續　譬如衆幻獸
無能相所相　無蘊及蘊者　亦無支分德
及以有支分　世間無能作　亦無有所作
無塵積世間　無方處往者　無初最微細
漸次如一指　乃至三指量　實物轉和合
末那各差別　如是義皆無　非勝性作世

亦非時能生　亦非愛樂性　及三法所作
亦非無有因　自然而得有　斯由業習氣
擾濁於內心　依心及眼根　種種妄分別
意及於意識　有情阿賴耶　普現於世間
如幻師造物　若能入惟識　是則證轉依
若說於空性　則知相惟識　瓶等本無境
體相皆心作　非瓶似瓶現　是故說爲空
世間所有色　諸天等宮殿　變異而可見
皆是阿賴耶　有情身所有　從頭至手足
頓生或漸次　無非阿賴耶　習氣濁於心
凡愚不能了　此性非是有　亦復非是空
如人以諸物　擊破於瓶等　物體若是空
即無能所破　我如妙高山　此見未爲礙
憍慢而著空　此惡過於彼　自處爲相應
不應非處說　若演於非處　甘露即爲毒
一切諸有情　生於種種見　欲令斷諸見
是故說空理　聞空執爲實　不能斷諸見
此見不可除　如病醫所捨　譬如火燒木
木盡火不留　見木若已燒　空大亦應滅
諸見得滅時　生於智慧火　普燒煩惱薪
一切皆清淨　牟尼由此智　宻嚴而解脫
不見以兎角　觸壞於大山　曾無石女兒
執箭射於物　未聞欲闘戰　而求兎角弓
何有石女兒　能造於宮室　一切法空性
與法常同體　始於胎藏時　色生便壞滅
離空無有色　離色無有空　如月與光明
始終恒不異　諸法亦如是　空性與之一
展轉無差別　所爲皆得成　是身如死屍
本來無自性　貪愛繩繫縛　境界所牽動
說微妙空理　爲淨於諸見　其有智慧人

應當一心學　譬如工幻師　以諸呪術力
草木等衆縁　隨意之所作　依於根及愛
色明與作意　發生於明識　無實如幻焰
是識無來處　亦不去餘方　諸識性皆爾
有無不變著　如毛輪兎角　及以石女兒
本來無有體　妄立於名字　師子虎熊羆
馬驢馲駝類　黿龜與瑇瑁　彼等皆無角
何故不分別　惟言兎角無　最勝談論人
云何不成立　爲慧者顯示　但彼妄分別
外道衆迷惑　如瘖及聾瞽　彼無起度智
亦無內證法　但隨他語轉　何用分別爲
若妄起分別　不生於密嚴　定者獲等至
及能生此國　譬如天宮殿　日月及衆星
環繞妙高山　皆由風力轉　七識亦如是
依於阿賴耶　習氣之所持　處處恒流轉
譬如依大地　能生卉木類　一切諸有情
乃至衆珍寶　如是賴耶識　衆識之所依
譬如孔雀鳥　毛羽多光色　雄雌相愛樂
鼓舞共歡遊　如是阿賴耶　種子及諸法
展轉相依住　定者能觀見　譬如百川流
日夜歸大海　衆流無斷絶　海亦不分別
如是賴耶識　甚深無涯底　諸識之習氣
日夜常歸往　如地有衆寶　種種色相殊
諸有情受用　隨福而招感　如是賴耶識
與諸分別俱　增長於生死　轉依成正覺
善修清淨行　出過於十地　入於佛地中
十力皆圓滿　正住於實際　常恒不壞滅
現種種變化　如地無分別　如春衆華色
人鳥皆欣玩　執持識亦然　定者多迷取
如是諸佛子　無慧離眞實　於義不善知

妄言生決定　非法離間語　誑惑於有情
諸法別異住　而別起言說　譬如工幻師
善用於呪術　示現種種華　華果實無有
如是佛菩薩　善巧智方便　世間別異住
別異而變現　說種種教門　誘誨無窮已
決定眞實法　密嚴中顯現　六界與十八
十二處丈夫　意繩之所牽　有情以流轉
八識諸界處　共起而和合　從於意繩轉
前身復後身　此流轉丈夫　隨世因示現
是一切身者　續生無斷絕　六界與丈夫
及以十二處　十八界意行　說爲自在者
爾時金剛藏　菩薩摩訶薩　說於諸界處
丈夫之義已　他化清淨宮　摩尼寶藏殿
諸無畏佛子　悉皆稽首禮　他方佛菩薩
來居此會者　悉皆共同聲　而讚言善哉

復有諸菩薩　諸天及天女　皆從本座起
合掌一心敬　遞共相瞻顧　而作如是言
定中上首尊　善爲諸菩薩　說妙丈夫義
遠離外道論　最勝子宣示　六界淨丈夫
但是諸界合　隨因以流轉　譬如衆飛鳥
空中現其跡　又如離於木　而火得熾然
空中見鳥跡　離木而有火　我及諸世間
未曾覩是事　鳥飛以羽翰　空中無有跡
仁者說丈夫　與鳥跡相似　云何於諸有
得有輪迴義　而說界丈夫　常流轉生死
受諸苦樂果　所作業無失　如農夫作業
功必不唐捐　此果成熟已　能生於後果
身者於身中　而修於善行　前生後生處
恒受人天樂　或常修福德　資糧爲佛因
解脫及諸度　成於無上覺　生天自在果

觀行見眞我　若離趣丈夫　一切悉無有
於業業果報　所作無虛棄　下從阿鼻獄
上至於諸天　謂有趣丈夫　流轉於生死
內外諸世間　種現芽生果　此法似於彼
彼從於此中　若離趣丈夫　得有輪迴者
如言石女子　威儀而進退　兎角有銛利
從沙而出油　會中諸菩薩　諸天及天女
說如是語已　供養應供者　即金剛藏尊
及諸菩薩衆　供養事畢已　同作如是言
法眼具無缺　因喻皆莊嚴　能摧於異論
外道諸宗過　既降伏他已　顯示於自宗
是故大勇猛　宜爲速開演　我等咸願聞
大慧者應說　爾時金剛藏　菩薩摩訶薩
聞諸天殷請　即時而告言　汝等諸天人
一心應諦聽　此法深難思　分別不能及
瑜伽清淨理　因喻所開敷　我現於密嚴
今爲汝宣說　密嚴甚微妙　定者殊勝處
爾時金剛藏　說如是語已　復告於大樹
緊那羅王言　大樹緊那王　汝應當觀察
云何諸法性　性空無所有　如是見相應
於定不迷惑　如飯一粒熟　餘粒即可知
諸法亦復然　知一即知彼　譬如鑽酪者
嘗之以指端　如是諸法性　可以一觀察
法性非是有　亦復非是空　藏識之所變
藏以空爲相　大樹緊那王　即時而問曰
云何心量中　而有界丈夫　云何生諸界
堅濕及煖動　爾時金剛藏　菩薩摩訶薩
聞其所說已　而告如是言　善哉大樹王
能發其深問　願令修定者　得詣於眞實
我今爲汝說　琴師應諦聽　汝昔自他化

與諸眷屬俱 鼓樂從空來 乘於寶宮殿
如是諸天侶 而同詣佛會 撫奏妙寶琴
其聲甚和雅 聲聞在會者 各遞相謂言
我樂見樹王 緊那衆遊戲 及所乘宮殿
妙寶以莊嚴 汝奏琉璃琴 衆心皆悅動
迦葉聲聞等 不覺起而舞 由妙音和樂
不能持本心 時天冠菩薩 告迦葉等言
汝等離欲人 云何而舞戲 是時大迦葉
白彼天冠士 佛子有大力 譬如毗嵐風
聲聞無定智 如黑山搖動 雖離惑分别
尚染習氣泥 分證於實際 未斷於諸習
若捨諸麤重 必當得菩提 汝於微細境
巧慧具諸論 帝釋世間明 於彼法通達
及緊那羅論 如來清淨理 善於諸地相
明了而決定 端居寶殿中 眷屬共圍繞
光明淨嚴好 猶如盛滿月 觀行得自在
處衆能問答 問我界丈夫 云何從心起
汝及諸佛子 咸應一心聽 如其諸界内
心名爲丈夫 諸界因此生 是義我當說
津潤生於水 焰盛生於火 動搖諸作業
因斯起風界 從於色分齊 有虛空及地
識與諸境界 習氣能生身 眼及諸色等
相狀各不同 此無門作門 諸有恒相續
時摩尼寶藏 自在之宮殿 持進大菩薩
與諸最勝子 俱時從座起 稽首而作禮
各持妙供具 供養金剛藏 覆以寶羅網
同聲而讚佛 聖者善安住 菩薩法雲地
悟入如來境 應現實難量 能爲諸大士
開示佛知見 時緊那羅王 并諸婇女等
供養而讚歎 金剛藏無畏 摩尼寶宮殿

嚴淨勝道場　爲我等開演　如來微妙法

爾時聖者觀自在菩薩摩訶薩慈氏菩薩摩訶薩得大勢菩薩摩訶薩曼殊室利法王子菩薩摩訶薩神通王菩薩摩訶薩寶髻菩薩摩訶薩天冠菩薩摩訶薩總持王菩薩摩訶薩一切義成就菩薩摩訶薩如是等菩薩摩訶薩及餘無量修勝定者皆是佛子威德自在決定無畏善能開示觀行之心俱從座起互相觀察向金剛藏菩薩摩訶薩而說偈曰

金剛自在尊　能示於法眼　諸佛所加護
菩薩皆宗仰　善達於地相　巧能而建立
佛子大力衆　同心皆勸請　定王願哀愍
顯示於密嚴　佛及佛子等　甚深奇特事
此法最清淨　遠離於言說　化佛諸菩薩
昔所未開敷　自覺智所行　見眞無漏界
微妙現法樂　清淨最無比　具衆三摩地
無量陀羅尼　諸自在解脫　意成身七種
殊勝色清淨　照明於法界　善逝不思議
嚴剎亦如是　佛及諸菩薩　身量如極微
乃至如毛端　百分中之一　密嚴殊妙剎
諸土中最勝　如是觀行者　咸來生此中
是皆何所因　佛子願宣說　爾時金剛藏
菩薩摩訶薩　身如師子臆　具三十二相
以隨好莊嚴　將欲廣開示　觀察彼大會
猶如師子王　知衆堪聽聞　古先佛祕旨
我今演法眼　離於能所覺　金剛藏即發
清淨梵音聲　迦陵頻伽聲　廣長舌相聲
巧妙無麤獷　世間稱歎聲　廣略美暢聲
克諧種律聲　高韻朗徹聲　乾馱羅中聲
雄聲與直聲　羯尸迦哀聲　歌詠相應聲

急聲及緩聲　深遠和暢聲　一切皆具足
衆德以相應　聞之而離著　心無所猒倦
一切皆欣樂　悉能盡通達　所有音聲相
自然而普應　無作無功用　金剛藏菩薩
口未曾言說　所有諸音聲　但由本願力
從眉額及項　鼻端肩與膝　猶如於變化
自然出妙音　普爲諸大衆　開示於法眼
勇猛金剛藏　住於自在宮　最勝子圍繞
清淨而嚴潔　如鵝王在池　群鵝而翼從
大定金剛藏　處於師子座　映蔽於一切
所有修行人　猶如月在空　光映於列宿
如月與光明　而無有差別　金剛藏威德
與佛亦復然　爾時如實見　菩薩之大力
修行中最勝　住於瑜伽道　即從座而起
觀察大衆言　奇哉大乘法　如來微妙境
一切佛國中　佛子應頂禮　無思離垢法
諸佛所觀察　希有甚微妙　大乘清淨理
非惡覺境界　轉依之妙道　八種識差別
三自性不同　五法二無我　各各而開示
五種習所纏　生諸妄分別　見此微妙法
清淨如眞金　得於眞性者　則住佛種性
如來性微妙　離聲聞外道　密嚴諸刹勝
證者乃能往　尊者金剛藏　已得何等持
所說淨法眼　是何等持境　時無量菩薩
復禮金剛藏　大智金剛尊　願爲我開演
住何三摩地　而能說是法　此諸佛子等
一切皆樂聞　爾時金剛藏　處自在宮殿
觀察於大會　自心而念言　此法不思議
十力微妙境　由慧之所持　誰當堪聽受
已見堪任者　皆諸佛之子　即時而告言

汝等當諦聽　我今爲汝說　轉依之妙道
我爲諸佛子　他化自在衆　以得三摩地
名大乘威德　住於此定中　演清淨法眼
亦見億塵刹　所有諸善逝　那庾多塵億
在前而讚歎　善哉汝所說　此是瑜伽道
我等悉皆行　如是三摩地　於斯得自在
清淨成正覺　十方一切佛　皆從此定生
當知最殊勝　非思量所及　若有諸菩薩
得住此定中　即住不思議　諸佛之境界
證於自智境　見三摩地佛　變化百千億
乃至如微塵　自覺聖智境　諸佛所安立
此法無諸相　遠離於聲色　名從於相生
相從因緣起　此二生分別　諸法性如如
於斯善觀察　是名爲正智　名爲徧計性
相是依他起　遠離於名相　是名第一義

藏識住於身　隨處而流轉　習氣如山積
染意之所纏　末那有二門　意識同時起
五境現前轉　諸識身和合　猶如有我人
住在於身内　藏識暴流水　境界風所飄
種種識浪生　相續恒無斷　佛及諸佛子
能知法無我　已得成如來　復爲人宣說
分析於諸蘊　見人無我性　不知法無我
是說爲聲聞　菩薩所修行　善達二無我
觀已即便捨　不住於實際　若住於實際
便捨大悲心　功業悉不成　不得成正覺
希有難思智　普利諸有情　如蓮出淤泥
色相甚嚴潔　諸天聖人等　見之生愛敬
如是佛菩薩　出於生死泥　成佛體清淨
諸天所欣仰　從初菩薩位　或作轉輪王
或住乾闥婆　阿脩羅王等　了悟大乘法

獲於如是身　漸次而修行　決定得成佛
是故諸佛子　宜應一心學　所有雜染法
及與清淨法　恒於生死中　皆因賴耶轉
此因勝無比　證實者宣示　非與於能作
自在等相似　世尊說此識　爲除諸習氣
了達於清淨　賴耶不可得　賴耶若可得
清淨非是常　如來清淨藏　亦名無垢智
常住無終始　離四句言說　佛說如來藏
以爲阿賴耶　惡慧不能知　藏即賴耶識
如來清淨藏　世間阿賴耶　如金與指環
展轉無差別　譬如巧金師　以淨好眞金
造作指嚴具　欲以莊嚴指　其相異衆物
說名爲指環　現法樂聖人　證自覺智境
功德轉增勝　自共無能說　現法諸定者
了達境惟心　得於第七地　悉皆而轉滅
心識之所緣　一切外境界　見種種差別
無境但惟心　瓶依等衆幻　一切皆無有
心變似彼現　有能取所取　譬如星月等
依須彌運行　識識亦復然　恒依賴耶轉
賴耶即密嚴　妙體本清淨　無心亦無覺
光潔如眞金　不可得分別　性與分別離
體實是圓成　瑜伽者當見　意識緣於境
但縛於愚夫　聖見悉清淨　猶如陽焰等

爾時世尊說是經已金剛藏等無量菩薩摩訶薩及從他方來此會者微塵數衆聞佛所說皆大歡喜信受奉行

大乘密嚴經卷下

音釋

鶩亡遇切馳也　羆班糜切熊屬　馲駝馲他各切駝虫何切馲駝　瑇瑁瑇徒耐切瑁莫佩切瑇瑁龜屬

佛說大集會正法經

宋西天三藏朝奉大夫試鴻臚卿傳法大師施護奉詔譯

清刻龍藏佛說法變相圖

佛說大集會正法經卷第一 同第二卷

宋西天三藏朝奉大夫試鴻臚卿傳法大師施護奉詔譯

如是我聞一時佛在王舍城鷲峯山中與大
苾芻衆萬二千人俱尊者阿惹憍陳如尊者
摩訶目乾連尊者舍利子尊者摩訶迦葉尊
者思勝尊者羅睺羅尊者善容尊者賢護尊
者賢吉祥尊者目吉祥尊者大勢至尊者滿
慈子尊者善吉尊者哩嚩諦尊者栴檀軍如
是等皆大阿羅漢是時有菩薩摩訶薩其名
曰慈氏菩薩摩訶薩普勇菩薩摩訶薩童子
吉祥菩薩摩訶薩童子住菩薩摩訶薩童子
賢菩薩摩訶薩無所減菩薩摩訶薩妙吉祥
菩薩摩訶薩普賢菩薩摩訶薩善現菩薩摩
訶薩金剛軍菩薩摩訶薩藥王軍菩薩摩訶
薩如是等六萬二千菩薩摩訶薩衆復有最

勝樹王天子賢天子善賢天子法愛天子栴檀藏天子香住天子栴檀香天子如是等一萬二千天子衆復有妙身天女極信天女自在主天女吉祥目天女世吉祥天女大世主天女大力天女妙臂天女如是等八千天女衆復有優鉢羅龍王伊羅鉢怛囉龍王底民誐隸龍王勝器龍王最上器龍王妙善龍王妙枝龍王象頭龍王如是等八千龍王衆俱來集會到佛所已咸各頭面禮世尊足右遶三帀退坐一面是時世尊默然而住爾時會中有菩薩摩訶薩名曰普勇即從座起偏袒右肩右膝著地合掌恭敬而白佛言世尊此會菩薩及諸聲聞天人衆等悉皆來集樂欲聽佛宣說妙法此諸大衆咸一諦觀如來應供正等正覺殊善色相樂入佛法以樂法心觀佛相故久修習者即能遠離一切障染初修習者即發無上修善法心不復暫起諸不善想作是白已爾時佛告普勇菩薩言我有正法名大集會於閻浮提廣大流布若有衆生暫得聞者是人設有五逆重罪皆得銷滅不復退轉於阿耨多羅三藐三菩提普勇於汝意云何汝謂是人得聞法者所獲福聚與一佛等普勇菩薩白佛言如是世尊佛言普勇汝莫作是見作是見者非眞實見普勇菩薩復白佛言世尊當云何見即知是人眞實福聚佛言普勇彼聞法者所獲福聚與殑伽沙數量如來應供正等正覺所有福聚等無有異又復普勇若有聞是正法者一切皆住不退轉地即得一切如來常所觀察一切如來常現在前降伏魔軍圓滿善法是人即能

於生滅理皆悉了知一切皆得成就阿耨多羅三藐三菩提爾時會中諸菩薩衆從座而起俱白佛言世尊如一佛福聚其量幾何佛言諸善男子汝等諦聽一佛福聚所有數量譬如有人竭大海水盡灑閻浮於此水中惟取一渧作一殑伽河沙數量如是一渧而復一渧窮大海水一一渧成一殑伽河此一一河滿中沙數盡爲菩薩皆住十地彼諸菩薩所有福聚寧爲多不諸菩薩衆俱白佛言甚多世尊佛言諸善男子一佛福聚復多於彼有聞法者轉倍是數又復諸善男子若有衆生於後末世聞是正法生信解心所獲福聚轉增於彼無量無邊不可稱計爾時普勇菩薩復從座起而白佛言世尊諸有衆生樂求法者當云何求佛言普勇諸求法者略有二種一者於一切衆生起平等心二者如所聞法爲衆生說普勇菩薩白佛言世尊如所聞法又復云何爲衆生說佛言普勇亦有二種一者以所聞法迴向菩提二者於大乘法愛樂趣求而復長時心無懈退若能如是爲衆生說是得名爲眞求法者爾時會中諸天子天女衆各從座起住立佛前合掌向佛而白佛言世尊我等深心樂求正法如佛世尊大慈大悲能滿一切衆生心願願爲我等廣分別說爾時世尊即於會中放大希有淨妙光明普照大衆是時普勇菩薩白佛言世尊以何因緣放是光明佛告普勇菩薩言汝今當知今此會中有發阿耨多羅三藐三菩提心者於佛世尊生難遭想尊重恭敬勸請說法以是因緣放斯光明普勇菩薩復白佛言世

尊諸有衆生發阿耨多羅三藐三菩提心者云何修習而能成就佛言善哉善哉汝大勇猛於大衆中能以此義問佛世尊利益一切疾成佛道汝今亦能以此善根成就阿耨多羅三藐三菩提如汝所問今爲汝說汝當諦聽我念往昔過阿僧祇劫有佛出世號寶吉祥如來應供正等正覺明行足善逝世間解無上士調御丈夫天人師佛世尊我於彼時爲摩拏嚩迦令諸衆生安住佛智忽於一時見一鹿王受諸苦惱我於是時竊作是念云何當能代此鹿王而受諸苦復自思惟一切衆生輪轉三界未離苦者皆亦如是即發願言願我當來得成佛已一切衆生離諸苦惱生我佛刹安住佛智普勇我以如是善根大願力故即得阿耨多羅三藐三菩提爾時普勇菩薩聞是說已復白佛言世尊彼佛世時衆生壽量其數幾何佛言衆生壽量滿八十劫普勇菩薩又復問言以何劫量而登彼壽佛言普勇彼劫量者譬如有人造一大城廣十二由旬高三由旬於彼城中置以胡麻悉皆充滿忽有一人百年一來取一胡麻而擲於外如是一來一擲乃至胡麻擲盡城亦破壞此劫數量亦復未盡又復譬如有一大山廣二十五由旬高十二由旬有長壽天百年一來一坐其上以憍尸迦衣拂其山石如是一來一拂乃至彼山拂盡其劫數量亦復未盡普勇如是名爲劫量是時普勇菩薩又白佛言世尊若人以一善根迴向菩提獲大福聚得壽命八十劫何況有人於佛深妙法中廣大修習其所得福不可稱計佛言普勇若

有衆生得聞是大集會正法者所獲壽命八萬四千劫何況更能於此正法書寫讀誦彼獲福聚轉倍於前不可等比又復普勇若人聞此正法起淨信心恭敬尊重是人九十五劫得宿命智六萬劫爲轉輪王爲一切人之所尊重悉皆愛敬不爲刀杖毒藥所能侵害臨命終時有九十五俱胝佛面現其前安慰彼人作是告言勿生怖畏汝先已聞大集會正法有大福聚是時彼九十五俱胝佛皆爲授記一一來生我佛刹中何況以此正法令盡有情界廣大流布皆悉得聞普勇菩薩復白佛言世尊我今於此大集會正法樂欲聽受心無猒足佛言善哉善哉非惟汝心樂法無猒我於此法喜大宣說亦復無猒何況諸凡夫類於此正法起猒足心又復普勇若有善男子善女人於此正法深生信樂是人於千劫中不壞正信五千劫中不墮惡趣萬二千劫中遠離愚癡八千劫中不生邊地二萬劫中勇猛布施二萬五千劫中常生天界二萬五千劫中常行梵行四萬劫中遠離眷屬之所癡縛不爲煩惱所能昏蔽五萬劫中受持正法六萬五千劫中安住正念普勇彼善男子善女人更不復起作罪業心一切魔怨不能侵害在在所生不處胎藏又復有人於此正法聽受讀誦是人八萬劫中得聞持具足於千劫中離殺生業九萬九千劫中離妄語業一萬三千劫中離兩舌業普勇當知以是事故此大正法不可得遇至於名字亦不可得聞爾時普勇菩薩摩訶薩益加恭敬右膝著地禮世尊足前白佛言世尊若有人於

此正法生輕謗者是人得幾所罪佛言甚多普勇菩薩復白佛言彼所獲罪其數幾何佛言普勇若人於十二殑伽沙數諸佛所起大惡心其罪尚輕若於是正法起輕謗心者其所獲罪甚多於彼何以故普勇若人於彼正法起輕謗者是即發起破大乘心以煩惱火而自焚燒普勇菩薩復白佛言世尊一切衆生業習所纏輪轉生死不能解脱佛言普勇如是如是譬如有人自斷其頭時有一人持以良藥所謂摩叱迦良藥虞尼那嚩良藥竭哩多嚩良藥帶梨那嚩良藥如是等良藥塗所斷頭普勇於汝意云何汝謂是人還活其命不普勇菩薩白佛言不也世尊是人雖塗良藥其何能活普勇彼輪轉者亦復如是復次普勇譬如一時有二丈夫各持利刀互欲害命以力相敵故俱不能害惟致瘡損苦痛亦甚時忽有人持以良藥爲塗其上其瘡即愈彼二丈夫既得愈已憶念往苦互相謂言我等從今不復更起相殺害心普勇諸有智者亦復如是雖復造業即能追悔而於正法不生棄背如是漸能趣向一切離生死法復次普勇如世間人捨壽報已雖有父母憂惱啼泣而更不能爲依爲怙彼凡夫類不能自利亦不利他不造善業亦復如是臨命終時無所依怙略有二種一者自造諸不善業復勸他作二者於佛正法起輕謗心普勇菩薩復白佛言世尊若有於佛正法生輕謗心者是人命終當墮何處佛言普勇彼謗法者命終已後當墮地獄受大苦惱所謂大可怖地獄衆合地獄炎熱地獄極炎熱地獄黑繩地

獄阿鼻地獄嚕摩訶哩沙地獄呼呼尾地獄
如是等八大地獄中一一地獄受一劫苦普
勇菩薩復白佛言甚苦世尊我今於此不忍
聽聞爾時世尊即爲普勇菩薩説伽陀曰
我所説地獄　汝怖不忍聞　彼地獄苦惱
衆生業自造　若作諸善業　定獲安樂果
作諸不善者　必得苦惱報　生苦與死苦
憂苦等纒縛　不造諸樂因　愚人常苦惱
智者得安樂　信樂大乘法　念佛最上智
永不墮惡趣　普勇汝當知　前前世業感
少種一善因　定獲廣大果　如世種增長
百穀皆無失　善因生佛刹　獲果亦如是
智者修善法　遠離諸苦因　彼成衆德本
獲最上安樂　若能平等施　善法一毫量
於八萬劫中　獲廣大財富　在在所生處
常念行布施　以施三寶故　展轉報無盡
爾時普勇菩薩聞佛説是伽陀已即白佛言
世尊云何於此大集會正法乃能了知而得
聽受佛言普勇若人於十二殑伽沙數如來
應供正等正覺所圓滿善根即得聽聞此大
集會正法普勇菩薩復白佛言世尊云何能
得如是善根圓滿佛言普勇若能於一切如
來平等知見是即善根圓滿普勇復言云何
能於一切如來平等知見佛言若於法師尊
重恭敬是即能於一切如來平等知見普勇
又言而復云何於法師尊重恭敬佛言若人
於出世道發趣向心是即於法師所尊重恭
敬普勇如是等皆能圓滿善根佛言普勇此
大集會正法有大功德利益一切若人能聽
受書寫讀誦者是人獲大福聚不可稱計普

勇正使四方一一方各有十二殑伽沙數如來應供正等正覺皆住十二劫說此大集會正法聽受功德而不能盡又復四方各有如上殑伽沙數如來應供正等正覺皆住如上劫說此書寫功德亦不能盡又復四方各有如上殑伽沙數如來應供正等正覺皆住如上劫說此讀誦功德亦復不盡普勇菩薩白佛言世尊願佛略說讀誦福聚其數幾何爾時世尊即說伽陀曰

若人能讀誦　一四句偈者　彼所獲福聚
與彼八十四　殑伽沙數佛　福聚等無異
何況能一心　安住於正法　彼福聚無盡
諸佛出於世　宣說無邊法　而實難得值

爾時有十八俱胝尼乾陀衆來詣佛所咸入會中各坐一面作如是言瞿曇我等勝汝如是三復皆作是言我等勝汝是時佛告諸尼乾陀衆言惟佛如來得眞勝名於一切處無能勝者尼乾陀言汝一瞿曇云何得勝佛言若汝尼乾陀定計勝者是顚倒見非眞實見汝等以何爲勝恣汝等說是時尼乾陀衆咸一默然互竊相視佛言汝等當知惟佛世尊於一切衆生若已入佛慧若未入佛慧利根鈍根咸使得度平等利益無有差別是可名爲無能勝者汝善思惟於自身心諸苦所逼尚不能知云何而能於此稱勝我今示汝諸佛微妙廣大正法諸尼乾陀衆聞佛是言已忽大瞋恚生不信心是時帝釋天主居善法堂以天眼見即持金剛杵來入會中而欲破壞諸尼乾陀衆咸皆驚怖生大憂惱啼泣良久即時世尊於大衆中隱身不現諸尼乾陀

衆於佛世尊方生瞻仰忽不見佛轉增憂苦即說伽陀曰

譬如人獨處　空寂曠野中　無父復無母
恐畏無救者　如江河無水　游魚無所依
樹木皆摧折　飛禽無所止　我等今怖畏
苦惱亦如是　不見佛世尊　誰爲救護者

是時諸尼乾陀衆說是伽陀已欲從座起彼二膝輪適按地時其所按地忽發大聲普震一切人天大衆諸尼乾陀咸作是念如來最勝二足尊者惟願慈悲救度我等爾時世尊即時現身還復本座告普勇菩薩言汝可爲諸尼乾陀衆說法化度普勇菩薩白佛言不也世尊譬如須彌山王殊妙高顯有小黒山而居其側云何可言相與等比今佛世尊居大衆中遣我說法亦復如是佛言止止善男子如來方便善巧於十方世界隨所說者皆是如來慈悲願力之所建立此諸尼乾陀等欣樂於我我當爲說無上法要普勇汝今可往十方世界親近諸佛宣揚法化普勇菩薩白佛言世尊我神通力而甚微小非佛大慈假我神力終不能行佛言普勇汝今以自通力及佛神力如是可往普勇菩薩承佛聖旨即從座起繞佛三帀忽於會中隱身不現爾時世尊告諸尼乾陀衆言汝等當知所謂生爲大苦由生苦故起諸怖畏謂生有病怖有病怖故而有老怖有老怖故即有死怖生何緣怖謂爲衆苦之所逼故以生爲因即有諸怖生法若無怖從何起由是即有囉惹難怖惱囉難怖惡毒難怖火難怖水難怖風難怖乃至雷雹等難怖及自作諸不善業怖如是

等怖因生而有若了生法即離諸怖是時世尊爲諸尼乾陀衆略説是怖畏法已時諸尼乾陀衆廓然開悟悔過自責俱白佛言世尊我等愚癡起不正見背眞實道違佛正法深爲過咎願佛慈悲攝受我等作是言已時十八俱胝尼乾陀衆俱發阿耨多羅三藐三菩提心即時爲十八俱胝大菩薩衆一一皆得圓滿十地乃以神通力各現種種神變及現種種身佛身菩薩身緣覺身聲聞身乃至天人龍神一切趣類等身已復各自變寶蓮華座等分其半於佛左右禮佛足已各坐其座

佛説大集會正法經卷第一

佛說大集會正法經卷第二

宋西天三藏朝奉大夫試鴻臚卿傳法大師施護奉詔譯

爾時世尊告普勇菩薩言汝今諦聽我念過去無量無數阿僧祇劫前值遇十二俱胝如來應供正等正覺同名寶上我於爾時修勇施行即以飲食衣服殊妙莊嚴珍寶瓔珞及諸華鬘塗香等一一供養彼等諸佛時諸如來皆與我授阿耨多羅三藐三菩提記普勇我復又念過去劫中值遇十八俱胝如來應供正等正覺同名寶光我亦是時修勇施行亦以如上諸供具等一一供養彼等諸佛時諸如來亦皆與我授阿耨多羅三藐三菩提記普勇我復又念過去劫中值遇二十俱胝如來應供正等正覺同名頂生我亦是時修勇施行亦以如上諸供具等一一供養彼等諸佛時諸如來亦皆與我授阿耨多羅三藐三菩提記普勇我復又念過去劫中值遇二十俱胝如來應供正等正覺同名飲光我亦是時修勇施行亦於彼初成道者如是等如來應供正等正覺所一一恭敬禮拜供養已即復以自神通力隱身不現又過六十俱胝佛刹見諸如來一一恭敬又過百俱胝佛刹見彼諸佛入般涅槃我時還復一一於彼恭敬供養從是復過九十五佛刹知彼如來皆久滅度所有正法將欲滅壞我於是時竊自思惟此佛正法將欲滅壞深爲大苦作是念已生大悲愍是時復有欲色界天人龍神夜叉等皆大憂惱又見其中有一佛刹彼佛正法久已滅盡劫火熾然從四面起乃至大地須彌山王大海江河一切樹木皆悉已焚無

所依止惟一空界蕩然無際過是刹已即到下方於一世界見百千俱胝如來各坐寶蓮華座又見四方亦復如是彼等諸佛各各現爲一切衆生説法化度世尊我既到彼佛刹已即作是念今此佛刹名字何等彼有一佛而告我言善男子今此佛刹名蓮華上我時即問化主世尊其名若何彼佛答言名蓮華藏如來應供正等正覺我於爾時普皆作禮一心恭敬作是白言我今見此百千俱胝那庾多佛一一皆處寶蓮華座而復不知何者即名蓮華藏佛惟願示我化主世尊時彼蓮華藏如來於多佛中發是告言善男子蓮華藏佛即我身是作是言已彼諸佛等而各忽然隱如來身現菩薩相我當是時惟見化主蓮華藏如來一佛世尊居大衆中相好威神無能勝者即以頭面作禮恭敬是時彼佛指蓮華座而謂我言善男子可就此座我於爾時既就座已即見彼佛於其左右復有無量寶蓮華座殊妙莊嚴甚爲希有忽作是念如是等座云何皆空無能登者乃問彼佛而答我言善男子如此等座皆是不可思議上妙功德之所建立非少善根所能成就若人於佛法分有未入者尚不能見況復能登我時又問世尊當種何善根於此等座而乃得昇彼佛答言善男子若有人能於此大集會正法暫聽受者以是善根得昇此座何況更能書寫讀誦常所修習善男子汝於過去無量劫來已能受持如是大集會正法若不以是善根力故我此佛刹亦未能到況復得見此座而欲昇耶彼佛作是言已我即白言如是

如是世尊我復又問彼佛此大集會正法有幾所功德而能生諸善法爾時彼蓮華藏如來亦放希有淨妙光明普照佛會已而謂我言善男子汝大菩薩得大勢力智慧無礙能於一切諸佛刹土爲諸衆生稱揚佛事汝先已曾問彼娑婆世界釋迦如來今以是法還復問我我當爲汝亦分別説譬如有人於四大洲置以胡麻悉皆充滿如是相合都爲一聚是爲多不我即答言甚多世尊時彼佛言假使有人取一胡麻置於他處如是從一至一欲知其數善男子於汝意云何是人可能知其數不我復答言不也世尊是人雖竭其力經於多劫終不能知如是數量彼佛又言善男子此大集會正法所有福聚亦復如是非筭數譬喻之所能知正使如上所説數量一一皆是諸佛如來復經俱胝那庾多劫稱量讚歎此大正法聽受功德亦不能盡何況有人書寫讀誦其福甚多我復又問若書寫者得幾所福願佛略説時彼佛言善男子譬如三千大千世界所有草木叢林盡取斷爲一指節量一一量數皆是轉輪聖王又如三千大千世界所有土石盡碎微塵一一塵數皆是轉輪聖王如是等所有福聚若筭師等欲知其數汝謂是人知其數不我時答言不也世尊如是福聚雖筭師等亦不能知彼佛又言若有書寫此大集會正法者所獲福聚亦復如是復多於彼筭數譬喻所不能知但能於此正法書寫一字是人所獲福聚已勝於彼況復有人於此正法受持一四句偈是人功德不可稱計一切寶藏常所出現一切

煩惱皆得銷滅一切法炬光明普照一切天魔無能勝者一切菩薩盡所觀察一切法門皆悉能入彼佛作是說已我即白言世尊若有衆生能於如是大集會正法修正行者乃得名爲最上梵行而彼梵行即如來行若勤修習無間斷者是人即得百佛如來於晝夜中常現在前若見如來即入佛刹入佛刹已一切法藏皆能了知我於爾時作是言已彼蓮華藏佛又告我言善男子諸佛如來時一出現若得遇者是亦爲難說此正法復甚爲難得聞持者轉復甚難何以故若有聞此正法者是人於六十萬六千八十劫中或得宿命智或爲轉輪王帝釋淨光天大梵世主等能不壞正信不墮諸惡趣不生阿脩羅無刀杖鬬諍又復遠離愚癡得大智慧相好端嚴猶如諸佛一一色相等無有異不爲眷屬癡惱所纏常離病苦常得天眼不爲那識不生瞋恚又常遠離一切貪窶爲銅輪王受大快樂諸根圓滿忍辱具足乃至臨命終時正念現前心不顛倒即時東方有十二殑伽沙數佛面現其前南方有二十殑伽沙數佛西方有二十五殑伽沙數佛北方有八十殑伽沙數佛上方有九十千俱胝佛下方有百俱胝佛如是等諸佛皆爲現前安慰其人咸作是言汝善男子勿生怖畏汝先已能有大功德而爲依怙汝今見此百千俱胝那庾多殑伽沙數佛世尊不彼答言見時諸佛言善男子此諸如來以汝功德力故俱來至此彼人復言我今以何善根力故而獲如是彼諸佛言以汝久聞大集會正法大善根力彼人又言

如我一人得聞正法尚獲如是無量功德何況能令盡有情界普得聞知時蓮華藏如來廣說彼臨命終人見諸佛已又告我言善男子若人得聞此大正法一四句偈者與彼供養十三殑伽沙數如來應供正等正覺所獲福聚等無有異又若有人得聞此大集會正法者所有福聚譬如徧滿三千大千世界悉置胡麻是等麻量一一皆是轉輪聖王假使有人以諸珍寶各行布施如是輪王所獲福聚不如惟施一須陀洹若施一須陀洹不如施彼徧滿三千大千世界如前數量須陀洹若施如是須陀洹不如施一斯陀含若施一斯陀含不如施彼徧滿三千大千世界如前數量斯陀含若施如是斯陀含不如施一阿那含若施一阿那含不如施彼徧滿三千大千世界如前數量阿那含若施如是阿那含不如施一阿羅漢若施一阿羅漢不如施彼徧滿三千大千世界如前數量阿羅漢若施如是阿羅漢不如施一緣覺若施一緣覺不如施彼徧滿三千大千世界如前數量所有緣覺若施如是緣覺不如施一菩薩若施一菩薩不如施彼徧滿三千大千世界如前數量所有菩薩若施如是菩薩不如於一如來發淨信心布施供養若於一如來信心供養不如於彼徧滿三千大千世界如前數量一切如來信心供養雖於如是一切如來信心供養不如有人於此大集會正法暫得聞持所獲福聚倍多於彼何況更能書寫讀誦如是功德不可稱計是時彼佛又告我言善男子汝可於此正法發淨信心宣揚流布諸凡

夫類於此正法不能得聞設有聞者生疑不信如何能入此大法聚譬如有人入於大海而欲盡見其水邊際汝謂是人而能見不我即答言不也世尊又如有人臨於大海以手勺水欲盡枯涸汝謂是人而能成不我復答言不也世尊是等愚人雖於海水欲知邊際欲盡枯涸終不能就徒自疲勞深爲大失時彼佛言諸凡夫類亦復如是於此正法不能聽受於生死海安生顛倒增長愚癡深爲大失是人雖經百千俱胝那庾多如來應供正等正覺出現於世不種善根不得見佛不聞是法不爲諸佛之所護念若有智者能於百千俱胝那庾多佛所發淨信心見彼諸佛生大歡喜乃從諸佛得聞是法聞是法已即如實知不生輕謗是人得大善利即爲諸佛共所護念若人於此正法能聽受書寫一四句偈者是人當生過九十五千俱胝佛刹已得至極樂世界見佛聞法壽命八萬四千劫彼蓮華藏佛復告我言若人於五逆罪或自所作或教他作或見聞隨喜是人當受五無間苦若有得聞此大集會正法一四句偈即得銷滅如是等業是時彼佛即復爲我宣說伽陀

汝今聽我說　聞此經功德　往劫有一人
具造五種業　謂殺父害母　破和合僧伽
毁菩薩三昧　壞如來正智　彼人作是罪
後即生追悔　憂惱復啼泣　心生如是念
我造衆惡業　非惟壞此身　後世及多劫
其身皆破壞　從苦生於苦　苦受轉復深
遠離衆善友　爲世所輕誚　世出世間法

我悉皆已焚　無量劫善因　破壞不增長
如世間舍宇　衆彩所莊嚴　而忽爲火焚
人皆絕愛樂　我作罪亦然　此世與他世
爲業火所焚　自他非愛樂　在在世所生
人識罵捶打　常貧困飢渴　苦惱衆所侵
如是等報應　非別因所感　皆從五業生
不善果無失　我今苦既然　誰爲救護者
親友力不能　一切無依止　復作是思惟
我不如今時　往彼高山頂　墜身終此命
免增長惡業　轉生於苦惱　此世及他世
爲惡業所壞　內既無依怙　身外亦復然
現爲過失因　當受極惡報　彼作是念已
而復自啼泣　即時虛空中　有天人告言
悲哉汝愚癡　心生諸苦惱　無歸復無救
汝自作五業　殺父害母等　苦惱今自受
何故作是思　欲高山殞命　我今勸於汝
勿起愚癡見　但生悔過心　何須損身命
貪瞋癡三毒　從汝心所生　惡趣中苦惱
無由得免離　雖欲絕身命　不得名精進
此處命速盡　後惡報速生　汝今聽我言
爲汝設方便　佛菩薩聖道　汝未能趣向
今可往一山　仙人修行處　汝當親敬禮
彼能爲救護　有最勝方便　謂上妙正法
能離諸怖畏　銷除極惡業　彼人於是時
聞空中言已　即詣於山中　仙人修行處
到已見一仙　即時頭面禮　合掌白是言
願仙救護我　我怖畏苦惱　造極重五業
必墮於惡趣　云何得免離　我於晝夜中
飲食及坐卧　常憂生苦惱　暫時無少樂
我今於仙人　生信心尊重　如我所問者

願仙爲我説　我造衆惡業　如何得銷滅
時彼仙答言　汝問我當説　是時彼仙人
食已濯手足　即跏趺而坐　聽彼親自首
彼人時右繞　禮仙而退坐　白言我愚癡
殺父及害母　破和合僧伽　毀菩薩三昧
壞如來正智　造此五種業　彼仙聞是説
即時而謂言　汝實不善人　作如此等罪
彼人聞仙言　又復生憂惱　恐畏無所救
必當墮惡趣　是時從座起　禮彼仙人足
轉復生恭敬　作如是白言　仙人悲念我
極重惡業者　疑惑苦惱深　惟願作依怙
我雖如是悔　無出離方便　仙人大慈悲
令我罪銷滅　仙聞是説已　安慰彼人言
汝今勿怖畏　我能爲救護　一心聞道汝
令汝離衆苦　得重罪消滅　我即是所歸

佛有妙法門　名爲大集會　是最上方便
汝昔曾聞不　彼人答仙言　我昔未曾聞
仙人復告言　哀哉罪業者　如人火已焚
誰當爲説法　我今以悲心　示汝微妙法
汝今當善聽　我念往昔時　過無量無邊
阿僧祇數劫　時有一囉惹　無垢月爲名
眷屬甚熾盛　以正法治世　囉惹於一時
而生育一子　即令召相師　觀彼善惡相
乃問相師言　令我此一子　爲善爲惡相
汝觀當云何　相師前白言　恠哉此一子
如我所觀者　其相極不善　囉惹復謂言
不善相云何　如汝所觀相　諦實爲我説
相師作是白　此子至七歲　當起癡害心
斷於父母命　囉惹復告言　其相雖如是
寧棄我身命　此子終不壞　我若棄是者

當不復人趣　即令諸眷屬　善養育我子
其後彼童子　不久漸長大　是時無垢月
憶彼相師言　即生如是念　今我業恐至
有何所悋惜　既作是念已　乃勑令童子
汝今繼我位　復謂童子言　汝今當諦聽
今我此境界　廣大復殊異　如日月照世
富貴而自在　今我此提舍　悉當付於汝
我於此境中　不復爲所有　時諸臣僕等
忽聞是事已　來詣無垢月　咸作是白言
我尊今何故　棄捨於境界　其事知云何
願尊爲我說　無垢月答言　汝等今當知
付提舍與子　亦非無因緣　我念於往昔
囉惹名蓮華　境界甚廣大　自在而富貴
而彼於一時　亦生於一子　其年漸長大
即害其父母　我今若不以　此提舍與子
當如彼蓮華　受無量苦惱　我常自思惟
不應生後悔　以是因緣故　我今當付彼
是時彼仙人　爲造五業者　說是因緣已
復告彼人言　汝今造五業　極重過於彼
我生悲愍心　爲汝設方便　汝可詣佛所
聽大集會法　若得聽受者　罪業皆銷滅
所有煩惱障　悉皆得無礙　以聞正法故
免墮於惡趣　若人能一心　聽大集會法
一四句偈者　獲無量福聚　滅五逆重罪
得廣大果報　一切諸蓋纏　刹那能解脫
時彼造業人　聞仙所言已　即合掌恭敬
一心頭面禮　作如是讚言　善哉善知識
能引示於我　大集會法門　仙人說此已
時有萬二千　諸天子衆等　來詣仙人所
各恭敬合掌　頭面禮仙足　復有四俱胝

諸大龍王衆　亦來詣仙所　以頭面禮足
又有萬八千　俱胝夜叉王　來詣於仙所
亦頭面禮足　俱白如是言　善哉大仙人
深了諸佛法　善開天界門　及滅億僧祇
三塗受苦趣　稱揚大集會　微妙最上法
有殊勝功德　能息諸重罪　若人於一偈
隨喜而聽受　乃可得名爲　深種善根者
何況更一心　生尊重恭敬　以華鬘塗香
栴檀末香等　珍寶蓋幢旛　供養此正法
自作及勸他　見聞生隨喜　所獲諸福報
廣大無有窮　善哉汝仙人　眞實具悲者
天子龍王衆　及夜叉王等　作是稱讚已
禮仙而不現

爾時普勇菩薩於釋迦牟尼佛前廣說蓮華藏如來稱讚大集會正法如是功德已合掌恭敬前白佛言世尊若復有人於此正法但能合掌頂禮恭敬所獲善利而復云何佛言普勇是人所獲福聚亦復無邊譬如無熱惱池龍王所居而彼宮殿日所不照有五大河池水流出無有窮盡假使有人欲知池水一一滴數汝謂是人而能知不普勇白言不也世尊佛言此大集會正法所有善根廣大無比亦復如是假使有人欲知此法功德限量縱經千劫終不能盡又復普勇此法甚深難解難了一切如來所共尊重若復有人須臾聽受即得如是廣大利益普勇菩薩復白佛言世尊彼五大河其名何等佛言五大河者所謂殑伽河細多河嚩芻河閻牟那河賛捺囉婆誐河此五大河一一各有五百小河而共圍繞其水流注入于大海彼五大河一一

河中而復各有一大龍王所謂歡喜龍王商珂龍王嚩漢底龍王唧怛囉西那龍王法思惟龍王如是等龍王各與一千眷屬俱於閻浮提時降甘雨百穀苗稼普悉滋茂乃至山川溪壑林藪泉池華卉果蓏枝葉根莖雨之所及無不豐足普勇當知若有衆生於此正法起不善語業而生輕謗彼所獲罪無量無邊又復若有衆生於此正法發善語業而行讚歎彼所獲福聚亦無量無邊是人即能親近善友得見如來若得見佛即能銷滅一切罪障普勇譬如四大洲中有鐵輪王爲一洲主威猛自在廣大快樂復能利益一切人民令此大集會正法亦復如是於閻浮提中爲諸衆生作大利益若不得聞此正法者是人不能成就阿耨多羅三藐三菩提不能住菩提場處師子座轉大法輪擊大法鼓亦復不能入涅槃界放大光明普照世間普勇菩薩復白佛言世尊彼蓮華上世界蓮華藏如來所說仙人而能令彼造五業者得滅重罪我實不知居何等位願佛慈悲當爲開示佛言普勇彼仙人者已得不退轉地久已成就大集會正法普勇當知諸佛語言甚深微妙若有聞此正法深生信受是即見彼仙人亦同見彼殑伽沙等諸佛如來殊妙色相諸佛愛敬諸佛稱讚常所安住諸佛三昧而能通達如是大集會正法

佛說大集會正法經卷第二

音釋

陬 將候切　勺 日灼切與杓同挹抒也　涸 曷各切水竭也　藪 蘇后切

蓏 魯果切果蓏也在木曰果在地曰蓏

佛說大集會正法經卷第三

宋西天三藏朝奉大夫試鴻臚卿傳法大師施護奉 詔譯

爾時世尊告普勇菩薩言汝今諦聽我念過去無量無數阿僧祇劫前值遇十二俱胝如來應供正等正覺同名寶上我於爾時修勇施行即以飲食衣服殊妙莊嚴珍寶瓔珞及諸華鬘塗香等一一供養彼等諸佛時諸如來皆與我授阿耨多羅三藐三菩提記普勇我復又念過去劫中值遇十八俱胝如來應供正等正覺同名寶光我亦是時修勇施行亦以如上諸供具等一一供養彼等諸佛時諸如來亦皆與我授阿耨多羅三藐三菩提記普勇我復又念過去劫中值遇二十俱胝如來應供正等正覺同名頂生我亦是時修勇施行亦以如上諸供具等一一供養彼等諸佛時諸如來亦皆與我授阿耨多羅三藐三菩提記普勇我復又念過去劫中值遇二十俱胝如來應供正等正覺同名飲光我亦是時修勇施行亦以如上諸供具等一一供養彼等諸佛時諸如來亦皆與我授阿耨多羅三藐三菩提記普勇我復又念過去劫中值遇十六俱胝如來應供正等正覺同名無垢光我亦是時修勇施行爲大長者甚大財富亦以如上諸供具等一一供養彼等諸佛時諸如來亦皆與我授阿耨多羅三藐三菩提記普勇我復又念過去劫中值遇九十五俱胝如來應供正等正覺同名能寂我亦是時修勇施行爲大國王能以正法治於一切自在快樂世財無量亦以如上諸供具等一一供養彼等諸佛時諸如來亦皆與我授阿

耨多羅三藐三菩提記普勇我復又念過去劫中值遇九十俱胝如來應供正等正覺同名作莊嚴我亦是時修勇施行爲婆羅門有大寶聚於一時中盡捨所有辦如上等諸妙供具一一供養彼等諸佛時諸如來亦皆與我授阿耨多羅三藐三菩提記普勇我復又念過去劫中值遇十八俱胝如來應供正等正覺同名金仙人我亦是時修勇施行亦以如上諸供具等一一供養彼等諸佛時諸如來亦皆與我授阿耨多羅三藐三菩提記普勇我復又念過去劫中值遇十三俱胝如來應供正等正覺同名吉祥光我亦是時修勇施行亦以如上諸供具等一一供養彼等諸佛時諸如來亦皆與我授阿耨多羅三藐三菩提記普勇我復又念過去劫中值遇二十五俱胝如來應供正等正覺同名妙華我於爾時初發信心出家修道常行精進於如是等諸如來所一一恭敬承事供養如彼阿難等無有異時諸如來亦皆與我授阿耨多羅三藐三菩提記普勇我復又念過去劫中值遇十二俱胝如來應供正等正覺同名勝觀我時於彼亦復出家是時閻浮提中所有衆生悉皆大富七寶具足快樂無礙無一衆生受不足苦彼諸佛等既出于世廣爲衆生宣說大集會正法我時於彼諸如來所恭敬尊重承事供養求授阿耨多羅三藐三菩提記時諸佛等皆不與我授記我即白言諸佛世尊我於何時當得授記彼諸佛言善男子汝從是過阿僧祇劫有佛出世號曰然燈彼佛世尊當授汝記我時聞是諸佛言已修菩薩

行轉復精進即時又過阿僧祇劫然燈如來出現于世我時於彼爲摩拏嚩迦名爲勝雲修諸梵行得見彼佛生大歡喜恭敬尊重發希有心即持優鉢羅華七莖供養彼佛作是願言願我以此善根迴向阿耨多羅三藐三菩提是時然燈如來於大衆中與我授記作如是言善男子汝於未來世過阿僧祇劫當得成佛名釋迦牟尼十號具足我於爾時得授記已於彼佛前踊身虛空高十二多羅樹却復於地一心歡喜即時證得無生法忍普勇當知我於如是無數劫中修諸梵行種諸善根供養諸佛皆爲圓滿諸波羅蜜故自圓滿已復令無數百千俱胝那庾多衆生悉皆圓滿如是一切諸波羅蜜法我於今日已得成就阿耨多羅三藐三菩提普爲衆生廣大宣説最上甚深微妙法門若有衆生樂見諸佛即現佛身而爲説法若有衆生樂見菩薩即現菩薩身而爲説法若有衆生樂見緣覺即現緣覺身而爲説法若有衆生樂見聲聞即現聲聞身而爲説法又復若在天趣即現天身而爲説法若在人趣即現人身而爲説法若在龍趣即現龍身而爲説法若在夜叉趣即現夜叉身而爲説法若在鬼趣即現彼身而爲説法隨諸趣類一切衆生彼彼色相而爲現身以善方便爲宣妙法使無怖畏令深信解普勇我今何故以諸方便現種種身而爲説法以諸衆生聞是法已於勝義諦得大總持觀諸世間起無常想常念修行一切善法而能究竟離諸雜染眞實菩提無所損減我於長夜以是方便利益安樂一切衆生

普勇如我上說此大集會正法有如是功德於此會中有生疑者互相謂言正法果報爲有耶爲無耶阿耨多羅三藐三菩提爲可得耶爲不可得耶一切衆生爲能度耶爲不能度耶有作是言如佛所說諸法實有因能生果果必從因種善因者善法何失有作是言諸法非有果報亦無因本自空何能有果因果旣無妄言歸趣普勇一切衆生差別心行明暗相違因果自異彼正說者起眞實見是即名爲建立正法此人福報汝今聽說二十劫中不生比俱盧洲二十五劫中皆生三十三天彼天報盡乃生百千諸佛刹中見彼諸佛聽聞正法是人不復退轉於阿耨多羅三藐三菩提彼邪說者起斷滅見是即名爲破壞正法此人罪報汝今復聽從此命終生大地獄受苦一劫如是一劫而復一劫正滿八劫一一別生一大地獄於如是等八大地獄受大苦已復於九千二十八劫中尚於三惡趣展轉復生受大苦惱過是劫已雖得人身於萬六千劫中死毋胎臟萬四千劫中舌根不具萬二千劫中爲犇娑賔拏萬一千劫中生便無目普勇當知一切衆生無有窮盡若此界若他界若生緣若死緣若是處若非處若可意若不可意惟心造作隨業發現或有衆生修諸善法得生天趣或有衆生爲菩提故修諸行願或有衆生漸得究竟無上寂滅以是因緣諸佛如來爲無數百千俱胝那庾多衆生若已發趣若未發趣若天人龍神等說法化度於刹那頃無有休息爾時世尊當說法時復有八萬四千婆羅門衆九十千俱

胝外道尼乾陀等衆互相議言今沙門瞿曇居王舍城鷲峯山中普會大衆知説何等我等今者可共往彼相與論義正當是時諸婆羅門外道既相議已乃與無數眷屬來詣佛所是時世尊即於會中放大希有淨妙光明普照大衆時慈氏菩薩摩訶薩即從座起偏袒右肩右膝著地合掌恭敬前白佛言世尊非無因緣而放是光今此大衆咸欲聞知願佛慈悲爲我等説佛言善男子汝今當知今此會中有無量衆皆來集會慈氏菩薩復白佛言世尊爲何等衆若天衆耶若人衆耶若龍神夜叉等衆耶佛言慈氏如汝所言皆來集會復有諸婆羅門外道尼乾陀等衆來入會中與我論義既調伏已我即當爲如應説法彼八萬四千婆羅門九十千俱胝外道尼乾陀等衆皆發阿耨多羅三藐三菩提心慈氏復有萬八千俱胝龍王衆來入會中聞我説法已亦皆發阿耨多羅三藐三菩提心復有六萬俱胝淨光天子衆三萬二千俱胝諸天魔衆萬二千俱胝阿脩羅衆如是等皆來入會聽受正法復有諸大國王所謂歡喜王妙喜王最上喜王人仙王淨軍王梵音王善現王愛軍王喜軍王妙色王勝軍王增長王如是等五百大國王各與千俱胝眷屬俱皆來入會聽受正法一一皆住堅固阿耨多羅三藐三菩提心慈氏以是因緣放此光明爾時慈氏菩薩聞佛説是大衆集會於天人非人等中有發阿耨多羅三藐三菩提心者有聞正法生信受者生大歡喜禮佛足已右繞三帀即於會中隱身不現是時諸婆羅門外

道尼乾陀左囉迦波哩没囉惹迦若天若龍乃至五百大國王等到佛所已隨自修敬各坐一面爾時東方有三萬俱胝大菩薩衆東南方亦復如是南方有五萬俱胝大菩薩衆西南方亦復如是西方有六萬俱胝大菩薩衆西北方亦復如是北方有八萬俱胝大菩薩衆東北方亦復如是上方有十萬俱胝大菩薩衆下方有九萬俱胝大菩薩衆如是等十方諸大菩薩衆一一皆已圓滿十地隨方而來入佛會中到佛所已各各頭面禮世尊足退坐一面爾時世尊告普勇菩薩言普勇汝今復往十方世界宣示諸菩薩衆作如是言如來今日當爲衆生宣説大集會正法令彼十方一切菩薩合掌頂禮生隨喜心爾時普勇菩薩承佛聖旨即以頭面禮世尊足右繞三帀忽於會中隱身不現徧往十方世界隨一一方發大音聲作是唱言今娑婆世界釋迦牟尼如來當爲衆生宣説大集會正法如是三復皆唱是言今娑婆世界釋迦牟尼如來當爲衆生宣説大集會正法是時十方諸佛及諸菩薩皆聞是言各各稱讚善哉善哉釋迦牟尼如來能與衆生利益安樂及讚普勇菩薩能於十方世界宣揚佛事爾時普勇菩薩徧於十方世界宣示諸大菩薩已一彈指頃還復此土住立佛前禮世尊足退坐一面是時四方有四風神王來入會中盡王舍城所有境界過百由旬悉令清淨無諸塵穢帝釋天主持金剛杵來入會中諸魔外道懾然而視十方世界於虚空中布大香雲降大香雨沈水栴檀不可爲喻又復雨衆天華

所謂優鉢羅華俱母那華奔拏利迦華等種種妙華住於空中變成傘蓋又於佛上變作八萬四千樓閣一一皆是七寶所成衆彩雜飾殊妙莊嚴又於空中現大寶座無量無邊一一座上悉皆有佛現爲衆生宣說妙法時彼三千大千世界六種震動爾時普勇菩薩摩訶薩合掌恭敬前白佛言世尊以何因緣於虛空中現斯瑞相甚爲希有而彼大地忽然震動願佛慈悲當爲宣說佛言普勇今此會中十方諸大菩薩及天人龍神等皆悉來集我今當爲宣說正法又復爲諸外道破彼邪心令歸正見以是因緣故現斯瑞普勇當知諸凡夫類雖得值遇如來應供正等正覺出現世間不能於佛殊妙色相起尊重心生難遭想設得聞佛宣說正法不能依法修行復生取相起我慢心暫得聽聞妄生多解而復起於易所得想疑惑不信作如是言如佛所說若契經若祇夜我昔不聞知何所說我今不能聽受記念我於諸法悉自了知此人以是迷惑心故恣已愚癡違背佛法作罪業因自造經書撰集義理於世間中而爲正說作如是言我所造集是巧便智轉勸他人使令修習雖復以已所造經書勸人修習設使種種方便終不能令一補特伽羅而獲利樂於多生中自壞其身業因緣故臨命終時受大苦惱普勇此諸外道起迷惑心生不正見不能解脫如彼初生飛禽未生翅羽其何能飛說能飛者是爲虛誑此外道輩若不迴心歸佛正法其何能得究竟無上清淨涅槃彼常自計爲涅槃者亦爲虛誑何以故此外道

輩造不正因起戒禁取破壞自身斷滅正法堅著我見無由解脫設得人身尚非勝報云何實得清淨涅槃於其自身猶未能知本何所來當何所往生滅唐捐受諸苦惱增長惡趣無有休息我觀是輩深可悲愍爾時世尊作是說已告諸外道尼乾陀等言汝等當知閻浮提中有大珍寶無能護者隨意當用我所宣說是大法聚諸有求者無所悋惜汝等若有疑惑及所希求當恣汝問如來大悲一一爲汝分別開示爾時諸外道尼乾陀等各從座起合掌向佛作是問言世尊佛於長夜度諸衆生令出輪迴云何衆生生滅相續無有間斷我於是事不能了知願佛宣說爾時世尊即於會中告藥王軍菩薩言今此會中諸外道輩以我大法光明威神照故漸能開解被精進鎧息疑惑心能以此義問佛世尊藥王軍一切生者略有二種一者久生二者初生譬如有人富貴自在忽於一時以水沐髮復以鮮潔上妙衣服而爲嚴飾乃出其舍時有貧人見已欣樂即自還家亦沐其髮復以故衣洗濯令淨是人雖復多汲其水濯彼故衣徒使疲勞終不能令服飾新好一切生中若久生者同彼貧人濯其故服終不能淨若初生者如彼富人衣新好衣未生塵垢爾時諸婆羅門外道尼乾陀等聞佛作是說已即白佛言何者初生何者久生佛言彼六趣中相續展轉受苦衆生名爲久生何以故此等衆生於六趣中不生猒離不求解脫時諸婆羅門外道等復白佛言世尊如佛所說久生衆生於輪迴中受諸苦惱不能解脫初生

衆生願佛顯示作是言已爾時忽有九十四千俱胝摩拏嚩迦來入會中於世尊前不伸禮敬復無所問默然而住是時藥王軍菩薩見是事已即白佛言世尊何因緣故今此輩等來入佛會而不禮敬復無所問其事云何佛言藥王軍此諸摩拏嚩迦是初生者於佛世尊未有所問是時彼諸摩拏嚩迦即作是言世尊我等是初生者佛言如是如是汝等初生如日初出光明普照徧於一切無量衆生所共瞻覩汝等久於佛道心已成熟諸菩薩法昔已通達雖名初生而久修習是時九十四千俱胝初生摩拏嚩迦即各踊身虛空從空中下一一皆得圓滿十地爾時藥王軍菩薩合掌恭敬生希有心前白佛言世尊此等衆生得大善利久已盡彼輪迴苦惱具大精進是名初生今日見佛於刹那間即得解脱是時諸婆羅門外道尼乾陀等衆中有諸盲者以聞法故忽見光明各得觀佛殊妙色相見佛相已咸作是言如來應供正等正覺是最勝師我等歸依即起合掌生淨信心俱白佛言我等今者得見世尊佛言汝等應當重復審諦觀佛如來殊善色相汝等當知汝等今者諸善根力已成熟故得見世尊又得聽聞大集會法是時諸盲外道得是利已生大歡喜各各皆發阿耨多羅三藐三菩提心爾時會中諸婆羅門外道尼乾陀等聞佛說法亦皆發阿耨多羅三藐三菩提心證得無生法忍悉皆圓滿十地即時又成大菩薩衆乃各踊身虛空高七多羅樹於其空中各現種種神通變化及化種種華鬘瓔珞傘蓋幢

旛七寶樓閣等住於佛上而爲供養各作是念令我此身從佛智生從正法生一切如來是真歸處作是念已從空而下禮世尊足退住一面是時會中有無數百千天子見是事已即說伽陀

我佛大沙門　得最上善利　於一切世間
最尊無與等　三摩地願力　皆悉已具足
一切勝義法　無餘不知者　一切衆生類
無始輪迴苦　佛善巧方便　普令得解脫
婆羅門外道　咸得大利樂

佛說大集會正法經卷第三

音釋

懾（質涉切喪氣也）翅（尭智切翼也）

佛說大集會正法經卷第四

宋西天三藏朝奉大夫試鴻臚卿傳法大師施護奉　詔譯

爾時藥王軍菩薩摩訶薩從座而起並加恭敬膝輪著地禮世尊足禮已合掌前白佛言世尊以何因緣此諸菩薩能於空中現諸神變於如來前現諸色像佛言諦聽藥王軍此諸善男子已得一切如來共所攝受不久即成阿耨多羅三藐三菩提處大法座轉妙法輪以法光明普照群品以是因緣能爲變化是時藥王軍菩薩復白佛言如佛世尊於長夜中度脫三界一切衆生其數甚多云何是等無有窮盡佛言善哉善哉藥王軍譬如有人以諸穀麥而爲種蒔各各分别而無間雜其後依時彼諸種子皆悉成熟是人即時次第而收若穀若麥亦無間雜如是展轉收已復種種已復收無有窮盡藥王軍此諸衆生亦復如是業因緣故布諸種子若善若惡無有間雜後時成熟受諸果報亦無間雜如是展轉生已復生亦無窮盡藥王軍諸有修習菩薩行者能布一切善法種子一一成熟既成熟已即能出生一切善法善法生已生大歡喜愛樂佛法彼善法種雖經多劫終無能壞藥王軍當知是名初發心菩薩而彼所得一切善法聚集了知轉倍增勝雖復夢有所見而能離諸怖畏何以故一切業障悉得清淨不造惡法離諸苦惱惡境現前而不能動若於夢中見大火聚光焰熾盛菩薩見已不生怖畏何以故諸煩惱薪爲智慧火之所焚燒無能亂故又於夢中若見大水而不清潔徹底濁穢菩薩見已亦不生怖何以故已盡

一切所作業故如牛撤軛而得自在又於夢中持以利刀自斷其頭復斷他頭菩薩爾時亦不生怖何以故貪瞋癡法諸煩惱中而爲根本菩薩已斷無所懼故藥王軍彼初發心菩薩於六趣輪迴已得解脱而復於中隨順受生皆是菩薩以方便力示現化度一切衆生而實菩薩常生諸佛清淨刹中一切如來所共攝受藥王軍汝今當知於後末世若有衆生能發迴向菩提心者是即安住一切佛智得見諸佛圓滿善法永不復生諸疑惑心藥王軍我於無數百千那庾多劫勤行苦行修諸善法於一切法覺了自性即得成就阿耨多羅三藐三菩提既圓滿已復以方便善巧智慧廣說諸法令諸衆生得生諸佛清淨刹中受勝妙樂而能了知諸滅道法了知勝妙諸根本法了知勝妙善處法了知勝妙神通法了知勝妙善處寂滅法藥王軍所言滅者其義云何藥王軍菩薩言世尊所謂法處佛言法處者何藥王軍菩薩言其法處者所謂精進持戒二法若已發起若未發起戒行具足是名法藏世尊諸法從是法藏所生佛言善哉善哉藥王軍於如來前能答是義藥王軍菩薩復白佛言世尊諸佛如來以何義故出現世間佛言藥王軍諸佛出世爲欲令諸衆生持戒多聞得具足故令悉了知勝妙樂處故令於一切勝妙法門通達趣入故入是法門已即能廣修一切善法以方便力增長善根於世出世最勝妙法皆悉通達藥王軍菩薩白佛言世尊云何名出世法佛言藥王軍出世法者所謂涅槃法若了諸法自性

是即了知涅槃勝法彼諸法者即正法蘊若於是法如實而知如實而證於出世法中是爲第一藥王軍諸異生類於佛世尊深妙法中自不生信趣向修習亦復不能轉勸他人此等異生身壞命終而無善法爲所依怙藥王軍汝今諦聽我念往昔有一商人爲求利故借千兩金欲往他國而爲貿易其人父母以愛念故謂其子言此等金寶非已所有若自持往或時散失苦惱倍增後悔何益是時其子反生恚恨不聽是言即負此金便往他國既至彼已時分未久其所負金皆已散壞復無所得漸不能住即便追悔生大苦惱其人後時雖復還國不自歸舍以苦惱心生大疾病時彼父母知子雖還不便歸舍又聞金寶皆已散壞憂愁迷悶竊相謂言此非我子是大惡友破壞我族悉使貧匱復致他怨何所依賴我等今者作何方便得免斯苦是時父母以憂苦故厭已身命欲自殞滅時彼商人既聞父母憂惱如此即便還家向彼父母哽然而住父母忽見其子頓失前怒即同謂言我子何能受斯病苦我聞是事恐汝命終汝今既來寬我憂慮時彼商人告父母言我身與心苦惱如是支節痛逼命將不救何以故我於今時眼不欲視耳不欲聞心識迷悶衆苦所集設使父母如何救護父母告言我子於此勿生怖畏汝命未盡我皆救汝汝今苦惱必是虐疾心識迷亂妄有所見時子答言我非虐疾亦無所見諸可愛境皆不現前惟見死苦大可怖事定趣命終無能救者父母告言我子所苦多是天神所持世間諸有

被執持者皆詣天祠以求救護若如是者方得脱免子言可爾是時父母持以妙香即請天祠既至彼已告守門者引至天前焚香啓願祈求悔謝時守門者謂父母言汝若欲子病得脱免天神歡喜當設祭祀必獲如意其所祭物法應當須斷一人命及一鉢戍方多爲祭是時父母聞彼言已共相謂言我今若不祀彼天神我子何由得免斯苦然我今者家復窮困何能辦彼祭所須物宜共還家作諸方計既相議已即便還家盡其家中一切所有而爲貿易得一鉢戍復共出舍詣一富人作是告言我今求貸黄金少分當期十日即便歸還若違是言過十日者我皆以身爲君婢僕作是言已富人即與時彼父母既得金已不復還家即持是金而得一人其所鬻人不知何作即隨其主詣彼天祠至天祠已謂守門者言我等今者持所祭物來祀天神守門者言汝當隨意時彼父母於天神前焚香啓願作如是言願我此子病苦得免天神歡喜言已即時以所祭人及彼鉢戍自手斷命而爲祭祀其所祭人當斷命時既被持縛無所能避惟念諸佛一稱是言那謨沒馱耶言已命斷時彼天神受其祭已誑父母言汝子所疾是我所執我今放捨令子得脱是時父母聞其言已歡喜踊躍拜謝而出父母相慶互相謂言我子從今既得病愈又復決定而得長命我等今者雖復無金可還富人當如本言爲彼婢僕而無所恨是時父母方共言議未及還家忽逢人告子命已盡時彼父母一聞是言生大苦惱俱死躃地佛言藥王

軍我觀世間愚癡異生惑業所纏不善知識共相集會互爲衰損亦復如是此等異生身壞命終墮於惡趣受大苦惱無能救護藥王軍菩薩白佛言世尊如佛所說祀天神者此等異生死墮何處佛言藥王軍止不須問藥王軍復白佛言世尊我等衆中有樂聞者願佛爲說佛言藥王軍汝今當知時彼父母既命終已俱墮衆合地獄受大苦惱時彼子者墮炎熱地獄中受大苦惱彼天祠中爲守門者以導引故見作隨喜命終已後墮阿鼻地獄受大苦惱藥王軍復白佛言世尊彼所祭人當生何處佛言藥王軍此人命終生三十三天六十劫中受勝妙樂藥王軍復白佛言世尊此人以何因緣得生於彼佛言藥王軍此人臨命終時純善相應發淨信心歸依如

來一稱那謨沒馱耶故是人即爲深種善根又復於八十劫中得宿命智在在所生離諸煩惱息一切苦爾時藥王軍菩薩前白佛言世尊諸有衆生樂欲趣證涅槃法者當修何行佛言藥王軍當修精進行勇猛堅固藥王軍言云何名精進行又於何處而能發起佛言精進行者於諸果法而不懈退是名精進行精進處者所謂預流果名精進處一來果名精進處不還果名精進處阿羅漢果名精進處緣覺果緣覺智果名精進處菩薩果菩薩智果名精進處藥王軍諸修菩提者於如是等處而能發起廣大精進爾時佛告藥王軍菩薩言我念往昔於一時中有一摩拏嚩迦於平實地纔種一樹即生芽莖枝葉華果光潤可愛其樹盤根廣一由旬於少時間悉

皆具足次復有一摩拏嚩迦寄前樹側亦種一樹根纔置地忽爲大風之所偃拔芽莖枝葉尚不能生況復華果而能成就彼次種樹人見是事已即移其樹欲種他處是時先種樹人作如是言云何於我平實地上而致破壞彼次種樹人言我今自爲移所種樹非特破壞汝平實地如是往來互相諍競是時有人潛告於王王既聞已勑令往捉使者奉命奔至於彼時二諍人各大驚怖使者執持來至王所是時王問彼二人言汝等何故互相諍競先種樹人具如實說次種樹者作如是言大王當知我爲自無地土種植暫於此人借地種樹我所種者爲風所拔根不能固至於芽莖枝葉華果皆不能生此人種樹於少時間即生芽莖枝葉華果悉皆具足又復盤根一由旬量我見是事内自羞愧即移其樹欲種他處彼獲如意而復生瞋以是緣故共相諍競願王察我無賜罪罰時王即勑召集臣僚是時諸臣僚等有三十俱胝聞王有命齊至王所俱白王言有何宣令王言汝等當知今我國中適聞一事甚爲希有此有一人纔種一樹於少時間即生芽莖枝葉華果悉皆具足又復盤根一由旬量汝等頗曾見是事不如我所見諸有樹木開華結果極甚疾者亦半月分或一月分今此樹者昔未聞見汝等云何是時臣僚中有一人前白王言我於是事亦未決定如實可信如王所說我亦生疑願王更召此種樹人審諦而問知其實不王即宣召先種樹人而復問言汝所種樹於少時間開華等事當如實不汝若虛妄我

必罪汝時彼人言王如父毋能生於我我今對王何敢虚妄願王無疑是事誠實王言我昔未聞況復能見我於是事如何生信是時彼人復白王言大王若或不信願王詣彼親自觀察時王即與三十倶胝臣僚同詣樹所既至彼已即見其樹枝葉滋茂果實繁多見已生信歎其希有王時於彼亦種一樹亦不即生芽莖枝葉況復華果王既見已慙對臣僚生大瞋恚即勅令伐彼先種樹諸力士等咸遵王命持斧競伐伐一樹時有十二樹同時復生七寶莊嚴廣大殊妙時王見已轉復生瞋又勅令伐如是等樹時諸力士又共持斧伐十二樹伐此樹時是處復有二十四樹同時還生彼一一樹枝葉華果轉復繁茂又復皆有一金喙鳥游戲其上衆色嚴身音聲清妙時王見已復甚瞋恚自索一斧欲斷一樹斧所及處甘露流溢時王見已便生信悔勅令召彼先種樹人是時此人先被持縛今方得解奔詣王所王復問言汝何縁故始種一樹即生芽莖枝葉華果我今伐已生十二樹七寶莊嚴廣大無比如是又伐即復又生轉倍於前異鳥奇音甚爲希有我亦種樹不即能生況復華果莊嚴等事是義云何汝當實説彼人荅言大王是我福德力之所致故如是又言大王是我福德力之所致故時諸臣僚聞是語已皆大瞋怒咸作是念如何此人對王自矜我福德力即共責彼而作是言汝愚癡人如何對王自矜福德若如是者汝莫勝王或與王等爾時彼人向諸臣僚稽首恭敬説是伽陀

我不樂王位　廣集諸財寶　久發最勝願
成佛二足尊　我至涅槃界　而不住寂滅
以方便願力　出現於世間　說法度衆生
咸令至彼岸　離縛而自在　得最上安樂
我以宿業故　令被王持縛　勝願力既然
我業盡銷滅

爾時復有二十四俱胝金喙鳥飛於空中出清妙聲奏諸音樂是時復有三萬二千妙寶樓閣同時出現一一樓閣其量高廣二十五由旬彼樓閣間一一別有二十五俱胝金喙鳥翔集其上說是伽陀

大王何故起惡心　伐彼可愛即生樹
佛神力故刹那間　二六倍等復生長
王以我心亦種樹　不生芽莖及華果
見如是事信不生　徒增煩惱起瞋恚
王善力故後生信　當來定獲最勝果

爾時王言空中聲者是大賢善我本何心故生破壞我今已信深自悔責時王又聞空中作如是言大王彼先種樹者即當成佛出現世間爲天人尊王即仰問空中賢者彼次種樹人以何緣故種樹不生空中答言大王當知此人廣造罪業無少善根以是緣故一切破壞爾時彼王以善根力久成熟故得見如是希有事已又聞空中如是言等發起增上最勝善心是時即得安住十地平等善法彼三十俱胝臣僚亦以善根成熟力故亦復安住彼十地法爾時樂王軍菩薩聞佛世尊作是說已生大歡喜歎未曾有合掌恭敬前白佛言世尊昔時王等以何緣故即得安住彼十地法佛言樂王軍彼王與臣諸佛如來久

已授記皆得成佛藥王軍當知彼所種樹皆是諸佛神力所現我於今日復現是事與彼昔時等無有異爾時世尊於衆會中從其面門放大希有八萬四千淨妙光明彼一一光各有無數百千種色所謂青黃赤白紅紫碧緑如是等種種色光普照無邊諸世界已其光旋還右繞佛身復從世尊頂門而入爾時藥王軍菩薩合掌恭敬禮世尊足而白佛言世尊何因緣故放是希有廣大光明普照世界若無因緣如來應供正等正覺不放光明願佛慈悲略爲宣說佛言藥王軍汝今見彼隨方來者諸世界中無數人衆咸來集此大衆會不藥王軍言不也世尊我今不見佛言汝當審諦重復觀察爾時藥王軍菩薩承佛聖旨四方上下皆悉觀察即於東方見一大樹殊妙莊嚴其量高廣七千由旬有二萬五千俱胝人衆周帀圍繞入佛會中於佛世尊不伸問訊亦無所說寂然無聲住佛一面南西北方上下方等亦復如是爾時藥王軍菩薩見是事已前白佛言世尊我有少疑欲伸請問願佛世尊爲分別說佛言藥王軍汝今有疑恣汝所問我當爲汝一一開示是時藥王軍菩薩復白佛言世尊今此四方上下世界一一大樹有諸人衆周帀圍繞來入會中寂無言說各住一面何因緣故其事如是佛言藥王軍汝今欲知其事因緣自可往彼隨方世界一一親問彼佛世尊必當爲汝如實宣說藥王軍菩薩白佛言世尊我承佛旨今當自往隨方世界問彼世尊然我以何神力而能往彼佛言汝當以自神力往諸世界吾

復爲汝神力加被藥王軍菩薩即於會中遶佛三帀已隱身不現從是東方過九十六俱胝世界到一世界名爲月燈彼有佛名月上境界十號具足有八十俱胝大菩薩衆圍遶説法藥王軍菩薩既到彼已即時頭面禮彼佛足合掌恭敬而白彼佛言世尊我於娑婆世界釋迦牟尼佛所見此東方有一大樹殊妙莊嚴其量高廣七千由旬有二萬五千俱胝人衆周帀圍遶來入佛會南西北方上下方等亦復如是我不能知是事因縁化主釋迦牟尼佛遣我來此自問其故惟願世尊爲決所疑爾時月上境界如來告藥王軍菩薩言善男子彼佛會中所來大樹廣大殊勝能於彼方施作佛事彼諸人衆從樹所生爲顯諸佛神通力故藥王軍菩薩復白彼佛言世尊是事希有我昔未聞況復能見又復世尊今此會中無數人衆住世尊前周帀圍繞無空隙處此諸人衆僅容其身皆不能見彼二手臂是事云何願佛爲説彼佛言善男子此諸人衆若行若住或復屈伸皆悉無礙藥王軍菩薩復白彼佛言世尊我所未了是義云何彼佛言善男子汝今樂見此諸人衆伸其臂不藥王軍菩薩言我今樂見願佛顯示爾時月上境界如來即於會中舒金色臂普示大衆是時在會百千俱胝人衆即各一時亦舒一臂一一皆雨無數百千種香所謂塗香末香等供養於佛是時彼佛告藥王軍菩薩言善男子汝今見此人衆各舒一臂雨衆妙香供養世尊如是事不答言已見彼佛言善男子汝今當知此諸百千俱胝人衆皆是化

生如夢所見爾時藥王軍菩薩見是事已即白彼佛言世尊此諸人衆於須臾間各舒一臂尚能雨彼無數妙香何況盡令舒其二臂雨是香等倍復甚多彼佛言如是如是善男子如此等類皆是如來神力所化不可限量諸衆生界亦復如是若生若滅如夢如幻一切有爲皆無實法藥王軍菩薩復白彼佛言世尊諸衆生類有初生者有久生者彼佛言如是藥王軍菩薩言不知何者是名初生又復何者得名久生彼佛言今此會中百千俱胝人衆適舒一臂各雨香者是爲久生彼娑婆世界釋迦牟尼佛所從樹生者是爲初生藥王軍菩薩重白彼佛言世尊我今於此而欲復見彼初生者願佛顯示爾時月上境界如來即時復舒右臂是時四方有百千俱胝人衆上方下方亦各有二十五俱胝人衆同時而來入佛會中亦復於佛不伸問訊亦無所說寂然無聲住佛一面是時藥王軍菩薩前白彼佛言世尊云何是等無數人衆於刹那間來入佛會亦各寂然住佛一面彼佛言善男子此諸人衆是初生者不知生法不知滅法亦復不知老病死憂悲愛别離怨憎會等如是諸法亦復不知苦及苦受不從苦生於一切法非所修習非所了知云何於今能有所説是故各各寂然而住藥王軍菩薩復白彼佛言世尊如佛所説此諸人衆是初生者不知此等從何所來於一切法皆不能知彼佛言善男子此等衆生非業報生非諸工巧所能造作亦不由彼父母緣生不從諸受相應所生亦非過去業因緣生亦不思念苦

受等想生已無住從如是來故無所説乃於諸法不能了知亦復不生我我所想藥王軍菩薩復白彼佛言世尊此既名爲初生者爲從何生復從何滅彼佛言善男子如佛所生彼如是生如佛所滅彼如是滅善男子譬如有人違背王法爲王繫閉久處牢獄而彼獄中極甚黑闇不爲日光所能照燭受大苦毒多生驚怖是時其獄忽爲火焚四面熾然人皆驚喚彼所繫人尚未能出時王聞已即遣力士作諸方便令救是人既得離彼獄火難已而見於王王言赦汝自今已往莫復更作如是罪犯若更作者爲彼繫縛無有出期善男子如來亦復如是已斷貪瞋癡等一切煩惱圓滿一切出世善法又能息除一切病苦復以種種大悲方便於六趣中救度一切受苦衆生一一皆令離諸纏縛如彼日光破諸冥闇滅諸罪垢生善作意善男子若久生若初生一切衆生皆令解脱是時彼佛説是法時空中有聲説是伽陀

如來大悲者　處清淨刹中　從善法種生
因果無所失　佛境界清淨　開微妙法門
以大悲方便　度諸衆生類　次第而開導
皆令至涅槃　常寂靜世間　諸所作無染
自從無始劫　若久生初生　三界六道中
無數衆生聚　佛悲願力故　咸歸解脱門
若世出世間　普得大利樂

爾時月上境界如來　即於會中放大希有淨妙光明於其光中出廣大聲普震十方復於聲中出如是言善哉諸佛神通力　善哉妙法功德力善哉和合大集會種種神變不思議

善哉宣說妙法門　一切衆生得利樂

爾時藥王軍菩薩見大光明又聞空中作如是聲稱揚讚歎合掌恭敬禮彼佛足前白佛言世尊何因緣故放是光明彼佛言善男子汝今見此會中諸初生者不答言已見彼佛言善男子此諸人衆根緣成熟即於是日聞我說法一一皆當圓滿十地爾時藥王軍菩薩即從座起踊身虛空高八萬由旬是時復有八萬俱胝天人於虛空中雨諸妙華供養彼佛時諸初生者各各恭敬頂禮世尊是時十方有諸菩薩乃至一切龍神夜叉等又悉雲集時藥王軍菩薩於虛空中合掌一心而向彼佛說是伽陀

善哉佛神力　放光出大聲　三千世界中
無有不聞者　三十二地獄　受苦諸衆生
得聞是音聲　苦惱皆停息　三界諸天衆
亦聞是音聲　各起恭敬心　歡喜而稱讚
三千大千界　普聞廣大聲　以佛大神通
皆六種震動　三萬俱胝數　大海諸龍王
聞是大音聲　皆來至佛會　三萬俱胝數
諸羅刹娑王　聞是大音聲　皆來至佛會
二萬五千數　俱胝必隸多　聞是大音聲
皆來至佛會　毗沙門宮內　無數諸夜叉
聞是大音聲　皆來至佛會　十方諸世界
有百千俱胝　菩薩以神通　皆來至佛會
月上境界佛　爲初生衆生　欲說妙法門
是故皆雲集

爾時藥王軍菩薩說是伽陀已從空而下住立佛前合掌恭敬白彼佛言世尊今此會中諸來菩薩乃至一切龍王鬼神皆已來集各

各樂欲聽佛說法今正是時願佛爲說彼佛言善男子汝今當知此初生衆已得遠離一切罪業梵行具足得大總持一切善法皆已圓滿我今爲彼說大法蘊時藥王軍菩薩復白彼佛言世尊此諸大衆渴仰欲聞願佛爲說

佛說大集會正法經卷第四

音釋

蒔（時吏切 種也）貿（莫候切 交易）鬻（余六切 買也）躃（毗亦切 倒也）

喙（許穢切 口吻也）隙（乞逆切 空閑也）僅（渠吝切 纔也）

佛説大集會正法經卷第五

宋西天三藏朝奉大夫試鴻臚卿傳法大師施護奉　詔譯

爾時月上境界如來告藥王軍菩薩言汝等當知一切衆生有身皆苦生老病死憂惱悲痛怨憎會愛别離所欲不成就如是等法悉皆是苦逼迫衆生不能解脱此一切苦甚可怖畏而諸衆生於是苦義不聞不知爾時會中諸初生者聞佛説是諸苦法名即皆合掌前白佛言世尊我等樂聞此諸苦義願佛爲説佛言諸善男子非惟汝等樂聞一切衆生皆亦如是諸初生者復白佛言世尊所言死者其義云何佛言諸善男子所謂識滅身壞故名爲死一切衆生命欲終時有三種風而來破壞所謂滅識風動轉識風起識風此三種風衆生命欲盡時令識散滅動轉改易諸初生者言世尊彼滅識風云何能令衆生識滅身壞佛言彼滅識風復有三種所謂刀針大力由是三種能滅其識識既滅已身即破壞諸初生者言世尊云何名身佛言身者所謂如幻如焰又如重擔復如涎洟腐爛等物諸無智者不能覺了生爲大苦由生發起緣法聚集命根連持而無其實非愛相應如是等法假名爲身諸初生者言世尊云何名命復何名滅佛言識所連持是名爲命業報衰謝識法離散命根斷絶身分破壞故名爲滅諸善男子我今復爲汝説身分所有當知人身諸分筋脉有一俱胝數有八萬四千毛孔有千二百身分支節有三百八身骨此等共成人身復有八萬四千族蟲如是生類同依人身於人身中晝夜呧食而復諸蟲互相食

噉諸苦隨生如是八萬四千族蟲其中有二大者於七晝夜互相交鬪至第七日彼一蟲死又復一蟲而共交鬪一蟲死已一蟲復生如是展轉乃至人命斷時此諸蟲類一切壞滅無所依止諸異生類不能覺了内外苦法相續生滅老病死法皆不能怖若順若違互相交鬪如身二蟲苦惱隨生而不覺了身壞命終都無所有諸善男子有一異生命將不久有善知識來爲安慰問其人言汝現生中叵曾知見生老病死諸艱苦不彼人答言我曾知見善知識言汝今既自知見如是等苦何不生猒起增勝心於此世中種少善根斷諸惡法修諸正行若能如是捨此報已生他勝處離諸怖畏以其善法爲所依怙況復世間諸有苦法一一分明盡可觀察汝豈不聞大地若擊能發大聲善法若作有大勝力是故於諸如來清淨刹中種諸善法所謂以其華鬘塗香飲食衣服卧具醫藥供養如來及諸苾芻苾芻尼優婆塞優婆夷清淨四衆如是供養是爲於佛刹中種諸善種當能出生一切善果汝今於此遇大法王出現世間若不種諸善根而無所益時善知識爲彼異生說伽陀曰

如來出世間　擊廣大法鼓　開微妙法門
令一切趣入　廣度諸衆生　歸涅槃寂滅
汝今見是事　何不起精進

爾時彼人亦說伽陀答善知識言

若愚癡無智　復會遇惡友　廣造染法因
謂貪慾等事　起我見增盛　破和合僧伽
毁壞於塔寺　不深信三寶　但造衆惡業

不作善因緣　於一切時中　常生諸過失
惱亂於父母　不生孝敬心　出非法語言
輕謗諸賢善　造此惡因故　必墮地獄中
自受苦惱身　無能救護者　可畏與衆合
炎熱及阿鼻　如是諸獄中　展轉受諸苦
從是大獄出　復入小獄中　謂刀兵蓮華
受苦而相續　如是大小獄　有無數衆生
隨自業因緣　輕重而受報　或百劫千劫
或復更長時　惡業繩所纏　無由能解脫
彼刀兵地獄　縱廣百由旬　不見彼獄門
惟諸受苦者　百千俱胝數　劍樹與刀山
驅彼罪人登　身分皆斷壞　暫時雖死滅
復被業風吹　即時還復生　而受諸苦惱
地獄無邊際　衆生亦無窮　以惡業因緣
相續不間斷　我造諸惡業　定墮彼趣中

善知識今時　聽說所造業　我曾起貪心
廣造於舍宅　彩畫復雕鏤　金寶以莊嚴
復置諸園林　倉庫及產業　畜牛馬生類
皆以爲資具　父母及眷屬　內外數甚多
奴婢與妓人　其數無有限　常令於晝夜
動種種歌音　但縱已樂心　不念於他苦
恃彼大富貴　作種種莊嚴　凡所受用物
悉金銀珍寶　以香水澡沐　復塗諸妙香
龍腦與栴檀　及彼麝香等　香水澡沐已
次第而嚴身　手釧及指環　皆用珍寶作
以眞珠瓔珞　而爲項莊嚴　最上好眞金
復爲耳璫等　身分莊嚴已　頂戴諸妙華
蘇摩那瞻波　及諸異香者　復著妙好衣
謂最上細氎　鮮白復清潔　皆妙香所熏
飲食最上味　甘美復馨香　侍者供所須

暫無飢渴想　地敷好茵蓐　履踐而游行
左右有侍人　自在復尊貴　如是廣嚴飾
而愛樂其身　常保惜護持　不生破壞想
既富樂具足　餘復無所思　恣其染慾心
造不善過失　眼貪於色境　諸根亦復然
彼爲過失因　自不能覺了　見聞覺知處
諸煩惱隨生　於順違境中　起貪瞋癡法
柔軟等諸觸　觸身心起愛　彼愛想既生
諸罪業皆作　我曾於一時　無故害有情
以箭射鹿身　令彼命斷滅　但取其肉食
不念後世中　果報自當受　誰人能代者
我愚癡無智　但資養其身　一日死苦來
識滅身破壞　惟集諸苦惱　無一可愛心
父母及諸親　相視不能救　良醫妙藥等
亦唐設其功　徒增悲惱心　無救濟方便

我若命斷已　棄於尸陀林　爲鳥獸諸蟲
充足而食噉　一切無所有　虛幻法現前
諸境悉皆空　惟果報不失　是時無所託
惟善法可依　如我造惡因　當墮於地獄
廣積罪業蘊　後苦惱隨生　於彼三世中
破壞善法種　受想行三法　以諸觸爲因
觸故諸愛生　而成憂苦縛　善法如良藥
能治貪愛心　貪等既不生　諸惡不能作
我實無福慧　虛受於人身　佛宣方便門
布施持戒等　我不能自作　不隨喜見聞
正法不能聽　愚癡日增長　無明等煩惱
隨轉而無窮　障善法因緣　何由能解脱
迷惑心散亂　無少時靜住　煩惱火所燒
受種種纏縛　於身無少樂　樂法不暫生
命將不久時　一切皆破壞　惟諸佛勝法

能救苦衆生　戒法眞實門　登者得大樂
如我所造業　深自生追悔　今遇善知識
是故如實說
爾時月上境界如來告藥王軍菩薩言善男
子諸異生類臨命終時生大驚怖苦惱其心
無所救護惟諸善法能爲所依殊勝果報而
無所失爾時彼佛即說伽陀曰
衆生作惡業　定墮地獄中　飢時吞鐵丸
渴復飲銅汁　身出猛火焰　惡業故自燒
身分皆破壞　受驚怖大苦　彼不見樂境
不聞正法名　惟苦逼身心　一切皆非愛
衆生作善法　定生善趣中　善知識會遇
勸導修善法　發生正信解　具戒慧多聞
諸煩惱滅除　而成正等覺　精進行最上
佛出世所宣　策發諸善根　不生於退屈

慈悲眞梵行　攝一切衆生　自利復利他
皆令得解脫　善男子諦聽　佛所說眞實
出微妙法音　令一切調伏　大悲心爲父
菩提心爲母　善法爲知識　能救護衆生
正覺出於世　說最勝法門　方便化衆生
令住寂滅地　佛爲大悲者　最上世間尊
普觀諸有情　等同爲佛子　平等無有二
使一切歸依
爾時彼佛說是法時三千大千世界六種震
動時藥王軍菩薩合掌恭敬白彼佛言有何
因緣大地震動願佛慈悲當爲我說彼佛言
善男子汝當四方觀察有何所見是時藥王
軍菩薩承佛聖旨即時四方觀察見此大地
震動於少時間而復破裂有六十五倶胝人
從地而生爾時六十五倶胝初地生即皆合

掌俱白佛言我等從何所生佛於會中指前初生者告彼從地生者言諸善男子汝等見此諸人衆不答言已見佛言如彼所生汝等亦然從地生者又言此諸人衆當應滅不佛言如是如是彼等皆滅諸善男子非惟此衆一切有情悉皆歸滅是時先在佛會諸初生者各起合掌白彼佛言世尊如佛所說生死二法我等猒患非所愛樂佛言汝等既能猒患生死云何不能發起精進此諸初生者各白佛言世尊我等於如來前聽受正法見此菩薩聲聞大衆有大神通威德具足是我所樂我等亦欲趣進修習遠離生死爾時藥王軍菩薩復見有諸從地生者即時與五百大菩薩各各以自通力於其會中又復踊身虛空高二萬由旬於其空中或現經行相或現跏趺相或現師子王步相或現象王步相或現諸異獸等步相現如是等諸相已復於空中作諸神變時此菩薩等各有身光於虛空中如百千俱胝日月光明爾時諸從地生者俱白彼佛言世尊何因緣故有是廣大光明及於空中現諸神變希有等事佛言諸善男子汝等見諸菩薩住空中不答言已見佛言此大光明是諸菩薩各各身光此諸菩薩一一皆能現諸神通變化等事是時藥王軍等諸菩薩衆即於空中出微妙聲俱白彼佛言願佛慈悲爲諸衆生宣說法要若天若人得聞法者皆得最上利益安樂我等今時皆是如來大悲方便精進願力所建立故願佛於今顯法光明普照世間作是言已俱從空下住於佛前彼佛告藥王軍菩薩言善男子汝

今見此三千大千世界六種震動不樂王軍菩薩言已見世尊然今我等不能了知以何緣故有如是事又復我今有少疑惑欲問世尊願爲開決彼佛言善男子汝今有疑恣汝所問若過去未來現在三世等事我當爲汝一一如實分別演説藥王軍菩薩白彼佛言世尊今此會中何故有八萬四千天子衆八萬四千俱胝大菩薩衆一萬二千俱胝龍王衆一萬八千俱胝部多衆二萬五千俱胝必舍左衆以何義故如是等衆其數甚多彼佛言善男子汝今當知此諸大衆俱來集會皆是於此聽佛説法即於是日獲大利樂永出輪迴又復其中有得安住十地法者有得安住涅槃界者有得解脱老病死苦住安樂法者有得解脱煩惱縛者有得深入佛正法者

藥王軍菩薩復白彼佛言世尊如來善爲一切衆生作諸善巧方便事業隨順攝化云何是中而無懈倦彼佛言善男子諦聽如來起大悲心設諸方便普攝有情皆令解脱常無懈倦但諸異生愚於善法雖遇如來不能親近聽受修習不求解脱善男子如來今日於大衆中吹大法螺擊大法鼓出大法聲演大法義若天若龍乃至八部四衆及諸初生者如是一切大衆咸於今日得大總持圓滿善法安住十地普獲利樂一切皆是如來神通方便所作令諸衆生住精進地得法具足如佛世尊爾時六十五俱胝數中有五千初生者俱從座起合掌向佛而白佛言世尊我等有身而爲重擔深爲大怖何由解脱又復一切衆生處輪迴中暫無寂靜所欲礙心不能

了知住黑闇地不能明了唯願世尊攝受我等及諸衆生施以無畏令得安樂勸請世尊宣説妙法令諸少慧衆生增長正慧苦惱衆生皆得解脱世世所生見佛聞法爾時藥王軍菩薩向彼初生者説是伽陀曰

汝等樂欲聞正法　先須飲食資身命
後起無畏廣大心　深得最上妙法味

彼初生者亦説伽陀答藥王軍菩薩言

汝尊者大智　善調寂諸根　有廣大名稱
一切皆愛敬　已圓滿善法　一切無不知
云何作是言　飲食資身命　如我等意者
飲食爲過因　食已於腹中　成種種雜穢
雖增長色力　而惡法隨生　三塗惡趣中
當生大怖畏　諸衆生罪業　皆從飲食生
所有貪愛心　由飲食所起　世間愚癡者
生種種貪心　營廣大田園　舍宅樓閣等
諸妙好服飾　及最上莊嚴　衆妙寶七珍
真珠瓔珞等　象馬及車乘　奴婢數甚多
富貴雖暫時　終歸無常法　如其壽命盡
流轉諸趣中　正法不能聞　善知識遠離
假使四大洲　爲彼轉輪王　七寶皆具足
圓滿千子衆　富貴大自在　勇猛復威嚴
一切所歸依　悉恭敬稱讚　盡一生勝報
是等亦無常　彼壽限既終　善惡業隨受
雖富有珍寶　勇猛大威德　壽命若盡時
自力不能救　尊者如我説　一切無所依
唯諸佛如來　是真所歸仗　如父復如母
能養育出生　平等而愛憐　一切皆如子
譬日月光明　普照諸冥闇　所有輪迴苦
斷滅令不生　拔彼煩惱根　使離諸怖畏

普令有情類　證無上菩提　宣說正法門
令住不退轉　世間飲食等　無利生過失
不得生諸天　非爲可愛果　於世間無樂
當招極苦報　損減於壽命　造不善業因
生富樂貪愛　不能了無常　不造最勝業
不了知妙法　不念離過失　不住寂靜心
壽命旣盡已　諸趣受諸苦　無常杖所打
五欲繩所縛　苦惱而轉增　業報不能脫
過去業所照　無救無所依　當識法滅時
徒增悲惱怖　我寧以珍寶　金銀及玻瓈
廣施一切人　終不生悋惜　我寧以身力
爲他人僕使　設經彼長時　終不生疲倦
若起貪愛想　廣集諸珍財　及飲食上味
我即生怖畏　願尊者諦聽　如我等所言
假使彼諸天　受勝妙樂報　以諸妙寶器
盛種種上味　甘美復馨香　食者生適悅
益天人身分　色力及威力　彼受報若終
一切皆非實　以是故我等　不愛樂飲食
唯樂正法門　求解脫衆苦　遠離貪愛縛
得自在無礙　歸依佛世尊　大仙眞聖者
汝尊者大智　我恭敬頂禮　具廣大慈悲
衆生皆樂見　汝名字何等　願尊爲我說
若見聞隨喜　得諸根清淨

爾時藥王軍菩薩復說伽陀答初生者言

汝今欲聞我名字　彼一切名唯佛知
百千俱胝衆初生　彼名一一佛能了

彼初生者又說伽陀曰

我曾從佛親聽受　初生久生一切名
唯汝名字最甚深　未曾聞佛爲廣說

是時藥王軍菩薩復說伽陀答初生者言

當知我名字　號爲藥王軍　妙藥救衆生
是故得其號　一切衆生類　種種病所纏
我以方便門　隨順而救濟　貪爲病最大
惱害於世間　由此病爲因　而生諸過失
瞋病如大火　焚燒寂靜心　唯甘露法藥
能除諸苦惱　癡病大可怖　覆没智慧心
死墮惡趣中　不得聞正法　由此三種病
展轉諸病生　益愚癡闇冥　我皆施法藥
普令離過失　滅一切業因　息苦惱不生
永絕諸怖畏　既得離諸病　速見正覺尊
因我妙醫王　應病而授藥　一切有情類
常爲火所焚　熾然不能息　轉生諸苦惱
貪欲爲重擔　無有解脱時　瞋癡法亦然
展轉增過失　雖常負重擔　不求解脱門
復不念無常　不思出離道　煩惱業隨逐
苦惱亦不知　衆病逼其身　不能求妙藥
由無明因故　諸行即隨生　行等法既起
貪愛生過失　諸行不究竟　一切法皆空
無智不能知　無由生正念　不修寂靜行
識滅苦惱增　經無數劫中　不能得解脱
佛出現於世　爲彼天人師　如父母愛子
開示正覺道　復雨大法寶　普濟諸群生
除彼邪智人　不攝受正法　發菩提心者
得入正法門　了一切行空　於空亦無礙
若了空無我　一切無所依　諸煩惱亦空
還離諸過失

爾時諸初生者復說伽陀言

菩薩大悲者　普救諸衆生　精進大醫王
長時無懈倦　念彼輪迴苦　以功德攝持
我諦信歸依　起勇猛精進

爾時藥王軍菩薩復爲説伽陀曰

汝等今當知　佛爲最上尊　世間出世間
福智皆具足　具三十二相　及衆好莊嚴
以最上大悲　廣度諸群品　佛威容高顯
猶如妙高山　智慧無有窮　復如彼大海
善開諸方便　隨順化衆生　瞻禮與歸依
皆得安樂果

爾時月上境界如來出如迦陵頻伽清妙音聲普聞十方又從面門出八萬四千種種色光所謂青黄赤白紅紫碧緑如是光明廣大熾盛普照三千大千世界所有三十二大地獄蒙光所照皆悉破壞諸天宫殿光所照處廣大明耀如是光明照於三千大千世界已復於光中出一切衆生所有樂具現於虚空作如是變化已其光旋還繞佛七帀復從彼佛項門而入爾時藥王軍菩薩復從座起合掌恭敬白彼佛言世尊何因縁故如是重復放大光明普照世界爾時彼佛告藥王軍菩薩言善男子我於今日作大佛事今此會中有諸衆生得大利樂以是縁故重復放光藥王軍菩薩復白彼佛言我有所疑欲當請問唯願世尊爲我開決彼佛言善男子如汝所疑當恣汝問藥王軍菩薩言世尊何故此會諸初生者世尊爲現種種希有等事復爲宣説微妙法門諸久生者云何世尊不皆如是豈此等類於佛正法不能了知彼佛言善男子汝今何故作如是言於如來前而伸請問此不得名柔順等語何以故如來於諸衆生平等化度隨順方便而爲説法諸有聞者皆獲利益具足得入諸總持門一切功德皆悉

成就爾時虛空中復有無數廣大殊妙七寶樓閣現於佛上是時彼佛告藥王軍菩薩言善男子汝今見此殊妙樓閣不藥王軍菩薩答言已見世尊彼佛言汝今當知此等皆是諸初生者所共變現何以故此諸初生者皆於是日圓滿一切善法又復我於今日擊大法鼓有無數天人得法具足無數地獄衆生得離苦惱復有無數衆生蹔生正念歸依佛智皆得解脫彼佛說是語時會中有九萬九千俱胝久生衆生證得須陀洹果得法具足斷除業障遠離衆苦如此等類皆從如來正法出生爾時東方有五十俱胝殑伽沙數諸菩薩衆來入彼會南方有六十俱胝殑伽沙數諸菩薩衆來入彼會西方有七十俱胝殑伽沙數諸菩薩衆來入彼會北方有八十俱胝殑伽沙數諸菩薩衆來入彼會下方有九十俱胝殑伽沙數諸菩薩衆來入彼會上方有百俱胝殑伽沙數諸菩薩衆來入彼會是時藥王軍菩薩白彼佛言世尊云何虛空周帀皆作赤黑二色彼佛言善男子汝今不知如是因緣答言世尊我不能知彼佛言唯佛如來而自知察善男子汝今當知諸方世界各有若干俱胝殑伽沙數諸菩薩衆來入佛會如是諸菩薩衆隨方來已從空而下住立佛前禮彼佛足各住一面是時藥王軍菩薩白彼佛言世尊何因緣故又復有此大菩薩衆而來集會彼佛言善男子此諸菩薩大衆集會皆以初生者爲緣而起發故彼佛作是言時所有會中諸初生者即時皆得諸法具足安住十地又復彼佛會中無數修菩薩行

者皆得安住諸菩薩法得大神通見聞隨喜一切衆生皆獲利樂諸有已住菩薩地者不復退轉增勝堅固菩薩行法佛説此經已普勇菩薩等諸大菩薩阿惹憍陳如等諸大苾芻乃至世間天人阿脩羅等一切大衆聞佛所説皆大歡喜信受奉行

佛説大集會正法經卷第五

葉衣觀自在菩薩經

毗沙門天王經

文殊問經字母品

唐特進試鴻臚卿三藏沙門大廣智不空奉　詔譯

清刻龍藏佛說法變相圖

三經同卷

葉衣觀自在菩薩經

毗沙門天王經

文殊問經字母品

葉衣觀自在菩薩經

唐特進試鴻臚卿三藏沙門大廣智不空奉 詔譯

爾時婆伽梵住極樂世界與諸大衆宣說妙法時金剛手菩薩從座而起偏袒右肩雙膝著地頂禮觀自在菩薩摩訶薩足白觀自在菩薩言聖者住大悲解脫如幻三昧能除一切有情苦惱與世出世利益安樂假使三千大千世界一切衆生同時有種種苦惱及八難苦或希望世間出世果報若能一心稱念觀自在菩薩摩訶薩名號應時不捨大悲誓

願即現種種隨類之身能滿衆生一切勝願亦能護持國界拔濟苦難亦能攝受養育增長吉祥亦能遮止囚禁苦刑亦能銷除蠱毒鬼魅及諸惡病亦能臨陣禁制刀杖亦能銷除水火災難亦能斷除厭禱呪詛亦能結護方隅地界惟願聖者哀愍未來一切有情國王男女若淨信三寶護持佛法相承王業勿令斷絶爲彼等故説軌儀陀羅尼加持方便

爾時觀自在菩薩摩訶薩從座而起頂禮佛足右遶三帀還坐本處合掌向佛而白佛言惟願世尊哀愍加持我有葉衣觀自在菩薩摩訶薩陀羅尼能除一切有情災禍疫疾飢儉劫賊刀兵水旱不調宿曜失序亦能增長福德國界豐盛人民安樂我今欲説惟願聽許佛言善哉善哉隨汝意説

爾時觀自在菩薩承佛威神而説陀羅尼曰

曩謨囉怛曩(二合)怛囉(二合)夜(引)野(一)曩謨阿弭跢(引)婆(去聲引)野(二)怛他(去聲引)蘖跢(引)夜(引)囉賀(二合)帝(三去聲)藐三(去聲)没馱(引)野(三)曩謨阿(去聲引)哩野(二合引)嚩路(引)枳帝濕嚩(二合)囉野(四)冐地薩怛嚩(二合引)野(五)摩訶薩怛嚩(二合引)野(六)摩賀迦(引)嚕抳(尼整切)迦(引)野(七)曩謨摩賀娑佗(去聲合引)(二)麽鉢囉(二合引)跛跢(二合引)野(八)冐地薩怛嚩(二合引)野(九)摩賀薩怛嚩(二合引)野(十)摩賀迦嚕抳(尼整切)迦野(十一)嚩(引)麽寧怛鑁(一合引)曩謨寫(去聲引)弭(十二)怛鑁(二合引)曩謨寫(去聲引)弭(十三)嚩摩寧妣舍止鉢囉拏(二合)捨嚩哩(四)鉢囉拏(二合)捨嚩哩妣舍止(十五)娑(去聲)誐嚩底(丁以切)(十六)跛捨跛囉輸(上聲)播捨馱哩抳(十七)夜(引)頸迦頸質(十八)婆(去聲)夜(引)顊聿(二合)荅跛(二合)你也(二合)麽(引)

曩顊聿(二合)答跛(二合)攃帝(十九)夜(入聲引)迦(引)室質(二合)你(泥以切)多庚(引二十)夜(入聲引)迦(引)室質(二合)怛麽(二合)哩庚(二合二十一)夜(入聲引)迦(引)室質(二合)摩賀(引)麽(引)哩庚(二合引二十二)曳計質拏鉢捺囉(二合)嚩(無跛切二十三)曳計質努播(引)夜(引)娑(入聲引二十四)曳計質也馱藥曳計質捺地野(二合引)婆嚩(準上引二十五)曳計質努跛薩虐(引二十六)塢跛薩誐三(去聲)滿馱(引)嚩(引二十七)嗢鉢攃帝(二十八)薩嚩(引)顊路(引)顊薩嚩(引)娑彈(二合引二十九)薩吠帝嚩(引)攞多(三十)噎武(無後切引)鉢攃帝曩(三十一)半旋多多娑多(二合)娜寗曩薩底曳(二合三十二)薩底也(二合)嚩(引)計(引)曩(三十三)惹(自娜切下同)惹惹惹(三四)噎鼻室止(二合)半旎路(引三十五)地瑟恥(二合)帶(引)漫怛囉(二合)鉢乃(三十六)麽(鼻聲)麽(同上)薩嚩薩怛嚩(二合引)難(上聲)者(三十七)囉迦惛(二合引)矩嚕(三十八)麌不井(二合)矩嚕(三十九)

跛哩怛囉(二合引)喃矩嚕(四十)跛哩蘖囉(二合)怛(上聲)矩嚕(四十一)跛哩播(引)攞曩矩嚕(四十二)蒻(引)井矩嚕(四十三)娑嚩(二合)娑底野(三合)野曩矩嚕(四十四)難(上聲)拏跛哩賀(引)喞矩嚕(四十五)設婆怛囉(三合)跛哩賀喞矩嚕(四十六)尾灑怒(引)灑南矩嚕(四十七)尾灑曩(引)捨曩矩嚕(四十八)梟(引)麽(引)滿蕩矩嚕(四十九)馱囉抳滿蕩左矩嚕(五十)怛你也(二合)佗(去聲引五十一)阿蜜哩(二合)帝阿蜜哩(二合)姤納婆(二合)吠(五十二)阿濕嚩(二合)娑黨(二合引)霓(五十三)麽(鼻聲引)麽囉麽(同前引)麽囉(五十四)捨麽鉢囉(二合)捨麽(五十五)觀奴(鼻聲)尾觀奴(同上五十六)觀黎觀母黎娑嚩(二合引)賀(引五十七)

心真言曰

唵(一)鉢囉拏(二合)捨嚩哩(二)吽(引)癹吒(半聲三)

時觀自在菩薩說此陀羅尼已白佛言世尊

若善男子善女人誦此陀羅尼一徧即護自身若誦兩徧即護伴侶若誦三徧能護一家若誦四徧護一聚落若誦五徧護一國界若國内疫病流行應取白氎闊一肘半長二肘先令畫人潔淨齋戒以瞿摩夷汁和少青緑以香膠和勿用皮膠取鬼宿日畫葉衣觀自在菩薩像其像作天女形首戴寶冠冠有無量壽佛瓔珞環釧莊嚴其身身有圓光火焰圍繞像有四臂右第一手當心持吉祥果第二手作施願手左第一手持鉞斧第二手持羂索坐蓮華上畫像成已懸於竿上令一人執持執竿之人無間斷誦葉衣觀自在菩薩陀羅尼聲鼓鳴聲所擊之杖用摘枳王真言加持二十一徧方乃擊之真言曰

唵一摘枳吽短聲弱二

又令二人誦讚一人誦吉慶讚一人誦吉祥讚令知法弟子三五人一人持香爐燒安息香其香以葉衣觀自在菩薩心真言加持一百八徧然後取香燒烟勿令斷絶一人持賢缾滿盛香水插華果樹枝令持缾人在前先行引像二人吹蠡引入王宮右旋一帀南門而出復從東却繞城内坊市一帀便城南門出城南門外置一大水缾於中置種種飲食雜果及麨阿闍梨誦妙色身如來真言加持七徧然後誦葉衣觀自在菩薩陀羅尼七徧於真言句中稱國王名號加持願王國界無諸災難然後於路側曠野棄擲水缾令破作是告言閻魔界中行病鬼等汝等受領此飲食復道而歸於諸有情起大悲心令此國界無諸災難

又法欲求長壽無病者隨意大小於白氎上畫葉衣觀自在菩薩像如前四臂於施願手下畫彼男女其像置道場中每日香華飲食旋遶供養發願常得加持滿其所願

又法若國王男女難長難養或薄命短壽疾病纏綿寢食不安皆由宿業因緣生惡宿直或數被五曜陵逼本宿令身不安則於所居之處用牛黃或紙或素上書二十八大藥叉將真言貼四壁上先於東方壁上貼四大藥叉將真言從東北角起首所謂第一藥叉將真言曰

唵一你引囉伽二合吒枳吽弱娑嚩引二合訶三引

第二藥叉將真言曰

唵一蘇寧怛囉二合吒枳吽弱娑嚩引二合訶三引

第三藥叉將真言曰

唵一布囉拏二合迦二吒枳吽弱娑嚩引二合訶三引

第四藥叉將真言曰

唵一迦比攞二吒枳吽弱娑嚩引二合訶三引

次於南方壁上貼四大藥叉將真言

第一藥叉將真言曰

唵一僧伽二吒枳吽弱娑嚩引二合訶三引

第二藥叉將真言曰

唵一塢波僧伽二吒枳吽弱娑嚩引二合訶三引

第三藥叉將真言曰

唵一商企羅二吒枳吽弱娑嚩引二合訶三引

第四藥叉將真言曰

唵一難上娜二上吒枳吽弱娑嚩引二合訶三引

次於西方壁上貼四大藥叉將真言

第一藥叉將真言曰

唵一訶哩二吒枳吽弱娑嚩二合引訶引三

第二藥叉將真言曰

唵一訶哩計奢二吒枳吽弱娑嚩二合引訶引三

第三藥叉將真言曰

唵一鉢囉二合僕二吒枳吽弱娑嚩二合引訶引三

第四藥叉將真言曰

唵一迦比羅二吒枳吽弱娑嚩二合引訶引三

次於北方壁上貼四大藥叉將真言

第一藥叉將真言曰

唵一馱邏拏二吒枳吽弱娑嚩二合引訶引三

第二藥叉將真言曰

唵一馱邏難上那二吒枳吽弱娑嚩二合引訶引三

第三藥叉將真言曰

唵一塢伱庾二合誐跛羅二吒枳吽弱娑嚩二合引訶引三

第四藥叉將真言曰

唵一尾灑弩二吒枳吽弱娑嚩二合引訶引三

次於東北隅貼一大藥叉將真言曰

唵一半支迦二吒枳吽弱娑嚩二合引訶引三

次於東南隅貼一大藥叉將真言曰

唵一半左引羅巘拏二吒枳吽弱娑嚩二合引訶引三

次於西南隅貼一大藥叉將真言曰

唵一娑上跢儗哩二吒枳吽弱娑嚩二合引訶引三

次於西北隅貼一大藥叉將真言曰

唵一害麼嚩多一吒枳吽弱娑嚩二合引訶引三

次於下方足不踏處石上鐫四大藥叉將真言置於四方地下

東方地下一大藥叉將眞言曰

唵一步莫二吒枳吽弱娑嚩引二合訶三引

南方地下一大藥叉將眞言曰

唵一蘇步莫二吒枳吽弱娑嚩引二合訶三引

西方地下一大藥叉將眞言曰

唵一迦羅二吒枳吽弱娑嚩引二合訶三引

北方地下一大藥叉將眞言曰

唵一塢波迦羅二吒枳吽弱娑嚩引二合訶三引

次於上方四隅舍上各貼一大藥叉將眞言

東北隅舍上一大藥叉將眞言曰

唵一蘇哩也二二合吒枳吽弱娑嚩引二合訶三引

東南隅舍上一大藥叉將眞言曰

唵一阿銀你二二合吒枳吽弱娑嚩引二合訶三引

西南隅舍上一大藥叉將眞言曰

唵一蘇摩二吒枳吽弱娑嚩引二合訶三引

西北隅舍上一大藥叉將眞言曰

唵一嚩庾二吒枳吽弱娑嚩引二合訶三引

貼眞言已於二十八大藥叉將住各各以香塗一小壇壇上燒香雜華飲食燈燭閼伽虔誠啓告惟願二十八大藥叉將并諸眷屬各住本方護持守護𤱈令除災禍不祥疾病夭壽獲得色力增長聰慧威肅端嚴具足易養易長壽命長遠作是加持已二十八大藥叉將不敢違越諸佛如觀自在菩薩及金剛手菩薩教勑晝夜擁護卧安覺安獲大威德若有國王作此法者其王境內災疾消滅國土安寧人民歡樂又法應畫本命宿直每月供養若作如是法者惡宿直轉成吉祥以白檀香刻作葉衣觀自在菩薩像并於樺皮上畫此眞言共帶若作此法取鬼宿直日受灌頂

其灌頂缾以繒繫項滿盛香水水中著七寶
及五種藥所謂娑訶者囉藥等娑訶泥嚩藥
建吒迦哩藥勿哩訶底藥儗哩羯囉拏藥及
五種種子諸香等以葉衣觀自在陀羅尼加
持一百八徧以用灌頂洗諸障難灌頂已取
一瓦椀盛種種飲食於彼男女頭上遶三帀
令一知法者遠送擲破即結線索以葉衣眞
言加持繫其頭上若作如是法身上疾病鬼
魅厭禱執曜令逼本宿所皆悉殄滅（由灌頂戴像二
十八大藥叉時常隨擁護）
又法若人疫病取舍彌木（此國無諸木替）然火然後
酥護摩人髮人骨投一百八徧於火中燒七
日已來每日供養葉衣觀自在菩薩護摩之
時稱彼國城名聚落名村坊名一切災難悉
皆除滅如是象疫馬疫牛疫水牛疫各取本
類骨本毛作護摩七日七夜亦皆災滅
又法取一缾滿盛香水誦眞言加持水瓶一
百八徧以水淋彼畜一切疫病悉皆消滅
又法若人頭痛取有香氣華加持一百八徧
令鼻齅即得除愈
又法若人患鬼魅取粳米粉捏作彼魅形以
鑌刀即段段截之七日護摩即得除差
又法若人患瘧若一日二日三日乃至七日
或長時患瘧用牛黄書此眞言戴即得除差
又法或嬰孩患鬼魅書此眞言帶則得除愈
又法被劫賊侵奪坊市村邑或欲遠遊路行
畏劫奪取佉陀羅木末護摩誦眞言一百八
徧所去之處無諸障難
又法若蟲食苗稼取砂以眞言加持一百八
徧散於田中蟲自遠去五穀豐熟

葉衣觀自在菩薩經

毗沙門天王經

唐特進試鴻臚卿三藏沙門大廣智不空奉 詔譯

爾時毗沙門天王在於佛前合掌白佛言世尊我爲未來諸有情等利益安樂豐饒財寶護持國界故說自眞言我此眞言如眞多摩尼寶心能滿衆願世尊聽許我說佛言善哉善哉天王汝能愍念爲諸有情恣汝意說

爾時毗沙門天王歡喜無量即於佛前說心眞言曰

曩謨囉怛曩(二合)怛囉(二合)夜(引)野(一)曩謨吠室囉(二合)摩拏(鼻引)野(二)摩賀(引)囉(引)惹(引)野(三)薩嚩薩怛嚩(二合)曩(引)摩(鼻四)(引)舍(引)跛哩布(引)囉摩拏(鼻引)野(五)悉地迦囉(引)野(六)蘇(上)騫娜娜(引)野(七)怛娑每(二合引)曩莫塞訖哩(三合)怛嚩(二合)(八)伊(上)給(引)吠(引)室囉(二合)摩拏(鼻引)紇哩(二合)乃野(九)摩(引)禨多以灑(引)弭(十)薩嚩薩怛嚩(二合)蘇(上)佉(去引)嚩憾(十一)怛你也(二合)佗(去引十二)唵悉地悉地(十三)蘇(上)毋蘇(上)毋(十四)左(上)左(上)左(上)左(上)(十五)左囉左囉(十六)娑囉娑囉(十七)羯囉羯囉(十八)枳里枳里(十九)矩嚕矩嚕(二十)毋嚕毋嚕(二十一)主嚕主嚕(二十二)娑(去引)馱野遏貪摩麽(二十三)顫底也(二合)末佗弩(鼻引)婆(去)嚩娑嚩(二合引)賀(引二十四)吠室囉(二合)麽拏(鼻引)野娑嚩(二合引)賀(引二十五)馱曩娜(引)野娑嚩(二合)賀(引二十六)麽(鼻)弩(鼻引)囉佗(二十七)跛里布(引)囉迦(引)野娑嚩(二合引)賀(引二十八)

爾時毗沙門天王說此眞言已白佛言世尊我今說受持眞言法先取安息香白檀香龍腦香多蘗囉香薰陸香蘇合香和合此香供養我毗沙門天王若迎請時結根本印以二頭指向身三招即誦眞言七徧頂上散印

怛你也(二合)佗(去一)(引)曩謨吠(引)室囉(二合)麽(鼻)拏(鼻引)野(二)曩謨(引)馱曩娜(引)野(三)馱寗(寧定切引)濕嚩(二合)囉(引)野(四)阿(去引)蘖(言羯切)蹉(去引)阿蘖蹉(五)阿跛哩弭多馱寗(引)濕嚩(二合)囉(六)鉢囉麽(鼻)迦(引)嚕抳迦(七)薩嚩薩荅嚩(二合)呬(馨異切)多(上)唧多(八)麽麽馱曩麽(鼻)拏(鼻)鉢囉(二合)拽(延結切)蹉(九)娑嚩(二合)琰麽(鼻引)蘖蹉娑嚩(二合引)賀(引十)

行者念誦常無間斷乃至毗沙門天王子赦你娑現童子形告持誦者言汝有何事請召我父持誦者言我爲供養三寶授與我財寶童子赦你娑於須臾頃還至毗沙門天王所告父王言持誦者求諸財寶爲供養故利益有情毗沙門天王告童子赦你娑言汝日日與金錢一百乃至壽終其童子赦你娑日日送金錢一百與持誦者安於頭邊其金錢異種香氣先願所得之者除自受用外應行捨施不應貯積而懷慳悋常於一切有情起大悲心勿生瞋恚以殊勝香華飲食燈明於寂靜處如法供養佛法僧寶兼復思惟而無間斷爲毗沙門天王并諸眷屬念恩德故常應誦吉祥讚令彼天王獲諸吉慶願毗沙門天王男女眷屬内外親姻輔弼乃至使者及諸營從國界有情佛所稱讚十種福利悉皆獲得所謂一者淨信二者戒三者聞四者捨五者受六者慧七者形貌八者力九者辯十者色聲香味觸富貴自在於佛法中而開法眼證得聖果獲得甘露妙法亦得三十七品助佛道法持誦者每日作如是發願毗沙門天王即生歡喜告自營從眷屬汝等觀彼持誦者於我深生恭敬

復告子赦你娑言持誦者希望欲見我毗沙門藥叉王欲閉惡趣門所思勝願皆令滿足壽無量百千歲獲得如意寶飛騰虛空安怛那及得伏藏若男若女及羅惹皆令敬愛亦解一切禽獸語言令得豐財永離貧匱彼持誦者常於白月八日及十五日令畫人受八戒澡浴著新淨衣取不截白氎畫像其彩色中不用皮膠中心畫釋迦牟尼佛作說法相佛右邊畫吉祥天女形眼目廣長顏貌寂靜首戴天冠瓔珞臂釧莊嚴其身右手作施願手左手執開敷蓮華畫像得已於清淨處安像供養以塗香華鬘燒香飲食燈明以供養佛及吉祥天女受持者不應以下劣心而生恐怖應以決定心如法念誦此吉祥天女真言曰

曩莫室哩(二合)伽(去)曩(引)野(一)曩謨吠(引)室囉(二合)摩拏(上引)野(二)摩賀(引)藥乞灑(二合)囉(引)惹(引)地囉(引)惹野(三)曩莫室哩(二合)夜(引)褱(引四)摩訶(引)祢(引)吠(鼻五)怛你也(二合)佗(去六)(引)唵怛囉怛囉(七)咄嚕咄嚕(八)蘇瑟軀(二合)蘇瑟軀(二合下勑數切上同)(九)麼抳迦曩迦(十)嚩日囉(二合)吠(引)女(拏數切引)哩也(二合十一)穆訖多(二合)曩(引)麼(引)稜(去)訖啗(二合)多(十二)僕(引十三)薩嚩薩怛嚩(二合十四)呬多迦(引)麼(十五)吠(引)室囉(二合)摩拏(十六)室哩(二合)野泥(上)尾(引十七)末嚩毗(去十八)噎醯(去引)呬(十九)具囉拏(二合鼻)具囉拏(二合二十鼻)麼娑麼娑(二十一)捺囉(二合)捨野悉地(二十二)娜娜(引)呬銘(二十三)捺囉(二合)捨曩迦(引)麼寫(二十四)捺囉(二合)捨南(二十五)鉢囉(二合)賀攞(二合引)娜野摩諾娑嚩(二合引)賀(引二十六)

爾時毗沙門天王見持誦此真言及供養如

來愍念行者則爲現身作童子形或居士形右手持如意寶左手持金篋顏貌寂靜來至像前禮佛像已告行者言汝今於我欲求何願爲入脩羅窟耶爲求伏藏耶爲求伏火水銀耶爲求安怛但那囉惹敬愛耶雄黃成就耶安膳那藥成就耶持明成就耶飛騰虛空耶壽命一大劫耶如是等願悉能成就持誦者白毗沙門天王言願我一切處通達獲得金銀無盡名稱福德壽命無量劫飛騰虛空變化種種瑜伽自在毗沙門言隨汝所願

爾時毗沙門天王欲重明其義而說偈言

假使有日月　從空墮於地　或大地傾覆
寧有如是事　不應生少疑　此法易成就
不假於齋戒　利益貧匱者　一切人恭敬
乃至盡壽命　毗沙門加持　遠離諸危難
藥叉將衛護　常隨受持者　若能持是教
諸願悉成就　迅疾如射箭　諸王敬彼人
獲得無盡寶　千俱胝藥叉　衛護持誦者
能滿諸勝願　解脫諸惡趣　若見毗沙門
俱尾羅財施　獲得大智慧　乃至天眼通
壽命俱胝歲　若人殷重心　愛敬此教法
應當求成就　決定無有疑　令此護身法
多聞天所說　由此加持故　眞言上悉地

即誦護身明

曩謨囉怛曩(二合)怛囉(二合)野(引上聲)野(一)曩謨吠(引)室囉(二合)麼(鼻)拏(鼻引)野(二)(二合)麼賀(引)囉(引)惹(引)野(三)怛你也(二合)佗(去四)(引)唵(引)喇(轉舌)誐喇(准上)誐(五)攱(尼簡切下同)拏攱拏(六)齲(區宇切下文同)弩(拏敷切鼻)音(數字上聲)齲弩(准上音七)摩賀(引)囉(引)惹(八)囉乞灑(二合)囉乞灑(二合)鎗(莫感切鼻引九)薩冐(毛保切引)鉢捺囉(二合)

吠引毗藥二合娑嚩二合引賀引十

我今說根本印以二手右押左內相叉豎二右指頭相合屈二頭指如鉤若迎請時向身招若發遣時向外撥念誦時結印當心誦七徧即頂上散然後取念珠專注念誦

次說吉祥天女身印二手虛心合掌開二頭指二中指二無名指屈如蓮華形二大指二小指豎合若念誦時當心結誦真言七徧頂上散

毗沙門天王經中

毗沙門天王呪曰

那謨裴鑠囉皤拏寫一摩訶曷囉闍寫施鞞二娑婆訶三施皤跋跌犁娑婆訶四

若呪淨洒七徧二七徧用塗卧所乞財物等得如所願

毗沙門天王經

文殊問經字母品

唐特進試鴻臚卿三藏沙門大廣智不空奉　詔譯

爾時文殊師利白佛言世尊一切諸字母云何一切諸法入於此及陀羅尼字佛告文殊師利一切諸法入於字母及陀羅尼字文殊師利如

稱阿上　字時是無常聲

稱阿去引　字時是遠離我聲

稱伊上　字時是諸根廣博聲

稱伊去引　字時是世間災害聲

稱塢上　字時是多種逼迫聲

稱汙引　字時是損減世間多有情聲

稱[口*呂]　字時是直輭相續有情聲

稱[口*呂]引　字時是斷染遊戲聲

稱力　字時是生法相聲

稱嚧　字時是三有染相聲

稱曀　字時是超所求聲

稱愛　字時是威儀勝聲

稱汙　字時是取聲

稱奧　字時是化生聲

稱暗　字時是無我所聲

稱惡　字時是沉沒聲

稱迦上　字時是入業異熟聲

稱佉上　字時是出一切法等虛空聲

稱誐上　字時是甚深法聲

稱伽去　字時是摧稠密無明闇冥聲

稱仰　字時是五趣清淨聲

稱左　字時是四聖諦聲

稱蹉　字時是不覆欲聲

稱惹　字時是超老死聲

稱鄭(才舸切) 字時是制伏惡語言聲

稱孃(上) 字時是制伏佗魔聲

稱吒(上) 字時是斷語聲

稱咤(上) 字時是出置荅聲

稱拏(上) 字時是出攝伏魔諍聲

稱荼(去) 字時是滅穢境界聲

稱拏(鼻聲呼) 字時是除諸煩惱聲

稱多(上) 字時是眞如無間斷聲

稱他(上) 字時是勢力進無畏聲

稱娜 字時是調伏律儀寂靜安隱聲

稱馱 字時是七聖財聲

稱曩 字時是徧知名色聲

稱跛 字時是勝義聲

稱頗 字時是得果作證聲

稱麼 字時是解脫繫縛聲

稱婆(去) 字時是出生三有聲

稱莽(鼻聲呼) 字時是息憍慢聲

稱野 字時是佛通達聲

稱囉(梨假切) 字時是樂不樂勝義聲

稱砢 字時是斷愛支聲

稱嚩(無可切) 字時是最上乘聲

稱捨 字時是出信進念定慧聲

稱灑(上) 字時是制伏六處得六神通智聲

稱娑 字時是現證一切智聲

稱賀 字時是害煩惱離欲聲

稱乞灑(二合) 字時是一切文字究竟無言說聲

文殊師利此謂字母義一切諸字入於此中

文殊問經字母品

音釋

肘陟柳切二尺曰肘蠡盧戈切蚌屬麨齒沼切乾糧也鐫子全切雕也閼伽梵語也此云水閼阿葛切揑倪結切捻聚也

海意菩薩所問淨印法門經

宋中天竺三藏朝散大夫試鴻臚卿光梵大師惟淨共法護奉 詔譯

清刻龍藏佛說法變相圖

海意菩薩所問淨印法門經卷第一

宋中天竺三藏朝散大夫試鴻臚卿光梵大師惟淨共法護奉　詔譯

如是我聞一時世尊住於如來神通境界大寶莊嚴最勝道場大菩薩宮中而彼道場皆是如來威神建立積集廣大勝福莊嚴圓滿廣大福智妙行現轉一切佛法勝報顯示如來無邊神變加持之力善入無礙境界大智一切見者生大喜悅入念慧行普徧運行無動妙智於無邊劫修集無量衆功德聚而佛世尊現證諸法平等覺道轉妙法輪能善調伏無邊學衆已於諸法得大自在善知一切衆生心意及諸根性已能到於最上彼岸善斷一切種子習氣得無發悟佛身輕安是時與大苾芻之衆六百八十萬人俱皆住近心悉斷一切煩惱種習皆是如來法王之子能

善出生諸無所得甚深法行身相端嚴威儀圓備作大福田正智具足復有無量無數不思議無等比不可說不可說諸大菩薩摩訶薩衆悉獲無所得菩薩智忍已超菩薩灌頂之位而能游戲無加行位菩薩神通得無盡陀羅尼及諸菩薩陀羅尼門於諸菩薩首楞嚴王三摩地中而得自在一切衆生歡喜樂見已得菩薩諸無礙解出生菩薩無發悟行深心安住殊妙莊嚴其名曰無盡藏菩薩摩訶薩無量慧菩薩摩訶薩無邊慧菩薩摩訶薩無緣觀菩薩摩訶薩常精進菩薩摩訶薩精進慧菩薩摩訶薩無斷辯才菩薩摩訶薩無著無畏積菩薩摩訶薩畢竟義慧菩薩摩訶薩如是等無量無數不思議無等比不可說不可說諸大菩薩摩訶薩衆而共集會爾

時世尊以菩薩行位方便出生無障礙門甚深正法而用莊嚴諸菩薩道成辦一切佛法力無畏等眞實智行入一切法最上自在總持印門入無礙解決定出生大神通智妙境界門宣示一切不退轉輪普攝諸乘住平等理混入法界無分別性隨諸衆生根性意樂開示演說隨知眞實決定正法破諸魔境以深固法理止息一切煩惱見等入無著慧宣說普徧廣大迴向善方便智入一切佛平等性智以無著加持法門如實決定宣說諸法於無分別非無分別悉入平等覺了甚深緣生之法積集無量福智妙行佛身語心平等莊嚴隨知一切念慧行等無盡慧門以四聖諦理顯示聲聞乘法以覺了身心智顯示緣覺乘法以得一切智灌頂顯示大乘之法入

一切法自在理中出生如來無邊功德是故如來開示演說施設表了分別解釋顯明宣暢爾時世尊將說如是廣大甚深決定法時忽然於此三千大千世界之中大水充滿猶如大海下至地界上至大寶莊嚴最勝道場
又如劫壞水災現時一切三千大千世界大水充滿下至水輪混如一海今此大水亦復如是然此三千大千世界如是大水一切充滿其中國土城邑聚落及諸人民悉無所壞亦無障礙及閻浮提諸四大洲乃至大海須彌山等欲界諸天一切宮殿悉無少分損壞障礙先現如是相已後復於此大水之中出現俱胝那庾多百千廣大蓮華其華高顯瑠璃爲莖帝青爲枝閻浮檀金而爲其葉吉祥藏寶以爲其鬚碼碯爲臺真珠交絡一一華有無數俱胝多百千葉其葉量廣一俱盧舍是諸蓮華於大寶莊嚴最勝道場中涌現虛空高一多羅樹一切大衆坐蓮華上於蓮華中隨其色相放大光明是光普照十方無量阿僧祇佛剎此諸光明廣照耀時而此會中一切大衆歎未曾有合掌恭敬咸作是言今現如是希有瑞相將非世尊說妙法耶爾時慈氏菩薩摩訶薩見是廣大神變事已即於所坐蓮華臺上偏袒右肩右膝著地合掌向佛恭敬頂禮而白佛言世尊何故今時先現是相而此三千大千世界之中大水充滿混如一海其中復現俱胝那庾多百千蓮華高顯世尊昔所未聞昔所未見如是廣大希有神變願佛爲說佛告慈氏菩薩言慈氏當知下方去此佛剎過十佛剎不可說俱胝那庾

多百千微塵等數諸佛刹土有世界名無量功德寶無垢殊妙莊嚴彼土有佛號海勝持慧游戲出高神通如來應供正等正覺今現住彼說法教化彼有菩薩名曰海意與出過算數諸大菩薩摩訶薩衆將同來此娑婆世界瞻禮恭敬供養於我又復於我所說法中而有所問以是因緣先現瑞相爾時尊者舍利子白佛言世尊彼海意菩薩去此甚遠何故世尊說彼菩薩能聞此會佛說法耶佛言舍利子如汝今時於我前聞所說正法海意菩薩雖復住於彼世界中而能聞我所說之法亦復如是舍利子又如汝今現前觀我及諸大衆彼海意菩薩能見我身及諸大衆亦復如是舍利子言希有世尊諸菩薩摩訶薩所有神通智力不可思議而彼海意菩薩居于極遠刹中能以無障礙眼見此色相無障礙耳聞此音聲世尊若有聞是諸菩薩摩訶薩不可思議功德威神者其誰不發阿耨多羅三藐三菩提心尊者舍利子作是說時二萬四千天子皆發阿耨多羅三藐三菩提心爾時海意菩薩摩訶薩與彼出過算數諸大菩薩摩訶薩衆恭敬圍繞同時瞻仰彼佛世尊海勝持慧游戲出高神通如來已即受教勑承彼如來神足通力及無加行菩薩已辦神通於一念間瞬目之頃於彼世界隱伏身相即時於此娑婆世界大寶莊嚴最勝道場中涌現虛空高一多羅樹於最高廣蓮華臺上師子座中安詳而坐餘諸菩薩亦各處于蓮華臺座下方世界無量無數諸佛刹中復有無量無數菩薩之衆隨從海意菩薩而來

聽法是時大寶莊嚴最勝道場中所有十方世界普來集會一切菩薩摩訶薩衆皆悉處于蓮華臺座周帀充滿殊妙奇特而復一切諸來大衆心生歡喜悉得清淨歎未曾有合掌頂禮彼諸菩薩時海意菩薩以彼無量功德寶無垢殊妙莊嚴世界之中諸勝妙華其華名爲無憂適悅愛樂喜見量廣一俱盧舍華有無數多百千葉隨其所應供養如來令諸菩薩一切見者深心無垢宿世善根悉得清淨是諸衆會皆生歡喜悅意愛樂華有光明復有妙香此諸勝華於世尊前作供養已復雨廣大殊妙華雨其一一華可七人量徧布充滿大寶莊嚴最勝道場一切大衆悉得離生喜樂禪悅之味空中自然擊種種鼓鼓出微妙可愛之音一切大衆聞者悉得禪定妙樂爾時海意菩薩摩訶薩作如是等供養事已從空而下頭面著地禮世尊足右繞七帀合掌恭敬住立佛前作是白言世尊海勝持慧游戲出高神通如來問訊世尊釋迦牟尼如來少病少惱起居輕利勢力安不得妙樂耶時彼同來一切菩薩悉從空下亦各頭面禮佛足已右繞七帀各各還復本座而坐爾時此三千界有大梵王名大悲思惟居此梵世此四大洲無憂安隱忽然見是三千大千世界大水充滿混如一海復有俱胝那庾多百千廣大蓮華高顯出現種種勝相及此道場菩薩充滿見是相已即自思惟劫火未然壞相安有大水充滿此復何緣將非如來神變力耶我今宜往問佛世尊此希有相何因何緣時大悲思惟大梵天王作是念已即

與六萬八千梵衆隱于梵界恭敬圍繞來詣大寶莊嚴最勝道場佛世尊前住虛空中曲躬合掌頂禮世尊作是白言世尊何故今此三千大千世界大水充滿混如一海復有俱胝那庾多百千廣大蓮華高顯而出及諸菩薩大士皆悉處于蓮華座上而此三千大千世界一切國土城邑聚落諸人民衆及閻浮提四大洲等欲界天宮乃至大海須彌諸山悉無損壞亦無障礙如是等相甚爲希有此何因緣復何神力願佛爲說爾時佛告大悲思惟梵天言大梵當知下方世界有佛刹名無量功德寶無垢殊妙莊嚴其佛世尊號海勝持慧遊戲出高神通如來彼有菩薩名曰海意與出過算數諸大菩薩摩訶薩衆而共來此娑婆世界瞻禮恭敬供養於我又復於此廣大集會正法之中而有所問是彼菩薩神通之力於此世界先現瑞相梵天白佛言世尊大集會中所有正法今尚說耶佛言大梵諸佛境界不可思議所有如來智慧辯才及威神力不應限量汝或見於如來默然勿謂無說而我常爲十方世界所來菩薩廣大宣說決定正法爾時大悲思惟大梵天王復白佛言世尊佛所說言現神變者海意菩薩其誰是耶佛言大梵今此會中有大蓮華廣十由旬華中有臺臺上復有衆寶莊嚴師子之座座中有一菩薩大士處于其上身眞金色相好端嚴唯除如來餘諸菩薩所有身相皆能映攝有無數千菩薩之衆圍繞頂禮者汝可見不答言已見佛言大梵圓具如是神通相者即是海意菩薩是時大悲思惟梵天

乃向海意菩薩恭敬頂禮已即白佛言世尊若有衆生得聞如是海意菩薩之名字者當知是人得大善利我於今日聞此菩薩大士名字得見菩薩如是色相深自欣慶快得善利梵天復白佛言世尊此大集會正法當住爲久如耶佛言大梵今此正法隨佛壽量久近而住佛涅槃後有諸菩薩於此正法受持讀誦廣爲他人開示演說何以故大梵所有過去未來現在世中諸佛菩提從此中出爾時海意菩薩摩訶薩承佛神力普爲此會一切大衆生歡喜故及爲大悲思惟大梵天王起信敬故復爲莊嚴此正法故亦爲顯示已之智慧辯才力故即時同彼高廣蓮華及師子座俱涌虛空高七多羅樹乃於空中說伽陀曰

下方過於塵數刹　有佛刹名功德嚴
彼佛化主現居中　其名海勝神通慧
刹中衆德皆圓具　菩薩依止無所畏
其佛如來說法門　我等聞已能持受
我等故來茲刹土　瞻仰敬禮十力尊
其諸菩薩此所來　佛大牛王各伸問
我今禮此法王已　亦禮無比佛大智
所應供養隨所施　廣伸供養佛正覺
若能觀佛色無色　離受離行亦離識
三種領納此亦無　是中潔白常清淨
若無色相及種好　是爲正觀佛世尊
慧眼清淨照法身　乃見無垢眞實義
若法無取亦無捨　二邊無我無我所
安住內入性寂然　止息心外諸所取
有無分別離分別　是心寂默如虛空

即能供養諸世尊　於正法幢善建立
若觀諸法猶如幻　此中施受二皆空
雖知造作本所無　亦不捨離於諸法
而不決定求菩提　又不決定住生死
亦無施者無慳心　遠離施中諸過失
止息調寂身語心　隨行三業無過惱
除諸煩惱息燒然　利智諸根常寂靜
雖知菩提無所得　不捨衆生住無我
爲度破戒諸衆生　修持廣大淨戒行
覺了諸法刹那性　亦不爲諸境所壞
内心寂靜若虛空　外觀世間猶如幻
節節支解於身分　亦復不起瞋恚心
乃至坐樹成菩提　堅持忍行佛所說
能觀諸法如水月　如泡如幻如陽燄
了知無壽亦無人　及無摩拏嚩迦等
菩提衆生雖無得　爲利他故求菩提
若聞此理怖不生　是中能發精進行
若能於心無所著　乃於外境不生猒
知他衆生心所行　於三世中隨順轉
令諸魔衆不能知　心之所行隨所轉
到於彼岸善住心　圓滿禪定神通慧
我聞諸佛所說法　隨所聞已能受持
設經無邊劫數中　佛之辯才不能斷
復於一切佛法中　衆生無墮亦無著
具智慧藏有力尊　三界自在寂默者
能到所到二俱離　是中無去亦無來
隨諸衆生心所行　是向無住亦無動
雖到彼岸具衆德　亦於衆德無取相
無比釋迦大牛王　是故我今伸頂禮
如日清淨大明曜　能蔽螢光星宿光

又如劫火映諸明　上騰梵世下至地
復如須彌大山王　持地亦持諸山等
釋迦牛王毫相中　最勝光明出三界
十方一切菩薩衆　皆從百佛剎中來
瞻佛色相及威光　一切皆生大歡喜
隨諸衆生心意願　如來各各爲開示
我知如來大威神　故從本土來斯剎
佛以一音演說法　隨諸衆生各知解
乃至衆生差別音　如來普爲隨宜說
一切衆生意差別　如塵如沙尚可數
牟尼種種妙音聲　量等虛空不可數
虛空不能度其邊　衆生不能窮其數
乃至生死先際中　亦復不能知其限
虛空邊量衆生數　生死先際尚可知
諸佛戒定慧境中　畢竟不能知少分
衆生無量咸歸命　牛王法主人中尊
多劫精修衆德嚴　色相邊際無比度
我佛具大威神力　徧知衆生諸信解
見此希有難思尊　頂禮善調諸趣者

爾時海意菩薩摩訶薩說是伽陀已從空而下向佛合掌恭敬頂禮前白佛言世尊我於如來應供正等正覺今有所問若佛世尊聽許我者我即當問佛告海意菩薩言善男子恣汝所問如來應供正等正覺隨有疑者一一能爲宣示演說令心開曉海意菩薩乃白佛言世尊我先聞有諸菩薩自說淨印三摩地法門若有菩薩摩訶薩住是三摩地者而能速證阿耨多羅三藐三菩提菩薩應當云何獲得如是淨印三摩地門又復以何行相名爲自說云何是淨印何能得入彼境界門

又諸菩薩若得聞是三摩地已云何速證阿耨多羅三藐三菩提惟願世尊善為宣說爾時佛告海意菩薩摩訶薩言善哉善哉菩薩大士今汝所問極為賢善善男子汝應專一深固作意諦聽諦受今為汝說若諸菩薩得是自說淨印三摩地者即能速證阿耨多羅三藐三菩提海意菩薩白佛言唯然世尊願樂欲聞於是海意菩薩受教而聽佛言海意若有菩薩於諸善根發勤精進善心具足住正定聚於生死中能以利根積集諸善為善知識之所攝受諸佛威神之所建立因力具足常當親近諸佛世尊尊重恭敬以妙香華塗香末香華鬘衣服繒蓋幢旛而供養之若復得見諸佛如來具足相已或聞正法美妙言已或見圓滿清淨衆已又復得聞無礙之智或見如來神境智通或見如來調伏衆生諸變化事或教誡神變或讚歎神變如是見已於衆生所常以大悲發阿耨多羅三藐三菩提心起大精進勤求善法於一切智心而不忘失以相應行清淨初心初心淨已即得清淨彼三摩地海意譬如種性所出大摩尼寶善治寶人授其掌中妙巧修治復加磨瑩乃至其寶得清淨已彼治寶人即自說言此摩尼寶去除虛假離諸瑕翳是為清淨大摩尼寶諸有智者共所愛樂海意從菩薩種性發一切智心寶亦復如是畢竟能成阿耨多羅三藐三菩提故由彼菩薩初以宿世善根及現聞善法而用磨治彼一切智心寶乃至是寶去除意中諸虛假法遠離過失十方三世諸佛世尊共所愛樂而彼菩薩乃可自說

獲得淨印三摩地門海意又如清淨大摩尼寶離九種寶性何等為九一者金性二者銀性三者頗胝迦性四者吠瑠璃性五者碼碯性六者珊瑚性七者赤珠性八者鷄薩梨寶性九者吉祥藏寶性離如是等九種寶性已乃名悅意清淨光明大摩尼寶最勝無價轉輪聖王之所受用乃非餘王而受用之又彼大摩尼寶光明殊妙亦非餘寶光明等比海意諸菩薩一切智心寶亦復如是而能超越九種寶性何等為九一者異生性善寶性二者隨信行人寶性三者隨法行人寶性四者無相行寶性五者須陀洹寶性六者斯陀含寶性七者阿那含寶性八者阿羅漢寶性九者緣覺寶性超越如是九寶性已第十乃名一切諸佛共所加持深心堅固大悲寶性菩薩如是磨治所發一切智心寶時超勝一切聲聞緣覺而能照明一切衆生相續種子海意又如真實大摩尼寶而能容受磨治堪任摧壓穿亦不壞彼摩尼寶能於世間善所作用為諸衆生施作福事菩薩久植諸善根者亦復如是而彼所發一切智心寶容受磨治堪任摧壓穿亦不壞是寶真實離諸過失而彼一切智心寶能為一切衆生作大饒益復次海意云何是為能善磨治一切智心寶所謂先當具修三戒淨十善業慈心隨轉故以清淨心觀視一切衆生悲心隨轉故隨諸衆生何所作事皆往營助喜心隨轉故一切衆生諸有善法悉為成辦捨心隨轉故於一切衆生而無損害無諂誑故其心正直無怠惰故於利益事深心勤行心自在故即能發起

一切善根得正念正知善伏心故其心調暢常少欲故而能偏修頭陀功德能善資養生喜足故即不斷聖種於師尊聖賢之所不生侮慢故即能謙下常起恭敬心安定故能離我慢及增上慢無濁亂故無不清淨心不恃巳故能知自行不毁他故能護衆生離增上慢故能親近正法隨授法藥於諸義中能領解故是求法者於諸法中初淺次深漸增廣故能具法欲修無諍行故即常得法樂遠離非法故能勤求正法於三寶中常慚愧故能不斷淨信信業報故於一切善法中如理作意修正行故於威儀道隱密寂静心不高故而常柔輭勤行奢摩他故能離掉舉慧善安住故無毁無譽安然不動故心如山王能離高下諸對礙故其心如地内意清淨故其心如水無異想故其心如火無繫著故其心如風妙無垢故心如虚空勤求出家故能令佛眼永不喪失身能離故樂修寂靜之行心能離故常修正法之行於諸所行不爲塵境之所盗故説真實語誓願照明故如説能行不爲煩惱所摧伏故心常清淨畢竟無破壞故能修集淨戒乃至小罪猶懷懼故即能於戒無缺無壞不爲求生天故於戒不斷純一潔白行故戒無濁染常能親近善知識故而得開明大菩提道眼清淨故得無礙光耳清淨故得無礙聲鼻清淨故得無礙香舌清淨故得無礙味身清淨故得無礙觸意清淨故得無礙法復次海意菩薩若欲離貪結者應當常修不淨之觀欲離瞋結修慈心觀欲離癡結修緣生觀欲除五蓋善觀五根欲拔諸障

清淨五力欲斷現起諸煩惱故於出離道應常清淨修正行故能離貪瞋癡慢等怖無慳心故能行法施無悋攝故能行財施大菩提心常堅固故不樂餘乘之法內心寂靜故能隱密諸根外境寂靜故善觀諸過失於生死中常怖畏故不作諸罪心無懈倦故積集善根而無猒足爲渡四流故常善修治大乘法船爲令衆生到彼岸故善作橋梁菩薩常以不懈退心拔諸衆生出生死泥到安隱處海意菩薩若能具修如是諸行相者即得圓滿布施之行亦能清淨持戒之行此爲菩薩能善磨治所發一切智心寶爾時世尊重說頌曰

先當善戒身語心　防護十種清淨業
慈心觀視諸衆生　一切智心此磨瑩
悲心助營他所作　喜心他法爲成辦
捨心不害諸衆生　一切智心此磨瑩
無諂誑故心常正　止罪能修利益事
深心增長諸善根　一切智心此磨瑩
心自在故念正知　善伏心故心調暢
少欲能修頭陀因　一切智心此磨瑩
喜足善行於聖種　復常恭敬於師尊
而能不生輕侮心　我慢邪慢皆遠離
定心不起增上慢　無濁亂故心清淨
不恃已故自了知　不毀他故爲他護
親近深固妙法藥　離增上慢治諸病
希法名爲求法人　勤求法乃具法欲
修無諍行名樂法　離非法故能求法
不壞三寶具信心　一切智心此磨瑩
於不善中心懷愧　於諸如來起慚心

慚愧具足護諸根　一切智心此磨瑩
明了業報勝所作　信解不著邊執心
於緣生法不相違　一切智心此磨瑩
善護威儀修正行　心無高故常柔輭
掉舉不生正行修　一切智心此磨瑩
慧善住故無毀譽　安然衆觀如山王
堅固願中無退心　一切智心此磨瑩
苦樂無動心如地　意淨如水滌塵勞
心如火無異想生　心如風行無繫著
心如虛空妙無垢　勤求出家佛眼明
身離能修寂靜心　心離常依正法行
所行常說真實語　如說能行誓願明
清淨不爲染所摧　無破毀故修戒行
於戒無缺亦無壞　小罪能壞大懼心
護戒亦不求生天　戒常潔白無濁染
常能親近善知識　悉爲開明菩提心
無礙光明照世間　斯由獲得清淨眼
智者隨聞種種聲　不生忻樂不生猒
一切聲中表義無　斯由獲得清淨耳
鼻香舌味皆如是　身觸意法亦復然
觸等高下想不生　斯由獲得諸根淨
欲離貪染及瞋癡　當修不淨慈心觀
於緣生法復善修　一切智心此磨瑩
若欲除去五種蓋　應當善觀於五根
欲拔諸障之所纏　善住清淨於五力
知出離道除現障　離不深固住深固
於四念處常勤修　正斷神足亦如是
復常增進七覺分　聖八正道亦增修
無貪無瞋怖不生　善護諸根離癡結
無慳能行於法施　不生鄙悋愛護心

於財無攝常施他　彼菩提心此成就
於諸財寶無希取　不捨菩提不求報
爲攝衆生故常行　布施愛語利同事
於菩提心不捨離　亦不愛樂於餘乘
隨觀如來功德門　如須彌山心堅固
內心寂靜省已過　外護他非不譏毀
諸所作中離瑕疵　怖生死故不造罪
勤行善法無懈倦　嚴淨佛土不疲勞
護法不生減失心　度脫衆生無退墮
常勤修治大法船　濟渡四流生死海
復爲橋梁接衆生　引到涅槃安隱地
拔衆生出深淤泥　致於清潔無畏處
怖畏衆生施慰安　自度度他到彼岸
若於此法善成就　即諸菩薩大無畏
彼能常淨菩提心　諸煩惱垢不能染
虛空無垢尚能染　空中鳥跡尚可見
煩惱不染菩提心　自性本來常清淨

復次海意云何是爲菩薩於其所發一切智心寶堪任摧壓又復何謂摧壓行相海意若此菩薩於其一切智心寶中或有破戒不可意人或復諸魔或魔徒衆或魔力所加魔宮賢聖或魔使者固來嬈惱振擊動搖期剋打擲當於爾時菩薩堅固大菩提心令無所壞亦復不壞度脫一切衆生大悲精進亦復不壞勤力護持令三寶種不斷不絕亦復不壞諸佛法中勤行積集一切善根亦復不壞爲成辦相好故積修福行亦復不壞爲嚴淨佛土故勇力增進亦復不壞爲護正法故不惜身命亦復不壞普爲度脫諸衆生故不著已樂菩薩若能如是深心具足起如是意乃能

於彼諸衆生所或遇瞋恚打擲罵辱譏毀之者菩薩爾時悉能忍受或爲一切衆生之所摧壓亦悉堪任以其菩薩普爲救度一切衆生不疲不懈不退不没增發勢力勇起精進捍勞忍苦攝受心故若有他人故來起瞋菩薩爾時不以瞋對他來打擲或復破毀菩薩爾時皆不以對作是思惟我今應被大乘忍鎧何以故此大乘法與諸世間極相違故世間衆生順生死流我大乘法逆生死流世間衆生互相違背我大乘法令諸衆生斷相違故世間衆生瞋恚熾盛我大乘法忍力增强世間衆生互相欺誑我大乘法令諸衆生慧心圓滿又復世間或有衆生周行十方執持器仗隨逐菩薩於諸方處若行若住若坐若卧或有一人發大菩提心者或修布施心者或修持戒忍辱精進禪定智慧心者乃至或聞發一善根心者我當隨於彼彼方處斷割其身節節支解猶如棗葉菩薩設遇如是等事悉能堪忍又若世間一切衆生皆起瞋恚巧出惡言罵辱譏毀菩薩爾時於諸衆生不起少分嬈動之心所以者何今我此身於無量無數生死之中先際已來徧歷諸趣無所不作或在地獄或在餓鬼畜生等趣乃至今在人趣之中躭味飲食諸欲受用聽受非法艱苦追求邪命資養多種逼迫於已身命都無果利雖復多所營作不能自利亦不利他是故我今乃至生死後際之中設使一切衆生於我身分斷割支解寧受衆苦我終不捨一切智心亦復不捨一切衆生亦復不捨諸善法欲何以故今我此身多種逼惱苦切殘

毀此地獄中所受之苦百分千分乃至優波尼殺曇分皆不及一是故我於佛法之中永不捨離亦復不捨度脫衆生所緣大悲何以故如佛所說一切善法多諸障難世間衆生多於不善法中而能營助少能營助於諸善法是故我今於善法中發勤精進營助修習非於不善法中而助其力故我於彼一切衆生瞋恚等事悉能堪忍若諸衆生隨所起事我即旋當施所對治若有衆生於我起瞋加復嫌恨我即施其忍辱之法由我施彼忍辱法已忍力現故我於彼所寧捨身命終不起瞋是故菩薩若如是修即不難得阿耨多羅三藐三菩提果又復若時或以因緣瞋恚起時菩薩當念我起斷瞋之法斷法云何謂若愛樂於身若繫屬身若取著身如是等法皆悉捨離由能如是棄捨身故瞋恚不起海意菩薩若於如是等法能善思惟勤修習者即能堪任一切衆生之所摧壓於一切智心不壞不失海意當知堪任摧壓有其三種一者堪任摧壓於身二者堪任摧壓於語三者堪任摧壓於心

海意菩薩所問淨印法門經卷第一

音釋

瑩　縈定切潔也　瑕翳　瑕胡加切玷也翳於計切障也　頗胝迦　梵語也此云水精胝張尼切　壓　烏甲切鎮也　掉　徒弔切掉舉搖動也　蠲　古玄切除也　疵　才資切黑類也　淤　依倨切濁泥也　捍　侯旰切衛也　鎧　苦亥切甲也　逼迫　逼彼側切迫博陌切逼迫窘急也

海意菩薩所問淨印法門經卷第二

宋中天竺三藏朝散大夫試鴻臚卿光梵大師惟淨等奉　詔譯

復次海意云何是爲菩薩堪任摧壓於身謂若菩薩或遇身分欲斷壞時菩薩應當依法觀察餘諸衆生又若有具善巧方便菩薩即能修行圓滿六波羅蜜何等行相是爲善巧方便菩薩圓滿六波羅蜜所謂菩薩或遇已身欲斷壞時若不惜其身棄捨其身亦不愛樂此即能修施波羅蜜又復若遇身欲壞時於一切衆生起大慈心而不棄捨此即能修戒波羅蜜又復若遇身欲壞時菩薩爲度一切衆生故設身斷壞堪任忍受其心不動忍力發現此即能修忍波羅蜜又復若遇身欲壞時不捨一切智心發大精進勇力攝受於生死中起諸善根此即能修精進波羅蜜又復若遇身欲壞時於其所發一切智心寶而不棄捨當善伺察大菩提心如是伺察內外寂靜此即能修定波羅蜜又復若遇身欲壞時菩薩應當伺察其身猶如草木土石等類悟了已身不實如幻如實義者諸行無常諸行是苦諸法無我涅槃寂靜若能如是諦察其身此即能修慧波羅蜜如是行相是爲菩薩修行圓滿六波羅蜜乃得不退轉於大乘之法此等名爲菩薩堪任摧壓於身復次海意云何是爲菩薩堪任摧壓於語謂若菩薩或有人來若虛若實惡言譏毀瞋恚罵辱菩薩爾時堪任容受不起瞋恚斷彼怨縛又若有具善巧方便菩薩或遇他來惡言譏毀罵辱之時菩薩聞已應當修行圓滿六波羅蜜何等行相是爲善巧方便菩薩圓滿六波羅

蜜所謂菩薩或遇他來惡言譏毀罵辱之時菩薩聞已即作是念此人先世造慳恡因由如是故慳恡垢染今所發現亦復不曾親近善友是故此人不捨於瞋我今為說斷瞋之法何以故我能信解施捨法故不慳恡故亦曾親近諸善知識是故我今護其惡語捨離瞋恚此即能修施波羅蜜又復他來譏毀罵辱菩薩爾時即作是念此人破戒惡業發現故來瞋恚罵辱於我我今修集清淨禁戒故我於彼不生瞋恚我復守護菩提心故念業報故此即能修戒波羅蜜又復他來譏毀罵辱菩薩爾時即作是念此人麤猛過失多所瞋恚故來譏毀罵辱於我我今具其忍辱之力廣修慈行故我於彼不生瞋恚此即能修忍波羅蜜又復他來譏毀罵辱菩薩爾時即作是念此人懈怠遠離善法故來於我瞋恚罵辱今我發起廣大精進勤行修習植諸善本曾無猒足我願此人先得坐於菩提道場我乃最後取證阿耨多羅三藐三菩提果若被如是精進鎧者此即能修精進波羅蜜又復他來譏毀罵辱菩薩爾時即作是念此人失念復不正知而亦不能止息煩惱故來於我瞋恚罵辱今我止息煩惱正念正知專注一境復不忘失大菩提心我今應為此等衆生不調伏者不寂靜者不護諸根者不止息者作利益故被大乘鎧若能如是安定心者此即能修定波羅蜜又復他來譏毀罵辱菩薩爾時即作是念此人執著我相情見有所得境故來於我譏毀罵辱今我依法於已起瞋若未起瞋二種之中如實伺察瞋者瞋法

皆不可得如理推求若自若他而悉遠離有所得見故能堪任此即能修慧波羅蜜海意如是行相是爲善巧方便菩薩修行圓滿六波羅蜜乃得不退轉於大乘之法此等名爲菩薩堪任摧壓於語復次海意云何是爲菩薩堪任摧壓於心謂若菩薩遇諸魔來相嬈壞時菩薩應當堅固不動大菩提心又復一切邪異之語以有所得有所著相來相嬈時亦應如實安住內心於一切智心勿當忘失何以故彼魔有大威力乃至最後變佛形像來現汝前作如是言汝於大乘法中何有力能汝宜棄捨如是重擔止息所行勤苦精進菩提難得佛法難得於生死中徒歷多苦今汝大士若欲息其苦者宜速取證聲聞涅槃若諸菩薩或遇魔來以如是相故嬈壞時當被如先堅固之鎧不應棄捨亦當內心無動無壞若如是者即於無等等心不能滅没菩薩爾時乃作是念我當決定詣菩提場我當決定以大智力摧魔軍已然後取證阿耨多羅三藐三菩提果我當決定轉妙法輪我當決定普於三千大千世界說廣大法我當邀以一切衆生普與法施悉令滿足一切諸佛以他心智照明於我一切賢聖證知我此大菩提心實能堪任諸所摧壓我不虛誑一切諸佛一切賢聖一切衆生乃至亦不自爲虛誑海意若諸菩薩如是修者即能堪任摧壓於心乃得不退轉於大乘之法此等行相是爲菩薩於其所發一切智心實堪任摧壓若於忍辱波羅蜜被堅固鎧即於精進波羅蜜而不懈退若復此二波羅蜜中能圓滿者是

即菩薩摩訶薩於一切智心寶堪任摧壓爾
時世尊重說頌曰
大菩提道心不壞　亦復不壞大悲心
於三寶中善護持　積集佛法亦無失
三十二相八十好　十力莊嚴妙相身
多種修作禮智圓　堪任摧壓故無退
佛土功德無邊量　我願力故悉嚴淨
法寶無上最勝門　我願堅固常守護
多百衆生無邊際　我願普令得度脫
内心不壞利樂因　是故堪任於摧壓
所有十方世界中　乃至無邊衆生界
普盡一切諸衆生　各執器仗來逼惱
作大恐怖生瞋恚　如是期剋而打擲
菩薩爲修功德因　起勇勝心能堪忍
經歷無邊多百劫　從本生死先際來
衆生惡言罵辱時　彼菩薩心無惱害
爲大智故能堪忍　不生忿怒不生瞋
如是摧壓隨了知　故能忍受得清淨
又復普盡諸衆生　各執器仗來加害
於我身分悉支離　乃至段段而破析
菩薩爾時心無動　不生少分瞋恚心
大菩提意堅固持　堪任摧壓此清淨
菩薩若行若復住　坐卧威儀他所隨
於中伺求或有人　大菩提心不捨者
或行布施等諸行　或復發起餘善心
即當斷割彼人身　節節支解而離散
菩薩設遇此苦時　亦於此人心生喜
思念無邊百劫來　徧歷諸趣靡不作
地獄鬼畜三塗界　乃至今得生人中
身雖破壞果不無　爲求佛智身棄捨

今我雖得於人身　無數衆苦常逼迫
若比阿鼻地獄中　此苦百分不及一
我寧處彼地獄中　忍受其苦經百劫
佛及正法與衆生　此三我終不棄捨
我觀此身無常法　刹那謝滅猶如幻
四界虛假共合成　佛說此四如蛇毒
我若棄捨於此身　速離身中諸毒害
彼煩惱毒欲消除　自他成佛自然智
今我此身處世間　多怖畏事生恐怖
爲求身諸安樂緣　因諸所欲飲食等
我若棄捨於此身　止息諸緣離諸怖
若能解入此思惟　即能堪任諸摧壓
世間衆生多百千　不善法中常營助
少人能於善法中　隨應勤力而營助
故我於諸不善法　是中不復助其力

我當助修忍辱門　忍辱之言佛所說
所有十方一切佛　一一皆爲證明我
如我所起決定心　於佛乘中永不壞
彼大威力諸賢聖　亦悉證我堪忍心
我所堪任摧壓因　是中不作諸過失
如佛所說身語意　此三摧壓有多種
彼彼勇猛悉堪任　如先所說皆不壞
是身具有多種苦　彼一一苦無邊際
於如是苦若堪任　能身摧壓而清淨
若身遭苦而離散　節節支解斷壞時
六波羅蜜若圓成　彼善方便大智德
所謂布施及持戒　忍辱精進與禪定
最勝慧等若同修　須臾攝受皆圓滿
或時若能棄捨身　亦復不愛而不惜
爾時應當如是修　圓滿布施波羅蜜

若於衆生廣行慈　即不破毀淨戒行
現證菩提攝受因　圓滿淨戒波羅蜜
其身設欲斷壞時　應當堅固忍辱力
由斯忍力若勤行　圓滿忍辱波羅蜜
精進重擔荷無倦　内心亦復不生猒
身雖破壞力堅持　圓滿精進波羅蜜
其身設欲斷壞時　不念棄捨菩提心
於諸煩惱塵暗中　勤力爲令皆消滅
爲修禪定解脱力　寧當破壞於已身
普令衆生得離塵　圓滿禪定波羅蜜
我觀此身實無我　是身如幻復如電
作者受者二俱無　是中實無有少法
於身艱苦纏縛中　善爲衆生作度脱
到勝彼岸自他圓　圓滿勝慧波羅蜜
若能於此深固法　方便思惟常善修

彼能堪任摧壓身　是中不起諸過失
菩薩若時聞惡言　不善譏毀而輕謗
聞已不生瞋恚心　能起慈心善調伏
棄捨瞋恚諸過失　清淨布施波羅蜜
慈心廣大普運行　清淨持戒波羅蜜
忍力發現彼對治　清淨忍辱波羅蜜
數起精進佛智求　清淨精進波羅蜜
於諸境中定其心　清淨禪定波羅蜜
了不可得諸音聲　清淨勝慧波羅蜜
菩薩聞諸惡言已　應當思惟於深法
堪任摧壓於語言　是故不著諸過失
假使百年諸魔衆　邪異外見悉從來
勸令棄捨方便修　菩提分位言難得
菩薩爾時心不動　勢力增進轉精修
是故堪任摧壓心　多種摧壓皆無壞

忍辱精進此二行　善修安住如山王
諸所摧壓悉堪任　諸衆生同一勇猛
磨治心寶摧壓者　如來十力悉能知
得見現證菩提尊　亦復得受成佛記

復次海意云何是爲菩薩於其所發一切智心寶穿亦不壞謂若菩薩於彼一切智心無所領納無所依著亦無所住不出不入無戲論無分別壞諸分別無所安立當以正智於甚深法如實伺察何等是爲彼甚深法所謂隨順緣生之法如實覺了無因所緣不斷不常遠離邊見自性無我我無自性故一切法亦無自性諸法本來生無所生解了於空信順無相無願無求於眞實慧無所造作畢竟無常色如聚沫受如浮泡想如陽燄行如芭蕉識如幻法諸界無所動諸入互相生心無所住亦無作意於增上所作非增上所作於平等法如實覺了無種種行相等同一味而悉同住一乘之道修道行智依於勝義以智了知於義無著彼一切聲悟入非聲智知一切聲前後際斷故文義二種智入無二現證諸法不可說義無我義是苦智畢竟義是集智不和合義是滅智有爲無爲平等悟入是道智離前後際是身念處生滅無住是受念處觀無所緣是心念處法界非界性平等平等義是法念處心自在義是四正斷離諸障礙是四神足出生義是信根無念是精進根無作意是念根超越戲論是定根無他信是慧根所緣無障礙是信力通達諸力是精進力心止息住是念力無所動轉是定力於念隨念是慧力於一切法平等相應是念覺分

不出不入是擇法覺分無我所是精進覺分身心善住是喜覺分平等覺悟是輕安覺分離二法是定覺分遠離諸見是捨覺分一切分別無分別中離諸徧計是正見一切音聲平等悟入是正思惟離身心法是正語一切所作悉得輕安名爲正業無高無下是正命若善不善隨施設巳平等而住是正勤於心所緣平等悟入是正念寂靜安住妙奢摩他是正定於見非見而悉清淨無所生義是無常義本來不生義是苦義無所行義是無我義止息義是寂滅義善調伏心是布施義住清涼性是持戒義隨知盡法是忍辱義於一切法能善決擇是精進義止息內心是禪定義如實了知諸法無相是勝慧義一切衆生本來清淨是慈義與虛空等是悲義喜無所得是喜義一切發行皆悉究竟是捨義一切諸法先際巳來三輪清淨是空義後際清淨是離義現在清淨是無我義海意若諸菩薩於如是等諸甚深法無起無滅離諸文字與虛空等於順於道智入平等若能如是思惟觀察如實所行而彼菩薩即能於其所發一切智心寶穿亦不壞雖復如是穿彼一切智心而無發悟即於諸法自在理中乃能現證海意譬如日月各處自宮於四大洲周徧普照而彼日月天子都無發悟亦不作是念我能往諸方處或復不往而爲照曜但由一切衆生福果報力照明如是海意彼具善決擇智菩薩亦復如是雖於無量諸佛刹中廣爲衆生作大利益而彼菩薩都無發悟未嘗數起諸作意想然彼所作隨應發現復次海意

若具決擇智菩薩應於定波羅蜜及慧波羅蜜中如理伺察何以故住等引心菩薩不修觀法修觀行菩薩不住等引心若復修觀行者彼即有慧由有慧故能善觀察何所觀察所謂觀於諸法實相云何是為諸法實相若於諸相而無所行此即是為諸法實相何等是諸法相謂有所表即諸法相如是表中如實之相此亦說名諸法實相若復如是一切了知即能悟達無相無無相何者是相何者是無相相即是生無相是滅若無相無無相即無生亦無滅若法無生亦無滅者即諸法性本來常住法界無壞眞如無動實際不變如是法性此即說名如實解了緣生之法覺悟諸法眞實之相現證實際無二眞理如是乃以現量智知海意此即名為具決擇智菩薩摩訶薩當佛世尊宣說如是容受磨治堪任摧壓穿亦不壞法時此會中有十那庾多天人悉發阿耨多羅三藐三菩提心萬六千菩薩皆得無生法忍爾時世尊重說頌曰

菩薩若聞菩提心　乃能貫穿一切法
即此所有貫穿智　於諸法中無所著
雖復了知甚深法　菩薩於中不生怖
而亦不起恐怯心　彼能獲得最勝道
諸法若因若所緣　如實覺了緣生法
有慧隨順諸法生　而實不執於邊見
諸法若斷若常中　智者不生於著礙
覺了中際亦復然　是故實際不思議
若法自性本無我　是中我亦無自性
諸法無性亦復然　本來不生皆空寂
諸法無生亦無起　空無所取常清淨

遠離戲論無相門　一切皆是虛空等
無心亦復無求願　遠離一切諸欲貪
現觀諸色自性中　其猶聚沫知無實
受如浮泡暫起滅　想如陽燄妄相生
行如芭蕉中不堅　識如幻法非久固
所有四界性無動　與彼虛空界同等
內外諸入亦復然　境互相生而冥默
應知心法不在內　亦非於外有所得
意法無我亦復然　是中諸識皆無住
彼一切法無作意　而亦遠離於我相
於一切法平等中　如實覺了於正性
法本一味無異性　一道一乘皆同等
道智如實若了知　此義顯示於勝義
智者於義能悟入　觀聲非聲能覺了
世間所有一切聲　前際後際二俱斷
若文若義雖善解　於中了知無二法
解此不可說義門　即能現證眞實性
諸法不生是苦智　諸法平等是集智
諸法盡義是滅智　諸法無爲是道智
於彼身受心法中　如理隨觀一一法
無念復無作意行　此說是爲四念處
若觀法界非界性　平等正盡而平等
無斷之斷正法門　此說是爲四正斷
於心若得大自在　此說是爲四神足
超越一切有著心　此即是名爲信根
若於一切法寂靜　此說名爲精進根
無念之念正法門　此說是名爲念根
若了諸法無作意　此說是名爲定根
超越諸法戲論門　此說是名爲慧根
若法不起於他信　即能獲得眞實智

於心亦無所覺知　此名信力精進力
若了無生無滅智　此即是名爲念力
寂定於心無所行　此即定力得成就
非有非離於分別　此即是名爲慧力
諸法義中實覺知　此說是爲七覺分
於法平等無差別　此說是名爲正見
無二法中如實觀　無生是觀諸正道
無生是爲無常義　無起是名爲苦義
無行是名無我義　止息句是寂靜義
調伏心即是布施　寂靜心即是持戒
盡法隨向是忍門　正慧伺察名精進
畢竟寂止是禪定　如實了知是爲慧
衆生本來清淨心　了知此說名爲慈
與虛空等名爲悲　清淨適悅是爲喜
一切所緣無住心　此說是名爲捨行
若復三輪得清淨　即能了知一切法
如是貫穿諸法門　而復永斷諸見執
此中所有定及慧　即此二法能貫穿
徧入無量境界門　此說是名正法智

爾時世尊復告海意菩薩摩訶薩言海意若菩薩得如是淨徧淨已於一切衆生所起無虛假意若爲衆生之所摧壓不生逼惱及諸障礙得善覺了智得決定慧而彼菩薩即能於此自說淨印三摩地根本無住中住云何是爲安住三摩地根本謂於一切衆生無障礙故起大悲故若得一切衆生常所恭敬心亦不高若不恭敬心亦不下由是之故即法無所起亦不生慢心是故乃能隨住諸法不住癡法能生法智普徧皆得智爲先導身業具足智爲先導語業具足智爲先導意業具

足若身語意諸所作業一切皆以智爲先導菩薩即能隨智而轉云何是菩薩智爲先導身業具足謂若衆生應見色身而可化度及調伏者菩薩即當現威儀相令彼衆生心得調伏菩薩雖復如是現相然無發悟亦無分別若或菩薩身起過失愛著於身身起異相身行屈曲身有動亂身生計度若如是者而彼菩薩諸有過失集現其前如斷多羅樹心而於諸法後不復生又若菩薩身得清淨一切勝相莊嚴其身手足柔輭殊妙可愛成福生身諸根無劣身分圓滿菩薩雖具如是莊嚴之身然於色相亦不驕恃身雖嚴好而不生於和合之想菩薩若見一切衆生種種色相有缺壞者菩薩爾時不起慢心爲求法故謙下恭敬所以者何若自身法性與一切衆生身之法性皆悉平等依止於智菩薩於身及身法性悉了知已即得法身不受分段身何名法身謂以禪悅而爲飲食非分段食菩薩爲欲順世間故愍衆生故示現受彼世間之食不爲身支治瘦劣故菩薩但於法身以其法命而爲資養非假世間段食所資何名法命謂所資養不從因緣所造作故不越聖行何名聖行所謂無貪無瞋無癡離諸煩惱隨所施設密護於戒是名聖行菩薩由此智爲先導身業具足故獲諸智通神力成就以無發悟心於一切佛剎中普爲現身隨諸佛剎一一衆生應見菩薩色相光明莊嚴身者菩薩即住無所發悟無分別中具足光明莊嚴身相於其身中放大光明是光普照無量無數諸佛剎土一切地獄惡趣衆生蒙光照

觸悉得快樂由快樂故樂觸現前得樂觸故一切衆生煩惱燒然皆悉止息咸得清涼身心調暢彼諸衆生得調暢故善作佛事海意如是等法名爲菩薩智爲先導身業具足復次海意何名菩薩智爲先導語業具足謂若菩薩凡出語言而常遠離語中一切麤惡過失海意何名語中麤惡過失所謂菩薩常當遠離六十四種語之過失何等六十四一者菩薩無麤澀語二者無濁亂語三者無壞器聲語四者無衰弱聲語五者無極高聲語六者無極下聲語七者無猛惡聲語八者無堅硬語九者無謇吃語十者無逼惱語十一者無離散語十二者無燒然語十三者無迷惑語十四者無怨恨語十五者無窗切語十六者無染著語十七者無呻吟語十八者無董稚語十九者無震吼聲語二十者無熾盛語二十一者無振觸語二十二者無不知時語二十三者無貪隨卑語二十四者無瞋障礙語二十五者無癡狂亂語二十六者無驚怖語二十七者無慢執語二十八者無作破壞語二十九者無諂曲語三十者無高慢語三十一者無離慢卑下語三十二者無隨愛覆藏語三十三者無非愛許露語三十四者無不實說語三十五者無鈌失語三十六者無虛妄語三十七者無鬬亂語三十八者無兩舌語三十九者無惡口語四十者無綺語四十一者無破朋友語四十二者無極利語四十三者無極柔輭語四十四者無凡俗語四十五者無不藏護語四十六者無繁多語四十七者無瞋害語四十八者無鬬諍語四十

九者無賤劣語五十者無動亂語五十一者無輕浮語五十二者無面識語五十三者無戲劇語五十四者無歌音語五十五者無非法語五十六者無離間語五十七者無自讚語五十八者無毀他語五十九者無侮詭語六十者無激動語六十一者無違背佛法僣語六十二者無毀謗賢聖語六十三者無非理作證語六十四者無一切麤惡過失等語海意如是六十四種語中過失菩薩凡所發言皆悉遠離即得語業清淨凡所發言皆說無間斷語說如實語說正眞語說誠諦分位語說隨諦轉語隨入一切衆生語言知一切衆生意樂令諸衆生皆生歡喜照明一切衆生根性息諸煩惱住佛威神任持正法所發語言分明顯了美妙可愛離諸過失皆由福行之所成故不生於貪攝功德語不生於瞋深無源底不生於癡十方世界施設語言非無義利隨往一切處皆無作相海意此爲菩薩智爲先導語業具足復次海意何名菩薩智爲先導意業具足所謂菩薩剎那於一心中徧入一切衆生心行皆悉明了住三摩呬多中現諸威儀事然亦不起彼三摩地一切魔衆悉不能知菩薩心業徧入一切聲聞緣覺之心彼亦不知而是菩薩終不生心自害害他亦不俱害非心意所表無少法中而生障礙於一切法中起智了知由彼心意無表了故即無所了知不受而受未具佛法亦不滅受而爲取證海意此名菩薩智爲先導意業具足海意如是等法是爲菩薩安住自說淨印三摩地根本此根本者謂即菩薩身語

意業皆以智爲先導由其三業智先導故即能獲得自説淨印三摩地法海意當知有十種法此三摩地名爲自説何等爲十一者初發起行名爲自説深心清淨故二者菩薩之行名爲自説六波羅蜜多清淨故三者顯示潔白之行名爲自説一切善法清淨故四者相好圓滿之行名爲自説無礙福行清淨故五者得辯才行名爲自説隨聞法行善令他得清淨故六者念定不散亂智名爲自説遠離一切麤重蓋障現起煩惱清淨故七者菩提分法智名爲自説不放逸清淨故八者表示奢摩他毗鉢舍那智名爲自説心意識清淨故九者十地次第之智名爲自説一切對治建立法中超越障礙悉清淨故十者大菩提場莊嚴之智名爲自説斷一切不善法集一切善法清淨故海意具是十種法故此三摩地名爲自説海意當知復有二十種法此三摩地名爲淨印何等二十一者內淨名爲淨印我清淨故二者外淨名爲淨印我所清淨故三者身淨名爲淨印一切見中悉清淨故四者一切法無我清淨名爲淨印本來清淨故五者於一切法平等覺了清淨名爲淨印一味清淨故六者空無相無願清淨名爲淨印一切解脱清淨故七者虛空清淨名爲淨印畢竟清淨故八者衆生界法界清淨名爲淨印離諸所作故九者現所見清淨名爲淨印自智通清淨故十者日輪光明清淨名爲淨印常照曜清淨故十一者三世無礙知見清淨名爲淨印離諸障礙清淨故十二者表了門清淨名爲淨印識智無住清淨故十

三者無爲清淨名爲淨印有爲自性清淨故十四者了知緣生清淨名爲淨印善觀緣法故十五者隨證力無所畏佛法清淨名爲淨印無能敵實智清淨故十六者了知佛法相清淨名爲淨印先業清淨故十七者大慈大悲清淨名爲淨印不捨衆生清淨故十八者降伏諸魔外道清淨名爲淨印一切所行清淨故十九者破一切煩惱種習清淨名爲淨印諸法自性清淨故二十者於一刹那心中普盡一切佛法之門隨知清淨名爲淨印積集圓滿清淨故海意具是二十種法故此三摩地名爲淨印海意當知菩薩當坐菩提場時乃能獲得是三摩地得是三摩地後當獲八種不共大神通相何等爲八一者忽然此三千大千世界悉變金剛所成之地二者一切樹林華果枝葉皆悉開敷俱向菩提樹低垂曲折作恭敬相三者一切衆生於刹那間不爲一切煩惱之所惱害四者一切地獄惡趣衆生悉見菩薩坐菩提場見已皆獲快樂具足五者一切世界空中悉現金色光明廣大照曜六者大地皆悉震動然於其中亦無少分衆生而生嬈害七者所有十方現住說法教化諸佛世尊以無畏法施其安慰作如是言汝善男子最勝最勝是大導師八者於一刹那心中一切佛法集現其前海意而是菩薩得彼淨印三摩地已後獲如是八種不共大神通相而能出生無量功德之事一切悉同此三摩地神通威力

海意菩薩所問淨印法門經卷第二

音釋

伺息利切偵候也荷胡可切負也澀所立切謇吃謇居偃切吃居乙切謇吃言難也振除庚切挨也訐居竭切發人陰私也劇奇逆切戲也激古歷切動蕩也

海意菩薩所問淨印法門經卷第三

宋天竺三藏朝散大夫試鴻臚卿光梵大師惟淨等奉 詔譯

爾時世尊重說頌曰

此法善淨復明亮　本無和合與空等
無住無滅無起生　是印隨攝於佛印
住彼根本得總持　長時修習慈悲行
若敬若慢世所行　平等慧中無喜恚
等智隨住於法性　不住癡暗及癡法
雖住智中無得心　安山等智常清淨
智常覺了身所作　以諸智行利世間
衆生若見清淨身　皆得離塵勝佛智
威儀善戒無散亂　有無分別中隨行
身諸過失雖無邊　本來不生無所斷
彼獲莊嚴妙相身　手足柔輭福嚴具
清淨圓滿諸根身　不恃色相智所作
若見貧賤苦衆生　謙下尊敬而不慢
尊奉知法持戒人　從彼聞法得聖道
實知自他身法性　知諸衆生實性身
獲得淨勝妙法身　不受分段身離染
常受定中禪悅食　不以段食益威光
順世受食非力資　法命滋養成甘露
常獲聖行善寂靜　解脫貪瞋癡染聚
密護戒學無順違　寧捨已身不造罪
神力能往俱胝刹　隨應現身而說法
世間瞻覩妙相身　彼皆獲得身高勝
身放光明妙清淨　廣照無邊諸刹土
光照福勝輭觸生　衆生悉除煩惱害
地獄衆生常受苦　蒙光照觸得快樂
身意調暢酸楚停　由斯得離地獄苦
如是及餘諸身業　隨智無邊善殊妙

能開佛事調伏門　菩薩身業此清淨
語言妙音淨悅意　天人世間聞皆喜
凡所說法果不虛　此法能成甘露滅
語言隨墮語過失　清淨福智善能斷
衆生語業及音聲　普令同等皆歡喜
相續平等眞實說　言無濁亂皆如實
凡所說言誠實行　智隨諦轉善清淨
語言甘美貪止息　攝功德語瞋解脫
甚深無底斷除癡　於千刹中作善利
此所說言無分別　不假勤力隨解脫
應衆生根歡喜生　此智所作語清淨
善修意業常無障　一刹那心世悉知
不起滅定現威儀　魔不能知菩薩意
聲聞緣覺不能測　菩薩甚深心意道
不生自他損害心　無高無礙智平等

菩薩隨世善覺知　無受無思無伺察
不入滅定證樂門　無邊辯才總持具
聞法所行智常住　念定無亂住等引
清淨諸障煩惱除　極微瑕穢悉不見
菩提分法無邊量　悉能普攝離放逸
智常隨住止觀中　十地次第今成證
乃至道樹成智果　若具十種法清淨
菩薩得定名自說　現修諸行淨圓滿
一切善道淨勝上　隨諸地位淨諸度
一切善法超勝高　相好殊妙圓福果
坐菩提場善畢竟　染法勝怨悉能斷
積諸善法等須彌　不思議光淨成就
得是三摩地獲福　具二十法名淨印
如日光明照世間　證大菩提佛勝智
菩薩當坐道樹已　得八不共神通相

能於百佛刹土中　廣作利樂世間事
諸佛皆來施無畏　讃言勇猛大最勝
悉能已伏諸魔軍　證佛菩提勝無上
獲此身心勝功德　決定能成此佛印
此功德門若欲修　當於菩提心堅勇

爾時世尊復告海意菩薩摩訶薩言海意以是縁故若諸菩薩欲得如是自說淨印三摩地法門及自說無垢慧者當住二種之心一者無濁亂心二者無滓穢心無濁亂心者謂心自性清淨明亮而不容受客塵煩惱法性常住本自光明一切作意無所積集無塵故離貪無分別故離瞋無我故離癡清淨徧淨畢竟無垢自在光明如所解脫一切法亦然隨住眞如平等故如所解脫一切法亦然隨住法界平等故如所解脫一切法亦然隨住實際平等故如所解脫一切法亦然隨住空平等隨住無相無願無造無作無生無起諸平等故如所解脫有爲法亦然隨住無爲法平等故即此隨住平等之法無集無散非智所知此說名爲無濁亂心即以此法爲他衆生及餘補特伽羅顯明開示於自他法不起動亂之想此即是爲無滓穢心海意具是無濁亂心無滓穢心者即能獲得自說淨印三摩地門爾時海意菩薩白佛言世尊此三摩地而極甚深佛言不得涯底故海意又言世尊此三摩地而極難見佛言離二法故又言世尊此三摩地極難覺了佛言無我我所故又言世尊此三摩地而極難知佛言識智二法平等知故又言世尊此三摩地而無濁亂佛言得無礙解脫故又言世尊此三摩地而

極微妙佛言離諸譬喻故又言世尊此三摩地而極精實佛言得金剛喻智故又言世尊此三摩地而不破壞佛言先後不破故又言世尊此三摩地悉無所著佛言一切有著隨超越故又言世尊此三摩地得大光明佛言離諸癡瞑故又言世尊此三摩地而極清淨佛言畢竟無染故又言世尊此三摩地本性無垢佛言離貪塵故又言世尊此三摩地而無所行佛言三界無行故又言世尊此三摩地而無戲論佛言超越戲論故又言世尊此三摩地無動佛言畢竟寂靜故又言世尊此三摩地隨入一切處佛言與虛空等故爾時海意菩薩復白佛言世尊若如是者何能發起勝行云何當獲自說淨印三摩地門佛言海意譬如有人欲與虛空而共戰敵時彼虛

空乃被甲冑菩薩亦復如是欲得自說淨印三摩地者應當被於諸法平等甲冑莊嚴何以故海意隨有所滅即有所起又復海意識種子是有爲無表種子是無爲此三摩地非眼識所知非耳鼻舌身意識所知此三摩地不可表了應知無知亦非無知此三摩地無表了相於一切法平等覺了故此名三藐三佛陀又復海意我不見有法是染相故成等正覺亦不見有法是淨相故成等正覺若有相是染即彼相是淨所謂自性清淨相故若彼自性清淨相者即是無相若其無相即無行相若無行相即無少法而可表了由無表故即一切法無所了知若法無能表及無所表故是中即無文字集現若無文字可集現者即所説如此復何名即所説如謂後如於

前中亦復然此即是名一切諸法三世皆空復何名空所謂無作即此無作亦復無作亦非無作是故此說名之爲空所言無作義復云何無作者謂無現前諸行造作以無少法可造作故是故此說名爲無作復何名爲無現前行謂無身現前行語現前行心現前行故此說名無現前行若無現前行彼即無爲若其無爲即無生無滅亦無處所即此無生無滅無處所法亦復無處何名無處所謂現前諸行無處是故此說名爲無處所以者何所謂識不住色中不住受想行中若識無所住即是正智而彼正智即智無領納若智無領納即無增上意樂若無增上意樂即無諍論若無諍論即無動亂若無動亂即無逼惱若無逼惱即無燒然若無燒然即得止息若得止息即住徧寂若住徧寂即住近寂若住近寂此即名爲得大寂默是故前言智無領納是佛所說海意此法甚深難見難解若有得聞如是之法生信解者是人所有一切顛倒煩惱執著纏縛等法悉得解脫即能住持過去未來現在諸佛世尊法藏爲大導師開示一切衆生無量正道爲大毉王善療衆生一切無相煩惱之病是爲能以廣大供養普供如來不久當得自說淨印三摩地門所作決定於此大乘法中能善積集爲大法船而能濟渡無量衆生出生死海爲大正士降伏諸魔永不復隨魔境中語爾時海意菩薩白佛言世尊菩薩云何而能降伏一切魔怨佛言海意若菩薩以無所爲心能於一切普攝受者而彼菩薩即能降伏一切魔怨又若菩

薩以無所爲心於彼一切所緣相中能發起者而彼菩薩即能降伏一切魔怨海意當知魔有四種何等爲四一者蘊魔二者煩惱魔三者死魔四者天魔若或伺察幻法即能降蘊魔安住空法能降煩惱魔伺察無生無起之法能降死魔俱時依止一切意法趣向滅道能降天魔又復知苦能降蘊魔斷集能降煩惱之魔證滅能降死魔修道能降天魔又復伺察諸行是苦能降蘊魔伺察諸行無常能降煩惱魔伺察諸法無我能降死魔伺察涅槃寂靜能降天魔又復菩薩内斷煩惱垢而不忘失大菩提心行於布施即能攝伏蘊魔若菩薩不惜其身亦不繫著行布施已而能迴向於一切智即能攝伏煩惱之魔若菩薩能念財富無常我當與彼一切共用眞實施與如是施已而能迴向於一切智即能攝伏死魔若菩薩於一切衆生所而不越失大悲之心以解脱慧普攝衆生行布施已而能迴向於一切智如是即能攝伏天魔復次海意若菩薩雖生諸趣無所悕望善護戒行即能降蘊魔若我見無依止善護戒行能降煩惱魔若以淨戒令諸衆生出離老死自護戒行能降死魔若起是念我令一切毁禁衆生皆悉安住聖淨戒中自護戒行能降天魔又復菩薩於我無所得修行忍辱能降蘊魔於衆生無所得修行忍辱能降煩惱魔於生死無所得修行忍辱能降死魔於涅槃無所得修行忍辱能降天魔又復菩薩身寂靜故發起精進能越蘊魔心寂靜故發起精進能越煩惱魔了達無生無起故發起精進能越死

魔於生死中未嘗懈倦成熟衆生攝受正法發起精進能越天魔又復菩薩蘊無依止而修於定能越蘊魔界無依止而修於定能越煩惱魔處無依止而修於定能越死魔於餘禪支亦悉一一迴向菩提能越天魔又復菩薩能以正慧善知諸蘊能降蘊魔善知諸界能降煩惱魔善知諸入能降死魔雖善知緣生而於實際亦不取證能降天魔又復菩薩解諸法空即彼蘊魔伺不得便意能信順諸法無相即煩惱魔伺不得便知一切法無求無願即彼死魔伺不得便知一切法無所造作亦無疑惑然於善行心不猒足即彼天魔伺不得便又復菩薩隨觀身中身念處而修亦不與身俱起於尋求能破蘊魔隨觀受中受念處而修亦不與受俱起於尋求能破煩惱魔隨觀心中心念處而修亦不與心俱起於尋求能破死魔隨觀法中法念處而修亦不與法俱起於尋求於菩提意亦無所動能破天魔復次海意汝今當知此如是等諸有魔業皆由我爲根本若或菩薩於根本我而不起者即於我無我是中亦無少法可起如是即以現量智知又若菩薩爲彼無智諸衆生故被大乘鎧者菩薩應當不與自他俱時依止故被其鎧菩薩乃自思惟我當云何而得此鎧堅固不壞又復惟忖我所被鎧不爲壞我亦不壞衆生不壞壽者士夫養者補特伽羅意生等類若或依止我人衆生壽者補特伽羅等見即有所著是故我今諸所依止而悉棄捨何依止耶謂於蘊處界中顛倒依止何所顛倒以諸衆生於無常中而生常想

苦生樂想無我我想不淨淨想菩薩若能正知彼想即爲如應說其法要云何正知想耶謂若無受無取即能正知何以故此若不受彼即不取此若不取彼亦不受若如是者即無癡昧能正知想海意菩薩白佛言世尊想云何知或過去耶未來耶現在耶佛言非過去未來現在所以者何過去想已盡未來想未至現在想無住是故當知於三世中想無所得如是乃能正知於想由正知想故即能清淨菩薩一切所行之行復能了知一切衆生種種之行海意若菩薩不能清淨菩薩之行即不能知衆生之行若復能知衆生諸行乃能清淨菩薩之行如是了知衆生行故即爲衆生如應說法乃能隨諸衆生心轉所應示現而悉能知海意當知或有衆生貪意中行瞋有瞋意中行貪有癡意中行瞋有癡意中行貪有貪意中行癡有瞋意中行癡有瞋癡意中行貪有癡貪意中行瞋又有衆生假現於貪而取於瞋假現於瞋而取於貪假現於瞋而取於癡假現於癡而取於瞋假現於癡而取於貪假現於貪而取於癡假現貪瞋而取於癡假現瞋癡而取於貪假現癡貪而取於瞋又有衆生先貪後瞋先瞋後貪先瞋後癡先癡後瞋先癡後貪先貪後癡先貪瞋後癡先瞋癡後貪先癡貪後瞋先癡瞋後貪又有衆生於色起貪於聲起瞋於聲起貪於色起瞋於香起貪於味起瞋於味起貪於香起瞋於觸起貪於法起瞋於法起貪於觸起瞋又有衆生因離色故而得調伏不因離聲有離聲故而得調伏不因離色有離香故而

得調伏不因離味有離味故而得調伏不因離香有離觸故而得調伏不因離法有離法故而得調伏不因離觸又有衆生因身離故而得調伏不因心離因心離故而得調伏不因身離有亦因身離亦因心離而得調伏有不因身離不因心離而得調伏又有衆生因無常聲而得調伏不因苦無我寂靜等聲有因苦聲不因無常無我寂靜之聲有因無我聲不因無常苦寂靜聲有因寂靜聲不因無常苦無我之聲又有衆生有因説法神變而得調伏不因教誡神變有因教誡神變而得調伏不因説法神變有因神境神變而得調伏不因説法教誡神變又有衆生因説法神變故而生信解有因教誡神變故而得遠塵有因神境神變故而得解脱又有衆生利根勤行鈍根解脱有鈍根勤行利根解脱有鈍根勤行鈍根解脱有利根勤行利根解脱又有衆生由因得解脱而不由緣有由緣得解脱而不由因有亦由因亦由緣故而得解脱有不由因不由緣故而得解脱又有衆生因内觀過失故而得解脱不因外觀有因外觀過失而得解脱不因内觀有亦因内觀亦因外觀諸過失故而得解脱有不因内觀不因外觀諸過失故而得解脱又有衆生修行於樂成證解脱不因於苦有因於苦不因於樂有亦因苦亦因於樂有不因樂亦不因苦又有衆生因警發相而得調伏因安止相而得調伏因降伏相而得調伏因善攝相而得調伏有因善相而得調伏有因不善相而得調伏有因瞋相而得調伏有因三相而得調伏

有因容緩相而得調伏有因緣生法而得調伏有因隨順行而得調伏有因黙然行而得解脫有因差別行而得解脫有因念處法聲有因正斷聲有因神足聲有因根聲有因力聲有因覺支聲有因正道聲有因奢摩他聲有因毗鉢舍那聲有因四聖諦聲而得解脫海意此如是等不可思議衆生所行不可思議衆生心意不可思議衆生境界若菩薩入不思議智入已即能徧入一切衆生不可思議境界海意譬如有人周徧四方以繩爲網是人忽以因緣入其網中此人普欲解除其網而以此人善呪力故其網後時爲呪力所加而悉斷壞是人隨意得出無礙菩薩亦復如是由具善巧方便故徧入一切衆生心意入已即能以般若波羅蜜多明呪之力普斷一切衆生煩惱纏縛菩薩然亦不證佛智普爲一切衆生現起施作一切佛事爾時尊者舍利子前白佛言希有世尊所有無量衆生心行乃至不思議佛智又復甚奇世尊若新發意菩薩或聞說此無量衆生心行無量佛智聞已豈非生驚怖耶佛言舍利子於汝意云何譬如新生師子之子聞師子吼可驚怖不舍利子言不也世尊佛言舍利子新發意菩薩亦復如是聞佛如來師子吼已不生驚怖聞說無量衆生心行亦無恐畏舍利子又如小火光明於彼一切草木不生驚怖火亦不作是念我無力能燒諸草木新發意菩薩亦復如是智慧光明雖復甚少而於一切衆生所有煩惱不生驚怖菩薩亦不作是念我不能息衆生煩惱何以故菩薩若起深固作

意以所成慧如實觀察即能息諸衆生煩惱舍利子又如有火與彼大地一切草木樹林華果要期盡劫而共鬬戰至第七日當起戰事時彼大地草木幷餘一切草木等衆而共集會乃相謂言汝有力能與我援助時諸草木積聚既廣量等須彌時或有人來謂火言草木衆多汝唯單已汝今何不多求援助汝力何能敵草木衆彼火荅言我今不須求其助力何以故而諸草木雖復衆多隨彼一切我力能敵令彼草木悉滅無餘菩薩亦復如是隨彼無量衆生一切煩惱菩薩即放無量慧火其力敵勝又復菩薩起深固意於一切衆生煩惱聚中以所成慧如實觀察即能息諸衆生煩惱若或菩薩取證離煩惱法捨煩惱者彼即速墮聲聞縁覺之地舍利子以是縁故汝應當知若菩薩隨於一切煩惱聚中能深固作意如實伺察者即於彼彼一切煩惱力能勝伏舍利子若有得聞如是說已不驚怖者當知是爲善巧方便菩薩舍利子又如蛇毒凡所傷螫而無助伴新發意菩薩亦復如是修集菩提分法時亦復單已而無助伴但自修集菩提分法又如螢火不能勝彼百千日輪廣大光明一切煩惱亦復如是不能勝敵菩薩慧光又如除毒之藥狀雖至小而能解除廣大之毒菩薩亦復如是智慧之藥雖復至小而能息除諸煩惱毒又如天降一味之雨隨所墮處器有差別成種種味菩薩亦復如是修集一味解脫之智隨諸衆生種種根性種種說法而各有異又如閻浮檀金出現世間映蔽一切餘諸珍寶菩薩大寶

出現世間亦復如是映蔽一切聲聞緣覺又如轉輪聖王出現世間一切小王皆悉歸向菩薩法王之子亦復如是若發大菩提心一切世間天人阿修羅等各各頂奉而悉歸向又如薄福衆生雖遇寶雨而無所獲不種善根諸衆生等亦復如是雖發菩提心而無所成又如世間若無甘蔗種子即不能生於甜味菩薩亦復如是若無大菩提心種子即不能成就阿耨多羅三藐三菩提果

海意菩薩所問淨印法門經卷第三

音釋

滓 側氏切 澱也　瞋 毋迴切 晴也　胄 直佑切 兜鍪也　諴 古臨切 勗也

援 于眷切 扶助也　螫 施隻切 蟲行毒也

海意菩薩所問淨印法門經卷第四

宋中天竺三藏朝散大夫試鴻臚卿光梵大師惟淨等奉 詔譯

復次佛告舍利子言譬如耆婆醫王普觀大地一切草木無非是藥修行般若波羅蜜多菩薩亦復如是觀一切法無非菩提又舍利子譬如羅睺阿修羅王雖有勢力不能於其日月道中而爲障礙一切魔衆亦復如是雖有勢力不能於其勤行精進菩薩所修菩提道中而爲障礙又舍利子譬如色界諸天子衆所有宫殿依空而住修甚深行諸菩薩衆亦復如是猶如虚空平等無礙諸法亦然與虚空等如是乃得阿耨多羅三藐三菩提果又舍利子譬如世間諸有器用既成就已隨彼大小空量現中然彼虚空不增不減菩薩亦復如是修諸善力得成熟已隨其深淺能受佛法然彼佛法不增不減又舍利子譬如力士極盡其力舉箭射空終不能至虚空邊際菩薩亦復如是盡其信力於佛法中而生信解然不能得佛法邊際又舍利子如世陶器未成熟時即不能得器用之名菩薩亦復如是菩提善根未成熟時即不能得波羅蜜名又舍利子如人得見轉輪聖王已不復樂見諸小國王菩薩亦復如是得見如來大法王已不復樂見諸聲聞緣覺又舍利子譬如牛跡水中而不能出一切珍寶聲聞戒中亦復如是不能出生佛法僧寶又舍利子譬如大海乃能出生諸妙珍寶菩薩亦復如是聞戒海中而能出生佛法僧寶又舍利子譬如新生太子不名爲王非不名王初發心菩薩亦復如是不名爲佛非不名佛又舍利子譬

如世間未經治瑩摩尼之寶人不愛樂初發心菩薩雖復說法未得無畏亦復如是又舍利子如摩尼寶經治瑩者清淨明亮人所愛樂具修勝行菩薩亦復如是獲得無畏而善說法一切衆生皆生欣樂又舍利子如江湖中所出小寶亦不可輕何以故是寶雖小若在房舍或復闇中能以光明普徧照耀初發心菩薩亦復如是勿生輕慢何以故而是菩薩得菩提已能於一切佛刹土中普放光明廣大照耀又舍利子譬如無價大摩尼寶最極殊妙離諸塵垢不退轉菩薩亦復如是離諸慢心又舍利子譬如世間穀稼成熟實穗垂穗菩薩亦復如是所修善法得圓滿已於諸衆生謙下無礙又舍利子譬如世間劫火欻起而此大地一切草木燒爇無餘菩薩亦復如是智火若然一切煩惱種子習氣悉爇無餘既滅盡已然後乃證阿耨多羅三藐三菩提果又舍利子譬如有火若小若大燒三千界而虛空性本自如是菩薩亦復如是若有菩薩成等正覺若無菩薩成等正覺而一切法自性如是舍利子如是等諸有譬喻如來所說而能攝受諸菩薩衆若有菩薩聞此說已生勝解者而能於彼一切喻中悉得成就當佛說是見邊法時會中有二萬四千人發菩提心爾時世尊重說頌曰

難得最上佛菩提　深妙無垢無所有
若人於此欲圓成　是中勿當生疑惑
淨妙智慧無虛假　真實光明普照耀
安住無垢妙印中　此佛菩提能觀見
心自性淨而明亮　前際後際亦復然

煩惱染汙意中時　應當勿離深固意
是中無作無受者　諸法自在無主宰
無我人故說無我　如空如夢無自性
當觀此法非身業　非語非心所分別
無爲實性異想無　譬喻言詞不能說
與虛空等自性淨　非色相故不可觀
非眼耳鼻識所知　非舌非身亦非意
遠離非相非無相　無依寂靜湛如月
非意亦非心所行　非識非想非思度
此非智業可能知　云何識心而曉了
由佛無上大悲心　假以文字而說法
衆生先世勝行業　爲善知識所攝受
如是相中聞法已　獲無等喜無愛著
非彼諸魔伺得便　不能知心及境界
隨何所作何所行　而彼魔業不能勝
菩薩超越四魔已　如理如教修福慧
善住諸佛境界中　此名修勝菩提者
衆生不能知所行　修菩提者所行勝
施設多種行門中　隨彼彼相爲說法
如是世間種種行　互相所緣而和合
大智了知諸行中　隨所宜說無間斷
或有衆生多貪染　或復多瞋悉了知
見瞋煩惱逼迫時　彼癡性中起諸害
如是世間種種行　菩薩隨了而能入
行相所緣及緣成　隨其相言爲宣說
譬如周徧置繩網　大智持明者善知
普徧能破諸網已　隨意所觀出無礙
菩薩勇智亦如是　世間心意悉能入
普使令諸煩惱除　周徧所行無覆障
如日舒光無援助　蛇毒亦無於等侶

師子振吼亦復然　菩薩所修無助伴
菩薩單已而無二　積集最上諸佛法
精進勢力悉具圓　摧滅世間諸煩惱
譬如有火得乾薪　隨處增長其勢力
菩薩增長慧光明　悉能照破諸煩惱

爾時世尊復告海意菩薩摩訶薩言菩薩若能發起精進常所堅固勤行樂欲所起精進無有休息而諸菩薩即於阿耨多羅三藐三菩提不爲難得何以故海意由精進故乃得菩提若懈怠者於佛菩提遠中復遠無懈怠者能行布施無懈怠者而能持戒無懈怠者能起精進無懈怠者能修禪定無懈怠者能集智慧無懈怠者能行自利無懈怠者而能利他以是緣故汝今當知菩薩若能發起精進彼諸菩薩乃於阿耨多羅三藐三菩提不爲難得海意我念過去世中十阿僧祇劫前彼時有佛出現世間號勇猛精進如來應供正等正覺明行足善逝世間解無上士調御丈夫天人師佛世尊世界名善見劫名華積以何緣故劫名華積海意是時三千大千世界大水充滿水中復出八萬四千廣大蓮華華有無數俱胝那庾多百千葉殊妙可愛觀者悅意爾時淨居天衆見是華已咸生歡喜意樂適悅俱發是言若此蓮華廣大出現決定當有正等正覺出此劫中此劫不空有佛世尊出現於世猶如華積是故此劫名爲華積又復何緣而彼世界名爲善見以其世界最勝清淨十方一切諸佛剎中無量無數諸菩薩衆咸悉往詣於彼世界而共瞻仰當瞻仰時一切大衆於彼世界皆得喜相三摩地

一切妙樂皆悉具足於彼世界所觀善妙故名善見海意此善見世界七寶所成有衆寶樹及寶樓閣是寶光明普徧照耀而彼世界無有女人不受胎藏於蓮華中自然化生跏趺而坐又其世界無有餘乘諸修行者唯住大乘其土人民諸所受用如兜率天須飲食者悉得如意復得神通游戲能履虛空彼勇猛精進如來法中有二十六俱胝出家菩薩具菩薩道入菩薩衆復有無量在家之衆修大乘行是時彼佛為諸菩薩宣說勤行精進之法彼佛告言汝諸大士當勤精進常所堅固深極勤勞深極樂欲無令休息海意其佛會中有一菩薩名堅固鎧從座而起白其佛言世尊云何菩薩能發精進復以何法如來教授諸菩薩衆時勇猛精進如來告堅固鎧菩薩言善男子所謂精進有其四種而能普攝一切善法何等為四一者發起二者勤作三者伺察四者修行如是四種而能普攝一切善法又復云何名為發起何名勤作何名伺察何名修行善男子發起者所謂發起大菩提心勤作者廣大積集一切善根伺察者於諸衆生作利益事修行者隨何等法悉住於忍又發起者勤求多聞勤作者如聞能說伺察者深固作意修行者起聖正見又發起者攝止慳心勤作者捨諸所有伺察者所有善利與一切衆生共之迴向菩提修行者不求果報又發起者振大捨聲勤作者諸來求者起善知識想伺察者諸所受用觀無常分修行者施已無悔又發起者諸所受用依法而求勤作者淨命自資伺察者行真實施修

行者施時不起意念又發起者滌破戒垢勤作者禁戒無缺伺察者破戒衆生而將護之修行者雖具戒德不起意念又發起者身業清淨勤作者語業清淨伺察者心業清淨修行者諸法清淨又發起者諸有瞋心而不容受勤作者忍力發現伺察者自他作護修行者雖住忍辱不起意念又發起者諸有忿恚皆令歡喜復得清淨勤作者令諸忿恚歡喜和合伺察者內心清涼而無熱惱修行者自他無所得又發起者遣除懈怠勤作者於精進力而善決擇伺察者懈怠衆生而救護之修行者隨何等法皆住於忍又發起者積集善法勤作者成辦善法伺察者不樂餘乘修行者不壞諸業又發起者念勤作者行伺察者慧修行者住又發起者理勤作者教伺察者門修行者出離道又發起者積集文字勤作者文義總持伺察者若聲若文皆悉不著修行者覺了諸法悉不可說又發起者親近善友勤作者遠離惡友伺察者於善惡友起心平等修行者如所說言隨能憶持又發起者起出家心勤作者於愛非愛所觀平等伺察者隨何等善悉樂希求修行者得現量智又發起者樂居曠野勤作者遠離憒閙伺察者樂處寂靜修行者修寂靜行又發起者少欲勤作者知足伺察者獲得妙樂修行者知所應量又發起者修增上戒學勤作者所修無雜伺察者修增上心學修行者修增上慧學又發起者布施勤作者愛語伺察者利行修行者同事又發起者大慈勤作者大悲伺察者大喜修行者大捨又發起者剎土清淨

勤作者相好圓滿伺察者護持正法修行者救度衆生又發起者了知蘊魔勤作者越煩惱魔伺察者遠離死魔修行者摧伏天魔又發起者知苦勤作者斷集伺察者修道修行者證滅又發起者修身念處勤作者修受念處伺察者修心念處修行者修法念處又發起者信勤作者精進伺察者念定修行者慧又發起者防斷不善之法勤作者圓滿生起一切善法伺察者若身若心輕安調暢修行者獲得無加行神足又發起者修七覺分勤作者行八正道伺察者修習止觀修行者得明解脫又發起者發起諸行勤作者表示潔白之行伺察者心得輕安修行者不轉境界相智

復次海意彼勇猛精進如來復告堅固鎧菩薩言善男子由精進故身心輕安即此精進若因若見悉當遠離又此精進能知名色又此精進能滅我我所見又此精進能解所取之縛又此精進能除五蓋及現所起一切煩惱又此精進能斷惡作及彼疑惑又此精進破諸結病又此精進而能勤力除斷諸障又此精進離慢過慢又此精進超越一切所依所著又此精進離諸喜恚又此精進於無明有愛悉不染著又此精進於貪瞋法而悉不行又此精進於其癡法而常伺察又此精進知覺內外十二處法又此精進了知五蘊及十八界本來不生又此精進心住寂靜徧寂近寂又此精進決了諸法悉無所得又此精進於一切法不取二相又此精進了知法性本來常住又此精進知一切法不來不去又

此精進知一切法無取無捨又此精進知一切法無作無止又此精進知一切法無高無下又此精進知一切法不出不入又此精進知一切法無縛無解又此精進知一切法無勤無惰又此精進知一切法無放逸無不放逸又此精進知一切法無能作無所作又此精進知一切法無觀無不觀又此精進知一切法無止息無熾然又此精進知一切法無所護無不護又此精進知一切法無集無散海意彼勇猛精進如來爲諸菩薩說如是等勤行精進法時會中有一萬人得無生法忍堅固鎧菩薩於彼佛所得聞如是精進法已轉復發起精進勤求善法如是精進常無休息經俱胝歲過是已後得柔順忍如是精進勤求善法經爾所時即於彼滅滅已還於彼如來前重復化生聽受宣說大集會正法又復精進勤求善法海意其堅固鎧菩薩以是緣故經爾許時普徧親近八萬四千佛於彼華積劫中發起精進勤求善法經如是時一切勤行海意汝今勿生疑念是時堅固鎧菩薩者豈異人乎即我身是我昔曾歷多菩薩位棄背生死勤求菩提乃至我今得成正覺廣行精進深歷艱苦況復世間懈怠衆生起下劣精進者而能獲得菩提果耶海意若諸衆生能發精進者於我法中即得清淨非懈怠者而能成就以是緣故汝今當知諸有精進不放逸者即得菩提當佛說是過去所行精進法時會中有五千菩薩得無生法忍七千天人發阿耨多羅三藐三菩提心爾時世尊重說頌曰

我念過去佛出世　號曰勇猛精進尊
刧名華積妙可觀　最上世界名善見
八萬四千蓮華出　有佛出現彼刧中
世界猶如兜率天　所須飲食皆如意
彼無女人不處胎　衆生化生悉嚴好
而復不修於餘乘　菩薩皆住大乘法
十方所來菩薩衆　於彼世界善可觀
皆獲喜相妙定門　受諸快樂未曾有
菩薩俱胝二十六　是衆莊嚴二足尊
復有餘多天及人　最上佛乘皆安住
其佛大仙智德海　數數宣說精進門
有菩薩名堅固鎧　於佛發問如斯義
所欲安住精進力　菩薩云何精進修
此義願佛爲我宣　我於是中修行住
彼大法王知意已　爲說發勤精進德
發起勤作行相應　常所伺察修行住
發起所謂菩提心　勤作成辦衆善法
伺察利益諸衆生　修行隨何法住忍
發起恭敬此聽受　勤作宣說而開明
深固作意伺察門　修行謂起聖正見
發起滌除於慳垢　捨諸所有是勤作
具菩提心伺察門　修行所作不求報
發起謂振大捨聲　慈於丐者是勤作
伺察受用觀無常　修行施已不生悔
依法所受名發起　淨命自資是勤作
我眞實施伺察門　修行施時無意念
發起滌除破戒垢　禁戒無缺是勤作
伺察將護破戒人　修行具戒無意念
發起所謂身業淨　語業清淨是勤作
心業清淨伺察門　修行是爲諸法淨

不容受瞋名發起　忍力現行是勤作
自他作護伺察門　修行忍辱無意念
恚者常淨名發起　勤作於彼不捨離
内心清淨伺察門　修行自他無所得
發起謂除懈怠垢　擇精進力是勤作
護懈怠者伺察門　修行隨何法住忍
積集善法名發起　是成辦法善勤作
伺察不樂於餘乘　修行不壞諸業報
發起了知於正念　勤作悟入法行中
善護正慧伺察門　修行所謂堅固住
發起謂理勤謂教　彼諸法門謂伺察
知出離道即修行　此發精進善方便
發起所謂文總持　善宣説義名勤作
不著於聲伺察門　修行了法不可説
親近善友名發起　遠離惡友是勤作
觀善惡性伺察門　修行憶持於諸法
法中出家名發起　捨愛非愛是勤作
希求善法伺察門　修行於法無障礙
發起樂居曠野中　遠離憒閙是勤作
樂居寂靜伺察門　修行謂修寂靜行
少欲善言名發起　歡喜知分是勤作
獲受妙樂伺察門　修行謂知所應量
增上戒學名發起　所修無雜是勤作
增上心學伺察門　增上慧學修行住
布施持戒名發起　忍辱精進是勤作
禪定慧行伺察門　修行總起智方便
財法二施名發起　愛語所謂是勤作
利行是爲伺察門　修行眞實而同事
大慈圓滿名發起　大悲具足是勤作
法中大喜伺察門　修行此説大捨智

發起清淨佛刹土　圓滿相好是勤作
護持正法伺察門　度脫衆生修行住
不著蘊魔名發起　出煩惱魔是勤作
攝伏死魔伺察門　摧伏天魔修行住
了知苦果名發起　不立愛故是勤作
修道是爲伺察門　滅智所謂修行住
發起身念處離縛　觀受念處是勤作
觀心念處伺察門　修行謂觀法念處
發起所謂信根力　精進根力是勤作
念定根力伺察門　修行謂即慧根力
防斷不善名發起　不壞善法是勤作
身心輕利伺察門　修行智起四神足
發起謂修七覺分　行八正道是勤作
修習止觀伺察門　修行眞實明解脫
發起勤作起諸行　心得輕安伺察門
不轉諸相境界中　此說是爲修行住
若身若心輕安故　於見於因當出離
是中名色若了知　諸聖稱讚此精進
於我我所若能滅　即解一切所取縛
現起五蓋悉蠲除　惡作疑惑皆斷滅
又復能破諸結病　此力除障無所覆
於慢過慢斷無餘　所作皆由精進力
遣除一切諸有相　止息一切諸戲論
斷滅一切煩惱因　智者稱讚此精進
聞此精進功德已　勇發精進咸稱讚
菩薩會中有十千　悉得無生妙法忍
釋迦如來此會中　爲諸菩薩廣宣說
聞說精進先行時　五千菩薩忍清淨
復有天人阿修羅　緊那羅等諸會衆
爾時會中有百千　發菩提心善安住

我昔曾名堅固鎧　得最上忍菩薩位
棄捨身命精進修　經爾許時常無懈
親近八萬四千佛　棄捨已身而奉事
近侍諸佛一劫中　後居無數菩薩位

爾時大悲思惟大梵天王白海意菩薩言善男子所言佛法是何等增語海意菩薩言大梵此言佛法者是一切法增語何以故如來以無分別相如量取證菩提無分別相者即一切法平等相如來是中如量取證菩提大梵若了一切法平等即是菩提是故此說一切法即是佛法若一切法如是即佛法亦如是所有一切法自性即佛法自性一切法離故應知佛法亦離一切法空故應知佛法亦空大梵一切法緣生若能覺了諸法緣生即是菩提如如來於一切法如是見而彼佛法亦如是見梵天言善男子豈非佛法越三界耶菩薩言大梵三界自性即是佛法何以故大梵而彼佛法平等相中無高無下猶如虛空亦無高下佛法亦復如是同彼虛空無高無下大梵一切法亦然自性空中等無高下大梵若善男子及善女人欲知佛法者應如是知然於所知方便不應取著復次大梵佛法無方分無處所不生不滅非青非黃非赤非白故無顯色非有形相故無形色無形顯色故即是無相大梵無相義者即佛法義佛法義者即不墮句義不墮句義者即寂靜義寂靜義者即是離義離義者即是空義空義者即無繫著義無繫著義者即實性義實性義者即眞如義眞如義者即畢竟不生義不生義者即不滅義不滅義者即無住處義爾

時海意菩薩重說頌曰

所說無相義　是勝佛法義　其說佛法義
即不墮句義　不墮寂靜義　寂靜是離義
離義即空義　空義無著義　無著實性義
實性眞如義　眞如即畢竟　不生不滅義
不滅無處義　法義如是住　如所住法界
諸法亦然住　如諸法所住　佛法亦然住
如佛法所住　生滅法亦然　無著法等義
眞如無異住　聲聞緣覺法　亦平等隨住
如是處住法　佛法勝無上　無方分處所
故佛法安住　勿於生滅中　隨觀諸佛法
彼非形顯色　無少法可得　無形亦無相
佛法而開明　如諸法自性　佛法亦如是
此所說平等　無差別無相　如是求佛法
諸法亦然求　若法無所得　彼即無分別
佛及諸佛法　一切法皆然　大仙處道場
得平等正法　佛及諸佛法　於道場觀察
彼所說佛法　平等等故常　等無高下法
如虛空清淨　若佛及佛智　彼佛此所說
謂諸法緣生　自性無所有　若自性不有
即無少法生　實際此若知　世間等無際
是際中起智　隨轉一切法　所謂過去法
及彼未來法　此名現在法　此是諸佛法
如是三時中　佛智無所著　由智無著故
牟尼乃說法　所謂佛十力　及四無所畏
諸佛十八種　不共功德法　於是中普攝
所有一切法　如是一切法　是即諸佛法

復次大悲思惟大梵天王重白海意菩薩言善男子汝於如是法中云何所見菩薩言大梵天佛法者墮色數耶梵天言不也菩薩言

若法非色即不可見若無對礙即無表了是中云何有所見耶梵天言不也善男子菩薩言大梵若佛法不可見者即一切法亦如是何以故法本無二此無二者即是一切法大梵若法有所見彼即是有相謂以無別可見無別佛法若此如是見彼如是佛法若如是佛法彼即如是見梵天言善男子若爾者如來於一切法不復有見菩薩言大梵若如來於佛法中有所見者即彼如來及諸佛法有實定性可得梵天言善男子若如是者佛法不有耶菩薩言大梵若法無實定性是中有無悉不可說若法非有無彼即無所見梵天言若爾何故世尊令此會中說佛法耶菩薩言大梵如說虛空非彼虛空有實定性佛法亦復如是此說佛法非彼佛法有實定性梵天言希有善男子若初發心菩薩聞此說已不生驚怖者而是菩薩於佛法中被堅固鎧菩薩言大梵若諸衆生得佛加持已發菩提心者聞此所說甚深佛法即不生驚怖又復大梵有取有執者即生驚怖無取無執者不生驚怖有依止有繫著者即生驚怖無依止無繫著者不生驚怖有我我所見者即生驚怖離我我所見者不生驚怖梵天言善男子菩薩有幾種力若諸菩薩具是力者即於如是甚深佛法中不生驚怖菩薩言大梵諸菩薩有八種力若諸菩薩具是力者乃於如是甚深佛法中不生驚怖何等爲八一者無障礙信力於諸佛法生勝解故二者尊重出生善知識力諦意隨順如師尊故三者多聞出生慧力出世間法悉圓滿故四者福行出生

承事之力無量福行悉圓滿故五者深固作意出生智力破諸魔故六者大慈出生大悲之力於無我法離疑惑故七者安定出生善思惟力大菩提心不忘失故八者無他信出生忍力獲得無生妙法忍故大梵此等是爲菩薩八種勝力若諸菩薩摩訶薩具是力者能於甚深諸佛法中不生驚怖爾時世尊讚海意菩薩摩訶薩言善哉善哉海意汝善說此菩薩八力若諸菩薩具是力者能於甚深諸佛法中不生驚怖又復於佛法中隨所聞已皆不生怖海意當知諸說法聲皆是分別若於菩提勝義諦中即不能說何以故彼勝義諦非語言非詮表亦非文字積集所行尚非心心所法而可能轉況復文字有所行耶海意如汝所觀諸佛世尊有所說者但爲不可思議一切衆生大悲轉故乃於如是甚深法中成正覺已於無文字無語言無記說無詮表法中爲他衆生及補特伽羅假以文字建立宣說海意譬如有人知此虛空非色相故不可見非對礙故無表了然於空中以種種色彩畫形像所謂象馬車乘天龍夜叉乾闥婆等現諸色相海意於汝意云何是人所作斯爲難不海意菩薩白佛言世尊是人所作最極爲難佛言海意諸佛世尊如復爲難過極於彼何以故謂於不可說法中成正覺已假以言說爲他衆生及補特伽羅建立宣說由於不可說義中如實覺了是故諸佛難作能作海意若復有人於此甚深佛法之中不驚不怖不生恐畏者當知是人於先佛所深種善根作諸勝行是故於此甚深佛法不

生恐畏若復有人於此甚深經典一切世間難信解法如實知已受持讀誦廣爲他説者當知是人能持如來一切法藏能持一切衆生諸善法分又復海意若有菩薩得佛眼照明能於無量諸佛刹中滿積珍寶持用供養彼彼如來廣行布施於汝意云何而彼菩薩以是緣故得福多不海意白佛言甚多世尊甚多善逝此之福藴無量無數乃至譬喻所不能及佛言海意我今語汝如汝應知若有菩薩能於如來法中善爲作護令三寶種不斷不絶於諸衆生不捨大悲於如是等甚深經典如來大智法中能了知已受持讀誦何況是中如理修行而此菩薩所得福藴倍多於彼何以故所有財施但是世間之所愛樂若法施者彼即出過一切世間復次海意若有菩薩能護持正法者而此菩薩得四種攝受何等爲四一者得佛攝受二者得天攝受三者得福攝受四者得智攝受若諸菩薩得佛攝受者當得四種最勝之法何等爲四一者常得不離瞻仰如來二者一切魔衆伺不得便三者獲得無盡陀羅尼門四者速具神力住不退轉地海意諸有菩薩爲佛攝受者獲得如是四種最勝之法又諸菩薩若得天攝受者當獲四種清淨何等爲四一者天衆神力令其菩薩衆會清淨二者使令聽受正法專注一心三者遣除一切魔外之衆四者由天威神能令一切無不清淨悉得淨心海意諸有菩薩爲天攝受者獲得如是四種清淨又諸菩薩若得福攝受者當獲四種莊嚴之相何等爲四一者身莊嚴謂相好圓滿二

者語莊嚴謂勝出一切衆生語言音聲三者國土莊嚴謂諸所施作悉能顯示四者所生莊嚴謂在所生處或爲梵王帝釋護世天等海意諸有菩薩爲福攝受者獲得如是四種莊嚴又諸菩薩若得智攝受者當獲四種照明之法何等爲四一者照明一切衆生根性如其所應即爲説法二者照明一切煩惱之病積集法藥隨爲治療三者神力照明餘佛刹中悉能徧往四者法界照明於一切法如實了知海意諸有菩薩爲智攝受者獲得如是四種照明以是緣故菩薩摩訶薩欲得如是攝受稱讚功德法者應當勤行護持正法若諸菩薩而能勤行護正法者當獲無量最勝功德

海意菩薩所問淨印法門經卷第四

音釋

穗 徐醉切禾穎也　䅳 丁果切禾垂貌　欻 許勿切忽也　爇 如劣切燒也

憒 右對切亂也　匄 古代切乞請也　療 力嶠切治也

海意菩薩所問淨印法門經卷第五

宋中天竺三藏朝散大夫試鴻臚卿光梵大師惟淨共法護奉　詔譯

爾時世尊重說頌曰

諸佛正法能護持　當得種種善稱讚
彼稱讚法我略宣　如大海中水一渧
知諸佛恩能報者　諸佛付託持法藏
諸佛正法能護持　是即普供十方佛
佛眼照明觀佛剎　妙寶供養諸世尊
諸佛正法護持時　比前福蘊此最勝
雖以世財供養佛　不能解脫世間行
出世勝法若求時　智者出離世間法
諸佛正法護持者　即得諸佛所攝受
諸天龍等亦攝持　福攝智攝皆獲得
諸佛正法護持者　得念慧行悉具足
廣大勝慧普徧知　智者拔除煩惱種
諸佛正法護持者　非彼諸魔伺得便
惡作疑惑悉蠲除　彼無諸障亦無縛
諸佛正法護持者　所生剎土不空過
一切生中見佛身　見已即得心清淨
諸佛正法護持者　獲得宿命大智法
出家善利數能成　所修眞實清淨行
諸佛正法護持者　戒聞勝生諸梵行
得五智通妙輕安　禪定解脫悉無礙
諸佛正法護持者　趣入甚深諸法中
佛境界空無所疑　信解衆生無我法
諸佛正法護持者　獲無礙解捷利慧
得無礙言無畏門　破諸衆生疑惑網
諸佛正法護持者　得大總持勝善利
不能聽受百劫中　由具辯才悉無礙
諸佛正法護持者　得諸智者常稱讚

天阿修羅等悅心　諸佛讚護如佛子
諸佛正法護持者　帝釋梵王得非難
及彼人中轉輪王　乃至菩提勝妙樂
諸佛正法護持者　具三十二殊妙相
大智圓成無壞身　一切觀者無猒者
諸佛正法護持者　得善知識亦非難
彼爲宣明法印門　聽受無盡正法藏
諸佛正法護持者　身語心業皆清淨
戒定慧淨亦復然　得解脫智善清淨
諸佛正法護持者　常不捨離菩提心
波羅蜜行不棄捐　而能普攝多善法
諸佛正法護持者　若廣稱讚彼功德
正使住壽一劫中　亦不能說其邊際

爾時會中有一菩薩名功德光王從座而起前白佛言世尊如佛向者作如是言我於不可說法中而成正覺世尊若法不可說何故今言護持正法佛言如是如是善男子如汝所言我於不可說法中而成正覺然善男子不可說者謂以世俗文字語言於無爲法中而不可說若以文字語言詮總持門施設建立顯明開示乃有所說此即是爲護持正法又善男子有說法師於如是等甚深經中廣大受持爲他演說如理修行者若人能於此法師所恭敬尊重承事種種供養密爲護持飲食衣服坐臥之具病緣醫藥善作供施能護善法善護語言於非語言而爲藏覆此即是爲護持正法又善男子若有人能解了於空信順無相無願無求於無加行中真實安止此即是爲護持正法又善男子若有人能於自所說無諍勝語及他所說非法語言是

二同於法中所攝此即是爲護持正法又善男子若人能以無障礙心相續善攝一切衆生入解脱慧中不以世間財利之心爲他法施此即是爲護持正法又善男子若有人能棄捨身命於如是等甚深經典密爲作護居寂靜處依法修行此即是爲護持正法又善男子若有人能爲聽法因緣或爲說法因緣乃至行於一步或一出入息間能專注者此即是爲護持正法又善男子若了一切法無所護無所取此即是爲護持正法復次功德光王如是等緣汝應當知善男子我念過去阿僧祇劫復過阿僧祇劫數之前彼時有佛出現世間名大智力聲如來應供正等正覺明行足善逝世間解無上士調御丈夫天人師佛世尊世界名淨光劫名喜上善男子彼淨光世界瑠璃所成廣博清淨光照十方彼有清淨諸大菩薩摩訶薩衆依止游戲大神通力從甚深法之所出生彼菩薩衆諸所受用皆如化樂天子悉以天子之狀於彼佛所聽受說法無復在家出家種種形相時彼大智力聲如來常爲彼會諸菩薩衆廣大宣說護持正法作如是言汝等善男子應當勤行不惜身命護持正法時彼會中有一菩薩摩訶薩名曰法語白彼世尊大智力聲如來言世尊云何是諸菩薩能護正法又復云何是所護法彼佛告言善男子若於色心境界之中善護諸障專注一境調伏止息住寂靜法此即是爲護持正法何以故眼根色境眼識此三非法非非法故耳根聲境耳識鼻根香境鼻識舌根味境舌識身根觸境身識意根

法境意識非法非非法故若能了知眼色空已即眼及色無所分別眼識無住此即正法菩薩若於如實智中善令他得如是法者此即是為護持正法如是耳聲鼻香舌味身觸意法了知空已即意及法無所分別意識無住此即正法菩薩若於如實智中善令他得如是法者此即是為護持正法又善男子若有法於諸法中而可轉者彼法即無所護無所取如是解者此即是為護持正法又復於諸見中依止邪見者彼見即無所護無所取如是解者此即是為護持正法又復以其無智癡障故心不清白若彼無智癡障中無所護無所取如是解者此即是為護持正法又善男子若法有集有散即非法非律若無集無散即是法是律何等法集散謂有為道諸

法集散若非法非律何無集無散是故當知若無取即無生由無生即無集亦無散以無集無散故即是法是律何者是法是律謂自性不生諸煩惱等不令生起此即名為是法是律若是法是律故即不生不滅者即是無盡此無盡者即是無生法律如是無生法乃無所護此無所護是即真實護持正法復次功德光王彼大智力聲如來說是法時彼衆會中三萬二千菩薩得無生法忍法語菩薩於彼佛所得聞法已心意快然踊躍歡喜前白佛言希有世尊善說如是護持正法甚深法門世尊如我解佛所說義如我所得即一切法無法若無法即有法何以故世尊若一切法有所取著即無法若無所取著即有法以法與非法二想於一切法中無法非法二

想可知世尊一切法與非法若於勝義諦中即無法可得亦無非法可得由無法想亦無非法想故即無法可數以無法可數故即住實際若住實際即是無際何以故虛空際即是諸法實際以其虛空無所從來是故無際如虛空無所從來故無際諸法亦然無所從來故亦無際乃說諸法即虛空際世尊若有菩薩得聞如是實際法已如實解者彼即了達諸法無有二相世尊我不見有少法可得若法無所有是故我說護持正法又復世尊我說此法時契順如來所說語不是法語不法隨法說我爲正說不佛言善男子如汝所說眞實契順如來之語是實法語法隨法說是爲正說復次功德光王彼法語菩薩說是法時彼天子衆中有十千天子得柔順法忍功德光王汝勿生疑念彼時法語菩薩者豈異人乎即汝功德光王是汝今於此大衆會前勸請於我是故我今以彼阿僧祇俱胝劫中積集阿耨多羅三藐三菩提法付囑於汝汝當受持廣爲他說宣演流布爾時世尊說是法已而此會中有六十俱胝大菩薩衆悉住佛前異口同音咸作是言世尊我等願爲護持如來菩提正法廣演流布佛告諸菩薩言諸善男子汝等修行住何法已乃於如來阿僧祇俱胝劫積集菩提之法而爲護持正法爾時會中有菩薩名山自在王前白佛言世尊若護惜身命斯即不能護持正法我不惜身命故如是乃能護持正法吉祥峯王菩薩言世尊若於利養有所悕求斯即不能護持正法我於名聞利養等事而悉棄捨非聖

所許亦悉遠離如是乃能護持正法大幢菩薩言世尊若法非法有其二想斯即不能護持正法若離二想得法平等如是乃能護持正法勝密菩薩言若煩惱病之所逼迫斯即不能護持正法我得諸聖智慧之力勝伏煩惱如是乃能護持正法持炬菩薩言世尊若處癡暗境界之中斯即不能護持正法我得無礙智光離諸癡暗如是乃能護持正法電天菩薩言世尊法中若起比量智者斯即不能護持正法我已證得現量之智於諸法中不起他信如是乃能護持正法普密菩薩言世尊若世俗根性及散亂心斯即不能護持正法我於諸根諸門諸處善調深密如是乃能護持正法淨光菩薩言世尊若衆生法有種種性及種種想斯即不能護持正法我於一切衆生起平等心及一切法亦得平等如是乃能護持正法最勝步菩薩言世尊若起散亂非等引心斯即不能護持正法我住等引不散亂心如是乃能護持正法導師菩薩言世尊若不了知正道之法修行邪道斯即不能護持正法我已了知正道智法邪道衆生置如實道如是乃能護持正法善慧菩薩言世尊若猶豫心起於分別斯即不能護持正法我今已離猶豫之心斷諸分別復令一切衆生得除疑惑之病如是乃能護持正法徧照菩薩言世尊若住非法壞修行道斯即不能護持正法我住正法眞實修行復置一切衆生皆住如實道中如是乃能護持正法明觀菩薩言世尊若具染慧離法光明斯即不能護持正法我得決定慧圓善巧智具法

光明如是乃能護持正法無礙慧菩薩言世尊若有礙心不能隨護衆生之慧斯即不能護持正法我以無障礙心隨護衆生令住勝慧如是乃能護持正法行淨慧菩薩言世尊若不善解諸衆生根又不能知諸衆生行斯即不能護持正法我於一切衆生根行智解入已如是乃能護持正法莊嚴王菩薩言世尊於法若有分別之想依止我人及依止法斯即不能護持正法我於一切分別非分別悉離徧計三輪清淨無我無人無法依止亦無造作如是乃能護持正法師子幢菩薩言世尊世間衆生聞一切法無生無起咸皆驚怖斯即不能護持正法我已了知一切法無生無起無復驚怖不見有法若近若遠如實住已如是乃能護持正法慈氏菩薩言世尊若於菩提起懸遠想斯即不能護持正法若有菩薩作是思惟我雖得阿耨多羅三藐三菩提而不見菩提若身若心有所和合非不和合彼菩薩者如是乃能護持正法功德光王菩薩言世尊若住非功德離眞實功德不求如來勝功德者斯即不能護持正法我已遠離諸非功德安住菩薩眞實功德勤求如來最勝功德如是乃能護持正法妙吉祥菩薩言世尊如世狂亂之人作如是言我能護持如來正法此非誠信所以者何如佛世尊坐道場時無法可得亦無所證是中云何有法可護世尊我於一切法都無所護離諸執著而以大悲持諸法性然於諸法無所成辦非不成辦爾時世尊讃妙吉祥童眞菩薩言善哉善哉妙吉祥如是如是如汝所說我坐

道場時無少法可得無所得時乃作是言處于道場妙吉祥白佛言世尊我於何時坐道場耶若有所坐即於菩提而有所得斯乃有二對礙有別菩提有別世尊謂以佛及菩提無二對礙故佛言妙吉祥菩提場自性我了達巳是故我乃坐菩提場以我自性即是菩提場自性而菩提自性即一切衆生自性彼一切衆生自性即一切法自性妙吉祥同一自性等一味故我於菩提場成正覺時觀菩提場無有少法而不解脱謂以菩提平等故現證諸法而亦平等然平等法中不墮諸數數與非數皆悉離故彼平等法是故如來說名無爲妙吉祥如來得是無爲超越一切有爲之法如來說是法時妙吉祥菩薩深生信解及一切衆會信解如來解脱之法由信解故普徧皆於平等法中無所違越爾時無量功德寶無垢殊妙莊嚴世界先同海意菩薩來此娑婆世界諸大菩薩摩訶薩衆聞是法巳心意快然踊躍歡喜咸皆欣樂俱發是言我等來此佛刹快得善利見佛世尊又見妙吉祥童眞大士得聞說此甚深正法見佛出世見此正法現住世間轉大法輪世尊若此正法所在之處廣流布者彼諸衆生得大善利又若有人於佛在世或涅槃後而能聽受如是正法聞巳信解受持讀誦廣爲他說當知是人得大利益佛言諸善男子如汝所知菩薩善得幾種大利彼菩薩白佛言世尊菩薩善得十種大利此即不思議善利所轉何等爲十所謂一者值佛出世而能親近得此大利二者得見佛巳深心清淨三者起清淨

心聽受正法四者聞正法已離諸疑惑五者離疑惑已於中出家六者旣出家已淨命自資七者淨命資故能善説法八者善説法已發菩提心九者由不忘失菩提心故而能聽受菩薩藏法十者聞菩薩藏甚深法已依法修行得此大利世尊如是等法是爲菩薩十種大利此即不思議善利所轉若諸菩薩如是住者此即説名善得大利時佛讚言善哉善哉汝諸大士善説菩薩所得大利説是法時會中有三萬六千人發阿耨多羅三藐三菩提心爾時海意菩薩摩訶薩白佛言希有世尊多所饒益修大乘者一切衆生謂諸天人雖受天人中樂乃能親近無上涅槃最勝妙樂世尊有幾種法而能隨轉攝受大乘復有幾法於大乘中而能多作復有幾法於大乘中而極難作復有幾法增長大乘復有幾法於大乘中而爲障難世尊復以何緣説名大乘佛告海意菩薩言汝當諦聽我今爲説海意當知有一種法攝受大乘何等爲一謂不忘失大菩提心復不放逸海意復有一法攝受大乘謂信所作悉隨業報復有一法謂起正見於緣生法不相違背復有一法離愛非愛於一切衆生起平等心復有一法隨住大慈而自救度復有一法起大悲心不著已樂復有一法希求佛身隨念於佛復有一法依法眞修隨念於法復有一法住不退轉衆中隨念於衆復有一法蠲除一切煩惱隨念於捨復有一法常不忘失菩提心故隨念於戒復有一法住清淨法隨念於天復有一法隨住利樂令他歡喜復有一法住堅固意極

善樂欲復有一法起歡喜心爲一切衆生施作解脱復有一法從甚深法如理出生勤求正法復有一法不以財利之心而行法施復有一法於聽法者作病人想復有一法於所說法如良藥想復有一法已說法者如醫王想復有一法常行衛護令法久住復有一法令三寶種不斷不絕復有一法無貪相續常生喜足復有一法捨諸所有不起愛著復有一法雖自守戒而常將護諸破戒者復有一法諸惡作者不觀彼過而住於忍復有一法諸善作者現起饒益而住於忍復有一法於背恩者起悲愍慧復有一法於知恩者起恭敬悲復有一法於無智者不起慢心復有一法於有智者隨彼受學復有一法深固善根心無猒捨復有一法於諸善法心常隨轉復有一法於諸善法心常隨轉復有一法無諂曲故三戒清淨復有一法於說法者愛敬承事如師尊想復有一法捨諸外道文籍善聽正法復有一法修諸善根雖復艱苦於生死中亦不疲懈復有一法於現住世及已涅槃諸佛如來承事供養而無猒足復有一法與諸衆生爲不請友復有一法以無依無取無著之心修四攝法復有一法了知在家諸過失已常樂出家復有一法於正士之業常自開發復有一法所作決定住菩提道增修勝行復有一法於同住大乘者不生惱恚復有一法教授菩提心法不生疲懈復有一法善護祕密法使不流散復有一法常當勤求法工巧智復有一法以眞實語建立法幢復有一法所發誓願當令畢竟復有一法以無變

悔心均行布施復有一法常當覺了諸魔事業復有一法常應發起離慢智業復有一法遠於知識樂居寂靜復有一法離增上慢及貢高心不起他謗復有一法雖復了知諸煩惱已而亦隨順世間行相復有一法淨命自資離諸貪染復有一法深固相應而常宴坐復有一法雖復多聞而常寂定復有一法如理正修瑜伽行地復有一法如實伺察空境界法復有一法於其利衰心無高下復有一法怖畏憒閙獨處園林復有一法若得法利與他同分復有一法善解四聖諦智復有一法於諸智法而無祕惜復有一法為未學者成辦學故心無高勝復有一法若得若失信業報故不生熱惱復有一法恭敬聽法之者善為說法復有一法於親友中離諸貪愛於一切衆生起平等心復有一法於說法師所不起諂心而常讃歎復有一法以調順心故荷擔一切衆生復有一法於諸波羅蜜多相應勤求復有一法精進長養菩提道行復有一法建立信根令無動轉復有一法於國城中不空受食復有一法積集七種聖財而不匱乏復有一法内意眞實安固命根復有一法以方便善巧成熟衆生復有一法行法施故而善攝法復有一法離諸諍論說最上法復有一法以無所得心聽受正法復有一法離沙門垢故而成沙門復有一法以無染愛心入王城聚落復有一法常當伺察過失善護一切衆生復有一法棄捨世間諸雜藝者復有一法於善知識所常當誠實復有一法自心清淨已起智復令一切衆生心得清淨

復有一法無虛假故內意清淨復有一法趣向最勝道故深心清淨而此一法善作勝業方便清淨復有一法福清淨已諸相清淨復有一法智清淨已煩惱清淨復有一法衆生清淨已剎土清淨復有一法雖觀無相而善迴向復有一法修隨順忍復有一法於三解脫門常當伺察修習出離復有一法住無所住復有一法證漏盡智神通游戲復有一法住於止觀所作成辦得明解脫復有一法勤修方便所攝之慧復有一法住三界輪得菩提場莊嚴復有一法謂一切法平等現成正覺復有一法攝受大乘謂一切法自性無性無生無起如是知已即得無生法忍海意此之一法而能攝受大乘如是等一法攝受大乘已餘諸攝受依止而悉捨離復次海意有二種法於大乘中而能多作何等爲二一者於佛法中生淨信解二者不樂聲聞緣覺乘法有二種法於大乘中而極難作何等爲二一者自解脫已善護未解脫者二者隨爲彼說解脫之法復有二法多作一者常不壞滅大菩提心二者伺察衆生善爲建立復有二法難作一者觀菩提心猶如幻法二者觀一切衆生皆悉無我復有二法多作一者心無厭離二者所修方便而不虛假復有二法難作一者內心清淨而爲根本二者無作無不作故修諸福行復有二法多作一者勤修善根方便二者所修方便而令畢竟復有二法難作一者無戲論故而修方便二者所修方便住畢竟故其心寂靜復有二法多作一者深心趣向勝道二者於最勝法中作最勝所

緣復有二法難作一者說悔自罪二者出離他罪復有二法多作一者捨諸所有二者不求果報復有二法難作一者起平等心而行施捨二者善能迴向復有二法多作一者護戒無缺二者不求生天復有二法難作一者於毁戒者起悲愍心二者自具戒德不作貢高復有二法多作一者善樂於忍二者迴向菩提復有二法難作一者捨離高心二者尊敬忍者復有二法多作一者發起精進求諸善法二者於諸善根生歡喜心復有二法難作一者身心寂靜二者心離依著復有二法多作一者積集禪支二者心業調暢復有二法難作一者不著禪味二者不厭欲界復有二法多作一者勤求正法二者常生法欲復有二法難作一者伺察於法二者於法寂定

復有二法多作一者親近善友二者於師長所增加尊重復有二法難作一者專勤承事二者善言隨順復有二法多作一者於時非時而常請問二者隨所得義領納於心復有二法難作一者修義智二者修法智復有二法多作一者聞財無猒二者聞慧無猒復有二法難作一者伺察深固之法二者遠離不深固法復有二法多作一者如理爲他說法二者於聽法者起悲愍心復有二法難作一者於法不恪二者不以財利之心爲他說法復有二法多作一者止息外聽二者攝受諸心復有二法難作一者息除五蓋二者修七覺分復有二法多作一者獲得歡喜二者喜受相應復有二法難作一者知法知量二者知自境界復有二法多作一者信於業報二

者善修勝行復有二法難作一者解了諸非業報二者增長一切善法復有二法多作一者出誠實言二者不誑聖人復有二法難作一者如說能行二者不壞佛眼復有二法多作一者身業清淨二者離三不善復有二法難作一者觀身猶如影像二者觀如草木瓦礫復有二法多作一者語業清淨二者離語四過復有二法難作一者解悟不可說法二者辯了諸聲猶如對響復有二法多作一者心業清淨二者遠離貪瞋邪見復有二法難作一者內心寂止二者外無所行復有二法多作一者修慈心觀二者於諸衆生起平等心復有二法難作一者心如虛空清淨無垢二者自度度他而善迴向復有二法多作一者常不猒離大悲之心二者勤修善根而無懈倦復有二法難作一者伺察無生二者善護出離復有二法多作一者游戲法園二者除猒離心復有二法難作一者圓滿寂默之法二者未具法者而令修行復有二法多作一者捨離愛染二者斷諸損害復有二法難作一者修於捨行二者觀察衆生而無艱苦復有二法多作一者修念佛觀二者住於無念而起念心復有二法難作一者觀於法身二者成辦諸相好身復有二法多作一者修念法觀二者成辦諸衆生法復有二法難作一者伺察離貪二者於其貪行衆生起大悲心復有二法多作一者隨念諸菩薩衆二者歸向不退轉衆復有二法難作一者觀察無爲二者護得果者復有二法多作一者隨念於戒二者常不忘失大菩提心復有二法難

作一者伺察無加行戒二者攝受將護破戒衆生復有二法多作一者隨念於捨二者捨已不生變悔復有二法難作一者斷除已之煩惱二者爲衆生說斷煩惱法復有二法多作一者隨念於天二者不求生天復有二法難作一者住正念慧二者散亂心者令住念處復有二法多作一者增修福行二者增修智行復有二法難作一者善修無加行智二者於諸福行不生猒離復有二法多作一者超越諸著二者於諸愛著悉能解脱復有二法難作一者極善樂欲二者不生諂誑復有二法多作一者知恩二者報恩復有二法難作一者斷除欲貪二者於善法欲而無猒棄復有二法多作一者說悔諸罪二者不作諸罪復有二法難作一者不起惡作二者不起隨眠復有二法多作一者隨喜他福二者自福無猒復有二法難作一者於一切罪起盡滅智二者於一切福起長養智復有二法多作一者勸請諸佛二者護持正法復有二法難作一者雖知法界本無分别二者智善分别說諸句義復有二法多作一者善解迴向二者隨所迴向與一切衆生共之復有二法難作一者決擇無相二者修諸有相復有二法多作一者雖觀於空二者觀照衆生復有二法難作一者慧起悉無所樂二者方便而有所樂復有二法多作一者希求善根二者爲諸衆生成辦善根復有二法難作一者修習無願二者積集所生之智復有二法多作一者無著二者無動復有二法難作一者無慢二者愛樂復有二法多作一者樂居寂靜

二者領納寂靜功德復有二法難作一者修寂靜行二者自度復度一切衆生復有二法多作一者少欲二者知足復有二法難作一者省察已之煩惱二者審觀斷除一切衆生煩惱復有二法多作一者安定二者伺察復有二法難作一者常省已過二者不觀他過復有二法多作一者自離貢高二者不起他謗復有二法難作一者觀我無我二者觀衆生無衆生復有二法多作一者自常行施二者容受他施復有二法難作一者出離輪迴二者度輪迴中一切衆生復有二法多作一者勤求波羅蜜多二者隨諸所求波羅蜜多如所説住復有二法難作一者得現量智二者成辦他智復有二法多作一者不求世間名聞利養二者勤求正法復有二法難作一者不饒益者爲作饒益二者已饒益者而令增極復有二法多作一者所作大慈而無邊際二者所行大悲而無間斷復有二法難作一者已得度者而令證悟二者未得度者而爲濟度復有二法多作一者爲諸衆生成就功德二者無德衆生起大悲心復有二法難作一者不饒益者作饒益行二者已作饒益而無異想復有二法多作一者常作身念處觀二者身住清淨復有二法難作一者雖作身中身隨念觀二者不與身俱起於尋伺及尋伺道復有二法多作一者常作受念處觀二者於苦樂等受而無領納復有二法難作一者雖作受中受隨念觀二者不與受俱起於尋伺及尋伺道復有二法多作一者常作心念處觀二者心住清淨復有二法難作一

者雖作心中心隨念觀二者不與心俱起於尋伺及尋伺道復有二法多作一者常作法念處觀二者常起決擇法智復有二法難作一者雖作法中法念處觀二者不與法俱起於尋伺及尋伺道復有二法多作一者已生諸不善法悉令除斷二者已生一切善法而能守護復有二法難作一者未生諸不善法防令不生二者未生一切善法當令生起復有二法多作一者常修欲勤心慧四種神足二者應以神足得度衆生而善度之復有二法難作一者雖獲無加行神變二者不動法界能於一切佛刹之中顯諸神應復有二法多作一者自所得信而無動轉二者諸未信者令具於信復有二法難作一者自心而無雜染二者染心衆生令得清淨復有二法多作一者發起諸精進根二者安住念根不生散亂復有二法難作一者決擇善觀諸精進根二者不著空相而起於念復有二法多作一者於定慧根勤修諸行二者所修諸行不生疲懈復有二法難作一者智無所行一者成熟衆生而有所行復有二法多作一者於諸煩惱觀離煩惱二者已生煩惱勤求出離復有二法難作一者一切法不和合本離煩惱故二者於三界和合爲斷一切衆生諸煩惱故復有二法於大乘中而能多作一者精進修七覺支二者深心說覺支法復有二法難作一者不住盡智二者無生智忍復有二法多作一者善行正道二者善知非道不行復有二法難作一者修向道智二者安立正道復有二法多作一者隨順緣生之法二者

離二邊見復有二法難作一者善知一切衆生染因染緣二者善知一切衆生淨因淨緣復有二法多作一者覺知魔事二者遠離魔業復有二法難作一者出離諸魔二者令魔隱伏復有二法多作一者已盡之法復無所盡二者無盡之法而不可盡復有二法難作一者本來無盡二者諦觀諸法刹那破壞復有二法多作一者從初發心而即伺察大菩提場二者伺察菩提場故不樂餘乘復有二法難作一者初發心時是即出生菩提場因二者雖復起諸善心而無取著復有二法多作一者生死相續之者爲斷諸結二者善根相續之者令其發心不生猒離復有二法難作一者若有方分若無方分一切善根悉用迴向無上菩提二者雖復迴向菩提起心諦觀皆如幻法復有二法多作一者令諸衆生普觀菩提二者已觀菩提衆生令觀解脱復有二法難作一者伺察菩提平等故衆生亦平等二者成熟衆生精進無倦復有二法於大乘中而能多作一者發心如理決擇一切善法二者發起大悲之心以諸衆生置涅槃道海意此之二法於大乘中而能多作復有二法於大乘中而極難作一者無生而生二者無起而起海意此之二法於大乘中而極難作

海意菩薩所問淨印法門經卷第五

海意菩薩所問淨印法門經卷第六

宋中天竺三藏朝散大夫試鴻臚卿光梵大師惟淨共法護奉　詔譯

復次海意有三種法增長大乘何等為三一者發菩提心增修善根二者為善知識之所攝受不生疲懈三者建立大悲而無退轉此之三法增長大乘復有三法增長大乘何等為三一者勤修勝行二者伺察諸行三者於勝行中為諸衆生而善成辦復有三法一者攝止慳心二者廣行施捨三者迴向菩提復有三法一者自集淨戒二者將護破戒之人三者迴向菩提復有三法一者心無障礙二者忿恚衆生令得清淨三者迴向菩提復有三法一者精進無倦二者懈怠衆生而能將護三者迴向菩提復有三法一者從禪定生二者不著禪定三者迴向菩提復有三法一者勤求多聞二者如聞伺察三者迴向菩提復有三法一者起於緣衆生慈二者起於緣法之慈三者起於無緣之慈復有三法一者自所作故起於悲心二者為他作故起於悲心三者離二邊故起大悲心復有三法一者勤求自利之智二者勤求利他之智三者發勤精進二利圓滿復有三法一者過去已盡之智二者未來未至之智三者現在住法界智復有三法一者於其正定衆生起方便慈二者於其不定衆生起解脫慈三者於其邪定衆生起大救度慈復有三法一者得樂受故身業調暢二者善護他故語言甘美三者行正直故心業堪任復有三法一者雖修不淨之觀而於貪行衆生類中不生猒離二者雖修慈心之觀而於瞋行衆生類中不生猒

離三者雖修緣生之觀而於癡行衆生類中不生猒離復有三法一者利益修勝行故二者歡喜常知足故三者清涼永無熱惱故復有三法一者任持所聞二者總持文句三者入於智聲前後際斷故復有三法一者攝集七聖財故而不匱乏二者法施無障礙故能行大捨三者所有財利均衆分故常得大富復有三法一者誠諦入勝義諦故二者眞實無虛誑故三者如常無變異故復有三法一者自知令我云何二者知諸衆生當何施作三者知時解時非時諸分位故復有三法一者蘊法蘊平等二者界法界平等三者處觀如空聚復有三法一者不壞因果二者能善長養諸緣三者和合互相涉入復有三法一者不違背佛二者不毀謗法三者不輕慢衆而常尊重恭敬承事復有三法一者止息於貪二者遠離於瞋三者開曉於癡復有三法一者入世俗諦二者眞實說相三者勝義諦無住復有三法一者於諸衆生不起輕慢二者於阿羅漢常生尊敬三者不爲煩惱之所制伏復有三法一者不染欲界二者不樂色界三者不著無色界復有三法一者於衰譏毀苦其心不下二者於利稱譽樂其心不高三者不染世之八法猶如山王安固無動復有三法一者隱密諸根二者善解諸結三者善調其心復有三法一者建立地位功德二者能離地位過失三者於地地中善能勝進復有三法一者內心起勝上智二者深心起差別智三者方便起安立智復有三法一者定清淨已得增上戒學二者慧圓滿已得增

上心學三者解脱圓滿已得增上慧學復有三法一者樂受斷除貪愛二者苦受斷除瞋恚三者不苦不樂受斷除無明復有三法一者雖轉於因而無加行二者雖轉煩惱而無分別三者雖轉三界而無願求復有三法一者決擇於空遠離諸見二者決擇無相止息尋伺三者決擇無願三界寂滅復有三法一者眼空二者色境離性三者眼識無住復有三法一者耳空二者聲境離性三者耳識無住復有三法一者鼻空二者香境離性三者鼻識無住復有三法一者舌空二者味境離性三者舌識無住復有三法一者身空二者觸境離性三者身識無住復有三法一者意空二者法境離性三者意識無住復有三法一者密修於戒二者善護於定三者決擇於慧復有三法一者修念住持正法二者修慧深固伺察三者修行覺了行義復有三法一者隨住聲聞聖諦聲中説解脱法二者隨住緣覺緣生法中説解脱法三者隨住菩薩六波羅蜜諸勝行中説解脱法復有三法一者捨謂捨一切珍寶二者大捨謂捨妻子奴婢眷屬三者極捨謂捨身分頭目手足復有三法一者護持正法二者護持諸説法師三者護持大乘之法復有三法一者不令生死相續二者覺悟生死過失三者遠離生死罪業復有三法一者無蓋障心聽受正法二者無隨眠心而常宴坐三者以出離心能正修行復有三法一者所聞依義二者觀察依智三者解脱依法復有三法一者多聞樂居寂靜二者住寂靜已深固作意三者深固作意相

應而能覺了諸法平等復有三法一者恭敬智者二者請問多聞三者護修定者復有三法一者不以得利之心而行法施二者於聽法者慈心攝受三者起一切智心現前所作復有三法一者心平等故衆生平等二者無種種性故諸法平等三者智平等故諸佛平等復有三法一者智知三世平等二者慧解三解脱平等三者了悟三界平等復有三法一者善觀諸行無常亦復是苦二者善觀諸法無我三者善觀涅槃寂靜復有三法一者誓願真實住畢竟故二者所聞真實如理修行三者三摩地真實發生勝慧復有三法一者已作之罪而不覆藏二者未作之罪防令不起三者現所有罪悉令悔滅復有三法一者遠離惡作二者遠離隨眠三者遠離疑惑

復有三法一者樂居寂靜二者離於貪愛三者起善法欲復有三法一者住深法忍二者說種種法三者得一切處通達辯才復有三法一者所聞決定總持二者得佛加持辯才三者諸所說法賢聖攝護復有三法一者從初發心坦平如地二者諸行畢竟諸行相續三者雖轉諸想而住不退轉地復有三法一者圓滿聞所成忍二者思所成忍而不流散三者獲得無生法忍復有三法增長大乘一者方便與慧和合修諸道行二者大慈大悲和合成熟衆生三者精進不放逸和合護持正法海意此之三法而能增長大乘復次海意有四種法於大乘中而爲障難何等爲四一者惡聞所謂尋求外道文籍二者於其六波羅蜜菩薩藏正法不樂聽受三者增上慢

心起諸魔業四者業障隨逐毀謗正法海意此之四法於大乘中而爲障難復有四法於大乘中而爲障難何等爲四一者貪愛二者瞋恚三者愚癡四者煩惱增盈不求善法功德復有四法一者嫉他得利二者諂曲親近諸說法師三者起黠利慧誑行饒益四者以不實心而作欺誑復有四法一者於善友所起惡友想二者於惡友所起善友想三者於非法中起正法想四者於正法中起非法想復有四法一者常起慳染之心二者見乞匃人即起損害過失之心三者施已生變悔心四者起背一切智心復有四法一者欲心行施二者過失心行施三者怖畏心施四者愚癡心施復有四法一者爲求名稱故施二者爲求美譽故施三者爲求善聲故施四者爲求讃歎故施復有四法一者以世俗情義故施二者有所爲事故施三者不顯明施四者不自手施復有四法一者以麤物施二者不貴重施三者不恭敬施四者增上慢施復有四法一者以利刀施二者以毒藥施三者不軌法施四者損害心施復有四法一者於持戒人生瞋恚心二者於破戒人起彼損害不將護心三者自所修戒而常雜亂四者於說戒人起殺害想復有四法一者好求艱苦財利二者若得法利不均他分三者不欲他人所得利養四者於自得利不生知足復有四法一者身曲非威儀道二者語曲所言不實三者心曲欲作諸罪四者一切處曲不以淨命而資養故復有四法一者於其同住大乘之者起瞋恚心二者不能覺了諸魔事業增

上慢故三者聞非所說而即喜行四者聞說諸善功德而生惱意復有四法一者高慢正法不能親近二者於說法師不起尊重三者於其父母師長及親教師不生歸敬四者身心堅獷諸所起行常生違背復有四法一者舉揚自德二者隱覆他德三者我慢熾然四者堅猛瞋恚復有四法一者懈怠二者惛沉三者不正順四者執著復有四法一者不調伏二者不寂靜三者不隱密四者不柔善復有四法一者少聞入於國城聚落二者不具戒蘊而求利養三者不護身儀入女人舍四者不住等引之心解入一切衆生根性復有四法一者不能勤修四攝之法二者棄捨成熟衆生三者毀謗正法不作護持四者於說法人而生嬈惱復有四法一者愚癡常生多欲二者瞋恚樂作諸罪三者貪愛不生喜足四者求利心常無猒復有四法一者不信而常掉舉二者親近惡友不猒捨罪三者懈怠滅沒善法四者放逸所作善根而皆喪失復有四法一者不能內觀察故而常無慙二者慧解不明曉故而常無愧三者與無間業等故而不知恩四者雖於他人少行善利而自伐滅返生誣謗復有四法一者瞋二者忿三者恨四者害復有四法一者虛誑諸聖二者不護諸聖三者輕慢施主四者於阿羅漢起增上慢復有四法一者身業不能清淨二者語業不能善護三者心業雜染四者於大乘中而生疲倦復有四法一者於衆聚中而起兩舌二者於師長阿闍黎所而發惡語三者於諸來求者而興綺語四者虛誑人天復有

四法一者不護戒蘊二者不越他世三者散失善根四者破壞長養勝行復有四法一者於大衆中起强勝心二者於集會所執高慢心三者常出惡言欲離於罪四者以雜亂語説世間典復有四法一者以不勤行心居寂靜處二者多損害心居憒鬧中三者不種善根起有福想四者竊菩薩名求利活命復有四法一者心不柔順二者其心麤獷三者心不調伏四者於諸衆生起艱苦心復有四法一者憍恃持戒二者憍恃多聞三者憍恃住阿蘭若四者憍恃頭陀功德復有四法一者計我爲勝二者計法爲勝三者以少善根計爲高勝不迴向菩提四者先修大乘之行中樂聲聞緣覺乘法復有四法一者執著於身二者執著於心三者執著於戒四者不向勝道復有四法一者親友家乞於非家用二者追求利養自謂清淨而復喜見破戒之者三者躭樂俗舍四者於具戒人而生瞋恚艱苦所作起諸纏縛復有四法一者多作事二者多求利三者多語言四者多知識復有四法一者我見取著於我二者衆生見取著衆生三者斷見取著無作四者常見取著身命復有四法一者雖於諸事有所發起二者既發起已不能聞持三者不攝持故而生疲懈四者以疲懈故乃起怖畏復有四法一者不修昇進地地之智二者不能善修禪定三者棄捨衆生勝慧不行四者雖修願及方便而起有得之想復有四法於大乘中而爲障難一者法障隨眠而根性鈍二者業障隨眠於諸善根而不勤行三者煩惱障隨眠三蘊隨轉

四者魔事隨逐忘失菩提心海意如是等四法於大乘中而爲障難世尊說是攝受大乘等諸法時會中四萬四千衆生及千天人悉發阿耨多羅三藐三菩提心二萬八千菩薩得無生法忍而此三千大千世界六種震動有大光明廣照十方有千天人處于空中言音互發喜躍回旋復雨殊妙天諸寶華鼓吹歌音奏天妙樂而爲供養以妙偈詞而讃歎曰

如是最上大法藏　如來今日親開示

久已安住大悲心　爲諸衆生明顯了

說此偈已又作是言世尊若人於此如來所說大法寶藏而能受持極少分者是人速能解脫一切地獄恐怖次第當轉無上法輪世尊譬如有人去彼州城聚落不遠見地伏藏中有無盡珍寶充滿是人以具利益心故見已即時詣州城中語諸人言汝等善來汝若欲求諸珍寶者我知方處當示於汝無盡伏藏世尊彼州城中有一類人雖聞其言而不信受有一類人信其所說即同其人詣伏藏所隨自力能恣取其寶如其智量得寶而還然彼伏藏取而無盡亦無分别此人我與彼人不與此人應取彼不應取何以故而是伏藏無分别故世尊諸佛所說大法寶藏亦復如是佛於阿僧祇俱胝那庾多百千劫中積集如是無上廣大妙法寶藏既積集已詣菩提場成正覺果後於波羅柰國鹿野苑中轉大法輪今日世尊又復轉此集會正法開示無上大法寶藏而佛世尊以無取心於諸衆生起大悲行作利益事諸不知者以妙梵音

普徧告諭諸天及人阿修羅等而表示言汝等來此受持無上廣大法寶此法能盡生老病死諸苦邊際能施一切無盡妙樂世尊或有一類不具於信愚癡之人於此正法不生勝解復不正順不能分別故不生信或有一類具信之者於此正法能善分別而生勝解復起正順以能分別故深生淨信是人乃能於佛如來大法寶藏隨力堪任取其法寶自取寶已復令他人於彼諸乘解脫法中而生信解或有樂住聲聞乘性或有樂住緣覺乘性或有樂住阿耨多羅三藐三菩提者然佛如來無上最勝大法寶藏而無窮盡亦無分別又復世尊今此無上大法寶藏如是廣大開發顯示而諸衆生於此法寶總略乃至極少分中有不能取者是人不得寶故於長夜中行三惡趣無有窮盡世尊若復有人於此無上大法寶藏少略乃至或能受持一四句偈者是人具足七種聖財而不貧匱何況有能於此廣大集會正法少略一品信奉受持或復二三四五若十二十逮七十品乃至終畢能受持者是人所獲功德不可稱計何以故今此法門不離菩提心故爲諸衆生起大悲心所逼切故是故若人能起淨心受持讀誦爲他說者應知彼人得受阿耨多羅三藐三菩提記當坐道場降伏諸魔於大乘中得大神通爾時世尊讚諸天子言善哉善哉諸天子衆汝等善說當知善能於此正法受持讀誦而生勝解如理修行者是人建立一切語言勝妙功德是人得至一切智頂復知是人廣爲一切世間作智慧光普徧照曜諳菩

提場不久當成阿耨多羅三藐三菩提果何以故由能乘御此大乘故爾時世尊重說頌曰

建立此最勝　廣大諸佛乘　如虛空光明
越諸世間故　出離三有已　往詣菩提場
無彼有著心　已離諸繫著　俱胝劫積集
廣大清淨說　布施調止門　令內心深固
由戒止諸罪　身心得清淨　離諸怖畏心
往詣菩提場　平等心及意　容受諸衆生
超勝於餘乘　謂諸下乘等　趣此大乘法
令衆生歡喜　高建大法幢　神足御如馬
聞精進相續　禪定爲牀坐　忍辱力隨得
大智慧灌頂　摧伏諸外乘　破諸魔軍已
詣淨菩提場　趣向大乘法　慈心爲甲冑
怨惡不能壞　行堅固大悲　趣向深法理
四禪四神足　乘四無量行　調御菩提心
不捨諸正道　十方無邊際　一切衆生界
悉於此大乘　乘御而修進　無苦亦無樂
非減亦非增　最上佛乘中　具如是神力
修行四念處　及彼四正斷　四神足亦然
五根五力等　如佛所讚說　具七覺支寶
遊行八正道　往詣菩提場　寂止諸煩惱
圓具法光明　破一切暗塵　顯出於三有
神力普能召　帝釋梵王等　汝等各善御
此無比大乘　諸波羅蜜多　謂施戒及忍
精進禪定門　勝慧智神力　及彼方便行
所攝真實願　縱百千魔軍　此悉能摧伏
毀戒諸衆生　勤造諸罪業　高勝諸菩薩
集多種功德　若所起諸心　菩提心廣大
能御大乘人　彼悉能觀察　所有世間典

種種義及行　乃至出世間　眞實諸善法
有學及無學　緣覺諸聖人　住於佛乘者
悉入彼彼門　若種種煩惱　及種種心行
諸苦惱衆生　輪轉有爲界　住於佛乘者
菩薩悉能觀　令彼等息苦　趣向畢竟乘
又諸懈怠人　劣弱無勢力　而不能運心
盡衆生苦際　由聞大乘已　彼心生恐怖
唯求自樂因　不作利他行　若明解大力
有大智菩薩　精進力具圓　衆生常利益
行大悲方便　内心性清淨　由乘最上乘
故彼心歡喜　普盡諸世間　無邊種種行
上中下等差　根性及意樂　乘此最上乘
具大智菩薩　剎那能徧知　諸衆生心行
身得妙相好　莊嚴諸身分　語出悅美音
一切聞皆喜　心意得清淨　具禪定神通
由乘最上乘　獲廣大功德　此最上佛乘
三界徧聞故　乃至一切佛　聖佛眼不斷
增長最上眼　謂法眼熾然　超越三界衆
即諸阿羅漢　此乘淨微妙　不墮穢土中
菩薩御此乘　剎那見諸佛　十方界往已
無疲亦無減　觀此無比乘　有如是神變
御佛乘大士　徧行諸世間　超勝及比倫
求之俱不得　世間一勇猛　菩薩大威神
由乘最上乘　能怖魔軍衆　獲色力威勢
及得廣大富　或帝釋梵王　輪王護世等
乃至天及人　得是三界樂　由乘最上乘
妙樂悉圓具　菩薩心無高　而亦復無下
能施諸所愛　施已不求報　以歡喜慈心
亦施於頭目　由乘最上乘　迴向菩提故
菩薩持淨戒　或具於梵行　禁戒淨光明

煥耀踰日月　色相及富盛　悉無所希求
由乘最上乘　爲救度衆生　菩薩聞惡言
不忿亦不恚　正使碎其身　亦護諸群品
此身即易得　法王值極難　由乘最上乘
得此忍清淨　菩薩於無邊　百千劫已來
循環惡趣中　流轉生死界　發大精進力
爲救度衆生　由乘最上乘　精進力成就
菩薩得寂靜　柔輭勝妙樂　知定功德法
慈眼視衆生　是中無少分　味著禪定樂
唯思念希求　得見於諸佛　菩薩知諸法
因緣所生空　我法及衆生　彼皆無所得
諸見善清淨　勝慧調伏心　由乘最上乘
此妙慧清淨　所有四聖諦　四無量四定
及五種智通　四無礙解等　於四攝法中
法施爲最上　如是功德門　皆從佛乘出
所有十力等　無邊諸佛法　佛人中師子
說法若其吼　眉間及口中　無見頂放光
由乘最上乘　菩薩不難得　諸佛有三種
最勝大神通　調伏於世間　照明諸心意
諸佛所說法　其果利不虛　由乘最上乘
疾速皆獲得　佛語義相應　無染無過失
緊那羅梵音　輭美復悅意　普攝諸世間
衆生言音等　聞佛妙音聲　一切皆歡喜
菩薩非久獲　如是佛言音　等空佛刹中
一切皆表示　普徧悉能聞　法義相應語
衆生聞皆樂　煩惱悉蠲除　假使以神力
能至虛空邊　十方海水中　亦能知其量
無邊衆生行　刹那心尚知　唯佛最上乘
功德說無盡

爾時世尊復告海意菩薩摩訶薩言海意是

故當知若有菩薩欲於如是廣大正法密作護持令法久住自心潔白已於他衆生及補特伽羅所有一切上中下根能徧知者應當受持如是句義所謂門句印句及金剛句得受持已如義解了以慧相應最勝方便如理伺察海意何者名爲門句所謂諸施設門表示一切法分別義阿字門表示一切法無生義波字門表示一切法勝義諦那字門表示一切法了知名色義㮈字門表示一切法調伏寂靜義娑字門表示一切法出過諸著義多字門表示一切法隨住眞如義迦字門表示一切法了達業報義叉娑字門表示一切法平等無差別義摩字門表示一切法大悲義誐字門表示一切法最極甚深難徹源底義惹字門表示一切法超越老死義馱字門表示一切法法界無分別義設字門表示一切法圓滿奢摩他義佉字門表示一切法虛空煥明義叉字門表示一切法普盡無生義倪野字門表示一切法智無著義他字門表示一切法善解處非處義塞迦字門表示一切法了知諸蘊義姹字門表示一切法畢竟無邊際義身寂靜門表示一切法無貪染義心寂靜門表示一切法調伏瞋癡義止息門表示一切法歸趣無著義深固門表示一切法出離三際義住實性門表示一切法住法界義無取門表示一切法解脫相義無執著門表示一切法離諍論義無雜染門表示一切法清淨相義法自性門表示一切法本來明淨義妙光明門表示一切法煥明義觀想門表示一切法離散義無攝藏門表示一切

法不和合義菩提門表示一切法平等一味義涅槃門表示一切法離諸煩惱義海意如是等門句能受持者得自心潔白已於他衆生及補特伽羅上中下根悉能了知

復次海意何名印句所謂一切法解脫印所印法本無二二清淨故一切法二邊無邊印所印斷常清淨故一切法盡離貪印所印盡門盡際中無盡無邊際故一切法無高無下印所印平等性實際清淨故一切法如虛空印所印出過天眼道故一切法住虛空印所印法界即虛空界故一切法無分別印所印法界涉入故一切法法界印所印法無分別相故一切法眞如印所印前後際如實故一切法實際印所印本來清淨故一切法空印所印有爲同等故一切法無相印所印遠離差別諸所緣故一切法無願印所印離諸所求故一切法無常印所印自性無性無相故一切法苦印所印五蘊善積集相故一切法無我印所印自性無我故一切法寂靜印所印畢竟無動故一切法誠諦印所印普徧攝入勝義諦故一切法無動印所印種子無住故一切法不壞印所印畢竟決定故一切法如如印所印前後際不斷故一切法三世平等印所印於一切處同一味故一切法無生印所印自性無所有故一切法無滅印所印自性無生故一切法不相待印所印離增上慢故一切法無戲論印所印一切尋伺無積集故一切法明了無相印所印無諸色相所表示故一切法無染印所印依止斷故一切法無成辦印所印對治不可得故一切法非

業報印所印一切無造作故一切法無爲印所印悉離生滅諸分位故一切法平等性印所印諸法等虛空悉無差別故海意此等名爲印句是諸印句乃是過去未來現在諸佛世尊菩提之印如是印句所有八萬四千法蘊於中出生如是印句普攝諸佛及諸菩薩最上智印速疾證得無生法忍海意如是等印句所有不種善根諸衆生等而不得聞又此法門善能降伏一切魔業海意所有無盡總持寶篋而能藏攝彼一切法是法皆從印句中出又復八萬四千三摩地門及徧入八萬四千衆生心行及千波羅蜜門悉從如是印句中出而此印句亦復隨入彼彼法門

海意菩薩所問淨印法門經卷第六

音釋

黠胡八切聰慧也 獷古猛切惡也 惛呼昆切不明了也 躭都含切樂也 㮈乃代切 姹丑亞切

海意菩薩所問淨印法門經卷第七

宋中天竺三藏朝散大夫試鴻臚卿光梵大師惟淨共法護奉　詔譯

復次海意云何是金剛句謂即自身是金剛句自性無分別故海意此金剛句於諸見中決擇而轉無明是金剛句入諸明故此金剛句於所緣事中徧知而轉五無間際是金剛句無加行平等故此金剛句於諸加行徧知而轉貪際是金剛句離貪際平等故此金剛句於貪離貪平等而轉瞋際是金剛句慈際平等故此金剛句破諸瞋恚癡際是金剛句慧光明平等故此金剛句開顯明慧一切衆生一衆生是金剛句徧入衆生平等故此金剛句而隨覺了衆生自性一切衆生心一衆生心是金剛句入無心故此金剛句而隨了知心之自性本來明徹一切佛一佛是金剛句徧入眞如平等故此金剛句而隨覺了平等性智一切刹土一刹土是金剛句徧入無盡刹土故此金剛句隨知虛空平等一切法一法是金剛句入一切法性平等故此金剛句而隨了知無二法門一切法佛法是金剛句於一切處智隨入解故此金剛句而隨覺了金剛喻定諸魔事業諸佛事業是金剛句入諸魔業隨警悟故此金剛句出過一切魔之事業一切語言如來語言是金剛句徧入一切音聲隨解了故此金剛句而隨了知不可說法一切法無生是金剛句入無滅故此金剛句超越生老病死之道一切法無起是金剛句入無止息故此金剛句而能隨轉諸法寂滅海意此如是等諸金剛句是不破壞句是精妙句是平等句是聖諦句是堅固句

是無種種句是愛樂句是不斷句是寂靜徧寂近寂之句是無作用句是不和合句是入無趣之趣句是無行句是眞性句是如實句是不背佛句是不謗法句是不破僧句是如所說句是三輪清淨句是勇猛句是梵行句是空寂句是虛空句是覺支句是無相句是無願句是法相句是心意識無住句是摧伏諸魔外道句是清淨無垢明徹句是觀照菩提句是慧光明句是無法顯示句是畢竟不生不滅句是自境界清淨句是入佛境界句是無思惟分別徧計句是法界無差別句是入無句之句句海意如是等金剛勝妙諸句若有菩薩隨能領受決擇其義者我說是人決定當坐菩提道場作師子吼當佛世尊說是門句印句金剛句時此會中有八千菩薩獲得入一切法門印陀羅尼及得徧入一切衆生意樂三摩地爾時十方世界所來集會一切菩薩摩訶薩衆聞是法已踊躍歡喜心意快然各以神力隨自所來諸佛剎土彼彼剎中各各所有華鬘塗香及末香等而悉集來於此會中廣雨衆妙華鬘香等普用持奉供養世尊釋迦牟尼如來及此正法願此正法久住世間是諸菩薩作供養已同發妙音讚歎世尊說伽陀曰

無相顯示於色相　一相離相大聖尊
諸相平等相無相　稽首安住眞實相
徧入一切衆生語　所入音聲智隨入
一切音聲解脫門　稽首平等心解脫
世間差別諸心行　心如幻故無所覺
無行等行無所行　我禮虛空心明顯

有無平等邊無邊　法法分別離分別
一切心意本寂然　我今頂禮心寂靜
佛知因緣諸運用　佛能宣說諸因行
因緣解脫本際中　佛知實際眞平等
今此徧入平等相　我觀善逝身非身
不可分別有相身　故現差別諸妙相
所有十方佛刹土　皆同入此佛刹中
而此佛刹無所增　彼刹無動亦無滅
諸心平等心無心　幻心無異無分別
了知平等菩提心　世尊常行平等法
法界混入平等界　諸法無性而可入
性常平等染淨中　我禮世間利益者
日月尚可使墜地　風無形相亦可繫
須彌山可吹如塵　唯佛世尊無妄說
眞實語言本清淨　淨心如空心明煥
世法貪愛不染心　如蓮不染居三有
或聞稱讚不生喜　或聞譏謗不生瞋
如須彌山不動搖　我禮世間與樂者

爾時彼諸菩薩摩訶薩衆說是伽陀讚歎佛已俱白佛言世尊由佛世尊出世間故即是寶出佛出世故即是樂出即念慧行智出即布施持戒忍辱精進禪定勝慧出即慈悲喜捨出即勝義出即實諦出即正法出即作證法出即念處正勤神足根力覺道之法出即奢摩他出即毗鉢舍那出即六通三明八解脫出以要言之即斷一切不善法集一切善法出爾時會中有一菩薩名曰慧積前白佛言世尊如我解佛所說義者以有身見生故佛出世以無明有愛生故佛出世貪瞋癡生故佛出世四顛倒生五蓋六入七識處八邪

法九惱處十不善業生故佛出世何以故爲斷一切衆生諸不善業故佛出世然佛世尊亦無對治及增勝力以無所對治故佛出世世尊若諸菩薩欲知諸佛出世因者應如是知如是修學佛言善男子如是如是如汝所說如佛出世應如是知如是修學以佛出世如是因故諸法出世亦如是知爾時海意菩薩摩訶薩白佛言世尊彼初發心菩薩聞如是說佛出世因彼不解了故謂佛出世者云何如是佛言海意佛出世因而諸菩薩隨其所應心得清淨所以者何海意當知菩薩有四種何等爲四一者初發心菩薩二者修行位菩薩三者不退轉菩薩四者一生補處菩薩海意於此四種菩薩之中若初發心菩薩觀佛如來色相莊嚴心得清淨若修行位菩薩觀佛如來成辦一切勝妙功德心得清淨若不退轉菩薩觀佛法身心得清淨若一生補處菩薩者彼不觀佛色相莊嚴亦不觀佛種姓族氏亦不觀佛成辦功德是中而悉無法可觀何以故慧觀照故慧眼力故慧所攝故慧無行故離諸戲論彼不如是觀亦非無觀何以故有見無見斯爲二種此位菩薩於見非見離彼二邊如是觀佛以如是觀佛故觀身亦然觀身清淨已即觀佛清淨觀佛清淨已應知一切法亦如是清淨如是觀中若清淨者是爲智觀此即名爲眞實觀佛海意由如是故我昔得見然燈如來我時見已獲得無生法忍及無所得相應忍即時踊身虛空高七多羅樹處虛空中得一切智智無差別力永斷諸見越諸思惟分別徧計於諸境

界意無所住爾時復得六萬三摩地門是故然燈如來爲我授記汝於來世當得作佛號釋迦牟尼如來應供正等正覺我當彼佛說記之時我於耳根無所對礙亦非餘識有所了知我於和合有所得見中而無所住我於爾時無佛及佛想無我及我想亦無授記及授記想海意是故菩薩三輪清淨授成佛記三輪清淨者謂無佛及佛想無我及我想亦無授記及授記想海意復有三輪清淨何等爲三謂無我執無衆生執無法執復有三輪清淨謂無名執無色相執無所緣執復有三輪清淨謂過去已盡智未來未至智現在住法界智復有三輪清淨謂身如影像智語如響智心如幻智復有三輪清淨謂五蘊與法蘊平等十八界與法界平等十二處觀如空聚復有三輪清淨謂解了於空信順無相無願無求海意若此三輪清淨即一切法清淨是故諸菩薩若三輪清淨者應修善巧之智

爾時海意菩薩復白佛言希有世尊彼不退轉菩薩而能具足甚深法智世尊若諸菩薩能具如是法智之者彼即善能成熟功德佛告海意菩薩言海意當知此位菩薩以本願力故善作勝業而彼菩薩設在散位之中以本願力而亦不壞成熟功德海意世有一等無智之人不能解我所說今以喻言當令聞者由譬喻得解海意譬如世間有甘蔗田或復稻田或復豆田農作之人於彼諸田作治事已開其水道隨彼畎澮流注周徧水悉盈滿是農作人善安布已憩於他所彼諸田中隨處所經水自然入不假田人更施功力所

植諸田各得成熟菩薩亦復如是或時雖居散位有善方便於一切衆生相續善根之中而能成熟隨其所說一切佛法中諸有善根悉能圓滿而彼菩薩心意清淨善護戒蘊或在定位之中以本願力故而能成熟一切善根令諸衆生於佛法中相續滋長一切善法海意以是緣故當知諸菩薩隨其所應不假施力而自圓滿一切善根復善迴向於一切智是故諸菩薩若定若散以本願力於諸善根中身心調暢念不散亂不墮下乘趣向大乘海意譬如城中有一大樹或有人來斷彼樹根斷已即去當斷樹時樹漸低下畢竟須隨斫處墮地菩薩亦復如是於長夜中修習善法趣向一切智漸入一切智畢竟成熟一切善根既成熟已悉用迴向於一切智迴向一切衆生共其功德迴向願令三寶聖種不斷不絕迴向圓滿身相莊嚴具諸相好迴向圓滿語業莊嚴廣爲衆生說無諍法迴向圓滿心業莊嚴常念諸佛定願成就而是菩薩不假功用無所發悟悉能成熟一切善根普用迴向於一切智不墮餘乘若定若散於菩提分法修習圓滿皆由本願方便善巧迴向之力海意又如苾芻欲入滅定先當要期聞揵椎聲然後出定彼入定已而揵椎聲亦不入於定中而是苾芻後假揵椎之聲乃從定起菩薩亦復如是爲欲解脫一切衆生起大悲誓願我當救度一切衆生普令解脫悉當成辦菩提事業於諸衆生廣行慈心於生死流中運心意識普爲濟度雖入定中以本度脫衆生大悲願故終不墮於聲聞緣覺之地

後從定起開發正慧還復積集菩提分法廣爲衆生成熟化度海意汝且觀是諸菩薩者所作事業而悉最勝雖入寂靜三摩地中而能出超越聲聞緣覺脱境界復次海意我今復以喻明斯義譬如世間或有二人一被金剛堅固甲冑入於大火熾燄聚中一被枯草而爲甲冑入於大火熾燄聚中海意於汝意云何彼二人中何人爲火所焚何人不爲火焚海意白佛言世尊若被金剛甲冑之者雖入大火熾燄聚中以其堅固甲冑能善作護是人不爲火焚世尊若被枯草爲甲冑者入大火中是人決定爲其所焚何以故爲彼枯草於熾燄中力無能護佛言海意彼身所被金剛甲冑入大火中不爲焚者即是菩薩常以大慈大悲而爲甲冑内心堅固金剛力護解脱衆生所緣誓願曾不棄捨雖常觀察一切法空無相無願無作無生無起入於空寂三摩地中而常超越聲聞緣覺正位不求得果於彼定中雖受勝味而不嗜著還從定起從定起已嚴淨佛土成熟衆生圓滿佛智海意彼以枯草而爲甲冑入大火中爲所焚者即是聲聞乘人於諸行中而生怖畏復觀三有熾然不息棄捨衆生遠離大悲於寂靜三摩地中生味著已無所容受若復不得第八果證能起是定者無有是處何以故聲聞乘人於其福行罪行不動行中不能修習諸菩薩者能於無量福智行中修習成熟不於中間取證實際畢竟圓滿一切佛法海意是故菩薩於空無相無願無作法中常生大火熾燄之想雖於此法審伺察已而復於是法中

起智善行終不取證實際是故諸菩薩不成熟善根不應修習海意菩薩成熟善根者謂於甚深佛法之中如理修行不於中間取證實際此即名爲成熟善根何故如是以彼菩薩但爲成熟大乘之法漸向漸入漸復增勝非餘乘法而成熟之海意如陶家輪日光未照未成熟時但是坏模無有諸器用之名後成熟已乃可得彼器用之名菩薩亦復如是雖復廣多修諸善根若不迴向於一切智即不能得波羅蜜多之名若復迴向一切智者乃得波羅蜜多之名海意又如妙好真金未經工作即不能得莊嚴具名但名真金若經工作得成熟已乃可得諸莊嚴具名菩薩亦復如是所修善根若不迴向於一切智即不能得波羅蜜多之名若復迴向一切智者乃得波羅蜜多之名海意以是緣故而諸菩薩常當運發廣大之心成熟諸善隨所成熟諸善根已即當迴向於一切智以其迴向一切智故菩薩當於甚深法中如理修行不於中間取證實際爾時海意菩薩復白佛言世尊諸菩薩者難作能作善能防護諸有過失於所作中不生過染世尊若諸菩薩具於善巧方便之者即能迴向所以者何菩薩有方便故雖入禪定解脫三摩地三摩鉢底中而不爲禪定解脫三摩地三摩鉢底過失所著彼具善巧方便而能現諸所作不墮無作見中善住諸法平等之性若有趣向邪定聚中諸衆生類菩薩爲說正定聚法而彼菩薩爲令圓滿衆生願故自亦不住正定聚中佛告海意菩薩言如是如是如汝所說菩薩於一切

處常應修習善巧方便何以故海意善巧方便者即是菩薩菩提若無善巧方便即不成菩提譬如世間於一器中置三種色一者青色二者赤色三者黃金色是三種色同一器中染三種衣一者毳衣染其青色二者氎衣染其赤色三者無價上妙天衣染黃金色彼三種衣於一器中從彼染師所治事已隨諸意樂皆得妙色須青得青須赤得赤須黃得黃然其染器曾無分別海意其染器者即是空無相無願有三種人合一器中者一聲聞乘人二緣覺乘人三大乘人是三種人隨諸作用如心所樂各隨所應皆取智色而彼空無相無願之器曾無分別彼毳衣者當知即是聲聞乘人氎衣即是緣覺乘人無價天衣即是安住大乘之人海意汝觀諸法無有實性無作者性無我性無人性無衆生性無壽者性無主宰性隨欲所生生已聚集無所覺了亦無分別海意若能解了此諸法生即諸菩薩於諸法中無有少法而生懈倦若得如是知見清淨諸所作中亦無饒益無不饒益即能如實了知諸法平等之性如是如實了知諸法平等性已常不棄捨大悲之鎧海意譬如世間瑠璃珠寶自體瑩潔淨無瑕翳置塵穢中經於千歲過千歲已取之治事去其塵穢滌浣清淨依然瑩潔離諸瑕翳菩薩亦復如是了知衆生心之自性本來清淨明徹潔白但爲客塵煩惱之所覆蔽菩薩觀已即作是念衆生心性本來清淨但爲客塵煩惱之所覆蔽而彼煩惱實無所住衆生橫起虛妄分別我當爲彼諸衆生類宣說斷除煩惱

之法起無懈心於衆生所轉復增勝運心普令皆得解脱又復思惟此諸煩惱能壞衆生諸有力勢使令劣弱此諸煩惱能令衆生於無實煩惱中虚妄分別若能如實深固作意如理伺察者彼即不爲煩惱所動如所伺察已即彼煩惱不復和合若與煩惱不和合者斯即爲善又復我今若與諸煩惱合云何能爲煩惱繫縛諸衆生等宣説斷除煩惱之法故我今時不與諸煩惱合應爲煩惱繫縛衆生説斷除法然我欲爲化度衆生於輪迴中令諸善根相續不斷亦復應當與煩惱合云何名爲於輪迴中與煩惱合相續善根所謂勤求福行而無猒足菩薩作是思惟已於三有中故現受生願值諸佛誓度衆生而無懈倦護持正法諸所施作勇進無退常生法欲永不棄捨波羅蜜多勝行海意此即名爲於輪迴中與煩惱合相續善根菩薩當於是中雖合煩惱不爲煩惱過失所染海意白佛言世尊今説善根何緣故説諸煩惱耶佛言海意菩薩了知此如是等諸煩惱法與三界合從煩惱中出生三界而彼菩薩具善巧方便故積集善根緣力與三界合此即名爲諸有善根與煩惱合以其三界合故即不復心生諸隨煩惱海意譬如世間有大長者唯有一子慈育憐愍深加愛念時彼童子愚小無智於穢井邊而爲戲舞以幼稚故忽墮井中爾時其母及彼親族俱見其子墮穢井中見已憂愁競前觀井深不可測徒極悲苦無能爲計入其井中雖痛愛子不能救拔是時其父知已奔至見彼童子墮穢井中臨視哀惱著

惶旋轉深愛此子不生猒捨即設方計入其井中善爲救拔令子得出海意當知彼穢井者即是三界其子即是一切衆生菩薩觀於一切衆生如一子想童子之母及親族者即是聲聞縁覺乘人見諸衆生墮輪迴中見已雖復心懷憂惱無有方便而爲救拔彼大長者即是菩薩而諸菩薩雖以無垢潔白清淨之心住無爲法然復和合三界所修之行化度衆生海意此即菩薩大悲之行菩薩畢竟自能解脫諸纏縛已而復於其三有之中示現受生具善巧方便勝慧所攝已之煩惱無復有礙能爲一切衆生宣說斷除煩惱纏縛之法海意菩薩白佛言世尊諸菩薩者難作能作能以無垢潔白清淨之心於輪迴中不生猒棄如其所說甚深之法如理伺察不住無爲不求果證佛言海意此菩薩者所修正道與禪支合所謂般若波羅蜜多及善巧方便海意當知若諸菩薩無垢潔白清淨心者此即般若波羅蜜多於輪迴中不生猒棄示現受生化度衆生此即善巧方便復次海意若諸菩薩於空無相無願無作無生無起一切法相如理伺察者此即般若波羅蜜多若復發起大悲現前之心不住無爲不求果證此即善巧方便復次海意若諸菩薩善住三世平等法故即無有少法見種種相若彼法界平等即衆生界平等若衆生界平等即涅槃界平等若涅槃界平等即法界平等若能入此法界平等性中所入即是般若波羅蜜多若復能入一法界了知衆生界不證涅槃界是故不捨衆生界不住於法界不取於果

證此即善巧方便復次海意若布施清淨此即是慧若迴向清淨即是方便若持戒忍辱精進禪定清淨此即是慧若迴向清淨即是方便以要言之一切善根清淨此即是慧迴向清淨即是方便海意白佛言世尊何者是菩薩善根清淨何者是迴向清淨何者是慧清淨何者是方便清淨佛言海意菩薩善根清淨者為離我人衆生壽者之見然後積集諸有善根迴向清淨者謂於空無相無願法中成熟善根迴向菩提慧清淨者謂於一切衆生初後根性智悉了知方便清淨者善為一切衆生如應說法復次海意又善根清淨者雖於諸有諸趣示現受生而無依止然後積集諸有善根迴向清淨者謂離一切聲聞緣覺作意善攝諸乘所有善根悉用迴向大乘法中慧清淨者普為斷除一切煩惱種子習氣方便清淨者謂欲化度諸衆生故先同其事後為教示大乘之法復次海意又善根清淨者所謂菩薩舒其寶手普施無盡一切受用迴向清淨者謂以一切衆生一切學無學人一切緣覺一切菩薩及一切佛諸有善根普用收攝入迴向中慧清淨者所謂任持諸佛所說悉以陀羅尼印印之其所任持而無壞失方便清淨者謂以無斷辯才無礙辯才為諸衆生善說無諍之法令諸衆生悉得歡喜復次海意又善根清淨者謂於生生之中常不捨離大菩提心迴向清淨者謂不忘失大菩提心以諸善根悉用迴向於一切智慧清淨者謂善知安住大菩提心而為根本方便清淨者謂於菩提心住平等故為他教

示菩提之法爾時海意菩薩復白佛言世尊如我解佛所說義者諸善巧方便是菩薩菩提般若波羅蜜多清淨一切處通達皆是菩提無有少法非菩提者何以故世尊若了一切法平等性即是菩提是故諸菩薩勿於菩提生極遠想菩薩於諸法中若六塵境來為障礙爾時應當如實覺了即是菩提若諸菩薩如是解者即得善巧方便清淨及般若波羅蜜多清淨爾時世尊讚海意菩薩言善哉善哉如汝所說菩薩具善巧方便及般若波羅蜜多清淨者於諸法中若六塵境來為障礙爾時應當如實覺了即是菩提海意以是緣故諸菩薩者應如是知

海意菩薩所問淨印法門經卷第七

音釋

憩（去例切息也）揵椎（梵語也此云磬又云鐘隨有瓦木鳴者皆曰揵椎揵巨焉切稚音槌）坏模（坏匹杯切未燒陶器也模莫胡切規範也）毳（此芮切獸細毛也）氎（徒協切毛布也）

海意菩薩所問淨印法門經卷第八

宋中天竺三藏朝散大夫試鴻臚卿光梵大師惟淨共法護奉　詔譯

復次海意我念過去無量無邊阿僧祇無等比劫數之前彼時有佛出現世間名無邊光照如來應供正徧知明行足善逝世間解無上士調御丈夫天人師佛世尊世界名善變化劫名光味以何緣故彼佛如來名無邊光照以彼世尊初坐菩提場未證一切智居菩薩位爾時身放種種色光是光普徧十方無量阿僧祇出過算數諸佛刹土皆悉照曜而彼一切佛刹之中所有一切不退轉菩薩及一生補處菩薩見彼菩薩坐菩提場見已即各向彼菩薩散擲妙華其所擲華以佛威神力故皆悉向彼菩薩身聚而一一華於彼善變化世界之中廣大積集高七人量以是緣故建立彼佛及光味劫如是名字海意彼劫之中有十四俱胝如來出現世間而彼善變化世界具大威神安隱豐樂一切天人衆多熾盛國土廣遠有九十六俱胝那庾多百千大洲彼一一洲縱廣八十四百千由旬一一百千由旬有八萬四千州城一一州城有八萬四千縣邑聚落一一城中各有十俱胝那庾多百千人民而共居止一一縣邑各有八俱胝人民居止彼世界中人民富盛尚爾許數何況大威德諸天龍鬼又彼世界四寶所成所謂金銀瑠璃頗胝迦寶又復彼土隨意所念飲食衣服莊嚴具等自然充足又彼人民無我我所海意彼無邊光照如來應供正等正覺壽量十中劫有三十六俱胝那庾多百千諸聲聞衆一千二百俱胝菩薩摩訶薩

衆有一王城名善清淨是彼世尊本所生地彼佛出王宫已别止一城其名樂生而彼樂生大城之中有轉輪聖王名善淨境界統王三千大千世界七寶具足所謂輪寶象寶馬寶女寶摩尼寶主藏臣寶主兵臣寶如是七寶王之受用海意彼善淨境界王已發阿耨多羅三藐三菩提心深心具足於一切衆生起無障礙心王有八十四俱胝那庾多百千宫嬪婇女端正殊妙如天女相是諸宫女悉發阿耨多羅三藐三菩提心彼善淨境界王延請世尊無邊光照如來及菩薩聲聞大衆經二中劫而伸供養如法清淨離諸過失依沙門法所應受用衣服飲食病緣醫藥坐卧具等一切供給其王爲佛世尊别立精舍清淨嚴潔縱廣百千由旬瑠璃珠寶而爲其地七寶牆界重重間作處處皆用赤栴檀香及烏羅娑栴檀之香間爲其柱巧妙殊特與天宫等次復安布十千樓閣命諸菩薩聲聞大衆次第安止海意彼善淨境界王諦奉彼佛清淨之法受持五戒精修梵行與宫嬪眷屬經二中劫承事供養彼佛世尊過二中劫已其王即與諸眷屬俱詣彼無邊光照如來應供正等正覺所到已頭面禮足右繞七匝退住一面爾時善淨境界王白無邊光照如來言世尊云何菩薩於大乘中得不隨他信云何菩薩雖復趣向最勝之道而無我相云何菩薩善能安住無動無不動慧云何菩薩得方便慧清淨云何菩薩得久遠觀察不斷根本云何菩薩於六塵境界雖復增長而無放逸云何菩薩能於甚深義理之中不生驚怖

云何菩薩得名真實菩薩時彼無邊光照如來應供正等正覺告善淨境界王言大王諦聽諦聽極善作意今爲汝説大王有四種法若諸菩薩能具足者即得於大乘中不隨他信何等爲四一者從勝解出生故信出世聖法二者勇猛不退故勤行精進化度衆生三者善觀察故起神通智作諸游戲四者智隨知法故於一切法起決擇相大王如是四法菩薩若具足者即得於大乘中不隨他信大王有四種法若諸菩薩能具足者趣向最勝道而不生我相何等爲四一者不著禪味而心業調暢二者不著已樂施於他樂三者成大慈行安住大悲四者得廣大信解能起最上最勝樂欲如是四法菩薩若具足者即得趣向最勝道而不生我相大王有四種法若諸菩薩能具足者即得安住無動無不動慧何等爲四一者内心遠離諂誑二者内心清淨具善方便三者深心方便而不退轉四者深心不捨所行如是四法菩薩若具足者即得善住無動無不動慧大王有四種法若諸菩薩能具足者得方便慧清淨何等爲四一者雖觀一切法無我而常以其四攝之法化度衆生二者雖知一切法不可宣説常以音聲文字爲諸衆生演説法要護持正法三者雖觀諸佛法身而常信解一切如來功德成辦相好精進無懈四者雖觀一切佛刹空寂而常嚴淨佛土勤行不息如是四法菩薩若具足者即得方便慧清淨大王有四種法若諸菩薩能具足者即得久遠觀察根本不斷何等爲四一者能善觀察菩提道場以菩提

心不捨離故二者善觀佛智自智無著故三者善觀轉妙法輪隨所聞法皆能爲說不懈倦故四者善觀大涅槃法而不猒離生滅法故如是四法菩薩若具足者即得久遠觀察根本不斷大王有四種法若諸菩薩能具足者於六塵境界雖復增長而無放逸何等爲四一者爲轉輪聖王化度人民善觀諸行無常雖復六塵境界增長而無放逸二者爲帝釋天主化諸天衆善觀諸行是苦雖復六塵境界增長而無放逸三者現作魔王化諸魔衆善觀諸法無我雖復六塵境界增長而無放逸四者爲大梵王化諸梵衆善觀涅槃寂靜雖復六塵境界增長而無放逸如是四法菩薩若具足即於六塵境界雖復增長而無放逸大王有四種法若諸菩薩能具足者即於甚深義理不生驚怖何等爲四一者親近眞實善友二者於善友所相續無間開示甚深佛菩提法三者於如是等甚深經典乃至多百由旬亦往聽受決擇其義四者如所聞法起慧推求但依於義不依於文如是四法菩薩若具足者即於甚深義理不生驚怖大王有四種法若諸菩薩能具足者即得名爲眞實菩薩何等爲四一者勤行精進修諸波羅蜜多二者起大悲心勤行化度一切衆生三者以精進力勤行圓滿一切佛法四者能於無量生死之中勤行攝化不生疲倦復能積集福智勝行如是四法菩薩若具足者即得名爲眞實菩薩海意彼無邊光照如來說如是等四種法門時彼會之中有十千俱胝那庚多人發阿耨多羅三藐三菩提心八俱

胝那庚多百千苾芻不受諸法漏盡意解彼王太子妃主宮嬪皆得柔順法忍其善淨境界王得利順法忍彼王即時心大歡喜悅懌踊躍即以王之一切所有諸妙受用持獻彼佛時彼無邊光照如來告善淨境界王言大王汝已捨諸所有獻佛如來汝宜於我最上法中淨信出家捨於非家何以故大王若於如來最上法中淨信出家者有大威力得大稱讚大王當知出家菩薩得二十種廣大善利是即圓滿彼一切智無上勝利何等爲二十一者棄捨王之所有富貴受用得無我我所大利二者樂出家已而能出離煩惱大利三者被服袈裟得心無雜染大利四者於其聖種生歡喜已即能圓具長養大利五者修行頭陀功德斷除多欲得離染大利六者戒蘊清淨已生天人中得斯大利七者不捨菩提心得圓滿六波羅蜜多大利八者居寂靜處得離憒鬧大利九者心無愛著得思惟法樂大利十者修習禪支得心調暢大利十一者勤求多聞得大慧大利十二者離諸慢故得大智大利十三者少求少事故得決擇聖法大利十四者於一切衆生心平等故得大慈大利十五者起解脫一切衆生心故得大悲大利十六者不惜身命故得護持正法大利十七者心輕安故得神通大利十八者常念佛故得解脫一切苦大利十九者常所伺察深固法故得無生法忍大利二十者積集一切勝功德故速成一切智大利大王此如是等二十種法是即出家功德勝利諸出家菩薩不爲難得是故大王汝今宜應於最上

法中淨信出家海意時彼世尊爲善淨境界王如應敎授王出家已其王即捨一切所有於王勝福乃生猒離鬚髮自落袈裟著身成苾芻相其王於彼世尊法中淨信出家已王諸宫嬪亦隨出家太子妃主而亦出家乃至國境之中所化庶民有九十九俱胝那庾多百千人衆悉隨出家皆發精進勤求善法海意汝且觀是諸佛誠言能生淨信一切福行與諸衆生而爲依止彼善淨境界王既出家已後復與諸出家眷屬同詣無邊光照如來所到已作禮而白佛言惟願世尊敎授於我當如佛言堅固修行令我於諸國土之中不空受食爾時彼佛告善淨境界苾芻汝從今已往名字苾芻墮苾芻衆應當於自境界清淨所作及自境界深固伺察隨所伺察如理而住何名自境界謂六塵境來爲障礙汝於爾時應當如實現前覺了諦觀菩提應於菩提起深遠想勿起近想時善淨境界苾芻承彼世尊如所敎授已深固志意不生放逸求離煩惱如理修行於自境界如實伺察復云何是深固伺察所謂眼境界即空境界空境界即一切衆生境界一切衆生境界空境界即佛境界如是耳鼻舌身意境界即空境界空境界即一切衆生境界一切衆生境界空境界即佛境界又眼境界即無相境界無相境界即一切衆生境界一切衆生境界無相境界即佛境界乃至意境界即無相境界無相境界即一切衆生境界一切衆生境界無相境界即佛境界又眼境界即無願境界無作境界無生無起境界無起境界即一切衆

生境界一切衆生境界無起境界即佛境界海意彼善淨境界苾芻聞所說已即入是法中乃得身心堪任調暢是故能修欲勤心慧四種神足不久能起五種神通一心專注而不放逸得入總攝一切言義陀羅尼門爾時佛告海意菩薩摩訶薩言汝今應當勿生疑念彼時善淨境界苾芻捨轉輪王最勝之位於佛法中出家修道者豈異人乎即汝身是彼時隨王出家九十九俱胝那庚多百千苾芻者豈異人乎即此會中隨汝海意同來聽法菩薩衆是當佛世尊說是往昔因緣時此大會中有一萬八千人發阿耨多羅三藐三菩提心八千菩薩得無生法忍爾時世尊告海意菩薩言海意若諸菩薩欲證阿耨多羅三藐三菩提者應當修學汝等大士諸所施作菩薩不應但修捷語利辯應當如說亦然能行云何是菩薩如說不能行海意謂若菩薩雖具辯慧而不積集諸善菩提分法而作是言我當成佛已普召一切衆生廣行法施令諸衆生得法滿足然此菩薩不能勤行修習多聞亦不積集諸善菩提分法虛誑一切衆生此即是爲如說不能行海意若有菩薩作如是言我當成佛已普召一切衆生廣行法施令諸衆生得法滿足時彼菩薩而能勤行修習多聞亦復積集諸善菩提分法此即是爲如說能行海意又復如說不能行者譬如世間若王若臣普召國中一切人民欲餉美膳悉令飽滿而不備辦所須飲食虛誑國中一切人民是諸人衆既誤所食各於異處求以食之心懷恚恨呵責而出海意菩薩亦

復如是願爲一切衆生未度者令度未解脱者令得解脱未安隱者令得安隱未涅槃者令至涅槃而彼菩薩雖有是願而不勤修多聞亦不積集諸善菩提分法此即是爲如説不能行彼菩薩者虚誑天人世間賢聖呵毀亦復嫌棄安立諍訟而不能爲大智之主不能畢竟圓滿誓願海意若欲發起最極難得最上大智應當於彼無上大乘不生懈退是故當知菩薩不應但以語言虚誑一切天人世間復次海意諸菩薩者或有人來求請説法時彼菩薩即當隨言我爲汝説如是之法以如是法化度於汝乃至棄捨已身亦不悋惜而是菩薩即不虚誑一切衆生如是因緣汝應當知復次海意我念過去無量無數阿僧祇劫之前有一師子獸王名不壞身處於深山巖窟之中常行慈心視護一切衆生但以草葉華果而爲所食時彼巖中有二獮猴雄雌共居後生二子欲有他行乃以其子付託獸王而爲守護付已他行有一鷲王名曰利見飛處空中忽然至地摶取猴子旋轉於空時師子王見其被摶即向鷲王説伽陀曰

奇哉鷲王汝知我　放捨此二獮猴子
我此守護令無畏　與彼歸趣勿生害

爾時鷲王即説伽陀答師子王曰

獸王若能捨已身　我當捨此二猴子
我處空中此爲食　無食居空何所爲

師子獸王又復答曰

我寧捨身與汝食　汝今速放此二猴
我願視護至菩提　智者應無虚妄語

於是師子獸王説伽陀已深心堅固而無虚

妄將捨其身爾時鷲王見是事已歎未曾有說伽陀曰

世間性命為滋長　能捨已身為護他
我今捨此二猴子　令汝久住修法行

海意汝今當知彼時不壞身師子王者勿起異見即我身是雄獼猴者大迦葉是雌獼猴者賢護苾芻尼是二獼猴子者今羅睺羅及阿難是利見鷲王者善愛苾芻是以是當知菩薩摩訶薩寧捨已身終不棄捨為他作護此即圓滿如說能行復次海意又云何是如說能行顯明之相所謂菩薩如說布施即當棄捨一切所有如所顯示此名能行菩薩如說持戒即當成辦一切戒學及頭陀功德如所顯示此名能行菩薩如說忍辱即於忿恚諸有過失皆悉斷除如所顯示此名能行菩薩如說精進即當於諸善法勤求修習如所顯示此名能行菩薩如說禪定即當修諸禪定解脫三摩地三摩鉢底如所顯示此名能行菩薩如說智慧即當分別一切章句起善巧智辯才決定如所顯示此名能行以要言之乃至菩薩如說斷一切不善法集一切善法即當斷除一切不善之法勤求修習一切善法如所顯示此名能行菩薩如說質直即當無諸諂誑虛妄此名能行如說方便即當開示方便之門此名能行如說勤勇即當策勤離諸懈退此名能行如說深心堅固即當離著趣向勝道此名能行如說誓願即當畢竟圓滿諸願此名能行如說聞持即當如聞而善修習此名能行如說積集善行即當身心俱無懈倦此名能行如說離慢即當圓滿

勝智此名能行如說積集戒行即當於戒無所鈌漏此名能行如說初發心位即當成辦菩薩勝行此名能行如說無生法忍之位即當進趣不退轉地此名能行如說一生補處之位即當進向坐菩提場此名能行如說堅固積集即當現證一切智果此名能行如說轉妙法輪即當於三寶種使令不斷此名能行海意如是等法是爲菩薩如說能行當佛世尊說是如說能行法時會中有五千菩薩悉得無生法忍

爾時有一菩薩名蓮華莊嚴前白佛言希有世尊諸佛如來以如說能行故即得一切最上佛法世尊如佛所言修行是即如說能行佛言善男子汝知修行法不菩薩白佛言我知世尊佛言善男子隨汝樂說修行之法汝今當說菩薩白佛言世尊修行者如佛所說即一切法平等平等知已於正位中以善巧智而不取證三摩鉢底此爲菩薩正所修行山王菩薩言世尊我亦樂說修行之法佛言善男子隨汝意說菩薩白佛言世尊無所修是修行何以故菩薩觀一切法都無所得若有所修而非修行此即是爲正修行功德光照王菩薩言世尊心若隨流乃識有所轉何名修行若菩薩識心於一切法無住彼即無有少法可住若無少法可住彼即是爲正修行高炬王菩薩言世尊無所樂是爲修行無所猒是爲修行世尊菩薩於一切法中無高無下是故無有少法而可樂猒此即是爲正修行日藏菩薩言世尊若有所依即有所轉若無所依即無所轉菩薩以無依止無動轉

故即於一切法無所動揺此即是爲正修行勇猛心菩薩言世尊心者世間所行世間馳流若菩薩於一切心得無心者即無所思亦無分別此即是爲正修行愛見菩薩言世尊如佛所説一切所知皆悉是苦若菩薩於一切所知得醒悟者即無所知亦無所取是故不入滅受想定不捨衆生不失大悲此即是爲正修行香象王菩薩言世尊愚夫異生荷諸重擔起於五蘊深重之見若菩薩了知五蘊得輕利者即捨諸重擔復能爲諸愚夫宣説棄置五蘊重擔之法是故無有少法起眞實想了知諸法無生無滅此即是爲正修行持世菩薩言世尊正所行是修行非邪惡所行菩薩應當修正方便云何是正方便謂一切法平等性智虚空等故此即是爲正修行堅固意菩薩言世尊若菩薩有慧方便智即無生而生無起而起於生滅中亦無所住此即是爲正修行吉祥峯王菩薩言世尊若菩薩觀一切法自性寂滅即不棄捨大悲之鎧見諸勤力不虚果利此即是爲正修行無礙光菩薩言世尊若有所行之跡是爲魔事若爲魔事即非修行若無所行亦無所住而彼諸魔伺不得便乃能超越諸惡魔道此即菩薩眞實修行勤精進菩薩言世尊若有少法樂欲成辦彼即虚其勤力以一切法無所成辦故是中若有智及所知即非無意此即是爲正修行滅惡趣菩薩言世尊若有種類分別所行何名修行無種類無分別是爲修行彼無種類無分別即心自性若能了知心自性者此即是爲眞實修行善思而思菩薩言

世尊菩薩隨入一切衆生心彼隨入已即了
一切衆生心而無心此中無心智所入故此
即是爲正修行寂意菩薩言世尊近寂是爲
修行非近寂是爲修行菩薩於其大寂徧寂
近寂諸心所緣若增若減悉無造作離增減
故平等覺了此即是爲正修行導師菩薩言
世尊菩薩發起善根是正修行若有所成即
非發起善根何以故菩薩發起福行即是發
起智行福平等故即智平等智平等故即福
平等福智平等故即菩提平等菩提平等故
即一切法平等此即是爲正修行嬉戲王菩
薩言世尊一切法無分別是爲修行若菩薩
了知一切法法界普攝已即無有少法若離
若合此即是爲正修行善思義菩薩言世尊
諸法依義不依於文若菩薩解了義故即於
八萬四千法藴慧能受持讀誦解說然於眞
實不可說義中無所動轉此即是爲正修行
清淨意菩薩言世尊深固心是爲修行菩薩
深心具足即非語言記說最上所得但修眞
實正道觀彼眞實道亦無去無來此即是爲
正修行畢竟無垢思惟菩薩言世尊如有垢
之衣濯令清潔無垢之衣其何滌耶菩薩亦
復如是不以本來清淨之心如實伺察使令
清淨若復菩薩一切心垢煩惱本不轉者彼
即清淨若如是清淨此即是爲眞實修行海
意菩薩言世尊菩薩爲善知識所攝受者即
少歷辛勤能成正行何以故若菩薩力不能
超越諸魔事者當知彼爲諸惡知識之所攝
受若力能超越諸魔事者當知彼爲諸善知
識之所攝受世尊是故菩薩若欲超越諸魔

事者應當親近承事諸善知識菩薩爲善知識所攝受故即少歷辛勤能成正行爾時世尊告海意菩薩言善男子汝知魔事不海意白佛言世尊我知魔事佛言海意隨汝意說令諸菩薩聞已即能超越摧伏諸魔外道速證阿耨多羅三藐三菩提果於是海意菩薩而白佛言如世尊勑當說魔事惟願世尊威神建立世尊所謂魔事有十二種何等十二一者菩薩行布施波羅蜜多時以非愛物而行惠捨其心樂欲以可愛物而行惠捨心不樂欲人不樂之物而固與之人所樂之物而不與之於所施物起種種想於所與人起種種想此爲菩薩行布施時第一魔事又復世尊菩薩行持戒波羅蜜多時若見彼於善法戒行律範軌式而能具足乃至小罪猶懷大懼淨命自資堅持戒行諸沙門婆羅門即當親近尊重見破戒人呵毀恚怒於彼之前自恃戒德毀謗於他此爲菩薩持戒之時第二魔事又復世尊菩薩行忍辱波羅蜜多時欲成忍行身雖能忍語不能忍心生瞋恚見有力人於彼即忍見劣弱人於彼不忍復於有力人前顯示忍力於劣弱人前現瞋恚相彼如是即忍彼如是不忍何等處可忍何等處不忍若行忍處起憍倨心於不忍處不速懺悔此爲菩薩行忍辱時第三魔事又復世尊菩薩行精進波羅蜜多時發起精進化度聲聞緣覺乘人亦復化度大乘中人但爲聲聞緣覺乘人相續說法返以大乘之法化諸愚人（此下據梵本標列文義次第於海意菩薩說十二種魔事中止有上三段半少下八段半於佛說十種破魔法門中止有下四段闕上六段既梵本脫落無以補之）此爲

第六破魔法門復次海意一切法自性無染以無染相化度染汚衆生此爲第七破魔法門復次海意一切法自性無生無起以無生無起相爲諸衆生宣說斷除生老病死之法此爲第八破魔法門復次海意諸法自性同於一味而無差別以同一味無差別相建立三乘各爲說法令諸衆生亦不捨離大乘意樂此爲第九破魔法門復次海意若菩薩心意識雖無所依著而常不忘失大菩提心雖離諸發起然不捨離解脫一切衆生之心雖超越諸行而亦成辦菩薩勝行此爲第十破魔法門海意如是十種破魔法門若諸菩薩勤行修習者即當超越一切魔事

海意菩薩所問淨印法門經卷第八

音釋

嬪 毗賓切妃嬪也　懌 羊益切歡悅也　捷 疾葉切敏疾也　餉 式亮切饋也　鷲 疾僦切大鵰也　搏 補各切擊取也　濯 直角切滌也

海意菩薩所問淨印法門經卷第九

宋天竺三藏朝散大夫試鴻臚卿光梵大師惟淨共法護奉 詔譯

爾時世尊說是破魔法門時一切魔宮悉皆暗暝六種震動如佛初坐菩提道場未成正覺居菩薩位爾時眉間放大光明而諸魔宮亦皆暗暝同於今日等無有異是時諸惡魔衆見斯廣大變異之相速疾嚴整於四兵衆猶如往昔詣菩提場所莊嚴相今者亦然領四兵衆廣三十六由旬皆悉徧滿來至世尊大寶莊嚴大集會所以佛世尊威神力故而悉不能還復魔宮又佛神力魔衆來時或見餘諸刹土有佛世尊與不退轉諸菩薩衆化度衆生及斷諸有結證阿羅漢者或有正見具足補特伽羅爾時世尊告海意菩薩言海意汝今見此諸惡魔衆如是莊嚴來衆會不海意白佛言世尊唯然已見佛言海意是諸魔衆至此會中於我正法欲興難事而汝今者當何所爲海意白言世尊我今以此惡魔之衆置於他方諸樂莊嚴世界之中爾時會中尊者舍利子即白海意菩薩言善哉大士諸樂莊嚴世界爲在何所其佛說法復何名字海意菩薩言尊者舍利子東方去此佛刹過十二殑伽沙數等國土有世界名諸樂莊嚴其土有佛號曰摧魔如來應供正等正覺見在說法以何緣故而此世界名諸樂莊嚴尊者謂彼世界有諸樂事諸功德事諸莊嚴事若廣宣說彼勝妙事縱一劫中說不能盡以是緣故其世界名諸樂莊嚴又其佛號摧魔如來應供正等正覺者謂彼世尊初坐菩提道場居菩薩位未證一切智時身放光明

普照諸魔其光所照彼魔界中百俱胝魔衆而一一魔各有千俱胝眷屬是時諸魔詣菩薩所欲於菩薩興諸難事而此菩薩威神力故其魔不能作諸障難即時各發希有之心向彼菩薩歸依頂禮菩薩即爲如應説法魔聞法已深心清淨即發阿耨多羅三藐三菩提心其後彼佛證道果已是故立名摧魔如來又復彼佛於過去世莊嚴劫中居菩薩位時名降伏魔令此賢劫之中得菩提已能令諸魔發菩提心而爲承事其佛但爲諸菩薩衆唯説最上大乘之法無復二乘之名尊者是故我今置此魔衆往彼諸樂莊嚴世界之中置於彼已使諸魔衆不復與於魔之事業於彼佛刹與其降伏魔菩薩同發菩提心已圓滿菩提分法爾時諸惡魔衆聞是語已生大驚怖身毛悚竪即欲離彼衆會以佛威神力不能去又不能隱蔽其身而極增懼即各向佛歸依頂禮作是白言救我世尊救我善逝無令海意菩薩置我於彼世界之中爾時佛告諸魔衆言汝等諸魔勿生驚怖菩薩大士於諸衆生不起嬈害汝等應當自於海意菩薩之前求忍悔謝必當爲汝善作救護爾時魔衆即各合掌向海意菩薩稽首白言我今悔謝大士忍可勿置我於諸樂莊嚴世界之中如我所作不復第二往彼衆會海意菩薩言諸魔當知我今於汝無復可忍何以故菩薩於一切衆生究竟常忍汝等諸魔今宜往彼諸樂莊嚴世界之中觀彼世界衆莊嚴事彼摧魔如來於汝魔衆無所嬈害爾時海意菩薩即舒右臂金色晃耀安於魔頂而爲

加持作如是言若法真實此真實語諸菩薩者於法無慳亦無祕悋以此真實語故如我所有如是神力令此魔衆皆悉獲得海意菩薩作是語已而諸魔衆即得自在神力具足爾時此三千大千世界六種震動而諸魔衆於此會中隱身不現於須臾頃到彼諸樂莊嚴世界之中皆是海意菩薩加持力故是時魔衆到彼國已即詣摧魔如來應供正等正覺所頭面著地禮佛雙足右繞七匝退住一面於是彼佛刹中有一菩薩名降伏魔見是相已白其佛言世尊今此劣弱尠有威光狀貌異常人可惡者從何所來其佛答言善男子西方去此佛刹過十二殑伽沙數等世界有一世界名曰娑婆彼佛世尊號釋迦牟尼如來應供正等正覺今現在彼大寶莊嚴道

場廣大宣說大集會正法復有十方世界無量阿僧祇出過算數諸大菩薩皆悉來集聽受正法而彼會中有一菩薩名曰海意善被不可思議大堅固鎧而能請問釋迦牟尼如來如是正法當說法時有惡魔衆至彼會中欲興難事於是海意菩薩大士置其魔衆而來至此為欲化度作成辦故爾時降伏魔菩薩白諸魔言我等今者與汝諸魔同發阿耨多羅三藐三菩提心何以故我昔亦嘗處於魔類於諸衆生種善根時而生障難其後於此如來法中發阿耨多羅三藐三菩提心是故今時汝等諸魔宜應速發阿耨多羅三藐三菩提心爾時諸魔深心堅固各發阿耨多羅三藐三菩提心既發心已咸作是言我等已發阿耨多羅三藐三菩提心永不復作魔

之事業於是降伏魔菩薩即命其魔同處於彼衆寶莊嚴師子之座而勸請言善男子云何是彼釋迦牟尼如來所說大集會正法隨汝所樂今當演說爾時諸魔承海意菩薩威神之力所加持故尋即處于師子之座從其口門及諸毛孔出清淨音猶如釋迦牟尼如來所說大集會正法如是文字如是章句一一宣說滿足無遺於其中間亦無增減時降伏魔菩薩於其魔所得聞如是大集會正法已生希有心白彼佛言世尊我今欲見娑婆世界及釋迦牟尼如來又欲見彼海意菩薩并十方世界如來集會諸大菩薩摩訶薩衆時彼世界摧魔如來即於眉間放大光明名曰普現一切色相是光徧照西方去此十二殑伽沙數等諸佛刹土乃至娑婆世界廣大明耀相續不斷彼諸樂莊嚴世界諸菩薩衆皆見釋迦牟尼如來在於大寶莊嚴道場之中處百千種色相嚴飾寶師子座爲十方世界諸來集會大菩薩衆廣大宣說大集會正法又復見此娑婆世界大水盈滿猶如大海普觀是中悉無障礙又見十方世界所來集會諸大菩薩各各坐於衆寶莊嚴大蓮華上聽受正法其華縱廣一俱盧舍而諸大士見是相已生歡喜心適悅慶快即以妙華遥向釋迦牟尼如來散擲供養所散之華以佛世尊威神力故悉於釋迦牟尼如來頂上結成廣大殊妙華蓋時此佛會一切大衆見是華蓋於佛頂上乘空而住生希有心俱白佛言世尊今此華蓋從何所來佛言諸仁者而此華蓋是彼諸樂莊嚴世界之中菩薩大衆遥

向此會散擲妙華而伸供養而此衆會咸白佛言世尊我等樂欲見彼諸樂莊嚴世界及彼世尊摧魔如來亦欲見此所往諸魔之衆并其世界所施作事爾時世尊知其衆會之所樂欲即告海意菩薩言善男子今此衆會樂見諸樂莊嚴世界亦欲見彼摧魔如來汝可現之使諸大衆咸悉瞻奉於是海意菩薩承佛教勑即時於其足十指間放十千光明其光普照東方去此十二殑伽沙數等諸佛刹土乃至諸樂莊嚴世界廣大明耀相續不斷時此會中一切大衆悉見諸樂莊嚴世界及得見彼摧魔如來又見諸魔在彼佛會處于法座廣爲衆說大集會正法此會大衆見是相已生希有心各各從於蓮華座起遥向摧魔如來合掌頂禮各以妙華散擲供養所散之華以佛世尊威神力故於彼摧魔如來頂上結成廣大妙華樓閣爾時魔衆白彼摧魔如來言世尊我等今欲還復娑婆世界釋迦牟尼佛所彼佛告言諸善男子汝可還復今正是時於是諸魔頭面著地禮彼佛足右繞七帀以海意菩薩威神力故於彼刹中隱而不現經須臾頃還於娑婆世界到已頭面禮釋迦牟尼佛足右繞七帀退住一面攝心諦意恭敬歸向爾時尊者舍利子告諸魔言諸仁者汝等見彼諸樂莊嚴世界不諸魔答言我等已見尊者彼土希有清淨可愛是爲清淨無垢最上所居我等見已皆發阿耨多羅三藐三菩提心尊者舍利子言諸仁者汝等已發阿耨多羅三藐三菩提心不應復作諸魔事業魔言不也尊者若有善住深固心

者諸菩薩衆乃能施作諸魔事業何以故如諸菩薩善住深固心者即有力能隨其所應發起魔事以是緣故尊者當知諸有菩薩施作魔事此說即是佛之事業非魔事業爾時諸魔於此佛刹現神變已此衆會中有二萬人發阿耨多羅三藐三菩提心於魔衆中復有一萬天子發阿耨多羅三藐三菩提心異口同音作如是言世尊我等悉願生彼諸樂莊嚴世界之中作是語已於是釋迦牟尼如來即記之曰汝等當生彼佛刹中爾時海意菩薩復白佛言世尊諸佛如來菩提之法諸魔外道多生障難惟願世尊威神建立令此正法久住世間復於如是甚深經典攝受護持世尊若此經典得佛如來所加持故而不隱沒受持讀誦廣大流布令諸魔衆伺不得便佛告海意菩薩言海意我今建立此之正法若有衆生欲發精進種諸善根爲作成熟化度之者當於如是甚深經典如法受持爲他演說復次佛告海意菩薩言汝今諦聽極善作意今爲汝說呼召四大天王祕密章句而此章句速能召集四大天王有此正法之處來爲作護亦當攝護其說法師爾時世尊即說陀羅尼曰

怛𡫸(身切)他(引一)三彌(引二)三摩散底(三)薩囉尼(引四)娑(引)囉嚩底(五)達泥(引六)達那嚩底(七)度度彌(引八)度度摩底(九)阿(引)嚩哩多(二合)泥(引十)阿末里(引十一)尾末里(引十二)尾囉彌(引十三)葛葛哩(引十四)葛葛尼(引十五)虎魯(十六)虎魯嚩底(十七)虎魯散提(十八)你哩伽(引二合)薩你(十九)阿(引)嚩致(引二十)尾嚩致(引二十一)末末枯末底(二十二)摩(引)囉儞帝(引二十三)

尾戍提引二十四尾戍馱嚩底二十五彌彌里引二十六
末努引賀囉莎引賀引二十七
海意如是祕密章句速能呼召四大天王來
護持此甚深正法及能攝護其說法師又此
章句能令法師善說此法如所作已諦觀四
方起大慈心是時四大天王以此祕密章句
所呼召故皆來攝受諸說法者爾時四大天
王現在此會即從座起前詣佛所合掌頂禮
而白佛言世尊若有衆生於此最上甚深正
法眞實了知而能爲他如理宣說者我等四
王并諸眷屬常來營衛護持正法復當攝護
其說法師令無障難及無衰惱復次海意我
今爲汝宣說呼召帝釋天主祕密章句而此
章句速能呼召帝釋天主來護正法爾時世
尊即說陀羅尼曰

怛𪘲切身佗引一惹曳引二惹野嚩底三阿胝引四摩
酤哩引五悉馱末底六戍呲引扇底葛哩引七那
禰引你引八難引帝引九難引多末底十怛哩葛
二合哩引十一叉曳引十二叉野目契引十三阿嚩吒
你十四尾嚩吒你十五波哩嚩吒你十六波哩砌引
禰引十七悉密哩三合底十八悉密哩三合底散提十九
阿引誐蹉憍引尸迦你哩吩二合多引二十阿蘇
囉引惹煬底禰引嚩引二十一三摩踰引帝引阿
引半努引二十二達哩摩二合怛哩吩二合覩引囉摩
引呬二十三莎悉爹二合野曩部引多引喃引摩
引囉叉引達哩摩二合左引哩赦引二十四
海意如是祕密章句而能呼召帝釋天主有
此正法之處來爲作護及能攝護其說法師
而彼法師應當以此祕密章句作持誦已潔
淨身心依法沐浴著新淨衣處師子座向於

東方散擲妙華祈求諸佛願賜攝受於諸衆生起大悲念慶想帝釋天主哀愍故來爲我安布聽法之衆令其嚴肅復令此陀羅尼文句和合如是等事現前所作若彼法師內心清淨戒行潔白即能令其帝釋天主來爲攝受安布衆會和合文句善作加護爾時帝釋天主現在此會即從座起前白佛言如世尊勑於後末世若有法師而能受持此正法者我當往彼爲其安布衆會和合文句而作加護又此正法所在之處爲其攝受令法久住世尊又此正法於後末世我當爲彼三十三天諸天子衆常廣宣說何以故今此正法即是過去未來現在諸佛世尊菩提之法佛所讚故又復我於過去未來現在諸佛世尊菩提之法起尊重已是故我當說此正法爾時世尊讚帝釋天主言善哉善哉憍尸迦汝能作師子吼發如是言於後末世護持正法如汝所言應如是行又憍尸迦以此正法攝受力故能令諸天隨所願求常得最勝阿修羅衆威光退失復次海意我今爲汝宣說攝伏諸魔天衆祕密章句而此章句速能攝伏諸魔天衆來護正法爾時世尊即說陀羅尼曰

怛[illegible](切身)佗(引一)設彌(引二)設摩嚩底(三)設彌多設訖囉(二合四)盎酤哩(引五)鉿酤哩(引六)摩(引)囉吤帝(引七)葛囉(引)賸(引八)枳(引)踰(引)哩(九)帝(引)野嚩底(十)烏路(引)野你(十一)尾設姹(十二)你哩摩(二合)褩(引十三)摩囉(引)鉢那曳(引十四)枯枯哩(引十五)珂誐(十六)誐囉(二合)細(引十七)誐囉(二合)薩泥(引十八)烏目契(引十九)鉢囉(引)目契(引二十)阿(引)目契(引二十一)設彌多(引)你薩哩嚩(二合)誐囉(二合)賀滿馱那你(二十二)你

屹哩二合係引多薩哩嚩二合波囉鉢囉二合縛引
禰那二十三尾目訖多引二合摩引囉播引舍引二
十四塞佗引二合必多引没馱毋捺囉二合引二十五阿
耨捺伽引二合致多引薩哩嚩二合摩引賴二十六
蘇左哩多鉢哩戍皺切身引二十七尾誐蹉覩薩哩
嚩二合摩引囉葛哩摩引二合尼二十八

海意如是祕密章句而能攝伏諸魔天衆復能消除一切煩惱彼說法師以此祕密章句作持誦已處于法座普觀衆會悉住道場廣運無量大慈之心當於已身起毉王想法如藥想於聽法衆起病人想於佛如來起正士想法眼不失起久住想如是等事以此祕密章句加持力故現前施作廣為一切如應說法是時周帀百由旬内諸魔天衆悉不能來作破壞事設復諸魔至法會者亦復不能作諸障難爾時諸魔天衆現在此會即從座起前白佛言世尊我今見此海意菩薩大士以威神力加持我故置我於彼諸樂莊嚴世界之中世尊我今最初已悉棄捨諸魔事業是故我等於此正法常當護持後末世中若城邑聚落若僧坊中有人宣說此正法者我當往彼離諸慢心恭敬尊重專注聽受爾時世尊讚諸魔言善哉善哉汝等諸魔而能尊重如是正法最先已捨諸魔事業汝等今於如是法中有所獲得此由海意菩薩大士神力所致復次海意我今為汝宣說呼召娑婆界主大梵天王祕密章句而此章句速能呼召大梵天王來法师所當為作護爾時世尊即說陀羅尼曰

怛𪘁切身佗引一昧怛囉野引三合哥引哩引二葛魯

拏引哥引哩引三母禰多引哥引哩引四烏閉引
叉引哥引哩引五没馱引哥引哩引六達哩摩二合
引哥引哩引七僧伽引哥引哩引八蘇訖哩二合多
尾左曳引九摩賀引尾多引泥引十你瑟波二合哩
引那祇引十一烏惹鉢底十二烏儒仁祖切誐彌引十
三達哩摩二合那捺你十四薩奓鉢囉二合底瑟姹
二合引那十五烏波鉢底尾戍提引十六莎唧覩鉢
設彌引十七咩嚩二合引葛野没囉二合賀摩二合末
踰二合底瑟姹二合十八三摩引地阿引吠引叉十九
達哩摩二合左囉赦酤嚕二十薩達哩摩二合波哩
誐囉二合欣訖哩二合多摩耨播引羅野二十一没
馱泥帝零二合摩引咩嚩親那二十二娑摩二合囉
多達哩摩二合作葛囉二合鉢囉二合嚩哩多二合喃
酤嚕二十三薩埵引尾輸引達喃鉢囉二合底屹
哩二合賀引拏二十四達哩摩二合那誐囉播引羅

引檐引二十五没馱引提瑟姹二合引喃摩引尾酤
引鉢野二十六

海意如是祕密章句而能呼召大梵天王其說法師以此祕密章句作持誦已應當依止梵行住無礙心隱密諸根善護諸念所言決定於其身業善令清淨於其語業真實攝護善固心慧善修忍行善淨戒蘊善發精進之力善持多聞諦善觀想令心調暢極利慧根善修正行善護菩提心善修慈觀安立大悲普令衆生畢竟解脫一切苦惱普令衆生獲得妙樂其說法師起是心已當處師子之座祈求大梵天王願垂攝受然後如應為他說法即時大梵天王與諸梵衆來法師所而為護持又復海意其說法師應當覺知大梵天王至法會時有諸善相所謂一切衆會咸起

慈心或復衆會諸根無缺或復互相安住菩提法中或復愛樂法及法師起尊重想或離諸染汚或專注一心離散亂意或復繫念於諸善法或攝斂諸念止絶外聞諦意聽法或於法師所昔未曾説昔未曾聞諸妙法門聞已能説若有如是等諸相現時當知即是大梵天王來至法會爾時大梵天王現在此會即從座起前白佛言世尊在在處處若復有人宣説如是甚深正法者我居梵界雖有無量禪定之樂悉能棄置即當往彼説法師所爲作加護世尊加護之法有其八種何等爲八一者加護其念令彼如所聞法而不忘失二者加護其慧令彼於甚深法不相違背三者加護其行令彼於義皆悉解了四者加護辯才令彼斷諸疑惑五者加護記説令彼一切語言音聲聞者皆喜六者加護化度之法令彼超勝一切衆會七者加護現法光明令無暗鈍八者加護得出離門令其依法修證世尊我以如是八法善作加護其説法師而復我等於法師所密常營衛令法久住諸魔怨諍咸悉除滅此等皆是如來威神之所建立令其正法廣大流布爾時海意菩薩復白佛言世尊令此正法惟願世尊威神建立使令久住於佛如來入涅槃後末世之中若有深種善根諸衆生等令得如是甚深經典受於手中或安篋笥展轉流布令不隱没爾時世尊受海意菩薩伸勸請已即於眉間放衆色光其光徧照此三千大千世界廣大明耀而此三千大千世界之中一切藥草樹林砂石如是種類蒙光照觸皆悉變成如來形像

所變之像皆於大寶莊嚴道場之中而爲供養以佛威神所建立故其所變化如來之像即時各各異口同音作如是言世尊釋迦牟尼如來威神建立此正法故即彼十方一切如來亦以威神共所建立若彼諸佛威神建立故即彼諸魔不能作其障難世尊正使魔衆其數猶如殑伽沙等威勢增强盡其勇力畢竟不能於此正法而興難事所以者何假使大地分裂破壞一切大海而悉枯涸諸須彌山碎若微塵風可繫縛日月墜地空現色像火中得水水中得火四大種中各各異性一切衆生而同一心虛空與地二事相合假使若有如是等事而亦不能於佛如來加持力中而有少法可動可轉爾時世尊即舉右手置於尊者阿難頂上而告之言阿難汝當受持此之正法於後末世廣宣流布令得受持讀誦演說使佛正法久住世間爾時海意菩薩白佛言世尊見何義故乃以如是甚深正法付囑阿難苾芻而阿難者具分限智此會中有諸大菩薩念慧深廣猶如大海莫知淵際此諸菩薩不付囑耶佛言海意非彼阿難已之慧力而能受持如是正法皆由如來威神建立汝今當知於後末世有諸衆生於阿難所聽受如是甚深正法聞已信樂生大歡喜發希有心應作是言皆是如來不可思議威神建立聲聞之人乃能如是受持甚深廣大經典此即如來威神加持力故時衆會中或有天人作是思念彼海意菩薩念總持力豈有間耶何故世尊但說阿難多聞第一爾時尊者大迦葉知衆有疑觀察大會前白

佛言世尊海意菩薩念總持力豈有間耶何故世尊但說阿難多聞第一佛言迦葉假使殑伽沙數等佛刹土中攝聚衆生皆悉徧滿於汝意云何彼衆生界寧爲多不迦葉白佛言甚多世尊甚多善逝佛言迦葉正使如是諸衆生等無前無後一時皆得人身一一皆具念總持力悉與尊者阿難等無有異若以如上諸衆生等念總持力比海意菩薩念總持力百分不及一乃至烏波尼殺曇分亦不及一迦葉此海意菩薩能以十方諸佛世尊所說之法皆悉任持而無障礙非於一佛二佛所說之法無障礙故譬如天雨入大海中非但容受一渧二渧而無障礙乃至容受一切雨渧悉無障礙而彼大海不增不減海意菩薩亦復如是悉能任持諸佛世尊所說之法皆無障礙非於一佛二佛所說之法無障礙故而是菩薩念總持力亦無增減說是法時會中有八千衆生發阿耨多羅三藐三菩提心咸作是言我等當願各得念總持力如海意菩薩爾時會中諸天及人各以妙華向佛世尊及海意菩薩散擲供養於是會中有一菩薩名蓮華莊嚴前白佛言世尊若善男子善女人於此甚深法門聞已信解受持讀誦如理伺察依法修行者是人得幾數福爾時世尊即說伽陀答蓮華莊嚴菩薩曰

正使大千世界中　徧滿眞金用施佛
聞是法藏信解時　此福比前爲最勝
正使大千世界中　滿中珍寶施如來
若能持讀此深經　其福比前不可數
又若十千世界中　滿中珍寶廣行施

若能宣說此深經　其福勝前不可數
正使千俱胝刹土　廣積珍寶滿其中
普施諸佛世間尊　修行此法勝於彼
十方殑伽沙數量　寶嚴佛刹施如來
此法真實修學時　其福比前不可數
四種法具無邊福　佛亦不能說邊際
發菩提心并護法　起大悲及修法行
四種法具無量福　智者聞已不生疑
虛空界與衆生界　菩提心及諸佛智
我此宣說正法寶　震動十方俱胝刹
放淨光明及雨華　不鼓自鳴百種樂
一切菩薩大智士　發最勝心伸偈讚
聞此所說妙法門　各得善利無虛畏
從我得聞如是法　衆生普獲諸善利
皆由如來所護持　令菩提心無忘失
千俱胝數十方佛　各各合掌而頂禮
稱讚德海大聖尊　善住加持釋師子
天龍修羅緊那羅　乾闥婆及夜叉等
梵王帝釋護世天　各處空中作是語
願釋師子久住世　最上正法無滅沒
勇猛菩薩聖衆尊　護持如是深妙法
有受持此法眼者　我等當往現其身
於彼尊重及策勤　密護令其無衰惱

爾時世尊告海意菩薩言海意今此正法是大法眼是妙法印是勝法幢決擇諸法分別諸法而彼過去未來現在諸佛世尊皆說是法海意我先已說汝等應當尊重恭敬發大堅固如理修行佛說此經已海意菩薩等諸大菩薩摩訶薩衆及諸世間天人阿修羅乾闥婆等一切大會聞佛所說皆大歡喜信受

奉行

海意菩薩所問淨印法門經卷第九

音釋

悚豎 悚息拱切懼也 豎神庾切立也 煬 餘亮切 [illegible] 人者切 赧 奴板切 盎 烏浪切 [illegible] 火郎切 篋笥 篋苦協切 笥息吏切 篋笥箱屬

佛說如幻三摩地無量印法門經

宋西天三藏朝奉大夫試光祿卿傳法大師施護等奉 詔譯

清刻龍藏佛說法變相圖

佛說如幻三摩地無量印法門經卷上 中下同卷

宋西天三藏朝奉大夫試光祿卿傳法大師施護等奉　詔譯

如是我聞一時世尊在波羅柰國仙人墮處鹿野園中與大苾芻衆二萬人俱菩薩摩訶薩一萬二千其名曰師子菩薩摩訶薩師子意菩薩摩訶薩善住意菩薩摩訶薩勝思惟菩薩摩訶薩持世菩薩摩訶薩人授菩薩摩訶薩水天菩薩摩訶薩寶積菩薩摩訶薩隱密菩薩摩訶薩賢護菩薩摩訶薩雹天菩薩摩訶薩徧照菩薩摩訶薩智積菩薩摩訶薩不休息菩薩摩訶薩不空見菩薩摩訶薩慈氏菩薩摩訶薩妙吉祥童眞菩薩摩訶薩等復有二萬天子所謂善道天子安意天子等是諸天子皆悉安住大乘法中并餘無數百千大衆咸悉恭敬圍繞世尊聽受說法爾時

會中有一菩薩摩訶薩名勝華藏從座而起偏袒右肩右膝著地合掌頂禮前白佛言世尊我有所問惟願如來應供正等正覺哀愍聽許略爲宣説佛言勝華藏如來應供正等正覺隨有問者即爲開曉令恣汝問當爲汝説爾時勝華藏菩薩摩訶薩白佛言世尊菩薩摩訶薩云何得不退轉於阿耨多羅三藐三菩提成就五神通得如幻三摩地得是三摩地已諸有衆生善根成熟即以自神力如應現化隨諸衆生所起信解即爲説法而令速證阿耨多羅三藐三菩提佛告勝華藏菩薩摩訶薩言善哉善哉勝華藏汝今善問如是等義汝於過去已曾親近俱胝那庾多百千諸佛於諸佛所深種善根而復能爲一切衆生起悲愍心汝應善聽極善作意今爲汝説于是勝華藏菩薩受敎而聽佛言勝華藏當知有一法若菩薩摩訶薩能具足者即得如幻三摩地得是三摩地已諸有衆生善根成熟即以自神力如應現化隨諸衆生所起信解即爲説法而令速證阿耨多羅三藐三菩提勝華藏所言一法者謂無依止法若菩薩摩訶薩成就此法已乃至徧三界中不作依止想若内若外悉無依止由如是故即具正見以正見故得正相應及正所行是故獲得無障礙慧慧無礙故心亦無礙於無礙心中即起正行勝華藏云何菩薩能起正行謂了一切法悉從緣生於緣生法中無有少法而實積聚何以故以彼諸緣皆不實故是中云何有法可生若法緣生即是無生是故一切法皆悉無生菩薩若能如實了知一切法

無生即得成就諸菩薩道所有一切衆生根欲及事能以悲心而悉隨入得深信解了知一切法悉如幻化乃至分別一切法皆是化事以彼分别畢竟空故而一切法亦復皆空如是知已即得如幻三摩地得是三摩地已乃至能令衆生速證阿耨多羅三藐三菩提勝華藏菩薩復白佛言世尊今此會中有幾許菩薩摩訶薩得是如幻三摩地佛言勝華藏今此會中有慈氏菩薩妙吉祥童眞菩薩等六千大士皆已被於不思議鎧得是如幻三摩地法門勝華藏言餘世界中亦有菩薩大士得是三摩地耶佛言勝華藏西方過此百千俱胝佛刹有世界名極樂有佛號無量光如來應供正等正覺現住說法教化衆生彼佛刹中有菩薩名觀自在復有菩薩名大勢至彼二菩薩得是三摩地於七夜中爲餘菩薩說是法門諸菩薩聞已亦得是三摩地勝華藏菩薩復白佛言世尊彼佛刹中所有菩薩得如幻三摩地者應多於此何以故此佛刹中諸菩薩等於慈氏菩薩妙吉祥童眞菩薩所不能專勤請問聽受如是法門是故少有得此三摩地者佛言勝華藏如是如是如汝所說彼佛刹中所有菩薩安住如幻三摩地者無量無數不可稱計爾時勝華藏菩薩摩訶薩復白佛言世尊惟願如來應供正等正覺如其所應現神通相使彼佛刹二大士等來此娑婆世界復令此會大衆得見極樂世界瞻覩無量光如來應供正等正覺所以者何此佛刹中諸善男子善女人若得見彼無量光如來即能發起阿耨多羅三藐三

菩提心各各願生於彼佛刹普得不退轉於阿耨多羅三藐三菩提又若彼二大士來此刹中所有此土修菩薩乘諸善男子善女人善根增長或復於彼二大士所聞説法已即令獲得如幻三摩地爾時世尊受勝華藏菩薩摩訶薩請已即從眉間放大光明其光金色於此三千大千世界普徧照耀其中所有須彌山目真鄰陀山摩訶目真鄰陀山雪山輪圍山大輪圍山等乃至極樂世界邊際一切山石叢林暗瞑等處此金色光而悉照破世間所有日月光明廣大熾盛以佛光明所映蔽故猶如眼光其量微小是時光明金色晃耀照徹西方百千俱胝佛刹乃至極樂世界無量光如來所其光旋環繞佛七帀普照耀已於彼佛前隱而不現是時極樂世界所有菩薩聲聞及餘衆生之類乘前光明悉能見此娑婆世界及見釋迦牟尼如來菩薩聲聞大衆圍繞如觀掌中菴摩勒果皆生歡喜愛樂之心咸作是言南無世尊釋迦牟尼如來應供正等正覺時此娑婆世界釋迦牟尼如來會中所有諸菩薩摩訶薩苾芻苾芻尼優婆塞優婆夷梵王帝釋護世四王并餘天龍夜叉乾闥婆阿修羅迦樓羅緊那羅摩睺羅伽人非人等悉能見彼極樂世界及見無量光如來菩薩聲聞大衆圍繞光明熾盛如妙高山映徹照耀徧此刹中如明眼人於一磔手地量之中觀餘面輪而不勞力此彼互見亦復如是時此會衆得見彼佛及彼世界無數百千俱胝那庾多功德圓滿莊嚴事已皆生歡喜愛樂之心咸作是言南無世尊無

量光如來應供正等正覺作是言時會中有八萬四千衆生皆發阿耨多羅三藐三菩提心以此善根當得生於極樂世界爾時彼世界中所有菩薩聲聞大衆又復生希有心合掌恭敬遥向世尊釋迦牟尼如來而伸頂禮重作是言南無世尊釋迦牟尼如來應供正等正覺發是言時彼極樂世界六種震動所謂震徧震等徧震動徧動等徧動擊徧擊等徧擊湧徧湧等徧湧爆徧爆等徧爆吼徧吼等徧吼現如是相已時彼會中觀自在菩薩大勢至菩薩俱白無量光如來言希有世尊希有善逝彼釋迦牟尼如來所有名字稱念中間能令大地六種震動彼佛告言善男子不但此佛刹中稱揚釋迦牟尼如來名字之時有如是相別餘無量佛刹之中亦悉稱揚彼佛名字而諸佛刹常光照觸彼彼皆悉六種震動是諸刹中無量無數衆生之類若得聞是釋迦牟尼如來名已悉得善根增長不退轉於阿耨多羅三藐三菩提復次彼會菩薩衆中有四十俱胝菩薩得聞釋迦牟尼如來名已咸起是願普集所有一切善根悉以廻向阿耨多羅三藐三菩提即時觀自在菩薩大勢至菩薩前詣無量光如來所各各頭面禮彼佛足肅恭瞻仰退住一面俱白佛言世尊彼釋迦牟尼如來前所放光昔未聞見甚爲希有何因緣故現是光相若無因緣彼佛世尊不放光明其事云何願佛爲説彼佛告言善男子如是如是如汝所說釋迦牟尼如來所放光明非無因緣彼佛世尊將欲宣說菩薩安住三摩地寶最上法門爲說法故

先現是相時觀自在菩薩大勢至菩薩復白彼佛言世尊我等今者樂欲往彼娑婆世界瞻禮親近世尊釋迦牟尼如來應供正等正覺聽其説法惟垂哀許佛言善男子汝等可往今正是時汝等往故轉復發起彼佛世尊宣説法要時二菩薩蒙佛許已即於諸菩薩摩訶薩衆中顧謂八十四俱胝菩薩言諸善男子我等今往娑婆世界瞻禮親近釋迦牟尼如來聽其説法所以者何彼佛世尊最上希有能爲難事捨餘清淨嚴好佛土樂於娑婆世界穢惡土中以大悲願力教化衆生彼諸衆生多起下劣信解勇發貪瞋癡等諸業煩惱而佛世尊能於其中成就阿耨多羅三藐三菩提果是爲難事汝等宜應隨我往彼時諸菩薩歡喜隨順復次會中有諸大聲聞異口同音前白佛言世尊彼釋迦牟尼如來所有名字若暫聞者尚得善利何況親往現前瞻禮使瞻禮者肉眼清淨我等欲往願佛聽許佛言可往今正是時爾時八十四俱胝菩薩并諸大聲聞恭敬圍繞觀自在菩薩大勢至菩薩來詣娑婆世界菩薩行時如其所應現諸色相神通事業時八十四俱胝菩薩各各化現八十四俱胝殊妙樓閣一一樓閣高十二由旬廣八由旬四方四隅周徧妙好是諸樓閣有以金銀吠瑠璃頗胝迦赤珠碼碯琥珀等七寶合成有以金銀所成有以金銀吠瑠璃成有以金銀吠瑠璃碼碯所成有以金銀吠瑠璃碼碯頗胝迦成有以金銀吠瑠璃頗胝迦琥珀赤珠所成有以赤栴檀香龍實栴檀香沉水栴檀香成有以衆妙栴檀

香等所共合成有以優鉢羅華鉢訥摩華俱
母陀華奔拏利迦華所成有以須摩那華婆
利師迦華瞻波迦華波吒羅華阿提目多迦
華所成有以馱努瑟迦華所成有以曼陀羅
華摩訶曼陀羅華所成有以曼殊沙華摩訶
曼殊沙華嚕左華摩訶嚕左華作訖囉華摩
訶作訖囉華蘇囉毗作訖囉華摩訶蘇囉毗
作訖囉華賛捺囉華摩訶賛捺囉華蘇囉毗
賛捺囉華賛訥盧怛摩華薩他囉華摩訶薩
他羅華蘇囉毗薩他羅華等所共合成有以
一切妙華莊嚴所成有以無數百千殊妙色
相莊嚴所成如是一一樓閣之中皆悉出現
八萬四千清淨光明

佛說如幻三摩地無量印法門經卷上

佛說如幻三摩地無量印法門經卷中

宋西天三藏朝奉大夫試光禄卿傳法大師施護等奉　詔譯

復次彼彼樓閣周帀或有天女執衆樂器所謂琵琶箏簫琴笙箜篌螺鼓小鼓拍板等類作妙音樂或有天女捧赤栴檀香末或有天女捧龍實栴檀香末或有天女捧沉水栴檀香末或有天女捧黒沉栴檀香末或有天女捧衆妙栴檀香末或有天女執優鉢羅華俱母陀華奔拏利迦華或有天女執曼陀羅華摩訶曼陀羅華或有天女執播嚕沙迦華摩訶播嚕沙迦華或有天女執曼殊沙華摩訶曼殊沙華或有天女執嚕左華摩訶嚕左華或有天女執作訖囉華摩訶作訖囉華三滿多作訖囉華蘇嚕唧囉作訖囉華或有天女執賛捺囉華摩訶賛捺囉華蘇嚕唧囉賛捺囉華或有天女執薩他羅華摩訶薩他羅華蘇嚕唧囉薩他羅華或有天女捧入妙衣及妙華妙香塗香末香等隨處而住而彼一一樓閣之中各各有大妙寶莊嚴師子之座化如來像安處其上三十二相莊嚴具足又復一一樓閣之中化出八萬四千眞珠瓔珞其珠三色謂青白赤又復一一樓閣之中化出八萬四千殊妙寶幢以諸金鈴網覆其上天衣垂下而爲嚴飾又復一一樓閣之中化出八萬四千寶瓶盛諸妙香又復一一樓閣之中化出八萬四千上妙寶蓋以百千種極妙彩繪而爲嚴飾又復一一樓閣之中化出八萬四千多羅行樹及八萬四千七寶行樹一一皆以寶繩交絡又復一一樓閣之中化出八萬四千懸鈴寶網微風吹動出和雅音如

百千種妙音樂聲又復一一樓閣之中化出寶池純以金沙布底七寶界道瑠璃水精周帀莊飾八功德水充滿其中池中出生優鉢羅華鉢訥摩華俱母陀華奔拏利迦華等其池復有鳧鴈鴛鴦異鳥和鳴八萬四千妙寶行樹周帀圍繞上以八萬四千寶繩交絡而爲嚴飾又復一一樓閣之中出大光明廣照八萬四千由旬爾時觀自在菩薩摩訶薩大勢至菩薩摩訶薩及彼所來諸菩薩衆以是殊妙莊嚴一切樓閣一時置在一樓閣中諸莊嚴事互不相礙譬如力士屈伸臂頃到此娑婆世界而諸菩薩以神通力故各以所現八十四俱胝功德莊嚴殊妙樓閣置於佛會如其所應神通威力令此娑婆世界地平如掌而佛會中亦不迫窄是諸樓閣出大光明照此三千大千世界是時彼二菩薩前詣佛所頭面禮足右繞三帀退住一面俱白佛言無量光如來應供正等正覺致問世尊釋迦牟尼如來少病少惱動止輕利安樂行不彼二菩薩復白佛言我等菩薩聲聞於極樂世界見佛世尊故來瞻覲時此娑婆世界佛會之中所有菩薩聲聞大衆見此世界清淨嚴飾及見無數廣大樓閣已咸起是念如來何故現是威力而能令彼諸大菩薩來至於此爾時勝華藏菩薩承佛威神從座而起前白佛言希有世尊希有善逝今此娑婆世界如是嚴飾及現樓閣爲是如來威神力耶爲是彼二菩薩威力所變願佛爲說佛告勝華藏菩薩摩訶薩言勝華藏此非如來威神之力乃是觀自在菩薩摩訶薩大勢至菩薩摩訶

薩威力所變故現是相勝華藏復白佛言希有世尊希有善逝此二大士已得不可思議願力清淨善根潔白乃能有是神通威力佛言勝華藏如是如是如汝所說此二大士已於俱胝百千那庾多劫積集善根清淨潔白又復已得如幻三摩地法門從是三摩地中能現如是種種色相神通等事復次勝華藏且置是事汝觀東方爲有何相勝華藏菩薩承佛聖旨即以無礙清淨天眼觀見東方殑伽沙數佛刹之中有殑伽沙數諸佛世尊彼一一佛前皆有觀自在菩薩摩訶薩大勢至菩薩摩訶薩各禮佛足又聞其言無量光如來應供正等正覺致問世尊少病少惱動止輕利安樂行不及見無量廣大樓閣妙寶嚴飾如是南西北方四維上下一一皆見殑伽沙數佛刹之中有殑伽沙數諸佛世尊彼一一佛前皆有二大士各禮佛足又聞其言無量光如來應供正等正覺致問世尊少病少惱動止輕利安樂行不及見無量廣大樓閣妙寶嚴飾時勝華藏菩薩見是相已復白佛言希有世尊希有善逝此二大士眞實已得最勝如幻三摩地門能於十方諸佛刹中悉見其身神通威力不可思議爾時世尊觀察衆會如其所應現神通相即時會中一切大衆以佛威神力故皆如勝華藏菩薩亦能見彼十方世界如殑伽沙數諸佛刹土彼彼刹中佛世尊前皆有二大士各禮佛足乃至見彼廣大樓閣妙寶嚴飾當此衆會見是相時會中有三萬二千衆生發阿耨多羅三藐三菩提心爾時勝華藏菩薩摩訶薩復白佛言

世尊此二大士於何佛所發阿耨多羅三藐三菩提心而所發心爲久近耶其佛如來名字何等惟願世尊善爲宣說令餘菩薩知其所修如其所行畢竟皆得行願圓滿佛告勝華藏菩薩言汝應善聽極善作意今爲汝說是時勝華藏菩薩受教而聽佛言勝華藏乃往過去阿僧祇阿僧祇劫前又經廣大無量無邊不可思議劫數過是劫已將此三千大千世界碎爲微塵一塵一劫過是微塵劫數之前時有世界名無量功德寶莊嚴普現妙樂有佛出世號師子遊戲金光王如來應供正等正覺明行足善逝世間解無上士調御丈夫天人師佛世尊彼佛剎中所有功德莊嚴等事廣大無量勝華藏於汝意云何彼無量光如來應供正等正覺極樂世界中所有功德莊嚴是爲多不勝華藏言甚多世尊無量無邊不可思議佛言勝華藏我以譬喻略明斯義譬如有人取彼一毛析爲百分將其一分於大海中取一滴水勝華藏於汝意云何彼毛端水是爲多耶餘大海水而爲多耶勝華藏白佛言世尊毛端之水極爲微少餘大海水深廣無量佛言勝華藏汝今當知無量光如來極樂世界所有功德莊嚴等事如毛端水師子遊戲金光王如來無量功德寶莊嚴普現妙樂世界所有功德莊嚴等事如大海水又師子遊戲金光王如來會中所有菩薩聲聞之衆比無量光如來會中菩薩聲聞多百千倍彼佛世尊隨應演說三乘之法勝華藏以要言之彼師子遊戲金光王如來剎土之中所有功德莊嚴及妙樂事假使我

於殑伽沙數劫中廣以辯才而亦不能說其邊際復次勝華藏彼師子遊戲金光王如來法中有王名勝威其王於千世界中自在特尊廣大富盛正法化世有七萬六千最上園苑王所受用其王諸子各有一萬園林受用勝華藏菩薩白佛言世尊彼佛剎中有女人不佛言不也善男子彼佛剎中尚無女人名字可聞況有女人耶其中生者皆是化生清淨潔白咸修梵行一切衆生皆以法喜禪悅爲食不受一切麤惡段食勝華藏其王與子於八萬四千俱胝歲中尊重供養師子遊戲金光王如來彼佛世尊知王深心起淨信已即爲宣說無量印善巧法門勝華藏何等名爲無量印善巧法門耶謂諸菩薩摩訶薩所起諸行未甞於限量法中而有趣求何以故以諸菩薩行無量布施無量持戒無量忍辱無量精進無量禪定無量智慧於無量生死中隨入於無量衆生中慈愍無量剎土莊嚴無量聲聞莊嚴無量色相成就具足無量音聲及無量辯才勝華藏諸菩薩乃至一發心所有善根尚起無量廣大之心迴向一切況復積集無量行願普用迴向一切衆生使諸衆生悉證無生如佛涅槃而得涅槃善男子此即名爲無量迴向以是迴向故即空無相無願而悉無量眞如實際法界亦復無量解脫無生離諸繫著善男子以要言之無量義者即一切法無量何故說一切法爲無量耶以一切法無生無滅故無量若法無量即無生無滅若法無生無滅即無量是名無量印法門勝華藏爾時彼師子遊戲金光王如來

爲彼勝威王如是宣說無量印善巧法門時
其王於一切法而得覺了復次勝華藏彼勝
威王於佛法中修禪定行後於一時安處禪
定其王忽然左右二脇生二蓮華殊妙可愛
清淨猶如龍實栴檀香於其華中生二童子
跏趺而坐其王見已歎未曾有即向童子說
伽陀曰

汝或是天或是龍　或復夜叉羅刹類
或人非人若神仙　汝等何名爲我說

時右脇生者童子即說伽陀答彼王曰

於一切法空性中　汝今問我何名字
然彼諸法本無名　何故以名而見問
法空性中無天龍　亦無夜叉羅刹類
人與非人若神仙　彼等一切無所有

時左脇生者童子亦說伽陀答彼王曰

名與名體二皆空　能名所名俱無有
於一切法無名中　但以強名而表示
當知眞實名自性　是中非見亦非聞
本來無滅復無生　何故以名而見問
諸所作事所有名　既以假名而表示
是故我今亦假名　一名寶嚴二寶上

彼二童子說伽陀已宿善力故得五神通即
與勝威王同詣師子遊戲金光王如來所到
已頭面各禮佛足右繞三帀退住一面彼二
童子合掌向佛異口同音說伽陀曰

我今當以何等物　供養正覺二足尊
此事願佛開我心　令我聞已心安定
我今無花亦無香　復無飲食及衣服
諸妙供養悉皆無　將何供養最勝者

爾時彼佛爲二童子說伽陀曰

若能一發菩提心　廣爲衆生作利樂
此即名爲眞供養　正覺三十二相者
若人以彼殑伽沙　是等數量諸佛刹
滿中勝上諸妙華　供養世尊救世者
若人至心但合掌　發起無上菩提心
是人所獲勝福門　倍多於前無有量
異此何名眞供養　異此何名勝依止
若人能發菩提心　我說名爲上智者

佛說如幻三摩地無量印法門經卷中

佛說如幻三摩地無量印法門經卷下

宋西天三藏朝奉大夫試光祿卿傳法大師施護等奉　詔譯

復次勝華藏爾時彼二童子向佛世尊復說
伽陀曰

能仁作大師子吼　天人一切普得聞
我等今對世尊前　各發誠實最上願
我等乃至未來際　願我所行經多劫
隨入生死輪迴中　救度無數衆生類
我等今者以此緣　盡未來際悉思念
普爲利樂諸衆生　於無邊劫行無懈
我等從今日已去　永滅貪瞋癡等垢
十方現在佛世尊　證我所說誠無妄
我等今發菩提心　不樂聲聞緣覺果
我等若有樂小心　決定當招妄語報
我所不樂二乘果　但以悲心爲衆生
縱經俱胝多劫中　願我常行而不懈
如佛世尊所成就　如應佛刹廣莊嚴
願我當來得佛時　刹土倍多俱胝數
又願當來佛刹中　無有聲聞緣覺衆
純一菩薩所莊嚴　廣集無量諸智聚
願我得是莊嚴已　當令衆生得離垢
從諸佛法所出生　普使當持佛法藏
若我今時諸所說　真實無妄無別異
願此大海及山川　乃至大地皆震動
當發如是願言時　大地即時皆震動
不鼓音樂自然鳴　出微妙音徧十方
天雨衆華衆妙香　殊麗嚴好極可愛
俱胝百千妙天衣　周徧繽紛而散布

爾時彼二童子各發阿耨多羅三藐三菩提
心勝華藏於汝意云何彼時勝威王者豈異

人乎即今無量光如來應供正等正覺是彼時寶嚴童子者今觀自在菩薩摩訶薩是寶上童子者今大勢至菩薩摩訶薩是是二菩薩於彼師子遊戲金光王如來所首發阿耨多羅三藐三菩提心復次勝華藏菩薩前白佛言世尊此二大士甚爲希有如是名字難可得聞而復具足甚深信解所發菩提心無與等比世尊此二大士於師子遊戲金光王如來之後又復供養幾許諸佛佛言善男子所有殑伽河沙尚可知其邊際數量此二大士於彼佛後其所供養諸佛如來我亦不能知其邊際何以故此二大士悉已被於不思議鎧具足無量殊勝功德是故不能知其邊際爾時勝華藏菩薩摩訶薩復白佛言世尊彼無量功德寶莊嚴普現妙樂世界在何方處佛言善男子今此西方極樂世界即是彼往昔時無量功德寶莊嚴普現妙樂世界勝華藏言此二大士當於何時成就阿耨多羅三藐三菩提果當得何等佛刹功德莊嚴而佛壽量其數幾何復有幾許菩薩之衆惟願如來應供正等正覺廣爲悲愍利樂一切世間天人宣説此二大士當成佛事令餘菩薩聞已悉得大願圓滿佛言勝華藏汝應善聽極善作意今爲汝説是時勝華藏菩薩受教而聽佛言善男子當知西方無量光如來壽命無量極不可計假使俱胝那庾多百千劫中亦復不能説其邊際其佛正法住世八萬四千那庾多劫佛涅槃後以諸衆生善根力故亦得值遇餘佛出世而諸菩薩安住念佛三昧常得見佛中無間缺善男子又復無量

光如來涅槃之後其說法處七寶莊嚴妙蓮華樹自然演出微妙法音經于一夜至明旦時觀自在菩薩摩訶薩即於衆寶莊嚴菩提樹下安處其座成等正覺成正覺已號曰普明高顯吉祥峯王如來應供正等正覺明行足善逝世間解無上士調御丈夫天人師佛世尊勝華藏彼佛剎土功德莊嚴等事假使我於殑伽沙數劫中巧以譬喻言詞而亦不能說其少分又善男子如是佛剎功德莊嚴若以師子遊戲金光王如來剎土功德莊嚴而較量者即前百分不及一分千分百千分亦不及一數分喻分乃至烏波尼殺曇分皆不及一又彼剎中無有聲聞緣覺名字純一清淨大菩薩衆又善男子總以無量光如來會中一切聲聞緣覺菩薩合集較量而普明高顯吉祥峯王如來會中菩薩之衆亦復倍多其佛壽命九十六俱胝那庾多百千劫正法住世六十俱胝劫勝華藏菩薩白佛言世尊彼佛世界豈不亦以極樂爲名耶佛言不也善男子彼世界名衆寶普嚴彼佛如來隨其所應作諸利樂而此大勢至菩薩摩訶薩於彼法中隨佛壽量住世久近承事供養乃至彼佛入涅槃後奉持佛法令法久住至於最後法欲滅時大勢至菩薩於其剎中得成阿耨多羅三藐三菩提果成正覺已號曰善住功德寶峯王如來應供正等正覺明行足善逝世間解無上士調御丈夫天人師佛世尊其佛剎中所有功德莊嚴等事菩薩大衆皆悉具足其佛壽命及正法住世與普明高顯吉祥峯王如來皆悉同等一切圓滿不增

不減復次佛告勝華藏菩薩摩訶薩言汝今當知普明高顯吉祥峯王如來善住功德寶峯王如來如是名字若善男子善女人暫得聞者是人當得不退轉於阿耨多羅三藐三菩提又勝華藏若善男子善女人得聞過去師子遊戲金光王如來及彼未來普明高顯吉祥峯王如來善住功德寶峯王如來名字之者隨彼聚落族氏之中一切女人皆轉女身而成男子四十俱胝劫中背於生死轉生當得清淨出家常得見佛聞法承事僧伽世世所生具宿命智及得總持無礙辯才不退轉於阿耨多羅三藐三菩提爾時世尊作是説時會中有九十六俱胝天人異口同音作如是言南無十方三世一切諸佛及未來世普明高顯吉祥峯王如來善住功德寶峯王如來普集一切諸佛一切善利我皆隨喜我等悉發阿耨多羅三藐三菩提心即時諸佛咸爲記言汝等當得不退轉於阿耨多羅三藐三菩提爾時會中有七千菩薩得無生法忍八十四那庾多衆生遠塵離垢得法眼淨八千苾芻無復諸漏得心解脱爾時觀自在菩薩摩訶薩大勢至菩薩摩訶薩於此會中如其所應現諸色相神通事已一切衆會皆悉得見是時十方無量阿僧祇諸佛世尊見如是相及聞宣説彼二菩薩當成佛事已咸共讚言希有世尊釋迦牟尼如來能善護念是二菩薩我等諸佛亦共稱讚復次勝華藏菩薩摩訶薩白佛言世尊佛所宣説如是甚深微妙經典若善男子善女人有能受持讀誦爲他廣説者得幾所福佛言止止善男子

勿致斯問何以故諸有劣信解者於佛所說如是深經不能生信故我不說勝華藏菩薩白佛言世尊今此會中亦有廣大具深信解諸善男子善女人等惟願如來略爲宣說受持功德與後末世一切衆生作大明照佛言勝華藏諦聽諦聽今爲汝說時勝華藏菩薩受教而聽佛言善男子假使有人有大勢力福德具足悉能了知衆生界分作如是言如佛所說世界無邊衆生無盡我能於彼一切衆生頂肩荷負經無量無邊俱胝劫數復能以其飲食衣服一切樂具周徧供給一切衆生勝華藏於汝意云何此人以是因緣得福多不勝華藏白佛言甚多世尊若有人經一彈指間於一衆生起慈心者得福尚多況如是耶佛言勝華藏我今實言告汝若有善男子善女人於此深經自能生信勸令他信者其所得福倍多於彼又若有人於此深經能受持讀誦爲他廣說者當知是人以菩提心而爲依止爾時勝華藏菩薩摩訶薩白佛言世尊如來所說如是深經若佛現在若涅槃後我當受持讀誦爲他廣說宣通流布使不斷絕勝華藏菩薩發是言時會中有九十六俱胝菩薩異口同音作如是言世尊我等於佛所說深經亦當受持讀誦爲他廣說爾時娑婆世界主大梵天王帝釋天主護世四王及餘無數諸天子衆各以天曼陀羅華散於佛上及以天華散諸菩薩復作百千俱胝種天妙音樂而爲供養又發是言一切衆生得門如是甚深正法光明普照得大善利我等於此法門咸當受持宣通流布佛言如是如

是諸善男子如汝所説今此正法不可思議若人曾於十千佛所深種善根是人方得此經墮手況復有能受持讀誦生信解耶復次佛告勝華藏菩薩摩訶薩言今此正法若得聞者隨彼方處一切女人轉成男子唯除二種謂慳嫉者即時會中有一女人名曰離塵心生信解從座而起前白佛言世尊我今內心已滅慳嫉我發阿耨多羅三藐三菩提心若我發心眞實無妄當得成佛及如佛所言聞此法時隨處即得轉女人相是事實者願我轉身得成男子爾時彼女發如是言已即得轉成男子之身時佛爲授不退轉阿耨多羅三藐三菩提記當得成佛號除一切煩惱如來應供正等正覺佛説此經已勝華藏等諸菩薩摩訶薩并諸苾芻衆乃至世間天人阿修羅等一切大會聞佛所説皆大歡喜信受奉行

佛説如幻三摩地無量印法門經卷下

音釋

訥 奴骨切　篳篥 篳卑吉切篥力質切篳篥胡管也　繪 胡對切彰施五彩也　鳧 防夫切水鳥也　窄 側革切狹也　脇 虛業切腋下也

守護國界主陀羅尼經

唐罽賓國三藏般若等譯

清刻龍藏佛說法變相圖

守護國界主陀羅尼經卷第一

唐罽賓國三藏般若等譯

序品第一

如是我聞一時薄伽梵住伽耶城去城不遠菩提樹下與大比丘衆七千人俱皆是大阿羅漢諸漏已盡無復煩惱已作所作已辦所辦心善解脱慧善解脱猶如大龍得宿住智已捨重擔逮得已利盡三有結無復後有於一切法得真實智深入法性到於彼岸於法善巧從法化生於順於違心無染著發言和悦先意問訊梵行清淨正念明潔於解脱道已得圓滿唯有阿難住於學地復有菩薩摩訶薩八萬四千人皆於一生當得菩提於一切智任運深入至於源底十方諸佛常現在前得無染著陀羅尼門住首楞嚴諸三昧門

得大自在遊戲神通諸解脱門已離一切煩惱障礙以大慈悲普覆十方一切世界徧遊法界無邊刹海以無住相入虛空性常勤利益一切衆生於佛境界已得善巧心意智慧廣大無量猶如虛空甚深無際猶如大海安住不動如須彌山無所染著猶如蓮華内外清淨如摩尼寶光明熾盛如鎔真金具如是等無量無邊諸功德聚其名曰普賢菩薩摩訶薩普眼菩薩摩訶薩普觀菩薩摩訶薩普光菩薩摩訶薩普燄菩薩摩訶薩勝意菩薩摩訶薩增長意菩薩摩訶薩無邊意菩薩方廣意菩薩廣大意菩薩無盡意菩薩持地意菩薩持衆生意菩薩得勝意菩薩善分別意菩薩陀羅尼自在王菩薩執寶炬菩薩寶印手菩薩寶冠菩薩寶髻菩薩寶積菩薩寶生

菩薩寶峯菩薩寶幢菩薩金剛藏菩薩吉祥藏菩薩無垢藏菩薩清淨藏菩薩如來藏菩薩智藏菩薩日藏菩薩三昧藏菩薩蓮華藏菩薩解脱月菩薩普月菩薩大勢至菩薩普見菩薩蓮華眼菩薩廣嚴眼菩薩普威儀菩薩普端嚴菩薩普行意菩薩智慧意菩薩法意菩薩金剛意菩薩師子遊戲菩薩大雲自在王菩薩師子威猛音菩薩廣大深妙聲菩薩無染著菩薩離諸垢菩薩月光燄菩薩日光燄菩薩智光燄菩薩智吉祥菩薩月吉祥菩薩蓮華吉祥菩薩賢吉祥菩薩寶吉祥菩薩妙吉祥童子菩薩觀自在菩薩彌勒菩薩等而爲上首皆於賢劫當得菩提與如是等菩薩摩訶薩八萬四千人復有無量四大王衆天四大天王而爲上首復有無量忉利天

子釋提桓因而爲上首復有無量須夜摩天子夜摩天王而爲上首復有無量兜率天子兜率陀天王而爲上首復有無量化樂天子妙化樂天王而爲上首復有無量佗化自在天子佗化自在大王而爲上首復有日光天子滿月天子商主天子各與無量天子眷屬俱復有大梵天王與無量梵衆俱復有淨居諸天摩醯首羅天王各與無量眷屬俱如是無量天龍夜叉乾闥婆阿修羅迦樓羅緊那羅摩睺羅伽各與無量百千眷屬俱復有無量比丘比丘尼優婆塞優婆夷各與眷屬俱如是無邊一切衆會各至佛所頂禮佛足退坐一面恭敬圍繞爾時如來處於衆會坐金剛座威德巍巍超過一切如須彌山出于大海光相炳曜映奪一切譬如朗日高昇虛空見者清涼如秋滿月身心寂靜如大梵王衆所敬畏如天帝釋具七聖寶如轉輪王決定宣說法空無我如師子吼光明照徹一切世界如夜暗中而然大火放種種光普照十方一切世界如天摩尼及衆寶聚無所分別降伏魔怨摧諸異見如大象王於順於違心無垢濁如清淨池處衆無畏猶如師子智慧深廣無量無邊無能至底能生一切功德寶聚猶如大海普雨法雨潤洽一切生長成熟猶如大龍具如是等無量功德爾時一切衆會一心合掌瞻仰如來生難遭想如來大悲慈眼普觀身光普照當爾之時菩提樹王於其四面各七由旬地上虛空天龍八部一切衆會周帀徧滿無有微塵毛端量處而無聖衆如來所處金剛之座高一由旬縱廣正等各

半由旬以無量種百千萬億微妙天衣而敷其上懸衆寶蓋垂諸綱鐸衆寶繒綵以爲幢旛羅列建立周帀垂掛於座四周皆以金剛而爲其地平坦如掌清淨潤澤香潔柔輭蹈則没足舉則還復衆生見者欣樂無猒爾時諸天爲供養佛雨天妙華所謂瞻博迦華阿提目多伽華婆利師迦華曼陀羅華摩訶曼陀羅華曼殊沙華摩訶曼殊沙華以如是等種種天華而散佛上及諸大衆徧覆其地微風吹動出殊妙香飄滌諸穢忽於其地涌出無數百寶蓮華大如車輪真金爲葉各百千萬以吠瑠璃而爲其莖帝青摩尼以爲其臺阿濕摩羯摩寶以爲其鬚發衆妙香出過諸天其華柔輭光淨細滑衆生見者情無猒足若有觸者能除熱惱身心清涼如是皆爲供養如來故現斯瑞當爾之時去金剛座於其四隅不近不遠各有寶樹從地涌出其樹各以七寶所成樹身高聳二由旬半枝葉周布覆一由旬爾時文殊師利法王子菩薩摩訶薩於衆會中瞻仰如來處金剛座威德特尊光明炳著蔽於大衆逾百千日映餘光輝一切衆會覩無猒足發清淨心即從座起胡跪合掌以妙伽他而讃佛言

如來威容不可量　超出人天及衆聖
譬如滿月澄空界　一切星宿奪光輝
佛處慈悲大海中　放百千光而照耀
譬如須彌出巨海　諸天依住放光明
常住解脱禪定中　自在光明照一切
譬如三千大梵王　寂靜光超諸梵天
功德智慧以嚴心　寶相嚴身光普照

如帝釋光及智慧　超過一切忉利天
大慈悲意自莊嚴　安立衆生於聖道
如四天王能護世　慰喻教化諸衆生
佛日恒放法光明　普照衆生滅邪見
譬如千日光明照　映奪摩尼火等光
佛面圓滿相端嚴　見者歡悅心清淨
譬如中宵圓淨月　衆生樂見得清凉
大仙恒放智光明　滅除一切無明暗
如夜高山大火聚　無遠不照發光輝
佛説無我諸法空　一切外道皆驚怖
如山窟中師子吼　百獸聞者喪精光
佛身如鎔紫金山　光明映蔽於大衆
亦如摩尼寶光耀　超奪一切寶光明
福德智慧方便門　精勤一切皆善巧
徧觀世界無倫匹　況復能過於世尊
我見大雄哀世間　智慧大海光明照
五體投於佛足下　踊躍歡喜難自持
我讚如來世間燈　能生功德最勝智
以此福聚利含識　一切速證大菩提

爾時文殊師利童子菩薩摩訶薩説此伽陀稱讚佛已合掌恭敬瞻仰如來目不暫捨一心思惟如來所住微妙法性甚深難入非可見相難見難解非是凡愚外道境界微妙寂靜不可思議能生諸佛無等等智不可思議流出法界差別教法不可思議唯有如來究盡明了住無所住虛空境界現證諸法本性清淨真實之際得於諸佛無礙解脱常住不變安樂寂靜其身充滿一切刹土普現一切衆生之前入於三際平等源底非是心識稱量境界於無量劫思惟宣説不可窮盡文殊

師利如是審諦微細觀察深法已默然而住

陀羅尼品第二之一

爾時世尊常住三世平等法性而入三昧名普隨順衆生心行以三昧力於時會中所應調伏一切大衆各各見佛種種不同所謂或有衆生見於如來相好之身或有衆生見聲聞身或有衆生見菩薩身或有衆生見梵天身或有衆生見大自在天身或有衆生見那羅延天身如是乃至天龍八部人非人等種種差別其無信者都無所見猶如生盲不見日月其得見者隨其種類而見其身種種威儀隨其類音聞種種聲隨其所樂聞種種法隨其力能生種種解雖隨衆生如是知見而如來身一味無二所謂一解脱味猶如虚空離於一切麤細分別及無分別亦如大地能爲一切世出世間天龍八部依持而住生長成熟而無猒倦又如火大能燒衆生諸煩惱薪無有猒倦亦如風大能飄一切煩惱塵垢亦無猒倦又如水大悉能滋長一切衆生所有善根除煩惱熱得清涼樂亦無猒倦爾時世尊忽於頂上肉髻之中膚骨毛孔放大光明其光鮮白復以無量百千光明而爲眷屬普照世間下至阿鼻地獄上至阿迦尼吒天一切所有皆同白色其中衆生皆見一切山林河海情非情物皆同鮮白猶如乳色亦如雪山又從口中放大光明如帝青色亦以無量百千光明而爲眷屬照於東方從金剛座東盡恒河沙世界其中所有山河石壁草木叢林情非情境皆帝青色彼中衆生皆見一切如帝青色復於右肩放大光明如鎔金色

亦以無量百千光明而爲眷屬照於南方從金剛座南盡於南方恒沙世界其中所有皆鎔金色彼諸衆生亦見一切皆鎔金色復於背上放大光明紅玻瓈色亦以無量百千光明而爲眷屬照於西方從金剛座西盡於西方恒沙世界其中所有皆紅玻瓈色彼中衆生亦見一切皆玻瓈色復於左肩放五色光所謂青黄赤白及於緑色亦以無量百千光明而爲眷屬照於北方從金剛座北盡於北方恒沙世界其中所有悉皆五色彼中衆生亦見一切皆具五色如是所照一切世界一一下至阿鼻地獄上至阿迦尼吒天照諸世界作佛事已收光歸本其白色光還從上下來至佛所右遶如來經三帀已從佛頂入帝青色光還從東方來至佛所右遶三帀從佛口入鎔金色光還從南方來至佛所右遶三帀入佛右肩紅玻瓈色光還從西方來至佛所右遶三帀入如來背五色光明還從北方來至佛所右遶三帀入佛左肩雖此光明展照還收而如來身體無增減譬如月光偏照虚空無有增減亦如油水及以融蘇投沙聚中亦無增減又如雪山騰出浮雲徧滿虚空須臾卷攝還歸雪山纖毫無跡而其雪山體無增減爾時世尊復入三昧而此三昧無有名字無言無說不可思議即一切智智諸佛境界入三昧已時此大地六種震動所謂東涌西没西涌東没南涌北没北涌南没中涌邊没邊涌中没爾時會中有一菩薩摩訶薩名一切法自在王承佛神力即從座起整身威儀偏袒右肩頂禮佛足胡跪合掌而白佛

言世尊何因何緣放大光明地六震動爾時佛告一切法自在王菩薩言善哉善哉善男子汝今善能啓發斯問吾當爲汝分別解說善男子有四因緣放斯光明大地震動何等爲四一者三世諸佛皆因入此勝三昧故得阿耨多羅三藐三菩提我亦如是三無數劫具修諸度六年苦行不證菩提由入此定便得無上正等菩提以是因緣故現斯瑞二者由此三昧既無言說體性寂滅不可宣示欲以方便善巧力故爲衆生說故現斯瑞三者我昔於此菩提樹下得是三昧成等正覺爲報恩故今於是處說此三昧三世諸佛亦復如是皆於此處說此三昧故現斯瑞四者欲爲十方恒沙世界無數諸來菩薩摩訶薩及摩伽陀國主阿闍世王比丘比丘尼優婆塞優婆夷天龍夜叉此諸衆會及與法界一切衆生說此三昧以是因緣故現斯瑞爾時大衆聞此說已踊躍歡喜身心清涼悲感欣慕不能自持譬如有人毒箭中心更無所思唯思良醫拔除毒箭令我安樂諸菩薩衆亦復如是不思諸法唯希如來說此三昧拔諸有情生死大夜無明黑暗無所知見破諸煩惱開正法眼得智光明時此衆會雖生此念佛威德故不敢諮問爾時一切法自在王菩薩摩訶薩承佛神力五體投地頂禮佛足胡跪合掌而白佛言世尊彼不可思議一切智智諸佛境界三昧爲以何法而爲其因復以何法而爲根本云何修習云何究竟爾時世尊告一切法自在王菩薩摩訶薩言善哉善哉善男子汝今善能諮問斯義於未來世多所

利益多所安樂一切衆生諦聽諦聽善思念之當爲汝説善男子此深三昧以菩提心而爲其因以大慈悲而爲根本方便修習無上菩提以爲究竟善男子此中何者名爲菩提善男子欲知菩提當了自心若了自心即了菩提何以故心與菩提真實之相畢竟推求俱不可得同於虛空故菩提相即虛空相是故菩提無所證相無能證相亦無能所契合之相何以故菩提畢竟無諸相故善男子以一切法即虛空相是故菩提畢竟無相爾時一切法自在王菩薩復白佛言世尊若此菩提相同虛空一切智體當何所求云何證得菩提現前一切智智當於何生佛告一切法自在王菩薩言善男子一切智體當於心求一切智智及與菩提從心而生何以故心之實性本清淨故善男子此心之性不在内不在外不在中若善男子一切如來説此心相非青非黄非赤非白非紅非紫亦非金色非長非短非圓非方非明非暗非男非女非非男女亦復非是亦男亦女善男子此心非欲界性非色界性非無色界性非天非龍非夜叉非乾闥婆非阿脩羅非迦樓羅非緊那羅非摩睺羅伽人非人等一切同類善男子此心不住於眼亦復不住耳鼻舌身意於三世中亦不可見何以故此心同於虛空相故以是義故遠離一切麤細分别何以故此虛空性即心性故如其心性即菩提性如菩提性即陀羅尼性善男子是故此心虛空菩提陀羅尼性無二無二分無别無斷如是一切皆以大慈大悲而爲根本方便波羅蜜之所攝

受善男子是故當知我今於此諸菩薩等大衆之中説如是法爲淨廣大菩提心故爲令一切了自心故是故一切法自在王若有善男子善女人欲知菩提眞實性者當了自心如其心性即菩提性云何而能了知心性謂此心性於一切相若形若顯若復色蘊受想行識若復色塵聲香味觸若有執受若無執受若十二入若十八界如是等法觀察推求竟不可得善男子若諸菩薩如是了知即得成就第一清淨法光明門住此門已任運得此不可思議一切智智諸佛境界甚深三昧菩薩獲得此三昧已與一切佛平等平等及得一切衆生語言陀羅尼三昧復得隨順諸衆生心陀羅尼門常能無間利益衆生於無爲界具足圓滿遠離斷常六十二等一切邪見正見圓明善男子若諸菩薩住是三昧一切佛法不作功用任運成就善男子我今略説若有能住此三昧者無量無邊無數功德皆悉圓滿爾時一切法自在王菩薩復白佛言世尊如佛所説如虛空性即是心性如於心性即菩提性如菩提性即陀羅尼性其虛空性心性菩提性陀羅尼性無二無別者如是之義甚深甚深難可通達難得趣入不可思議超過心地非是凡愚劣解所知於此會中有二種人一者滿足菩薩位人則得利益二者未得成菩薩功德謂摩伽陀國主阿闍世王及諸比丘比丘尼優婆塞優婆夷等無量衆生則無利益此諸凡愚猶如生盲不見燈光又如聾人不聞細語如砂鹵地不生蓮華世尊如有國王大臣長者於饑儉世食衆

甘美天諸珍膳昇高樓閣告於無量饑餓衆生作如是言我食如是種種上味雖作是言於諸饑人都無所益今佛所說於此衆會未成就者亦復如是都無利益爾時佛告一切法自在王菩薩言善哉善哉善男子善能諮問如是深法多所利樂一切衆生諦聽諦聽善思念之吾當爲汝及此衆會以諸方便示教汝等令汝得解不可思議一切智智諸佛境界甚深三昧善男子若諸佛子欲得成就阿耨多羅三藐三菩提者若欲善能知自心者若有欲以大慈悲手於生死泥拔衆生者應先發起大慈悲心普爲衆生歸依三寶受菩薩戒發菩提心至誠懺悔作如是言惟願十方一切諸佛及與住地得金剛智諸大菩薩當證知我當憶念我我某甲等發菩提心

未住妙道今將身命歸依十方一切三寶惟願諸佛諸大菩薩起慈悲心哀愍攝受我某甲等自從無始流轉已來處在三界生死輪中沉溺惡趣入苦籠檻顛墜諸惡無明羅剎有大力勢諸煩惱寃長夜逼迫無主無救無歸無依無有所趣無有教導住於邪見險惡道中趣向生死背捨涅槃入三惡道不能自出墮於險惡廣大深坑追逐惡友隨順惡教遠離一切諸善知識都不覺知何者爲損何者爲益何者是善何者是惡爲不善法繫著不捨棄背一切三乘聖人長夜常爲生老病死憂悲苦惱種種惑業之所羅網憂迫恐怖恒失本心自性寂靜遠離種種三摩地門陀羅尼門諸地諸忍般若波羅蜜多甚深住處亦復遠離慈悲喜捨諸菩薩戒四無礙智六

通十力四無所畏無忘失法無住涅槃一切隨眠我身具足一切功德我身空無七菩提分八聖道分如是等法百千萬種悉皆遠離無數苦惱意礙留難恒所惱害惟願諸佛諸大菩薩起大慈悲哀愍護念與我為主為救為歸為依為趣願令我等速得圓滿大菩提道及於無量菩提眷屬如來十力四無所畏四無礙解十八不共四攝三昧解脫總持六通諸度福德智慧如是一切諸功德海願令我等皆得滿足又復十方一切諸佛諸大菩薩當證知我當哀愍我受我供養願令供具積集圓滿及與我身充徧十方一切世界及攝十方無有主宰廣大莊嚴無量供具現前供養諸佛菩薩所謂種種妙寶諸天宮殿各以妙寶而為莊嚴衆寶欄楯分布行列寶樹寶山以為映帶寶座寶蓋寶幢寶旛寶器寶珠寶鈴寶網寶光寶燄及寶功德一一無量無數寶洲摩尼寶聚充滿其中諸寶燈樹種種妙寶間錯莊嚴金燄發輝寶網羅覆復有無數妙寶蓮華閻浮檀金以為其臺真金為葉菡萏敷榮與天寶雲雨天寶雨降天寶樹散天寶華發衆寶光開衆寶藏復有無數閻浮檀金諸天宮殿衆寶莊嚴妙寶廊宇金剛為牆衆寶欄楯周帀圍繞種種天仙衆妙園苑華林香草芬敷布濩無數龍宮阿脩羅宮各有種種林木殿堂香華寶器以如是等無量無邊曾未受用衆寶供具悉將迴向供養十方諸佛菩薩復攝十方一切世界種種妙樂及天甘露天諸珍膳色香美味皆悉具足又攝十方一切世界諸妙香樹龍腦香樹栴

檀香樹隨時香樹大葉香樹其樹四時華敷相續香氣美妙若有齅香沉寂虛凝如是無量種種香樹芬芳郁烈能奪人心復有種種無有主宰如意等樹隨心所願皆得滿足大海之中種種摩尼及如意寶復有種種寶迷盧山摩訶迷盧山羯邏斯山健馱末陀山摩羅邪山尾你邪(二合)山民陀羅山摩訶民陀羅山目真隣陀山摩訶目真隣陀山金剛山等如是山頂種種寶莊嚴種種寶樓閣種種寶巖窟種種寶帳蓋種種寶堂宇種種寶階陛種種寶牕牖種種寶塗飾種種寶梁柱種種寶庫藏吠瑠璃等種種寶牆復有奇妙種種色類無有主宰諸天宮殿復有種種俱蘇摩等天諸妙華見者無猒清涼悅樂復有種種諸妙音聲能令聞者身心安樂無諸熱惱而得清涼斷伏貪瞋散滅癡毒摧壞惡業令無有餘所謂天帝釋聲梵天王聲種種天聲諸天仙女歌詠之聲天諸樂器不因拊擊出微妙聲簫笛箜篌琵琶琴瑟螺貝等聲忉利天鼓聲牟陀羅鼓聲復有種種諸天鳥聲及於山林泉流鳥聲所謂白鶴孔雀梟鴈鴛鴦拘枳羅鳥命命之鳥迦陵頻伽種種好鳥鳴囀之聲及鹿王等諸妙音聲復有種種雲聲地聲水聲火聲風聲大海波濤如是等聲若人聞者悉能解了愛樂無猒耳根安靜其聲深遠諦實清徹能生善根文字名句悉皆具足與義相應契深法理善合時宜所謂三乘平等聲演說三明聲莊嚴檀那波羅蜜聲清淨尸羅波羅蜜聲能生羼提波羅蜜聲勤修精進波羅蜜聲成就禪那波羅蜜聲廣大般若

波羅蜜聲與心和合大慈聲與覺和合大悲聲光影和合大喜聲同於虛空大捨聲出生三乘聲不斷三寳聲分别三聚聲清淨三空聲觀察四諦聲觀察智慧聲智者不毀聲聖者稱讃聲量等虛空聲出如是等清淨音聲迴向供養諸佛菩薩復有種種華樹發妙華香種種鬘樹垂諸鬘帶種種幢樹高顯建立種種旛樹接影連輝持如是等一切妙物以無我心迴向供養一切諸佛諸大菩薩復以一切佛眼所見十方無邊一切世界大供養雲以爲供養所謂種種華雲種種香雲鬘雲帳雲塗香雲末香雲寳蓋雲寳座雲寳幢雲寳旛雲妙寳衣服雲衆寳資具雲天諸上味雲摩尼寳聚雲如是種種無量色類諸寳供雲迴向供養一切諸佛諸菩薩等復當願以小千世界爲一燈盞滿中香油百須彌量以爲其炷然以寳燄發大光明供養一切諸佛菩薩如是供養無有窮盡復當勸請一切如來往菩提樹降伏衆魔成等正覺轉妙法輪久住大劫莫般涅槃復應以此種種善根迴向衆生願諸衆生速證阿耨多羅三藐三菩提如是迴向時不見能迴向心不取所向之境不著所迴善根三輪清淨復次一切如來一切菩薩一切衆生如是等類所有功德我皆隨喜復作是願以此善根願令我等一切諸障極重惡業皆得消滅爾時世尊即說迴向陀羅尼曰

唵一娑麼二合囉娑麼二合囉二微麼引曩三娑引囉四摩訶斫迦囉引二合嚩上五吽長聲六

佛言如上所說種種供具以此迴向陀羅尼

力於諸佛前悉得成就真實供養一切諸佛皆悉攝受若善男子及善女人有能於此大迴向輪陀羅尼門若時非時若晝若夜默念一遍觀察運想以前供具恭敬供養諸佛菩薩由此力故五無間等極重罪業皆得消滅何況輕罪而不除滅一切煩惱皆得輕微如前所說十力無畏諸功德等皆悉具足若人覽於此陀羅尼思惟一遍便得百轉生帝釋宮復得百轉生梵王宮於夜夢中見佛菩薩爲說妙法無諸惡夢於諸總持皆得成就執金剛菩薩護念攝受隨願往生諸佛淨土

守護國界主陀羅尼經卷第一

音釋

鎔以中切銷也　醨盧宜切　輭乳兗切柔也　蹈杜到切踐也　滌杜歷切除也　吒除駕切　鹵郎古切西方鹹地也　籠檻籠盧東切檻苓也　檻戶黤切圈也　楯食尹切闌檻也　菡萏菡戶感切萏徒感切菡萏荷華未舒也　濩胡故切流散也　齅許救切以鼻擤氣也　拊擊拊斐古切按也擊古歷切扣也　羼初限切

守護國界主陀羅尼經卷第二

唐 罽賓國三藏般若等譯

陀羅尼品第二之二

爾時世尊如象王迴普觀大衆復告一切法自在王菩薩摩訶薩言善男子此會之中有二種人一者成就二未成就我今重爲未成就者以善方便隨順世諦譬喻言詞説一乘法如世有法名迦樓羅欲修此法應先圖畫迦樓羅像審諦觀察觀行純熟然去畫像手結印契想其自身成迦樓羅作五大觀一者觀地作白色觀二者觀水作緑色觀三者觀火作黄赤色觀四者觀風作黒色觀五者觀空作青色觀此觀成已一切諸毒皆成非毒謂若有情毒若非情毒或令迴互或取或捨縱任自在善男子菩薩摩訶薩亦復如是若欲入觀先當默念此前迴向陀羅尼門然後當入毗盧遮那如來三昧謂觀此身體成金剛堅不可壞當以身作金剛結跏謂以右脚壓左䏶上端身正坐舌根微動脣齒相合作金剛語金剛語者謂無言聲但心默念以堅牢智諦觀自心以爲月輪當於鼻端不令馳散清淨圓滿色如凝雪牛乳水精而此月輪爲菩提心此菩提心本無色相爲未成就諸衆生故説如月輪應以右手作金剛拳當心握於左手頭指此名能與無上菩提最尊勝印即是本師毗盧遮那如來之印爾時世尊即説陀羅尼曰

唵吽惹護（平聲）娑

云何觀察此陀羅尼當以唵字安前所觀月輪之中置於頂上觀此唵字色如珂雪此想

成已即見自身坐月輪中便得成就毗盧遮那以如是等無量無邊微塵數智成就此身是則名爲具一切智亦得名爲具金剛智是修觀者瑜伽之智亦是般若波羅蜜多亦即名爲諸菩薩果此果能得三種真實何等爲三一者得前真實不可思議一切智智諸佛境界三昧二者得前真實祕密真言三者得前真實祕密印契前觀成已便想頂上出白光明復以百千萬億光明而爲眷屬下至阿鼻地獄上至阿迦尼吒天其中所有一切衆生無始生死無明黒闇盲無智眼以此般若波羅蜜燈開彼佛眼如深山谷幽闇之處日月光明所不能照若然一燈久遠闇瞑一切皆除何以故法如是故毗盧遮那如來三昧放白色光亦復如是復次善男子行者從此三昧起已次復入於不動三昧面向西方亦作如前金剛結跏端身正坐應以左手所被衣服兩角交過遶其手腕以拳執之上出兩角右手按地此即名爲能摧伏印一切衆魔及諸外道諸惑業等皆不能動即是阿閦如來之印次亦默誦如上所說毗盧遮那如來真言應以吽字處月輪中置於頂上觀此吽字以爲青色觀想成已次觀徧身皆作青色此身即成阿閦如來此觀成已即從頂上放青色光亦以無數百千億光而爲眷屬一一光中皆有無量青色金剛菩薩而現各作此印光照東方恒河沙數世界之中其中衆生遇斯光者所有欺奪殺害惡心皆悉捨離寂靜不動善男子行者從此三昧起已復於南方面向北坐亦作如上金剛結跏端身正坐

左手如前執衣兩角右手仰掌名滿願印此即寶生如來之印次亦誦前毗盧遮那如來真言作惹字觀當以此字處月輪中置於頂上如融金色觀想成已漸觀徧身皆融金色此身即成寶生如來此觀成已即從頂上放金色光亦以無數百千億光而爲眷屬一一光中皆有無量金色金剛菩薩而現各爲此印一一菩薩各各手中雨如意寶光照南方恒沙世界其中衆生遇斯光者所有願求皆得滿足復於西方面向東坐亦作如上金剛結跏端身正坐左手仰掌當於臍上右手仰掌重左手上以大拇指令頭相拄此印名爲第一最勝三昧之印能滅狂亂一切妄念令心一境即阿彌陀如來之印亦誦如上毗盧遮那如來真言作護平聲字觀當以此字處月輪中置於頂上如紅蓮華色觀想成已漸觀徧身皆紅蓮華色此身即成阿彌陀如來此想成已即從頂上放紅蓮華色光亦以無數百千億光而爲眷屬一一光中皆有無量紅蓮華色菩薩而現各爲此印入深三昧光照西方恒沙世界彼中衆生遇斯光者皆入三昧復於北方面向南坐亦作如上金剛結跏端身正坐左手如前執衣兩角右手展掌竪其五指當肩向外名施無畏此印能施一切衆生安樂無畏一切惡人不能惱害即不空成就如來之印次亦誦上毗盧遮那如來真言作娑上聲字觀當以此字處月輪中置於頂上具於五色觀想成已漸觀徧身皆作五色成於不空成就如來此觀成已即從頂上放五色光亦以無數百千億光而爲眷屬一一

光中皆有無量五色光明菩薩而現各作此印皆施無畏光照北方恒沙世界其中衆生遇斯光者悉得無畏佛復告一切法自在王菩薩言如上所説自證之法唯自證知非言能説離諸見相爲未成就諸衆生故於無相中以相顯示於無言説假以言宣譬如空中乾闥婆城非實現實爾時佛復告一切法自在王菩薩及諸大衆言諸佛子十方一切諸世界中無量無數百千萬億異類衆生或有衆生諸根不具或復具足五無間業屠兒魁膾旃陀羅等於一切智不可思議三昧之中修習趣入悉皆有分除五種人何等爲五一者不信二者斷見三者常見四者邪見五者懷疑此五衆生不能趣入何以故此深三昧以大慈悲而爲根本如是五人無慈悲故善男子若復有人能蹔修習此三昧者身心輕安即能生於五種三昧何等爲五一者刹那三昧二者微塵三昧三者漸現三昧四者起伏三昧五者安住三昧云何名爲刹那三昧謂觀月輪刹那刹那蹔時相應尋復還失是故名爲刹那三昧云何名爲微塵三昧謂於三昧少分相應譬如有人不識蜜味得微塵許在其舌根愛樂安樂都忘飢渴疾病之念但更專心希求多得此三昧心亦復如是少分相應悉忘一切煩惱飢渴心得安樂轉更求之云何名爲漸現三昧謂由少得愛樂安樂漸漸增勝身毛皆竪悲泣流淚如黒物中見一白縷此亦如是由觀月輪得少分住於無明闇煩惱之中見少定心微分顯現云何名爲起伏三昧謂觀行未純或起或滅如秤

低昂觀成惑滅觀失惑生云何名爲安住三昧由前四定心得安住悉皆守護一切善法增長新善身心安樂如盛夏中遠涉砂磧熱渴日久忽得雪山清冷美水所有熱渴憂苦皆除此亦如是得此三昧業惑苦惱一切皆遣是爲無上菩提芽生善男子如上所說諸根不具五無間業諸惡衆生尚於此中修入有分何況一切比丘比丘尼優婆塞優婆夷而不趣入善男子今此大衆無數衆生聞此法已皆於阿耨多羅三藐三菩提得不退轉神通十力四無所畏念念增進無數三昧皆悉現前所謂猒離一切法三昧超過一切法三昧一切法平等三昧離諸見稠林三昧遠離無明闇三昧一切法離相三昧解脫一切著三昧離一切懈怠三昧甚深法發光三昧如須彌山三昧永無失壞三昧摧壞魔軍三昧不著三界三昧出生光明三昧常見如來三昧以如是等而爲上首無數三昧皆現在前復有無量種種衆生得於無數陀羅尼門所謂觀諸法性陀羅尼門發菩提心陀羅尼門生菩提芽陀羅尼門了金剛性陀羅尼門得佛平等陀羅尼門一切法本性清淨陀羅尼門一切法本性攝受陀羅尼門一切法本性不可得陀羅尼門一切法出生智慧陀羅尼門一切法皆悉成就陀羅尼門一切法轉變自在陀羅尼門一切法大光普照陀羅尼門一切法遠離癡闇陀羅尼門一切法心智清淨陀羅尼門一切法不可得陀羅尼門普散一切衆寶妙華陀羅尼門本性顯現出生諸法陀羅尼門遠離一切諸幻化法陀羅尼

門如鏡圓明出生影像陀羅尼門出生一切衆生音聲陀羅尼門令諸衆生寂極歡喜陀羅尼門巧順一切衆生音聲陀羅尼門出生種種音聲字句陀羅尼門無有障礙陀羅尼門本性巧便陀羅尼門解脱煩惱陀羅尼門離一切塵陀羅尼門分別字義陀羅尼門解了諸法陀羅尼門法無礙際陀羅尼門猶如虛空陀羅尼門猶如金剛陀羅尼門近色光王陀羅尼門得最尊勝陀羅尼門不退轉眼陀羅尼門法界出生陀羅尼門常施安慰陀羅尼門如師子吼陀羅尼門超衆生福陀羅尼門離諸憂惱陀羅尼門離諸過惡陀羅尼門妙華莊嚴陀羅尼門破諸疑網陀羅尼門諸法順如陀羅尼門出現諸法陀羅尼門大聲清淨自在陀羅尼門無盡寶篋陀羅尼門無邊漩澓陀羅尼門海印陀羅尼門蓮華莊嚴陀羅尼門能入無著陀羅尼門漸漸深入四無礙智陀羅尼門一切諸佛護持莊嚴陀羅尼門如是等法而爲上首無量無數陀羅尼門皆悉現前爾時一切法自在王菩薩摩訶薩白佛言世尊如是無數陀羅尼門何等陀羅尼門能令菩薩總持諸佛所說妙法而不失壞何等陀羅尼門能令菩薩說此法時辯才無盡何等陀羅尼門能令菩薩說此法時一切衆生愛樂歡喜佛告一切法自在王菩薩言善男子有八陀羅尼門若受持者能令菩薩總持佛法辯才無盡衆生樂聞何等爲八所謂大聲清淨自在王陀羅尼門無盡寶篋陀羅尼門無邊漩澓陀羅尼門海印陀羅尼門蓮華莊嚴陀羅尼門能入無著陀羅

尼門漸漸深入四無礙智陀羅尼門一切諸佛護持莊嚴陀羅尼門菩薩若能於此八種陀羅尼門受持修習即能總持一切如來所說妙法辯才無盡亦令衆生愛樂歡喜爾時一切法自在王菩薩白佛言世尊惟願如來哀愍我等廣分別說如此八種陀羅尼門菩薩得聞則能於此勤求趣入爾時世尊告一切法自在王菩薩言善哉善哉善男子諦聽諦聽善思念之今當爲汝廣分別說令諸菩薩得入此門善男子云何名爲大聲清淨陀羅尼門若有菩薩修習於此陀羅尼門應以無著清淨妙念安住真實心絕動搖威儀凝靜以決定心說微妙法令一佛刹所有衆生隨其類音普聞其聲悉解其義如是或二佛刹或三佛刹或十佛刹或百佛刹或千佛刹二千百千乃至十方無量無邊俱胝那由佗百千佛刹其中衆生亦各隨類普聞其聲悉解其義善男子若此菩薩於衆會中處師子座其座量高一俱盧舍以師子王威力所持衆寶嚴飾如是或復半由旬量一由旬量千由旬量或復量等須彌山王或復其量高至梵天隨諸衆生心之所樂令其各見身座大小而爲說法正說法時十方諸佛悉現其前爲此菩薩演說妙法菩薩聞已即能以此陀羅尼力一時聽聞總持不忘深入義理現證相應身心怡暢一一法中成一境性一一字句聞無所聞即於如是聽聞法時而常演說無有障礙若諸菩薩深入如是一字聲聞一切諸法悉入此門即從此門出生演說一切諸法且初第一說婀(上聲短呼下同)字門出生無邊

無數法門所謂婀字者一切法無來以一切法體無來故又婀字者一切法無去以一切法體無去故又婀字者一切法無行體無行故又婀字者一切法無住體無住故又婀字者一切法無本性體本清淨故又婀字者一切法無根本體初未生故又婀字者一切法無終體無初故又婀字者一切法無盡體無去處故又婀字者一切法無生體無行故又婀字者一切法無出體無作者故又婀字者一切法無求體無相故又婀字者一切法無礙體相涉入故又婀字者一切法無滅體無主宰故又婀字者一切法無行處體無願故又婀字者一切法無生死體離分別無分別故又婀字者一切法無言說體極聲入故又婀字者一切法不可說體無聲故又婀字者一切法無差別體無處所故又婀字者一切法無分別體清淨故入婀字者一切法無心意體不可求故又婀字者一切法無高下體本平等故又婀字者一切法不可解體如虛空故又婀字者一切法不可說體過言道故又婀字者一切法無限量體無處所故又婀字者一切法無生體無生處故又婀字者一切法無本淨體本無相故又婀字者一切法無我體即我性故又婀字者一切法無衆生體本清淨故又婀字者一切法無壽者體無命根故又婀字者一切法無補特伽羅體離所取故又婀字者一切法無本空體性寂靜故又婀字者一切法無相體實無際故又婀字者一切法無和合體性無生故又婀字者一切法無行體本無爲故又婀字者一切法

無爲體過行無行故又婀字者一切法不共體無能解人故又婀字者一切法無聚會體無積集故又婀字者一切法無出體無出處故又婀字者一切法無本性體本無身故又婀字者一切法無相體相本淨故又婀字者一切法無業體無作者故又婀字者一切法無果體無業道故又婀字者一切法無種植體無種子故又婀字者一切法無境界體不可取故又婀字者一切法無地界體無諸結故又婀字者一切法無縛體本散滅故又婀字者一切法無聚散體本無爲故又婀字者一切法無漏體惑不生故又婀字者一切法無自生體初無生故又婀字者一切法無濁體無有對故又婀字者一切法無對體本無作故又婀字者一切法無色體無大種故又婀字者一切法無受體無受者故又婀字者一切法無想體過諸相故又婀字者一切法無行體離有愛故又婀字者一切法無識體無分別故又婀字者一切法無界體空平等故又婀字者一切法無入體過境界門故又婀字者一切法無境界體無去處故又婀字者一切法無欲體離分別故又婀字者一切法無色體無根本故又婀字者一切法無無色體難思見故又婀字者一切法無亂體無可亂故又婀字者一切法不思議體不可得故又婀字者一切法無意體本無二故又婀字者一切法不可執受體過境界道故又婀字者一切法無阿賴耶體無因緣故又婀字者一切法無常體本無因故又婀字者一切法無斷體不礙因故又婀字者一切法無名

體無相貌故又婀字者一切法無雜體不相入故又婀字者一切法無住體無住處故又婀字者一切法無熱惱體無煩惱故又婀字者一切法無憂惱體無惡業故又婀字者一切法無習氣體本無垢故又婀字者一切法無垢體本清淨故又婀字者一切法無本清淨體無形質故又婀字者一切法無體體無依止故又婀字者一切法無依止體無動作故又婀字者一切法無動體離執著故又婀字者一切法無障礙體同虛空故又婀字者一切法同虛空體無分別故又婀字者一切法無色根體無境界因故又婀字者一切法無顯示體皆相似故又婀字者一切法無相似體無境界故又婀字者一切法無境界體如虛空常平等故又婀字者一切無闇體無明故又婀字者一切法無明體無對故又婀字者一切法無過體妙善故又婀字者一切法無是體無妄故又婀字者一切法無閑解體無動故又婀字者一切法無見體無色故又婀字者一切法無聞體無聲故又婀字者一切法無齅體無香故又婀字者一切法無嘗體無味故又婀字者一切法無觸體無所觸故又婀字者一切法無知體本無法故又婀字者一切法無念體離心意識故又婀字者一切法不思議體性菩提平等平等無高下故又婀字者一切法寂靜體本不生亦不滅故善男子菩薩如是得此大聲清淨陀羅尼門入第一婀字時演說諸法或經一年或復十年百年千年或百千年或一小劫或一大劫乃至無量無數大劫說此法時不離婀

字如説婀字義無有盡説餘諸字亦復如是不可窮盡如是建立開示法眼其義深遠其語巧妙具足清白又善男子菩薩住此陀羅尼故得身清淨威儀寂靜故得語清淨辯才無礙故得意清淨慈悲觀察故得施清淨財法無悋隨喜佗施故得戒清淨無破無穿無缺漏故得忍清淨無怨無對無障礙故得勤清淨於妙事業無退轉故得禪清淨無著無慢亦無味故得慧清淨開智慧眼決癡膜故得業清淨普修一切勝善業故得眼清淨天眼遠見一切色故得耳清淨天耳遠聞諸佛法故得鼻清淨普齅如來淨戒香故得舌清淨獲得隨心清淨味故得身清淨雖現處胎胎不染故得意清淨善能分別微細法故得色清淨所有色相妙莊嚴故得聲清淨所聞皆是順法聲故得香清淨施戒聞香之所薰故得味清淨獲大丈夫上味相故得觸清淨身手所觸妙柔輭故得法清淨所知皆獲法明門故得念清淨所聞憶持無疑忘故得心清淨超越一切魔境界故得行清淨出過所解甚深法故善男子菩薩得此最勝不共大聲清淨陀羅尼故大聲普徧十方世界光明普照為彼一切世界衆生分別演説一切如來所説妙法令彼一切法眼開明善男子我今略説大聲清淨陀羅尼門初入次第一門之中少分之德若廣説者復有無數無量無邊不可説義如説於此一婀字門無量無邊不可窮盡餘一一字亦復如是皆以無著智慧之門漸漸修入復次善男子云何名為無盡寶篋陀羅尼門善男子謂一字中説一切

法皆無窮盡何等一切法無有窮盡所謂說色無盡故如是說色無常無盡故說色是苦無盡故說色無我無盡故說色寂滅無盡故說色寂靜無盡故說色如聚沫無盡故說色如幻無盡故說色如燄無盡故說色如水中月無盡故說色如夢無盡故說色如響無盡故說色如鏡中像無盡故說色無本性無盡故說色本無無盡故說色無緣會無盡故說色空門無盡故說色無相無盡故說色無願無盡故說色無行無盡故說色生法無盡故說色無生無盡故說色前際無盡故說色中際無盡故說色後際無盡故說色寂滅無盡故說色親近寂靜無盡故說色無心行處無盡故說色無言語道斷無盡故說色不可思議無盡故說色不可度量無盡故說色無我無盡故說色無衆生無盡故說色無壽者無盡故說色無養育者無盡故說色無補特伽羅無盡故說色無知無盡故說色無造作無盡故說色如草木瓦礫石壁無盡故說色無求得無盡故說色大種所生無盡故說色無聲無盡故說色無表無盡故說色不可說無盡故說色本味清淨無盡故說色從因緣生無盡故說色無斷無盡故說色無常無盡故說色無造者無盡故說色無受者無盡故說色無業果無盡故說色法界平等無盡故說色住真如無盡故說色住實際無盡故說色無我所無盡故說色無主宰無盡故說色無執受無盡故說色不可思無盡故說色不可稱無盡故說色不可量無盡故說色無有邊無盡故說色即菩提性無盡故說色如空平

等無盡故說色即涅槃性無盡故如是廣說界處等法名句文身一切佛法皆悉入於此一字聲智慧之門如以四大同一身篋此亦如是一字聲門包攝出生無盡智寶甚深法門是故名爲無盡寶篋我上略說此一門中少分之義如地一塵若廣說者無量無邊阿僧祇劫不可窮盡復次善男子云何名爲無邊漩澓陀羅尼門善男子所言邊者謂斷及常十二因緣無明緣行行緣識識緣名色名色緣六入六入緣觸觸緣受受緣愛愛緣取取緣有有緣生生緣老死憂悲苦惱言無邊者即祕密界無斷常等趣入甚深名爲漩澓是故名爲無邊漩澓陀羅尼門又復邊者說名取捨所言漩者說不取捨故又復邊者說有生滅漩者說無生滅故又復邊者煩惱生死漩者本性清淨故邊者有相無相漩者都無所行故邊者麤細思惟漩者無尋無伺故邊者因及諸見漩者智了因見故邊者謂名及色漩者無有表示故邊者有爲無爲漩者三輪清淨故邊者說內及外漩者識體無住故邊者謂業及果漩者無業果體故邊者善及不善漩者無有行體故邊者過及無過漩者體無有二故邊者謂業煩惱漩者體性光明故邊者我及無我漩者體性清淨故邊者生死涅槃漩者謂法本性即涅槃故善男子如是略說若廣說者說邊有無量門說漩亦無量門若諸菩薩住此漩澓陀羅尼門隨順無邊一切深法智無窮盡或字或義亦無窮盡漸次趣入無邊漩澓陀羅尼門以能隨順智光明故隨順覺性本清淨故開智慧眼決

癡膜故隨順解脫覺體性故

守護國界主陀羅尼經卷第二

音釋

䏶部比切股也　腕烏貫切手腕也　磧資昔切水渚有石者　漩澓漩旬緣切澓房六切漩澓水洄流也　恪良刃切慳也　瞙末各切障也　沫莫葛切水沫也　礫郎狄切小石也

守護國界主陀羅尼經卷第三

唐罽賓國三藏般若等譯

陀羅尼品第二之三

復次善男子何等名爲海印陀羅尼門善男子如大海水印現一切謂四天下所有色相或衆生色相或非衆生色相山澤原阜樹木叢林藥草百穀日月星辰摩尼雲雷村營聚落城邑王都及與諸天男女宮殿一切資具香林池沼渠河泉流綺麗嚴飾如是等類上中下品一切色相於大海中平等印現故說大海爲第一印最勝妙印希奇殊特無等無過菩薩摩訶薩亦復如是住此海印甚深三昧得與一切衆生身平等印得與衆生語平等印得與衆生心平等印十方世界諸佛語業轉妙法輪菩薩皆從海印所流於口門中平等演說隨有所說皆與諸佛法印無違亦無疑惑能令法界一切衆生皆悉悟解故說此印諸印中上所謂婀(上聲短呼)字印者以一切法性無生故囉字印者以一切法無染著故跛字印者勝義諦門不可得故者字印者眼及諸行皆清淨故娜字印者名色性相不可得故攞字印者愛支因緣連續不斷皆不現故拏(上聲)字印者悟入清淨十力門故麽字印者力菩提分皆清淨故拏(上聲重呼)字印者離諸寃敵及憂惱故灑字印者六通圓滿無罣礙故嚩字印者不二之道言語斷故多(上聲)字印者悟一切法眞實義故也字印者稱如實理而演說故瑟吒(二合)字印者制伏任持不可得故迦(上聲)字印者遠離世論無作者故娑(上聲)字印者悟四眞諦皆平等故莽(輕呼)字印者悟一

切法清淨道故誐字印者入甚深法無行取故娑佗(上聲二合)字印者顯示勢力不可得故惹字印者超過老死能所生故濕嚩(二合)字印者煩惱所行皆遠離故馱字印者法界體性不雜亂故捨字印者入深止觀皆滿足故佉字印者悟如虛空無盡法故乞叉(二合)字印者入於盡智無生智故娑(上聲)多也阿(四合)字印者遠離昏沉懈怠障故枳攘(二合)字印者一切衆生智慧體故賀字印者摧惡進善體皆離故婆(上聲)字印者慣習觀察覺悟體故者棟(上聲二合)字印者遠離貪瞋癡覆性故娑莽(上聲二合)字印者念不散動無忘失故訶婆(上聲二合)字印者可以呼召請命體故娑哆(二合)字印者勇猛驅逐諸惑體故伽(上聲)字印者散滅重雲無明翳故姹字印者積集諸行窮盡體故波囉(二合)字印者

隨順最勝寂照體故頗字印者周徧圓滿果報體故娑迦(上聲二合)字印者悟解一切蘊聚體故也娑(上聲)字印者能除老死一切病故室者(二合)字印者現前覺悟未來有情故咤(上聲)字印者斷生死道得涅槃故瑟姹(二合)字印者悟解無邊無盡體故善男子菩薩以如是等種種法相分別演說諸字印門善男子是名深入海印三昧陀羅尼門復次善男子云何名爲蓮華莊嚴陀羅尼門善男子菩薩住此陀羅尼門隨彼無量大會之中說妙法時即有廣大妙蓮華座涌現其前種種色相殊妙莊嚴其有見者情無猒足此座纔現身便安處即於空中雨衆寶華種種華中出種種聲種種聲中說種種法所謂或說甚深無量法或說善巧名句法或說種種譬喻門如是或說修

多羅祇夜和伽羅那伽佗搵陁那尼陁那本事本生方廣希法優波提舍說如是等十二分教及種種門皆爲斷除一切衆生諸煩惱故而菩薩心安住大捨寂然正受即能等引如是音聲說法不斷滅衆生苦作諸佛事又於菩薩徧身毛孔出種種光一一光中出生種種妙寶蓮華一一華上有一菩薩徧往十方無量無邊諸世界中而作佛事是爲初入蓮華莊嚴陀羅尼門若廣說者不可窮盡復次善男子云何名爲能入無著陀羅尼門善男子菩薩住此陀羅尼門於一法門心無所著如是若二若三若十若百若千若百千若俱胝若那由他乃至阿僧祇無量無邊無等不可數不可稱不可思不可量不可說法門皆心平等而無所著或恒河沙法門亦皆平等心無所著如是閻浮提微塵數法門四天下微塵數法門三千大千世界微塵數法門亦無所著若一佛刹若十佛刹若百若千若恒河沙佛刹微塵數法門乃至一切佛刹微塵數法門亦皆平等心無所著若說一門攝如上說一切佛刹塵數法門皆入一門一時演說如於一門若二若三乃至無量無邊法門亦皆如是一一門中攝一切門一時演說如是說時心無所著亦無所住利益安樂一切衆生其義深遠稱如實理次第無亂文義具足善男子是名能入無著陀羅尼門復次善男子云何名爲漸漸深入四無礙智陀羅尼門善男子若諸菩薩安住於此陀羅尼門得微細差别法門無盡智得微細甚深義門無盡智得微細詞門無盡智得微細辯無盡

智得是智故東方所有一切衆生同一道場各隨類音善巧方便而問其法南方所有一切衆生同一道場各隨類音善巧方便而問其義西方所有一切衆生同一道場各隨類音善巧方便而問其詞北方所有一切衆生同一道場各隨類音善巧方便而問其辯如是四方一切衆生一時發問種種法門菩薩一念悉能領受心無錯亂明記無失於一語業出種種音一一音聲說一切法隨諸衆生種類不同所樂各異皆得領解踊躍歡喜心願滿足善男子是爲菩薩漸漸深入四無礙智陁羅尼門復次善男子云何名爲諸佛護持莊嚴陁羅尼門善男子菩薩得此陁羅尼故於大會中處大法座於其肉髻最處中心頂骨交際忽現如來身鎔金色相好莊嚴而以右手摩菩薩頂即時菩薩便得色身相好莊嚴具足圓滿與佛平等又得如來語業莊嚴具足圓滿又得如來意業莊嚴具足圓滿得如是等種種佛法具足圓滿既得是已隨此大會一切衆生心界不同欲樂差別所疑有異說種種法或一日夜或二或三半月一月一年百年或百千年隨其心樂久近多少常說妙法無有窮盡如是說時不飲不食不羸不瘦身心無倦以是如來威德護持難思力故菩薩又得四種大智云何爲四所謂微細了知衆生心行各差別智微細分別諸法無窮盡智善能分別三乘修行諸次第智具足圓滿隨順堪任演說法智善男子若是略說諸佛護持莊嚴陁羅尼門若廣說者無量無邊等虛空界無有窮盡與如來等皆爲利

益諸衆生故善男子是爲八種陁羅尼門若有菩薩安住此八陁羅尼門則能總持一切如來及諸菩薩所説妙法令諸菩薩辯才無盡一切衆生若有聞者愛樂歡喜情無猒足

爾時一切法自在王菩薩聞此法已心懷踊躍以偈讃曰

善逝説八總持法　決定令得微妙乘
演百千億修多羅　於義及文無所著
大聲清淨無邊際　百千無量刹皆聞
能成衆生寂靜心　是名大聲清淨義
一字演説一切法　多劫無有窮盡時
一一字門亦復然　此住寳篋眞言地
遠離諸邊得清淨　平等無著同如來
刹那正念煩惱除　是名法義漩澓處
四天下中諸色相　大海印現並無遺
説此無思無盡門　是名海印眞言德
具大人相處大衆　坐蓮華座雨天華
華演倶胝妙法門　蓮華莊嚴總持用
入一句法無所著　億刹微塵句亦然
句句演暢難思門　無著總持皆自在
具足法義及詞辯　四方衆生齊啓疑
自他疑網皆斷除　此是四辯總持力
菩薩昇於大法座　頂上現佛如金山
即舒右手相端嚴　殷重摩於菩薩頂
獲微妙辯同於佛　此名護念佛莊嚴
得入最勝總持門　便獲難思無盡德
如蓮不染於三界　五塵不動等須彌
得此最勝陁羅尼　無等智超三界轉
能師子吼無所畏　摧諸外道碎邪山
得此最勝陁羅尼　遠離受生諸業果

如地生長諸善法　如水滌垢淨無餘
如火焚燒不擇薪　如風飄鼓無所住
如醫善知於藥法　除衆生病得安寧
得此最勝陁羅尼　智演諸法無傾動
如月圓明淨無㸃　流光普照等無私
得此最勝陁羅尼　衆會見者無猒足
如日光輪平等照　破生死闇覺群迷
得此最勝陁羅尼　能除有情諸渴愛
如轉輪王教十善　如毗沙門富法財
得此最勝陁羅尼　慈念衆生降法雨
如龍興雲現威德　震雷曜電並無思
得此最勝陁羅尼　寂靜無心無執著
莊嚴微妙如帝釋　大智隨機演法門
得此最勝陁羅尼　猶如牛王處大衆
如大梵王住慈定　徧觀世界盡超過
得此最勝陁羅尼　常得五通無退轉
徧遊法界難思剎　如梵天王徧梵宮
得此最勝陁羅尼　供養十方諸佛海
諸佛共觀如長子　同時稱讚德難思
得此最勝陁羅尼　不久獲佛諸功德
辯才廣博無窮盡　演說深廣修多羅
得此最勝陁羅尼　妙辯如髮無斷絶
智慧聰利無妄念　無邊方便同虛空
得此最勝陁羅尼　憍慢諂詐皆除斷
定慧雙流無斷絶　慈悲俱起不相離
得此最勝陁羅尼　永斷世間諸過失
善知衆生語言法　心行根欲悉無餘
得此最勝陁羅尼　說法纖毫無誤失
念處正斷及神足　根力覺道定皆圓
得此最勝陁羅尼　便獲殊妙淨法智

隨順諸度到彼岸　通達四攝無有餘
得此最勝陁羅尼　能知善逝諸境界
自然近佛深寂靜　建立萬行調衆生
得此最勝陁羅尼　於一切時無錯亂
獲得無垢蘊界入　處胎不染不無知
得此最勝陁羅尼　見佛如蓮心不著
三業恒隨智慧轉　動寂無礙利衆生
得此最勝陁羅尼　說法常蒙諸佛護
大智能作衆生主　多劫讚歎不能窮

爾時世尊稱讚一切法自在王菩薩言善哉善哉善男子汝能讚說此陁羅尼如諸佛說等無有異我今隨喜善男子今此會中有六十一那由他出家菩薩及與無數百千萬億在家菩薩聞此陁羅尼門皆得無生法忍無量天龍夜叉乾闥婆阿脩羅迦樓羅緊那羅摩睺羅伽人非人比丘比丘尼優婆塞優婆夷等皆於阿耨多羅三藐三菩提得不退轉

大悲胎藏出生品第三

爾時文殊師利菩薩摩訶薩即從座起偏袒右肩右膝著地爲佛作禮合掌恭敬而白佛言世尊如佛所說心及虛空陁羅尼菩提無二無別皆以大悲爲其根者而此大悲復以何法而爲根本佛告文殊師利菩薩言善哉善哉善男子快發斯問爲欲利樂多衆生故諦聽諦聽善思念之吾當爲汝分別解說善男子此大悲根復以衆生受苦爲本文殊師利復白佛言世尊衆生受苦復以何法而爲其本佛言從煩惱生又問煩惱以何爲本佛言從於種種顛倒邪見而生又問種種顛倒邪見以何爲本佛言從虛妄分別生又問虛

妄分別以何爲本佛言此妄分別非有根本無有色相難知難斷善男子以是義故菩薩摩訶薩爲諸衆生起大悲心勞謙忘倦譬如甘蔗及以胡麻以物壓之漿油便現菩薩亦爾大悲深重復起十六大悲之心作是念言嗚呼苦哉一切衆生常爲身見之所繫縛種種邪見以爲窟宅我當爲彼演說妙法悉令除斷嗚呼苦哉一切衆生於斷於常執著建立文殊師利白佛言世尊云何名爲斷見常見佛言善男子言斷見者布施供養皆無果報善行惡行此世後世皆無有果父母變化皆悉斷無何以故譬如燒木已成寒灰終無生理是名斷見言常見者王常爲王貴常爲貴貧富男女端正醜陋象馬等類常無改易何以故譬如種子隨其本類各別生芽終無雜亂善男子此等衆生作如是見皆無果報菩薩爲彼起大悲心開示演說緣起之門令其信入因緣果報菩薩復念嗚呼苦哉一切衆生起四顛倒無常計常無樂計樂無我計我無淨計淨我當爲彼說甚深法令除顛倒嗚呼苦哉一切衆生於其無我無我所中計我我所我當爲說微妙之法令其除斷我我所見嗚呼苦哉一切衆生爲諸蓋障之所覆蔽貪箭中心瞋火熾盛身心俱焚昏沉睡眠之所迷醉掉舉惡作纏繞不捨於甚深法常懷疑惑我當爲說微妙之法令其隳裂諸蓋之網嗚呼苦哉一切衆生戀著六處眼纔見色隨色名相而生執著耳聞音聲鼻齅香臭舌嘗滋味身觸細滑意分別法皆隨名相而生執著我當爲說深妙之法令不樂著六處

空聚嗚呼苦哉一切衆生多起諸慢謂慢過慢及慢過慢我慢增上慢卑慢邪慢云何爲慢爲於下劣衆生計我勝彼言過慢者於己等者言我過彼慢過慢者於他勝已計我勝彼言我慢者於色計我乃至於識亦計於我令心高舉言增上慢者增上聖法曾未獲得向他人説我得聖法言卑慢者於彼多分勝己之人言我少劣言邪慢者於己邪見無德之中爲己爲正翻諂他人以之爲邪如是等慢我常爲彼説甚深法令其除斷住於平等嗚呼苦哉一切衆生趣向邪道遠離聖道我當爲説正道之法令遠邪徑嗚呼苦哉一切衆生爲恩愛奴受其驅策妻妾男女以爲枷鏁杻械繫縛染著躭味不能捨離令身口意不得自在我當爲彼説離貪法令其三業動止無羈羈嗚呼苦哉一切衆生更相鬬諍瞋恚結恨互爲怨讎當爲説法令其除斷嗚呼苦哉一切衆生遠善知識隨逐惡友不相捨離如指與甲和合相依造諸惡業無蹔休息當爲説法令捨惡友近善知識嗚呼苦哉一切衆生貪求名利無有猒足如海吞流得之彌盛如火益薪遠離無垢實相智慧我當爲説真實之法令斷名利獲清淨智嗚呼苦哉一切衆生無明黑闇無我法中横起我見衆生壽命補特伽羅當爲説法斷除如是種種邪見令去翳膜開淨智眼嗚呼苦哉一切衆生生死牢獄輪迴禁繫五蘊怨賊之所殺害當爲説法令出三界嗚呼苦哉一切衆生爲魔羂索之所繫縛五欲纏繞不得出離我當爲説超魔之法令絶魔羂斷五欲纏嗚呼苦哉

一切衆生閉涅槃門開生死路當爲說法令閉三惡入涅槃門，善男子是爲菩薩摩訶薩起十六種大悲之心爾時世尊復告文殊師利童子菩薩言善男子此大悲門即是一切菩薩之母菩薩住是大悲之中即能建立三十二種不共事業日夜勤修速得圓滿云何名爲三十二種不共事業所謂菩薩若見一切愚癡重闇長眠大夜無智衆生便以智慧先自覺察復以智慧覺悟一切愚癡衆生是名菩薩第一不共事業若見衆生愛樂二乘其心狹劣菩薩便起廣大之心令其安住大乘法中是名菩薩第二不共事業若見衆生愛樂非法縱恣三業無善法欲菩薩自住正法園苑復令衆生住正法中是名菩薩第三不共事業若見衆生邪命自活矯詐貪求先以自身住於正命復令衆生安住正命清淨法中是名菩薩第四不共事業若見衆生撥無因果及一切法起大邪見自住正見復令衆生安住無垢正見法中是名菩薩第五不共事業若見衆生無知惡念積集煩惱自以智眼安心正念復令衆生住於正念破無知闇開智慧明是名菩薩第六不共事業若見衆生棄捨正法住不正法先以安住正法之中復令衆生解了正法是名菩薩第七不共事業若見衆生慳悋所覆菩薩自身起無慳心一切皆捨復令衆生勤修捨行是名菩薩第八不共事業若見衆生毀犯淨戒於表無表不能遵行便以淨戒莊嚴其身復令衆生堅持淨戒是名菩薩第九不共事業若見衆生瞋恨熾然蘊積諸惡以慈忍力而自莊嚴

復令衆生安住此法是名菩薩第十不共事業若見衆生身心懈怠遠離精進自以精進甲冑嚴身復令衆生捨懈怠心勤勇不墮是名菩薩第十一不共事業若見衆生散亂妄念菩薩自住三摩呬哆寂靜觀察亦令衆生捨亂住定是名菩薩第十二不共事業若見衆生惡慧無智便以智慧而自莊嚴復令衆生捨離惡慧具足般若波羅蜜多是名菩薩第十三不共事業若見衆生非理作意行於邪道菩薩即以善巧方便如理思惟亦令衆生捨於非理安住正道是名菩薩第十四不共事業若見衆生昏亂無知煩惱所害菩薩自住隨念分別種種分別微細分別一切境界遠離煩惱復令衆生斷除煩惱住正法中是名菩薩第十五不共事業若見衆生身見有見牢獄所繫而以智慧了達自身不爲見縛復令衆生遠離身見不計於有住正智慧是名菩薩第十六不共事業若見衆生諸根縱蕩馳流境界不能制伏而自柔和心無放逸復令衆生安住律儀善守根門三業調順是名菩薩第十七不共事業若見衆生無慚無愧不知恩報斷滅善根便以慚愧而自莊嚴知恩知報修諸善根復爲衆生說法開示令具慚愧能知恩德圓滿善根是名菩薩十八不共事業若見衆生爲大瀑水波浪所沒隨業漂溺不能勉出菩薩自現越渡瀑流到於彼岸復令衆生斷除惡業越生死流到涅槃岸是名菩薩第十九不共事業若見衆生剛彊難化而以自身謙卑仁讓承順師長復令衆生安住謙敬是名菩薩第二十不共事

業若見衆生心懷嫉妬於修善者多生障礙便以善根自嚴其身復令衆生捨離猜忌障礙之心安住正法是名菩薩第二十一不共事業若見衆生貧窮困苦復無法財菩薩示有資生無量具七聖財復令衆生無所乏少住聖財中是名菩薩第二十二不共事業若見衆生長嬰病苦四大毒蛇互相違反傷害身心菩薩即以無病功德而自莊嚴復置衆生無諸病惱安樂法中是名菩薩第二十三不共事業若見衆生愚癡無智遠智光明菩薩便以智慧光明自嚴其身復令衆生安住無癡智慧法中是名菩薩第二十四不共事業若見衆生樂著三界穢惡深坑輪迴五道菩薩巧能自出三界復以善巧出三界道運諸衆生是名菩薩第二十五不共事業若見衆生違背正道行於邪徑自安正法復令衆生住正法中是名菩薩第二十六不共事業若見衆生愛著身命嚴飾資養冀其長存不知此身無常不淨無有慚愧不知恩德菩薩便現猒惡自身棄捨榮好復令衆生觀察無常生猒離想是名菩薩第二十七不共事業若見衆生遠佛法僧菩薩自身紹三寶種復令衆生紹佛法僧使不斷絶是名菩薩第二十八不共事業若見衆生退失善法菩薩便以善法嚴身復令衆生住善法中是名菩薩第二十九不共事業若見衆生遠離師長不行六念菩薩則以六念自嚴復令衆生常修六念如實觀智是名菩薩第三十不共事業若見衆生業煩惱網之所縈覆菩薩便現裂業惑網亦令衆生絶生死因安住正法是名

菩薩三十一不共事業若見衆生具諸不善遠離善根菩薩便自蠲除諸惡具善莊嚴復令衆生具足善根遠離不善是名菩薩第三十二不共事業善男子是爲菩薩三十二種不共事業若諸菩薩安住此業一切善法恒自增長具足圓滿復次善男子菩薩復有無量事業何以故謂衆生無邊衆生煩惱亦復如是無量無邊菩薩隨彼一切衆生煩惱差别亦說無邊解脱法門善男子假使恒河沙數世界滿中衆生所有之行或聲聞行或緣覺行所有事業比此菩薩最初所發菩提之心所有事業百分不及一千分不及一如是百千分俱胝分百俱胝分千俱胝分算分歌羅分數分喻分優波尼沙陁分皆不及一何以故二乘自爲斷除煩惱菩薩事業不爲自身普爲除斷一切衆生諸煩惱故是故菩薩所有事業比於二乘最爲殊勝所得功德無量無邊何以故凡夫衆生所修事業皆與一切顛倒相應二乘所作其心狹劣菩薩事業遠離顛倒無量無邊是故菩薩所得功德亦復如是無量無邊以是義故超過一切凡夫二乘爾時文殊師利菩薩聞是法已踊躍歡喜徧身怡暢心得清涼而作是言希有世尊希有世尊善能分别甚深微妙菩薩種種陁羅尼門大悲之門及與不共事業之門我聞佛說歡喜頂受如法奉行

守護國界主陀羅尼經卷第三

音釋

攞勒可切 枳欀枳音紙欀人向切 咜音陁 奼丑亞切 縈于平切繞也

守護國界主陀羅尼經卷第四

唐罽賓國三藏般若等譯

入如來大悲不思議品第四

爾時文殊師利童子即從座起偏袒右肩右膝著地合掌恭敬而白佛言世尊惟願如來應正等覺爲我宣說諸佛如來於諸衆生大悲隨轉世尊如來大悲爲有幾種以何爲相以何爲因以何爲緣爲何所住善哉世尊惟願爲我具足宣說及說如來一切智智現證事業爾時佛告文殊師利童子言善哉善哉善男子善能諮問如是深義諦聽諦聽善思念之吾當爲汝分别解說諸佛如來大悲海門一滴之相善男子一切如來於諸衆生所有大悲不生不滅何以故如來大悲常恒不斷無時不轉已於無量阿僧祇劫積集圓滿諸功德故無去無來常恒不捨一切衆生皆悉護念而攝受故如來大悲無量無邊無有窮盡甚深甚深不可思議堅固猛利難解難入非是語言所能宣說何以故善男子譬如如來得大菩提於諸衆生起大悲心亦復如是云何如來得於菩提善男子佛得菩提無有根本無有住處云何根本云何住處身見爲根本妄想爲住處而身見妄想及與菩提平等平等故說菩提無有根本無有住處依於此義佛得菩提一切衆生不覺不知無有根本無有住處爲欲令其如實覺悟是故如來普緣衆生而起大悲復次善男子菩提寂靜親近寂靜言寂靜者即是於內親近寂靜即是於外何以故眼空我空我所亦空性如是故名爲寂靜耳空鼻空舌空身空意空我

空我所亦空性如是故名爲寂靜由眼空故不行色境是故名爲親近寂靜由耳鼻舌身意空故不行聲香味觸法境是故名爲親近寂靜如是寂靜親近寂靜衆生不知欲令其知是故如來於諸衆生大悲隨轉復次善男子菩提本性清淨光明何以故心之實性本清淨故云何清淨性無合故猶如虛空性清淨故亦如虛空無有相故亦如虛空性平等故是故菩提名爲最極清淨光明此淨光明童蒙凡夫不能覺知客塵煩惱之所覆故欲令衆生如實覺悟是故如來於諸衆生大悲隨轉復次善男子菩提無取捨何以故捨生死岸横截瀑流至於彼岸名爲取捨如來深入第一義諦不見此岸不見彼岸以一切法無彼此故是故菩提無有取捨凡夫不知無取無捨欲令其知是故如來於諸衆生大悲隨轉復次善男子菩提無相亦無觀察云何無相所謂眼識不可得故云何名爲無有觀察眼識於色無分別故如是耳識不可得故名爲無相耳識於聲不分別故名無觀察鼻識不可得故名爲無相鼻識於香不分別故名無觀察舌識不可得故名爲無相舌識於味不分別故名無觀察身識不可得故名爲無相身識於觸不分別故名無觀察意識不可得故名爲無相意識於法不分別故名無觀察如是無相無有觀察是聖者境出過三界故非凡小之所能知爲欲令其如實知覺是故如來於諸衆生大悲隨轉復次善男子菩提非過去非現在非未來故三際平等斷絕三輪云何名爲斷絕三輪於彼過去心不

起故於彼未來識不行故於此現在意不作故此心意識無有住處云何名爲三際平等過去之事不可思量未來之識不可宣示現在之意不可說故如是甚深三際平等三輪清淨衆生不知爲欲令其如實覺悟是故如來於諸衆生大悲隨轉復次善男子菩提無身菩提無爲云何無身所謂眼識不可知故如是耳鼻舌身意識不可知故云何無爲無生無滅亦無住故故說無爲遠離三相如無爲相有爲之相亦復如是何以故一切諸法性如是故無性之性此性不無此二無二是菩提性如是無身及無爲相童蒙凡夫不覺不知欲令知覺是故如來於諸衆生大悲隨轉復次善男子菩提不可壞無所證跡云何所證及不可壞所謂眞如是所證跡由無住處故不可壞法界是所證由無種種故不可壞實際是所證由不可動故不可壞空門是所證由不可得故不可壞無相是所證由無分別故不可壞無願是所證由不可求故不可壞無衆生是所證由無本性故不可壞虛空是所證由不可取故不可壞無生是所證由無有滅故不可壞無爲是所證由無諸行故不可壞菩提是所證由於寂靜親近寂靜故不可壞涅槃是所證由本無生故不可壞如是所證跡及不可壞衆生不知欲令覺悟是故如來於諸衆生大悲隨轉復次善男子菩提不可以身得不可以心得何以故身無知故心如幻故如是正知名得菩提隨順世諦說有菩提當知菩提體不可得無能說者於何不可得若身若心若理非理若無若有

若實若虛皆不可得云何不可說一切諸法種種方便無能顯說此菩提故無有少分而住於法以無住故非是文字言說境界譬如虛空無有住處不可宣說菩提亦爾無住無說如來如是如實觀察一切諸法皆不可說何以故一切法中無有語言諸語言中亦無法故如此妙法一切衆生不覺不知欲令覺知是故如來於諸衆生大悲隨轉復次善男子菩提不可取無有依處云何不可取云何無依處如來如實知見法故所謂眼不可得故不可取色不可得故無依處耳不可得故不可取聲不可得故無依處鼻不可得故不可取香不可取故無依處舌不可得故不可取味不可得故無依處身不可得故不可取觸不可得故無依處意不可得故不可取法不可得故無依處如來如是無取無依故於菩提現正等覺由眼無取色無依處故識無所依由耳無取聲無依處故識無所依由鼻無取香無依處故識無所依由舌無取味無依處故識無所依由身無取觸無依處故識無所依由意無取法無依處故識無所依由無所依故識無住處一切衆生虛妄横執識有住處云何衆生識心住處此有四種所謂色蘊受想行蘊即是衆生識之住處如來了知衆生住處即無住處窮無住際一切衆生不覺不知欲令覺知是故如來於諸衆生大悲隨轉復次善男子言菩提者名體性空由體空故則菩提空由體空故一切法空如來如是如其體空於一切法現正等覺以是義故不以空覺而覺於空此即名一三菩提智

謂若空若菩提少分無二空與菩提不可分别與一切法亦復如是無二無二相審諦觀察一切諸法無名無相無有能行亦無所行無所趣向無言無說無執無取是名爲空第一義中空亦叵得但有言說如說虚空但有空言空非言境如是說空名不可說是名爲入一切法門謂一切法無有名字於無名中强以名說如是名字於一切法無有住處何以故依一切相假立其名相本性空名依何立如來如是以如實智知一切法此云何知知從本來不生不出不起不滅無障無礙無相無爲離心意識無有名字無有音聲如是知見而得解脱如是解脱不縛不解何以故性平等故而諸凡夫不覺不知欲令於彼如實知覺是故如來於諸衆生大悲隨轉復次善男子菩提虚空平等平等而其虚空無等無不等菩提亦爾無等不等何以故諸法如實無生無滅故一切法無等不等如來如是如實知見無等不等故於諸法現等正覺是故於中無有少法說等不等於一切法如實而知當云何知知一切法無有根本無生無滅一切諸法本無今有已有還無彼無生者亦無滅者如是生滅從因緣生從因緣轉此中無有少法可轉如來爲斷生死長遠危險道故說如是如實之法一切衆生不覺不知斷生死道亦復不知法性平等及不平等欲令於彼如實知覺是故如來於諸衆生大悲隨轉復次善男子菩提所證即是如如如菩提如色亦如是於第一義不即不離如菩提如於受想行識如亦不即不離如菩提如

於地界如水火風界如亦不即不離如菩提如於眼界色界眼識界如亦不即不離如菩提如於耳界聲界耳識界如乃至意界法界意識界如亦不即不離如是諸蘊及界處等一切諸法不離於如如來稱如知一切法是故現前成等正覺稱於性相等正覺故如現在如過去未來亦復如是前際不生後際未至中際寂靜如是平等即是菩提眞實所證如是所證一法不異一切法一切法不異一法以如實中若一若二若復多法俱不可得如是所證凡夫衆生不覺不知我當令覺是故如來於諸衆生大悲隨轉復次善男子菩提無相善入諸相云何爲相云何無相此中相者謂如始起一切善法言無相者謂一切法皆不可得又復相者是無住心所住之處言無相者即是無相三昧解脫又復相者心心所法稱量觀察一切諸法言無相者過於稱量隨識作業又復相者於有爲法審細觀察言無相者於無爲法現證相應如是甚深相無相門凡夫不覺我當令覺是故如來於諸衆生大悲隨轉復次善男子菩提無漏無煩惱蘊此中云何爲漏無漏漏有四種謂欲漏有漏無明漏見漏於此四漏皆悉遠離故名無漏云何名爲無煩惱蘊遠離四種煩惱蘊故所謂遠離欲蘊遠離邪見蘊遠離我見蘊遠離戒禁取蘊此四煩惱皆爲無明黑暗所覆盲無智眼欲貪渇愛使令乾燋積集建立故名爲蘊如來知此我見等惑無有根本本來清淨亦隨順知衆生清淨若我清淨若衆生清淨無二無二相此無二相即無生義

此無生義即無滅義於此無生無滅之中心意識等皆悉不轉此心意識不轉之處分別不生若有分別即生死法生若無分別即解脱法生若解脱法生即無明不起若無明不起即十二有支不生若十二有支不生即是無生若無生者即是解脱若解脱者即是了義了義即是第一義諦云何名爲第一義諦所謂無我若無我者即不可説若不可説即是因緣和合之義如是因緣和合之義即一切法義一切法義即如來義以是義故若見因緣和合之法即見諸法若見諸法即見如來如是眞見第一義中審諦觀察不見少分云何少分所謂觀察隨觀察心見其眞實名眞實見如是而知諸法平等是故如來現等正覺此之無漏無煩惱蘊凡夫衆生不覺不知我當令覺是故如來於諸衆生大悲隨轉

復次善男子菩提清淨無垢無有處所此中何法名爲清淨云何無垢云何復名無有處所所謂空即清淨無相即是無垢無願即無處所無生即是清淨無行即是無垢無起即無處所諸法本性即是清淨窮究清淨即是無垢本性光明即無處所體不可説即是清淨體無分別即是無垢離言寂默即無處所眞諦清淨法性無垢眞實之際即無處所知蘊清淨知界本性即是無垢知入遠離即無處所知於過去盡智清淨知於未來無生之智即是無垢知於現在法界住處即無處所有如是等法淨無垢無處所義皆悉入於一所證中言所證者即是寂靜寂靜者即是寂滅寂滅者即是親證親證者即是無相無相

者即勝義諦勝義諦者即虛空相如虛空相則菩提相亦復如是如菩提相一切法相亦復如是如一切法一切眾生亦復如是如諸眾生一切佛剎亦復如是如一切剎大般涅槃亦復如是是故我說一切諸法即涅槃相此爲究竟實際之相無對之相無如清淨本來無垢從本已來無有處所如來如是於如是等種種色相見無色相故於諸法現等正覺等正覺已徧觀十方見諸眾生住不清淨起於垢穢執著處所便於眾生普皆發起遊戲大悲以善方便欲轉法輪而念梵王未來誠請是時尸棄大梵天王知佛所念與梵眷屬八千億天前後圍繞於梵宮沒現如來前頂禮佛足而白佛言惟願世尊轉於法輪惟願善逝轉於法輪即說偈言

如來所證最寂靜　清淨無垢妙光明
不可宣說無名言　佛淨智慧方窮究
爲此經於多億劫　難行苦行靡不經
無始癡愛我隨眠　顛倒眾生令覺悟
此會眾生多善利　昔法佛所已修因
惟願廣開甘露門　轉最勝輪利含識
彼當覺悟最上法　摧破魔軍無有餘
引導邪徑諸眾生　令住如來真正道
如來大悲爲最上　爲利一切不思議
我今勸請天人師　轉於最上微妙法
如拘留孫佛所轉　亦如拘那含牟尼
迦葉善逝轉法輪　今請世尊如是轉
譬如大雲降甘雨　藥草卉木皆發生
願佛與大慈悲雲　徧降難思妙法雨
如來初生師子吼　誓普解脫諸有情

願澍法水應其時　以滿人天深渴仰

善男子尸棄梵王說偈請已我於爾時受梵王請不捨如來遊戲大悲於波羅奈城仙人墮處施鹿林中最初轉於無上法輪若沙門若婆羅門若天魔梵一切世間所不能轉轉法輪時其無常聲普聞三千大千世界時阿若憍陳如最初聞法悟解得果我於爾時而說偈言

不可說甚深　勝義無文字　我說非無果　陳如初悟解

善男子我轉法輪時復有無量無數衆生皆於如來遊戲大悲而得調伏復有無量無數衆生發菩提心是故如來於諸衆生大悲隨轉善男子是爲如來具足圓滿十六大悲常住其中不假功用任運恒轉爲一衆生經恒沙劫於大地獄具受衆苦而此衆生或有調伏或未調伏要令調伏置於如來正法之中如爲一衆生爲一切衆生悉亦如是如是經於無量劫中受地獄苦無有疲猒大悲之心亦無減少是故如來於諸衆生大悲深重不可思議二乘之悲如割皮膚菩薩悲心如割肌肉如來大悲深徹骨髓又復隨順佛智是聲聞悲勸諸衆生發菩提心是菩薩悲授當佛記是如來悲因悲心起是聲聞悲因化衆生是菩薩悲因於究竟成熟衆生是佛大悲求斷生死是聲聞悲運度衆生至於彼岸是菩薩悲普能度脫一切生死一切煩惱至於彼岸是佛大悲是故當知如來大悲最爲尊勝爲欲調伏諸衆生故或經一劫或復百劫或復千劫久住於世不入究竟無餘涅槃善

男子乃往久遠過阿僧祇劫爾時有佛出現於世名栴檀舍多陀阿伽度阿羅訶三藐三佛陀世界名有香劫最勝香佛壽十六八萬四千歲聲聞弟子其數十六八萬四千之所集會彼如來身諸毛孔中恒流妙香徧滿三千大千世界一切普熏無諸穢惡垣墻舍宅樹木山河種種色相無不皆香故此世界名爲有香其中衆生遇斯香者三業清淨具足衆善捨家修道深入四禪此世界中一萬如來相續出現皆同一號名栴檀舍是故此劫名最勝香栴檀舍如來作佛事已涅槃時至復以出過一切人天淨妙天眼徧觀衆生何等衆生餘佛調伏何等衆生我當調伏乃見非想非非想天有一衆生過去世中曾種善根樂聞大乘心得清淨我應調伏而此衆生尚經八萬四千劫住彼天中過是已後方從天下生於人間未知五欲聞讃大乘便發阿耨多羅三藐三菩提心於大菩提永不退轉爾時栴檀舍如來方便大悲徧觀察已告諸比丘我於今夜當入涅槃便入大悲憐愍三昧入三昧已示現涅槃佛滅度後分布舍利十方人天恭敬供養正法住世八萬四千歲利益安樂無量衆生純以正法一味化人無後像法流行於世彼佛世尊雖示涅槃以其大悲憐愍三昧神通力持復住於世八萬四千劫隱相好身世無能覩過於八萬四千劫已彼一衆生住非想者方生人中大豪貴家年始八歲時彼如來從三昧起至童子家現相好身住童子前唯此童子及萬二千應調伏者得見如來餘無能覩時彼如來先爲童

子發起大乘復爲演說五欲過患而告之言善男子五欲過惡甚可怖畏譬如高大五聚毒蛇隨一毒蛇即便害人況於五聚亦如積集五聚毒藥若嘗少分便能害人況食五聚是故汝應勿生貪著爾時童子聞是語已觀其舍宅資生之具若男若女一切所有皆如毒蛇深生猒離便於阿耨多羅三藐三菩提發深重心得不退轉佛知童子身心清淨具足衆善便與授記告諸天子言今此童子過七十二阿僧祇劫當得阿耨多羅三藐三菩提名最勝寶如來應正等覺出現於世佛授記時餘人不聞唯此童子及萬二千天子堪任法器皆悉得聞時諸天子皆發阿耨多羅三藐三菩提心作是願言彼最勝寶如來若成佛時我等當生彼佛國土時栴檀舍如來告諸天子當得往生彼最勝寶如來皆當與汝授阿耨多羅三藐三菩提記爾時栴檀舍如來與彼菩薩授記莂已然後究竟入於涅槃一切人天供養舍利善男子以是義故一切如來大悲深重具足圓滿非諸聲聞緣覺境界善男子如是法門能令汝等佛種不斷若有衆生聞此法門受持讀誦書寫解說乃至一字一句一偈所得善根未入涅槃相續不斷何以故因不斷故如來於此衆會之中說是大悲深法門時有一恒河沙數衆生發阿耨多羅三藐三菩提心二恒河沙菩薩得隨順忍三恒河沙菩薩得於如來十六大悲及一切佛灌頂法忍爾時一切大衆聞此法門踊躍歡喜清涼悅澤傾竭身心合掌向佛而白佛言善哉如來善哉善逝快說斯義即

以人天種種供具以申供養或以種種妙寶瓔珞或以種種上妙衣服或以種種珍膳飲食或以法服幢旛傘蓋持如是等種種供養恭敬尊重供養於佛

守護國界主陀羅尼經卷第四

守護國界主陀羅尼經卷第五

唐罽賓國三藏般若等譯

入如來不思議甚深事業品第五之一

爾時世尊復告文殊師利童子言善男子當云何知如來應正等覺現證甚深事業善男子如來有三十二種正覺甚深事業何等名爲三十二種善男子如來於處非處如實而知善男子云何爲處云何非處言非處者謂諸衆生無有方便身口意業造不善行若得可意愛樂隨心遂求果者無有是處所言處者若諸衆生具有方便身口意業造諸善行獲得可意愛樂隨心遂求果者斯有是處復次善男子言非處者若諸衆生無有方便心懷慳悋得大富貴破於淨戒得人天身常行瞋恚獲端正報身心懈怠得於智慧散亂之人能得解脫惡慧衆生能斷習氣諸煩惱者無有是處若諸衆生具有方便修行布施得大富貴護持淨戒得生人天常修忍辱得端正報勤行精進獲得智慧心不散亂得正解脫善修智慧能斷習氣諸煩惱者斯有是處復次作五逆罪得心安樂無有是處淨持禁戒得心安樂斯有是處復次若有衆生執著有見得順忍者無有是處愛樂修空得隨順忍斯有是處復次若諸衆生多住悔心得心安樂無有是處若心無悔得心安樂斯有是處復次若令女人得轉輪王王四天下或得帝釋大梵天王成佛出現無有是處若捨女人得男子身作轉輪王王四天下或作帝釋大梵天王及成佛者斯有是處復次若轉輪王非法治化無有是處若轉輪王正法治化

斯有是處復次若諸帝王貪猥驕奢能理國政無有是處若諸帝王無貪簡易能理國政斯有是處若諸人王執斷常見令國政理無有是處若諸人王明信因果國政乃理斯有是處若諸人王心不均平能治國政無有是處若諸人王無私平等能治國政斯有是處復次北拘盧洲捨報身後墮三惡道無有是處若言北洲死後生天斯有是處復次若行殺害而得長壽乃至邪見受行邪法得聖道者無有是處若不殺生得壽命長乃至正見受行正法得聖道者斯有是處復次阿羅漢向不定得果無有是處若阿羅漢向定得果者斯有是處復次須陁洹人受第八生無有是處若須陁洹無第八生斯有是處復次若斯陁含受第三生無有是處若斯陁含無第三生一生人天能盡苦際斯有是處復次若阿那含還生欲界無有是處若阿那含不生欲界能盡苦際得涅槃者斯有是處復次若阿羅漢受生死身無有是處若阿羅漢不受生死入涅槃者斯有是處復次若有人言除佛大師更有聖人超過佛者無有是處若言唯佛是天人師更無過者斯有是處復次若有人言得無生忍有退轉者無有是處若得無生不退轉者斯有是處復次若有人言坐菩提場不成正覺無有是處若坐道場決成正覺斯有是處復次若有人言諸佛猶有煩惱習氣無有是處若言諸佛無煩惱習斯有是處復次若有人言一切如來智有障礙無有是處若言如來智無障礙斯有是處復次若有人言如來頂相有能見者無有是處若

言如來無能見頂斯有是處復次若有人言佛不加威能知如來心之所住無有是處若言佛加方知如來心所住處斯有是處復次若有人言如來亦有不住三昧三摩呬多無有是處若言如來常在三昧等引功德斯有是處復次若有人言一切如來言有虛妄及誤失者無有是處若言如來言無虛妄亦無誤失斯有是處復次若有人言如來作業有錯誤者無有是處若言如來諸所作業無錯誤者斯有是處善男子以如是等說於如來知處非處有無量門非言所及如於實諦無有變異此是如來第一正覺力甚深事業爾時世尊欲重宣此義而說偈言

大地可使行　虛空可搖動　如來終不說
非處以爲處　虛空可爲身　同士夫五色
如來終不說　非處以爲處　一切處差別
上中下不同　如來已宣說　決定無別異
一切非處別　上中下不同　如來已宣說
決定爲非處　若處若非處　如來如實知
隨衆生樂欲　具足而宣說　沙門婆羅門
不知處非處　虛妄馳諸境　佛智無不知
衆生種種執　非處求解脫　具德世所尊
爲說眞實處　彼執非法器　故佛捨衆生
機熟解脫時　復當爲宣說　此爲佛第一
最勝事業門　遠離諸過非　能脫衆生苦
是處非處法　無量無有邊　難屈無不摧
斯名大仙力

復次善男子如來於過去世現在未來所作行業誓願不同種種處所種種因緣種種事相種種異熟無量差別皆如實知云何而知

善男子此中過去行業誓願善根爲因遠離不善未來得果若有過去行業誓願以不善根而爲其因遠離善根未來得果如是種種如來一一皆如實知復次若有行願未來漸減若有行願未來漸增若有行願現在漸減未來漸增若有行願現在漸增未來漸減若有行願現在未來皆漸減少若有行願現在未來皆漸增長如是種種皆如實知復次若有行願現在小因來世廣大或現在廣大未來微小或初起微細後漸增勝或初廣大後漸微細如是種種皆如實知復次若有行願當得聲聞若有行願當得緣覺若有行願當成佛因皆如實知復次或有行願因苦果樂或有行願因樂果苦或有行願因果俱苦或有行願因果俱樂皆如實知善男子如是過去現在未來種種行業所感異熟因果相順猶如影響如來一一皆如實知如是知已隨其所應而爲說法是爲如來第二正覺力甚深事業爾時世尊欲重宣此義而說偈言

如來善巧智　知衆生業果　三世悉無遺
智眼皆無著　善因當得樂　異熟處人天
是惡感苦因　如來悉知見　善業不善業
各各果當成　善逝悉能知　如摩尼在掌
有業甚微細　當成廣大因　初大後微細
如來悉見知　有業聲聞行　有業緣覺因
有業成如來　善逝悉知見　或因樂果苦
因苦果樂殊　因果苦皆同　因果俱安樂
業與於法性　因果不相違　如來如實知
性相皆窮究　一切衆生界　三世業轉迴
一一無有差　如來悉明了

復次善男子一切衆生無數樂欲種種差別如來一一皆如實知佛云何知或有衆生住貪欲行樂於瞋恚或有衆生安住瞋恚樂於婬欲或有衆生安住愚癡樂於婬欲及與瞋恚如來一一皆如實知或有衆生住善法中樂欲不善皆如實知或有衆生所作微小樂欲廣大或有衆生所作廣大樂欲微小或有衆生初於因中樂欲微小至於果中樂欲廣大或有因中樂欲廣大至於果中樂欲微小如是種種皆如實知或有衆生樂邪見等因中不定當成決定或因樂欲正因決定當得解脱彼彼差别如來悉知或有樂欲當超欲界或有樂欲當超色界或有樂欲當超三界如是一一如來悉知或有樂欲日日減少後當漸得增勝廣大或有樂欲最勝廣大後漸減少得不可意如是種種皆如實知或有樂欲受種種生得種種色受用種種資生之具如是差别如來悉知或有樂欲處人天上或有樂欲當得解脱如是差别如來一一皆如實知如是知已隨其所應而爲説法是爲如來第三正覺力甚深事業爾時世尊欲重宣此義而説偈言

衆生種種欲　意樂無數量　如來一切知
如實悉能知　彼彼諸衆生　住貪樂瞋恚
住瞋樂癡冥　一一如實知　住癡樂欲貪
住善樂不善　其心種種變　善逝悉能知
下劣因衆生　心恒樂廣大　住廣樂廣大
住勝劣中求　或復有衆生　因劣果超勝
因勝果中劣　如來如實知　住邪不定中
後時當決定　住正脱三界　如來如實知

或樂種種生　色相及資具　處於人天上
解脫欲相應　三世諸衆生　樂欲佛皆了
隨心爲說法　是第三業門

復次善男子如來於無數世界種種界別皆如實知佛云何知謂知此世界其中衆生修諸功德此界衆生造諸惡業此界衆生修解脫業此界衆生當得出世如是種種悉如實知復次善男子如來知眼界色界眼識界當云何知有三因故謂知內空外空內外空故如是徧知乃至知意界法界意識界內空外空內外空故復次知於地界水火風界皆如虛空復次知欲界色界無色界從於妄想分別所起復次知有爲界行相現前有窮盡故知無爲界無行相故知煩惱界客塵相故了煩惱流可斷絕故達其本性光明相故知諸行界妄念無明爲其相故知涅槃界智慧相故正念相故善男子如是如是世界安立初現在前世界轉滅至於他世生起因緣依住作業如是差別如來一一皆如實知知已隨應而爲說法此是如來第四正覺力甚深事業爾時世尊欲重宣此義而說偈言

佛於界善巧　及住轉滅時　少善大果成
人師子能了　有福無福界　福門解脫門
解脫界不同　一切智明見　如來知眼界
色識界俱空　耳界鼻舌身　意法空亦爾
地水火風界　如實了皆空　三界妄念心
人師子能了　煩惱客塵相　諸法性皆無
行不行如空　斯涅槃三相　世界不善起
成已壞滅同　此界及他方　無念皆知見
十方空無際　有界佛能知　佛智勝無涯

衆生不能測　此是清淨主　第四調生門
修此不退還　決證菩提果

復次善男子如來於諸衆生諸根勝劣精進懈怠若利若鈍皆如實知云何能知善男子鈍根愚闇下劣衆生中根勝根皆如實知復次隨如是根分別生貪隨如是根分別生瞋隨如是根分別生癡及託外境生貪瞋癡如來悉知復次隨根分別生貪瞋癡展轉增廣或復隨根分別所生少貪瞋癡更不增長如來悉知復次此根是善根因此根即是不善根因此根即是解脫道因此根是出生死道因如是種種如來悉知復次善男子佛如實知眼耳鼻舌身意六根男女命根苦根樂根憂喜捨根信根進根念定慧根未知當知根已知根具知根如是種種如來悉知復次因於眼根心住耳根不住鼻舌身等三根因於耳根心住鼻根不住餘根因於鼻根心住舌根因於舌根心住身根因於身根心住眼根如是種種根如來悉知復次若有衆生有布施根現持淨戒如來知其從無始來諸根展轉有多差別是故爲說檀波羅蜜若有衆生有淨戒根現行布施如來知其從無始來諸根展轉有多差別是故爲說尸波羅蜜或有衆生有忍辱根現行精進如來知其從無始來諸根展轉有多差別是故爲說忍波羅蜜或有衆生有精進根現行忍辱如來知其從無始來諸根展轉有多差別是故爲說勤波羅蜜或有衆生有禪定根現修智慧如來知其從無始來諸根展轉有多差別是故爲說禪波羅蜜或有衆生有智慧根現在禪定如

來知其從無始來諸根展轉有多差别是故爲説甚深般若波羅蜜多令其修習一切廣大菩提分法復次知此衆生有聲聞根現修縁覺所行之行如來知其從無始來諸根展轉有多差别堪聞聲聞是故爲説聲聞乘法若有衆生有縁覺根修聲聞行如來知其從無始來諸根展轉有多差别堪聞縁覺是故爲説縁覺之法或有衆生有大乘根修二乘行如來知其從無始來諸根展轉有多差别堪聞大法爲説大乘復有衆生有下劣根現修大乘如來知其從無始來諸根展轉有多差别而爲説法令捨下劣修習大乘復有衆生不任法器如來知其從無始來諸根展轉有多差别久未堪任故且棄捨待根熟時堪任法器發殷重心如來當爲殷勤説法善男子如來如是知諸衆生若根已熟若根未熟欲出三界或不欲出如是種種如來悉知當云何知知其根本云何修習云何性云何相云何因云何縁云何思云何果云何報云何究竟如來一一皆如實知此是如來第五正覺力甚深事業爾時世尊欲重宣此義而説偈言

佛知根智到彼岸　隨順衆生種種殊
上中下品悉了知　勝業能招解脱果
了煩惱際唯虚假　厚薄輕重悉皆知
善知諸惑對治門　惡招生死善解脱
知眼至意男女命　苦樂憂喜及捨根
信進念定慧當知　已知具知根悉了
知因眼根唯住耳　乃至因身住眼中
施根持戒爲説檀　戒根行施爲説戒

忍根勤修爲說忍　進根修忍爲說勤
定根修慧說諸禪　慧根住定說般若
聲聞根修緣覺行　以知根故說聲聞
緣覺根住聲聞乘　知根爲說於緣覺
下劣遠離上乘法　大悲爲說諸度門
根熟未熟佛皆知　是器爲說捨非器
諸根行相修習性　隨其因緣及與思
果報究竟如是知　是佛第五眞實業

復次善男子如來於徧趣行皆如實知當云何知知正定衆生界知不定衆生界知邪定衆生界云何而知正定衆生謂此衆生有大因力宿植多福聰敏利根智慧將開如來如實知昔善巳或爲說法或不說法稱其法器皆令解脫云何而知不定衆生謂彼衆生有大緣力根將成熟若隨其心得聞正法即得解脫若不聞法不得解脫如來爲此不定衆生說於因緣和合之法彼諸衆生隨機聞法心得清淨各證道果如來爲此不定衆生出興於世云何知於邪定衆生謂此衆生愚癡覆心非是法器更無方便可以化誘譬如盲者對於日光若爲說法及不說法俱無利益無解脫分如來知其非是法器便置捨之爲彼衆生是故菩薩擐大悲甲復次善男子如來善知衆生三毒徧趣之行知貪欲行有其三種云何爲三謂或有貪欲從妙境生或有貪欲從愛想生或有貪欲從宿習生知其瞋行亦有三種云何爲三謂或有瞋毒從恚而生或有瞋毒從違境生或有瞋毒從於過去隨眠所生知愚癡行亦有三種云何爲三謂或有愚癡從無明生或有愚癡從身見生或

有愚癡從疑心生如是種種如來悉知復次如來知其苦行速疾通達知根利故又知苦行遲緩通達知根鈍故知安樂行速疾通達知根利故知安樂行遲緩通達知根鈍故復知有行遲緩通達遠正念故復知有行速疾通達能堅持故又復善知有速疾行遲鈍通達數息觀故有速疾行速疾通達心不著故又復善知擇法之行謂或有行慧多定少或復有行定多慧少或有定慧俱不具足或有定慧二俱圓滿如來悉知或復有行心力具足身力不具或復有行身力具足心力不具或復有行二俱不具或復有行二俱具足如來一一皆如實知或復有行令身業淨口意不淨或復有行令口意淨身業不淨或令三業俱得清淨或令三業俱不清淨如是諸行或是三界生死之因或解脫因如來皆以無礙智眼一切隨轉是爲如來第六正覺力甚深事業爾時世尊欲重宣此義而說偈言

一切處行佛盡知　正定衆生大因力
不定衆生根熟相　邪定非器空有悲
貪行衆生三種因　瞋恚愚癡亦三種
種種無邊煩惱界　徧行因起佛皆知
苦行疾得因利根　鈍根遲緩不能達
樂行速疾由根利　鈍根劣弱佛皆知
有行遲鈍漸澄清　復有遲鈍頓清淨
有速疾行得微劣　超過速疾無著因
有行智增擇法生　有行定增成法器
有行俱少非法器　定慧和合勝道生
有行心力具非具　有身力具心不具
大威德故身心具　一切見者悉皆知

有行不能淨語心　或有能令身語淨
或有不能心永淨　有行但能清淨心
或有不能淨語言　有行能令心語淨
或有不能身永淨　有行三業淨無瑕
有行建立生死因　有行爲因招解脱
如是徧行佛皆了　是第六業最勝門

復次善男子如來於一切靜慮解脱等持等至伏滅煩惱生起因緣皆如實知佛云何知謂知衆生煩惱生起以何因生以何緣生滅惑清淨何因能滅何緣能滅此中煩惱生因緣者謂不正思惟以爲其因無明爲緣無明爲因行爲緣行爲因識爲緣識爲因名色爲緣名色爲因六處爲緣六處爲因觸爲緣觸爲因受爲緣受爲因愛爲緣愛爲因取爲緣取爲因有爲緣有爲因生爲緣生爲因老死爲緣煩惱爲因業爲緣見爲因貪爲緣隨眠煩惱爲因現行煩惱爲緣此是煩惱生起因緣云何衆生滅諸煩惱所有因緣有二種因有二種緣云何爲二一從他聞隨順法聲二者内心起於正念復次有二種因有二種緣能令衆生清淨解脱謂奢摩他心一境故毗鉢舍那能善巧故復次有二種因有二種緣不知來智故知來智故復有二種因緣微細觀察無生理故近解脱故復有二種因緣具足行故智慧解脱現在前故復有二種因緣謂盡智故無生智故復有二種因緣隨順覺悟眞諦理故隨順獲得眞諦智故此是衆生除滅煩惱清淨因緣如來悉知復次善男子煩惱因緣無有數量解脱因緣亦無有量或有煩惱能與解脱以爲因緣觀實體故或有

解脱能與煩惱以爲因緣生執著故如是廣大無障礙行如來悉知善男子如來禪定智慧皆悉具足謂離欲界惡不善法有尋有伺離生喜樂入初靜慮初靜慮起滅尋伺等隨順次第入八解脱三摩鉢底逆次入住諸三摩地或復超間横竪無礙住於等至顯示三昧如來了知三摩鉢底與三昧門無少差别如來三昧三摩鉢底不從因緣入一三昧一切三昧皆悉現前一三昧起而能即入一切三昧如來終不作如是念我今能入如是三昧而常三昧無不定心一切無能測知如來所有三昧緣覺三昧超過聲聞菩薩三昧超過緣覺如來三昧超過菩薩而佛三昧無能過者如來智慧於一切處無障礙轉無能過者隨順教化一切聲聞生聲聞定緣覺菩薩亦復如是如來如是種種知已隨其所應而爲説法此是如來第七正覺力甚深事業爾時世尊欲重宣此義而説偈言

諸佛法王眞實智　知諸衆生染淨因
如是因緣煩惱生　如是因緣得解脱
邪思爲因無明緣　無明爲因行爲緣
識與名色六處等　有支因緣悉如是
煩惱爲因業爲緣　諸見爲因貪爲緣
隨眠結惑以爲因　現行煩惱以爲緣
衆生解脱二因緣　從佗聞聲起隨順
内心正念觀空法　解脱有海得超昇
止觀和合互相資　無少去來而可得
諦觀無生亦無滅　親近解脱得清涼
住三種行長三明　修習解脱不放逸
盡無生智得實諦　由此因緣清淨心

佛入正定三昧門　出入滅定念具足
法王禪定無等等　入八解脱多等持
逆順次第超間遊　一定顯示無邊定
心無迫隘無分別　雖常住定無定心
聲聞緣覺三摩提　菩薩億千種種定
佛三摩地過諸定　此善巧業智難量

復次善男子如來以宿住智知於自身及諸衆生過去無數宿住生事所謂一生二生十生百生千生百千生億百千生成劫壞劫成壞劫無數成劫無數壞劫無數成壞劫我及衆生如是名字如是種性如是飲食如是形相如是色類如是苦樂如是處所如是壽命如是生死於其處殁而生其處無數種種宿住之事皆悉憶念復知彼彼衆生過去以如是因生此世界如來知已隨其所應而爲說法又如實知一切衆生過去心行如是前念次第因滅相續引起如是後念或復緣闕後念不生如是種種如來悉知如一衆生如是心滅如是心生輪轉不斷無量無邊恒河沙劫説不能盡如一衆生一切衆生亦復如是念念生滅心心相續説不可盡如來一一皆如實知假使盡於未來際劫説於如來所知宿住不可窮盡故説如來宿住智慧不可思議不可稱量難知邊際説不可盡爾時如來出大悲聲猶如牛王普告衆生汝等應當念念思惟往世久近曾種善根或於佛所曾種善根或二乘所種諸善根彼諸衆生以佛威力皆念昔善如來知已隨應説法彼諸衆生得聞法已如昔善根各於自乘得不退轉是爲如來第八正覺力甚深事業爾時世尊欲

重宣此義而説偈言
佛世間燈念往劫　無邊億數那由他
諦了自己及衆生　如掌觀五阿摩勒
如是姓名色分別　壽命住處生死殊
以是因縁此處生　善知時故爲説法
又知過去無邊劫　衆生心心所不同
無量種類各生心　如來大智皆明了
過去流注心不斷　一一衆生佛悉知
劫數量等恒河沙　説彼無邊行無盡
盡未來際所有劫　不能説佛宿住因
智慧無等無有邊　猶如大海無涯際
佛住利智勝通力　念昔所修白淨因
及彼衆生種善根　過去或曾供養佛
佛威神力令憶念　如前所作白法因
念已示教住三乘　清淨解脫恒無退
善逝過去因無量　一切衆生難測量
以此第八業爲因　無數衆生悉調伏

復次善男子如來天眼清淨過於人眼見諸衆生死此生彼所謂下劣最勝善色惡色若好若醜如是種種隨業受生或有衆生具身惡行或有衆生具口惡行或有衆生具意惡行或謗賢聖及邪見等業因縁故捨此身已墮於地獄復有衆生具身善行或有衆生具口善行或有衆生具意善行不謗賢聖及正見等業因縁故捨是身已生於天上如來天眼皆悉知見如是十方盡於法界於虛空界無量無邊超過數量所有世界於其中間或有世界劫火洞然空無所有或有世界種種衆生死此生彼或諸菩薩遊行諸剎或諸如來趣於道樹證大菩提轉正法輪應盡晦跡

示入涅槃各各聲聞現得解脱或入涅槃彼彼緣覺現種種通能令遇者功德增長如是種種佛皆明見如對目前復見世界無有身相諸衆生等非外五通天眼所見亦非二乘及菩薩眼之所能見唯有如來天眼明見或有其地量如車輪其無身相諸衆生等充滿其中多於三千大千世界所有人天佛皆明見以淨天眼微細觀察一切世界所有衆生堪調伏者令其一一各見佛身而現其前彼彼衆生互不相知是爲如來第九正覺力甚深事業爾時世尊欲重宣此義而說偈言

如來光明淨天眼　威德照見劫無邊
十方一切刹難思　衆生受生各何相
或有已現當生別　有色無色種種殊
或人天趣或三塗　下中上品生非一
垂歿將生種種異　一切見者見無遺
造罪惡趣所沈淪　修福超處人天上
或有修行菩薩行　入出種植菩提根
或坐道樹摧衆魔　覺悟最勝菩提道
轉妙法輪皆自在　人天解脱量難思
作佛事已示涅槃　如來天眼皆明見
或從師聞獲正念　履踐寂滅得清涼
或超有海不由師　解脱安樂如來見
或有無數聲聞衆　或復修行緣覺乘
彼衆生界無有邊　佛淨天眼皆明見
或有衆生無色相　等車輪量有衆多
過三千界內人天　如是微細如來見
佛見一一衆生界　流轉五道無有邊
一切智了無衆生　以大慈悲故調伏
或有利根應度者　各見如來現在前

爲說勝法愜其心　此佛第九天眼業

復次善男子如來一切諸漏已盡無復煩惱心善解脫慧善解脫自覺現前具足圓滿作師子吼發如是言我生已盡梵行已立所作已辦不受後有如來知此究盡煩惱極無垢染清淨光明一切習氣無不永滅聲聞斷惑有盡有量習氣不除緣覺盡惑亦有分量遠離大悲闕無礙辯唯有如來一剎那心平等相應一切煩惱諸相煩惱根本煩惱習氣煩惱永盡無餘大悲善攝辯才無畏皆悉圓滿一切世間無能過者何以故諸佛如來永滅一切諸業習氣煩惱習氣威儀誤失諸習氣故譬如虛空本性清淨一切煙塵無所依住如來亦爾得於煩惱究盡之智諸業煩惱一切習氣無所依住而如來心以無住相煩惱盡處智平等中微妙安住爲斷衆生一切煩惱有漏五蘊而說妙法作如是言哀哉衆生於無事中橫生煩惱汝等應當如實思惟揀擇觀察復爲衆生種種善巧種種譬喻說煩惱性本無所有彼諸衆生如實觀已不見少法而可執持種種煩惱任運永滅入於涅槃此是如來第十正覺力甚深事業爾時世尊欲重宣此義而說偈言

十力世尊力圓滿　成就廣大甚深門
煩惱障盡智相應　得勝菩提最寂靜
聲聞滅惑得盡智　有量習氣猶未除
緣覺斷惑得菩提　大悲辯才皆不具
佛爲世主人中勝　惑習俱滅德皆圓
盡煩惱際大悲增　辯才無量皆成就
佛住究盡煩惱智　知衆生惑妄非真

愍行邪道諸有情　不履如來正法跡
大悲猛利爲物説　無常苦空無我門
汝等思惟本性空　常得最勝妙寂靜
不得衆生數取趣　作者及與摩納婆
爲著邪見諸衆生　大覺興悲説解脱
於一切時無猒倦　未曾一念捨衆生
常住三昧無動摇　爲利衆生演妙法
如是等相佛事業　十力住於力地中
轉無等等最勝輪　能摧寃敵難傾動

守護國界主陀羅尼經卷第五

音釋

鈍杜困切不利也　誘云九切教也　擐胡慣切貫也　隘烏懈切陋也
履良以切踐也

守護國界主陀羅尼經卷第六

唐罽賓國三藏般若等譯

入如來不思議甚深事業品第五之三

復次善男子如來安住四無所畏能作種種諸佛事業謂知自身即是無上正等正覺一切世間若天若人無有能作如理說言如來世尊非正覺者以何因緣說諸如來是正等覺謂諸如來於一切法平等正覺無有高下何等一切法所謂凡夫法有學法無學法緣覺法菩薩法諸佛法如是諸法皆等正覺復有世間法出世間法善法不善法有漏法無漏法有爲法無爲法如是諸法如來正覺體平等故云何平等謂空平等見一切法本性空故無相平等相本性故無願平等三界性故無生平等生本性故無行平等行本性故無出平等出本性故無阿賴耶平等心本性故如是眞諦平等三世性故智脫平等無明有愛本體性故涅槃平等生死輪轉本體性故如是一切諸平等法如來正覺以是因緣故說如來眞是無上正等覺者成於如是正等覺故以大悲心出妙言詞爲諸衆生說種種法示解脫道令出苦際餘諸衆生實非大師自言我是正等覺者如來爲此諸衆生故自唱德號作如是言唯我如來是等正覺令非法器皆成法器是爲如來第十一正覺無畏甚深事業爾時世尊欲重宣此義而說偈言

自然覺悟者　覺諸法平等　是故號如來
正覺平等見　一切凡夫法　與佛法平等
有學及無學　緣覺法亦然　世及出世法

此二亦平等　善及不善法　與涅槃平等
空法無相法　無願無生法　無行等諸法
平等而顯示　佛大悲廣說　覺悟諸衆生
聞法得解脫　是佛最勝業

復次善男子如來自知諸漏煩惱已究竟盡一切世間若天若人無有能作如是說言如來諸漏煩惱未盡云何如來諸漏煩惱已究竟盡所謂於欲煩惱心得解脫一切欲行習氣煩惱證滅諦故於有煩惱心得解脫一切瞋行習氣煩惱證滅諦故無明煩惱心得解脫諸愚癡行習氣煩惱證滅諦故於見煩惱心得解脫諸煩惱行及與習氣證滅諦故以是義故隨順俗諦說於如來諸漏煩惱究竟永盡聖者慧眼稱眞諦故觀察現證無有少法而可得者所謂若能滅智若所滅惑若思若修乃至現證俱不可得何以故彼自性盡無不盡時不從因緣待對說盡如是盡者是眞實盡此眞實盡不與餘法而作因緣故此盡者即是無爲即此法中無生無滅亦無有住此無生滅若佛出世若不出世法界常住如法界常此智成就亦復如是如此成就即非成就若能如是如所教住得無煩惱非斷煩惱得煩惱無如來大悲隨順俗諦爲衆生說滅煩惱法是爲如來第十二正覺無畏甚深事業爾時世尊欲重宣此義而說偈言

佛無欲習氣　故無欲煩惱　瞋恚習氣盡
有煩惱不生　善逝離無明　由滅癡根本
諸惑習氣盡　見惑則不生　佛依俗諦門
故說煩惱盡　眞中不可得　無滅亦無增
盡智不對緣　聖知本自盡　由無三相故

此盡即無爲　法界常不遷　知此到彼岸
知已如是說　此業佛能窮
復次善男子如來平等於諸障礙無障礙法如實了知一切世間若天若人無有能作如理說言如來所說障礙之法非障礙者此中云何爲障礙法謂有一法能爲障礙即濁亂心復有二法能爲障礙謂無慚無愧復有三法能爲障礙謂身惡行口惡行意惡行復有四法能爲障礙謂以貪故而行非法或以瞋故而行非法有以癡故而行非法有以怖畏而行非法復有五法能爲障礙謂殺生偷盜邪行妄語及飲諸酒復有六法能爲障礙謂不尊敬佛不尊敬法不尊敬僧不尊敬戒不尊敬定不能尊敬諸善知識復有七法能爲障礙謂慢過慢及慢過慢我慢增上慢卑劣慢邪慢復有八法能爲障礙謂邪見邪思惟邪語邪業邪命邪精進邪念邪定復有九法能爲障礙云何爲九謂已惱害我現惱害我當惱害我過去憎我善友現在憎我善友未來憎我善友過去愛我怨家現在愛我怨家未來愛我怨家於此九種憶念對境增不善心名爲障礙復有十法能爲障礙云何爲十所謂殺生偷盜邪行妄語兩舌惡口綺語貪瞋邪見是名爲十如是乃至起不善念樂著因緣安住一切煩惱結使常與顛倒障礙相應愛見煩惱堅執不捨凡有所作身口意業皆與名利諸欲相應如是一切皆名障礙如來悉知亦爲衆生如實說於無障礙法令其障礙永斷不生是爲如來第十三正覺無畏甚深事業爾時世尊欲重宣此義而說偈言

佛覺障礙法　不能證解脫　謂心不清淨
無愧及無慚　身語意業中　無有無表戒
貪欲瞋癡怖　起惡行無邊　殺盜及邪婬
妄言飲諸酒　六不敬七慢　八邪道常行
九惱十惡因　佛說皆障礙　修習不善念
不得解脫門　佛知顛倒源　無中堅執著
慈悲爲說法　令離障礙因

復次善男子如來如實宣說能盡苦道一切衆生依此修習皆得解脫於此義中一切世間若天若人無有能作如理說言如來所說非解脫道云何名爲真解脫道所謂一道是解脫道於諸衆生起清淨心復有二道是解脫道謂奢摩佗毗鉢舍那復有三道是解脫道謂空無相無願法門復有四道是解脫道謂四念處云何爲四謂身受心法云何身念處謂觀內身修身觀心得安住觀外身修身觀心得安住觀內外身修身觀心得安住是名身念處云何爲受念處謂觀內受外受內外受修受觀心得安住云何爲心念處謂觀內心外心內外心修心觀心得安住云何爲法念處謂觀內法外法內外法修法觀心得安住復有五道是解脫道云何爲五所謂信根進根念根定根慧根復有六道是解脫道云何爲六謂念佛念法念僧念戒念捨念天復有七道是解脫道云何爲七所謂念覺分擇法覺分精進覺分喜覺分輕安覺分定覺分捨覺分復有八道是解脫道云何爲八所謂正見正思惟正語正業正命正精進正念正定復有九道是解脫道謂初禪二禪三禪四禪空處識處無所有處非想非非想處滅

受想定復有十道是解脫道謂不殺生不偷盜不邪行不妄語不兩舌不惡口不綺語不貪不瞋不邪見是名爲十如是所有一切諸善菩提分法或戒蘊相應定蘊相應慧蘊相應解脫蘊相應解脫知見蘊相應或聖諦相應皆解脫道復有解脫道所謂眞正中道無少可得不增不減不取不捨不攝不散得眞實道二念不生以一切法本無二故如來於此解脫道中眞實知見亦爲衆生如是宣說有修習者能盡苦源此是如來第十四正覺無畏甚深事業爾時世尊欲重宣此義而說偈言

修習清淨道　增益無量樂　能趣甘露徑
佛智自然知　所有衆善因　是佛菩提分
修者得解脫　無能說爲非　正念滅塵勞
能與善和合　遠非不執著　得安樂涅槃
善巧觀因緣　如空無有所　如幻亦如夢
能脫生死流　依定起悲心　脫諸有輪轉
此是大仙業　世間無等倫

復次善男子如來身無誤失一切凡夫若勝智者求得如來少分過失無有是處何以故如來身業儀範端嚴行無顧眄被僧伽梨著衣持鉢行住坐卧進止迴旋入出村坊往來城邑如是一切審諦安詳足不履地而令於地千輻輪相出現分明復有蓮華香潔殊妙而承其足凡諸蠢動觸如來跡七日七夜安隱泰然後生人天受勝妙樂如來袈裟離身四寸而不墮落旋嵐猛風不能飄動身常光明凡所照觸乃至下濟阿鼻地獄離苦清涼由如是等故說如來身業無失復次善男子

如來語業無有誤失一切凡夫若愚若智求得過失無有是處何以故善男子如來知時而發言故時語眞語實語義語如說而行無有錯誤言不再發一切衆生聞皆歡喜以深字義莊嚴語言一音說法異類等解以如是義故說於如來語無誤失復次善男子如來意業無有誤失一切凡夫若愚若智求得過失無有是處何以故如來常住三摩呬多行諸佛行常無散亂以無著智知一切法是故如來意業無失善男子如來自住無誤失法亦爲衆生說如是法令得如來無誤失法是爲如來第十五正覺不共甚深事業爾時世尊欲重宣此義而說偈言

三界獨尊無誤失　身口意業淨無瑕

世尊内無煩惱非　普能利益諸含識

欲斷衆生諸過失　爲說最勝寂靜門

令無誤失同世尊　此第十五如來業

復次善男子如來無有異相苦樂等聲是故一切人天外道若魔若梵無能說佛聲有過失無何等聲所謂如來無憂喜聲何以故離愛恚故一切衆生種種供養恭敬讚歎不生歡喜心亦不高一切衆生不修敬養毀謗罵辱不生瞋恚心亦不下如來無悔恨聲何以故所作事業無少艱難已究竟故如來無諍論聲何以故往昔常樂住阿蘭若離我我所無取無求已脫煩惱諸結縛故善男子如來自住無異相聲亦爲衆生說如是法令離如是異相之聲是爲如來第十六正覺不共甚深事業爾時世尊欲重宣此義而說偈言

恭敬讚歎心不高　輕慢毀呰心不下

遠離愛恚非法故　先世妙行無譏嫌
佛阿蘭若昔修持　我所取結皆無有
住如是法如是說　此最勝業唯如來
復次善男子如來無忘失念故無少法而不
明記於何無忘謂諸靜慮解脫三昧三摩鉢
底如是法中皆無忘失又知衆生心行起動
顧視往來隨宜說法亦無忘失法義詞辯無
所畏中亦無忘失如來自住無著智慧三世
法中念無忘失亦爲衆生說如是法令得於
念無有忘失是爲如來第十七正覺不共甚
深事業爾時世尊欲重宣此義而說偈言
最勝法王無忘失　禪定法智等無遺
衆生心行悉皆知　隨宜爲說無所畏
三世諸乘一切法　無著智慧並無忘
隨無忘失說亦然　最勝丈夫之事業

復次善男子一切如來無不定心謂行住坐
臥飲食語默如是時中常住甚深三摩呬多
入諸三昧到於彼岸於諸禪定無有障礙一
切世間人天之類無一能觀如來所住三摩
呬多唯除世尊威德所被如來自住無不定
心亦爲衆生說如是法令捨散亂此是如來
第十八正覺不共甚深事業爾時世尊欲重
宣此義而說偈言
如來常住三摩地　行住坐臥一切時
飲食語默利衆生　恒處三昧無搖動
十方世界衆生類　無能測佛三昧心
亦爲衆生說此門　是佛難思之事業
復次善男子一切如來無種種想以離種種
諸異想故心無高下云何如來無種種想所
謂於諸佛刹無種種想佛刹體性同於虛空

無有盡故於諸衆生無種種想衆生本性同無我故於諸佛中無種種想同平等智證眞法界一相無雜無破壞故於佛法中無種種想一切諸法性無染故見持戒者不生愛念見毀禁戒不生瞋恚自佗得利心不增高自佗失利心不減少於正見者亦不尊重於邪見者亦不輕賤何以故如來住於平等性故如來自住諸法平等無種種想亦爲衆生說如是法令離諸想此是如來第十九正覺不共甚深事業爾時世尊欲重宣此義而說偈言

善逝普無諸異想　謂利衆生佛法中
如是異想永皆無　大名稱者之所住
持戒破戒及得失　易調難調皆等心
兩足尊爲諸衆生　說法令脫諸邪執

復次善男子如來正覺無不擇捨何以故如來修習諸善道捨非不修習而有所捨所謂修習身戒心慧如是而捨如來捨者與智相應非是無知是出世道聖解脫捨非是世間非聖解脫而有所捨如是捨者不捨大悲能轉梵行利益衆生自然成就非是待對因緣和合而得成就是如來捨無有高下平等安住得不動搖體無有二遠離二相有量無量悉皆超越待時而捨不過於時非心意識動念境界非假安立非有分別非是積聚非差別見如是捨者是眞勝義常恒不變此是如來圓滿大捨亦爲衆生說如斯法令得如是圓滿大捨是爲如來第二十正覺不共甚深事業爾時世尊欲重宣此義而說偈言

如來無有不擇捨　修最勝道善因緣

身戒心慧次第修　人中最勝無愛恚
非假分別無分別　非積集捨共相應
眞實不變大捨中　廣爲衆生如是說

復次善男子諸佛如來樂欲無減謂善法欲云何名爲善法之欲所謂如來大慈欲無減大悲欲無減說法欲無減調伏衆生欲無減成熟衆生欲無減樂處寂靜欲無減勸諸衆生發菩提心欲無減令諸衆生紹三寶種欲無減如來無有隨心惡欲凡有善欲智爲先導自滿善欲亦爲衆生說如是法令得如來最勝圓滿一切智欲此是如來第二十一正覺不共甚深事業爾時世尊欲重宣此義而說偈言

佛善法欲已圓極　慈悲常轉度衆生
成熟勸發菩提心　紹三寶種不斷絶
不順貪欲瞋癡怖　凡有所欲智爲先
最勝智者如是知　哀愍衆生多懈怠
無善法欲多惡欲　教令善欲正勤修
無等智業利衆生　有情因此皆調伏

復次善男子如來所有精進無減如來於何精進無減所謂調伏衆生審諦觀察精進無減若有衆生專心聽法而爲演說不憚劬勞精進無減若有衆生一劫聽法身心無倦佛亦一劫或過一劫不起于座不飲不食說法無斷若復過於恒沙刹外有一衆生堪任調伏即往教化令修正行而佛身心無有懈怠安樂寂靜自行精進得聖解脫亦爲衆生讚歎精進是爲如來第二十二正覺不共甚深事業爾時世尊欲重宣此義而說偈言

精進出生人獅子　是故常讚於精勤

念念勇悍無減時　有堪聞法恒宣説
善逝精進無休息　身口意業不疲勞
自然堅猛離諸非　亦觀衆生起精進

復次善男子如來正覺於一切時徧一切處正念無減云何時處正念無減善男子如來始從無間道後得阿耨多羅三藐三菩提即觀三世一切衆生心行相續生滅流注如是知已念念不忘不求不退故常無減如來普能觀察三聚正念無減所謂深入衆生諸根心行雖無動念尋伺分別而爲説法無有錯亂是故如來念無減少亦爲衆生説如斯法念念無減是爲如來第二十三正覺不共甚深事業爾時世尊欲重宣此義而説偈言

佛念非思常不減　知衆生界盡無餘
自從覺悟大菩提　三世徧知無再念
善知衆生心行別　諸根樂欲各不同
住無功用業常恒　亦爲衆生説勝法

復次善男子如來所有三昧無減云何如來三昧無減如來三昧於一切法平等無二無髙無下如一切法眞實義諦何以故謂三昧平等即是諸法體性平等此性平等即三昧平等三昧平等即是如來以是義故説佛三昧得於諸法平等之性云何諸法平等之性謂染欲際平等即離欲際平等瞋恚際平等即離瞋際平等愚癡際平等即離癡際平等有爲際平等即無爲際平等生死際平等即涅槃際平等入此平等是故説名如來所有三摩呬多三昧無減何以無減與此平等無增減故又佛三昧不與眼合不與耳合不與鼻舌身意和合如來無有分別根故如來三

昧又亦不與地界和合亦不合於水火風界亦不合於三界三世此不和合體性平等不增不減是故說言如來三昧不增不減亦爲衆生說如斯法皆令得此三昧無減此是如來第二十四正覺不共甚深事業爾時世尊欲重宣此義而說偈言

如來三昧無增減　常在等引利衆生
體性平等無高低　不與諸法而和合
觀察地水火風界　欲色無色界亦然
恒說無減無合門　是故如來定無減

復次善男子如來智慧無減云何名爲智慧無減所謂現證一切諸法自體之智普爲一切差別衆生開示演說一切法智善巧無礙微細甚深無窮盡智分析一句入無數句百千億劫受持演說無窮盡智別別諮問各各斷疑於一切處皆無著智能說三乘差別次第相續之智能知衆生八萬四千心行差別亦以八萬四千法蘊隨機說智調伏衆生不失時智以是義故說於如來智慧無邊無際無盡有無量門此是如來智慧無減亦爲衆生如是宣說令得如來無盡智慧是爲如來第二十五正覺不共甚深事業爾時世尊欲重宣此義而說偈言

一切教中智現前　無礙自在到彼岸
自然說法利含識　隨根一句入無邊
解衆生行難稱量　爲說八萬四千法
智慧無邊不可減　最勝十力業難思

復次善男子如來世尊解脫無減云何如來解脫無減謂聲聞解脫隨順聲得緣覺解脫悟因緣生如來解脫遠離一切執著所起不

緣前際不入後際不著現在於眼於色不著二相耳聲鼻香舌味身觸意法亦爾不著二相故名解脫復有微細若執若著若意分别遠離此三即得解脫見心自性智慧光明比光解脫即是智慧是故說言一刹那心與智相應即得阿耨多羅三藐三菩提如來如是等正覺已亦爲衆生說如是法令得解脫此是如來第二十六正覺不共甚深事業爾時世尊欲重宣此義而說偈言

聲聞隨順聲解脫　辟支佛悟因緣生
善逝解脫如虛空　無垢無著最尊勝
了知過去心流注　本性解脫得無羈
於無繫縛如實知　故說解脫不可減

復次善男子如來身業智爲先導隨智慧行所謂如來身業具足圓滿或有衆生纔見佛身而調伏者或聞語言而調伏者或見默然而調伏者或受飲食而調伏者如是或四威儀或覩相好或不見頂或復顧視或放光明舉足下足入出城邑聚落之時衆生見者皆得調伏故佛威儀無有少分不能調伏一切衆生是故說言如來身業智爲先導隨智慧轉此是如來第二十七正覺不共甚深事業爾時世尊欲重宣此義而說偈言

若見最勝身威儀　或出或處或相好
或見烏瑟尼沙相　皆置衆生調伏中
最勝尊或放光明　無量衆生悉安樂
光所觸者皆調伏　兩足尊業勝難量

復次善男子如來所有一切語業智爲先導隨順智行云何名爲隨順智行如來說法無有障礙能具足說文義無缺所發言聲入衆

生心發生智慧謂不高聲不下聲正直聲不怯怖聲不謇澁聲不麤獷聲無稠林聲極柔軟聲有堪任聲不嘶破聲恒審定聲不大疾聲不大遲聲無差互聲善分析聲妙言詞聲妙深遠聲妙廣大聲涌泉聲不斷聲潤熟聲深美聲和合聲莊嚴聲利益聲清徹聲無塵聲無煩惱聲無垢染聲無愚癡聲極熾盛聲無所著聲善解脫聲極清淨聲無委曲聲無下劣聲無堅硬聲無緩緩聲能生安樂聲令身清涼聲令心歡喜聲熙怡先導聲先意問訊聲能淨貪欲聲不起瞋恚聲能滅愚癡聲能吞衆魔聲能摧惡業聲能燒外論聲隨順覺悟聲如擊大鼓聲智者聞喜聲釋提桓因聲大梵天王聲大海波潮聲雲雷普震聲大地震動聲迦陵頻伽聲拘枳羅鳥聲命命之鳥聲鹿王聲牛王聲鴈王聲鶴唳聲孔雀聲箜篌聲篳篥聲琵琶箏聲笛聲螺聲鼓聲易解聲分明聲可愛聲樂聞聲甚深聲無猒聲令耳安樂聲能生善根聲字句圓滿聲妙詞句字聲利益和合聲與法和合聲善知時節聲一切時合聲無有非時聲說昔諸根聲展轉相續聲莊嚴布施聲能持淨戒聲能生安忍聲猛利精進聲堪任靜慮聲廣大智慧聲大慈和合聲無倦大悲聲光明法喜聲深廣大捨聲安住三乘聲不斷三寶聲分別三聚聲淨三脫門聲修習諸諦聲修習諸智聲智者相應聲聖者讚歎聲隨順虛空聲無有分量聲諸相具足聲善男子如來語業具足如是無量音聲故說如來一切諸業智爲先導隨智慧轉是爲如來第二十八正覺不共甚

深事業爾時世尊欲重宣此義而說偈言

佛語無等淨無瑕　一切功德皆圓滿
一音普徧無邊刹　各各得聞隨類音
或有得聞聲聞聲　或有得聞緣覺法
或聞如來大威德　便發無上菩提心
文字句義悉皆圓　次第安布俱無礙
而心無有異分別　能說難思妙法門
如是人中最勝聲　所出音聲如谷響
無功無心而普應　無聲之聲悅物心

守護國界主陀羅尼經卷第六

音釋

範房啖切法也　盻匹爛切視也　輻方六切　蠢尺允切蟲動也　呰祖似切口毀也　憚杜晏切畏也　劬求於切疲勞也　悍侯幹切勇急也　羈堅溪切係也　謇九輦切言難也　㽂音斯瓦破聲也　硬魚孟切堅強也　篳篥篳壁吉切篥力質切篳篥葭管也

守護國界主陀羅尼經卷第七

唐罽賓國三藏般若等譯

入如來不思議甚深事業品第五之三

爾時世尊復告文殊師利童子菩薩摩訶薩言善男子如來意業智爲先導隨智慧轉云何意業隨智慧轉善男子如來無有心意識過何以故如來心意識俱不可知但從佛智而顯現故如來智慧而爲主故善男子如來智慧隨順一切衆生心轉隨順趣入諸衆生意隨順解了諸衆生識出生諸法及諸三昧是故如來心意識等無能知者超過因地遠離緣生非三有道解脱諸慢諸魔事業諂誑幻惑我我所執愚癡無明黑闇翳障黕修道品而無散亂無所分別入平等性猶如虚空有如是等無量事業一一皆以智爲先導是爲如來第二十九正覺不共甚深事業爾時世尊欲重宣此義而説偈言

兩足尊心不可量　淨智因緣世中勝
佛智等同於法界　隨順普入衆生心
禪定解脱悉皆圓　心意分別無摇動
超過魔境及魔業　無垢無變如虚空

復次善男子如來正覺見過去世無著無礙智慧隨轉智云何轉所謂過去種種佛刹顯現成壞無量無數如來悉知彼諸刹中卉木叢林藤蘿藥草如來悉知彼刹所有衆生之類卵生胎生濕生化生有色無色有想無想非有想非無想如是一切如來悉知彼諸刹中有情非情種種音聲如來悉知彼刹所有如來出現説種種法種種衆會比丘比丘尼優婆塞優婆夷一切衆生於三乘中各得調

伏種種壽量種種法住如來悉知彼諸衆生出息入息種種飲食種種資具種種相貌種種根器種種行解種種心性死此生彼刹那流注生滅相續如來悉知如是一切現量所得非比量知云何現量謂不動念如實而知非流注心入於過去如是知時智慧具足隨衆生心種種說法是名如來第三十正覺不共甚深事業爾時世尊欲重宣此義而說偈言

佛智無量無所著　知過去刹佛衆生
說法大會名相殊　心行根欲多差別
各依三乘得調伏　究竟同歸解脱源
及知生滅流注心　一切見者眞實覺

復次善男子如來智慧見未來世無著無礙如見現在此云何見謂所有未來種種衆生種種諸法種種刹土當生當滅曾住當住如是一切如來悉知所有刹劫當燒當盡當成當住刹中當成所有諸地樹木叢林百卉藥草麤色細色日月星宿乃至微塵皆如實知一一刹中諸佛當現當有聲聞當成緣覺當成菩薩當有資具出息入息往來進止取與威儀如來悉知種種刹中如是衆生當得解脱於三乘中解脱差別如來悉知又彼刹中一切衆生所有諸蘊諸入諸界心心所法當生當滅如來悉知雖於一切皆如實知而如來心亦不流注入於未來爲令衆生悟未來性說如是法是爲如來第三十一正覺不共甚深事業爾時世尊欲重宣此義而說偈言

佛未來世無垢眼　偏見所有已當成
一切諸佛及刹中　無有纖毫知不盡

彼彼事中無錯亂　復細觀見未來因
隨衆生心說法門　此兩足尊超勝業
復次善男子如來知見現在無著無障礙轉此云何轉謂於十方現前所有一切佛刹以三種因微細知見謂知其相若生若滅知何等法謂一切諸佛一切菩薩一切聲聞一切緣覺一切細色一切麤色如來悉知一切地界微細分析各以若干微塵所成一切水界以毛滴之知其數量一切火界燄之起滅悉知其數一切風界色相飄擊若干微塵十方虛空以一毛端周徧度量知其邊際如是等境盡知其相亦知其生亦知其滅亦以三種知衆生界知地獄界生地獄因出地獄因知畜生界生畜生因捨畜生因知燄摩界燄摩生因燄摩滅因知於人界生人趣因失人趣因知諸天界生天之因天退沒因如是一切如來現前皆悉了知知諸衆生心之流注有煩惱心無煩惱心若干衆生諸根調伏若干衆生諸根不調如來悉知如來如是於現前境無二智轉不二現行亦爲衆生如是宣說是爲如來第三十二正覺不共甚深事業爾時世尊欲重宣此義而說偈言

如來境界無邊際　不可思議不可稱
無有等等如虛空　一切衆生豈能測
十方所有衆生類　現前境界事業殊
如來一切悉能知　最勝自然之智業

善男子此三十二如來甚深事業諸佛皆悉具足圓滿爲欲調伏一切衆生令其悟入略說少分而實如來所有事業無量無邊非可宣說善男子如來復有眞實事業無有分量

不可思議一切世間所不能測一切文字所不能宣一切心識不能解了一切智慧不能趣大周徧一切安立刹土隨順一切佛平等智超過一切世間事業種種施爲而無所作體性平等猶如虛空法界現前無有分別何以故善男子諸佛世尊顯示法界無二性故種種諸法種種衆生種種刹土種種心識種種解脫種種涅槃如是諸法若體若相畢竟空故善男子如來如是自覺法界一味無相離因緣法欲令衆生平等悟入猶如虛空無礙法故爲諸衆生轉不退轉無上法輪善男子譬如巧匠善能磨瑩摩尼妙寶善知寶性採之山石以乞叉羅藥用水塗磨以羖羊毛緂以瑩拭瑩拭不已又以別藥名利醋味和水潤之輭木揩拭功猶未已復用摩訶薜舍遮藥以微細物而瑩拭之尚未有光便入熾火焚燒七日餘石礦穢一切銷除知非假寶名爲無價摩訶瑠璃摩尼妙寶善男子諸佛如來亦復如是知諸衆生愛樂生死不淨垢穢爲說無常苦空無我不淨之法令生猒離入於聖法調伏身心如是如來精進未息次爲說空無相無願故令其知覺悟佛眼如來精進亦復未已次復爲轉不退法輪如來精進亦未休息最後爲說三輪清淨如來境界令諸衆生明了因緣見法本性乃至普入一切如來平等法體善男子是故汝等應如是解不可思議如來事業若諸菩薩安住於此不可思議如來事業雖於諸法心得平等而隨順知一切諸法離諸過失雖能隨順三世平等而不斷絕三寶種性雖知身性猶如虛

空本無搖動而於十方一切佛刹普現其身雖知諸法體不可說而以語言出隨類音說一切法雖隨衆生心行不同說諸因緣而離衆生及諸法相善男子諸佛如來爲欲清淨菩薩心故出興於世而實如來無有變異常住於此難思事業不捨精進授菩薩記說法不斷爾時世尊說此如來難思事業深法門已十方無量阿僧企耶出過算數諸佛刹土地六震動放大光明雨衆天華此大會中諸大威德無量菩薩欲色諸天南閻浮提十六大國及諸小王龍神夜叉乾闥婆阿修羅迦樓羅緊那羅摩睺羅伽人非人等及比丘比丘尼優婆塞優婆夷聞此法門心淨歡喜踊躍無量以諸供具供養於佛所謂種種妙華種種名香塗香粖香衣服瓔珞幢旛鬘蓋以爲供養或以種種微妙音聲歌詠讃歎恭敬供養或以頂上髻中明珠額上明珠耳璫頸珠而用供養或以摩尼妙寶瓔珞眞珠瓔珞月形瓔珞嚴諸身分種種瓔珞寶鎖寶印寶釧寶環寶鏡寶帶寶篋寶冠衆妙衣服種種嚴具諸妙鈴鐸俱散道場恭敬供養或以種種妙寶供養所謂吠瑠璃寶閻浮洲寶阿濕摩孽摩寶室利孽摩寶因陀羅尼羅寶紅頗胝迦寶如火色寶火燄光寶無邊色寶如是等寶奉獻於佛以爲供養復有衆生以金銀等種種寶粖而爲供養或以沈香多伽樓香隨時之香妙栴檀香龍華鬚香赤眞珠香以如是等種種香粖而以奉散或復有散種種天華以爲供養所謂波利耶怛羅迦華曼陀羅華摩訶曼陀羅華曼殊沙華摩訶曼殊沙

華盧遮迦華摩訶盧遮迦華薩佗上聲羅華摩訶薩陀上聲羅華斫羯羅華無垢斫羯羅華百葉華千葉華百千葉華普光華普香華光燄華㝡勝華無邊色華大普徧華愛樂見華而以供養或有衆生散陸生華所謂嚩哩色枳華蘇曼那華拘蘇摩華阿提目多迦華瞻博迦華阿輸迦華馱努色迦哩迦華波吒羅華目眞隣陀華摩訶目眞隣陀華或有衆生以水生華奉散供養所謂優鉢羅華波頭摩華拘物頭華芬陀利華散如是等種種妙華供養於佛一切諸天於虛空中奏諸天樂清雅寥亮微妙音聲以爲供養所謂簫笛箜篌琵琶螺貝種種天鼓美妙聲鼓種種歌舞恭敬稱歎供養於佛復雨種種天諸妙華種種粖香種種妙寶種種瓔珞種種衣服如是微妙諸天供具供養於佛爾時十方所有世界諸大菩薩摩訶薩衆俱來集會及此衆中諸菩薩等爲供養佛皆昇虛空各各變身作天形像纔變身已菩薩力故以衆寶網徧覆大會其網周帀遶菩提樹於其四面各四由旬皆厚八步種種眞珠瓔珞周垂懸衆網鐸寶鈴和鳴衆寶蓮華以爲校飾其珠瓔珞一一珠中皆有無量無數菩薩俱時出現現已恭敬遶佛七帀遶佛畢已爲諸菩薩一一各化衆寶蓮華師子之座爾時十方無量佛刹一一如來皆以自在威神力故各令如意寶樹寶網及諸希有殊特供具平等普至娑婆世界菩提樹下羅列寶樹周帀圍遶分布供具莊嚴道場爲欲供養釋迦如來及此經故作此莊嚴供養之時此會無量無數衆生發阿耨

多羅三藐三菩提心無量菩薩得無生法忍爾時世尊普觀一切菩薩大衆作如是言諸佛子等誰能發起廣大誓願以大威德能留於此不可思議種種妙寶莊嚴道場瓔珞網覆菩薩住處及十方來諸如意樹華菓間列發燄含輝常無變易待彌勒佛下生之時年方十六坐於道場正覺始圓說此守護國界主經開示演說此陀羅尼當爾之時以伸供養乃至賢劫千佛出現亦復如是以爲供養說是語時於此會中有一菩薩名神通自在王於蓮華座整身威儀右膝著於蓮華之臺恭敬合掌而白佛言世尊我能如是如佛教勑留此道場供養慈氏乃至賢劫一切如來應正等覺爾時會中有神通魔名妙建立住四大洲聞此語已即白神通自在王菩薩言聖者以何等器安置於此衆寶瓔珞莊嚴道場經爾所時令不損壞時神通自在王菩薩語彼魔言仁者當知一切器物速疾破壞多諸障礙虛空爲器不可損壞無有障礙一切器中此爲最勝汝勿瞬目諦觀我身自當見我廣大之器魔如其教諦觀菩薩見菩薩身臍輪之中有一世界名水光王謂此世界大水彌漫猶如大海故立其名於此界中有一如來名吉祥寶蓮華如來應供正徧知明行足善逝世間解無上士調御丈夫天人師佛世尊唯有清淨大菩薩衆於其水中彌漫生於衆寶蓮華吉祥如來坐寶華王諸菩薩衆俱坐寶華恭敬圍遶時彼如來於大衆中說深妙法示教利喜時神通魔見是事已即起合掌恭敬禮拜神通自在王菩薩爾時菩薩

而告之言仁者見於菩薩如是廣大器不麤言已見奇哉大士能辦是事如是大器百千俱胝那由他劫亦不可壞故此大寶莊嚴道場任持無缺無垢清淨無有變異于何不可時神通魔說此語已頂禮佛足而白佛言世尊我自思惟於過去世未曾見此神通自在王菩薩神通之事未曾聞此法門之時於聲聞乘勤行精進欲出三界自求涅槃我於今日見聞是已便於阿耨多羅三藐三菩提發起決定極深重心世尊設令我於恒河沙劫處大地獄受種種苦然後得成阿耨多羅三藐三菩提我甘此苦終不捨於菩提之心爾時世尊稱讚魔言善哉善哉汝大丈夫能於阿耨多羅三藐三菩提被大甲冑不久亦如神通自在王菩薩具足圓滿一切功德

菩薩瓔珞莊嚴品第六之一

爾時十方種種佛刹諸來菩薩及此大會天龍夜叉乾闥婆阿修羅迦樓羅緊那羅摩睺羅伽人非人等及比丘比丘尼優婆塞優婆夷心生渴仰欲聞妙法爾時世尊知此衆會心之所念樂欲聞法堪持法藏歡喜怡暢復欲重爲開示顯說守護國界主陀羅尼經放大人相無見頂光此光名爲不捨精進光徧遶此菩薩大會經七帀已復遶文殊師利童子百千萬帀作是事已入文殊頂其光入已令文殊身及其所處師子之座威德光明過於大衆百千萬倍猶如滿月映奪衆星爾時文殊師利童子蒙佛威神即從座起偏袒右肩胡跪合掌讚佛功德而說偈言

佛放身智大光明　普眼見盡無餘義

本性自然諸善巧　不思議德悉皆圓
丈夫牛王放大光　普照徧淨於三業
遶我經於百千帀　遶已從頂入身心
我昔智慧及辯才　總持光照皆微劣
人天主光纔觸我　超過千倍勝於前
清涼我身淨我心　踊躍歡喜皆平等
佛智妙辯無邊際　悉皆流入我身中
如來威德量難知　少力不能持念此
承佛智力今諮問　爲欲利樂諸衆生
爲入菩薩諸行門　復令諸佛出興世
神通放光灌頂智　願成此德問如來
此衆集會廣無邊　最上乘中已修入
餘未得者傾心念　爲利樂彼問如來
願無等智順時機　開妙法藏利含識
魔王眷屬當摧殄　於如來教善修持
大雄智慧無有邊　善巧無窮無際限
而我智慧不能了　是故諮問於如來
世尊智慧如實知　於無量劫長時轉
曠劫勤修今自在　願開佛智示衆生

爾時文殊師利菩薩說此偈已白佛言世尊如來境界不可思議非是菩薩稱量境界而佛智慧說法無倦大悲憐愍不捨衆生故我承力敢欲諮問世尊云何名爲菩薩瓔珞云何菩薩瓔珞莊嚴云何菩薩得殊勝行云何菩薩得不思議妙法光明遠離愚闇及諸疑惑云何菩薩得於如來大法明門悉能清淨善哉世尊惟願爲我決定宣說諸菩薩衆出生法門若諸菩薩得聞此已能破諸魔煩惱寃敵入一切法永無疑惑現前了知如來境界漸次深入諸菩薩境復能漸入一切智境

知衆生心淨衆生行遊諸佛刹摧伏魔軍速能攝受一切佛教於一切法自在而轉爾時世尊告文殊師利菩薩言善哉善哉善男子汝能發起大勇猛心作師子吼問於如來如是妙義汝已能於一切如來無量境界明了通達能問斯義善男子諦聽諦聽善思念之吾當爲汝分別解說如是境界及餘無量諸功德法自在而轉文殊師利唯然受教佛告文殊師利言善男子一切菩薩皆悉具有四種瓔珞云何爲四所謂戒爲瓔珞定爲瓔珞慧爲瓔珞陀羅尼門以爲瓔珞是名爲四善男子云何名爲戒爲瓔珞善男子菩薩有一淨戒瓔珞謂於衆生起無瞋恚無障礙心令諸衆生見皆歡喜無有猒足復次善男子菩薩有二淨戒瓔珞所謂閉惡趣門開人天路復次善男子菩薩有三淨戒瓔珞謂身口意皆悉清淨復次善男子菩薩有四淨戒瓔珞謂所欲皆遂所願皆成所樂皆得始終究竟復次善男子菩薩有五淨戒瓔珞謂具足三昧具足智慧具足解脫具足解脫知見具足大般涅槃復次善男子菩薩有六淨戒瓔珞謂不破戒終無悔故不穿漏戒無餘過故不雜戒無和合故清淨戒長白法故自在戒隨意所往體具足故自在轉戒於一切時智自在故復次善男子菩薩有七淨戒瓔珞所謂施得清淨忍得清淨勤得清淨定得清淨慧得清淨方便得清淨不放逸得清淨復次善男子菩薩有八淨戒瓔珞各別圓滿所謂十地圓滿不悔圓滿不懈怠圓滿不嫌恨圓滿供養佛圓滿離八難圓滿修布施圓滿得善

友圓滿復次善男子菩薩有九淨戒瓔珞云何爲九所謂得無所畏得無驚怖得決定心得近寂靜得調伏心得無貪心得勇悍心得知一切衆生心念得寂靜地是名爲九復次善男子菩薩有十淨戒瓔珞云何爲十所謂身瓔珞圓滿相好爲莊嚴故語瓔珞如說修行爲莊嚴故意瓔珞以無煩惱爲莊嚴故刹土瓔珞以圓滿願爲莊嚴故利他瓔珞能清淨心爲莊嚴故生處瓔珞不造諸惡爲莊嚴故菩薩行瓔珞隨學佛行爲莊嚴故智慧瓔珞了一切法皆悉幻化爲莊嚴故菩提場瓔珞一切善根皆悉迴向爲莊嚴故力無所畏佛不共法以爲瓔珞不捨淨戒根本體性爲莊嚴故是名爲十善男子云何菩薩修諸三昧瓔珞莊嚴善男子菩薩有於一種三昧瓔珞莊嚴云何爲一謂於一切衆生界中發起慈心善男子菩薩復有二種三昧瓔珞莊嚴謂質直心及柔輭心菩薩復有三種三昧瓔珞莊嚴所謂非幻非諂非假菩薩復有四種三昧瓔珞莊嚴謂不隨順欲不隨順瞋不順於癡不順於怖菩薩復有五種三昧瓔珞莊嚴所謂斷於五種障礙一者愛欲二者瞋害三者昏沈四者掉悔五者疑心斷此五蓋以爲莊嚴菩薩復有六種三昧瓔珞莊嚴謂念佛念法念僧念戒念捨念天菩薩復有七種三昧瓔珞莊嚴謂不忘失菩提之心隨順修學七菩提分謂念覺分擇法覺分精進覺分喜覺分輕安覺分捨覺分定覺分菩薩復有八種三昧瓔珞莊嚴謂八聖道正見正思惟正語正業正命正精進正念正定菩薩復有

九種三昧瓔珞莊嚴云何爲九善男子此菩薩心無有忘失大悲威力不捨衆生修習建立九次第定謂離欲惡不善法有尋有伺離生喜樂入於初禪得圓滿住除滅尋伺內淨一心無尋無伺定生喜樂入第二禪得圓滿住離喜住捨有念正知身受樂諸聖所說能捨有念受樂入第三禪得圓滿住斷樂先除苦憂喜已滅不苦不樂捨念清淨入第四禪得圓滿住超一切色想滅有對想不念種種想入無邊虛空於空無邊處得圓滿住超過一切空無邊處入無邊識於無邊識處得圓滿住超一切識無邊處入無少所有於無所有處得圓滿住超過一切無所有處入非想非非想處於非想非非想處得圓滿住超過一切非想非非想處入滅受想定於滅受想定得圓滿住如是善巧方便力故眞際現前由先滅力於此安住然後利樂一切衆生隨諸法門令得成熟是名菩薩九種三昧瓔珞莊嚴善男子菩薩復有十種三昧瓔珞莊嚴何等爲十所謂法性無亂故妙定圓滿故不捨精進故常樂寂靜故不斷善根故心不散亂故身得安樂故觀察諸法故得心自在故得聖種性故善男子此是菩薩十種三昧瓔珞莊嚴善男子云何名爲菩薩智慧瓔珞莊嚴善男子菩薩摩訶薩有一智慧瓔珞莊嚴云何爲一所謂一切法中斷除疑惑復次善男子菩薩復有二種智慧瓔珞莊嚴謂遠離惡作現起煩惱等菩薩復有三種智慧瓔珞莊嚴謂除愚癡破無明藏除去黑暗菩薩復有四種智慧瓔珞莊嚴謂知苦智慧斷集智

慧證滅智慧修道智慧菩薩復有五種智慧瓔珞莊嚴謂戒蘊清淨戒體如空不可得故定蘊清淨發勝智慧超動念故解脫蘊清淨一切諸法體無二故解脫知見蘊清淨了知三世體平等故法蘊清淨諸法體性無染著故菩薩復有六種智慧瓔珞莊嚴謂布施波羅蜜多三輪清淨謂我輪清淨知我如幻體平等故衆生輪清淨了所化生皆如夢故菩提心輪清淨不求世間異熟果故淨戒波羅蜜多三輪清淨謂身輪清淨猶如鏡像體平等故語輪清淨猶如谷響體平等故意輪清淨了心如幻體平等故安忍波羅蜜多三輪清淨謂離瞋清淨忍受麤惡加毀辱故離愛清淨斷於稱讚敬養等故斷支節清淨觀察法身體無二故精進波羅蜜多三輪清淨謂無功用清淨觀察生死猶如夢故堅固清淨心如金剛不可壞故捨清淨超過諸相無取捨故靜慮波羅蜜多三輪清淨謂本性清淨無轉智故妙觀清淨無執著故因緣清淨生神通故方便波羅蜜多三輪清淨謂財攝清淨成熟一切衆生界故總持清淨受持一切妙法門故大願清淨莊嚴種種淨佛刹故菩薩復有七種智慧瓔珞莊嚴所謂無念智慧住於離念四念住故無生滅智住正斷故身心寂靜住神足故具知根智住諸根故摧破四魔住諸力故知法本性住七覺故知去來智住八聖故菩薩復有八種智慧瓔珞莊嚴謂知妙上智入寂靜故知深觀智無翳障故知諸蘊智悟法蘊故知諸界智空平等故知諸處智了空聚故知因緣智住無我故知眞

諦智心無亂故知猒離智如實觀察眞實法故菩薩復有九種智慧瓔珞莊嚴云何爲九謂知過去智前際清淨故知未來智後際清淨故知現在智中際清淨故知正定智因無滅故知不定智緣和合故知邪定智邪業成故佛平等智法身德故法平等智法無染故僧平等智無爲德故是名爲九菩薩復有十種智慧瓔珞莊嚴何等爲十所謂知如幻智積集相故知如夢智分别相故知如燄智輪轉相故知如像智不往來故知如影智因緣合故知如響智緣起相故知法界智不可壞故知眞如智無住相故知眞際智湛然淨故知有爲智無爲性故是名爲十善男子是名菩薩十種智慧瓔珞莊嚴善男子云何名爲一切菩薩陀羅尼門瓔珞莊嚴善男子菩薩

有一陀羅尼門瓔珞莊嚴云何爲一所謂正念不忘復次善男子菩薩有二陀羅尼門瓔珞莊嚴謂文持義持菩薩有三陀羅尼門瓔珞莊嚴謂於義善巧於文善巧分析善巧菩薩有四陀羅尼門瓔珞莊嚴謂不著語不謇澀語分明辯語無雜亂語菩薩有五陀羅尼門瓔珞莊嚴謂知所聞義隨順行故知諸文身隨順行故知了義經隨順行故知於一切補特伽羅音聲法智隨順行故知諸世間出世間法隨順行故菩薩有六陀羅尼門瓔珞莊嚴所謂如所説理而修行故證眞起説隨宜演故所言誠諦無諂誑故言常威德不捨大悲説正法故善知根器巧能演説無缺減故得世間智知時而説不非時故菩薩有七陀羅尼門瓔珞莊嚴所謂迅疾辯捷利辯如

意辯無著辯威德辯無錯謬辯一切世間最上妙辯菩薩有八陀羅尼門瓔珞莊嚴所謂善知天語龍語夜叉語乾闥婆語阿脩羅語迦樓羅語緊那羅語摩睺羅伽語人非人等乃至一切衆生語言菩薩有九陀羅尼門瓔珞莊嚴何等爲九所謂處衆無畏摧諸異學說法無畏善荅問難知廣大說知隨意說行正直行顯金剛力示現劫燒破著常想說諸乘法成熟衆生是名爲九菩薩有十陀羅尼門瓔珞莊嚴云何爲十所謂善能除斷一切疑難善知一切廣大法門善得無師自然智慧善說無盡字句法門善說一切圓滿深義善能開示無邊佛法善說無邊煩惱過患善說無量深解脫門善能深入衆生根性善入如來無著無礙辯才智慧是名爲十善男子是名菩薩陀羅尼門瓔珞莊嚴

守護國界主陀羅尼經卷第七

音釋

翳 於計切 蔽也 羖 公土切 牡羊也 緂 他感切 揩 丘皆切 摩也 礦 古猛切 銅鐵璞石也 璫 都郎切 耳珠也 頸 居影切 頭莖也 孽 魚列切 瞬 輸閏切 目動也 齋 音齊 殄 徒典切 滅也 捷 疾葉切 敏疾也

守護國界主陀羅尼經卷第八

唐 罽 賓 國 三 藏 般 若 等 譯

菩薩瓔珞莊嚴品第六之二

爾時世尊欲重宣此四瓔珞義而說偈言

大智慧者四瓔珞　莊嚴最上第一乘
淨戒三昧智慧門　勝妙真言決定說
無瞋衆生皆愛樂　關閉一切惡趣門
能令智者處人天　此圓滿戒爲瓔珞
身口意業皆清淨　所有願欲悉皆圓
正精進行堅固求　此戒瓔珞莊嚴體
成就定慧及解脫　解脫知見亦復然
及證無上大涅槃　此戒瓔珞莊嚴體
不破尸羅清淨戒　淳淨無雜及清心
得身自在法亦然　此戒瓔珞莊嚴體
若得具於清淨施　安忍精進淨亦然
諸禪智慧方便門　及不放逸皆清淨
不動堅固妙安立　甚深教證無退心
遠離懶惰知足修　此戒清淨莊嚴體
聖者讚戒勤精進　彼人憂惱永不生
所作衆善無悔心　此即淨戒莊嚴體
處衆無畏無驚怖　得極決定寂靜心
三有牢獄不能羈　得大名稱堪任力
既自調伏知佗意　此即淨戒所莊嚴
以諸相好莊嚴身　即是淨戒莊嚴體
如說而行能淨語　即具足智語莊嚴
得無煩惱莊嚴心　即是淨戒之瓔珞
最勝大願嚴佛刹　成就衆生第一乘
不造一切惡業因　令所生處皆嚴飾
學佛能嚴菩薩行　善根迴向嚴道場
力無畏法盡莊嚴　亦復莊嚴變化智

慈定瓔珞能徧覆　柔和質直智皆圓
已絶幻僞諂誑心　愛恚癡怖無隨轉
斷除五蓋爲瓔珞　勤修六念所莊嚴
七覺八道三摩提　九次第定常修習
稱性勤修於止觀　樂住寂靜諦思惟
正念不斷諸善根　得聖種性心自在
智於諸法無疑惑　現前惡作永不生
無明癡闇悉皆除　於諦智中光普照
苦集滅道智清淨　不可得故淨尸羅
超過念慧清淨禪　二相兼忘淨解脫
知見不著於三世　法蘊清淨無染成
亦無能念清淨心　智慧莊嚴皆具足
由依智慧爲瓔珞　能淨施戒等三輪
以無住相施衆生　便得布施三輪淨
衆生菩提及自已　知如夢幻無所求
以智慧故戒莊嚴　便能得戒三輪淨
身語及心如鏡像　如響如幻淨無瑕
以智慧故忍莊嚴　彼忍三輪盡清淨
智達無高亦無下　常觀淨妙眞法身
以智慧故勤莊嚴　精進三輪亦清淨
其心任運能堅固　無取無捨相皆空
以智慧故定莊嚴　禪定便得三輪淨
本性深觀因縁淨　無動無著起神通
以智慧故方便嚴　彼得三輪盡清淨
善攝眞言願精進　化生妙法剎莊嚴
常住念處無念心　正斷之中心不二
欲勤心觀神通足　知諸衆生根性殊
安住諸力摧衆魔　正念覺知諸法性
無去無來道亦爾　此名智慧瓔珞嚴
深入寂靜奢摩他　毗鉢舍那無不照

了知法蘊成蘊智　知界平等如虛空
諸處空聚亦善知　法本無我因緣起
知四眞諦無散亂　觀法眞實猒世間
三際智淨無著心　爲安衆生了三聚
知三寶體同一相　皆智瓔珞所莊嚴
智積聚相如幻成　分別根本皆如夢
輪轉無實如陽燄　無往無來鏡像身
因緣和合如影生　但從緣起猶如響
法界眞常性無壞　眞諦無住始能知
眞際湛然不動搖　有爲無爲無二體
此深廣智爲瓔珞　莊嚴菩薩證菩提
得無忘念總持門　所聞諦義持無失
一切字義微細了　善巧分析智常通
執著謇訥語皆亡　詞理分明無錯亂
隨所聞法常求義　於文具足智超勝
依了義經之所行　知法體中無我相
善知世法出世法　皆是總持之所嚴
隨眞諦轉如法行　知時說法人敬受
說此法者無空過　順時無缺無悔心
獲得速疾妙辯才　捷利如意無所著
具德無錯妙分析　如鬘巧飾妙莊嚴
善知天龍諸語言　夜叉乾闥阿蘇洛
迦樓緊那摩睺等　一切衆生諸語言
處衆無畏如牛王　摧諸外道如香象
說法無畏如師子　問難皆答如泉流
說廣大法摧慢山　隨心樂說皆如意
兇惡爲現金剛像　劫火焚燒五欲心
隨機所樂說三乘　是義非義皆明斷
顯示覺悟廣大法　自然智現不從師
說無盡字智無餘　解微細義皆圓滿

說諸佛法無邊際　知煩惱過亦無邊
解脫功德難稱量　知衆生根無不盡
得佛所說四無畏　祕密瓔珞作莊嚴
彼諸瓔珞莊嚴身　已說未說諸功德
設復精勤經劫演　所有功德不能窮

爾時文殊師利菩薩聞是法已即從座起合掌恭敬頂禮佛足而白佛言希有世尊佛出世間說勝妙法多所利樂一切衆生皆稱根性令其歡喜於未來世能生菩薩一切善根能令一切初發心者生清淨心趣向菩提行一乘道得不退轉受佛灌頂即於此生得菩提分一生當證無上菩提顯此菩薩因果不滅正定衆生爲說其因邪定衆生示現大悲久令趣入不定衆生各隨其心差別安處樂三乘者各隨其根令願滿足乃至天人阿脩羅等一切世間悉令莊嚴所以者何若佛出世則如是等種種希有奇特之法皆悉出現大菩薩衆寶座寶帳種種寶樹微妙莊嚴大會道場悉皆出現一切聲聞及辟支佛於百千劫不能思量況能顯示世尊如我惟忖無智衆生甚爲可愍佛說如是甚深大乘顯示如是奇特道場不能發起大菩提心而反希求二乘涅槃人天安樂故爲可愍何以故菩薩初發菩提之心所有功德無量無邊一切二乘不能及故世尊譬如有人棄捨無價吠瑠璃寶乃取假僞瑠璃之珠一切衆生亦復如是棄捨大乘乃求聲聞緣覺菩提人天安樂世尊若善男子善女人等聞此法門或已發起大菩提或當發起不久皆得無上菩提及前所說殊勝功德具足圓滿說此瓔珞法

門之時於此會中三十俱胝那由他百千衆生皆發阿耨多羅三藐三菩提心

大光普照莊嚴品第七

爾時世尊普觀菩薩人天大衆知其於法深生渴仰心未滿足告文殊師利菩薩言善男子菩薩摩訶薩有於八種大光普照莊嚴法門彼光照故心開明了遠離愚闇以大丈夫菩薩莊嚴而嚴其身修菩薩行及安衆生於此行中何等爲八所謂念光普照意光普照解光普照法光普照智光普照諦光普照神通光普照修行光普照是爲八種光照莊嚴善男子云何名爲念光普照善男子菩薩有八念光普照莊嚴云何爲八所謂一者憶念昔善常不忘失二者未修善根當令增長三者隨所聞法憶持不忘四者於其深義微細解了五者其心不隨六塵境轉六者恒以正念守護根門七者爲斷一切不善法故爲令善法得圓滿故常念諸佛八者爲欲守護諸佛法城念爲先導得大光明善男子是名菩薩八種念光普照莊嚴善男子菩薩有八意光普照莊嚴云何爲八所謂依於義意不依語意依於智意不依識意依於法意不依煩惱意依於理意不依於非理意依菩提心意不依二乘意依廣大意不依狹劣意依於佛意不依於衆魔意依大悲意不依損害衆生之意是名菩薩八種意光普照莊嚴善男子菩薩有八解光普照莊嚴能知諸法何等爲八所謂知一切法知衆生行知衆生心知四無礙知法體性本有光明知於廣大莊嚴之法知於了義不了義法知一切佛深廣妙法

是名菩薩八種解光普照莊嚴善男子菩薩有八法光普照莊嚴云何爲八所謂世間法光照莊嚴說諸衆生所造業故出世間法光照莊嚴爲求解脫諸衆生等說般若故無過染法光照莊嚴修習妙智及聖道故無煩惱法光照莊嚴不起欲有無明見故爲無爲法光照莊嚴無作解脫常現前故聖煩惱法光照莊嚴觀察煩惱客塵相故無煩惱法光照莊嚴知心本性淨光明故大涅槃法光照莊嚴知一切法本寂滅故是爲菩薩八種法光普照莊嚴善男子菩薩有八智光普照莊嚴何等爲八所謂八人智光照莊嚴須陀洹智光照莊嚴斯陀含智光照莊嚴阿那含智光照莊嚴阿羅漢智光照莊嚴辟支佛智光照莊嚴諸菩薩智光照莊嚴佛菩提智光照莊嚴是名菩薩八種智光照莊嚴善男子菩薩有八諦光普照莊嚴何等爲八所謂修習眞諦能得解脫現前覺故是爲菩薩第一諦光普照莊嚴修習眞諦得須陀洹是爲第二光照莊嚴修習眞諦得斯陀含是爲第三光照莊嚴修習眞諦得阿那含是爲第四光照莊嚴修習眞諦得阿羅漢是爲第五光照莊嚴修習眞諦得辟支佛是爲第六光照莊嚴修習眞諦得菩薩忍是爲第七光照莊嚴修習眞諦悟佛菩提是爲第八光照莊嚴是名菩薩八種諦光普照莊嚴善男子菩薩有八神通大光普照莊嚴何等爲八所謂光明大光普照莊嚴天眼見盡種種色故微細智慧光照莊嚴天耳遠聞種種法故隨順正念光照莊嚴憶念過去無量劫中宿住事故本性智

慧光照莊嚴微細善觀衆生心故知虛空性無有障礙光照莊嚴無邊類利自在行故清淨智慧光照莊嚴無煩惱智得圓滿故大福德聚光照莊嚴養育慈念諸衆生故大智慧聚光照莊嚴斷諸衆生種種疑故是名菩薩八種神通光照莊嚴善男子菩薩有九修行因此光照莊嚴何等爲九所謂從修行因得智光照以爲莊嚴從修行因得於般若光照莊嚴從修行因得於覺悟光照莊嚴從修行因得於正見光照莊嚴從修行因得於奢摩他光照莊嚴從修行因得於深妙觀光照莊嚴從修行因得知他心光照莊嚴從修行因得不退動及正解脫光照莊嚴從修行因得極究竟光照莊嚴是名菩薩九修行因得普光照以爲莊嚴爾時世尊欲重宣此義而說偈言

過去世業淨　利生念不忘　定慧積善根
爲物皆迴向　隨聞正憶念　深義微細知
正念守根門　塵境居然靜　惡法不應作
善法要當修　圓滿念莊嚴　自得佛加護
法城能善守　勝法利衆生　離闇慧光圓
能益人天衆　得此念光照　疑惑悉皆除
自然念智中　速證菩提果　以義莊嚴意
不隨聲及文　依智清淨修　不依分別說
法智莊嚴意　破惑離愚癡　般若教智圓
菩提無錯亂　求勝菩提意　不雜於二乘
廣大無劣心　順佛違魔教　大悲莊嚴意
不暫惱衆生　所知法無疑　不了義善巧
知衆生無畏　無礙智無邊　作者本來空
了法因緣起　善巧廣大說　勝要甚深門

諸佛法無邊　解了皆窮盡　以世法光照
衆生業悉知　出世法光明　般若虚空相
有過及無過　自在智皆知　智契聖道修
利物皆招果　有漏及無漏　法光無不知
永斷煩惱源　能作人天益　有爲無爲法
智慧常順知　垢穢並皆無　諸行得決定
遠離生死法　無礙智常行　知煩惱根源
性淨光明體　解脱涅槃法　生起本來如
無邊法光明　莊嚴大乘體　第八人地智
須陀洹亦然　及與斯陀含　阿那含亦爾
羅漢辟支佛　菩薩及如來　智於此法中
一一皆隨轉　諦光照具足　勇健妙修行
乘因得果圓　不變眞勝義　修習諸聖諦
入解脱果門　四果次第成　縁覺菩薩忍
能摧諸異道　猶如師子王　覺悟佛菩提
皆由諦光照　神通天眼見　微細色無遺
天耳分明聞　十方聲普了　念昔那由劫
法界諸如來　善知衆生心　自然智光照
自在遊諸刹　智光照無遺　色相如虚空
無漏光嚴體　具足無邊福　徧育諸衆生
無著智莊嚴　有情疑網斷　因修得智慧
覺悟辨無邊　正見止觀心　究竟無邊際
知教行具足　心念法智圓　諦光及神通
光照莊嚴法　八種皆清淨　是大威德光
雖未得菩提　能作諸佛事

爾時世尊說此神通大光普照莊嚴法已十方佛刹諸來菩薩及諸人天比丘比丘尼優婆塞優婆夷種種供養恭敬禮拜無量無數無邊衆生皆發阿耨多羅三藐三菩提心無量菩薩得無生法忍

般若根本事業莊嚴品第八

爾時會中有一菩薩名般若峯承佛神力即從座起偏袒右肩頂禮佛足右膝著地恭敬合掌而白佛言世尊如佛所說諸大菩薩迴向莊嚴陀羅尼門諸佛菩薩大悲事業菩薩瓔珞大光普明莊嚴法門云何修得彼一切法爲以何法而爲根本云何得已永不忘失慈念養育一切衆生爾時世尊告般若峯菩薩摩訶薩言善男子菩薩若時能於甚深般若根本安住不動及能作於般若事業則得如前迴向總持乃至光照莊嚴功德得已不失即是生長養育一切衆生之處時般若峯菩薩復白佛言善哉世尊願爲我說云何名爲般若根本云何名爲般若事業佛言善男子諦聽諦聽善思念之吾當爲汝分別解說善男子般若根本能生般若即般若母般若事業即是所生善男子若諸菩薩聞所未聞一切法門即是般若根本之母如其所聞廣爲他說即是般若所作事業隨所聞法審諦思惟即是般若根本之母若思惟已爲他顯示即是般若所作事業正念觀察是般若母安置衆生於正念中是般若業所作精進是般若母正修行時是般若業自心明了是般若母顯示他人是般若業樂住寂靜是般若母知本寂靜是般若業樂於獨處是般若母一道清淨是般若業修行妙觀是般若母得慧解脫是般若業修三脫門是般若母三智現前是般若業修習念處是般若母離念清淨是般若業修習正斷是般若母知法性斷是般若業修習神足是般若母無功用行是

般若業能信因緣是般若母超過諸著是般若業精純無雜是般若母身心安樂是般若業常念善法是般若母不住念相是般若業知定次第是般若母得性等引是般若業修習慧根是般若母善知過去展轉根性是般若業堅住五力是般若母能摧諸魔是般若業順忍七種菩提分法是般若母知諸法性隨順覺悟是般若業集聖道分是般若母知如筏喻既悟法體不住於法及與非法是般若業善能修行苦集滅道是般若母滅諦現前是般若業微細觀察不了義經是般若母依了義經隨順修行是般若業隨所聞法總持不忘是般若母隨義修行是般若業依智觀察是般若母隨順智行是般若業不執我人是般若母依法修行是般若業觀察諸法皆悉無常是般若母知一切法本不生滅是般若業觀察諸行悉皆是苦是般若母了一切法本無有行是般若業微細觀察諸法無我是般若母知諸衆生本清淨智是般若業微細觀察涅槃寂靜是般若母知一切法本自涅槃是般若業聞甚深義心不驚怖是般若母得義無礙是般若業聞勝義諦心不驚怖是般若母得法無礙是般若業聞妙言詞分析句義心不驚怖是般若母得詞無礙是般若業聞佛辯才而不驚怖是般若母得辯無礙是般若業因於衆生及法緣慈是般若母無緣之慈是般若業爲自他悲是般若母遠離自他二種大悲是般若業思惟法喜是般若母無取無捨是般若業離貪瞋捨是般若母無二種捨是般若業常念諸佛是般若

母解了法身是般若業常念於法是般若母於法無染是般若業專心念僧是般若母觀無爲性是般若業常念於捨是般若母捨諸煩惱是般若業常念淨戒是般若母知無行戒是般若業常念於天是般若母法體清淨是般若業具足多聞是般若母處衆無畏是般若業修勝善業是般若母知無業報是般若業知佛變化是般若母得大智慧是般若業爲自利已是般若母自利利他是般若業能於八萬四千法蘊平等受持是般若母得於八萬四千法智是般若業知說法智是般若母知說不空是般若業教令衆生發菩提心是般若母安置衆生般若波羅蜜多方便善巧不退地中是般若業怖畏三有因業受生是般若母不捨生死隨意受身是般若業忍受音聲是般若母修行性忍是般若業若得盡智是般若母得無生智是般若業得隨順忍是般若母得無生忍是般若業住不退地是般若母得灌頂地是般若業坐菩提樹是般若母知無不盡徧覺細念現證如如剎那心滅與智相應得阿耨多羅三藐三菩提此是菩薩般若業究竟莊嚴爾時世尊欲重宣此義而說偈言

聞法不放逸　淨持般若母　慈力爲他說
勤修般若業　正念善思惟　此是般若母
思已爲他說　即般若事業　若正念修習
此是般若母　修已令他住　即般若事業
若修正精進　此是般若母　若修已演說
即般若事業　若心與智俱　此是般若母
若能說心智　即般若事業　若獨寂靜行

此是般若母　若無有身心　即般若事業
若遠離憒閙　此是般若母　若獨住正念
即般若事業　若愛樂深觀　此是般若母
若得智解脫　即般若事業　若修三解脫
此是般若母　三智現在前　即般若事業
若修習念住　此是般若母　無念現在前
即般若事業　捨惡修善業　此是般若母
此法本性淨　即般若事業　修習四神足
此是般若母　神足無功用　即般若事業
深信解脫門　此是般若母　遠離心無著
即般若事業　常精進無滅　此是般若母
若身心安樂　即般若事業　善念不放逸
此是般若母　不住一切處　即般若事業
妙定隨覺悟　此是般若母　本性等引行
即般若事業　若住妙慧根　此是般若母

知衆生諸根　即般若事業　若修習五力
此是般若母　得無摧伏智　即般若事業
順忍七覺分　此是般若母　隨覺諸法性
即般若事業　修習聖道支　此是般若母
能捨法非法　即般若事業　知苦惡集生
此是般若母　寂滅現在前　即般若事業
觀察不了義　此是般若母　依於了義經
即般若事業　聽法持無忘　此是般若母
隨教能奉行　即般若事業　不依識修禪
此是般若母　依智而奉行　即般若事業
無少人我執　此是般若母　依法而修行
即般若事業　知諸行無常　此是般若母
知法本不生　即般若事業　信諸行是苦
此是般若母　若知無有行　即般若事業
於空義觀察　此是般若母　順義無二邊

即般若事業　無我義斷疑　此是般若母
此法本清淨　即般若事業　信涅槃寂靜
此是般若母　衆生本性寂　即般若事業
隨順觀深義　此是般若母　隨覺義無礙
即般若事業　若深信法性　此是般若母
得法無礙解　即般若事業　聞諸聲無怖
此是般若母　分析詞無礙　即般若事業
心不怖辯才　此是般若母　得無礙辯才
即般若事業　因生法起慈　此是般若母
若得無緣慈　即般若事業　爲自佗起悲
此是般若母　爲無二利悲　即般若事業
於法愛樂喜　此是般若母　無憂無愛喜
即般若事業　若能無愛恚　此是般若母
於二得解脱　即般若事業　具足念諸佛
此是般若母　若隨順法身　即般若事業

恒時能念法　此是般若母　若知法無著
即般若事業　得具足念僧　此是般若母
於無爲隨覺　即般若事業　智者恒念捨
此是般若母　若捨諸煩惱　即般若事業
若念清淨戒　此是般若母　住無煩惱戒
即般若事業　念大威德天　此是般若母
恒念於寂靜　即般若事業　隨求聽聞法
此是般若母　更無法可求　即般若事業
能作妙善業　此是般若母　更無業可爲
即般若事業　知示現涅槃　此是般若母
得大智威德　即般若事業　得自利具足
此是般若母　能多利衆生　即般若事業
受持妙法蘊　此是般若母　知已悟衆生
即般若事業　若知佗心智　此是般若母
住三乘出離　即般若事業　令起利佗行

此是般若母　若能平等利　即般若事業
怖諸有焚燒　此是般若母　不捨於生死
即般若事業　隨順音聲忍　此是般若母
修行於性忍　即般若事業　若得於盡智
此是般若母　若得無生智　即般若事業
若修隨順忍　此是般若母　若得無生忍
即般若事業　若至不退地　此是般若母
若得灌頂地　即般若事業　若坐菩提樹
此是般若母　若得一切智　即般若事業
此諸般若業　由發菩提心　若得心解脫
成諸般若業　若於菩提心　常安住不動
則成般若母　常作諸事業　如是諸善業
及佛諸勝義　神力無礙辯　由勝菩提心
若讚菩提心　所有諸功德　經於多億劫
稱讚不能盡　以生三世佛　一切諸功德

故說菩提心　十方諸佛母　若有欲供養
無量寂靜尊　當發菩提心　福過供養佛
世尊說此般若波羅蜜母事業莊嚴法門時十方無量無數佛剎六種震動此衆妙寶莊嚴道場亦復震動爾時般若峯菩薩白佛言世尊以何因緣此十方界無量無數諸佛剎土六種震動此衆寶網莊嚴道場住在虛空亦六震動佛告般若峯菩薩言善男子由此般若波羅蜜母般若事業莊嚴法門過去諸佛已說未來諸佛當說現在諸佛今說若諸菩薩得此般若心如虛空無有住著我今爲汝及此大衆說此法門以是因緣令諸世界大地震動爾時衆中有一菩薩名無畏辯才即從座起前白佛言世尊以何因緣而此菩薩名般若峯佛言善男子乃往古昔有佛出

現名吉祥守護如來應供正徧知明行足善逝世間解無上士調御丈夫天人師佛世尊世界名妙有劫名無垢彼界衆生受種種樂壽命半劫無中夭者彼世界中所有人天色相飲食宫殿樓閣受用資具皆等無異但人地居天處虚空以分類别彼世界中唯佛法王更無别王不事餘天亦不禮事諸餘神祇不作餘業不起餘念唯勤供佛聽聞妙法不處胎臟而皆化生無女人名亦無罪名無犯戒名其中衆生唯常勤修此般若母般若事業莊嚴法門彼吉祥守護如來有四萬二千諸菩薩衆八萬四千聲聞弟子善男子彼諸菩薩皆有廣大無量無邊辯才智慧爾時彼佛總集一百俱胝難問普告一切菩薩衆言汝大衆中誰能勇猛發起出世大丈夫心總集百俱胝難能於幾時一一難中各以百千俱胝法門而解釋者時此會中或有菩薩前白佛言我於一日當能解釋或有菩薩言七日夜當能解釋或言半月或言一月或言六月或言一年當解釋者是時會中有一菩薩名曰念意前白吉祥守護佛言世尊我當不起于座不易威儀對於如來及大衆前悉能解釋如是諸難說此語已即於此時作師子吼現自在力令三千大千世界六種震動放大光明普照世界令其警覺時會大衆及四天王天三十三天蘇夜摩天兜率陀天樂變化天佗化自在天乃至淨居如是諸天蒙光警覺悉來集會及諸龍神夜叉乾闥婆阿修羅迦樓羅緊那羅摩睺羅伽人與非人在家出家無量品類蒙光警覺悉來會坐如是經

於一刹那頃未及須臾令此道場縱廣正等十千由旬爾時念意菩薩見此大衆悉已雲集以福德力及智慧力念力法力陀羅尼力妙辯才力大無畏力佛威德力以是力故於彼總集百俱胝難聞已受持對彼如來及於大衆於此難中一一各以百千俱胝法門解釋圓滿無缺無能摧壞隨其流類應其根器而演說之相續不斷字句義理微妙分析說此法時其聲徧滿三千大千世界從四天王天乃至淨居一切諸天悉聞其聲悉解其義是諸天衆發如是言奇特希有念意菩薩說此法時會中有六十千俱胝那由他衆生發阿耨多羅三藐三菩提心四十千俱胝那由他菩薩得無生法忍爾時吉祥守護如來稱讚念意菩薩言善哉善哉眞大丈夫釋迦牟尼佛告無畏辯才菩薩言善男子於汝意云何爾時念意菩薩豈異人乎今般若峯菩薩是也善男子以是菩薩有於如是無量辯才智慧高勝名般若峯因此菩薩辯才智慧令此般若波羅蜜母般若事業莊嚴法門出現世間佛說是已爾時十方無量無數不可數不可稱不可量種種佛刹諸大威德菩薩摩訶薩及大威德無量諸天龍神夜叉乾闥婆阿脩羅迦樓羅緊那羅摩睺羅伽人非人比丘比丘尼優婆塞優婆夷等一切大衆聞佛說此般若波羅蜜母般若事業莊嚴法門踊躍歡喜以種種華香塗香抹香及諸瓔珞鬘帶衣服幢旛傘蓋及種種樂音所謂箜篌琵琶鼓笛歌吹美妙樂音以用供養佛及大衆無量衆生發阿耨多羅三藐三菩提心三十

六俱胝那由他菩薩皆得無生法忍

守護國界主陀羅尼經卷第八

音釋

析思積切分也　訥奴骨切謇也　筏房滑切箄也　憒閙憒古外切心亂也閙女教切不靜也

守護國界主陀羅尼經卷第九

唐 罽賓國三藏般若等 譯

陀羅尼功德軌儀品第九

爾時會中有一菩薩摩訶薩名祕密主金剛手即從座起偏袒右肩右膝著地頂禮佛足合掌恭敬而白佛言世尊如佛所說陀羅尼門如是一切陀羅尼門云何名爲陀羅尼門何等陀羅尼能爲一切陀羅尼母何等陀羅尼普能利樂一切衆生何等陀羅尼能令有情速得阿耨多羅三藐三菩提爾時世尊告祕密主金剛手言善哉善哉善男子能問如來如是深義我今爲汝分別解說善男子有一陀羅尼即是一切陀羅尼母名守護國界主若有菩薩受持證得此陀羅尼則得其身同如意寶衆生見者所願滿足亦能速得無上菩提爾時金剛手聞是語已而白佛言善哉世尊願爲我說此陀羅尼少分功能軌儀法則我得聞已精勤修習便能證得此陀羅尼佛告祕密主言善男子毗盧遮那世尊色究竟天爲天帝釋及諸天衆已廣宣說我今於此菩提樹下金剛道場爲諸國王及與汝等略說於此陀羅尼門汝當諦聽善男子陀羅尼母所謂唵字所以者何三字和合爲唵字故謂婀烏莽一婀字者是菩提心義是諸法門義亦無二義亦諸法果義亦是性義是自在義猶如國王黑白善惡隨心自在又法身義二烏字者即報身義三莽字者是化身義以合三字共爲唵字攝義無邊故爲一切陀羅尼首與諸字義而作先導即一切法所生之處三世諸佛皆觀此字而得菩提爲一

切陀羅尼母一切菩薩從此而生一切諸佛從此而出現是一切佛一切菩薩諸陀羅尼集會之處猶如國王住於王城臣佐輔翼婇女圍遶或出遊巡狩還歸皇居必嚴四兵導從千萬但言王住王之往來雖不說餘而無不攝此陀羅尼亦復如是雖說一字無所不收爾時祕密主金剛手復白佛言世尊如佛所說諸佛常住平等三昧等視衆生猶如一子今者云何但言守護國界主邪諸有貧窮孤惸困苦無依無歸無救無護何不愍念而守護邪爾時如來無上調御告祕密主金剛手言善男子諦聽諦聽當爲汝說諸佛如來非不住於平等三昧由平等故守護國王善男子譬如良醫見小嬰孩身縈疾病不勝醫藥乃以良藥令母服之由母服藥力及於乳其子飲乳疾病皆除諸佛如來亦復如是哀愍一切守護國王若護國王獲七勝益何等爲七所謂若能守護國王即是守護國王之太子若守護太子即守護大臣若守護大臣即守護百姓若守護百姓即守護庫藏若守護庫藏即守護四兵若守護四兵即守護隣國若能如是一切皆安善男子是故國王與諸衆生爲日爲月爲燈爲眼爲父爲母若諸有情無眼無燈無日無月無父無母身命何存若無國王不可安立又善男子如大龍池龍若住時水常盈滿黿鼉魚鱉水族皆安龍若去時水便枯涸水性之屬皆滅無餘國王亦爾若諸國王受持於此陀羅尼門能令無量無數衆生現在安樂長守尊貴身壞命終得生善道是知國主善能關閉諸惡趣門開

示人天涅槃正路故我偏說守護國王爾時世尊復告祕密主金剛手言善男子如汝所問軌儀法則諦聽諦聽我今爲此陀羅尼故說金剛城大曼荼羅軌儀法則善男子若欲建立曼荼羅時金剛阿闍梨先擇其地若山若野其地若有種種果木輭草名華平坦可樂或有清淨池沼澄潭泉流盈滿諸佛稱讃可以建立曼荼羅場或大河側或近龍池蓮華莊嚴所謂優鉢羅華拘勿頭華波頭摩華芬陀利華復有鳧鴈鴛鴦白鶴孔雀鸚鵡舍利拘枳羅等諸妙鳥王翔集莊嚴或是諸佛及諸菩薩獨覺聲聞曾所止住寂靜可讃諸天龍等所守護處及餘城邑聚落僧房舍宅堂閣塔廟天祠牛所住處閑靜園苑空舍之中並可建立此曼荼羅若無如是稱法之處不復簡擇隨所便宜以用安置但隨心地作曼荼羅復次善男子若阿闍梨選擇地時其地若有沙石瓦礫樹根株杌髮毛爪齒糠麩灰炭骸骨塚墓蛇窟蟻穴如是等地不堪建立曼荼羅場既擇地已闍梨當選好宿直日於清旦時吉祥相時五體投地禮如來足隨其力分隨心廣狹以建壇場量極大者一千由旬或復九百七百五百三百一百一由旬量或七肘量五肘三肘或一肘量或一手掌乃至一爪甲量我今當說作金剛城勝曼荼羅量之儀則當畟方作面開一門上安閥閱以爲莊嚴一面各自有三十二搩手之量四周欄楯畫成三重共十二角以種種寶用作華鬘而爲莊嚴於壇中心畫毗盧遮那如來之像并畫四波羅蜜菩薩四方四佛各四菩

薩或安種子一一菩薩各有一俱胝那四佗
菩薩以爲眷屬次安十二供養菩薩最外一
院安置十天彼一一尊各有眞言五佛眞言
已如上說
唵一薩怛嚩二合嚩入聲日哩引二合三娑嚩引二合
賀引四
唵一囉怛曩引二合二嚩入聲日哩引二合三娑嚩引二合
賀引四
唵一達摩二嚩入聲日哩引二合三娑嚩引二合賀引四
唵一羯摩二嚩入聲日哩引二合三娑嚩引二合賀引四
唵一嚩入聲折囉引二合二薩埵嚩引二合三娑嚩引二合
賀引四
唵一嚩入聲折囉引二合二囉佐三娑嚩引二合賀引四
唵一嚩入聲折囉引二合二囉誐三娑嚩引二合賀引四
唵一嚩入聲折囉引二合二娑度三娑嚩引二合賀引四

唵一嚩入聲折囉引二合二囉怛曩引二合三娑嚩引二合
賀引四
唵一嚩入聲折囉引二合二諦者三娑嚩引二合賀引四
唵一嚩入聲折囉引二合二計覩三娑嚩引二合賀引四
唵一嚩入聲折囉引二合二悉蜜二合多三娑嚩引二合
賀引四
唵一嚩入聲折囉引二合二達摩三娑嚩引二合賀引四
唵一嚩入聲折囉引二合二底乞史那二娑嚩引二合
賀引四
唵一嚩入聲折囉引二合二糸覩三娑嚩引二合賀引四
唵一嚩入聲折囉引二合二婆灑三娑嚩引二合賀引四
唵一嚩入聲折囉引二合二羯磨三娑嚩引二合賀引四
唵一嚩入聲折囉引二合二羅乞灑二合三娑嚩引二合
賀引四
唵一嚩入聲折囉引二合二藥乞灑二合三娑嚩引二合

賀引四
唵一嚩入聲折囉二合引二珊第三娑嚩二合引賀引四
唵一嚩入聲折囉二合引二攞洗三娑嚩二合引賀引四
唵一嚩入聲折囉二合引二摩鍒三娑嚩二合引賀引四
唵一嚩入聲折囉二合引二儗諦三娑嚩二合引賀引四
唵一嚩入聲折囉二合引二你哩二合諦三娑嚩二合引賀引四
唵一嚩入聲折囉二合引二努閉三娑嚩二合引賀引四
唵一嚩入聲折羅二合引二補澀閉二合引三娑嚩二合引賀引四
唵一嚩入聲折囉二合引二阿嚕計三娑嚩二合引賀引四
唵一嚩入聲折囉二合引二巘第三娑嚩二合引賀引四
唵一嚩入聲折囉二合引二阿麌舍三娑嚩二合引賀引四

唵一嚩入聲折囉二合引二波舍三娑嚩二合引賀引四
唵一嚩入聲折囉二合引二娑普二合吒三娑嚩二合引賀引四
唵一嚩入聲折囉二合引二巘吒三娑嚩二合引賀引四
唵一因達囉二合也二娑嚩二合引賀引三
唵一阿佗廼二合裔上聲二娑嚩賀引三
唵一閻麼也二娑嚩二合引賀引三
唵一泥上聲以佉二娑嚩二合引賀引三
唵一嚩上聲嚕那也二娑嚩二合引賀引三
唵一麼那平聲吠上聲二娑嚩二合引賀引三
唵一拘米羅也二娑嚩二合引賀引三
唵一伊舍那二娑嚩二合引賀引三
唵一陀羅抳二娑嚩二合引賀引三
唵一末囉没泥二娑嚩二合引賀引三
爾時佛告祕密主言依此軌儀次第安布皆

周畢已其阿闍梨爲入壇者先當授與三昧耶戒以爲先導然後灌頂既灌頂已然後教其念誦真言脣齒相合其舌微動勿使出聲量力記數及時多少以爲常限要當要期得勝境界若無剋獲不出道場如是精勤以求悉地我今當説用珠差别而説偈言

佛部紹佛種　當用菩提子　金剛部中珠
亦用金剛子　寶部之中用　金等寶爲珠
真珠爲念珠　諸佛所稱讃　蓮華部中用
蓮華子爲尊　羯磨部中珠　種種和合作
五部掐珠法　用大拇指同　佛部頭指承
金剛部中指　寶部無名指　蓮華部合三
羯磨四指承　皆用於初節　金珠兩倍福
真珠得俱胝　金剛蓮子珠　百千俱胝福
若持菩提子　及與和合珠　無數福莊嚴
諸佛之所説　珠有一百八　攝亂心不馳
毗盧遮那印　當鼻端繫想　爲除煩惱等
增長三摩提　當想於本尊　護摩勤念誦
先觀月輪淨　想自坐輪中　發燄光熾然
天光嚴自體　十方現在佛　五色青白殊
莊嚴極可尊　常觀現前住　三千塵數佛
悉來入我身　我身等虚空　扇底迦供養
想菩薩歡喜　是增長護摩　忿怒入我身
内外冤皆滅　善色菩薩入　相敬愛想身
瑜伽内護摩　過去諸佛説

爾時世尊説此偈已告祕密主金剛手言善男子諦聽諦聽此一字陀羅尼門即是一切陀羅尼母無邊俱胝陀羅尼門以爲眷屬若有觀察此陀羅尼無邊俱胝三昧現前過去現在一切諸佛由觀察此陀羅尼故得阿耨

多羅三藐三菩提善男子我今爲諸國王略說一字令得受持若諸國王得一字觀一刹那頃便得五種三昧現前所有煩惱不復現起善男子此大金剛城曼荼羅所有功能不可思議若善男子及善女人有能入此曼荼羅者則爲已見一切諸佛一切菩薩何以故此曼荼羅即是一切諸佛賢聖集會議論甚深法處若能入者則爲諸佛一切菩薩證知護念爲諸如來法王真子能爲一切衆生之父紹三寶種斷三惡趣開人天門住不退地遠一切罪得三十七菩提分法十力無畏以爲瓔珞而自莊嚴善男子隨其城邑有此道場受持修行四天大王帝釋諸天八部擁護於此國土常無飢饉亦無寃敵一切人畜無諸灾疫諸國小王欽德歸化於諸王中殊勝第一遠離一切憂患苦惱隨其壽命安隱快樂乃至夢中常見一切諸佛菩薩轉身受生常得安樂有大名稱富有財寶好行惠施能修安忍具足智慧愛樂善法生生常得宿住智慧於百千世作轉輪王那由佗劫作天帝釋百俱胝世常作人王祕密主若有善男子善女人以恒河沙世界滿中七寶持用布施若復有人爲欲利樂一切衆生發菩提心入此金剛曼荼羅者其福勝彼爾時世尊欲重宣此義而說偈言

諸佛曼荼羅　已說三身法　法身及報化
相續次第成　修佛菩薩中　最勝微妙法
不久當成佛　三身皆得圓　十方諸世尊
共證加護念　當成法王子　持佛種常全
已斷惡趣因　復遠諸苦果　隨順不退轉

修行趣菩提　常安住勤修　三十七道品
又住四梵住　無畏十力中　若見此道場
遠離一切罪　應受人天等　敬養尊重心
現世成如來　衆生癡闇滅　諸天恒見佛
常護道場門　金剛道場中　若得灌頂者
法王子灌頂　不久必當成　千世爲輪王
那由劫帝釋　億劫四王位　無數世人王
十度悉皆圓　安住於十地　成就十種智
十自在皆通　趣三解脫門　建立三乘法
隨順成佛地　相好以莊嚴　轉生所受身
得樂大名稱　能脫諸病惱　智慧決無疑
富貴施貧窮　安忍愛樂善　生生知宿住
世世盡莊嚴　世界如恒沙　滿中皆七寶
淨心將布施　緣覺及聲聞　若發菩提心
爲利諸含識　入此道場者　此福勝過前

從發菩提心　生佛及菩薩　從菩薩流出
緣覺與聲聞　及色究竟天　刹利諸族姓
幷餘諸善業　凡夫之所行　菩提心出生
菩薩不退地　故修諸勝行　先發菩提心

爾時祕密主金剛手聞說此已白佛言世尊我今聞此大金剛城曼荼羅一切陀羅尼母一切如來成正覺法心得清淨歡喜踊躍隨其所在國土城邑若有建立此曼荼羅我祕密主以陀羅尼而爲供養即說陀羅尼曰

曩謨(一)囉怛曩(二合)怛囉(二合)也耶(二)曩謨嚩折囉(二合)播曩曳(平聲)(三)摩賀(四)藥乞叉(二合)犀那鉢戴曳(平聲)(五)摩賀麼囉(六)鉢囉訖囉(二合)摩也(七)摩賀嚩折囉(二合)(八)誐囉嚩也(九)唵(十)阿沒嘌(二合)多(十一)軍吒嘌(十二)吽(十三)發(十四)翳系(十五)翳奚(十六)阿劫臘摩(十七)阿劫臘摩(十八)阿迦哩灑(二合)也(十九)

阿迦哩灑(二合)也(二十)嚩(入聲)質哩(二合)曩(上聲二十一)薩嚩努瑟吒(二合二十二)那伽難(上聲二十三)室囉斯(上聲二十四)頻那頻那(二十五)嚩折囉(二合)曩(二十六)吽(二十七)吽(二十八)吽(二十九)癹癹癹(三十)瞋陀瞋陀瞋陀(三十一)嚩(入聲)折囉(二合)曩(三十二)薩嚩努瑟吒(二合三十三)娜健難(三十四)毗灑邪毗灑邪(三十五)仡囉(二合)娑(三十六)娑麼娑麼(三十七)彌勃多(二合)入嚩(二合)囉(三十八)摩哩那(三十九)嚩(入聲)折哩(二合)娜(乃也切四十)那賴也那賴也(四十一)户嚧户嚧(四十二)吽吽吽(四十三)阿没哩(二合)多(四十四)嚩(入聲)哩灑(二合)你(四十五)嚩(入聲)哩殺(二合)覩(四十六)祢嚩(上聲)娑(上聲)滿低曩(四十七)癹癹癹癹癹癹(四十八)佉佉佉佉佉佉(四十九)佉(上聲)呬(奚以切下同)佉呬佉呬佉呬佉呬佉呬佉呬(五十)攞攞攞(五十一)娑嚩(二合引)賀(引五十二)

世尊我今復當說於念誦軌儀法則金剛阿闍棃凡欲所爲要當先於一切衆生起慈悲心若有國土亢陽無雨金剛阿闍棃往有蓮華大龍池所或河流岸或復小池當結大界或四方界或四隅界結護已身此處作壇壇上圖畫七頭龍王散種種華燒種種香塗香秣香華鬘資具種種供養壇場四面懸青色旛建赤色幢當以穀麥油麻大麥朧沓子銀金錢等投龍池中右遶四面合掌禮拜以爲供養次備飲食以爲供養謂酪蜜酥乳糜白粳米飯種種飲食轉讀大孔雀王經起大悲心發大誓願爲諸衆生祈降甘雨作是法已若不降雨當以忿怒尊陀羅尼念誦加持我當自來以金剛杵而擬龍頭令彼驚怖時龍雲中恭敬合掌下微細雨普徧充洽龍亦歡喜唯除衆生有決定業甘雨不降餘必應心

念誦之時食三白食所謂乳酪及白粳米誦十萬徧便得成就若雨過時便誦止雨陀羅尼曰

唵一阿蜜嘌低底二吽三底瑟吒二合四娑嚩二合引賀引五

誦此陀羅尼七徧或以鉢器或瓶缸等盛蜀葵華以鉢椀等覆在地上便即晴明若他方寃敵來相侵擾當誦此陀羅尼曰

南謨一囉怛曩二合怛囉二合耶也二唵三阿蜜嘌二合多四嚩入聲哩二合阿蜜嘌二合低五吽六蘖捭七曳佗蘇佉八三昧也九摩奴三末囉十娑嚩二合引賀引十一

燒安息香以華置掌中作金剛合掌誦此眞言四向散華寃賊退散若國土內一切災難諸惡鬼神流行疾毒惱於人畜及有他方寃敵侵擾當作極大威德忿怒王金剛手甘露軍荼利金剛啞啞而笑要勝祕密心法亦取諸毒刺火焚念誦而作護摩如上災難皆悉消滅若欲効驗先誦眞言滿十萬徧即得悉地若欲先知善惡吉凶定不定者應當誦此陀羅尼曰

南謨一囉怛曩二合怛囉二合耶也二南謨三始戰拏嚩折囉二合引跛曩曳四摩賀五藥乞叉二合犀那鉢戴曳平聲六翳鬘七勿馳亭也切八鉢囉乞叉二合茗九娑茗十勿馳亭也切十一三沒哩馳亭也切覩十二唵十三阿蜜哩二合低癹十四怛你也二合佗十五戰抳戰抳十六印抳泯抳十七僧羯喇摩十八泯抳十九阿尾奢矯禰二十鉢囉二合尾奢矯禰二十一阿悉泯二十二阿麌瑟吒二合二十三曩茶哩二十四鉢扇努二十五那囉迦二十六那哩迦二十七你

尾那(二十八)斫㗚灑(二十九)阿閦覩(三十)摩努山斫㗚(三十一)抳熠眠斫㗚(三十二)跛囉(二合)嚩(入聲)多也(三十三)覩糸那紇哩(二合)單(三十四)曳(入聲)寫紇哩(二合)怛單(三十五)曳(入聲)怛囉(二合三十六)悉他此單(三十七)怛薩挽(三十八)捺哩灑(二合)也(三十九)莎嚩(二合引)賀(引四十)

次說持念軌儀金剛阿闍梨先以瞿摩夷塗成方壇以乳酪末你耶(平聲二合)阿樂多(樂闍各切二合)各盛滿椀置壇四角四角置燈然後散華燒安息香或於劒中或鏡或牆或指或掌或燈或佛像或水精或壇或瑠璃中稱心所欲見其善惡當以童男或有童女身無瘢痕清淨無過澡浴身體著鮮白衣誦此真言用加持之我當至彼自現其身隨其所問三世之事悉皆辯說隨心疑惑悉皆斷除若為癲癇鬼魅所著當以楊枝及石榴枝以上真言加持七徧燒安息香於地畫彼鬼神形像令前童子執楊枝等鞭彼圖畫鬼神形像胷背等處時彼病人如撻其身嘷呌啼泣叩頭求救從今永去不敢更來時阿闍梨令鬼立誓若再來者願我眷屬喪滅無餘鬼立誓後更不再來病者平復非唯去病種種勝事此總持力皆得稱心成就所作爾時世尊告祕密主金剛手菩薩言善哉善哉善男子此陀羅尼能與未來一切衆生作大利益一切如來悉皆隨喜此陀羅尼能令衆生發菩提心又令一切外道異見悉皆調伏與諸佛法以為先導隨諸國土有此總持國無饑饉人民安樂國主無病無復冤敵佛法流通無諸障礙祕密主菩薩以此陀羅尼為主覆護自身能持種

種陀羅尼寶於夜闇中而爲明炬又以種種陀羅尼門而作瓔珞莊嚴其身以此陀羅尼而爲先導以此陀羅尼而爲器仗過現未來恒須執持以此陀羅尼而爲室宅安住其中而行布施守護淨戒修習安忍勤行精進深入禪定照明般若祕密主菩薩云何安住於此陀羅尼中而行布施祕密主以此菩薩不捨平等而行施故謂陀羅尼平等故布施平等布施平等故我平等我平等故衆生平等衆生平等故法平等法平等故菩提平等菩提平等即陀羅尼平等故此菩薩住陀羅尼能行布施如是布施非隨煩惱而行布施與勝義法相應布施悉能捨離一切煩惱名最勝捨諸見不起内外眷屬一切皆捨祕密主此是安住陀羅尼住處修行布施祕密主云何菩薩住陀羅尼修行淨戒此菩薩見身口意本性寂靜而護持戒於身口意心無所著不依此世不依佗世不依於内不依於外不依蘊界處不依菩提亦不依於陀羅尼門不依涅槃及一切法護持淨戒亦不念言我能持戒是爲菩薩安住總持護持淨戒祕密主云何菩薩住陀羅尼修習安忍此菩薩修忍辱時不見自身不見衆生不見補特伽羅不見壽者不見於我及以我所此菩薩内心清淨衆生清淨一切法清淨以無所依依清淨心而行安忍此菩薩修安忍時無有少法而可修習亦無少法而可損減亦無少法而可增長亦不爲於少法生故亦不爲於少法滅故亦不爲於少法盡故亦不爲於少法寂靜故亦不爲於一切衆生無我性故亦不爲於

一切衆生寂靜性故亦不爲於無恐怖故亦不爲於身滅盡故亦不爲於語言盡故亦不爲於心意盡故並不爲於如是等法修習安忍此菩薩於身修安忍時爲佗所害節節支解當自觀身與草木牆壁瓦礫等無有異此菩薩於語修安忍時爲佗毀辱以妙言詞而酬答之自在觀察言語性空不可執持體性寂靜無有住處又此法體皆不相待剎那剎那不相續故如是觀察修行安忍此菩薩於心修安忍時無有濁亂亦無高下見身與心各不相知了見身心無有住處此是菩薩安住總持修習安忍祕密主云何菩薩住陀羅尼勤行精進此菩薩爲欲增長諸善法故勤行精進而觀法界不見增長不見損減無少眞實可得成就無少顛倒可得壞滅無世界成無世界壞依此清淨陀羅尼門觀察諸法亦復如是不見善法而可增長不見惡法而可減滅彼諸法性無大無小無有住處來無所從去無所至如是知見一切諸法依如是法莊嚴自身爲令衆生眞實解了顛倒法故而爲說法如是說時觀察衆生實不見得以知衆生不可得故則一切法亦不可得何以故謂離衆生無有少法而可得者離法亦無衆生可得又此法性即是我性我性即是一切法性一切法性即是佛性此彼本性體平等故觀察尋求如是佛法無少可得法不可得故佛不可得又能觀心尚不可得況所求法而當可得內外能所二相俱忘如是說法此是菩薩安住總持勤行精進祕密主菩薩云何住陀羅尼修習靜慮此菩薩若入諸定

當入諸禪平等體性非有成就非無成就觀察諸定無增無減不依諸境而有觀察悟諸禪定及一切法平等體性不亂不滅不相障礙於諸靜慮支類功德不依身求不依心求如是入時依於實相眞際法性而入於定觀諸衆生體性平等諸法無生如是相應修習於定如是入定心不住内亦不住外亦不住心此菩薩不住於識超過一切有見衆生持戒入禪亦悉超過一切外道五通神仙聲聞緣覺一切三昧三摩鉢底此菩薩所有禪定從陀羅尼而得出生遠離諸見及諸煩惱而皆迴向無上菩提成就衆生常住純一眞實三昧乃至涅槃無有變異是爲菩薩住陀羅尼修習靜慮祕密主云何菩薩住陀羅尼修習於法毗鉢舍那謂此菩薩以智慧眼明見諸法非肉眼見非天眼見此菩薩如是見時見法寂靜見近寂靜見無所行見無合會虚閑寂靜無有成就此菩薩以如是見見一切法若見少法不名爲見不見少法是名爲見何以故若見法體智慧不生若無智慧亦無無智亦無有見如是見法非有我見非衆生見非壽者見非養育見非士夫見非補特伽羅見如是見者是名見法如是見法即見衆生虚妄顛倒是故菩薩於諸衆生起極堅固大悲之心作是念言奇哉衆生如是妙法如是清淨云何而爲煩惱所纏恒受大苦爲欲令其解脱妄苦而起大悲是爲菩薩住陀羅尼修習於法毗鉢舍那佛言祕密主我於無量無數劫中修習如是波羅蜜多至最後身六年苦行不得阿耨多羅三藐三菩提成毗

盧遮那坐道場時無量化佛猶如胡麻徧滿虛空諸佛同聲而告我言善男子云何而求成等正覺我白佛言我是凡夫未知求處惟願慈悲爲我解說是時諸佛同告我言善男子諦聽諦聽當爲汝說汝今宜應當於鼻端想淨月輪於月輪中作唵字觀作是觀已於後夜分得成阿耨多羅三藐三菩提善男子十方世界如恒河沙三世諸佛不於月輪作唵字觀得成佛者無有是處何以故唵字即是一切法門亦是八萬四千法門寶炬關鑰唵字即是毗盧遮那佛之真身唵字即是一切陀羅尼母從此能生一切如來從如來生一切菩薩從菩薩生一切衆生乃至少分所有善根善男子此陀羅尼具如是等不可思議威德功用窮劫演說劫數可盡此陀羅尼功用威德不可窮盡爾時世尊欲重顯示此陀羅尼勝功德故而說偈言

若離煩惱塵　能斷一切垢　離垢心清淨
此寶炬總持　若身口意淨　平等起慈心
光明如淨月　此寶炬總持　解脫諸二見
遠離念與疑　得智慧想心　此寶炬總持
入於念智門　大智功德具　如空際無垢
此寶炬總持　不斷三寶種　遠離三種垢
脫三有惑苦　此寶炬總持　滅盡貪瞋癡
陰翳諸煩惱　不爲劫濁亂　此寶炬總持
上中下世界　所有諸音聲　妙入無塵相
此寶炬總持　具足甚深法　無邊諸字句
脫我所二見　此寶炬總持　妙建立四行
具足於四禪　隨順得解脫　此寶炬總持
得勝義法眼　四攝梵住圓　五通爲先導

此寶炬總持　建立妙念處　常隨順正斷
恒修四神足　此寶炬總持　具信等五根
安住於五力　速住七覺分　此寶炬總持
八正道引攝　住於止觀峯　俱解脫前道
此寶炬總持　自在行地滿　常隨解脫道
永斷一切過　此寶炬總持　光明普照世
如淨日月輪　能令眼清淨　此寶炬總持
天眼妙清淨　慧明無翳障　法眼亦清淨
此寶炬總持　能淨煩惱魔　及淨蘊魔道
死魔已降伏　諸魔軍退滅　總持自在住
那由佗刹中　見那由佗佛　聽聞無上法
聞斯廣大法　眞明力念持　文義悉皆圓
廣爲衆生說　住此總持者　於法微細知
分別諸因緣　心智刹那滅　滿此總持者
無著無所依　三智眼已明　安住三解脫
得此最勝持　廣說眞言要　獲多總持法
無量難可稱　諸定及解脫　無量無有邊
遊戲諸通明　無邊門悉具　如大海無量
能納諸細流　如是最勝明　無邊法歸處
欲悟無盡智　善入無盡聲　永滅結縛源
說此眞明法　若欲諸色相　種族悉崇高
生生殊勝身　獲得如意寶　能入甚深教
忍不出不生　智地不動搖　說此總持法
無數諸菩薩　求無上菩提　得此陀羅尼
菩提不難得　十方一切佛　說法利衆生
得此最勝明　辯才常不斷　得此眞明法
說法皆不空　知心根樂殊　無量衆生喜
住此眞明法　轉於最勝輪　衆生脫苦源
最勝乘安住　那由佗億劫　讚嘆此功德
此功德無邊　佛說不能盡

爾時祕密主金剛手菩薩摩訶薩聞說此已歡喜踊躍即起合掌右遶世尊經百千帀還復本座恭敬瞻仰佛說此陀羅尼功德品時那由佗菩薩得此陀羅尼無量無數衆生發阿耨多羅三藐三菩提心

守護國界主陀羅尼經卷第九

音釋

涸曷各切水竭也杌音兀樹無枝也糠麩糠丘剛切穀皮也麩夷益切麥麩也骸雄皆切百骸也塚知隴切墳也窟苦骨切土穴也肘止酉切叟節力切方也閥閱閥房滑切閱魚厥切揲陟格切度物也搯吉洽切爪剌也拇莫補切大指也捙音車啞衣架切麌偶許切掜熠掜宜氏切熠一入切瘢蒲官切瘡痕也癲癇癲多年切癇音閑癲癇狂病也鑰弋灼切關牡也

守護國界主陀羅尼經卷第十

唐罽賓國三藏般若等譯

阿闍世王受記品第十

爾時會中摩伽陀國主阿闍世王即從座起偏袒右肩右膝著地合掌恭敬頂禮佛足而白佛言世尊如來今在菩提樹下我之國土說陀羅尼及曼荼羅既有如是無量功德何以摩伽陀國風雨不節旱澇不調饑饉相仍寃敵侵擾疾疫災難無量百千惟願世尊斷我疑網爾時世尊讃阿闍世作如是言大王善哉善哉快問斯義於未來世能多利益一切衆生大王諦聽諦聽善思念之吾當爲汝分別解說大王如王所言於我國中當有饑饉寃敵等者此守護國界主陀羅尼以十六俱胝那由佗陀羅尼而爲眷屬此大金剛城曼荼羅以爲眷屬然彼一切皆以信心而爲根本以深般若而爲先導大菩提心及大悲心以爲莊嚴大王一切善法皆悉從此陀羅尼生一切罪惡不信因果以爲根本大王汝今不信因果耽五欲樂如大猛風吹其信心及菩提心大悲總持悉皆遠逝大王今者雖有眼耳如聾盲人不聞雷霆不見日月何以故汝王名字尚不自聞況於餘聲何謂王名夫言王者即囉惹義囉字聲者所謂苦惱聲啼哭愁歎無主無歸無救護聲王當慰喻作如是言汝莫苦惱我爲汝主當救護汝拭淚慈愍而撫育之言惹字聲者是最勝義是富貴義是自在義是殊勝義是勇猛義是端正義是智慧義是能摧滅一切衆生憍慢自高陵懱佗義大王汝於今者不信因果親近惡

友提婆達多殺所生父囚繫飢餓渴乏不死而刖其足復令調達出佛身血破和合僧復放護財狂醉惡象暴踐如來大王汝今復有極大重罪所謂挑壞一切衆生清淨法眼斷滅諸佛眞正之法關閉人天涅槃之門開示三塗生死惡趣所以者何汝是國王出遊園苑嚴備象駕一萬二萬馬巾馭車二三十萬以爲翊從復以百姓所有膏血用塗象馬時阿闍世王聞此語已而白佛言世尊我今惟忖不省曾以百姓膏血用塗象馬世尊何以作如是說佛言大王王之象馬一一皆以鬱金龍腦栴檀沉麝和爲香泥用塗象馬如是等香皆出百姓徵科百姓如壓油麻貧匱困苦千戶貧財不能充給一象之費是故當知百姓膏血甚爲易得如是香等求之甚難大王若疑當自廵案一切囹圄萬姓受苦過大地獄大王逼奪百姓所有資財賞賜豪貴遂令富者日益奢侈貧乏之者轉益貧窮令諸貧人孤惸困苦投足無地皆求出家如是之人無有和尚及阿闍梨自披袈裟不受禁戒無法自居令諸有情心生輕賤不欲見聞因是大王挑其法眼斷滅佛法閉人天路開惡趣門是故我言大王不聞自已名字以是因緣如何更得此陀羅尼神力加護大王我今當說古昔因緣王當諦思解了其義大王乃往古世有佛出現名迦葉波如來應供正徧知明行足善逝世間解無上士調御丈夫天人師佛世尊彼佛說法初善中善後善開示梵行彼時有王名訖哩枳於彼如來深生淨信王於中夜得二種夢一者夢見有十獼猴

其九獼猴擾亂城中一切人民妻妾男女侵奪飲食破壞什物仍以不淨而穢污之唯一獼猴心懷知足安坐樹上不擾居人時九獼猴同心惱亂此知足者作諸留難驅逐出於獼猴衆會第二夢者見一白象猶如大山當帝王門首尾有口皆食水草雖恒飲噉身常羸瘦時王寤已生大恐怖召占相者以原其夢占者白王九獼猴者即是九王其知足者即是大王是則九王同心簒奪大王寶位象二口者即是九王食自國邑兼食王國王聞此語驚怖毛竪而心未決思欲見佛以斷所疑即勑左右嚴備種種供養之具一心往詣迦葉佛所到已作禮持諸供具上獻如來曲躬合掌而白佛言世尊我於昨夜得不善夢惟願世尊爲我解說使斷疑網時王具陳所

夢白佛佛言大王王之所夢不在於王勿生憂懼王善諦聽當爲王說此是未來五濁惡世有佛出現號釋迦牟尼滅度之後遺法之相大王十獼猴者即是彼佛十種弟子王白佛言世尊何名彼佛十種弟子迦葉佛言一貧畏不活而作沙門二奴有怖畏而作沙門三怖畏債負而作沙門四求佛法過失而作沙門五爲勝他而作沙門六爲名稱而作沙門七爲生天而作沙門八爲利養而作沙門九爲欲求未來王位而作沙門十眞實心而作沙門時彼大王白彼佛言世尊此十沙門其相云何彼佛答言大王貧畏不活作沙門者多有衆生不信因果貪求財寶互相侵奪遂感天地雨澤不時五穀不登不充官稅飢貧所逼鬻賣男女無所投寄披掛遺棄樹上

袈裟自剃鬚髮作沙門像無阿闍梨亦無和尚無戒無法相似沙門長時受行一切惡法入僧伽藍自稱我是律師禪師法師大德坐居衆首謂餘僧言汝等皆是我之弟子於清信士族姓長者婆羅門家出入遊從多造過失是名第一貧畏不活而作沙門大王云何名爲奴有怖畏而作沙門爲下賤奴婢作是思惟云何一生受佗驅策逃竄出家是爲第二大王云何名爲怖畏債負而作沙門謂有衆生公私債負息利既多酬還不遂既被逼迫逃逝出家是爲第三大王云何名爲求佛法過失而作沙門謂諸外道心生嫉妬遂共集議誰有聰明利根辯慧入佛法中學彼所有世出世法窺其是非還歸我衆對於國王大臣長者竪論議幢出其過失摧壞破滅彼佛正法是名第四大王云何名爲求勝佗故而作沙門謂或有衆生聞有其甲披衣落髮多有伎能通達三藏心生熱惱便即出家學經律論所修善法皆欲勝彼是名第五大王云何名爲爲名稱故而作沙門謂或有人竊自思惟我若在家無有名稱我應剃落披衣出家勤學多聞受持禁戒於大衆中坐禪入定使物知名是爲第六大王云何名爲求生天故而作沙門謂或有人聞生諸天中長壽快樂我無方便而得上生遂即剃髮染衣出家修持善法皆願生天是爲第七大王云何名爲爲利養故而作沙門謂或有人先有財寶更求勝處得好精舍房院華飾可以棲遲受用自佗所有財産是名第八大王云何名爲欲求未來帝王位故而作沙門謂有衆生

見於國王自在尊崇富貴安樂便生愛樂遂求出家所修善根惟願當生得居王位是名第九大王云何名爲眞實心故而作沙門謂有衆生雖生刹利大臣族姓婆羅門家或生長者居士商主富貴之家盛年美貌觀諸財色富貴榮顯猶若浮雲泡幻電光生滅不住遂起猒離發菩提心親友珍財一切皆捨出家慕道秉持律儀學法修禪精勤匪懈凡有所作皆爲衆生唯求無上菩提之果是名第十眞實心故而作沙門大王當知如王所夢見一獮猴少欲知足獨處樹上不擾人者即是釋迦如來遺法之中眞實沙門其九獮猴擾亂衆人同心驅擯一獮猴者即是釋迦如來遺法之中前九沙門無沙門法故總名爲相似沙門同行惡行共驅於一眞實沙門出於衆外大王此惡沙門破戒行惡污穢一切族姓之家向於國王大臣官長論說毀謗眞實沙門橫言是非云是惡人破戒惡行不合與我持戒比丘同共止住布薩說戒亦不合同居一寺舍同一國邑一切惡事皆推與彼眞實沙門蒙蔽國王大臣官長遂令驅逐眞實沙門盡出國界其破戒者自在遊行而與國王大臣官長共爲親厚大王彼釋迦牟尼如來所有教法一切天魔外道惡人五通神仙皆不能破壞乃至少分而此名相諸惡沙門皆悉毀滅令無有餘如須彌山假使盡於三千界中草木爲薪長時焚燒一毫無損若劫火起火從内生須臾燒滅無餘灰燼爾時迦葉波佛爲訖哩枳王重說偈言

貪畏不活而剃落　言得敬養脫貧窮

散亂高舉務多財　内虛不實如蘆葦
煩惱眷屬所迷醉　斯人遠離大菩提
如負眞金飜棄捐　拾薪荷擔生歡喜
名利縈纏增嬾惰　惰增滅盡淨信心
信心既滅淨戒無　無戒斷滅人天果
蘭若閑林自安處　本求名利及親知
遠離戒定智慧心　但依豪貴親識住
自求三惡及八難　貧窮下賤邊地生
譬如生盲至寶洲　取石棄於如意寶
放逸馳蕩增勝負　遠離戒行正念心
墮阿鼻獄極怖中　經俱胝劫難解脫
内心恒爲求名稱　身口現說爲菩提
如鳥虛空遇猛風　飄落生死大苦海
薄福耽染天人女　破戒遠離善業因
佛教皆爲欲火燒　如須彌山遇劫火
無菩提味唯求利　恒爲人說求菩提
心不住於解脫中　如獼猴得堅椰子
如來爲求正法寶　投身懸崖大火坑
既聞法已隨順修　怨親平等皆慈淨
云何聞佛諸功德　不生一念好樂心
唯愛非法遠菩提　如生盲人示他道

迦葉如來說此偈已復告訖哩枳王言大王汝夢所見帝王門前二口白象恒食水草身羸瘦者亦非王事即是釋迦如來遺法之中五濁惡世不信因果百官令長上受帝王光寵榮祿下於百姓非理追求雖復貪求而多匱乏賦税無度萬人貧窮貿易子孫家業蕩盡投寺剃落寺復荒蕪多惡比丘發心無地遂投外道路伽邪等斷常諸見異學出家邪見因緣師徒皆墮自入地獄復與多人開地

獄門相引奔馳趣三惡道閉人天路解脫無由大王當知故此二夢並是釋迦如來遺法之相非干王事訖哩枳王聞此說已永斷疑網歡喜踊躍復以種種上妙供具恭敬供養迦葉如來頂禮佛足右遶而退爾時釋迦如來說此語已摩揭陀國主阿闍世王復白佛言世尊如佛所言諸惡衆生入於地獄云何得知誰人曾見復云何知當墮餓鬼及與畜生當生人天並誰人見爾時世尊告阿闍世言大王應當一心諦聽我爲王說令王現前而得知見大王當知若人命終當墮地獄有十五相當生餓鬼有八種相當生畜生有五種相當生人天各有十相大王何等名爲當生地獄十五種相一者與自夫妻男女眷屬惡眼瞻視二者舉其兩手捫摸虛空三者善知識教不相隨順四者悲號啼泣嗚咽流淚五者大小便利不覺不知六者閉目不開七者常覆頭面八者側臥飲噉九者身口臭穢十者脚膝顫掉十一鼻梁欹側十二左眼瞤動十三兩目變赤十四仆面而臥十五踡身左脇著地而臥大王當知若有臨終具十五相如是衆生決定當生阿鼻地獄大王當知若復有人臨命終時有八種相當知必墮琰摩羅界餓鬼趣中云何爲八一者好舐其脣二者身熱如火三者常患飢渴好說飲食四者張口不合五者兩目乾枯如鵰孔雀六者無有小便大便遺漏七者右膝先冷八者右手常拳何以故心懷慳悋乃至於水不與人故大王若具八相命終決定生餓鬼中大王當知若復有人臨命終時有五相現是人決

定墮畜生趣云何爲五一者愛戀妻子貪視不捨二者踡手足指三者偏體流汗四者出麤澀聲五者口中齟沫大王若具此五命終決定墮畜生趣大王當知若復有人臨命終時有十相現是人決定生人趣中云何爲十一者臨終生於善念謂生柔輭心福德心微妙心歡喜心發起心無憂心二者身無痛苦三者少能似語一心憶念所生父母四者於妻子男女作憐愍心如常瞻視無愛無恚耳欲聞於兄弟姊妹親識姓名五者於善於惡心不錯亂六者其心正直無有諂誑七者知於父母親友眷屬善護念我八者見所營理心生讚歎九者遺囑家事藏舉財寶示之令出十者起清淨信心請佛法僧對面歸敬言南謨佛陀南謨達摩南謨僧伽我今歸依若

無佛世歸五通仙大王若臨命終具此十相決定得於人趣中生大王當知若復有人臨命終時有十種相定得生天云何爲十一者起憐愍心二者發起善心三者起歡喜心四者正念現前五者無諸臭穢六者鼻無欹側七者心無恚怒八者於家財寶妻子眷屬心無愛戀九者眼色清淨十者仰面含笑想念天宮當來迎我若臨命終具此十相決定生天大王如是臨終善惡之相汝應當知時阿闍世王聞佛說已竊自思念如來此說爲是實事爲是虛邪世尊具足辯才權說此理爾時如來知阿闍世王心之所念即以神力令阿闍世見其惡相忽有地獄苦器充滿有諸獄卒執持苦具無量衆生顛墜地獄如駛雨點爾時獄卒瞋目振威指阿闍世而作是言

此是惡逆殺父之人速當擒來付於阿鼻大地獄中而苦治之時阿闍世聞是語已極大惶怖身毛皆竪徧體汗流遽從座起走欲逃竄悶絶躃地都不覺知譬如猛風伐無根樹久而不穌乃以種種方宜救之漸得穌息連聲唱言世尊世尊願賜壽命願賜壽命如我今日無依無怙從今決定歸佛法僧於是如來還攝神力諸相不現問阿闍世言大王向見入地獄者諸苦事耶時阿闍世含悲答言我今已見世尊所說舉其少分我向所見苦事甚多如來世尊是眞語者是實語者世尊我於此身造諸惡業今對世尊諸大菩薩衆僧大會發露懺悔止息諸惡斷相續心我從今日乃至菩提誓持五戒爲優婆塞如佛所說一字陀羅尼一切功能以菩提心而爲先導從今向去一日三時精勤修習以此善根悉皆迴向一切衆生佛讃王言善哉善哉大王諦聽我今爲王說過去佛微妙伽陀即說偈言

若造五逆極重罪　發露懺悔罪輕微
永斷相續滅罪根　如壯夫拔連根樹

佛說偈已復告王言大王當知譬如團鐵投水沉没若爲鉢器置水則浮大王有智慧人如彼鉢器不沉苦海汝造惡業合入阿鼻大地獄中一劫受苦由汝有智發露懺悔蹔入便出如壯男女以手拍毬蹔時著地即便騰起從此命終生兜率天見慈氏尊便得授記時阿闍世聞佛說已心得淨信以種種供具供養佛已還復本座當於如來說此法時無數俱胝那由佗衆生皆發阿耨多羅三藐三

菩提心三十二俱胝那由他菩薩得隨順忍

如來囑累品第十一

爾時文殊師利菩薩摩訶薩白佛言希有世尊希有善逝世尊說此陀羅尼門即是諸佛決定最勝妙陀羅尼以無邊量名句字門宣說趣入無邊義理其義深遠隨順覺悟因緣性故難入懈怠懶惰無由入故難解斷常見者不能了故難見依止六處不能見故難悟樂下乘者不能覺故超權是諸菩薩甚深境故無相是一切法眞實印故無礙法界平等無能所故無異體同虛空離二相故無阿賴耶超過一切所依處故知衆生行善解一切因緣法故得深般若光明照見諸法性故出生諸度成就一切巧方便故善分別法具足四種無礙智故身心普徧能得廣大諸神通故平等覺法安住一乘教法中故是無異行入如虛空平等性故亦無平等於一切處無有對故是無等等一切無等唯與諸佛如來等故遠離二相出生諸法寂滅體故諦觀文字爲欲安立一切法故非言能說即是眞實勝義諦故不礙宣說普能隨順世俗諦故能出生三寶能廣大三乘能開三脫門能超出三界能善覺三智能生如來金剛三昧是一切法之所住處是一切佛智慧之門普能養育一切衆生世尊諸善男子善女人等應當於此世尊無量三密一字陀羅尼門發阿耨多羅三藐三菩提心若聞此法所有義理應當信受應當書寫應當讀誦應當修習應當爲人開示宣說世尊若能如是乃至一偈一句一字如是之人得福無量是則名爲知佛

恩者是念佛恩是報佛恩爾時世尊讃文殊師利言善哉善哉善男子如汝所説如是之人所得福德不可稱量善男子佛眼所見一切佛刹假使有人以一切寶充滿其中持用奉施一切如來所得功德無量無邊若復有人能聽此經一字一句或生信樂或能受持或復書寫或當讀誦或正修習或廣爲人演暢宣説行住坐卧常勤精進爲令妙法久住世間爲令三寶不斷絶故此人福德勝前布施諸佛福德爾時世尊欲重宣此義而説偈言

佛眼所見諸佛刹　滿中珍寶施如來
我説此福尚輕微　以不聞此深經故
若得聞此妙經典　甚深勝義悉皆圓
是故讀誦受持經　斯福最勝過於彼
諸佛唯於法中住　不因布施得菩提
若有受持佛法門　即是能知佛恩者
是故供養佛福尠　不及供養此深經
最勝福聚悉皆圓　從此能生於善逝
若世無此勝經寶　佛種法施悉皆無
亦無聽法及修行　衆生苦海常淪溺
無恩衆生謗此典　彼破苦海法舟航
斷滅三寶罪根深　墮阿鼻獄無由出
照明六度如燈炬　吉祥寶聚等須彌
首楞嚴定等無邊　及一切法皆從出
若有愚癡翳心眼　此爲慧日破迷心
憂惱赫日所燋燃　此爲滿月清涼照
登最上乘不放逸　此菩薩住勤修行
能得寂静大菩提　非下劣乘之所得
所有人天勝妙樂　聲聞緣覺得菩提

此經一切悉能生　如摩尼寶隨心願

爾時世尊說此偈已出大音聲普告一切菩薩摩訶薩及諸大衆言諸佛子我於無量無數劫中精勤不懈一心專求修習於此諸佛世尊成就菩提不可思議祕密一字陀羅尼經此大衆中誰能發起大勇猛心爲大丈夫能於如來般涅槃後受持讀誦廣宣流布令此妙法久住於世爾時衆中七十俱胝菩薩摩訶薩皆從座起恭敬合掌異口同音而白佛言世尊我等能於如來滅後受持於此佛無數劫勤求修習成就菩提祕密一字陀羅尼經廣宣流布令五濁世一切衆生聞此法門心得淨信恭敬尊重種諸善根惟願如來神力加被爾時世尊一切種智告諸菩薩摩訶薩言善哉善哉汝等乃能發斯大願我今當以威神之力護持此經而說偈言

如來眞實語　常住眞實法　諸佛神力故
擁護於此經　被大悲甲冑　常住大悲中
憐愍衆生故　擁護於此經　得福聚圓滿
從此生智聚　爲滿福智故　擁護於此經
能滅一切魔　摧破諸外道　能斷諸見故
擁護於此經　帝釋護世王　修羅尋香等
爲我加被故　當護持是經　地及虛空中
十方諸天衆　諸佛加被故　當受持此經
欲得梵住圓　次第莊嚴體　及守護衆會
當擁護此經　色可變爲空　空可變爲色
無能變於佛　擁護令動搖

爾時護世四天王俱從座起合掌同聲而白佛言世尊我對如來發深重願於未來世擁護是經及諸國王大臣長者一切人民受持

經者而說偈言

隨說此經處　及聽法衆會　我與諸眷屬
皆當守護之　若有勤受持　及發菩提意
當於四方面　擁護常不離

爾時釋提桓因爲欲擁護如是經典及持經者合掌向佛而說偈言

我聞佛說此　最勝微妙經　決定成菩提
知佛恩難報　爲報佛恩故　如諸佛護持
當守護是經　及護持經者

爾時大梵天王爲護此經及持經者合掌向佛而說偈言

四禪四無量　諸乘及解脱　皆從此經出
由具義甚深　隨有說此經　我捨梵天樂
往彼而聽受　供養幷護持

爾時兜率陀天子爲護此經及持經者合掌向佛而說偈言

欲住兜率天　次生得解脱　當受持於此
諸佛所讚經　隨有說此經　我當捨天樂
住閻浮擁護　爲報諸佛恩

爾時魔王子商主天子爲護此經及持經者合掌向佛而說偈言

欲竭魔業海　不隨魔所行　當受持此經
具足甚深義　我念佛恩故　發勤精進心
守護於是經　令廣宣流布

爾時魔王波旬爲護此經及持經者合掌向佛而說偈言

若持此經者　煩惱滅不生　我不於其人
作障礙留難　有此勝經處　我當親護持
令魔不入心　爲念佛恩故

爾時蘇夜摩天王爲擁護經及持經者合掌

向佛而說偈言

佛所有菩提　於此經中說　若受持經者
已供諸如來　我持佛此經　爲俱胝天說
令殷重聽受　發大菩提心

爾時慈氏菩薩爲欲擁護於此深經及持經者合掌向佛而說偈言

若捨諸眷屬　勤修菩提道　爲守護此經
不自惜身命　我承佛神力　親從兜率來
令如是深經　常廣宣流布

爾時具壽大迦葉波爲護此經及持經者合掌向佛而說偈言

我昔從世尊　曾聞百千經　未曾得聞此
如是深妙法　我今親對佛　受持於此經
爲諸菩薩故　令廣宣流布

爾時世尊稱讚釋提桓因四大天王大梵天王兜率天子商主天子及魔波旬菩薩聲聞諸護經者作如是言善哉善哉汝等眞是勇猛丈夫爲令妙法得久住故能作如是大獅子吼諸善男子當聽我說若諸衆生修行大乘未得法忍以佛神力受持此經精勤修習次後佛所即得授記如是或二或三不過七佛必定當得阿耨多羅三藐三菩提記若聲聞乘種性衆生得聞此經於慈氏佛龍華第一聲聞會中當爲最上第一聲聞若緣覺乘種性衆生得聞此經受持修習我涅槃後更不聞法必當得成獨覺菩提佛說此守護國界主陀羅尼經時無量無數種種衆生發阿耨多羅三藐三菩提心無數菩薩住不退地無數世界六種震動日月光明所不能照幽闇之處而皆大明雨衆天花繽紛亂墜十方

國土諸來菩薩在此會者爲供養佛及此經故於菩提樹道場四面各四由旬以種種寶衆妙雜華莊嚴其地異口同音而白佛言世尊我等今日得大利益不空而還得聞於此決定最勝微妙經典惟願世尊釋迦牟尼長延壽命願令此經久住不滅於閻浮提一切國土作大利益世尊若比丘比丘尼優婆塞優婆夷國王大臣一切人民受持此經無諸病苦壽命長遠普能利樂一切衆生爾時文殊師利菩薩白佛言希有世尊希有世尊如是決定最勝經典言詞微妙文字句義莊嚴圓滿能令一切菩薩大衆生歡喜心摧伏一切諸魔外道善能任持一切法門能令一切衆生歡喜是能出生一切乘道隨順趣入一切如來功德大海若有能於如是經典精勤宣示一切不空復白佛言世尊當何名此經我等云何奉持佛告文殊師利菩薩摩訶薩言此經具有一千名字所謂名爲毗盧遮那廣大三密甚深一字經亦名三界最尊勝經亦名如來說大悲門亦名聞如來法不空得記亦名如來微妙法藏亦名如來妙究竟果亦名如來微妙法眼亦名普照諸法寶炬亦名能斷一切邪見亦名顯示諸法平等有如是等一千名字時文殊師利復白佛言世尊如是名中雖皆甚深惟願如來爲我決定說一名字令我奉持佛言善男子此經決定應名守護國界主陀羅尼以是名字汝當奉持所以者何以一千名依此生故爾時世尊說此經已一切世間天人阿修羅乾闥婆等無量大衆聞佛所說皆大歡喜信受奉行

守護國界主陀羅尼經卷第十

音釋

懱彌列切款也陵也 麝神夜切 匱具位切乏也 囹圄囹離呈切圄魚許切囹圄獄名 惸渠營切無兄弟也 簒初患切奪取也 鬻余六切賣買也 竄取亂切逃也 擯必刃切逐也 貿莫候切市易也 顫掉顫之膳切掉杜弔切顫掉寒動也 瞤輸閏切目動也 踡逵員切曲也 齟壯所切 駛師止切疾也 毬渠尤切毱也

六經同卷

清刻龍藏佛說法變相圖

六經同卷

佛說三十五佛名禮懺文

觀自在菩薩說普賢陀羅尼經

佛說八大菩薩曼荼羅經

佛說能淨一切眼疾病陀羅尼經

佛說除一切疾病陀羅尼經

佛說救拔焰口餓鬼陀羅尼經

佛說三十五佛名禮懺文出烏波離所問經

唐三藏沙門大廣智不空奉詔譯

娜謨釋迦牟尼佛　娜謨金剛堅固能摧佛

娜謨寶焰佛　娜謨龍自在王佛

娜謨勤勇軍佛　娜謨勤勇喜佛

娜謨寶火佛　娜謨寶月光佛
娜謨不空見佛　娜謨寶月佛
娜謨無垢佛　娜謨離垢佛
娜謨勇施佛　娜謨淨行佛
娜謨梵施佛　娜謨水王佛
娜謨水天佛　娜謨賢吉祥佛
娜謨無量威德佛　娜謨栴檀吉祥佛
娜謨光吉祥佛　娜謨無憂吉祥佛
娜謨那羅延吉祥佛
娜謨華吉祥佛
娜謨蓮華光遊戲神通佛
娜謨財吉祥佛　娜謨念吉祥佛
娜謨善稱揚名號吉祥佛
娜謨帝幢旛王佛　娜謨鬪戰勝佛
娜謨勇健吉祥佛　娜謨勇健進佛

娜謨普徧照曜莊嚴吉祥佛
娜謨寶蓮華遊步佛
娜謨寶蓮華妙住山王佛

如是十方一切世界中諸佛世尊出現世間住持遊行願皆觀察哀愍於我我或今生或於餘生無始時來廣作衆罪或自作或隨喜作或教他作或偷盜佛物僧物四方僧物或自作或隨喜作或教他作或造五無間罪十不善業道或自作或隨喜作或教他作由此業障覆蔽身心生於八難或墮地獄傍生鬼趣或生邊地及彌戾車或生長壽天設得人身諸根不具或起邪見撥無因果或猒諸佛出興于世如是一切業障我今對一切諸佛世尊具一切智者具五眼者證實際者稱量者知者見者前我今誠心悉皆懺悔不敢覆

藏願我尸羅律儀復得如故復願諸佛世尊攝受護念證明於我若我今生或復餘生無始時來於流轉生死或曽捨施傍生一團之食或曽持一淨戒或曽修梵行善根或曽修少分無上智善根悉皆合集計校籌量如三世一切諸佛於最勝無上迴向願中願皆迴向無上正等菩提

一切罪懺悔　諸福皆隨喜　及勸請諸佛
願證無上智　過去及未來　現在人中尊
無量功德海　我今稽首禮

右此三十五佛名幷懺悔法出烏波離所問經能淨業障重罪現生所求禪定解脫及諸地位皆能滿足五天竺國修行大乘人常於六時禮懺不闕功德廣多文煩不能盡録但依天竺所行者略記之餘如本經所述

佛説三十五佛名禮懺文

觀自在菩薩説普賢陀羅尼經

唐三藏沙門大廣智不空奉詔譯

如是我聞一時薄伽梵住王舍城靈鷲山與大苾芻衆及大菩薩摩訶薩九十九俱胝衆俱爾時聖觀自在菩薩摩訶薩在彼衆會從座而起白佛言世尊我欲顯説普賢陀羅尼世尊此陀羅尼我於月上光如來所授得若菩薩乘者纔聞此陀羅尼即得不退轉速疾承事一切如來應供正徧知者能銷滅一切業障獲得安樂富饒身得清淨語業清淨意得清淨通達一切大智大密海能滿一切大願海即見一切如來我由聞此陀羅尼便證無生法忍獲得首楞嚴三摩地證得寶印三摩地焰炬三摩地海印三摩地普徧虛空三摩地證得如是等恒河沙數三摩地門復證得開無盡篋等八萬四千陀羅尼門由此證得具慧具行得如是智慧成就所聞法於諸佛所聞法無間承事供養惟願世尊許我爲四部衆説佛言聽汝宣説爾時觀自在菩薩摩訶薩入金剛曼荼羅三摩地即説陀羅尼曰

曩莫囉怛曩(二合)怛囉(二合)野耶(一)曩莫阿(引)哩耶(二合)嚩盧枳帝濕嚩(二合)囉(引)耶(三)冐地薩怛嚩(引二合)野(四)摩訶薩怛嚩(引二合)野(五)摩訶(引)迦(引)嚕抳迦(引)野(六)怛你也(二合)佗(七)佉(上聲)誐吠佉(上聲)誐吠佉(上聲)誐吠(八)斫屈芻(二合)佉(九)吠秣嚕(二合)怛囉(二合)佉(十)吠伽囉(引二合)拏佉吠(十一)爾賀嚩(引二合)佉吠(十二)迦(引)野佉吠(十三)麼娜佉吠(十四)婆囉佉吠(十五)吠麼佉吠(十六)戍穰(上聲)佉吠(十七)你弭多(上聲)佉吠(十八)鉢囉(二合)抳馱曩佉吠

十九三摩引佗佉吠二十播引囉弭多去聲引佉吠
二十一冒地佉吠二十二娑囉娑囉娑囉二十三薩
嚩没馱引地瑟恥二合帝二十四娑囉娑囉娑囉
達磨地瑟恥二合帝二十五迦囉迦囉迦囉僧去聲
迦引地瑟恥二合帝二十六曩莫阿哩野二合嚩嚕
枳帝濕嚩二合囉引野二十七冒地薩怛嚩二合野
二十八摩訶薩怛嚩二合野二十九摩訶迦嚕抳迦
引野三十曩慕捺嚩二合曩嚩底丁以切引南冒引地
薩怛嚩二合句引胝引南引三十一阿地瑟恥二合帝
覩紿引三十二阿引聿喋二合麼嬾者娜難上聲覩三十
三怛你也二合佗三十四蘇囉鼻蘇囉鼻三十五毋
你毋你摩訶毋你三十六麼底麼底摩訶麼底
三十七曩莫阿引哩野二合引嚩盧枳帝濕嚩二合
囉引野三十八冒地薩怛嚩二合引野三十九摩訶
引薩怛嚩二合引野四十摩訶引迦引嚕抳迦引
野四十一悉殿覩三滿多跛捺囉二合馱引囉抳
娑嚩二合引訶引四十二

爾時觀自在菩薩說此陀羅尼時九十二俱胝菩薩證得首楞嚴三摩地恒河沙數菩薩證得微妙陀羅尼三摩地我今說此陀羅尼功德每於晨朝誦此陀羅尼一百八徧滿二日一日觀自在菩薩即現其身所求一切願皆得滿足若人囚禁枷鎖七日誦此即得解脫若人患瘧於左耳邊誦患者即愈若人患風邪魅病酥油相和加持二十一徧令服即得除差若患齒痛加持齒木二十一徧令嚼即愈若患耳痛取疊華子油並置於熟銅器中加持七徧滴於耳中即愈若患頭痛肚痛加持手摩捫即愈若患鬼魅結呪索加持一百八徧令帶即愈若被拏吉你魅加持油七

徧摩塗支節即愈若患一切病加持或手或柳枝摩拂即愈如上諸法即未置功業隨誦即效若欲求見佛菩薩證陀羅尼門三摩地門神通隱形安膳那藥雄黄成就者行者於舍利塔或佛像前塗拭曼荼羅懸繒幡蓋散種種華燒檀香沉香薰陸香然燈一百盞廣大供養念誦者清淨澡浴著淨衣服身持梵行即誦此陀羅尼結方隅界陀羅尼曰

曩謨囉怛曩(二合)怛囉(引二合)野耶(一)曩莫阿(引)哩野(引二合)嚩盧枳帝濕嚩(引二)囉(引)野(二)冒地薩怛嚩(引二合)野(三)摩訶(引)薩怛嚩(二合)野(四)摩訶(引)迦(引)嚕抳迦(引)野(五)怛你也(引二合)侘(六)止里滿馱銘(七上聲)弭里滿馱(引)弭(八)止里弭里滿馱(引)弭(九)枲(引)摩(引)滿馱(引)弭(十)枲(引)摩(引)銘(十一)羯室旨(二合)娜底訖囉(二合)麼覩娑嚩(二合)訶(引十二)

以此陀羅尼加持水二十一徧於道場中散灑十方即成結界我今説迎請陀羅尼眞言行者先誦此陀羅尼迎請已然後念誦陀羅尼曰

曩謨囉怛曩(二合)怛囉(二合)野(引)耶(一)曩莫阿(引)哩野(引二合)嚩盧枳帝濕嚩(二合)囉(引)野(二)冒地薩怛嚩(二合)野(三)摩訶(引去聲)薩怛嚩(引二合)野(四)摩訶迦(引)嚕抳迦(引)野(五)怛你也(二合)侘(六)止里止里(七)弭里弭里(八)止里隷(引九)翳呬娑誐挽(十)曩(引)哩野(引二合)嚩盧枳帝濕嚩(二合)囉娑嚩(引二合)訶(引十一)

此陀羅尼是我心眞言誦眞言即成請召行者從白月八日起首乃至十五日三時時別誦一百八徧三時澡浴三時換衣其十五日

作廣大供養無限念誦其日中夜觀自在菩薩來至道場現金色身相好端嚴放百千光明持誦者不應恐怖生勇健心纔見觀自在菩薩即得地位證得陀羅尼三摩地即見東方阿閦如來南方寶幢如來西方無量壽如來北方天鼓音王如來見四如來十方無量如來身廣大威德承於諸佛大悲願力久住世間從此命終當生淨妙佛刹於一切處供養承事諸佛如來爾時世尊説是經已菩薩摩訶薩幷天龍藥叉乾闥婆阿脩羅迦樓羅緊那羅摩睺羅伽人非人等皆大歡喜信受奉行

觀自在菩薩説普賢陀羅尼經

佛說八大菩薩曼荼羅經

唐三藏沙門大廣智不空奉詔譯

如是我聞一時薄伽梵住補怛落迦山聖觀自在菩薩宮殿與百千俱胝那庾多菩薩前後圍遶爾時衆中有一菩薩名曰寶藏月光從座而起整理衣服偏袒右肩曲躬合掌白言薄伽梵我有少疑惟願如來聽許諮問於是如來應等正徧知告寶藏月光菩薩言若善男子善女人作八曼荼羅者云何建立復依何法趣無量福令修行者速證菩提爾時如來讚寶藏月光菩薩言善哉善哉善男子汝能問如是甚深之義而爲利益無量無邊有情與安樂故及能淨除三惡趣故爲證無比無上智故汝今善聽若諸有情纔聞此密言者得長壽樂善男子有八曼荼羅是八大菩薩甚深法要若有有情依法建立此八曼荼羅一徧者所有十惡五逆謗方等經皆悉消滅一切所求義利勝願悉得成就即說如來密言曰

唵(一引)摩訶尾囉娑嚩(引二合)賀(引二)

即曼荼羅中想於如來眞金色身三十二相坐蓮華臺

次說觀自在菩薩密言曰

吽(引一)纈唎(二合二)郝(三)鉢納麽(二合)室哩(二合)曳娑嚩(二合引)訶(引四)

即想曼荼羅中聖觀自在身赤色左手持蓮華右手施願頭冠中有無量壽如來

次說慈氏菩薩密言曰

每訶哩爾娑嚩(二合引)訶(引一)

於觀自在菩薩後想慈氏菩薩金色身左手

執軍持右手施無畏冠中有窣堵波半加而
坐
次說虛空藏菩薩密言曰
阿引蘖娑也娑嚩二合引訶一引
於佛背後想虛空藏菩薩左手持寶安於心
上右手施流出無量寶
次說普賢菩薩密言曰
纈唎二合惹也娑嚩二合引訶一引
虛空藏菩薩左邊想普賢菩薩戴五佛冠金
色身右手持劒左手施願半加而坐
次說金剛手菩薩密言曰
唵引鑁囉嚩娑嚩二合引訶一引
於如來左邊想金剛手菩薩右手執金剛杵
左手安於胯戴五佛冠身青色半加而坐
次說曼殊室利菩薩密言曰
室利二合闍嚂誐娑嚩二合引訶一引
於金剛手菩薩前想曼殊室利童眞菩薩五
髻童子形左手執青蓮華華中有五股金剛
杵右手作施願身金色半加而坐
次說除蓋障菩薩密言曰
匿伐囉拏娑嚩二合引訶一引
於曼殊室利菩薩前想除蓋障菩薩金色身
左手持如意幢右手施願半加而坐
次說地藏菩薩密言曰
乞灑二合訶囉惹娑嚩二合引賀一引
於如來前想地藏菩薩頭冠瓔珞面貌熈怡
寂靜愍念一切有情左手安臍下拓鉢右手
復合掌向下大指捻頭指作慰安一切有情
想此八大菩薩曼荼羅供養觀行法若善男
子善女人受持此曼荼羅經一切業障悉皆

消滅速證無上正等菩提佛説是經已諸大菩薩及聲聞衆一切天龍八部聞佛所説歡喜奉行

八大菩薩讚

圓寂宫城門　能摧户扇者　諸佛法受用
救世我頂禮　自手流清水　能除餓鬼渴
三界如意樹　頂禮蓮華手　大慈水爲心
能息瞋恚火　頂禮慈氏尊　能斷欲弓弦
虚空藏妙慧　虚空寂静尊　生死流解脱
頂禮佛心子　無邊有情惑　能息無益心
普賢我頂禮　善逝上首子　塵勞盡僮僕
超勝摩羅宣　頂禮金剛手　能説一切明
頂禮妙吉祥　持妙童子形　舒徧智慧燈
攘奪三界瞑　一切除蓋障　是故我頂禮
無盡智慧尊　能生無竭辯　如地諸有情
所依一不斷　堅慧悲愍藏　地藏我頂禮
此真善逝子　讚揚所獲福　以此諸有情
如彼成讚器

佛説八大菩薩曼荼羅經

佛説能淨一切眼疾病陀羅尼經

唐三藏沙門大廣智不空奉詔譯

如是我聞一時薄伽梵住迦毗羅衛國釋迦種族聚落爾時有一釋種住車尼摩迦聚落於佛淨信於法淨信於僧淨信歸依於佛歸依於法歸依於僧不疑於佛不疑於法不疑於僧盡心於佛盡心於法盡心於僧決定於等覺勝趣其人眼所見色相而不得見爾時乞曬摩迦釋種憶念如來作是言稽首佛世尊智炬陀羅尼能作光明者歸命善逝大悲者護念攝受我令我眼淨爾時世尊超越世間耳眼以天耳聞以天眼見爾時世尊告阿難陀言汝往於釋種所以此陀羅尼明加護令淨其眼令彼拔濟令彼攝受令彼長養令彼結界令彼眼無垢瞖得離疾病廣令流布四部衆苾芻苾芻尼優婆塞優婆夷及餘有情眞言曰

怛你也(二合)佗(引一)呬哩(二)弭里(三)黎枳(四)呬里(五)係帝(六)護庾護庾(七)護也麼寧(八)護魯護魯(九)怒魯怒魯(十)娑嚩(二合引)訶(引十一)

阿難陀此陀羅尼明王眼垢風垢黃病痰病三焦病我及某甲眼勿令痛勿令流淚以尸羅實語禁戒實語以苦行實語以諸仙實語以緣生實語苦實語集實語滅實語道實語辟支佛實語我某甲願令眼清淨七佛等覺已說我釋迦牟尼應供正徧知今說四大天王亦說天帝釋亦說娑訶世界主梵王亦說阿難陀我不見天世魔世沙門婆羅門趣持此淨眼陀羅尼者患眼瞖瞙浮暈所謂令眼天作龍作藥叉作羅刹作羅刹女作必舍支

作必舍支女作鳩槃茶作鳩槃茶女作起屍鬼作人肰禱作梵志肰禱作無敢違越無不應効具壽阿難陀汝今受此陀羅尼將往釋種聚落授與乞灑麼迦傳我語令晝三時夜三時誦持此陀羅尼其阿難至彼授與乞灑麼迦乞灑麼迦纔聞此陀羅尼已其眼脉已淨眼目得見離一切諸垢爾時世尊說是經已天人阿修羅乾闥婆等聞佛所說歡喜奉行

佛說能淨一切眼疾病陀羅尼經

佛說除一切疾病陀羅尼經

唐三藏沙門大廣智不空奉詔譯

如是我聞一時薄伽梵住室羅筏城逝多林給孤長者園與大苾芻衆千二百五十人俱及衆大多菩薩摩訶薩爾時世尊告阿難陀言阿難陀有陀羅尼能除世間一切疾病汝當受持讀誦通利如理作意即說密言曰

怛你也二合佗一 尾摩黎尾摩黎二 嚩曩俱枳黎三 室唎二合 末底丁以切四 軍拏黎五 嫩奴鼻六 印捺嚩二合 儗顭二合七 毋鍬娑嚩二合引 訶引八

佛告阿難陀此陀羅尼若誦持者宿食不消霍亂風黃痰癊患痔瘺淋瀝上氣嗽瘧寒熱頭痛背痛著鬼魅者悉得除差我以佛眼觀見彼人諸天魔梵沙門婆羅門能作障難除非決定業報盡者餘無能違越作其障難如來應供正徧知說一切有情中如來爲尊勝一切法中離欲法尊一切衆中僧伽爲尊以此誠實言願我及一切有情食飲喫啖入腹消化得正安樂娑嚩二合引 訶

爾時世尊說是經已諸苾芻僧幷諸菩薩摩訶薩一切大衆天龍八部受持佛語歡喜奉行

佛說除一切疾病陀羅尼經

佛說救拔焰口餓鬼陀羅尼經

唐三藏沙門大廣智不空奉詔譯

爾時世尊在迦毗羅城尼拘律那僧伽藍所與諸比丘幷諸菩薩無數衆會前後圍遶而爲說法爾時阿難獨居靜處念所受法即於其夜三更已後見一餓鬼名曰焰口其形醜陋身體枯瘦口中火然咽如針鋒頭髮鬔亂爪牙長利甚可怖畏住阿難前白阿難言却後三日汝命將盡即便生此餓鬼之中是時阿難聞此語已心生惶怖問餓鬼言若我死後生餓鬼者行何方便得免斯苦爾時餓鬼白阿難曰汝於明日若能布施百千那由佗恒河沙數餓鬼幷百千婆羅門仙等以摩伽陀國所用之斛各施一斛飲食幷及爲我供養三寶汝得增壽令我離於餓鬼之苦得生天上阿難見此焰口餓鬼身形羸瘦枯憔極醜口中火然咽如針鋒頭髮鬔亂爪牙長利又聞如是不順之語甚大驚怖身毛皆竪即從座起疾至佛所五體投地頂禮佛足身體顫慄而白佛言願救我苦所以者何我住靜處念所受法見焰口餓鬼而語我言汝過三日必當命盡生餓鬼中我即問言云何令我得免斯苦餓鬼荅言汝今若能施於百千那由佗恒河沙數餓鬼及百千婆羅門仙等種種飲食汝得增壽世尊我今云何能辦若干餓鬼仙人等食爾時世尊告阿難言汝今勿怖我有方便令汝能施若干百千恒河沙餓鬼及諸婆羅門仙等種種飲食勿生憂惱佛告阿難有陀羅尼名曰無量威德自在光明勝妙力若有誦此陀羅尼者即能充足俱胝

那由他百千恒河沙數餓鬼及婆羅門仙等上妙飲食如是等衆乃至一一皆得摩伽陀國所用之斛七七斛食阿難我於前世作婆羅門於觀自在菩薩所及世間自在威德如來所受此陀羅尼故能散施與無量餓鬼及諸仙等種種飲食令諸餓鬼解脫苦身得生天上阿難汝今受持福德壽命皆得增長爾時世尊即爲阿難說陀羅尼曰

曩莫薩嚩無可切下同怛他引蘖跢一引嚩路引枳帝二唵三引三去聲跋羅三跋羅吽四引

佛告阿難若有善男子善女人欲求長壽福德增榮速能滿足檀波羅蜜每於晨朝及一切時悉無障礙取一淨器盛以淨水置少飲麨及諸餅飰等以右手按器誦前陀羅尼滿七徧然後稱四如來名號

南謨多寶如來

曩謨婆去聲誐嚩帝一鉢囉二合部引哆囉怛曩二合野怛他引蘖跢引野二

由稱多寶如來名號加持故能破一切諸鬼多生已來慳悋惡業罪障消滅即得福德圓滿

南無妙色身如來

曩謨婆誐嚩帝一素嚕二合播引野怛他引誐跢野二

由稱妙色身如來名號加持故能破諸鬼醜陋惡形即得色相具足

南謨廣博身如來

曩謨引婆誐嚩帝一尾補羅誐引怛囉二合引野怛他引蘖跢引野二

由稱廣博身如來名號加寺故能令諸鬼咽

喉寬大所施之食恣意充飽
南謨離怖畏如來
曩謨婆去聲誐嚩帝一阿上聲婆去聲孕迦囉引野
怛侘去聲蘖哆引野二
由稱離怖畏如來名號加持故能令諸鬼一切恐怖悉皆除滅離餓鬼趣佛告阿難若族姓子等稱四如來名號加持已彈指七徧取於食器於淨地上展臂瀉之作此施已於其四方有百千那由他恒河沙數餓鬼前各各有摩伽陀國七七斛食受此食已悉皆飽滿是諸餓鬼悉等捨鬼身生於天上阿難若有比丘比丘尼優婆塞優婆夷常以此眞言及四如來名號加持食施餓鬼便能具足無量福德則同供養百千俱胝如來功德等無差別壽命延長增益色力善根具足一切非人夜叉羅刹諸惡鬼神不敢侵害又能成就無量福德壽命若欲施諸婆羅門仙等以淨飲食滿盛一器即以前眞言加持二七徧投於淨流水中如是作已即爲以天諸美妙飲食供養百千俱胝恒河沙數婆羅門仙彼諸仙人得加持食故以呪威德各各成就根本所願諸善功德各各同時發誓願言願施食人壽命延長色力安樂又令其人心所見聞正解清淨具足成就梵天威德行梵天行又同供養百千恒河沙如來功德一切怨讎不能侵害若比丘比丘尼優婆塞優婆夷若欲供養佛法僧寶應以香華及淨飲食以前眞言加持二十一徧奉獻三寶是善男子及善女人則成以天餚饍上味奉獻供養滿十方世界佛法僧寶亦爲讚歎勸請隨喜功德恒爲

諸佛憶念稱讚諸天善神恒來擁護即爲滿足檀波羅蜜阿難汝隨我語如法修行廣宣流布令諸衆生普得見聞獲無量福是名救焰口餓鬼及苦衆生陀羅尼經以是名字汝當奉持一切大衆及阿難等聞佛說已一心信受歡喜奉行

佛說救拔焰口餓鬼陀羅尼經

音釋

彌戾車梵語也此云惡見戾郎計切　篋乞業切　捫莫奔切撫也　胯苦化切兩股閒也　齊前西切與臍同　捻奴協切指捻也　痔瘺痔直里切瘺郎豆切　淋瀝淋犂針切瀝郎狄切　鬔蒲紅切髮亂也　顫慄顫之膳切慄力質切顫慄竦懼也　餚饍餚何交切菹醢也饍士演切具食也

瑜伽集要救阿難陀羅尼焰口儀軌經

唐三藏沙門不空奉 詔譯

清刻龍藏佛說法變相圖

瑜伽集要救阿難陀羅尼焰口儀軌經

唐三藏沙門不空奉　詔譯

爾時世尊在迦羅城尼俱律那僧伽藍所與諸比丘并諸菩薩無數衆會前後圍遶而爲說法爾時阿難獨居靜處念所受法即於其夜三更已後見一餓鬼名曰焰口其形醜陋身體枯瘦口中火然咽如針鋒頭髮髼亂牙爪長利甚可怖畏住阿難前白阿難言汝却後三日命將欲盡即便生於餓鬼之中是時阿難聞此語已心生惶怖問餓鬼言大士若我死後生餓鬼者我今行何方便得免斯苦爾時餓鬼白阿難言汝於來日晨朝若能布施百千那由他恒河沙數餓鬼飲食并餘無量婆羅門仙閻羅所司業道冥官及諸鬼神先亡久遠等所食飲食如摩伽陀國所用之

斛各施七七斛飲食并爲我等供養三寶汝得增壽令我等輩離餓鬼苦得生天上阿難見此焰口餓鬼身形羸瘦枯燋極醜口中火然其咽如針頭髮髼亂毛爪長利又聞苦語甚大驚怖身毛皆竪即至晨朝從座而起往至佛所右遶三帀頂禮佛足身體戰慄而白佛言大悲世尊願救我苦所以者何昨夜三更經行靜處念所受法見焰口鬼而語我言汝過三日必當命盡生餓鬼中我問鬼言云何令我得免斯苦餓鬼荅言汝若能施百千萬億那由他恒河沙數無量餓鬼婆羅門仙閻羅所司業道冥官及諸鬼神侍從眷屬先亡久遠平等普施餓鬼飲食汝得增壽白言世尊云何能辦無量飲食充足佛告阿難汝今勿怖我念過去無量劫中曾作婆羅門時於觀世音菩薩摩訶薩邊受得陀羅尼名曰無量威德自在光明如來陀羅尼法佛告阿難汝若善能作此陀羅尼法加持七徧能令一食變成種種甘露飲食即能充足百千俱胝那由他恒河沙數一切餓鬼婆羅門仙異類鬼神上妙飲食皆得飽滿如是等衆一一各得摩伽陀國所用之斛此食此水量同法界食之無盡皆獲聖果解脫苦身佛告阿難汝今受持此陀羅尼法令汝福德壽命增長餓鬼生天及生淨土受人天身能令施主轉障消灾延年益壽現招勝福當證菩提發廣大心普爲有情積劫已來多生父母列宿天曹幽司地府焰摩鬼界蜫微蠢動一切含靈普設無遮廣大供養悉來赴會乘佛威光洗滌身田獲斯勝利受人天樂唯願諸佛般若

菩薩金剛天等及諸業道無量聖賢以無緣慈證我所行是故我等爲欲滿足弘誓願故爲欲弘護令濟有情無退失故爲摧諸業令清淨故爲欲精進求無上道速成就故爲欲拔濟惡道衆生永拋苦海登彼岸故如經所說無邊世界六道四生其中所有爲於主宰統領上首之者皆是住不可思議解脱菩薩慈悲誓願分形布影示現化身在六道中同類受苦設於方便不被煩惱隨煩惱壞分別諸業令發道意常自尅責悔身造作調伏教化一切衆生爲大導師摧滅三塗淨諸業道斷截愛流不捨行願處於苦海爲善知識成熟利樂一切有情證大涅槃若有施主深信大乘渴仰瑜伽願樂見聞陀羅尼藏甘露法門爲諸有情興拔濟心殷勤稱讚捨大財寶三請於師方許壇法平等一如離怨憎想常行布施無有悔恨親近善友勇猛精進無有怯弱至求大道稱讚三寶撫育生命方便拔濟皆令解脱不以惡求而養身命常自利他彼善男子是真善友行菩薩行普爲三塗諸惡趣中一切餓鬼焰魔王等婆羅門仙虛空諸天釋梵四王列宿天曹龍神八部日月須彌修羅外道六欲魔衆水火風空山林窟穴舍宅宮殿伽藍大地江河流泉浴池廟宇吉凶遊行神衆抄録善惡神通無礙毛羽飛空水族游鱗披毛角類蠢動含靈曠野遊魂鞭屍苦澁多生冤恨相繫未免歷劫怨寃負於財命亡過僧尼未證果者多生父母眷屬親戚乘如來教得出三塗無量地獄發菩提心各願放捨解脱冤結遞相讚念如父母想到

此道場證知護念心懷踊躍如優曇花甚難可值由自造作處於人間識情難定多隨妄起積爲苦源未獲聖果旋生過患又復依王水土住佛慈光常思曩緣猶懷今果日夜尅責何報殊私或爲眷屬親戚父母幾曾翻覆顛倒攀緣改形換面豈將便識唯願今日承斯佛力駕迴飛空到此道場慈光拂體各隨形類懺滌塵尤發菩提心納斯供養佛告阿難若欲受持施食之法須依瑜伽甚深三昧阿闍梨法若樂修行者應從瑜伽阿闍梨學發無上大菩提心受三昧戒入大曼拏羅得灌頂者然許受之受大毘盧遮那如來五智灌頂紹阿闍梨位方可傳教也若不爾者遞不相許設爾修行自招殃咎成盜法罪終無功效若受灌頂依於師教修習瑜伽威儀法式善能分别了達法相故名三藏阿闍梨方得傳斯教也若欲作法先自護持弟子亦爾定知日巳選擇淨地精華大舍閒靜園林鬼神愛樂流泉浴池江河山澤福德之地堂舍亦得如法塗摩用香水泥隨施主力方圓大小四角竪幖如法莊嚴用五色絲安火焰珠又於珠内安置佛頂大悲隨求尊勝東北佛頂東南大悲西南隨求西北尊勝又於四柱如法莊嚴殊特妙好名吉祥幢令百由旬無諸衰患即成結界風吹影拂土散水霑罪障消亡獲大福利眼見耳聞普皆利濟次復周圍懸繒旛蓋寶扇白拂布列位次其於(檀法聖衆位次别在教文從師禀受)阿伽香水妙花燈塗飲食湯藥種種果味及餘物等以法淨除勿令觸穢莊嚴若了手執香爐右遶道場遍以觀照不周

備處重添安排莊嚴事畢與諸弟子香湯洗浴著新淨衣出外中庭如法掃灑香泥塗地如法莊嚴名三昧耶壇（是與弟子及鬼神受戒壇也）於道場外敷淨薦褥嚴整威儀作禮三拜面東胡跪手執香爐作啓請法

啓告十方一切諸佛般若菩薩金剛天等及諸業道無量聖賢我今以大慈悲乘佛神力召請十方盡虚空界三塗地獄諸惡趣中曠劫飢虚一切餓鬼閻羅諸司天曹地府業道冥官婆羅門仙久遠先亡曠野冥靈虚空諸天及諸眷屬異類鬼神唯願諸佛般若菩薩金剛天等無量聖賢及諸業道願賜威光悲增護念普願十方盡虚空界天曹地府業道冥官無量餓鬼多生父母先亡久遠婆羅門仙一切寃結負於財命種種類族異類鬼神各及眷屬乘如來力於晨朝時（日沒時亥時諸天衆歡喜降臨作法驗爾）決定降臨得受如來上妙法味清淨甘露飲食充足滋潤身田福德智慧發菩提心永離邪行皈依三寶行大慈心利益有情求無上道不受輪迴諸惡苦果常生善家離諸怖畏身常清淨證無上道如是三白啓告已竟即以香華燈塗運心供養諸佛般若菩薩金剛天等無量聖賢及諸業道唯願慈悲降臨攝受微分供養禮三拜已承迎聖衆入於壇內右遶三帀還復面東作禮聖衆即以香華燈塗種種法事供養次即發露已身所有罪咎懺悔已竟還禮聖衆即以塗香戒度塗掌（運心入觀）方可作法次結破地獄印二羽金剛拳檀慧而相鈎進力竪側合心想開地獄三誦三掣開眞言曰

娜謨阿瑟吒二合試帝南三弭也二合三没馱俱胝南唵引惹鞄二合曩嚩婆細地哩地哩吽

由此印呪威力故所有諸趣地獄之門隨此印呪豁然自開

次結召請餓鬼印左羽作無畏相右羽向前竪四度微曲進度鈎召眞言曰

唵引[口*爾]曩[口*爾]迦噎呬曳二合呬娑嚩二合賀

既召請已普皆雲集以慇念心讚歎慰喻令歡喜已渴仰於法

次結召罪印二羽金剛縛忍願伸如針進力曲如鈎召罪眞言曰

唵引薩嚩播跛羯哩灑二合拏尾戍馱曩嚩日囉二合薩怛嚩二合三摩耶吽弱入聲

次結摧罪印　八度内相叉　忍願如前竪

摧罪眞言曰

唵嚩日囉二合播抳尾娑普二合吒耶一薩嚩播野滿馱曩纈二鉢囉二合謨乞叉二合耶三薩嚩播耶誐底毘藥二合四薩嚩薩怛嚩二合五薩嚩怛他誐多六嚩日囉二合三摩耶七吽八怛囉二合吒九

次結定業印二羽金剛掌進力屈二節禪智押二度淨業眞言曰

唵嚩日囉二合羯麼一尾戍馱野二薩嚩嚩囉拏你三毋馱薩底曳二合曩四三摩耶吽五

次結懺悔滅罪印

二羽金剛縛　進力屈二節　禪智押二度

懺悔眞言曰

唵薩嚩播跛一尾娑普二合吒二那賀曩三嚩日囉二合野四娑嚩二合賀五

諸佛子等既懺悔已

百劫積集罪　一念頓蕩除　如火焚枯草
滅盡無有餘
次結妙色身如來施甘露印即以左羽轉腕
向前力智作聲施甘露真言曰
曩謨素嚕播耶一怛他誐哆野二怛你也二合
他三唵引四素嚕素嚕五鉢囉二合素嚕六鉢囉
二合素嚕七娑嚩二合賀八
誦真言時想於忍願上有一鑁字流出般若
甘露法水彈灑空中一切餓鬼異類鬼神普
得清涼猛火息滅身田潤澤離飢渴想
次結開咽喉印左羽想持蓮花右羽忍禪彈
作聲隨誦而彈之開咽喉真言曰
曩謨婆誐嚩帝一尾補攞誐怛囉二合野二怛
他誐多野三
語諸佛子今與汝等作印呪已咽喉自開通

達無礙離諸障難
諸佛子等我今爲汝稱讚如來吉祥名號能
令汝等永離三塗八難之苦常爲如來真淨
弟子
南無寶勝如來若有大衆時爲稱
諸佛子等若聞寶勝如來名號能令汝等塵
勞業火悉皆消滅
南無離怖畏如來准前爲稱下皆倣此
諸佛子等若聞離怖畏如來名號能令汝等
常得安樂永離驚怖清淨快樂
南無廣博身如來
諸佛子等若聞廣博身如來名號能令汝等
餓鬼針咽業火停燒清涼通達所受飲食得
甘露味
南無妙色身如來

諸佛子等若聞妙色身如來名號能令汝等不受醜陋諸根具足相好圓滿殊勝端嚴天上人間最爲第一

南無多寶如來

諸佛子等若聞多寶如來名號能令汝等具足財寶稱意所須受用無盡

南無阿彌陀如來

諸佛子等若聞阿彌陀如來名號能令汝等往生西方極樂世界蓮花化生入不退地

南無世間廣大威德自在光明如來

諸佛子等若聞世間廣大威德自在光明如來名號能令汝等獲得五種功德一者於諸世間最爲第一二者得菩薩身端嚴殊勝三者威德廣大超過一切外道天魔如日照世顯於大海功德巍巍四者得大自在所向如意似鳥飛空而無阻礙五者得大堅固智慧光明身心明徹如瑠璃珠諸佛子等此七如來以誓願力拔濟衆生永離煩惱脱三塗苦安隱常樂一稱其名千生離苦證無上道

次與汝等歸命三寶

歸依佛兩足尊歸依法離欲尊歸依僧衆中尊三說

汝等佛子歸依佛竟歸依法竟歸依僧竟三說

汝依三寶故如法堅護持

次爲汝等發菩提心汝等諦聽作金剛掌忍願如蓮葉以印心上眞言曰

唵引 冒地唧多一 毋怛跛二 二合 娜野弭三

今爲汝等發菩提心竟

諸佛子等當知菩提心者從大悲起成佛正因智慧根本能破無明煩惱惡業不被染壞

次爲汝等受三昧耶戒印以二羽縛忍願申如針眞言曰

唵引三昧耶薩怛鑁二合

今爲汝等受三昧耶戒竟從今已去能令汝等入如來位是眞佛子從法化生得佛法分

次結無量威德自在光明如來印左羽想持器右羽彈忍禪想於左羽掌中有一鑁字流出種種無量甘露法食即誦施食眞言曰

唵引薩嚩怛他誐多一嚩路枳帝鑁二婆囉婆囉三三婆囉三婆囉四吽五

語諸佛子今與汝等作印呪已變此一食爲無量食大如須彌量同法界終無能盡

復以前印誦此眞言曰

曩謨三滿多没馱喃鑁

語諸佛子今與汝等作印呪已由此印呪加持威力想於印中流出甘露成於乳海流注法界普濟汝等一切有情充足飽滿是時行者即以右羽持甘露器面向東立瀉於壇前流水中不得瀉於石榴桃樹之下鬼神懼怕不得食之若聖衆壇中明王諸天若施飲食或淨地上或大石上或所淨瓦盆亦名盂蘭盆生臺亦得或泉池江海長置生臺上是本法也若供養諸佛聖衆於上五更晨朝日出是供養時若鬼神法當於人定子時亦得人定最上本阿闍梨法若於齋時盡於一日但加持飲食水等布施飛空鳥獸水族之類不揀時節但用施之若作餓鬼施食之法當於亥時是施食時若於齋時施餓鬼食者徒設功勞終無効也不是時節妄生虛誑鬼神不得食也不從師受自招殃咎成盜法罪

諸佛子等雖復方以類聚物以羣分然我所

施一切無礙無高無下平等普遍不擇寃親令日勿得以貴輕賤倚強凌弱擁遏孤幼令不得食使不均平越佛慈濟必須互相愛念猶如父母一子之想語諸佛子汝等各有父母兄弟姊妹妻子眷屬善友親戚或有事緣來不得者汝等佛子慈悲愛念各各賫持飲食錢財物等遞相布施充足飽滿無有乏少令發道意永離三塗長越四流當捨此身速超道果又爲汝等將此淨食分爲三分一施水族令獲人空二施毛群令獲法寂三施他方稟識陶形悉令充足獲無生忍

次結普供養印作金剛合掌置印當心眞言

唵引誐誐曩三婆嚩嚩日囉二合斛

諸佛子等從來所受飲食皆是人間販鬻生命酒脯錢財血肉腥羶葷辛臭穢雖復受得如是飲食譬如毒藥損壞於身但增苦本沉淪苦海無解脫時我某甲依如來教精誠罄捨設此無遮廣大法會汝等今日遇茲勝善戒品霑身於過去世廣事諸佛親近善友供養三寶由此因緣值善知識發菩提心誓願成佛不求餘果先得道者遞相度脫又願汝等晝夜恒常擁護於我滿我所願以此施食所生功德普將迴施法界有情共諸有情同將此福盡皆迴施無上菩提一切智智勿招餘果願速成佛

次結奉送印二羽金剛拳進力二椎鉤隨誦而掣開金剛解脫眞言曰

唵引嚩日囉二合穆乞叉二合穆

佛告阿難若當來世苾芻苾芻尼烏波索迦烏波斯迦每於晨朝或於齋時及一切時常

以此法及諸真言七如來名加持飲食施諸餓鬼等修行行者當於齋時及一切時爲諸餓鬼及餘鬼神出於飲食盛淨器内候於人定加持布施無量餓鬼及餘鬼神一切時者但有淨食未曾受用留取布施便能具足無量福德則同供養百千俱胝如來功德等無差別壽命延長增益色力善根具足一切非人夜叉羅刹諸惡鬼神不敢侵害又能成就無量威德若欲能施諸餓鬼等婆羅門仙閻羅所司業道冥官及諸鬼神先亡久遠等以淨飲食滿盛一器作前印呪投於淨流水中如是作已即爲天仙美妙飲食供養俱胝恒河沙數餓鬼婆羅門仙閻羅所司業道冥官及諸鬼神先亡久遠等得加持食印呪威力各成就根本所願諸善功德各各同時發誓願言呪願施主壽命延長福德安樂又令其人心所見聞正解清淨具足善根速證無上正等菩提又同供養百千恒河沙如來功德等無有異一切寃讎不能侵害若苾芻苾芻尼烏波索迦烏波斯迦若欲供養佛法僧寶應以香花燈塗上妙飲食以前印呪加持奉獻諸佛菩薩一切賢聖歡喜讃歎種種功德恒爲諸佛憶念稱讃諸天善神常來擁護是人即爲滿足檀波羅蜜佛告阿難汝隨我語如法修行廣宣流布令諸短命薄福衆生普得見聞常修此法壽命延長福德增長是時佛説爲阿難及救拔焰口餓鬼一切衆生陀羅尼經以是名字汝當奉持一切大衆及阿難等聞佛所説一心信受歡喜奉行

瑜伽集要救阿難陀羅尼焰口儀軌經

音釋

蜫公渾切蟲總名也　蠢尺尹切蟲動貌　腕烏貫切手腕也　鑁亡敢切　膻尸連切羊臭也　葷許云切臭菜也

佛說蟻喻經

聖觀自在菩薩不空王秘密心陀羅尼經

宋西天三藏朝奉大夫試光祿卿傳法大師施護等奉詔譯

清刻龍藏佛説法變相圖

二經同卷

佛說蟻喻經

聖觀自在菩薩不空王秘密心陀羅尼經

佛說蟻喻經

宋西天三藏朝奉大夫試光祿卿傳法大師施護奉　詔譯

爾時世尊放大光明普照耀已告苾芻衆言汝等當知於一時中有諸蟻聚夜中出煙晝日火然有一婆羅門見是事已乃作是言若有執持快利刀者必能破散其聚如是言已次復見一大龜其婆羅門亦作是言若有執持快利刀者必能破壞次見諸水母蟲次見一水蛭蟲次見諸阿西蘇那蟲次見一大蛇次見一挼陀鉢他蟲次見一昝哥嚩吒蟲其

婆羅門見彼諸蟲已皆如前言最後見一大龍婆羅門言如我所見其事云何唯佛世尊悉能了知即時往詣一苾芻所具陳上事復言苾芻汝以此事爲我問佛使我疑心而得開曉如佛所說我當憶持何以故苾芻我不見彼天人世間沙門婆羅門衆中有以此義能問佛者是故不能使諸疑心而得開曉時彼苾芻即如其言來詣我所到已禮足退住一面具陳上事已復發問言如婆羅門所見蟻聚其事云何夜中出煙晝日火然此復云何又見大龜水母蟲水蛭蟲阿西蘇那蟲大蛇挼陀鉢他蟲咎哥嚩吒蟲大龍此等所見皆是何相即彼婆羅門復是何人何故名爲利刀破散願佛爲說諸苾芻我時謂彼苾芻言其蟻聚者即是一切衆生五蘊聚身夜中出煙者即是衆生起諸尋伺晝日火然者即是衆生隨所尋伺起身語業大龜者即是五障染法水母蟲者即是忿恚水蛭蟲者即是慳嫉阿西蘇那蟲者即是五欲之法蛇者即是無明挼陀鉢他蟲者是疑惑咎哥嚩吒蟲者是我慢龍者即是諸阿羅漢婆羅門者即是如來應供正等正覺快利者即是有智之人刀者即是智慧破散者即是發起精進勝行諸苾芻於汝意云何彼所見相以要言之即是一切衆生五蘊聚身羯邏藍等父母不淨之所出生四大合成虛假色相麤惡劣弱積集苦惱畢竟破壞而諸衆生不能覺知於晝夜中起諸尋伺而身語業不善施作五障煩惱之所覆蔽耽著五欲增長無明生我慢心於諸聖法疑惑不決忿恚慳嫉念念發起

不求解脱是故如來應供正等正覺欲令諸有智者發精進行修習智慧斷諸煩惱趣證聖果汝諸苾芻已盡諸漏證阿羅漢果故說如龍復次諸苾芻過去未來諸佛世尊悲愍利樂一切衆生欲令斷諸煩惱趣證聖果爲諸聲聞廣説是義我於今日亦如諸佛乃以此緣爲汝宣說汝諸苾芻憶念是事當於曠野空舍山間樹下巖穴菴室諸寂靜處諦心思惟觀察是義無令放逸生退轉心亦復轉爲他人開示教導普令修習得大利樂爾時世尊爲諸苾芻如是說已而諸苾芻皆悉信受

佛説蟻喻經

聖觀自在菩薩不空王秘密心陀羅尼經

宋西天三藏朝奉大夫試光祿卿傳法大師施護等奉　詔譯

如是我聞一時世尊在補陀落迦山聖觀自在菩薩宮中彼有無數大娑羅樹多摩羅樹瞻波迦樹阿輸迦樹阿提目多迦樹如是等種種寶樹而爲嚴飾與大苾芻衆一百八十萬菩薩九十俱胝那庾多百千復有自在大自在等諸梵天子及無數百千淨光天子如是等衆恭敬圍繞聽受說法爾時聖觀自在菩薩摩訶薩從座而起偏袒右肩右膝著地向佛合掌恭敬頂禮熈怡微笑前白佛言世尊我有陀羅尼名不空王是秘密心乃往過去九十一劫之前我於普觀世界觀自在王如來所親從聽受時彼如來爲無數百千諸梵天子并淨光天子衆教授阿耨多羅三藐三菩提法我於爾時證得不空智等百千三摩地門世尊若諸方處有此秘密心陀羅尼宣通流布當知是處有大自在等一萬二千天子密作衛護是處即同有諸佛塔應當尊重恭敬供養又若有人以此不空王秘密心陀羅尼廣流布者當知是人已於無數俱胝那庾多百千佛所深種善根又若有人暫得聞此陀羅尼者是人設復謗佛謗法及謗菩薩聲聞緣覺等諸賢聖廣造如是極重罪業當墮阿鼻地獄者若能志心於一日中清淨不食依法持誦此陀羅尼如是等罪皆得銷滅又若有人患諸瘧病若一日二日乃至七日或復眼痛耳痛鼻痛頭痛或復疥癩瘡癬癰疽腫疱及爲一切非人邪鬼執魅持捉禁縛打擲呪咀期剋邪說惑亂以要言之總集

一切身病心病乃至夢中見不祥事者以此陀羅尼加持力故悉得銷滅無能爲害世尊又復若諸刹帝利婆羅門吠舍首陀如是等族姓中設有諂誑心者於此陀羅尼亦許聽受書寫讀誦乃至一切傍生異類亦應爲彼念此陀羅尼令其得聞聞已隨應皆獲利益況復有諸發生清淨信解心者苾芻苾芻尼優婆塞優婆夷志心聽受此陀羅尼耶又復有人若於此陀羅尼秘密章句諦心思念時應當離諸過失所謂不謗不讚不生疑惑起離我心無久近心無造作心無染汚心無高下心住如是心作念佛觀彼人即於十方各見千佛爲現其前世尊若諸白衣舍中有是陀羅尼經處若主若僕見是經已設生輕易或復戲笑以我威神力故令其自然得聞此陀羅尼聲世尊譬如有人取栴檀香或復龍腦或復麝香持以敲打或復剉斫又以呪詞而爲呪咀復於麤獷石上而以研磨用塗身分或有人言勿須敲打剉斫呪咀研磨栴檀等香既塗身已其香常在世尊我此不空王秘密心陀羅尼亦復如是設或有人雖生輕易或復戲笑乃至無誠實心但能供養此陀羅尼者彼人以是供養善根力故世世所生常得戒定慧等諸蘊具足妙香芬馥復次若有苾芻苾芻尼優婆塞優婆夷等欲受持此不空王秘密心陀羅尼時應於白月八日依法安布壇場供養行人當須清淨不食以無緣心誦此秘密心陀羅尼七遍是人當得二十種功德一者當於富貴中生二者生已所有宿世業病速得銷滅三者常得身肤細滑

妙好諸根隱密人所愛樂四者得大財利五者所有財寶不爲盜取六者所有財寶不爲火焚水溺七者常得田疇增廣八者其田稼穡不爲雷雹損傷九者其田不爲惡雨霖澍十者色力精神無所損耗十一者常得一切衆生尊重愛樂十二者不爲一切怨對所怖十三者設有怨對速疾除解十四者不爲一切非人所怖十五者不爲惡病纏縛十六者不爲拏枳你怖十七者遠離一切煩惱等事十八者不於水火刀兵毒害中死十九者在處常得諸賢聖等密作衛護二十者在在所生常得不離慈悲喜捨如是名爲二十種功德復次世尊若有持誦此陀羅尼者別得八種善相一者臨命終時我作苾芻相爲見其前二者臨命終時目不動亂身心安隱三者臨命終時手不拏空足不蹴地亦無大小便利穢汚狼藉四者不覆面死五者臨命終時安住正念六者臨命終時不離善友七者命終已後諸佛剎中隨願往生八者當生獲得無盡辯才如是名爲八種善相復次世尊若有人能清淨不食遠離五辛一切葷雜於日三時中念此陀羅尼三遍一切所求皆得成就又若有人隨應得聞此不空王秘密心陀羅尼正法已若能斷諸慳嫉除去一切垢染發清淨心尊重歸命秘密護持者是人當得墮菩薩數善爲衆生作大饒益畢竟當成佛菩提果世尊此言菩提者即是正慧薩埵者即是方便若得如是慧及方便二法具足即能爲衆生作饒益事爾時聖觀自在菩薩摩訶薩復白佛言世尊我今樂欲於如來前宣

說所有秘密心陀羅尼普令會中四衆得聞
利益安樂及餘一切作罪業者亦獲善利佛
告聖觀自在菩薩摩訶薩言清淨大士汝應
善說今正是時如來今日亦當隨喜乃至後
末世中與修菩薩乘者爲善依怙是時聖觀
自在菩薩欣然舉目瞻仰世尊前白佛言此
會諸菩薩衆應善諦聽復當歸命此解脫輪
能與多人利益安樂悲愍世間善作一切大
利樂事我今宣說此陀羅尼我先歸命過去
未來現在三世善住諸佛菩薩及彼三世一
切聲聞緣覺又復歸命無量光如來應供正
等正覺歸命慈氏等諸菩薩摩訶薩歸命大
智舍利子等諸阿羅漢即說陀羅尼曰
那謨引囉怛那二合怛囉二合夜引野一那莫阿
引哩也二合引嚩路吉帝引說囉引野二冐地

薩埵引野摩賀引薩埵引野三摩賀引哥嚕
尼哥引野四伊毗踰二合引那莫塞訖哩三合埵
引五壹唐阿引哩也二合引縛路引吉帝引說囉
目枯引捺儗二合引蘭被二合引六阿謨引伽播引
商那引摩紇哩二合捺煬七怛他引誐多三目
珂婆引始檐八摩訶怛波哩沙二合那末提引
阿訶彌那引泥引摩引嚩哩多二合曳沙曳二合
九悉舁亭羊切覩彌引薩哩嚩二合哥引哩也二合
引尼薩哩嚩二合婆曳數左彌引十犖力角切下同叉
引婆嚩覩十一怛鞞寧也切他引十二唵引左囉左
囉十三唧哩唧哩十四徂嚕徂嚕十五摩賀引哥引
嚕尼哥十六悉哩悉哩十七唧哩唧哩十八尾哩尾
哩十九摩賀引鉢訥摩二合訶薩多引二合野二十葛
羅葛羅二十一枳里枳里二十二酤嚕酤嚕二十三
摩賀引戍馱薩埵引野二十四沒馺亭夜切沒馺

二十五駄引嚩駄引嚩二十六枳尼枳尼二十七囉
摩戍駄薩埵引野二十八葛囉葛囉二十九枳哩
枳哩三十酤嚕酤嚕三十一摩賀引塞他二合摩鉢
囉引二合鉢多引二合野三十二左羅左羅三十三
左羅三十四尾左羅三十五伊吒吒伊吒吒三十六
娑囉娑囉三十七毗哩毗哩三十八部嚕部嚕三十
九伊係曳引二合呬摩賀引哥引嚕尼哥四十摩
賀引鉢輸鉢底四十一尾引沙駄囉四十二薩囉
薩囉四十三嚩囉嚩囉四十四波囉波囉四十五嚩
囉嚩囉四十六訶囉訶囉四十七賀引賀引四十八係
引係引四十九呼引呼引五十唵引哥引囉五十一沒
囉二合賀摩二合尾沙駄囉五十二駄囉駄囉五十三
提哩提哩五十四度嚕度嚕五十五多囉多囉五十
六薩囉薩囉五十七波羅波羅五十八嚩囉嚩囉
五十九囉濕彌二合設多薩訶薩囉二合六十鉢囉二合

底曼尼多設哩引囉六十一入嚩二合羅入嚩二合
羅六十二多波多波六十三娑誐鍐六十四蘇引摩
六十五阿引禰爹六十六野摩六十七嚩嚕拏六十八
酤尾引囉六十九沒囉二合賀摩二合七十印捺囉二合
七十一哩施七十二泥引嚩誐拏引毗野二合哩唧
二合多左囉拏七十三蘇嚕蘇嚕七十四祖嚕祖嚕
七十五母嚕母嚕七十六薩那怛酤二合摩引羅七十
七嚕捺囉二合嚩引薩嚩七十八尾瑟拏二合七十九
達那捺八十哩施八十一尾那引野葛八十二末虎
尾尾駄尾引沙駄囉八十三駄囉駄囉八十四提
哩提哩八十五度嚕度嚕八十六伽囉伽囉八十七
波囉波囉八十八羅囉羅囉八十九羅虎羅虎九十
訶囉訶囉九十一摩囉摩囉九十二嚩囉嚩囉九十
三嚩囉那引野葛九十四三曼多引嚩路引吉
多尾路引吉多九十五路吉說囉摩呬四引說囉

九十六母虎母虎九十七母嚕母嚕九十八母野母
野九十九捫左捫左一百犖叉犖叉引摩摩薩哩
嚩二合薩埵引室左二合薩哩嚩二合婆曳引毗藥
二合一薩哩舞二合引波捺囉二合尾引毗藥二合二
薩哩舞二合引波薩哩詰二合引三薩哩嚩二合誐囉
二合係引毗藥四合末馱五曼馱那六多引拏
那七怛囉惹二合囉八囉引惹多塞葛二合囉引
屹那蹫三合捺哥九尾沙十設塞怛囉三合十一波
哩謨引左哥十二葛拏葛拏十三吉尼吉尼十四酤
努酤努十五左囉左囉十六印捺哩二合野末羅謨
引辟誐十七左覩囉引哩野二合薩爹三鉢囉三合
哥引設哥十八怛摩怛摩十九捺摩捺摩二十馱摩
馱摩二十一薩摩薩摩二十二摩他摩他二十三薩
摩薩摩二十四摩賀引怛謨引馱哥引囉尾達
摩那二十五沙吒播引二合囉彌多引波哩布囉

葛二十六彌梨彌梨二十七吒吒吒吒二十八陂陂
陂陂二十九姹姹姹姹三十恥恥恥恥三十一伊尼
引野左哩摩二合訖哩二合怛波哩葛囉三十二伊
係曳二合引呬四摩賀引哥引嚕尼哥三十三壹引
說囉三十四摩賀引部多誐拏畔惹葛三十五酤
嚕酤嚕三十六波羅波羅三十七葛囉葛囉三十八
葛吒葛吒三十九摩吒摩吒四十尾戍馱尾沙野
嚩引悉那四十一摩賀引哥引嚕尼哥四十二稅
引怛野倪蹫二合引波尾引怛四十三囉怛那二合
摩酤吒摩引羅引馱囉四十四薩哩嚩二合倪也
二合施囉悉託哩二合怛四十五摩酤吒摩訶訥部
二合引多四十六葛摩羅訖哩二合多葛囉多羅四十
七鞁亭夜切那那薩摩引提尾謨引剎也二合引
鉢囉二合紺必也二合四十八末呼薩埵散怛底波
哩播引左葛四十九摩賀引哥引嚕尼哥五十薩

哩嚩合二葛哩摩引二合嚩囉拏尾輸引達葛五十
一薩哩嚩合二吽引提鉢囉合二謨引左葛五十二
阿哥引囉沒哩合二怛踰合二鉢囉合二設摩那五十
三薩哩嚩合二薩埵薩摩引說引薩葛囉五十四
薩哩嚩引二合設引摩奴引囉他波哩布囉葛
五十五那謨引窣覩合二底莎引賀引五十六
大心陀羅尼曰
阿謨引伽引野莎引賀引一句
小心陀羅尼曰
何儞仁即切下同多引野莎引賀引一句
心中心陀羅尼曰
嚩囉鉢囉合二捺引野莎引賀引一句
器仗陀羅尼曰
阿波囉引儞多引野莎引賀引一句
甲冑陀羅尼曰
伊唐葛哩摩合二酤嚕那謨引窣覩合二底莎引
賀引一句
頭頂陀羅尼曰
唵引吽引惹野莎引賀引一句
髻陀羅尼曰
唵引紇哩一引塞怛賴合三路引吉也合二尾惹野
二引阿謨引伽播引設引野三鉢囉合二底訶多
紇哩引二合郝吽引發吒半音四
世尊我此陀羅尼悉能成就一切事業若常
持誦者所作剋成又若有人造五無間業彼
人若能日三時中誦此陀羅尼是諸業障悉
得清淨若欲作結界法者當以此陀羅尼加
持沉水香依法而用若欲禁止瘧病者當加
持灰水或佉禰羅木作橛依法而用若欲息
除一切病者當加持酥或油或水塗摩等用

若欲禁止迦枯哩那鬼所持病者當加持刀依法而用若欲作諸擁護法者當加持線依法而用若欲止腹痛者加持鹽水依法而飲若欲息除諸惡毒者當加持土或加持水依法而用若欲除去眼病者加持白線隨繫其耳若欲除去齒痛者加持迦囉尾囉木作齒木用又欲作結界法者當取五色線加持二十一遍以佉禰囉木作橛釘四方界然取其線絣量界分是即結界成就又欲作擁護法者當加持水或塚間灰或復淨線隨應當用若欲解諸執魅者加持五色線依法而用又欲除諸瘧病者加持白線依法而用若欲解除瘰癧及諸瘡腫者加持華撥與蜜同和塗摩等用又欲除去眼病者加持香水或甘草水或鉢羅舍葉浸水而用若欲息諸鬪戰諍訟者加持淨水洗滌其面若欲擁護王之國境無諸侵撓得強勝者當擇妙好缾器置潔淨處滿盛其水設諸供養作法者著鮮淨衣讀此陀羅尼而爲加持然後取缾中水隨處散灑即得國界安隱灾難不生人及傍生悉能衛護若欲解諸邪印者當用栴檀香末加持二十一遍點自心間即得解除若欲於自住舍作擁護者當用蓮華作護摩法若欲調伏諸難調者當用栴檀香作護摩法

復次成就法當用勝香最勝香無畏手香帝手香縛嚕尼香諾俱梨香那俱梨香畢利煬虞香多誐嚕香等幷月王藥妙喜藥輪藥大輪藥尾瑟努訖蘭多藥如上諸香藥取以和合而作一丸以此陀羅尼加持一百八遍若有人爲諸鬼神執魅怖畏或帶頂上或帶臂

上即能衛護若有女人將欲産生取前香藥碎爲其末依法加持同入水中當用澡浴即得産生勝福德子安隱無難諸不祥事皆得銷滅又復生已善作擁護離諸苦惱惡毒不生設有所生速疾除遣若初生童子欲作擁護者取前香藥丸依法加持帶其頂上即能擁護若欲禁止風雲雷雹者當取縛嚕尼樹枝入淨水中依法加持已次執其枝而用散灑世尊我此秘密心陀羅尼能作最上成就如上所説一切法用悉無不成設使持誦未精熟者亦得成就

復次宣説本尊成就法若人欲見我身求成就者當於白月十五日依法作幢以上好不雜彩色畫我形像如大自在天相頂戴寶冠鹿皮爲絡腋一切珍寶而爲莊嚴如是畫已依法安布行人當於彼幢像前以瞿摩夷作曼拏羅散諸妙華以八種香安置供養又復排設六十四種出生飲食所用清淨離諸血肉腥雜穢汚燒沉水香行人應當晝夜不食一日三時澡沐身體著新淨衣諦心專注獻供養已於幢像前念此陀羅尼一千八十遍然後諦想本尊儀相乃見自身有大熾燄行人見已心生歡喜須臾即見我身來現其前施諸所求悉令圓滿行人爾時當用雌黄或安膳那藥而用點根即能隱身亦得騰空自在證入不空智莊嚴三摩地門隨諸所欲一切所作皆得圓滿佛説此經已聖觀自在菩薩摩訶薩及餘自在大自在等梵天衆及淨光天子幷諸菩薩聲聞一切大會聞佛所説皆大歡喜信受奉行

聖觀自在菩薩不空王秘密心陀羅尼經

音釋

蛭陟栗切水蟲也　挼奴何切　羯邏藍梵語也此云凝滑羯居謁切邏郎可切　胄直又切兜鍪也　橛其月切杙也　絣補耕切以繩直物也　瘰癧瘰力果切癧音歷　撓女巧切擾亂也　憕陟孟切張畫繒也

五經同卷

清刻龍藏佛說法變相圖

五經同卷

佛說勝軍王所問經

佛說輪王七寶經

佛說園生樹經

佛說了義般若波羅蜜多經

佛說大方廣未曾有經善巧方便品

佛說勝軍王所問經

宋西天三藏朝奉大夫試鴻臚卿傳法大師施護奉　詔譯

如是我聞一時佛在舍衛國祇樹給孤獨園與大苾芻衆千二百五十人俱是時有憍薩羅國勝軍大王其王尊貴有大威德富饒自

在所居國土境界廣遠爲一切人所共尊敬其王福德久於佛法生大信重是時大王即乘寶車與諸臣從及無數百千婆羅門長者等而共圍遶以諸音樂而導其前出舍衛國詣祇樹給孤獨園佛世尊所恭敬供養聽受正法爾時大王既出城已漸向祇園其王即時遠見世尊於一樹下安詳而坐諸苾芻衆而共圍遶時王見已生大歡喜深信尊重下車去蓋合掌曲躬遥伸讚歎佛身廣大猶若金山佛身端嚴殊妙無比有大光明如百千日吉祥熾盛猶大火聚諸根調寂住奢摩他衆德莊嚴具波羅蜜三十二相八十種好圓滿具足爲人中龍人中師子人中大仙人中勝者於世間中如寶山現是時大王既讚歎已徒步而進到佛所已頭面著地禮世尊足持以寶冠寶蓋寶劒寶珠寶莊華鞋如是等物奉上世尊作如是言惟願世尊受我所施是時世尊即爲納受其王即復禮世尊足退住一面合掌恭敬而白佛言世尊願佛慈悲爲說法要使我長夜得大利樂爾時世尊而讚王言善哉善哉大王汝於如來深信尊重於佛正法愛樂趣求純善相應是大賢者如汝所言樂聞法要汝當諦聽如善作意記念修習爲汝宣說佛言大王汝統大國爲人民主常以正法而行治化於諸非法捨而不行何以故大王當知若王及臣棄背正法行非法者於現世中人所輕謗乃至身壞命終不生勝處若王及臣捨離非法行正法者於現世中人所稱讚乃至身壞命終生天界中受勝果報富樂自在天人愛敬大王譬如世人

生育一子父母憐愛猶如珍寶多設方便常令快樂其子長大亦生孝敬王心慈愛亦復如是一切人民皆如一子王所愛念猶如父母常以四法而爲攝化所謂布施愛語利行同事常行如是四種法故一切人民皆悉歸伏王以慈心觀諸人民旣如子想彼一切人亦復於王如其父母又如有人於其夢中見種種事所謂江河泉池園林華果街巷道陌處處莊嚴清淨適悅人所愛樂如是等事旣夢覺已都無所有諸世間法亦復如是皆悉如夢竟無其實如汝大王爲人中主受三種樂所謂富樂欲樂自在樂統大國城多諸所有象馬車乘金銀珍寶庫藏諸物乃至后妃眷屬諸臣僕等其數甚多富貴熾盛而無等比如是富貴雖多所有不以爲勝何以故爲顛倒法勞役其心增諸煩惱大王當知此等皆是無常滅法是不堅牢而不究竟如水聚沫而無其實是故大王於如是事如實了知於世間法常所覺了離諸煩惱修出世行又世間法如一大樹沃潤其根即生枝葉枝葉繁茂即能開華開華非久乃結果實果實成熟色香美妙人皆愛樂其樹忽爲大火所焚四面俱熾紅焰光明映蔽日月四方上下唯一火光其可愛樹悉無所有唯火光現而彼火光非久即爲大雨所滅雲雷掣電交映而出是時火聚悉無所有唯彼大雨連霔不息其雨非久亦復停止大王當知如前所說諸世間法亦復如是剎那壞滅竟無其實如王所統雖復廣大積諸所有一剎那壞其義亦然是故大王於無常法莫生常住想於有盡

法莫作無盡想念念思惟無常來侵捨世間法離諸所著修出世行增益善根大王又如四方有四大山從空而來彼山高廣一一堅牢墮於閻浮而此地中所有一切草木叢林皆悉摧滅而無有餘彼有力者不能爲救大王此諸世間有四大怖而來逼迫亦復如是一切衆生無所逃避有大力者不能爲救四怖者何一者邪行怖二者老怖三者病怖四者死怖大王邪行若生壞滅正行老怖若來壞少年相病怖若來壞安樂法死怖若來壞滅壽命大王又如師子爲獸中王若入獸群取一獸食彼所取獸何能逃避入師子腹滅無有餘大王無常大力於諸衆生亦復如是大王諸世間人將趣命終先染病苦如中毒箭氣力劣弱筋骨肢節皆悉疼痛皮肉乾枯手足戰動穢惡流溢眼耳鼻舌身等諸根不能發識諸境不現唯見自造不善業境現在其前生大怖畏無所依怙誰爲救者父母眷屬徒共圍繞名醫良藥不能爲療上味飲食不能食噉於念念中起無常怖彼出入息漸漸微細如是病怖方始起心念作善業微出其聲告父母言我今大怖惡境現前壽命將斷父母爲我作諸利益施佛及僧願垂救護如是言已於剎那間其命即斷此處既謝他處復生隨自作業受諸果報大王當知世間衆生若善不善若勝若劣從自因生果無所失作善業者是所歸趣是所依怙臨命終時不生怖畏此處緣謝生於他處受勝果報是故大王汝今應當捨世間法離諸染著修出世行趣善法門於念念中作無常想若如是

者於善法中乃名精進復次大王如世間人入大火聚須以方便即能息滅處熱惱中須假清凉而方醒寤受飢渴時假以飲食方能救濟染病苦時假以良藥即能除愈於危難中得有力者諸善知識乃脱諸難受貧困時得大財寶方能拯濟入戰陣時須被勇猛堅固鎧甲方得戰勝於一切處無依無怙孤獨苦惱得其親友方爲依止大王出世善法亦復如是於諸世間同彼上説飲食良藥親友等類能爲依止能爲救護大王若人不修出世善法都無所託臨命終時自生怖畏誰爲救者捨此報已自受其苦誰爲拯拔以是事故我如實説大王速疾於世間法捨諸常見作無常想捨堅執見作破壞想如水聚沫而無其實當念修行出世善法自所作已轉勸他人如是乃得於善法中名爲精進大王當觀自身無有少樂可得雖復具有種種上味精妙飲食而爲資養未曾一時有飢渴失如是暫能資持命根彼壽報盡即時散壞歸無常法大王復觀自身雖有種種上妙寶衣衆莊嚴具乃至種種庫藏諸物無所乏少象馬車步四兵具足其數甚多無與等者彼壽報盡悉歸無常復次大王如世間人有大財富於日日中潔淨澡沐香油塗身復以諸妙上服莊嚴衆妙華鬘及彼眞珠瓔珞耳璫環釧如是等物而嚴飾已處於寶座富貴自在威德特尊與諸眷屬而共圍遶奏百千種殊妙音樂妙寶樓閣處處皆爇栴檀沉水等諸妙香常有百千内外親族恭敬讃歎雖復如是富貴自在壽報盡時即生苦惱一切眷屬徒

共圍遶悲惱啼泣當於爾時一切所有不能守護既命盡已內外親屬所共圍遶至屍陀林所有遺體各各離散皮肉筋骨分其異處有諸蟲鳥而來帀食彼食盡已此虛妄身悉無所有大王以是緣故諦觀世間如水聚沫有何堅實以是無常不究竟法起常想者是爲顛倒諸有漏法念念壞滅我觀是事深可悲愍是故大王當須速捨諸世間法常念修行出世間法何以故大王當知彼生滅法皆由無明爲因緣故所謂無明緣行行緣識識緣名色名色緣六處六處緣觸觸緣受受緣愛愛緣取取緣有有緣生生緣老死憂悲苦惱如是即一大苦蘊集若無明滅即行滅行滅即識滅識滅即名色滅名色滅即六處滅六處滅即觸滅觸滅即受滅受滅即愛滅愛滅即取滅取滅即有滅有滅即生滅生滅即老死憂悲苦惱滅如是即一大苦蘊滅是故生滅相續輪轉無有窮盡皆是無明爲因生故由此即有貪等諸法若滅無明貪等不生貪等既滅正行得起離諸過失此即名爲出世間法復次大王世間一切所緣境界若得若失若決定不決定若可愛不可愛貪心生起無所猒足是爲大失若於聖道出世間法愛樂希求無猒足者乃爲正行是大利益爾時世尊說伽陀曰

大王今當知　彼死法極惡　能斷人壽命
及破壞諸蘊　斯爲大怖畏　世皆非愛樂
彼死法若來　普徧於一切　虛空幷大海
深宂與高山　大地及諸方　無處可逃避
唯諸有智者　安住眞實法　即堅固無動

一切不能壞　壽報未盡時　當發大精進
廣修衆善因　勤行諸梵行　由善根力故
得至涅槃界　至涅槃界已　能遠離死怖
爾時憍薩羅國勝軍大王聞佛世尊以諸方
便善巧譬喻說妙法已歡喜踊躍恭敬讚歎
頂禮佛足迴復王宮佛說此經已諸大苾芻
衆聞佛所說皆大歡喜信受奉行

佛說勝軍王所問經

佛說輪王七寶經

宋西天三藏朝奉大夫試鴻臚卿傳法大師施護奉　詔譯

如是我聞一時佛在舍衛國與大苾芻衆俱是時佛告諸苾芻言汝等當知有刹帝利大灌頂王已受灌頂得輪王位威德自在人所尊重出現世間其王出時有七寶現何等爲七所謂輪寶象寶馬寶主藏臣寶主兵臣寶摩尼寶女寶如是七寶隨王出現何名輪寶所謂千輻金輪最上殊妙諸相圓滿有大威力其金輪寶從空而下住王宮門是時彼刹帝利大灌頂輪王見是輪寶出已心大歡喜即告侍臣言汝今速嚴四兵當出遊幸是時侍臣受王命已即嚴四兵既嚴整已即詣王所而白王言四兵已嚴王出遊幸今正是時爾時彼刹帝利大灌頂輪王即從座起整其衣服出於宮門彼千輻輪導於王前從王右手順次而轉是時彼王遊於四海於少時間即還王宮以其輪寶功能勝故諸苾芻此名刹帝利大灌頂輪王出時第一輪寶出現

復次諸苾芻彼刹帝利大灌頂輪王出時復有象寶出現其相殊妙純白無雜猶如大龍七處具足圓滿而住從於北方乘空而來住王宮門是時臣僚見是事已即馭王所具以其事而白於王彼大灌頂輪王見是象寶出已心大歡喜內自思惟甚爲賢善最大殊勝我有所用而必當取是時彼王謂諸臣言象寶出現汝等宜應專勤守護備吾所用是時侍臣受王命已於長時中專勤守護善巧調習無少損失備王所用佛告諸苾芻往昔有刹帝利大灌頂輪王出世是時亦有象寶出

現其王於晨朝時乘彼象寶遊於四海即時還宮汝等當知象寶有是勝妙功能諸苾芻此名大灌頂輪王出時第二象寶出現

復次諸苾芻大灌頂輪王出時復有馬寶出現其數有四諸分圓滿而各有其上妙色相所謂青黃赤白項頸妙好猶如謨囉行步迅疾而復調善是四馬寶出現宮門爾時臣僚見是馬寶希有妙好即馭王所彼大灌頂輪王見是四馬寶已心大歡喜內自思惟馬寶出現甚爲賢善我有所用必當如意彼大灌頂輪王而復宣言汝等諸臣於長時中當勤守護善巧調習我有所用而必當取是時臣僚受王命已長時守護備王所用諸苾芻往昔有大灌頂輪王出世是時亦有馬寶出現其王於晨朝時乘是馬寶遊於四海即復還宮汝等當知馬寶有是殊勝功能諸苾芻此名大灌頂輪王出時第三馬寶出現

復次諸苾芻輪王出時復有主藏臣寶出現是時有大寶藏堅牢具足大財大富彼臣所主時主藏臣即詣王所作是白言有大寶藏一切殊妙珍寶具足所謂金等一切寶物王有所用我當授王一切如意無少闕失是時輪王見是主藏臣寶出已心大歡喜又聞其言金等諸寶一切具足獲大如意時王即謂彼主藏臣寶言汝今有如是色相神通威力能主地中廣大伏藏金等諸寶一切具足觀如是事甚爲希有最上賢善汝善主持我有所欲汝當供給餘非欲者亦善主持諸苾芻汝等當知此地伏藏人所不見非人即見輪王出時有主藏臣而自出現爲王守護一切

供給此名輪王出時第四主藏臣寶出現

復次諸苾芻輪王出時復有主兵臣寶出現是時彼臣有大智略勇猛威德大力色相一切具足善御兵衆護王國界不令侵擾時主兵臣詣於王所白如是言大王當知我善主兵守護王境若時非時諸有所作當如王意無少闕失是時彼王見是主兵臣寶出現已心大歡喜即謂彼言汝今有大智略勇猛威德大力色相若時非時一切能作善御兵衆守護國界甚爲賢善汝當長時親輔於我諸有所爲汝善方便汝今於王是大守護諸苾芻此名輪王出時第五主兵臣寶出現

復次諸苾芻輪王出時復有大摩尼寶出現彼摩尼寶最上色相妙好殊勝有大光明圓滿具足其光廣大普照一切有大功能於王宮中若有是寶而彼夜暗非燈所照寶出光明自然照曜猶如日光諸苾芻往昔有大輪王出世是時亦有大摩尼寶出現有大光明彼王爾時欲驗其能即勑臣僚速嚴四兵當於夜分出遊園林是時臣僚受王命已即嚴四兵速詣王所白如是言四兵已集王出遊幸今正是時爾時彼王即以大摩尼寶置旌旗上引導王前於夜分中出遊園林其寶光明照一由旬其王四兵皆悉光明互相映耀如天光明等無有異諸苾芻此名輪王出時第六大摩尼寶出現

復次諸苾芻輪王出時復有女寶出現最上色相諸分圓滿妙好第一諸世間人無有等者輕妙柔軟如幹唧梨身諸毛孔出諸妙香譬如盛香寶器於一切時香氣常在又復女

寶所有出入之息一一皆如青蓮華香人所愛樂如王所行女寶從後諸有所作適悅自在性行貞正不受邪染常出愛語人所樂聞面有光明人所喜見諸苾芻此名輪王出時第七女寶出現

佛告諸苾芻如是名爲輪王出時七寶出現汝等當知如來應供正等正覺出時宣說七覺支法何等爲七所謂念覺支擇法覺支精進覺支喜覺支輕安覺支定覺支捨覺支如是名爲七覺支法唯除如來應供正等正覺出世宣說如前七寶亦復如是唯除大灌頂輪王出時其寶出現汝等當知如來所說七覺支法令諸衆生如理修行一切皆得安樂利益汝等當勤如是修學

佛說輪王七寶經

佛說園生樹經

宋西天三藏朝奉大夫試鴻臚卿傳法大師施護奉　詔譯

如是我聞一時佛在舍衛國祇樹給孤獨園與苾芻衆俱是時佛告諸苾芻言汝等當知彼三十三天中有一大樹名爲園生其樹盤根及五由旬高百由旬所有枝葉覆五十由旬彼天子衆依時往彼樹下遊觀其樹即生半努鉢羅舍時諸天子見是事已即生歡喜適悅快樂其後非久復生尸囉拏鉢羅舍諸天子衆依時往彼遊觀轉增適悅快樂又復非久即生寶網以覆其上而爲莊嚴彼天子衆依時往彼樹下遊觀轉復增於適悅快樂又復非久生叉囉迦彼天子衆依時往彼樹下遊觀見是事已轉復增於適悅快樂又復非久生俱砧摩羅迦彼天子衆依時往彼樹下遊觀轉復增於適悅快樂又復非久生迦迦寫彼天子衆依時遊觀轉增適悅又復非久彼園生樹滿樹開華其華清淨異香殊妙微風吹動其香馥郁五十由旬大風所滿百由旬復有殊妙光明照於八十由旬其樹既開華已彼天子衆見樹開華轉倍於前生大快樂於夏四月居其樹下適悅娛樂佛告諸苾芻汝等當知彼園生樹有如是事妙華異香人所愛樂諸聲聞人亦復如是彼樹初生半努鉢羅舍時即如聲聞人初發信心出家向道復次彼樹生尸囉拏鉢羅舍時即如聲聞人剃除鬚髮被袈裟衣成聲聞相復次彼樹生寶網時即如聲聞人猒離諸欲捨不善法遠離種種思惟分別獲得初禪離生喜樂定復次彼樹生叉囉迦時即如聲聞人外相

善寂内心靜住離諸思惟定心一想獲得二禪定生喜樂定復次彼樹生俱砧摩羅迦時即如聲聞人離諸喜愛身得輕安適悦妙樂獲得第三禪離喜妙樂定復次彼樹生迦迦寫時即如聲聞人斷除一切憂苦喜樂住平等心獲得第四禪捨念清淨定復次彼樹開敷妙華異香徧聞人所愛樂時即如聲聞人諸漏已盡非漏隨增證無學果不受後有人天瞻敬受大供養同彼華開其事如是佛告諸苾芻汝等當知彼三十三天諸天子衆各各色相殊異嚴好種種莊飾居善法堂集會圍繞聽受帝釋天主宣説妙法汝諸苾芻各獲果證清淨圓滿梵行具足一切見敬圍繞世尊聽受妙法同彼天衆亦復如是爾時諸苾芻聞佛宣説園生樹已各各心生歡喜踊躍信受奉行

佛説園生樹經

佛說了義般若波羅蜜多經

宋西天三藏朝奉大夫試鴻臚卿傳法大師施護奉　詔譯

爾時世尊告尊者舍利子言汝今當知諸有菩薩摩訶薩樂欲修習般若波羅蜜多相應行者當於諸法如實了知諸有所作離一切相是時尊者舍利子合掌恭敬前白佛言世尊如世尊言諸有菩薩摩訶薩樂欲修習般若波羅蜜多相應行者云何了知諸法自性於諸所作云何離相佛言舍利子若諸菩薩摩訶薩樂欲圓滿相應勝行及於諸法離所作相者當了諸法住無所住即能圓滿相應勝行復次舍利子若諸菩薩摩訶薩於諸法中行施行者無能施無所施施無所得若如是者即能圓滿施波羅蜜又復修習諸戒法者無能持無所持無起作若如是者即能圓滿戒波羅蜜又復修習忍辱法者於諸法中無所動轉離諸起作若如是者即能圓滿忍波羅蜜又復當於相應行中精進修習若身若心無有懈倦無起作相若如是者即能圓滿精進波羅蜜又復於諸法中無有散亂離所得相若如是者即能圓滿定波羅蜜舍利子若諸菩薩摩訶薩樂欲安住般若波羅蜜多相應者應當圓滿四念處四正斷四神足五根五力七覺支八正道法又復觀想空三摩地無相三摩地無願三摩地四禪定法四無量法四無色定法八解脱法九先行法九想法何名九想所謂内法想尾布野迦想離赤想離青想尾佉禰多想無住想離散想無熱惱想離飲食想如是名爲九想法又復念佛想念法想念僧想念戒施天等想離煩惱

想念生滅想念無常苦無我等想念諸世間不究竟想念苦智想集智想滅智想道智想盡智想無生智想法智想無我智想和合智想如實智想語言分別想離語言分別想未知當知根想已知根想具知根想不淨想清淨想奢摩他毗鉢舍那想三明想四了知想四無畏想五神通想六波羅蜜想七種住心想八大人法想九衆生住想如來十力想十八不共法想大慈想大悲想乃至一切智智想於如是等法當作如是想又復諸菩薩摩訶薩樂欲圓滿一切智一切種智者當於般若波羅蜜多如實觀想又復若欲圓滿道相智一切相智了達一切衆生心行相等斷除一切衆生諸雜染者應當修習般若波羅蜜多相應勝行舍利子如我上說諸法想門菩薩摩訶薩當如是學爾時尊者舍利子復白佛言世尊諸菩薩摩訶薩修般若波羅蜜多者當斷何法佛言舍利子修般若波羅蜜多者應當斷除十種疑惑何等爲十所謂自性疑無性疑諸法差別疑毀謗疑一法疑多法疑同異疑上品疑如名疑如名義疑此等諸疑應當除斷若如是者即菩薩摩訶薩於一切相悉無所觀以相無所觀故名亦無所觀般若波羅蜜多亦無所觀諸行無所觀色無所觀受想行識皆無所觀何以故色自性空以離性故色體即空離色無別空空體即色離空無別色是義云何名分別色舍利子當知色法自性不生不滅非染非淨彼名自性亦非緣法離諸疑惑無所從來亦無所住如實所生離三際故色法如是受想行識亦復

如是是故菩薩摩訶薩於諸名相皆無所觀
以無所觀故而無所入無所入者即能圓滿
般若波羅蜜多相應勝行

佛說了義般若波羅蜜多經

佛說大方廣未曾有經善巧方便品

宋西天三藏朝奉大夫試鴻臚卿傳法大師施護奉 詔譯

爾時有菩薩摩訶薩其名大意於衆會中即從座起嚴整衣服合掌恭敬頂禮佛足前白佛言世尊諸修菩薩行者於五欲境作何方便取而不著雖復常行無所障礙爾時佛告大意菩薩言善哉善哉大意汝名最上見最上義能於衆中問如是事諸修菩薩行者未來世中於諸佛所深種善根如是名爲善巧方便即得諸佛共所建立是時大意菩薩復白佛言世尊諸修菩薩行者未來世中云何於諸佛所深種善根唯願世尊利樂一切衆生廣爲宣說佛言善男子汝今諦聽當爲汝說若有人行少分施能起增上廣爲一切衆生最勝善心所獲功德迴向一切衆生如是善利無有窮盡譬如天雨降霔大海一一水滴數不可知相續流注無有窮盡行布施者善巧迴向一切衆生所有功德亦復如是資諸善法展轉增勝亦復無盡乃至成佛衆善圓滿復次大意若復有人見有曼拏羅處施以一香作是施時當起是意普願一切衆生得最上戒香具足一切樂具皆得如意若施一華普願一切衆生當於天上人間平等受大供養若施一燈普願一切衆生開諸盲目消除瞑暗得大明照如日月光若施塗香而用塗飾普願一切衆生當得真金色相天香塗飾若施衣服普願一切衆生慚愧具足離諸過失若施摶食普願一切衆生得天甘露食復得最上法甘露味快樂具足若施鈴鐸普願一切衆生皆得最上清妙梵音聞者適

悅若施傘蓋普願一切衆生離風雨難得大清涼普覆一切若施幢旛普願一切衆生身如朗月清淨潔白光明普照盡諸世間人所愛樂若施寶拂普願一切衆生離諸塵垢身得清淨有大名稱最上吉祥所應具足若施諸莊嚴具普願一切衆生當得一切佛功德寶聖莊嚴具若施歌樂普願一切衆生得勝耳根常聞諸佛妙好音聲若施船舫騎乘普願一切衆生得最上乘又復隨諸衆生有所愛樂而悉施與得童子相柔軟妙好受天快樂諸所施作適悅自在若施栴檀香普願一切衆生得三十二大丈夫相具足莊嚴乃至無見頂相常出妙香若施座具普願一切衆生受天富樂一一當處最上最勝大金剛座若施卧具普願一切衆生當得最上歡喜適悅若施僧坊舍宇普願一切衆生住天悅意妙寶樓閣四種神足悉得圓具若施空地普願一切衆生當得安住勝妙十地速至最上圓滿佛地若施眷屬普願一切衆生當得世間天人阿脩羅等常所侍衛堅固不壞最上最勝諸所施作而無等比若施醫藥普願一切衆生離諸病苦如大藥樹當得金剛不破壞身一切莊嚴常得最上適悅快樂若施明鏡普願一切衆生如月光明普照一切若施缾器普願一切衆生得大賢缾灌注法水普潤一切若施園林樹木普願一切衆生身如劫樹若施酥酪普願一切衆生得最上樂味若施甘美等物普願一切衆生得最上可愛輕安樂味又復諸修菩薩行者若見一切男女奴婢當起是意普願一切衆生悉當遠離

恩愛纏縛憂惱等苦一一皆獲自在快樂若見苦境當起是意普願一切衆生得離諸苦解脱自在與諸佛等若於一切衆生作父母師長阿闍梨想恭敬尊重於當生中天上人間若沙門婆羅門等諸所生處諸根調伏離一切苦若處五欲樂時當起是意普願一切衆生如所樂欲悉得如意一切皆具菩薩勝行若澡沐時當起是意普願一切衆生離諸塵垢清淨無染與諸佛等若入園林寺舍及諸方處當起是意普願一切衆生得入最上解脱法門若出一切方處當起是意普願一切衆生出輪迴際住安樂法若飲食時當起是意普願一切衆生離諸惡趣斷飲食想若處眷屬中當起是意普願一切衆生遠離鬪諍互相愛敬爲善知識慈和平等若開户時

當起是意普願一切衆生開解脱門咸得趣入若閉户時普願一切衆生閉惡趣門不復趣進若履道路時當起是意普願一切衆生如理修行順趣正道若乘船舫騎乘當起是意普願一切衆生乘最上乘登正覺道若有所過度時當起是意普願一切衆生出過地獄等若不復趣入若有一切常語論時當起是意普願一切衆生正念現前諸法圓滿若見有人起忿怒時即生歡喜作如是意普願一切衆生當息一切毒害忿怒遠離魔嬈若有宣説善法語言當起是意普願一切衆生得諸佛智辯才無礙若處戲笑歌樂讃詠當起是意普願一切衆生常大歡喜受諸富樂自在適悅若睡眠時當起是意普願一切衆生起最上心出離無智塵暗淤泥諸有所作

得佛建立住圓滿智若經行時當起是意普願一切衆生常得履諸聖道爾時大意菩薩聞説是法生大歡喜復白佛言善哉世尊善説此法能令一切修菩薩行者所有身語意業如善所作常得諸佛共所攝受所有惡趣一切衆生得佛救度世尊於後末世修菩薩行者如佛所説善巧方便應如是行是即名爲修菩薩行佛言大意如是如是諸修菩薩行者若如是學即得信心堅固不復退轉種子具足出生現行大意當知此即名爲菩薩勝相復爲最上善巧方便汝等於此正法當勤修習爲人演説爾時大意菩薩摩訶薩聞佛説是法已歡喜稱讚禮世尊足退住一面

佛説大方廣未曾有經善巧方便品

佛說大堅固婆羅門緣起經

宋西天三藏朝奉大夫試光祿卿傳法大師施護等奉 詔譯

清刻龍藏佛說法變相圖

佛說大堅固婆羅門緣起經卷上 下卷同

宋西天三藏朝奉大夫試光祿卿傳法大師施護等奉　詔譯

如是我聞一時世尊在王舍城鷲峯山中與大衆俱是時有五髻乾闥婆王子過於夜分至明旦時來詣佛所彼有身光廣大照耀彼鷲峯山都一光聚到佛所已頭面禮足退住一面前白佛言世尊我於一時在三十三天見帝釋天主大梵天王并善法天衆而共集會有所宣說我親所聞我親所受是義云何唯願世尊告示於我令我了知佛告五髻乾闥婆王子言所有汝於三十三天帝釋天主大梵天王并善法天衆共集會處有所聽受我今如應告語於汝令汝了知時五髻乾闥婆王子復白佛言世尊我於一時在三十三天帝釋天主大梵天王并善法天衆共集會

處是時或有天子以因緣故初生彼天同時有餘先生天子見初生者乃起五種極愛樂事所謂壽命色相名稱吉祥眷屬等世尊彼有一類天子作如是言諸天子汝等且觀此初生天子有餘先生天子起於五種極愛樂事所謂壽命色相名稱吉祥眷屬等彼時又有一類天子作如是言諸天子此初生者是佛世尊聲聞法中修梵行已身壞命終感善趣報而來生此三十三天同時有諸先生天子乃起五種極愛樂事彼時又有一類天子作如是言快哉諸天子有四佛如來應供正等正覺出現世間宣說諸法利益天人損減阿脩羅衆增益天衆彼時又有一類天子作如是言止諸天子非四佛如來應供正等正覺出現世間快哉諸天子有三佛如來應供正等正覺出現世間宣說諸法利益天人損減阿脩羅衆增益天衆彼時又有一類天子作如是言止諸天子非三佛如來應供正等正覺出現世間快哉諸天子有二佛如來應供正等正覺出現世間宣說諸法利益天人損減阿脩羅衆增益天衆如是等事願佛爲說是時帝釋天主大梵天王在佛會中佛以是事告帝釋天主并天衆言汝等當知同一時中無處容受二佛如來應供正等正覺出現世間宣說諸法時帝釋天主并諸天衆聞佛語已咸生歡喜心意快然爾時世尊知彼帝釋天主并諸天衆咸生歡喜即告衆言如來應供正等正覺出現世間具足八種希有之法汝等若欲聞者應當勝前發歡喜心起忻樂意即時佛告帝釋天主言憍尸迦汝今

爲此天衆隨應樂說如來應供正等正覺八希有法時帝釋天主承佛教勑宣說世尊八希有法諸天子隨有如來應供正等正覺出現世間決定損減阿脩羅衆增益天衆能令多人利益安樂如是利樂是爲希有復次諸天子如來大師出現世間我不見於過去及今現在而有別異是故如來應供正等正覺出現世間宣說法教利益天人所謂破諸見法離染汚法順觀法潔白法了知諸受法除憍慢法調伏渴流法破無明法斷依止法離貪愛法寂滅法涅槃法如是宣說諸法是爲希有復次諸天子如來大師出現世間我不見於過去及今現在而有別異是故如來應供正等正覺出現世間爲諸聲聞教示學法謂所應修諸無瞋法以此緣故如來應供正等正覺重重教示諸修行者應於曠野寂靜等處修無諍行若行若住若坐若卧遠離憒閙及離諠繁隨自依止隨自色相隨自忻樂隨自所愛勿雜他人隨自應行如是教示是爲希有復次諸天子如來大師出現世間我不見於過去及今現在而有別異是故如來應供正等正覺出現世間雖復隨順受諸飲食如來常得食中上味及得正味得第一味得不離散味又復如來應供正等正覺所受飲食遠離憍慢無住無著常離過失起正智慧常欲出離復以此法教示一切是爲希有復次諸天子如來大師出現世間我不見於過去及今現在而有別異是故如來應供正等正覺出現世間具足神通爲諸聲聞說神通法教示開導使令修行如是教示是爲希

有復次諸天子如來大師出現世間我不見於過去及今現在而有別異是故如來應供正等正覺出現世間離諸疑惑亦離疑論於善法中得無所畏如是離疑者是爲希有復次諸天子如來大師出現世間我不見於過去及今現在而有別異是故如來應供正等正覺出現世間於諸法中如說能行如行能說復以諸法教示開導使令修行如是教示是爲希有復次諸天子如來大師出現世間我不見於過去及今現在而有別異是故如來應供正等正覺出現世間教示涅槃及涅槃道增長充滿無有窮盡譬如殑伽河水閻牟那河水流注大海增長無盡如來應供正等正覺亦復如是教示涅槃及涅槃道善巧宣說諸涅槃法及善安立使令修行增長無盡如是教示者是爲希有諸天子如來大師出現世間具足如是八種希有之法是故我不見於過去及今現在而有別異是時彼天子衆聞是說已又復勝前咸生歡喜心意快然俱白帝釋天主言天主願爲我等重復宣說彼如來應供正等正覺八種希有之法時帝釋天主爲彼天衆第二宣說如來八希有法復次諸天子隨有如來應供正等正覺出現世間決定損減阿脩羅衆增益天衆能令多人利益安樂如是利樂是爲希有諸天子是故如來大師出現世間我不見於過去及今現在而有別異如是如前廣說乃至如來應供正等正覺出現世間教示涅槃及涅槃道增長充滿無有窮盡譬如殑伽河水閻牟那河水流注大海增長無盡如來應供正等

正覺亦復如是教示涅槃及涅槃道善巧宣說諸涅槃法及善安立使令修行增長無盡如是教示是爲希有諸天子如來大師出現世間具足如是八希有法是故我不見於過去及今現在而有別異如是言已彼天子衆又復勝前咸生歡喜心意快然爾時世尊知天子衆又復勝前生歡喜已復告帝釋天主言憍尸迦汝今重復宣說如來應供正等正覺八希有法是時帝釋天主承佛教勑第三復說八希有法復次諸天子隨有如來應供正等正覺出現世間決定損減阿脩羅衆增益天衆能令多人利益安樂如是利樂是爲希有諸天子是故如來大師出現世間我不見於過去及今現在而有別異如是如前廣說乃至如來應供正等正覺出現世間教示涅槃及涅槃道增長充滿無有窮盡譬如殑伽河水閻牟那河水流注大海增長無盡如來應供正等正覺亦復如是教示涅槃及涅槃道善巧宣說諸涅槃法及善安立使令修行增長無盡如是教示是爲希有諸天子如來大師出現世間具足如是八希有法是故我不見於過去及今現在而有別異如是言已時大梵天王知彼天衆又復勝前咸生歡喜心意快然即說伽陀曰

帝釋天主并天衆　咸生如是歡喜心
歸命稱讚佛如來　善說如來希有法
昔見天中初生者　具足色相及威光
由於梵行名已修　得生彼天具勝力

時三十三天衆聞是伽陀已又復勝前咸生歡喜心意快然爾時大梵天王知彼天衆又

復勝前生歡喜已即告衆言汝等若欲樂聞如來應供正等正覺具大智慧於長夜中多所利樂如是事者應當勝前發歡喜心起忻樂意時彼天衆俱白大梵天王言善哉大梵天王唯願廣說如來應供正等正覺具大智慧於長夜中利樂等事時大梵天王即爲廣說如來大智往昔因緣時梵王言世尊乃往過去世中有一國王其名域主彼時有一婆羅門名曰堅固居輔相位爲王之師聰明大智具大才略善治國事王有太子名曰黎努王所愛念聰明大智復有大才善了衆事世尊彼黎努太子別有六人刹帝利童子而爲伴友常所共會聚砂爲戲彼輔相堅固婆羅門亦有一子名曰護明深所愛念才智聰利凡所歷事無不洞明世尊而彼輔相叅治政事頗經時歲其後一時忽趣命終王聞輔相堅固婆羅門已趣命終愁憂懊惱悲軫淚流撫膝驚惶癡悶如絶乃作是言我此輔相頗有才智叅治國政深爲良佐復常與我共所娛樂而忽命終我深苦惱時彼太子聞其父王爲輔相堅固婆羅門已趣命終愁憂懊惱悲軫淚流太子即時往詣王所到已白言父王勿須憂愁勿須涕泣何故自損癡悶如絶何以故父王當知堅固婆羅門有一長子名曰護明具有才智又復聰利若繼父位能曉政事其父所解此子悉知今有此人王何憂惱王應密召隨事教詔以父所任當授其子時王聞已即命使人乃謂之曰汝往護明童子所傳如是言王今召汝宜速來此使人受命即時往詣護明童子所既到彼已具宣王

勑令召於汝宜速往彼時護明童子聞使人言即時來詣王所到已伸敬令一面坐時王歡喜重復慰諭作如是言我今如實敎示於汝汝父喪逝雖復愁惱我今令汝繼其父位而爲輔相汝善爲我共治國政護明童子受王教命即繼父位乃爲輔相共治國政如父所作諸所應事悉如其父而無違失爾時國中婆羅門長者士庶人民知是事已咸作是言快哉護明童子汝父昔時名爲堅固子今繼位克廣前業我等稱汝名大堅固其本名字爲護明者以火中出因緣立號從今已後稱大堅固世尊爾時輔相大堅固婆羅門爲相未久即時往詣六人刹帝利童子所到已謂言汝諸童子宜應往彼黎努太子所告於彼言太子若有苦惱汝我同受若有快樂汝我同慶汝有歸趣我亦有歸今汝父王年登壽考進止羸劣世難知者所謂壽命一旦去世我等何歸汝今當知有諸臣佐共相評議王去世後必當與汝受王灌頂汝若紹位當以國土與我分治是時六人童子聞輔相大堅固婆羅門如是言已即時往詣黎努太子所既到彼已具如上說時太子言諸童子若我更生之日或有臣佐立我嗣位與授灌頂我於爾時不忘汝等所有國土與汝分治設有樂事與汝共受後域主王復經久時忽趣命終時諸臣佐詣太子所到已白言太子當知我等諸臣授汝灌頂汝今時至宜紹王位時黎努太子謂臣佐言汝等若能立我嗣位其或堪任今正是時時諸臣佐即爲敷置妙師子座太子處于座上以妙香水灌注其頂

作如是言天子汝今時至堪嗣王位我等諸臣奉王灌頂王灌頂已善治國政世尊時黎努王受灌頂已未久之間五欲自娛遊戲自在於是輔相大堅固婆羅門往詣六人童子所到已告言汝等當知黎努太子已受灌頂處於王位未久之間五欲娛樂遊戲自在王昔有言與汝分治國土汝等今時宜應往彼黎努王所作如是言王昔許我畫壤分治汝王今時能不忘不時六童子聞輔相大堅固婆羅門言已即共往詣黎努王所具如上説世尊時黎努王告六童子言如先所約我記是言我今當以此之國土等爲七分與汝六人各各分治如是言已時六童子俱白王言若王記其言者斯爲甚善願王速召輔相大堅固婆羅門令彼如王教勑申畫疆境彼人聰利智慧明了堪爲準的時黎努王乃命使人即謂之言汝往輔相大堅固婆羅門所作如是言王今召汝汝今宜應速至王所使人受命即詣輔相大堅固婆羅門所到已如應宣示王言汝今宜應速至王所

佛説大堅固婆羅門緣起經卷上

佛說大堅固婆羅門緣起經卷下

宋西天三藏朝奉大夫試光禄卿傳法大師施護等奉 詔譯

爾時輔相大堅固婆羅門即時來詣黎努王所到已伸敬退坐一面時王歡喜顧矚慰安輔相亦復肅恭對答王言大堅固汝今爲我度此國境分爲七分我與六人童子各各分理是時輔相受王命已即時度量分此地界正北北隅其界廣闊正南南隅其界狹略猶如車形中央境土多人聚處黎努王居所有迦陵誐國捺多布囉城摩溼摩迦國褒怛那城晚帝那國摩呬沙摩城蘇尾囉國勞嚕迦城彌體羅國尾提呬城摩伽陀國瞻波大城波羅柰國迦尸大城如是七國各分界已時六人童子於彼彼處受王灌頂各各爲王統理一處從是已後乃有七王所謂黎努王破寃王梵授王勝尊王明愛王持國王大持國王如是七王各分統已後時六王又復集會共詣輔相婆羅門所到已謂言大堅固如汝所有智謀才略助佐黎努大王我等六王願汝同彼亦相賛助輔相婆羅門聞是言已同佐七王諸所有事悉共叅議爾時輔相婆羅門其後又復教授七千婆羅門誦彼經典教授七千婆羅門讀彼經典時諸長者婆羅門士庶人民咸知咸見輔相婆羅門如是才智互相議言此大堅固是爲真實大婆羅門復能與諸婆羅門衆教授讀誦圍陀典章是時輔相婆羅門聞衆議已作是念言此諸婆羅門長者士庶人民處處相聚叅議於我假以稱揚謂我才智又復自我而爲真實大婆羅門此非我宜我且自觀實非真實大婆羅門

我今不復與諸婆羅門教授讀誦圍陀典章正使廣知誠非我善況復世間我身色相而不久住我昔曾聞先德耆舊大婆羅門智者所説婆羅門法中於夏四月寂止一處修悲禪觀彼觀若成大梵天王當來現身施所求願若如是事是我所樂我應如説修此禪觀如是言念已時輔相婆羅門將欲於夏四月中寂止一處修悲禪觀即詣黎努王所到已白言大王我今樂欲夏四月中寂止一處修悲禪觀願王聽許時黎努王言大堅固隨汝所欲今正是時爾時輔相婆羅門得王許已詣寂靜處諦心專注於夏四月中修悲禪觀過夏四月已當苾芻布薩白月十五日即於彼處依婆羅門法以新瞿摩夷先塗其地然作四方火壇其壇中心復作火爐時輔相婆羅門沐浴其身著新淨衣從北而上至壇南界擲吉祥草徧覆壇地面北而坐執宰嚕嚩施作火事以祀梵天爾時輔相婆羅門作法未久忽於北方有大光相輔相婆羅門見是光已生希有心身毛喜竪轉復肅恭諦心而住其光熾盛昔所未見爾時大梵天王現光未久從此而來虛空中住其輔相婆羅門一心歡喜仰觀虛空乃見大梵天王處于空中即時合掌頂禮修無我者又如大梵所説心住一境我聞其言亦解是義謂有一類修定行者内心清淨住一境性無尋無伺定生喜樂證二禪定具足所行此即名爲心住一境又如大梵所説悲解脱者我聞其言亦解是義謂有一類修悲行者以悲俱時所生之心先於東方遍運悲心其心廣大具足所行平

等無二亦無限量無宼無惱如是東方行已南西北方四維上下一切世界廣運悲心具足所行亦復如是此即名爲悲解脫者又如大梵說言離諸欲染煩惱除者我聞其言不解是義大梵何等爲煩惱云何人中能令煩惱而得清淨諸煩惱海充滿流注是中云何令修行者得生最靜彼梵天界爾時大梵天王即說伽陀荅輔相婆羅門曰

貪瞋癡慢疑忿覆　惱害誑妄并慳嫉
起此染法及謗他　是等名爲諸煩惱
遠離如是諸煩惱　即於人中得清淨
諸煩惱海塞其源　得生最靜梵天界

時輔相婆羅門白大梵天王言如大梵所說諸煩惱法我聞其言了解是義我若在家一向纏縛我若出家一向離過當修清淨正白梵行何以故有生皆滅人命短促若不覺知死墮惡趣是故我今自知自覺宜善修作行正梵行不復世間造諸惡業大梵我今捨家而求出家惟願大梵知我心意大梵天王言如汝所欲今正是時爾時空中所現大梵天王作是言已隱而不現復次會中五髻乾闥婆王子前白佛言世尊我於今日聞此梵王於世尊前說因緣事我忽思念彼時輔相大堅固婆羅門者豈非即是佛世尊耶佛告五髻乾闥婆王子言如是如是彼時輔相大堅固婆羅門者即我身是我念往昔彼輔相大堅固婆羅門出家等事汝曾聞不五髻荅言不也世尊我昔未聞佛說伽陀曰

威神色相光明具　是何聖者現空中
我今雖見不能知　惟願如實爲我說

爾時大梵天王即說伽陀荅輔相婆羅門曰
彼諸淨行者悉知　我於梵界而常住
又復諸天知我名　汝婆羅門應自審
輔相婆羅門復說伽陀曰
所須淨水及座位　酥蜜乳粥味中勝
最初奉獻我專心　惟願梵王哀納受
大梵天王復說伽陀曰
所須淨水及座位　酥蜜乳粥味中勝
汝婆羅門最初獻　我今如應爲汝受
輔相婆羅門說伽陀曰
五欲諸境名此界　得生梵世名他界
我忻是義發問端　惟願梵王聽許我
大梵天王說伽陀曰
此界他界二義中　隨汝所樂恣汝問
我今聽許悉無疑　汝問云何當速說

爾時輔相婆羅門即作是念我於今時欲解疑惑先以何義問彼梵王爲問此界義由何發起耶爲問他界義由何得生耶輔相婆羅門又復審思此界義者謂由五欲發起此不應問我今當以生他界義問彼梵王作是念已即問大梵天王言勇猛清淨者大梵天王我今問汝願解疑惑大梵人中若欲求生寂靜梵天界者當修何行而能得生爾時大梵天王即說伽陀荅輔相婆羅門曰
修無我者即淨行　心住一境悲解脫
離諸欲染煩惱除　此等得生於梵界
時輔相婆羅門白大梵天王言如大梵所說伽陀中言修無我者是即淨行我於此義已能解了謂一類人起正信心修出家法剃除鬚髮被袈裟衣捨諸富樂若少若多智能隨

轉若高族中若下族中其心平等離諸取著但持三衣一鉢餘無所有於諸學中教授學法身語意業具足清淨淨命自資離諸過失如是名為言五髻我今次第為汝宣說五髻

彼時輔相大堅固婆羅門作火事已往詣黎努王所到已跪拜恭向王前說伽陀曰

我有意願今啓白　黎努大王國界主
我捨相位求出家　願王自理國政事

爾時黎努大王即說伽陀荅輔相曰

汝若闕少所須用　一切欲者我當與
若人嬈汝今速言　我以王法為治罰
汝如我父我如子　汝我相助豈相離
汝雖為相亦我師　何故于今發是語

輔相婆羅門說伽陀曰

我諸所用無闕乏　亦非他人相嬈惱
但為我聞真實言　發出家心無改轉

黎努大王說伽陀曰

非人所說何真實　何故信聽如是言
勿將斯語以為真　棄輔相位求出家

輔相婆羅門說伽陀曰

天子我先作火事　勇發清淨專注心
依法布壇火祀天　以吉祥草而作用
大梵天王大仙聖　應我所求即現身
我聞彼說真實言　是故堅發出家意

黎努大王說伽陀曰

如汝輔相善所說　我今悉能生信解
汝既得聞先聖言　此出家心何能轉
汝心猶如虛空淨　復如淨妙瑠璃寶
如汝所修我亦隨　我因汝故得開悟

時黎努王說伽陀已又作是言大堅固汝心

清淨樂修善行隨汝所欲汝有歸趣我亦有
歸時輔相婆羅門復說伽陀前白王曰
汝王當捨諸欲境　若執著者即愚夫
應發堅固離著心　三摩呬多忍力具
此所悟者清淨乘　此清淨道眞常住
此所宣說正法門　由此得生梵天界
五髻彼分理諸國者六王聞輔相婆羅門捨
輔相位樂求出家即集六王共在一處時輔
相婆羅門乃自往詣彼六王所到已跪拜白
諸王言諸王當知我今欲捨彼輔相位惟願
諸王各各別求助國政者設有授學別依師
範我今樂欲出家修道何以故我於大梵天
王所聞眞實言謂煩惱法應當捨離從是已
後不樂在家一向纏縛我若出家一向離過
當修清淨正白梵行何以故有生皆滅人命
短促若不覺知死墮惡趣是故我今自知自
覺宜善修作行正梵行不復世間造諸惡業
時彼六王咸共議言此輔相婆羅門何故棄
捨富貴而求出家婆羅門中亦有愛樂於富
貴者我等應當以富貴事勸請彼人令勿出
家爾時六王共叅議已咸謂輔相婆羅門言
我等六王以富貴事一切所欲勸請於汝然
今我等所有富貴皆是依法而得言已即出
廣多財寶諸富樂具授與輔相婆羅門時輔
相婆羅門白六王言大王今此財寶諸富樂
具我悉自有一切豐足然我所有亦依法得
我自所有尚悉棄捨況復于今受諸王賜我
今決定志求出家何以故我於大梵天王所
聞眞實言謂煩惱法應當捨離如是乃至如
前廣說五髻時彼六王復相議言婆羅門中

亦有愛樂姝妙妓女我等應當與彼令受爾時六王共叅議已即以姝妙妓女與輔相婆羅門王言我此妓女色相殊麗肌體充實容止可觀復多能解汝宜納受勿復出家時輔相婆羅門白六王言大王我家自有四十妻室色相殊麗肌體充實容止可觀端正齊等雖復自有尚悉棄捨況復于今受諸王賜我今決定志求出家何以故我於大梵天王所聞眞實言謂煩惱法應當捨離如是乃至如前廣説五髻時彼六王咸謂輔相婆羅門言汝今堅欲求出家者且復更俟過七年後我等諸王子孫及弟各成立已我等亦當隨汝出家汝大堅固若有歸趣我等諸王亦有所歸時輔相婆羅門白六王言若候七年極爲久遠我今堅志願速出家何以故我於大梵天王所聞眞實言謂煩惱法應當捨離如是乃至如前廣説六王又言汝大堅固若不爾者更俟六年或復五年乃至一年輔相荅言若候一年極爲久遠我今堅志願速出家六王又言若不爾者更俟七月輔相荅言若候七月極爲久遠我今堅志願速出家六王又言若不爾者或復六月乃至半月輔相荅言若候半月極爲久遠我今堅志願速出家六王又言若不爾者更俟七日輔相荅言大王若候七日斯爲可爾我所出家捨苦從樂今正是時五髻爾時輔相婆羅門往詣七千教誦經典婆羅門及七千教讀經典婆羅門所到已普告一萬四千諸婆羅門言善來善來諸婆羅門衆汝等所有圍陀典章若讀若誦從今已後各別求師而相教習我今出家無

能教汝何以故我於大梵天王所聞眞實言謂煩惱法應當捨離從是巳後不樂在家一向纏縛我若出家一向離過當修清淨正白梵行何以故有生皆滅人命短促若不覺知死墮惡趣是故我今自知自覺宜善修作行正梵行不復世間造諸惡業時彼一萬四千婆羅門衆俱白輔相婆羅門言我師智者勿宜出家何以故夫出家者少其義利少其威德少有稱譽若彼婆羅門者有大義利有大威德有大稱譽時輔相婆羅門告彼一萬四千婆羅門言汝婆羅門莫作是語莫作是語汝等當知夫出家者有大義利有大威德有大稱譽而婆羅門者少其義利少其威德少有稱譽如汝諸婆羅門有所知解一切皆從師授爲緣是故汝等勿生異見時彼一萬四千婆羅門衆俱白輔相婆羅門言如師所説如是如是夫出家者有大義利有大威德有大稱譽乃至我等有所知解一切皆從師授爲緣汝師今時若有歸趣我亦有歸時輔相婆羅門復告一萬四千諸婆羅門言我所出家捨苦從樂今正是時時輔相婆羅門還詣自舍四十妻所謂諸妻言善來善來汝等各各當諳彼彼親族中去或復樂住別婆羅門族我今捨汝志求出家何以故我於大梵天王所聞眞實言謂煩惱法應當捨離從是巳後不樂在家一向纏縛我若出家一向離過當修清淨正白梵行何以故有生皆滅人命短促若不覺知死墮惡趣是故我今自知自覺宜善修作行正梵行不復世間造諸惡業時四十妻俱白輔相婆羅門言汝大堅固應

爲師尊時汝即是師尊應爲夫主時汝即是夫主應爲善友時汝即是善友今隨汝所欲汝有歸趣我亦有歸時輔相婆羅門復謂四十妻言我所出家捨苦從樂今正是時五髻爾時輔相婆羅門所應告語遍告語已於七日中正信堅固歸佛出家鬚髮自落袈裟著身成苾芻相威儀具足輔相婆羅門既出家已時彼七王悉捨國境亦隨出家所有七千教誦婆羅門亦隨出家彼四十妻亦隨出家是時復有無數百千諸人民衆各各隨喜悉樂出家五髻時輔相大堅固婆羅門遠離諸欲證阿羅漢果證聖果已復爲同梵行者說諸聲聞種類法門彼聞法已解了其義當生梵界是時大堅固聲聞復爲諸同修梵行者說諸聲聞種類法門彼聞法已解了其義得生欲界四大王天又有一類同梵行者聞法悟解生三十三天或有一類同梵行者生夜摩天或有一類生兜率天或有一類生化樂天或有一類生他化自在天五髻彼時會中若男若女及同梵行者或於大堅固聲聞起過失心者身壞命終墮地獄中彼時會中若男若女及同梵行者於大堅固聲聞起淨信心者身壞命終得生天界五髻彼時大堅固聲聞周行城邑聚落境界普爲一切若王若臣若長者若婆羅門乃至士庶人民教化利益令捨邪道是時國中王臣長者諸婆羅門修梵行者及在家者乃至一切士庶人民咸作是言歸命聖者大堅固七王輔相快哉今日得大善利如是世尊宣說往昔因緣事已五髻乾闥婆王子心生歡喜遠塵離垢得法

眼淨佛說此經已五髻乾闥婆王子等一切大衆聞佛所說皆大歡喜信受奉行

佛說大堅固婆羅門緣起經卷下

音釋

諠許元切譁也　殑伽梵語也此云天堂來河名也殑其京切　溼失入切　褒補刀切

佛說巨力長者所問大乘經

宋西天同譯經寶法大師賜紫沙門智吉祥等奉 詔譯

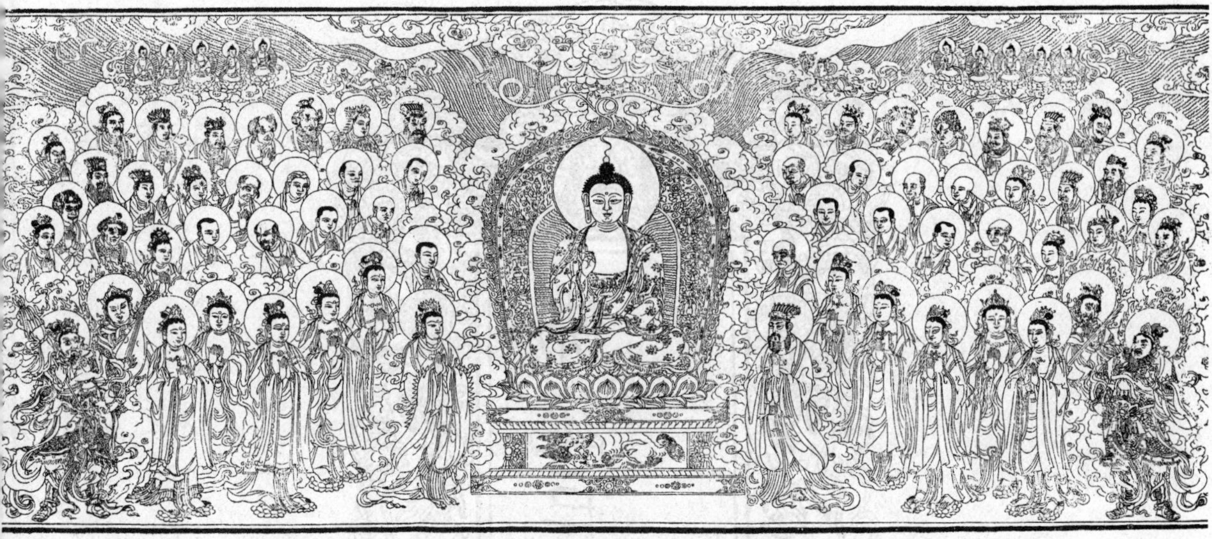

清刻龍藏佛說法變相圖

佛說巨力長者所問大乘經卷上 中下同卷

宋西天同譯經寶法大師賜紫沙門智吉祥等奉 詔譯

如是我聞一時世尊在舍衛國祇陀園林給孤獨舍與大比丘衆千二百五十人俱皆是阿羅漢一切漏盡離煩惱縛心善解脫慧善解脫如大龍王神用變化諸所應作無所未辦除去重擔逮得巳利心智解脫諸法自在善能修習到彼岸行復有尊者阿難多聞利根而爲上首復有五百菩薩摩訶薩得諸陀羅尼住三摩地俱在衆中爾時舍衛大城有一長者名曰巨力色相具足名稱遠聞而是長者其家巨富多諸金銀瑠璃硨磲碼碯珊瑚琥珀大摩尼珠奇妙珍寶種種庫藏悉皆盈溢資財五穀不可筭數一切受用珍玩之具隨意滿足凡欲所須亦無闕乏出入息利

周徧他國無處不有其諸驅役奴婢僕從執作吏人象馬車乘亦復衆多於是長者所居之地壯麗嚴雅重門樓閣堂房舍宇雜寶間飾光明互照園苑池沼奇異花果盡集其中種種莊嚴餘無可比婇女妓樂悉皆上妙唯除王者餘無所及長者於中極受娛樂晝夜六時曾無有間於是長者復有五百長者以爲弼輔主執珍寶守持庫藏資生之具爾時巨力長者忽於一時善根成熟心生覺悟即自念言浮世匪堅如夢所見一切色相終歸磨滅而此身者體性本空亦復敗壞五欲樂因增生苦果群盲迷倒無解脫時即於是時呼諸長者皆來集坐告彼衆人皆應寂靜各各諦聽一切諸法緣聚而生緣散而滅體性非實終歸敗壞衆生妄念起諸分別執有我身及我眷屬不知無常刹那生滅錢財屋宅翻成他有愚癡自大造五趣因結業既成受諸異報惡道易往善趣難生汝等當知人身難得今更若能於刹那頃發生正念斯謂爲難汝諸長者還能知彼諸佛如來出興世間難得值遇既生佛國信心不退此亦爲難於佛正教起信向心猒離世俗出家爲難雖復出家能修比丘清淨梵行息除惡緣而是爲難晝夜精勤習諸禪那遠離散亂亦復爲難若性聰慧善能分別諸法真僞此則爲難今得爲人復遇善王息諸鬬諍住安樂地亦甚爲難若諸衆生修諸功德生如來國心常堅固是亦爲難又諸衆生能以方便善巧語言種種勸誘諸善知識營修福業往詣佛所親近供養是則爲難若有衆生遠離貧窮鮮薄

愚癡多諸福慧生佛國土於衆人中能作種種莊嚴佛事此則爲難若有衆生於聲聞乘精進禁戒欲求解脱於辟支佛乘欲求解脱於無上乘欲求解脱真實爲難爾時巨力長者説是三乘及諸事已謂衆人言如我所説應生覺悟了達色相不得堅固是時坐中五百長者聞説是事如昏醉人殊無醒覺于時衆中有一長者從坐而起白巨力長者言我等今者咸皆有疑云何名爲聲聞緣覺及無上乘云何世間所有色相五欲樂具體性不堅剎那生滅重爲我等分別解説願樂欲聞爾時巨力長者語彼長者及衆人言今此舍衛大城於祇陀林給孤精舍有佛世尊三明六通具八解脱十力四無所畏十八不共功德具足名一切智號天人師在彼集會爲衆説法決衆疑網我與汝等可共俱往親近供養請問如來如是妙法時五百長者聞如是説各各歡喜踊躍無量持妙香花種種珍寶從巨力長者俱詣佛所右遶三匝頂禮佛足恭敬供養歌詠讃歎退坐一面爾時世尊觀彼長者等善根成熟堪受勝法告巨力長者并五百長者言汝等何因而來至此爾時衆中有一長者從坐而起偏袒右肩右膝著地合掌恭敬讃歎世尊而作是言我等先聞巨力長者方便教示世間色相五欲樂具性不堅實會歸磨滅乃至廣説今此人身甚爲難得若復能於一剎那頃發生正念斷邪妄心斯亦爲難諸佛如來出興世間值遇亦難既生佛國須具信心斯亦爲難於佛正教起信向心猒離世俗忻求出家此亦爲難雖復出

家能修比丘清淨梵行息諸惡緣是則爲難晝夜精勤習諸禪那遠離散亂亦復爲難若性聰慧善能分別諸法真僞此則爲難今得爲人復遇善王息諸鬬諍住安樂地亦甚爲難若諸衆生修諸功德生如來國是亦爲難又諸衆生能以方便善巧語言種種勸誘諸善知識營修福業往詣佛所親近供養是則爲難若有衆生多諸福慧生佛國土能作種種莊嚴佛事此則爲難若有衆生於聲聞乘辟支佛乘及無上乘欲求解脱眞實爲難是時巨力長者爲我等輩説世間法乃至三乘及諸難事我等雖聞皆不曉悟各各願樂親近如來應正等覺有大神通具一切智惟願慈悲廣爲我等開示演説三乘妙法及諸難事世間人身色相五欲虛幻不實終歸磨滅令諸聞者悟生滅相究竟修行菩薩聖道皆得發生阿耨多羅三藐三菩提心爾時世尊告彼長者等言善哉善哉諸善男子汝等善能請問如來三乘妙法及諸難事色相幻化五欲不堅汝等諦聽善思念之如來應正等覺出現世間隨衆生性説三乘法方便開示種種譬喻稱彼根宜信解曉悟令各漸證清淨涅槃若有衆生有如來性於無上乘善根成熟聞佛演説阿耨多羅三藐三菩提法心無怯畏愛樂忻求智慧明了精進修學雖遇苦緣冤家逼害堅固不退究竟證於無上菩提若諸衆生於辟支佛乘善根成熟聞佛説於十二因緣流轉還滅順逆觀行諦了無疑深生信解或因世間四時榮謝覺悟無常獨證聖果若諸衆生於聲聞乘善根成熟聞佛

説於四聖諦法隨有所解知苦斷集證滅修道四向四果證於無學如是三乘權實頓漸各隨衆生根器大小愛樂修學遠離生死解脱安樂爾時巨力長者幷五百長者聞佛所説咸皆歡喜踴躍無量同聲讃言善哉善哉能仁大士善能演説三乘妙法我等今者願樂欲聞無上大乘甚深法義秘密之行種種言辭方便譬喻令我等輩於阿耨多羅三藐三菩提法而無疑惑深生信解堅固修學終證菩提心無退捨爾時世尊告巨力長者幷諸長者言彼無上乘最勝深法是菩薩摩訶薩大智大悲所行之道非諸聲聞及獨覺人安足處所故凡夫人難信難解汝等當知合掌諦聽善男子若諸衆生住本性中於無上乘欲求修習當於一切有情起大悲心平等救護愛念攝受如己師長如己父母兒女眷屬親愛憐愍以清淨心設廣大施見裸露者施之衣服見飢渴者施之飲食見貧窮者施以資財見病苦者施以良藥牀敷卧具田園屋宅上妙珍寶花鬘瓔珞末香塗香諸供養具乃至男女眷屬及自身命行於布施爲趣菩提心無悋惜不由他教性自修習檀波羅蜜若見衆生不樂佛法不行正道毀呰三乘住於邪見斷絶善根縱貪瞋癡造諸罪業命終當墮那落迦中及諸惡趣受種種苦無有休息而是修行無上乘者於彼有情起大悲心眷念憐愍不惜身命發大誓願往彼諸趣苦有情所方便語言説種種法化彼有情發菩提心續諸善念猒苦報身忻菩薩行令於未來同志修習清淨施行堅固無失亦以資

財飲食衣服自身肢體及親眷屬花鬘瓔珞牀敷卧具末香塗香資生之具了悟色空心無耽著悉能捐捨志樂自求阿耨多羅三藐三菩提法亦復展轉化諸有情同修勝行若有衆生求無上乘心無下劣堅固修習尸波羅蜜有大願力修持淨戒清淨無染非有毀犯於三種戒漸次修學行住坐卧威儀具足調伏三毒密護諸根魔境現前心速覺悟不生愛樂雖遇惡人及諸冤對勢力逼遣而此行人心住正念設有所犯無愛著心身語意業離過清淨於諸善法遍能習學於諸有情悉皆饒益遠離損害於諸聲聞及辟支佛作無作戒無片捨心乃至世間人天善戒亦能守護若有衆生求無上乘行忍辱行成就修習羼波羅蜜瞋恚輕微性自柔軟於諸有情多所饒益遇諸冤家訶罵捶打苦言加謗而是行人不生怨怒歡喜任持或遭寒熱貧病困乏諸逼迫事爲趣菩提安受衆苦設有惡人欲相謀害復加凌辱損惱身命而是行人觀諸有情緣生幻有刹那滅謝不見有情唯存空法故不起心還生逆害若有衆生求無上乘爲欲成就毘梨耶波羅蜜勇捍進求菩薩勝法始從發起大菩提心習諸正行雖遇苦緣未嘗退怠煩惱冤賊競相損害被精進甲禦捍令伏心常勇猛無諸怯畏經歷長時堅固不退若有衆生求無上乘寂靜修學禪那波羅蜜止息散亂正念現前調暢身心速離麤重沉掉障染適悅輕安正智顯現若有衆生求無上乘心自聰敏性能修習般若波羅蜜多智慧明了博達眞僞方便開導善巧

分別邪正因果愚癡闇鈍障染輕微若有衆生爲求阿耨多羅三藐三菩提法心常平等離寃親相不生分別若見衆生行於布施及不布施心無愛惡若見衆生守護淨戒及有毁犯亦無愛惡若見衆生修忍辱行及不忍辱能行精進及不精進修諸禪那無禪那者智慧明了愚癡闇鈍於如是等諸衆生類離分別相皆無愛惡彼此高下平等所觀謂此諸法本無差別同一法界無別自性摩訶衍義最上菩提是諸如來圓滿妙智若有衆生於無上乘起一念信乃至發心求於阿耨多羅三藐三菩提即此是名向如來家住菩薩地爾時巨力長者并五百長者等聞佛所說如是妙法歡喜踴躍得未曾有而白佛言大悲世尊善爲我等分別演說大乘法要令我等輩深生信解愛樂修學若諸衆生爲求無上最勝大乘不惜身命捐捨舍宅資財寶物及諸眷屬飲食衣服牀敷卧具花鬘瓔珞末香塗香及以種種諸供養具我等今者皆願學彼諸菩薩人求無上乘修菩提行不惜身命及諸眷屬上妙珍寶資生之具布施供養及行菩薩諸波羅蜜惟願如來應正等覺爲我等輩攝受證知令不忘失爾時世尊告巨力長者并諸長者言汝等諦聽若有衆生爲求菩提悲愍有情雖復布施不求富貴雖復持戒不求端嚴雖復忍辱不求眷屬雖復精進禪定智慧爲愍衆生求無上乘不爲世間輪迴因果若有衆生利根智慧了達世間色身五欲生滅幻化但有假名無實體性觀其身相卵胎濕化假和合成如沫如泡乍生乍

滅衆生妄念謂得久居復觀此身由如陽焰
本無實體從渴愛生妄情爲水亦如芭蕉體
無堅實今此身者畢竟是幻從顛倒生虚假
浮脆亦如曠野空無所有亦如行厠穢汚充
滿一身九竅常流不淨亦如穢井滿中臭惡
深可猒惡又如寃賊亦如毒蛇甚不可愛五
欲煩惱由若瀑流漂溺有情入生死海汩没
流轉難有出期汝等今者親近如來學菩薩
行猒離世間五欲塵勞色身敗壞一切不堅
求於無上最勝大乘漸次修習諸波羅蜜欲
證解脱甚爲難得

佛説巨力長者所問大乘經卷上

佛說巨力長者所問大乘經卷中

宋西天同譯經寶法大師賜紫沙門智吉祥等奉　詔譯

爾時世尊復告巨力長者及諸長者言汝等宿植善本信根堅固欲學菩薩摩訶薩所修之行伏斷障染求證菩提應當觀彼諸有情類從無始來輪迴流轉受苦報身經歷多生不可限數而此色身無有堅實如幻如化是諸有情顛倒妄念搆造業因外藉衆緣積集成就如水爲冰及如聚沫五蘊四大先業爲因招感勢力積集諸種住識藏中假彼父母情愛和合貪喜俱極最後各出濃厚精血號羯羅藍識依於彼最初而住以至後時精血交結不淨凝成處於胎中所歷諸位業風內吹肢相增長由業勢力漸漸所資色身四大諸根具足心識煩惱亦共俱生既離胎胞外風所觸楚痛發聲於一切境不能明了風緣動轉有出入息飲噉母乳結生便利心識現行生諸分別耽衆食味資益諸根皮膚血肉腸胃骨髓髮毛爪齒涕唾便利身形肢體好醜之相從自業因受諸異報貪瞋癡慢煩惱隨逐於冤親境妄生違順五欲色相縱意染著於業報身復增業報密近惡友疎慢尊親於菩薩人及眞實法心不愛樂亦不餐採恣任愚癡造作諸惡嗔恚暴害諂曲嫉妬忿戾鬪諍捶打罵辱損惱有情於男女色横生染著如繩縛物不相捨離於自身相不念無常謂得長時永無殞謝於諸資財及以珍寶多求積聚而無猒足塵勞垢染覆蓋心識不修智慧增長無明不覺世間男女色相及以自身五根四大雜染所起由顛倒緣墮不淨處

皮膚血肉髮毛爪齒本無自相從彼貪愛結業所生流轉輪迴因緣不斷生死苦果無暫停息煩惱業火燒逼身心於晝夜時未嘗安適愚盲闇鈍懈怠放逸不樂菩提違背聖道於自心垢不求清淨身常倨傲心意貢高誣謗因果輕毀賢善於有爲相虛幻空法不覺不知如是無智諸有情類處生死海無有出期汝諸長者於如是事應悉覺悟了知色相珍玩資具男女眷屬假緣而有相會暫時眷念方隆已歸磨滅五蘊身相本性皆空由諸妄因受諸異報如夢中人歷種種事覺已皆空都無所有是故菩薩摩訶薩志求阿耨多羅三藐三菩提於諸色相覺悟解脫障染輕微智慧明了雖發大願往諸趣中受種種身爲化衆生心無顛倒如是乃至徧十方剎隨順衆生作諸事業布施軟語利行同事方便攝受饒益有情捨邪見家入於正道修諸善行同趣大乘速至菩提誓無退屈善男子菩薩摩訶薩爲求阿耨多羅三藐三菩提身心清淨得四總持於名句義印忍不忘諦審思惟達彼眞實諸法自性菩薩摩訶薩身心清淨於諸有情平等任持不生寃親憎愛分別菩薩摩訶薩身心清淨不著世間上妙美食唯餐法喜禪悅之味菩薩摩訶薩身心清淨觀諸世間一切有爲生滅之相皆是虛妄無有眞實菩薩摩訶薩身心清淨孝養父母敬順師長承受教誨無輕慢心菩薩摩訶薩身心清淨生於上族爲大國王正法化民息除鬪諍菩薩摩訶薩身心清淨遠離暴害屠兒魁膾諸惡律儀旃陀羅行少欲知足無不與

取常修梵行絶愛染心菩薩摩訶薩身心清淨言語真實離於虛妄音聲清徹令人樂聞説法如泉流注不斷菩薩摩訶薩身心清淨善能調伏貪嗔癡等於三有果心不染著苦法資具亦不捨離智慧現前心常明了菩薩摩訶薩身心清淨四等六度晝夜修習乃至長時無少疲倦八萬四千煩惱塵勞一一對治生諸功德菩薩摩訶薩身心清淨不著菩提不猒生滅於諸法中心得自在或入流轉或證涅槃菩薩摩訶薩身心清淨於今佛説最上大乘深生愛樂及能憶念過去諸佛甚深經典任持不忘亦能宣轉諸佛法輪如大江河流注無盡菩薩摩訶薩身心清淨遠離諂曲憍慢嫉妬惡獸毒蟲畢舍遮行慈愛有情不生損惱菩薩摩訶薩身心清淨不貪資具不念飲食不捨貧乏及與孤露所生之處資財豐足眷屬成就身相端正有大威德菩薩摩訶薩身心清淨於一切樂無不了知於一切苦無不解脱生老病死親愛別離所欲難得仇讎會遇衆苦現前悉能曉了不爲惱觸觀諸有情及以色相如夢如幻無有堅固汝諸長者隨其所聞當如是知諸大菩薩身心清淨四大五蘊色身空聚畢竟非實爾時世尊復告巨力長者等言善男子如是菩薩摩訶薩於生死界其所愛身爲緣有情示現形相無有希求於種種境遠離愛染身心平等無取無捨常作善事利益安樂饒益衆生未嘗懈廢所有壽命於三界中或增或減隨順衆生所樂差別爲令覺悟心無所欲於諸衆生平等一觀於諸世中上妙珍寶受用之

具金銀庫藏錢財穀米衣服飲食牀榻卧具塗香末香花鬘瓔珞婇女眷屬一切世間種種上妙嚴飾之具於自所有色身壽命而是菩薩摩訶薩悉無愛戀若有衆生而來求乞錢財穀米金銀庫藏珍妙之物衣服飲食牀榻卧具塗香末香花鬘瓔珞男子婇女內外眷屬色身壽命悉皆能捨未嘗有心於剎那頃暫生慳悋何以故是菩薩摩訶薩久悟虚幻於生滅相而無染著爲欲圓滿六波羅蜜到於彼岸度脱衆生亦離苦際是故於此生滅因緣虚幻境相唯求遠離無心取著故無悋惜善男子當知菩薩摩訶薩如是脩行六到彼岸微妙勝行精進長時無少懈怠即當速得成就無上正等菩提永契真常心無退轉爾時世尊爲諸長者重宣此義而說偈言

善哉長者　汝等當知　是菩薩人　於生滅法
種種身相　種種壽命　嚴飾之具　婇女眷屬
爲欲圓滿　六波羅蜜　轉化衆生　遠離苦際
於此所有　皆不愛著　汝善男子　歡喜諦聽
於菩薩行　當勤修習　勿以貪嗔　煩惱繩索
晝夜繫縛　淪墮三塗　無有休息　汝善男子
是身猶如　飲食之器　內外之間　常令清淨
諸惡毒物　不令入中　忝諸上味　若有飲噉
損壞色身　及與壽命　身中若有　貪瞋癡等
煩惱毒藥　忝諸法味　衆生飲噉　損壞法身
及與慧命　汝善男子　一切衆生　無始時來
少有智慧　如彼嬰兒　但念乳食　餘無知見
於諸境相　不能分別　生滅過患　由因感果
果復造因　智不現前　心常癡暗　唯貪飲食
資益四大　常處夢中　而無醒覺　於佛教法

心無修習 猶如醉人 言無義味 於五欲境
未嘗遠離 晝夜邪思 唯增苦惱 愁憂積集
身心放逸 縱無明流 入生死海 漂沉汩没
受諸業報 飢寒困苦 羸瘦憔悴 遠於彼岸
不能解脱 此諸衆生 從久遠來 於自真心
塵惑所昏 不能覺悟 故於幻境 貪愛染著
汝諸長者 當知已身 假因縁成 無有堅固
但由業力 造作招集 生死輪迴 受諸異報
循環遠劫 無解脱時 智者觀之 深心猒捨
凡夫愚昧 不念無常 著我著人 專自逸樂
不親善友 自搆業縁 身壞命終 當墮地獄
輪轉三界 受諸苦惱 大火逼身 逃竄無地
諸佛大悲 哀愍世間 自無信心 亦難救護
智者自知 色身虚幻 無有真實 但由業因
之所招集 根塵大種 和合積聚 假名爲身
如沫如泡 畢竟無體 膿血敗壞 何所愛著
是故當知 於此聚中 作不净觀 深生猒離
勤修聖法 趣不壞身 遠離衆惡 近善知識
信最上乘 修菩提行 廣修福慧 生佛國中
身心安樂 清淨無畏 以微妙衣 及上飲食
牀榻卧具 花鬘瓔珞 無價寶香 種種資具
充足無乏 以清淨心 歡喜供養 慚愧勝解
希除罪業 增長福智 如是之人 百千劫中
於無上乘 發生信解 漸以覺悟 實性真空
本來寂靜 如海湛然 無有增減 雖遇風縁
水成波浪 即波爲水 動靜一源 如是了知
住佛境界 不生惡趣 漸息輪迴 百千俱胝
那庾多劫 明了心地 貪瞋癡慢 煩惱業因
而不現行 雜類苦果 自然不受 色身堅固
經無量時 歡喜快樂 心無邪念 亦無妄想

於顛倒境　常生思惟　善說法要　利益衆生
自無病行　令他亦無　適悅調順　安隱快樂
深入禪定　離諸苦縛　常以善行　守護衆生
不作惡緣　親近智者　稱揚如來　最勝妙法
恭敬讚歎　踊躍奉行　觀諸世間　有爲事相
皆如幻夢　無一眞實　了知飲食　色力壽命
煩惱苦本　愚夫無知　躭染愛著　無一刹那
暫時間斷　味諸飲食　增長過失　善友教誨
心不信受　遇惡知識　容近隨逐　深入愚癡
不能覺悟　於諸塵境　妄想執著　晝夜無時
染諸娛樂　智者觀之　深生猒捨　又諸世間
色相幻惑　畢竟衰謝　妻子男女　眷屬因緣
如行路人　暫時而會　因緣報盡　恩愛別離
難以刹那　相戀而住　汝諸長者　當知幻身
譬如畫師　繪衆色相　好醜雖成　畢竟當懷

又如冬月　積水爲水　堅厚暫時　終鎔成水
所以者何　色相虛幻　體性非實　而愚癡人
隨境生貪　染著愛樂　心旣顛倒　造不善因
淪墮三塗　受種種苦　經於長劫　無有出期
設生人天　躭諸快樂　由此幻身　造作惡業
無有窮盡　如是癡人　常爲結使　寃家魔嬈
妻子男女　父母眷屬　繫縛在心　未嘗捨離
晝夜之間　爲彼纏縛　妄認爲樂　實是苦因
恣任三毒　增長憍慢　如是之人　違背善緣
不生智慧　造作無邊　諸不律儀　於諸眷屬
父母妻子　珍寶飲食　生苦法中　心無猒足
不思出離　躭染愛著　多求財寶　積集庫藏
見諸貧窮　飢餓衆生　無憐愍心　拯濟困厄
不行正道　邪念增強　智人教示　不能聽受
故処輪迴　汝諸長者　人之色身　譬如大樹

根莖枝葉　悉皆繁茂　久無濕潤　土地乾亢
爲日所炙　脂脉皆盡　不經歲月　必當枯朽
一切衆生　盛年壯色　身相充滿　貪著世間
縱五欲樂　筋血衰耗　病苦所侵　形貌憔悴
諸根衰謝　不得久停　終歸磨滅　如是癡人
愛著色身　貪諸財寶　不知罪福　不念無常
如樹枯朽　不久摧壞　汝諸長者　觀此幻身
及彼資生　金銀瑠璃　眞珠摩尼　硨磲碼碯
珊瑚琥珀　體無眞實　猶如聚沫　愚者迷情
妄生貴重　但增貪欲　雜亂正心　於佛法門
無所趣入　智者了知　色身資具　一切皆如
夢所見物　都無自相　防護六根　閉於五欲
親近三寶　行施等行　息諸慳悋　絶愛染心
觀彼諸欲　如大火聚　燒煮衆生　甚可怖畏
不應戀著

佛說巨力長者所問大乘經卷中

佛說巨力長者所問大乘經卷下

宋西天同譯經寶法大師賜紫沙門智吉祥等奉　詔譯

佛告長者　是諸衆生　於多劫中　積集諸法
謂貪瞋癡　見慢疑悔　於諸欲境　觸向迷著
於晝夜時　曾無間斷　寂滅靜慮　未嘗修習
生死苦源　亦不觀察　不了世間　生滅之相
無有自體　畢竟歸空　但由貪愛　積集成種
假因緣生　和合似有　因緣勢盡　復歸散滅
由本無明　復生貪愛　本末相續　如蟻循環
於出世間　眞實理中　諸佛菩薩　清淨境界
無有片心　愛樂趣入　如是之人　愚癡所覆
於生死海　流轉漂没　五塵幻相　深心染著
醉亂顛倒　終無醒覺　若有衆生　善根成熟
自然親近　諸善知識　心常修習　行二利行
於諸增上　補持伽羅　能說法者　發希有心
愛樂恭敬　不生憍慢　於佛功德　甚深微妙
不思議境　無疑無謗　亦不於諸　五塵境中
虛妄迷執　起於貪愛　不作衆罪　生滅苦因
晝夜精勤　思惟諦實　增諸勝行　習施等法
常樂讀誦　大乘經典　心無邪念　無有異想
法喜禪悅　清淨梵行　長養法身　及資慧命
不同癡人　染著世間　但念飲食　色身資具
五欲娛樂　常無猒捨　不知苦本　不求解脱
著諸外道　邪覺邪思　正念不生　無眞實慧
如說我有　清淨寶池　若有衆生　入中洗浴
遊戲娛樂　如是之人　不久當得　生諸天上
如是愚癡　執諸異見　迷失因果　邪妄推求
顛倒正理　修不淨行　惡因苦果　無解脱時
汝諸長者　應當了知　世間因果　虛假和合
如木偶人　所作事業　而於其中　勿生憍慢

帑藏珍財 尊榮豪侈 如夢所見 覺已即空
而諸愚人 不知此等 生滅幻化 性本空寂
故於世間 執爲常有 所以者何 由無始來
起貪瞋癡 纏縛不捨 違順喜怒 無有暫息
冤家讎對 常現在前 眷屬廣大 財寶豐饒
密附親近 共成娛樂 增長貪愛 爲苦所因
後或貧匱 財物散失 乖異別離 愁憂苦惱
起諸諍訟 及其冤結 至年老大 加諸衆苦
形色憔悴 諸根衰朽 朋善眷屬 悉皆猒棄
盛年壯色 耽著五欲 不樂修行 不思猒離
老病相侵 空懷愁惱 身壞命終 墮於地獄
牛頭驅責 楚毒辛酸 無救無依 遠歷長劫
地獄報盡 生餓鬼中 頭如大山 咽如針孔
不識飲食 皮骨連立 餓鬼報盡 生畜生中
鱗介羽毛 水陸飛走 遞相摶撮 常懷驚怖
復遭網捕 逃竄無由 鞭杖捶撻 償往宿債
畜生業盡 或生人中 貧窮卑賤 諸根不具
資緣乏少 多諸病苦 設生富貴 福慧乖違
所有資財 不能受用 或多瞋恚 常苦自心
或染沉痾 而獲夭逝 如是果報 由貪瞋癡
之所造作 如蠶作繭 而自纏縛 如蛾戀火
終致燒然 身心迫惱 無有暫安 惡業相牽
往來不住 於三惡道 如遊園觀 雖遇衆苦
無悔惜心 不求解脫 亦無猒捨 受諸罪報
難堪難忍 窈窈冥冥 告訴無所 當此之時
父母妻子 一切眷屬 不相替代 唯應自身
獨受衆殃 從苦入苦 無有休息 如是因緣
皆由衆生 無始無明 相續發起 貪瞋結使
動身口意 廣造諸惡 未解悔除 三有業因
念念增長 汝諸長者 若有衆生 志樂寂靜

希求出離 心於所緣 染淨平等 自然當得
業障輕微 遠離輪迴 雜惡果報 於佛正法
信樂修習 漸能調伏 貪瞋癡等 亦能觀察
了知色身 如幻如夢 如電如泡 畢竟推求
終無實處 諸有智人 應當如是 審諦觀察
我法皆空 而於諸佛 眞善法中 漸次修行
施等勝行 積集微妙 增上正法 棄捨凡性
克成聖種 譬如爲山 積土而成 又如滴水
漸盈大器 諸善男子 於佛教乘 實事理中
深忍樂欲 於諸世道 不可味著 捨虛妄法
證眞實性 離生死苦 得無畏樂 悟彼色相
猶如陽焰 但誑妄情 無實體性 如是觀察
諸法自相 心不顚倒 究竟解脫 是名名爲
菩薩乘性 善能安樂 一切衆生 於佛所行
種種行願 隨順修學 心不退屈 精進長時
無有懈廢 速能修習 六波羅蜜 自行檀度
不望報恩 三輪體空 二緣俱泯 或於後時
皆悉無悔 諸根密護 不犯尸羅 冤對現前
亦無加報 初中後夜 勇猛精進 遠離諠煩
息諸散亂 於善惡品 有力思擇 身業清淨
常現律儀 言音柔軟 和悅衆心 意地無非
絕諸覺觀 於諸如來 所有最上 微妙深法
則能趣入 以善巧智 攝受衆生 稱彼機宜
方便演說 各令悟入 解脫法門

時巨力長者與五百長者聞是法已心大歡喜踊躍無量於所聞法得深法忍得最大忍得無上忍即從坐起遶佛三帀頭面禮足却住一面爾時巨力長者與五百長者等異口同音白佛言世尊我等從昔已來未曾聞是甚深妙法今日乃於無上覺者具一切智者

是諸世間施大法者之所得聞如是妙法由是了知世間諸法唯假施設如幻夢等畢竟歸空悉皆悟入無生法忍發阿耨多羅三藐三菩提心願我當來如今世尊能於無量人天大衆之中作大師子吼顯示微妙清淨法音利益安樂一切衆生世尊我等今者樂欲説偈讚歎如來惟願聽許即於佛前而説偈言

金色微妙相　最勝無與等　能以柔軟音
演暢眞實義　久修菩薩行　壽命不可量
一切諸衆生　見聞皆歡喜　清淨功德聚
安處於道場　譬如日天子　常住虚空界
皆由往昔中　廣大行布施　謂金銀珍寶
象馬及車乘　并頭目髓腦　國城妻子等
能行此難行　檀度方圓滿　以本願力故
示現應化身　長時無間斷　過於殑伽劫
大悲不思議　哀愍諸群盲　施以甘露法
除惱使清涼　我等從多劫　流轉諸有中
貪愛於資具　及妻子眷屬　尠福無智慧
不發菩提心　染著於名聞　并五欲娛樂
我等宿福慶　幸得遇世尊　聞此微妙義
了知虚幻法　各各得解脱　其心皆安隱
願佛聽我等　出家作沙門　當願一切衆
盡悟此法門　不著世間樂　速成菩提道

爾時巨力長者等説此偈已各各虔誠投佛出家佛乃聽許于時世尊即於座上熈怡微笑以威德力現大神通即於面門放無數光其光雜色猶如衆寶之所間錯所謂青色黄色赤色緑色紫色玻瓈色黄金色所放之光遍照無量無邊不可思議阿僧祇世界上至

梵世所有諸天身光及日月光悉皆掩蔽不得顯現如是光明照燭之處一切衆生觸是光者無不適悅惡業衆生罪障消除盲者能視聾者能聞跛者能行啞者能言飢者能滿裸者得衣牢獄有情枷鎖免離無有諸惡聖境現前是時會中人天大衆身意快樂恠未曾有咸作是言以何因緣而現此相各各發心從座而起遶佛百千帀已恭敬禮拜供養讚歎却住一面爾時衆中尊者阿難偏袒右肩右膝著地曲躬恭敬而白佛言世尊是何因緣現斯奇瑞今此衆會悉皆有疑各各謂言世尊未嘗無因而笑今日如來現此異相必有所因如來應供正等正覺大慈大悲願爲我等宣說今者佛自莊嚴種種善事衆欲樂聞爾時世尊告尊者阿難言如來今日現斯祥瑞謂欲宣說巨力長者并五百長者悟無生法忍發阿耨多羅三藐三菩提心次第成佛因緣之事汝當善聽阿難是諸長者已於過去無量百千俱胝那庾多佛所各各親近供養恭敬禮拜尊重讚歎得聞如是最上眞實法義消除業障遠離三塗於百千劫常生人天受勝妙樂乃至于今財富熾盛有大眷屬福慧尊嚴人所愛敬由昔所植善根力故今於我所復得聞是甚深法義阿難是巨力長者并五百長者於當來世得值彌勒如來應正等覺於彼佛所復聞清淨大乘妙法善能精勤修習菩薩施等六波羅蜜行能於十方親近禮拜恭敬供養尊重讚歎無量諸佛亦得值遇賢劫諸佛彼佛世尊亦爲宣說微妙大乘法義聞已受持復能展轉爲人演

說示教利喜無量衆生阿難是巨力長者過是巳後經五千劫常生諸佛國土種種修行值遇諸佛承事供養無空過者末後當成阿耨多羅三藐三菩提盡同一號名曰吉祥藏如來應正等正覺明行圓滿善逝世間解無上丈夫調御士天人師佛薄伽梵國界莊嚴安隱豐樂正法像法壽命劫數皆悉同等說法度人不可稱數爾時尊者阿難及人天大衆聞佛世尊善說如是微妙法義咸悉讚歎復白佛言世尊此經當以何名我等云何受持佛告阿難此經名曰巨力長者所問大乘經當受持之佛說是經巳尊者阿難與菩薩比丘幷巨力長者等及一切世間天人阿修羅乾闥婆等聞佛所說皆大歡喜信受奉行

佛說巨力長者所問大乘經卷下

五經同卷

清刻龍藏佛說法變相圖

五經同卷

佛說妙吉祥菩薩所問大乘法螺經

佛說四品法門經

佛說八大菩薩經

佛說施一切無長陀羅尼經

聖八千頌般若波羅蜜多一百八名眞實圓義陀羅尼經

佛說妙吉祥菩薩所問大乘法螺經

宋西天三藏朝散大夫試光祿卿明教大師法賢奉 詔譯

如是我聞一時佛在舍衛國普徧殿內坐寶師子之座與大苾芻衆萬二千五百人俱復有菩薩摩訶薩及百千緣熟所度之衆爾時

妙吉祥菩薩摩訶薩承佛威神即從座起偏袒右肩右膝著地合掌頂禮而白佛言世尊有大福德云何校量如是大福有無量俱胝那由他百千之數緣熟所度之衆意願欲滿云何如來爲彼法螺爾時世尊聞是語已告妙吉祥菩薩言妙吉祥不可思議行大智慧大慈大悲是大福德如是大福令一切聲聞緣覺發大方便精進持戒願行成就得最上三摩地觀想一切緣熟所度之衆即是如來法螺佛告妙吉祥菩薩所有南閻浮提一切衆生持十善法所獲福德如是校量於彼福德積成百倍是即一金輪王福德而彼輪王統四大洲七寶具足所謂輪寶象寶馬寶摩尼寶玉女寶主藏寶兵寶復有千子勇猛威德色相端嚴能破他軍妙吉祥彼金輪王有如是大威力復次妙吉祥菩薩四大洲界所有一切衆生如是一一衆生各等一金輪王福德於彼衆生所有福德如是校量乃至千倍是即一帝釋天主福德如是帝釋有大威神福德之力復次妙吉祥菩薩四大洲界所有一切衆生如是一一衆生各等一帝釋福德於彼衆生所有福德如是校量百千倍數是即一大力那羅延天福德如是那羅延天有大威神福德力故復次妙吉祥菩薩四大洲界所有一切衆生如是一一衆生各等一大力那羅延天福復於彼衆生所有福德如是校量無數百千倍是即一欲界他化自在天魔王福德如是魔王宿種善根生彼欲天有大威力而能調伏諸天人故復次妙吉祥菩薩四大洲界所有一切衆生如是一一衆

生各等一魔王福德於彼衆生所有福德如是校量無量百千倍是即一二千世界梵天福德而彼梵天於二千世界行慈悲化故復次妙吉祥菩薩於二千世界所有衆生如是一一衆生各等一二千世界梵天福德於彼所有福德如是校量無數百千倍是即一三千大千世界主大自在天及梵天福德彼大自在天及梵王於三千大千世界行慈悲化故佛告妙吉祥菩薩汝應見此劫壞之時大火所燒經一劫中爾時大自在天及梵天王降澍大雨其水徧滿三千大千世界上至梵天而此大水即是大自在天及梵王威力所作如是大自在天及彼梵王種大善根得生彼天具智慧有大威力復次妙吉祥菩薩所有三千大千世界一切衆生如是一一衆生各等一三千大千世界大自在天及梵王福德於彼衆生所有福德如是校量無數百千俱胝倍是即一大精進緣覺福德妙吉祥勿謂三千大千世界一切衆生皆如大梵王福德等彼緣覺而以爲多假使十方佛刹一切衆生所有福德等一精進緣覺猶未爲多復次妙吉祥菩薩於彼十方佛刹一切衆生所有福德如是一一衆生各等緣覺福德於彼衆生所有福德如是校量無數百千俱胝那由他倍是即一初發心菩薩福德妙吉祥勿謂無數百千俱胝那由他倍一切衆生福德等一初發心菩薩福德而以爲多假使十方盡虚空界所有卵生胎生濕生化生有色無色有想無想非有想非無想如是一切衆生所有福德無數百千俱胝那由他倍等一初

發心菩薩亦未爲多復次妙吉祥菩薩如是盡虛空界一切衆生各等切發心菩薩福德如是校量無數百千俱胝那由他倍是即如來一毛孔量福德諸佛如來身中毛孔量福德諸佛如來身中毛孔各各復有九十九千細妙毛孔妙吉祥如是佛身一切毛孔所有福德而以校量無數百千俱胝那由他倍是即如來身分之中一種好福德如是佛身八十種好各各具足如前復次妙吉祥菩薩如來八十種好所有福德而以校量無數百千俱胝那由他倍是即如來手足之下相文福德之量如是各各相文皆有八十種好顯現手足之下頌曰

傘蓋幢吉祥　鬘鈎冠寶杖　寶瓶象馬虎
金翅摩竭魚　龜魚及孔雀　迦陵頻伽鳥
命命佐沙鳥　撥俱囉鴛鴦　鸚鵡鵝鳩麥
大藥提努牛　羖羊龍牛王　寶山吉祥果
播那波鹿王　摩尼寶利劒　金剛杵弓旗
三叉犁鉞斧　擣杵箭罥索　虞拏與彌伽
梵天帝釋主　持國天水天　廣目多聞天
大仙吉祥日　火天月風天　蓮花萬字相
莎悉帝迦好　訥哩嚩賢座　鏡拂憍尸迦
童子童女天　鼓螺窣哩誐　手釧及鈴鐸
耳環與指環　軍拏羅羅多　妙花王樹王
衆中釋師子　如是等八十　一一俱名好
出現手足下

佛告妙吉祥菩薩所有如是八十種好一切福德如是校量無數百千俱胝那由他倍是即如來身分之中一大丈夫相福德如是佛身三十二大丈夫相一一各有如前福德於

佛身中分明出現頌曰

烏瑟膩沙相　螺髻髮紺青　滋潤而右旋
額廣而平正　眉間白毫光　皮膚妙柔軟
目廣青蓮葉　齒密而齊整　四十悉具足
四牙俱鋒利　白頰如珂雪　腮臉并胷臆
上半如師子　舌相而廣長　身形妙圓滿
如尼拘陀樹　身毛順右旋　臍輪淨深隱
雙股俱平正　兩腨如鹿王　二足下平滿
手足俱柔軟　十指而纖長　俱有網鞔相
行步而直進　舌常得上味　善相屬著身
七處皆平滿　足下而平正　常現千輻輪
如是大丈夫　三十二種相

佛告妙吉祥菩薩如是三十二大丈夫相於此三十二相所有福德而以校量阿僧祇不可思議不可稱量無等等不可說不可說倍數爲緣熟度衆所願圓滿福德是故如來說因緣成熟所度之衆而爲法螺佛告妙吉祥菩薩所有如來妙法螺音無量無邊阿僧祇世界一切衆生悉得普聞妙吉祥菩薩非唯螺音如是如來身光亦能照耀無量無邊阿僧祇世界令諸有情得見佛身如是不可思議佛告妙吉祥菩薩大智慧大慈悲是大福德一切聲聞緣覺善解願力行大方便清淨持戒得最上三摩地復次妙吉祥菩薩佛身無爲離諸相故一切聲聞緣覺及諸菩薩不能見故如來所化色身有二種義故一者酬於因中度生願故二者所度有情今緣熟故是以如來化現色身所現之身清淨微妙令諸衆生親近供養得大利益復次妙吉祥菩薩佛身最上故相好最上相好最上故光明

最上光明最上故梵音最上梵音最上故說法最上說法最上故佛行最上佛行最上故如來所現色身令彼有情得大利益復次妙吉祥菩薩如來身中具攝一切諸相隨諸衆生根欲性等利鈍不同所現色身各各有異令諸衆生各得親近樂聞妙法皆得度脫乃至行住之時常得見佛佛告妙吉祥菩薩如來具足應供正等正覺出現世間慈愍有情利益安樂無量人天諸衆生故爾時妙吉祥菩薩摩訶薩從座而起偏袒右肩右膝著地合掌向佛頂禮世尊而白佛言我今快得善利如是世尊三界無著最尊最勝利益一切衆生佛觀一切世法不動如須彌無著於虛空不可思不可議非見非不見爾時世尊說此經已妙吉祥菩薩摩訶薩及諸苾芻并諸菩薩摩訶薩一切天人阿蘇囉蘗嚕達哩嚩等聞佛所說皆大歡喜信受奉行

佛說妙吉祥菩薩所問大乘法螺經

佛説四品法門經

宋西天三藏朝奉大夫試光禄卿明教大師法賢奉　詔譯

如是我聞一時佛在舍衛國祇樹給孤獨園與大衆倶爾時尊者阿難獨止靜室心生是念世間有情所有驚怖乃至灾害障難疾病過咎已生當生者皆是愚人所有智者即無尊者阿難思惟如是事已從座而起往詣佛所到佛所已頭面禮足修奉已畢住立一面而白佛言世尊我獨靜室心生是念世間所有驚怖等事皆是愚人所有智者即無惟願世尊爲我解説佛告阿難汝今諦聽當爲汝説阿難白言唯然世尊願樂欲聞佛言阿難如是世間所有驚怖等事已生當生所謂灾害障難疾病過咎等皆是愚人所有智者即無阿難譬如有人堆積乾葦爲火所然而彼愚人驚怖等事亦復如是阿難如是過去未來現在世中愚人有灾害智者無灾害愚人有障難智者無障難愚人有疾病智者無疾病愚人有過咎智者無過咎阿難當知是愚人法是智者法知彼愚人法已當可遠離行智者法如是阿難汝應當學阿難白佛言世尊何名愚人佛告阿難愚人者愚爲不了世間愚人於法不了故名爲愚不了者何不了法境有四品類所謂不了界法不了處法不了縁起法不了處非處法阿難於如是法不能了達是故得名爲愚人也阿難白佛言世尊如是如是不了四法得名愚人又復云何得名智者佛告阿難言智人者於法揀擇善了是非故名智人善了者何善了法境亦四品類所謂善了界法善了處法善了縁生法

善了處非處法善能了知如是等法是故得名爲智人也阿難復白佛言善了此法得名智者而此智者了何界法佛告阿難汝能善問當爲汝說言界法者而有多種所謂眼界色界眼識界耳界聲界耳識界鼻界香界鼻識界舌界味界舌識界身界觸界身識界意界法界意識界如是十八界彼智慧者如實了達復有六界所謂地界水界火界風界空界識界如是六界彼智慧者如實了達復有六界所謂喜界樂界苦界捨界煩惱界無明界如是六界彼智慧者如實了達復有六界所謂貪欲界瞋恚界不瞋界殺害界不殺界出離界如是六界彼智慧者如實了達復有四界所謂受界想界行界識界如是四界彼智慧者如實了達復有三界所謂欲界色界無色界如是三界彼智者如實了達復有三界所謂下界中界上界如是三界彼智慧者如實了達復有三界所謂善界不善界無記界如是三界彼智慧者如實了達復有三界所謂有學界無學界學無學界如是三界彼智慧者如實了達復有二界所謂有漏界無漏界如是二界彼智慧者如實了達復有二界所謂有爲界無爲界如是二界彼智慧者如實了達阿難如是等界諸有智者善能了達阿難白佛言世尊彼智慧者如是了達諸界法已又復云何了達處法佛告阿難言處法者謂十二處眼處色處耳處聲處鼻處香處舌處味處身處觸處意處法處此十二處智慧之者如實了達阿難白佛言世尊智者如是了達十二處已又復云何了緣生法佛

告阿難智者應知十二緣法從因緣起由因緣故即有諸法因緣者何所謂無明緣行行緣識識緣名色名色緣六入六入緣觸觸緣受受緣愛愛緣取取緣有有緣生生緣老死憂悲苦惱如是即一大苦蘊集若了如上緣生之法因緣性空緣聚即有緣散即無緣法無故即無諸法所謂無明滅即行滅行滅即識滅識滅即名色滅名色滅即六處滅六處滅即觸滅觸滅即受滅受滅即愛滅愛滅即取滅取滅即有滅有滅即生滅生滅即老死憂悲苦惱滅如是即一大苦蘊滅如是生滅之法智者應當如實了達阿難白佛言世尊彼智慧者於緣生法如實知已復云何了處非處法佛告阿難非處法者謂身口意造不善業而獲所樂善果報者無有是處若身口意造諸善業而復獲於不善報者亦無是處言是處者謂身口意造諸善業而獲所樂勝妙果報斯有是處若身口意造不善業而獲所感不善果報亦有是處又復阿難言非處者謂身口意造不善業如所希求殊勝之果由此因緣命終之後若生人天無有是處若身口意造於善業墮惡趣者亦無是處言是處者謂身口意造諸善業生人天者斯有是處若造惡業墮惡趣者亦有是處又復阿難世間若有二佛出世無有是處一佛出世斯有是處又復世有二輪王出亦無是處一輪王出斯有是處如是若有女人爲轉輪王治化世間乃至爲彼四天王主忉利天主大梵天王及成緣覺無上菩提者如是等事無有是處若有善男子具大人相福慧莊嚴爲轉

輪王出於世間乃至得成無上菩提斯有是處又復阿難若正見人殺父害母殺阿羅漢破和合僧出佛身血造於如是五逆業者無有是處若異生凡夫愚癡邪見造五逆者斯有是處又復阿難若正見人受具戒品自犯戒已於阿闍梨而生毀謗作如是言此阿闍梨不善戒法亦復不能受持禁戒我當揀擇別阿闍梨受學戒法作是言已詣餘沙門婆羅門所選擇師受彼人或見沙門婆羅門作諸戲論不律儀者依稟於彼爲阿闍梨而求寂靜出離三有無有是處如是等事若愚癡邪見作此求者斯有是處又復阿難若人不斷根本煩惱善了四念處能證七覺支趣向涅槃者無有是處若人斷除煩惱法已了四念處證七覺支趣向涅槃者斯有是處又復

阿難若人不斷煩惱而了四念處證七覺支盡苦邊際趣向涅槃成緣覺菩提乃至無上正等正覺者無有是處若斷煩惱了四念處證七覺支盡苦邊際趣向涅槃成緣覺菩提乃至無上正等正覺者斯有是處佛告阿難智者如是如實了達處非處法汝等應當如理而學爾時阿難白佛言世尊我聞如是未曾有法得甘露味深自慶快世尊當何名此經我等云何受持佛告阿難是經名爲四品法門亦名法鏡亦名甘露鼓亦名多界如是名字汝當受持爾時尊者阿難及諸大衆聞佛所說皆大歡喜信受奉行

佛說四品法門經

佛說八大菩薩經

宋西天三藏朝散大夫試光祿卿明教大師法賢奉　詔譯

如是我聞一時佛在舍衛國祇樹給孤獨園與大苾芻衆千二百五十人俱復有八大菩薩摩訶薩其名曰妙吉祥菩薩摩訶薩聖觀自在菩薩摩訶薩慈氏菩薩摩訶薩虛空藏菩薩摩訶薩普賢菩薩摩訶薩金剛手菩薩摩訶薩除蓋障菩薩摩訶薩地藏菩薩摩訶薩以爲上首復有諸大菩薩摩訶薩其名曰無能勝菩薩摩訶薩龍相菩薩摩訶薩喜意菩薩摩訶薩無垢藏菩薩摩訶薩無垢稱菩薩摩訶薩智王菩薩摩訶薩無邊軍菩薩摩訶薩智光菩薩摩訶薩慧光菩薩摩訶薩慧燈菩薩摩訶薩智燈菩薩摩訶薩梵授菩薩摩訶薩天冠菩薩摩訶薩如是等諸大菩薩皆來會坐爾時世尊告舍利弗汝今諦聽過東方恒河沙數世界有一佛刹名無能勝彼土有佛名善精進吉祥如來應正等覺現爲衆生說微妙法復次舍利弗又過東方十恒河沙世界有一佛刹名曰無我彼土有佛號普照如來應供正等覺現爲衆生說微妙法復次舍利弗又過東方三恒河沙數世界有一佛刹名曰善愛彼土有佛號吉祥如來應正等覺現爲衆生說微妙法復次舍利弗又過東方三十四恒河沙世界有一佛刹名寂靜藏彼土有佛號印捺囉計都特嚩惹王如來應正等覺現爲衆生說微妙法復次舍利弗又過東方五恒河沙世界有一佛刹名曰離塵彼土有佛號喜功德光自在王如來應正等覺現爲衆生說微妙法佛告舍利弗若

有善男子善女人等於此經中聞是諸佛如
來名號一心諦聽或自憶念或書寫讀誦為
他解說彼人命終不墮惡趣不生邊地邪見
諸惡律儀下賤族中亦不生於長壽天中亦
不生於五濁惡世飢饉疾病刀兵劫中亦無
王難水難火難賊盜虎狼等難常生佛刹及
天上人間身相端嚴諸根具足眷屬圓滿得
宿命智具六波羅蜜行四無量法通達一切
甚深法藏成最上道佛說此經已諸大菩薩
舍利弗及諸苾芻天人阿修羅等聞佛所說
皆大歡喜信受奉行

佛說八大菩薩經

佛說施一切無畏陀羅尼經

宋西天三藏朝奉大夫試光祿卿傳法大師施護等奉　詔譯

如是我聞一時世尊遊行到於摩伽陀國菴沒羅林住韋提呬山帝釋巖中爾時帝釋天主來詣佛所前白佛言世尊我有怖畏謂阿脩羅於長夜中來相嬈亂阿脩羅者我之怨敵惟願世尊爲我宣說擁護法門爾時世尊告帝釋天主曰天主我有陀羅尼名施一切無畏此法善能作一切事能除一切病復能禁止一切傍生能解一切怨縛若有阿脩羅及諸羅刹部多一切邪異乃至一切諸惡鬼神之所執持謂邪惡所執天執龍執夜叉執乾闥婆執緊那羅執頻那夜迦執毋鬼等執皆悉消滅又復若有吸精氣者食華鬘者障産生者食不淨者皆悉除遣又復若有一切瘧疾及風黃痰癊等諸疾病亦悉消散一切鬪戰諍訟陣敵皆悉破壞我今爲汝說此陀羅尼而作擁護陀羅尼曰

怛𡫸(寧也切)他(引一)伊抳(二)彌抳(三)鉢囉(二合)彌抳(四)鉢囉(二合)彌抳哩(五)吾哩(六)謨(引)里(七)謨(引)瑟恥(二合八)那胝(九)嚩胝(十)珂囉胝(十一)珂囉尼(十二)誐拏尼(十三)誐拏鉢囉(二合)誐尼(十四)誐祓誐尼(引十五)謨(引)尼(引十六)鉢囉(二合)底謨(引)尼(引十七)哥(引)哩(十八)鉢囉(二合)哥(引)里(引十九)贊抳(二十)鉢囉(二合)底贊抳(二十一)尾詣(引二十二)鉢囉(二合)底尾詣(引二十三)阿底尾詣(引二十四)蘇(引)那(引二十五)吾(引)拏(引二十六)謨(引)訶(引二十七)鉢囉(二合)謨(引)訶(引二十八)謨(引)拏(引二十九)鉢囉(二合)謨(引)拏(引三十)那(引)設你(三十一)鉢囉(二合)那(引)設你(三十二)馱(引)嚩你(三十三)鉢囉(二合)馱(引)嚩你(三十四)嚩洛誐(二合)你(三十五)鉢囉(二合)嚩洛誐

二合你三十六涅哩二合多你三十七鉢囉二合涅哩二合
多你三十八骨嚕二合達你三十九阿底骨嚕二合引
達你四十賀那賀那四十一尾賀那尾賀那四十二
薩哩嚩二合訥瑟吒二合鉢囉二合訥瑟吒二合那引
設野四十三薩哩嚩二合跋野鉢囉三合那四十四舝
力角切下同叉舝叉給引四十五薩哩嚩二合咩引提跋
野四十六訥瑟吒二合設咄嚕二合怛塞哥二合囉能
瑟吒嚕三合引波捺囉二合吠引毗藥二合四十七薩
波哩嚩覽四十八詰禰詰禰四十九薩哩嚩二合薩
埵四帝引五十囉帝引那莫薩哩嚩二合沒馱引
喃引菍引賀引五十一

此施一切無畏陀羅尼若持誦者當以淨線加持四十一遍繫於頂上或加持白芥子或加持牛黃隨諸所用即得成就又復若以塗香加持一遍塗自身分即如被甲冑勇猛無畏不爲刀傷不爲毒中又復不爲一日二日乃至七日等諸瘧疾之所纏縛不爲火焚不爲水溺不爲呪害不爲鬼魅不爲病惱不於一切夭横中死又此陀羅尼善能作諸相應事業一切成就法皆悉和合作諸成就事無不成就者他所作法皆能制止不爲他縛能破邪明自法隨轉一切魔障皆能除遣一切執魅悉能解散若有所執不能除者頭破作七分如阿梨樹枝爾時帝釋天主聞佛所説踊躍歡喜作禮而去

佛説施一切無畏陀羅尼經

聖八千頌般若波羅蜜多一百八名眞實圓義陀羅尼經

宋西天三藏朝奉大夫試光禄卿傳法大師施護等奉　詔譯

歸命最勝諸佛母　般若波羅蜜多法
過去未來及現在　一切諸佛從是生
善生諸佛爲佛母　無性自性我清淨
佛爲須菩提廣説　如其所説今略集

般若波羅蜜多有一百八名一者最勝般若波羅蜜多二一切智三一切相智四實際五眞如六無壞眞如七無異眞如八實性九如實生十不顚倒十一空無相無願十二無性十三自性十四無性自性十五法性十六法界十七法定十八法住十九法無我二十法相二十一非衆生二十二非壽命二十三非長養二十四非士夫二十五非補特伽羅二十六非語言二十七非語言道二十八離心意識二十九無等三十無等等三十一無憍三十二無我三十三無戲論三十四離戲論三十五過諸戲論三十六一切佛母三十七出生一切菩薩三十八出生一切聲聞緣覺三十九長養攝持一切世間四十無盡福行具足四十一運用智慧四十二起作神通四十三作淨天眼四十四作淨天耳四十五作他心智四十六作宿命智四十七作漏盡智四十八聖清淨四十九吉祥五十安住四念處五十一具四正斷五十二運四神足五十三諸根清淨五十四諸力具足五十五嚴七覺支五十六示八聖道五十七施七聖財五十八圓滿九次第定五十九具十自在六十安住十地六十一圓滿十力六十二遍處莊

嚴六十三運用十智六十四善作調伏十種勝怨六十五出生諸禪定六十六超過三界六十七妙住一切正徧知覺六十八具一切智智六十九内空七十外空七十一内外空七十二空空七十三大空七十四勝義空七十五有爲空七十六無爲空七十七畢竟空七十八無際空七十九散空八十無變異空八十一共相空八十二自相空八十三不可得空八十四無性空八十五自性空八十六無性自性空八十七無起作八十八不生八十九不滅九十不斷九十一不常九十二非一義九十三非多義九十四非來九十五非去九十六善觀縁起九十七非尋伺九十八無攝藏九十九無所有一百本來無所作一百一無二一百二非無二一百三寂靜慧無所趣一百四無繫無染與虛空等一百五離十相語一百六諸法自性猶如幻夢一百七如陶家輪一百八一切法同一味如是般若波羅蜜多一百八名若常持誦者銷滅一切罪一切諸佛所共稱讚一切菩薩及諸賢聖於長時中常所衛護即説般若波羅蜜多眞實圓義陀羅尼曰

怛𡫸(寧也切)他(引一)唵(引)鉢囉(二合)倪(引)鉢囉(二合)倪(引二)摩賀(引)鉢囉(二合)倪也(二合引)娑(引)西(引三)鉢囉(二合)倪也(二合引)路(引)葛葛哩(四)阿倪也(二合引)那尾馱摩泥(五)悉提(引六)蘇悉提(引七)悉蒖覩彌(引)娑誐嚩底(八)薩哩嚩(二合)三鉢怛野(九)薩哩網(二合)誐孫捺哩(十)薄訖底(二合)嚩蹉棃(引十一)鉢囉(二合)薩(引)哩多訶薩底(二合十二)(引)摩(引)説(引)薩那葛哩(十三)底瑟姹(二合)底瑟姹(二合十四)紺波紺波(十五)

左羅左羅十六誐嚩誐嚩十七誐哩惹二合誐哩惹二合十八阿引誐蹉阿引誐蹉十九婆誐嚩底摩引尾藍摩菝引賀引二十提引二十一紇凌二合引二十二室凌二合引二十三率嚕二合引底二十四三蜜哩三合底二十五尾惹曳引菝引賀引二十六

此陀羅尼祕密章句若常憶念受持讀誦者所獲功德不可稱計

聖八千頌般若波羅蜜多一百八名眞實圓義陀羅尼經

佛說一髻尊陀羅尼經

唐北天竺三藏沙門大廣智不空奉 詔譯

金剛摧碎陀羅尼

宋契丹國師中天竺摩竭陀國三藏法師慈賢 譯

不空羂索毗盧遮那佛大灌頂眞言經

唐特進試鴻臚卿北天竺三藏沙門大廣智不空奉 詔譯

清刻龍藏佛說法變相圖

二經一呪同卷

佛說一髻尊陀羅尼經

金剛摧碎陀羅尼

不空羂索毗盧遮那佛大灌頂光眞言經

佛說一髻尊陀羅尼經

唐北天竺三藏沙門大廣智不空奉　詔譯

如是我聞一時佛在王舍大城鷲峯山中與無量菩薩摩訶薩俱前後圍遶爾時觀自在菩薩摩訶薩與無數持明賢聖俱前後圍遶來詣佛所到佛所已五體投地頂禮佛足禮佛足已遶佛三帀却坐一面時觀自在菩薩白佛言世尊有諸天及持明仙等歸信大梵者衆今欲降伏大梵天及諸天仙等願佛聽許欲令一切衆生念善法故欲令一切衆生

無憂惱故除一切衆生病故及一切障難災
怪惡夢悉除滅故除一切横病死故欲除一
切諸惡心者令柔軟故欲除一切諸魔鬼神
障難不起故世尊我今有根本心陀羅尼能
除一切衆生衆罪業故世尊我未曾見有若
天若魔若釋梵若沙門婆羅門等有能受持
此真言者若讀誦書寫流布或以此法防護
其身若入軍陣鬬戰若爲毒所害者持此陀
羅尼一切諸難無所能爲如是之法一切諸
佛所念我此陀羅尼法以經無量諸佛所記
世尊我於因地過恒河沙數劫外有佛名百
蓮花眼頂無障礙功德光明王如來我於爾
時彼佛所作大持明仙人中王於彼佛所受
得此陀羅尼得已時十方諸佛皆現目前見
佛現已忽然即得未曾有智當知此真言有
如是神力能利益無量衆生若有善男子善
女人等能晝夜慇懃受持讀誦令不忘失誦
此陀羅尼時更莫緣他境每至白月十五日
或黑月八日洗浴其身著新淨衣受持此陀
羅尼作印護身取淨泥摩壇方圓四肘結界
已竟請我一髻明王於壇中心坐燒香散花
種種供養禮拜懺悔誦真言一百八遍持此
明者現身即得十種果報何者爲十一者身
常無病二者恒爲十方諸佛憶念三者一切
財物衣服飲食自然充足常無乏少四者能
破冤敵五者能使一切衆生發起慈心六者
一切蠱毒一切熱病無能侵害七者一切刀
杖不能爲害八者一切水火不能漂溺九者
火不能燒十者不受一切横死是爲十復有
四種果報何等爲四一者不被禽獸所害二

者不墮地獄三者臨命終時得見十方諸佛四者命終之後生無量壽國世尊我念過恒河沙數劫爾時有佛名曼陀羅香如來我於彼佛時爲優婆塞名曰翳迦惹乇婆羅門於彼佛所復得此法常爲百千萬億梵天說法無不歸伏者一切諸佛大慈大悲大喜大捨智慧藏法門以此眞言力故能救一切衆生牢獄繫閉杻械枷鎖臨當刑戮水火等難種種苦惱我恒救護令得解脫一切夜叉羅刹斯等由此法印陀羅尼力故令諸夜叉羅刹斯等皆發善心功德具足即能發阿耨多羅三藐三菩提心有如是力設復有人犯四重五逆等罪誦此陀羅尼一遍者所有一切根本重罪皆悉除滅況復依法作印受持者當知是人於萬萬億那由他諸佛所曾聞此法今還得聞若善男子善女人能受持憶念晝夜不忘者是人心所求願無不滿足每欲求勝上悉地用白月八日或十五日以香湯洗浴著新淨衣每上厠一度洗浴如此淨衣不得上厠作此法時其日不食作結界護身印印已誦陀羅尼至於明旦其道場中置本尊像結請印誦眞言懸種種雜色旛蓋香花供養初入道場中必須珍重至心奉請十方諸佛至心懺悔讚歎三寶禮拜已於像前敷一坐具胡跪恭敬至誠發願作數珠印捻已一心誦眞言一千八遍次執香爐燒香而言此處無有種種供養上味飲食慚愧謝之世尊我由此等法印眞言力名號尊貴難可得聞若有人稱念百千俱胝那由佗諸佛名號復有暫時稱我名號彼二人福正等無異爾時

觀自在菩薩白佛言世尊善男子善女人晝夜誦持我此明王翳迦惹吒真言者得離一切苦惱一切障難怖畏及三毒罪障悉得除愈況復有人依法修行當知是人即得阿耨多羅三藐三菩提如在掌内爾時佛告觀自在菩薩摩訶薩言善哉善哉善男子汝今能於一切衆生起大慈大悲心而欲開示此大陁羅尼翳迦惹吒法印若善男子由此法方便力故悉能救脱一切衆生所有病苦障難怖畏身語意業乃至安立一切衆生於阿耨多羅三藐三菩提決定無疑善男子此陀羅尼印等法門我亦隨喜受汝此真言印等法我今亦印可善男子汝今説之爾時觀自在菩薩摩訶薩蒙佛印可從坐而起頂禮佛足却坐一面而入無能勝三昧從頂化出翳迦惹吒羅刹王三目四臂所有八部鬼神大力然頂鬼王等驚怖走散各失本威莫知所在願見救護願見救護所有惡害之心從今已往并諸眷屬皈依佛法僧寶爾時翳迦惹吒降得然頂鬼王并諸眷屬來詣觀自在菩薩摩訶薩合掌恭敬白觀自在菩薩摩訶薩言我有甚深秘密陀羅尼真言能摧碎天魔及惡藥叉羅刹斯毒惡鬼神等及諸疫病水火盜賊亦能息諸冤敵願聽許我説是陀羅尼時觀自在菩薩摩訶薩讃言善哉善哉翳迦惹吒善能調伏然頂鬼王及諸藥叉羅刹斯等汝有此秘密根本陀羅尼聽汝所説今正是時翳迦惹吒蒙大聖許説生大歡喜即遶觀自在菩薩三帀却坐一面對無量諸大菩薩及無量金剛密跡及八部鬼神一切藥叉

羅刹衆前即説眞言曰
娜謨囉多娜(二合)路囉(二合)夜(引)耶娜謨阿(引)哩耶(二合)嚩嚕(引)枳帝濕嚩(二合)囉(引)耶冐地薩路嚩(二合)耶摩訶(引)薩埵嚩(二合)耶摩訶(引)迦嚕抳迦(引)耶娜謀翳迦惹吒耶摩訶(引)囉訖叉(二合)斯阿訶頡哩(二合)馱囕麼麼囉乞叉(二合)斯麼麼毋佉冩薩嚩迦哩夜(二合)你迦嚕呬銘怛你也(二合)他唵阿難底惹耶娑嚩(引二合)訶(引)惹耶惹耶夜娑嚩(二合)訶麽訶尾惹曳娑嚩(二合)訶摩訶(引)盧比曳娑嚩(二合)訶(引)薩嚩尾近那(二合)尾那夜迦(引)難那娑嚩(二合)訶赭攞耶拏瑟吒(二合)娑嚩(二合)訶囉訖叉(二合)囉訖叉(二合)娑嚩(二合)訶跋賒訶塞路(二合)耶娑嚩(二合)訶(引)

心眞言曰
唵盧室邏(二合)耶毋涅哩(二合)寧曳惹吒惹吒曳叶泮吒娑嚩(二合)訶(引)

隨心眞言曰
翳呬曳(二合)呬翳迦惹吒摩麽穆佉惹耶莎訶

時翳迦惹吒説此陀羅尼時一切天宮魔宮及諸龍神藥叉羅刹斯諸惡毒害鬼神等各各共領無量眷屬同詣其前同時出聲皆言乞命我等眷屬從今已往永斷惡心誓願事日夜守護持此陀羅尼者不令諸鬼神等得其過便願施我等無畏願得本心時翳迦惹吒當與諸鬼神作施無畏印各得本心禮觀自在菩薩摩訶薩次禮化身一髻尊各還本宮時翳迦惹吒白觀自在菩薩言我有成就七日供養作壇法若有沙門婆羅門及善男子等請於祕密法藏決定要成就大驗若諸國王心生決定懺悔衆罪願欲建大道場法

先覓清淨寬大院宇及好寺舍佛堂之所露地亦得得是處已以白月一日於晨朝時阿闍梨身及諸弟子香湯洗浴將諸香花至其處所阿闍梨手執金剛杵次第問弟子等言汝等決定欲學諸佛祕密法藏莫生疑惑徒衆答言我等欲學諸佛法藏決定誠信不生疑心如是次第三問三荅如是荅竟次阿闍梨手印香爐水等誦真言已手執香爐胡跪焚香啓白一切諸佛般若菩薩金剛諸天等及與一切業道冥祇今此地者是我之地我今欲立七日七夜大道場壇法之會供養一切十方法界諸佛世尊及般若波羅蜜多諸大菩薩衆金剛天等領諸徒衆決定一切祕密法藏難思議法門故取諸證成我欲護身結界法事在此院内東西南北四維上下所有一切破壞正法毘那耶迦惡鬼神等皆須出去結界之所七里之外若正法善神鬼等我佛法中有利益者隨意而住說此語已次第依彼軍荼利法辟除結界既結界已即令掘去十肘地内一切惡土骨髮炭糠瓦礫等物若上好地掘深一磔手若中一肘下地二肘若下下地掘深三肘惡物盡去將好淨土和諸香末緊築令平基高最好次第二日及第三日以泥塗地次第四日用牛糞香泥泥其地竟次將神線四方八肘一帀挽之四角下點更以神線從東北角至西南角從東南角至西北角交叉挽之其線叉中下點掘地深一磔許埋著五寶并及五穀其五寶者一金二銀三真珠四珊瑚五琥珀五穀者一大麥二小麥三稻穀四小豆五胡麻以一片絹

共裹寶穀以五色線繫絹埋之其五色線一頭出地長五指許此寶物等永未得出次作大結界其結界法執跋折羅右遶壇外急走三帀辟毘那夜迦種種結界以印印地東西南北上下誦眞言作印啓告辟除結界等法如初日說依軍荼利次第法用次第五日結界法式如第四日更用牛糞塗地其塗法手右旋摩勿左旋摩其餘事法同第四日次第六日阿闍梨洗浴先入壇內取好聰明弟子二人亦淨洗浴著新淨衣隨後入壇以檀香湯和白粉竟於粉汁中染其神線令一弟子把其線頭按壇東北正當角頭先點之處次阿闍梨把線一頭按壇東南正當角頭先下點之處急挽著地使一弟子捻線中央絣著地上次東北角弟子起向西南角坐亦如前作次東南角阿闍梨起向西北角坐亦如前作次西南角弟子起向東坐亦如前法次先絣處從外向內離一肘許更依前法圍遶絣之次取八肘神線屈中當壇一方一著一一點更屈二肘繩子從壇一方中央點量左右更點兩處次其一方門辟壇繩五指許次更屈門辟向左右五指許次其門左右兩畔寬五指許作次其門外邊直盡著一方若餘三方准知次作中院外繩四肘其外院內繩與界外繩兩繩之門開一肘道其中院門四方辟與向左右總作三指許其門外邊神線絣法亦如前法其中院內方離外界一肘更絣漬神線絣其壇正中心作二肘院更莫作門次阿闍梨以五色線一眞言一結五十五結用馬頭觀自在陀羅尼眞言曰

翳曳呬薄伽梵阿哩耶(二合)嚩嚕吉帝濕嚩(二合)囉没陀没陀没陀薩跢耶摩弩娑麼(二合)囉薩底耶(二合)麼努薩麼(二合)囉怛你也(二合)佗曩柱曩柱枳尼枳尼呬尼呬尼努嚕努嚕寐嚕寐嚕主嚕主嚕都嚕都嚕素嚕素嚕毋嚕毋嚕嚩囉嚩囉冐陀耶冐陀耶呬哩弭哩你知你悉殿覩弭滿跢囉(二合)鉢娜莎嚩(二合)訶

次以絹帛裹於五寶幷五穀子五色線繫眞言索上隨人多少一一裹之次於壇四角各竪一竿西門兩竿以線繞繫四角竿上於其線上懸雜色旛其壇上方東西南北四維繫旛交絡莊嚴其壇外院西門南側離二尺穿作火爐縱廣深淺各二尺作於其爐中留一土臺上揑作香泥蓮以為坐次日没時阿闍梨令諸弟子等洗浴竟次阿闍梨作大結界

次日入時召請諸佛菩薩金剛於壇中心著一佛像北方觀自在南方金剛以種種香花五盤飲食十六盞燈而供養之次於西門外敷新淨席次阿闍梨喚諸弟子作護身印一一誦眞言七徧各各與印諸弟子頂及兩肩心咽眉間髮際腦後護身畢已令諸弟子就於席上面向東坐次取香花及白芥子阿闍梨把白芥子念眞言七徧次第打諸弟子頭上三徧打竟更與護身用馬頭觀自在印眞言曰

唵賀也佗哩(二合)嚩三暮多阿弭帝吽

次阿闍梨胡跪問於最長弟子而云汝今欲得學此法否弟子答云欲得如是次第問諸弟子法用如前次阿闍梨契手擎香水灌諸弟子一一頭上覆之以右手按諸弟子一一

齊上爲誦馬頭觀自在真言次取真言索各
與繫諸弟子臂男左女右次娑婆樹汁香次
第與灌諸弟子身右旋三轉灌香水竟次旋
炬火亦如前法次與齒木各長八指次授與
花竟令諸弟子向東列坐教諸弟子投花向
前次嚼齒木亦如前投若其花頭向人者好
背向東者知魔障出向南北者皆爲不吉齒
木嚼處向身者好背向東者知魔障出餘如
法華法次與洗手各令飲金剛誓水敬謝飲
之次阿闍梨入於壇内白佛菩薩金剛等云
諸弟子等明日更欲入道場來廣作供養諸
佛菩薩金剛天等請昇本宫後設供養願皆
降赴受衆供養如是三説然後發遣壇内諸
佛菩薩金剛及諸天等次阿闍梨向壇邊面
向南坐著一火爐誦馬頭真言燒白芥子一

真言一燒一百八徧時諸弟子即得滅罪次
阿闍梨與二弟子於一夜中以五色粉敷置
壇内一依五方色諸餘賢聖座一依三部法
次作護身印用馬頭印
唵賀也惹吒吽
次把跋折羅作阿密哩多軍茶利身印三迴
右轉於壇外邊次作地結界四方上下次弟
而作并誦馬頭真言緣壇内用閼伽水餅各
四方安次以帛覆其弟子眼阿闍梨心口發
願以平等心普大慈悲心所有福田皆迴與
一切衆生已此散花法一依三部法花所著
處更莫移改所有火法及請賢聖一依三部
法次第次説翳迦惹吒獨建壇法及真言契
等法廣明如後
曩謨没陀(去聲)夜曩謨達摩耶曩謨僧伽耶娜

謨阿唎耶合二嚩嚕枳帝濕嚩合二邏耶冐地薩哆嚩合二耶摩訶薩哆嚩合二夜摩訶迦嚕抳迦耶路你也合二佗唵翳迦惹乇耶摩訶囉乞叉合二斯阿哩夜合二乃延鉢囉合二麼囉乞叉合二斯麼麼姹佉娑婆迦唎唎夜你迦嚕思呬阿難底娑嚩合二訶惹耶惹耶耶娑嚩合二訶薩婆尾近那毘那夜迦囉訖叉合二囉訖叉合二娑嚩合二訶引

隨心眞言曰

唵嗚囉馱喹囉姹涅哩合二尾吽泮乇娑嚩訶

凡欲受持我眞言先須捨貪愛及身口意業諸不善出入護淨先須洗浴清淨著新淨衣手執香爐端心正念啓告十方諸佛及大菩薩一切賢聖弟子某甲今於此處欲建立壇場所有一切善神惟願擁護所有不善之心者急離此界夫擇地要須高山或是平原近水及有花果之處最爲上好若在城邑寺舍淨處即得欲作壇時先作軍茶利結界護身辟毘那夜迦障難揀地訖當作四肘壇掘深一肘除去瓦礫并諸草穢毛髮爪甲然後填好黃土築令堅實取佉陀羅木橛長十二指三稜成者四箇釘四角頭次用犢子糞未墮地者其牛不得食糟次用白檀香用摩壇四肘内須二肘高交四指取沉香檀香用塗其上中心用牛黃和白檀香摩作一蓮花座狀如輪形當坐本尊南邊著馬頭觀自在北邊著軍茶利後面安毘梨耶波羅蜜壇下層安四門東安大自在天餘門安跋折羅其跋折羅無金銅者取柳木及紫檀木亦得壇四角各安一缾滿缾盛水用柏柳枝及花等覆上

燈八盞以種種花果乳酪酥蜜飲食而供養之四門前各安一香爐燒安息香及諸名香而供養之眞言師當洗浴著新淨衣一日不食面向本尊手執香爐廣發願懺悔然後端坐正念誦前根本眞言十萬徧所有重罪業障皆得銷滅毎趂徧數勿令間斷或趂一千八徧或一百八徧課畢之後即共人言當念誦時勿共人語念誦了畢禮拜發願然後始出次説火法其西門南著一火爐方圓深共一肘用胡麻生稻穀花等酥蜜相和竟誦馬頭隨心眞言先誦火天眞言前物一徧眞言一投火中燒如是乃至一千八徧已次請本尊翳迦惹吒即能息一切災難欲求本尊現身者用構枝及香酥蜜等至第三日眞言師取前件物相和置壇中心著禮拜行道讚歎滿四十九帀然後胡跪却請前件物眞言一百八徧用根本眞言後欲投火時誦心眞言一千八徧一誦一燒投在火中乃至數滿燒了啓云一切諸佛諸大菩薩金剛密跡釋梵諸天一切諸仙天眼他心宿命通者當界善神願授弟子火法供養火光熾盛無煙焰中作童樂聲或輪成是大吉祥火焰未滅眞言勿起便結跏坐右點左淨坐至心想惹字喻若紅玻瓈淨無黶點光明逼身本尊即從西南角現身出三目四臂頂上有阿彌陀佛狗牙上下出垂左手與眞言師摩頂問之求何願眞言師不得心動喜悅及怕怖等如是想不滅即是本尊從三昧緩緩起合掌小低頭禮白言聖者弟子今有願所求皆得勿多言乞願其時便得一天花分付眞言師以爲信

聖者言我從今已往常勑諸八部鬼神常加
侍衛亦令使喚無難求悉地出離生死及大
成就無不得者如是求願要在山門半年所
置道場勿令異色人見亦不得更持別法常
念不空菩薩及十一面菩薩臨欲發遣誦此
真言曰
蘇佉蘇佉誐車誐車惹吒曳娑嚩二合訶引
真言師不得戲笑中忘誦當覺身輕如無骨
肉心如師子王空界異香現即知聖者宮後
起行道七帀後執香爐所有賢聖來至此處
供養多不如法惟願布施歡喜次作根本契
印即成散衆
獨部期尅印左手爲金剛拳直竪力度泥唎
根本印禪智進力忍願等向內相叉右壓左
戒方竪頭相拄檀慧橫相壓真言曰

翳門惹隣吽
請印檀慧戒方忍願各外相附二羽合禪智
頭各拄檀慧下節文屈進力附忍願側如鈎
來去請真言曰
阿呬野羚從
次結花座印禪智進力戒方檀慧各頭相拄
開掌忍願相去八分許真言曰
唵惹吒些那
供養印願進頭相拄戒力於願背頭相拄忍
方於願背頭相拄慧度柱力度上文檀度外
橫博智羽背禪智側並竪並開虎口真言曰
唵你弭也二合布惹
忿怒辟尾那夜迦用軍吒利身印真言曰
唵賀那賀那吽
一髻尊降伏真言曰

唵吁嚕啅惹曳娑嚩合二訶引

真言師洗浴灌頂印檀慧並竪戒方屈入掌忍願頭相拄進力屈拄上節背以禪智拄檀慧上文用隨心真言捻數珠印用蓮花部真言

十一面觀自在印

唵阿嚕力娑嚩合二訶乞厠合二素怛囉合二惹閉吽

請火天真言曰

而曳合二底曳娑嚩合二訶

以印用忍願屈甲上文相合戒方直竪頭相拄進力各獨屈如鉤相去一肘禪智微屈相離三分檀慧直竪相去一寸畫像法右手執鉞右手執三股叉左手斧左索身立

佛說一髻尊陀羅尼經

金剛摧碎陀羅尼

宋契丹國師中天竺摩竭陀國三藏法師慈賢　譯

曩謨囉怛那(二合)怛囉(二合)夜野(一)曩謨室戰(二合)拏嚩日囉(三合)播拏曳(二)摩訶藥乞叉(二合)細那鉢哆曳(三)怛你也(二合)他唵(引)怛囉吒野(四)怛囉(二合)吒野(五)咄嚕(二合)吒野咄嚕(二合)吒野(六)娑普(二合)吒娑普(二合)吒(七)娑醭(二合)吒野娑醭(二合)吒野(八)仡哩(二合)恨拏(二合)仡哩(二合)恨拏(九)仡哩(二合)恨拏(二合)跛野仡哩恨拏(二合)跛野(十)薩囉嚩(二合)薩怛嚩(二合)[寧*頁](十一)冐馱野冐馱野(十二)三冐馱野三冐馱野(十三)勃嚕(二合)麼(十四)三勃嚕(二合)麼三勃嚕(二合)麼(十五)薩囉嚩(二合)部哆[寧*頁](十六)矩吒矩吒(十七)僧矩吒野僧矩吒野(十八)薩囉嚩(二合)設咄嚕(二合)(十九)伽吒伽吒(二十)僧伽吒野僧伽吒野(二十一)薩囉嚩(二合)尾你也(二合)嚩日囉(二合二十二)娑醭(二合)吒

嚩日囉(二合二十三)嚩日囉(二合)迦吒嚩日囉(二合二十四)嚩日囉(二合)麼吒嚩日囉(二合二十五)嚩日囉(二合)麼他嚩日囉(二合二十六)嚩日囉(二合)阿吒賀娑(二十七)[寧*頁]攞嚩日囉(二合)素(二十八)嚩日囉(二合)曳娑嚩(二合)訶(二十九)呬補嚕[寧*頁]哩補嚕(三十)伽哩(二合)抳矩嚕(三十一)弭哩祖嚕(三十二)矩嚕矩嚕(三十三)嚩日囉(二合)尾惹夜耶娑嚩(二合)訶(三十四)枳[口*隸]枳攞野娑嚩(二合)訶(三十五)迦吒迦吒(三十六)麼吒麼吒(三十七)囉吒囉吒(三十八)謨吒曩(三十九)跛囉謨吒曩野娑嚩(二合)訶(四十)左囉抳左囉(四十一)賀囉賀囉(四十二)麼囉麼囉麼囉野(四十三)嚩日囉(二合)尾惹囉拏野娑嚩(二合)訶(四十四)親那親那摩訶枳[口*隸]枳攞野娑嚩(二合)訶(四十五)滿馱滿馱(四十六)骨嚕馱骨嚕馱(四十七)枳[口*隸]枳攞野娑嚩(二合)訶(四十八)祖嚕祖嚕贊拏[口*隸](四十九)枳[口*隸]枳攞野娑嚩(二合)

訶(五十)怛囉(二合)娑野怛囉(二合)娑野(五十一)嚩日囉(二合)枳哩枳攞野娑嚩(二合)訶(五十二)賀囉賀囉嚩日囉(二合)馱囉野娑嚩(二合)訶(五十三)鉢囉(二合)賀囉鉢囉(二合)賀囉(五十四)嚩日囉(二合)鉢囉(二合)跛馱曩野娑嚩(二合)訶(五十五)麽底悉體(二合)囉(五十六)嚩日囉(二合)素底悉體(二合)囉(五十七)嚩日囉(二合)鉢囉(二合)底悉體(二合)囉(五十八)嚩日囉(二合)摩訶(五十九)嚩日囉(二合)阿鉢囉(二合)底賀哆(六十)嚩日囉(二合)阿謨伽(六十一)嚩日囉(二合)噎呬(六十二)嚩日囉(二合)誐伽朗(六十三)嚩日囉(二合)野娑嚩(二合)訶(六十四)馱囉馱囉(六十五)地哩地哩(六十六)度嚕度嚕(六十七)薩囉嚩(二合)嚩日囉(二合)矩攞(六十八)摩嚩哩哆(二合)曩野娑嚩(二合)訶(六十九)阿毋劒麽囉野癹吒(七十)娜麽三滿哆嚩日囉(二合)喃(七十一)薩囉嚩(二合)末攞(七十二)麽嚩哩惹野(七十三)摩訶末[口*系]迦吒(七十四)尾怛[口*系]阿怛[口*系](七十五)滿拏攞摩曳(七十六)阿底嚩日囉(二合)摩賀末攞尾誐(七十七)囉拏囉拏(七十八)阿[口*爾]帝入嚩(二合)攞入嚩(二合)囉(七十九)底致底致(八十)底致孕(二合)誐[口*系](八十一)娜賀娜賀(八十二)帝惹嚩帝(八十三)底[口*系]底[口*系](八十四)滿馱滿馱(八十五)摩訶嚩日[口*朗](二合)迦(八十六)入嚩攞野娑嚩(二合)訶(八十七)娜謨囉怛那(二合)怛囉(二合)夜野(八十八)娜謨室戰拏(八十九)嚩日囉(二合)播拏野(九十)摩訶藥乞叉(二合)細曩鉢哆曳(九十一)唵賀囉賀囉(九十二)嚩日囉(二合)麽他麽他(九十三)嚩日囉(二合)度曩度曩(九十四)嚩日囉(二合)鉢左鉢左(九十五)嚩日囉(二合)馱囉馱囉(九十六)嚩日囉(二合)馱囉野馱囉野(九十七)嚩日囉(二合)馱嚕拏馱嚕拏(九十八)嚩日囉(二合)親娜親娜(九十九)嚩日囉牝那牝那(一百)嚩日囉(二合)吽癹吒(一)曩謨室戰拏(二)嚩日囉(二合)骨嚕(二合)馱

野三護嚕護嚕四底瑟吒二合底瑟吒二合五滿馱滿馱六賀曩賀曩七阿蜜哩二合帝八吽癹吒半音九

金剛摧碎陀羅尼

不空罥索毘盧遮那佛大灌頂光真言經

唐特進試鴻臚卿北天竺三藏沙門大廣智不空奉　詔譯

唵(一引)阿謨伽尾盧左曩摩訶母捺囉(二二)(合)麽
抳鉢納麽(三二)(合)入嚩(二合)攞鉢囉(二合)韈哆野吽
(四引)

毘盧遮那如來爲授毋陀羅尼印三昧耶神通法品而最爲第一若有過去一切十惡五逆四重諸罪燼然除滅若有衆生隨處得聞此大灌頂光真言一三七徧經耳根者即得除滅一切罪障設衆生具造十惡五逆四重諸罪猶如微塵滿斯世界身壞命終墮諸惡道以是真言加持土沙一百八遍尸陀林中散亡者屍骸上或散墓上遇皆散之彼所亡者若地獄中若餓鬼中若脩羅中若傍生中以一切不空如來不空毘盧遮那如來真實大願大灌頂光真言神通威力加持沙土之力應時即得光明及身除諸罪報捨所苦身往於西方極樂國土蓮花化生乃至菩提更不墮落復有衆生連年累月痿黃疾惱苦楚萬端是病人者先世業報以是真言於病者前一二三日每日高聲誦此真言一千八十徧則得除滅宿業病障若爲鬼嬈魂識悶亂失音不語持真言者加持手一百八徧摩捫頭面以手按於心上額上加持一千八十徧則得除差摩訶迦羅神作病惱者亦能治遣若諸鬼神魍魎之病加持五色線索一百八結繫其病者腰臂項上則便除差若諸瘧病加持白線索一百八結繫頭項上及加持衣著即令除差若加持石菖蒲一千八十徧含之與他相對談論則勝他伏若以胡椒多誐

囉香青木香小栢檀黃囉娑惹娜此言小栢汁等數末治水丸如棗加持十萬徧便當陰乾若患一切鬼神病種種瘧病或毒藥中或失音者當以藥和水研之加持一百八徧數點兩眼額上心上當怒加持則便除差作病鬼神若不放捨即當頭破如阿梨樹枝若諸毒蟲蛇蠍螫者以藥塗眼即便除差

又法以新米⿰米單羅澡浴清淨著淨衣服已以藥和水研加持一百八徧點米⿰米單羅眼中奮怒加持一千八十徧則便起坐所問皆荅欲放者加持白芥子水二十一徧散米⿰米單羅上即便如舊若爲貴人相請喚者以藥點眼當往見之則相賓敬

不空羂索毘盧遮那佛大灌頂光真言經

音釋

肘陟柳切臂節也 磔陟格切張申也 閼伽梵語也此云水閼阿葛切伽丘迦切 橿居良切木名 黶乙減切黑痕也 痿邕危切痺濕病也 螫施隻切蟲毒也 ⿰米單亭罩切

地藏菩薩本願經

唐于闐國三藏沙門實叉難陀譯

清刻龍藏佛說法變相圖

地藏菩薩本願經卷上

唐于闐國三藏沙門實叉難陀譯

忉利天宮神通品第一

如是我聞一時佛在忉利天爲母說法爾時十方無量世界不可說不可說一切諸佛及大菩薩摩訶薩皆來集會讚歎釋迦牟尼佛能於五濁惡世現不可思議大智慧神通之力調伏剛強衆生知苦樂法各遣侍者問訊世尊是時如來含笑放百千萬億大光明雲所謂大圓滿光明雲大慈悲光明雲大智慧光明雲大般若光明雲大三昧光明雲大吉祥光明雲大福德光明雲大功德光明雲大歸依光明雲大讚歎光明雲放如是等不可說光明雲已又出種種微妙之音所謂檀波羅蜜音尸波羅蜜音羼提波羅蜜音毗離耶

波羅蜜音禪波羅蜜音般若波羅蜜音慈悲音喜捨音解脫音無漏音智慧音大智慧音師子吼音大師子吼音雲雷音大雲雷音出如是等不可說不可說音已娑婆世界及他方國土有無量億天龍鬼神亦集到忉利天宫所謂四天王天忉利天須焰摩天兜率陀天化樂天他化自在天梵衆天梵輔天大梵天少光天無量光天光音天少淨天無量淨天徧淨天福生天福愛天廣果天無想天無煩天無熱天善見天善現天色究竟天摩醯首羅天乃至非想非非想處天一切天衆龍衆鬼神等衆悉來集會復有他方國土及娑婆世界海神江神河神樹神山神地神川澤神苗稼神晝神夜神空神天神飲食神草木神如是等神皆來集會復有他方國土及娑婆世界諸大鬼王所謂惡目鬼王噉血鬼王噉精氣鬼王噉胎卵鬼王行病鬼王攝毒鬼王慈心鬼王福利鬼王大愛敬鬼王如是等鬼王皆來集會爾時釋迦牟尼佛告文殊師利法王子菩薩摩訶薩汝觀是一切諸佛菩薩及天龍鬼神此世界他世界此國土他國土如是今來集會到忉利天者汝知數不文殊師利白佛言世尊若以我神力千劫測度不能得知佛告文殊師利吾以佛眼觀故猶不盡數此皆是地藏菩薩久遠劫來已度當度未度已成就當成就未成就文殊師利白佛言世尊我已過去久修善根證無礙智聞佛所言即當信受小果聲聞天龍八部及未來世諸衆生等雖聞如來誠實之語必懷疑惑設使頂受未免興謗唯願世尊廣說地藏

菩薩摩訶薩因地作何行立何願而能成就不思議事佛告文殊師利譬如三千大千世界所有草木叢林稻麻竹葦山石微塵一物一數作一恒河一恒河沙一沙之界一界之内一塵一劫一劫之内所積塵數盡充爲劫地藏菩薩證十地果位已來千倍多於上喻何況地藏菩薩在聲聞辟支佛地文殊師利此菩薩威神誓願不可思議若未來世有善男子善女人聞是菩薩名字或讚歎或瞻禮或稱名或供養乃至彩畫刻鏤塑漆形像是人當得百返生於三十三天永不墮惡道文殊師利是地藏菩薩摩訶薩於過去久遠不可說不可說劫前身爲大長者子時世有佛號曰師子奮迅具足萬行如來時長者子見佛相好千福莊嚴因問彼佛作何行願而得此相時師子奮迅具足萬行如來告長者子欲證此身當須久遠度脫一切受苦衆生文殊師利時長者子因發願言我今盡未來際不可計劫爲是罪苦六道衆生廣設方便盡令解脱而我自身方成佛道以是於彼佛前立斯大願于今百千萬億那由他不可說劫尚爲菩薩又於過去不可思議阿僧祇劫時世有佛號曰覺華定自在王如來彼佛壽命四百千萬億阿僧祇劫像法之中有一婆羅門女宿福深厚衆所欽敬行住坐卧諸天衛護其母信邪常輕三寶是時聖女廣說方便勸誘其母令生正見而此女母未全生信不久命終魂神墮在無間地獄時婆羅門女知母在世不信因果計當隨業必生惡趣遂賣家宅廣求香華及諸供具於先佛塔寺大興

供養見覺華定自在王如來其形像在一寺中塑畫威容端嚴畢備時婆羅門女瞻禮尊容倍生敬仰私自念言佛名大覺具一切智若在世時我母死後儻來問佛必知處所時婆羅門女垂泣良久瞻戀如來忽聞空中聲曰泣者聖女勿至悲哀我今示汝母之去處婆羅門女合掌向空而白空曰是何神德寬我憂慮我自失母已來晝夜憶戀無處可問知母生界時空中有聲再報女曰我是汝所瞻禮者過去覺華定自在王如來見汝憶母倍於常情衆生之分故來告示婆羅門女聞此聲已舉身自撲支節皆損左右扶侍良久方穌而白空曰願佛慈愍速說我母生界我今身心將死不久時覺華定自在王如來告聖女曰汝供養畢但早返舍端坐思惟吾之名號即當知母所生去處時婆羅門女尋禮佛已即歸其舍以憶母故端坐念覺華定自在王如來經一日一夜忽見自身到一海邊其水涌沸多諸惡獸盡復鐵身飛走海上東西馳逐見諸男子女人百千萬數出沒海中被諸惡獸爭取食噉又見夜叉其形各異或多手多眼多足多頭口牙外出利刃如劍驅諸罪人使近惡獸復自搏攫頭足相就其形萬類不敢久視時婆羅門女以念佛力故自然無懼有一鬼王名曰無毒稽首來迎白聖女曰善哉菩薩何緣來此時婆羅門女問鬼王曰此是何處無毒答曰此是大鐵圍山西面第一重海聖女問曰我聞鐵圍之內地獄在中是事實不無毒答曰實有地獄聖女問曰我今云何得到獄所無毒答曰若非威神

即須業力非此二事終不能到聖女又問此水何緣而乃涌沸多諸罪人及以惡獸無毒荅曰此是閻浮提造惡衆生新死之者經四十九日後無人繼嗣爲作功德救拔苦難生時又無善因當據本業所感地獄自然先渡此海海東十萬由旬又有一海其苦倍此彼海之東又有一海其苦復倍三業惡因之所招感共號業海其處是也聖女又問鬼王無毒曰地獄何在無毒荅曰三海之內是大地獄其數百千各各差別所謂大者具有十八次有五百苦毒無量次有千百亦無量苦聖女又問大鬼王曰我毋死來未久不知魂神當至何趣鬼王問聖女曰菩薩之毋在生習何行業聖女荅曰我毋邪見譏毀三寶設或暫信旋又不敬死雖日淺未知生處無毒問曰菩薩之毋姓氏何等聖女荅曰我父我毋俱婆羅門種父號尸羅善現毋號悅帝利無毒合掌啓菩薩曰願聖者却返本處無至憂憶悲戀悅帝利罪女生天以來經今三日云承孝順之子爲毋設供修福布施覺華定自在王如來塔寺非唯菩薩之毋得脫地獄應是無間罪人此日悉得受樂俱同生訖鬼王言畢合掌而退婆羅門女尋如夢歸悟此事已便於覺華定自在王如來塔像之前立弘誓願願我盡未來劫應有罪苦衆生廣設方便使令解脫佛告文殊師利時鬼王無毒者當今財首菩薩是婆羅門女者即地藏菩薩是

分身集會品第二

爾時百千萬億不可思不可議不可量不可

說無量阿僧祇世界所有地獄處分身地藏菩薩俱來集在忉利天宫以如來神力故各以方面與諸得解脱從業道出者亦各有千萬億那由他數共持香華來供養佛彼諸同來等輩皆因地藏菩薩教化永不退轉於阿耨多羅三藐三菩提是諸衆等久遠劫來流浪生死六道受苦暫無休息以地藏菩薩廣大慈悲深誓願故各獲果證既至忉利心懷踊躍瞻仰如來目不暫捨爾時世尊舒金色臂摩百千萬億不可思不可議不可量不可說無量阿僧祇世界諸分身地藏菩薩摩訶薩頂而作是言吾於五濁惡世教化如是剛强衆生令心調伏捨邪歸正十有一二尚惡習在吾亦分身千百億廣設方便或有利根聞即信受或有善果勤勸成就或有暗鈍久化方歸或有業重不生敬仰如是等輩衆生各各差别分身度脱或現男子身或現女人身或現天龍身或現神鬼身或現山林川原河池泉井利及於人悉皆度脱或現天帝身或現梵王身或現轉輪王身或現居士身或現國王身或現宰輔身或現官屬身或現比丘比丘尼優婆塞優婆夷身乃至聲聞羅漢辟支佛菩薩等身而以化度非但佛身獨現其前汝觀吾累劫勤苦度脱如是等難化剛强罪苦衆生其有未調伏者隨業報應若墮惡趣受大苦時汝當憶念吾在忉利天宫慇懃付囑令娑婆世界至彌勒出世已來衆生悉使解脱永離諸苦遇佛授記爾時諸世界分身地藏菩薩共復一形涕淚哀戀白其佛言我從久遠劫來蒙佛接引使獲不可思議

神力具大智慧我所分身遍滿百千萬億恒河沙世界每一世界化百千萬億身每一身度百千萬億人令歸敬三寶永離生死至涅槃樂但於佛法中所爲善事一毛一渧一沙一塵或毫髮許我漸度脫使獲大利唯願世尊不以後世惡業衆生爲慮如是三白佛言唯願世尊不以後世惡業衆生爲慮爾時佛讚地藏菩薩言善哉善哉吾助汝喜汝能成就久遠劫來發弘誓願廣度將畢即證菩提

觀衆生業緣品第三

爾時佛母摩耶夫人恭敬合掌問地藏菩薩言聖者閻浮衆生造業差別所受報應其事云何地藏荅言千萬世界乃及國土或有地獄或無地獄或有女人或無女人或有佛法或無佛法乃至聲聞辟支佛亦復如是非但地獄罪報一等摩耶夫人重白菩薩且願聞於閻浮罪報所感惡趣地藏荅言聖母唯願聽受我粗說之佛母白言願聖者說爾時地藏菩薩白聖母言南閻浮提罪報名號如是若有衆生不孝父母或至殺害當墮無間地獄千萬億劫求出無期若有衆生出佛身血毀謗三寶不敬尊經亦當墮於無間地獄千萬億劫求出無期若有衆生侵損常住點汚僧尼或伽藍内恣行婬欲或殺或害如是等輩當墮無間地獄千萬億劫求出無期若有衆生僞作沙門心非沙門破用常住欺誑白衣違背戒律種種造惡如是等輩當墮無間地獄千萬億劫求出無期若有衆生偷竊常住財物穀米飲食衣服乃至一物不與取者當墮無間地獄千萬億劫求出無期地藏白

言聖母若有衆生作如是罪當墮五無間地獄求暫停苦一念不得摩耶夫人重白地藏菩薩言云何名爲無間地獄地藏白言聖母諸有地獄在大鐵圍山之内其大地獄有一十八所次有五百名號各别次有千百名字亦别無間獄者其獄城周匝八萬餘里其城純鐵高一萬里城上火聚少有空缺其獄城中諸獄相連名號各别獨有一獄名曰無間其獄周匝萬八千里獄墻高一千里悉是鐵爲上火徹下下火徹上鐵蛇鐵狗吐火馳逐獄墻之上東西而走獄中有床遍滿萬里一人受罪自見其身遍卧滿床千萬人受罪亦各自見身滿床上衆業所感獲報如是又諸罪人備受衆苦千百夜叉及以惡鬼口牙如劒眼如電光手復銅爪拖拽罪人復有夜叉執大鐵戟中罪人身或中口鼻或中腹背拋空翻接或置床上復有鐵鷹啗罪人目復有鐵蛇繳罪人頸百肢節内悉下長釘拔舌耕犁抽腸剉斬洋銅灌口熱鐵纏身萬死千生業感如是動經億劫求出無期此界壞時寄生他界他界次壞轉寄他方他方壞時展轉相寄此界成後還復而來無間罪報其事如是又五事業感故稱無間何等爲五一者日夜受罪以至劫數無時間絶故稱無間二者一人亦滿多人亦滿故稱無間三者罪器叉棒鷹蛇狼犬碓磨鋸鑿剉斫鑊湯鐵網鐵繩鐵驢鐵馬生革絡首熱鐵澆身飢呑鐵丸渴飲鐵汁從年竟劫數那由他苦楚相連更無間斷故稱無間四者不問男子女人羌胡夷狄老幼貴賤或龍或神或天或鬼罪行業感

悉同受之故稱無間五者若墮此獄從初入時至百千劫一日一夜萬死萬生求一念間暫住不得除非業盡方得受生以此連綿故稱無間地藏菩薩白聖母言無間地獄粗說如是若廣說地獄罪器等名及諸苦事一劫之中求說不盡摩耶夫人聞已愁憂合掌頂禮而退

閻浮衆生業感品第四

爾時地藏菩薩摩訶薩白佛言世尊我承佛如來威神力故遍百千萬億世界分是身形救拔一切業報衆生若非如來大慈力故即不能作如是變化我今又蒙佛付囑至阿逸多成佛已來六道衆生遣令度脫唯然世尊願不有慮爾時佛告地藏菩薩一切衆生未解脫者性識無定惡習結業善習結果爲善爲惡逐境而生輪轉五道暫無休息動經塵劫迷惑障難如魚遊網將是長流脫入暫出又復遭網以是等輩吾當憂念汝既畢是往願累劫重誓廣度罪輩吾復何慮說是語時會中有一菩薩摩訶薩名定自在王白佛言世尊地藏菩薩累劫已來各發何願今蒙世尊慇懃讚歎唯願世尊略而說之爾時世尊告定自在王菩薩諦聽諦聽善思念之吾當爲汝分別解說乃往過去無量阿僧祇那由他不可說劫爾時有佛號一切智成就如來應供正徧知明行足善逝世間解無上士調御丈夫天人師佛世尊其佛壽命六萬劫未出家時爲小國王與一鄰國王爲友同行十善饒益衆生其鄰國內所有人民多造衆惡二王議計廣設方便一王發願早成佛道當

度是輩令使無餘一王發願若不先度罪苦令是安樂得至菩提我終未願成佛佛告定自在王菩薩一王發願早成佛者即一切智成就如來是一王發願永度罪苦衆生未願成佛者即地藏菩薩是復於過去無量阿僧祇劫有佛出世名清淨蓮華目如來其佛壽命四十劫像法之中有一羅漢福度衆生因次教化遇一女人字曰光目設食供養羅漢問之欲願何等光目荅言我以母亡之日資福救拔未知我母生處何趣羅漢愍之爲入定觀見光目女母墮在惡趣受極大苦羅漢問光目言汝母在生作何行業今在惡趣受極大苦光目荅言我母所習唯好食噉魚鼈之屬所食魚鼈多食其子或炒或煮恣情食噉計其命數千萬復倍尊者慈愍如何哀救羅漢愍之爲作方便勸光目言汝可志誠念清淨蓮華目如來兼塑畫形像存亡獲報光目聞已即捨所愛尋畫佛像而供養之復恭敬心悲泣瞻禮忽於夜後夢見佛身金色晃耀如須彌山放大光明而告光目汝母不久當生汝家纔覺飢寒即當言說其後家內婢生一子未滿三日而乃言說稽首悲泣告於光目生死業緣果報自受吾是汝母久處暗冥自別汝來累墮大地獄蒙汝福力方得受生爲下賤人又復短命壽年十三更落惡道汝有何計令吾脫免光目聞說知母無疑哽咽悲啼而白婢子既是我母合知本罪作何行業墮於惡道婢子荅言以殺害毀罵二業受報若非蒙福救拔吾難以是業故未合解脫光目問言地獄罪報其事云何婢子荅言

罪苦之事不忍稱說百千歲中卒白難竟光目聞已啼淚號泣而白空界願我之母永脫地獄畢十三歲更無重罪及歷惡道十方諸佛慈哀愍我聽我爲母所發廣大誓願若得我母永離三塗及斯下賤乃至女人之身永劫不受者願我自今日後對清淨蓮華目如來像前却後百千萬億劫中應有世界所有地獄及三惡道諸罪苦衆生誓願救拔令離地獄惡趣畜生餓鬼等如是罪報等人盡成佛竟我然後方成正覺發誓願已具聞清淨蓮華目如來而告之曰光目汝大慈愍善能爲母發如是大願吾觀汝母十三歲畢捨此報已生爲梵志壽年百歲過是報後當生無憂國土壽命不可計劫後成佛果廣度人天數如恒河沙佛告定自在王爾時羅漢福度光目者即無盡意菩薩是光目母者即解脫菩薩是光目女者即地藏菩薩是過去久遠劫中如是慈愍發恒河沙願廣度衆生未來世中若有男子女人不行善者行惡者乃至不信因果者邪婬妄語者兩舌惡口者毀謗大乘者如是諸業衆生必墮惡趣若遇善知識勸令一彈指間歸依地藏菩薩是諸衆生即得解脫三惡道報若能志心歸敬及瞻禮讚歎香華衣服種種珍寶或復飲食如是奉事者未來百千萬億劫中常在諸天受勝妙樂若天福盡下生人間猶百千劫常爲帝王能憶宿命因果本末定自在王如是地藏菩薩有如此不可思議大威神力廣利衆生汝等諸菩薩當記是經廣宣流布定自在王白佛言世尊願不有慮我等千萬億菩薩摩訶

薩必能承佛威神廣演是經於閻浮提利益衆生定自在王菩薩白世尊已合掌恭敬作禮而退爾時四方天王俱從座起合掌恭敬白佛言世尊地藏菩薩於久遠劫來發如是大願云何至今猶度未絶更發廣大誓言唯願世尊爲我等説佛告四天王善哉善哉吾今爲汝及未來現在天人衆等廣利益故説地藏菩薩於娑婆世界閻浮提内生死道中慈哀救拔度脱一切罪苦衆生方便之事四天王言唯然世尊願樂欲聞佛告四天王地藏菩薩久遠劫來迄至于今度脱衆生猶未畢願慈愍此世罪苦衆生復觀未來無量劫中因蔓不斷以是之故又發重願如是菩薩於娑婆世界閻浮提中百千萬億方便而爲教化四天王地藏菩薩若遇殺生者説宿殃短命報若遇竊盜者説貧窮苦楚報若遇邪婬者説雀鴿鴛鴦報若遇惡口者説眷屬鬬諍報若遇毁謗者説無舌瘡口報若遇瞋恚者説醜陋癃殘報若遇慳恪者説所求違願報若遇飲食無度者説飢渴咽病報若遇畋獵恣情者説驚狂喪命報若遇悖逆父母者説天地災殺報若遇燒山林木者説狂迷取死報若遇前後父毋惡毒者説返生鞭撻現受報若遇網捕生雛者説骨肉分離報若遇毁謗三寶者説盲聾瘖瘂報若遇輕法慢教者説永處惡道報若遇破用常住者説億劫輪迴地獄報若遇汚梵誣僧者説永在畜生報若遇湯火斬斫傷生者説輪迴遞償報若遇破戒犯齋者説禽獸飢餓報若遇非理毁用者説所求闕絶報若遇吾我貢高者説卑

使下賤報若遇兩舌鬬亂者說無舌百舌報若遇邪見者說邊地受生報如是等閻浮提衆生身口意業惡習結果百千報應今粗略說如是等閻浮提衆生業感差別地藏菩薩百千方便而教化之是諸衆生先受如是等報後墮地獄動經劫數無有出期是故汝等護人護國無令是諸衆業迷惑衆生四天王聞已涕淚悲歎合掌而退

地獄名號品第五

爾時普賢菩薩摩訶薩白地藏菩薩言仁者願爲天龍四衆及未來現在一切衆生說娑婆世界及閻浮提罪苦衆生所受報處地獄名號及惡報等事使未來世末法衆生知是果報地藏荅言仁者我今承佛威神及大士之力略說地獄名號及罪報惡報之事仁者閻浮提東方有山號曰鐵圍其山黒邃無日月光有大地獄號極無間又有地獄名大阿鼻復有地獄名曰四角復有地獄名曰飛刀復有地獄名曰火箭復有地獄名曰夾山復有地獄名曰通槍復有地獄名曰鐵車復有地獄名曰鐵床復有地獄名曰鐵牛復有地獄名曰鐵衣復有地獄名曰千刃復有地獄名曰鐵驢復有地獄名曰洋銅復有地獄名曰抱柱復有地獄名曰流火復有地獄名曰耕舌復有地獄名曰剉首復有地獄名曰燒脚復有地獄名曰啗眼復有地獄名曰鐵丸復有地獄名曰諍論復有地獄名曰鐵鈇復有地獄名曰多瞋地藏白言仁者鐵圍之內有如是等地獄其數無限更有叫喚地獄拔舌地獄糞尿地獄銅鏁地獄火象地獄火狗

地獄火馬地獄火牛地獄火山地獄火石地獄火牀地獄火梁地獄火鷹地獄鋸牙地獄剥皮地獄飲血地獄燒手地獄燒脚地獄倒刺地獄火屋地獄鐵屋地獄火狼地獄如是等地獄其中各各復有諸小地獄或一或二或三或四乃至百千其中名號各各不同地藏菩薩告普賢菩薩言仁者此者皆是南閻浮提行惡衆生業感如是業力甚大能敵須彌能深巨海能障聖道是故衆生莫輕小惡以爲無罪死後有報纖毫受之父子至親岐路各别縱然相逢無肯代受我今承佛威力略說地獄罪報之事唯願仁者暫聽是言普賢荅言吾以久知三惡道報望仁者說令後世末法一切惡行衆生聞仁者說使令歸佛地藏白言仁者地獄罪報其事如是或有地獄取罪人舌使牛耕之或有地獄取罪人心夜叉食之或有地獄鑊湯盛沸煑罪人身或有地獄赤燒銅柱使罪人抱或有地獄使諸火燒趂及罪人或有地獄一向寒冰或有地獄無限糞尿或有地獄純飛鏃鑠或有地獄多攢火槍或有地獄唯撞胷背或有地獄但燒手足或有地獄盤繳鐵虵或有地獄驅逐鐵狗或有地獄盡駕鐵騾仁者如是等報各各獄中有百千種業道之器無非是銅是鐵是石是火此四種物衆業行感若廣說地獄罪報等事一一獄中更有百千種苦楚何况多獄我今承佛威神及仁者問略說如是若廣解說窮劫不盡

如來讚歎品第六

爾時世尊舉身放大光明遍照百千萬億恒

河沙等諸佛世界出大音聲普告諸佛世界一切諸菩薩摩訶薩及天龍鬼神人非人等聽吾今日稱揚讚歎地藏菩薩摩訶薩於十方世界現大不可思議威神慈悲之力救護一切罪苦之事吾滅度後汝等諸菩薩大士及天龍鬼神等廣作方便衛護是經令一切衆生證涅槃樂說是語已會中有一菩薩名曰普廣合掌恭敬而白佛言今見世尊讚歎地藏菩薩有如是不可思議大威神德唯願世尊爲未來世末法衆生宣說地藏菩薩利益人天因果等事使諸天龍八部及未來世衆生頂受佛語爾時世尊告普廣菩薩及四衆等諦聽諦聽吾當爲汝略說地藏菩薩利益人天福德之事普廣白言唯然世尊願樂欲聞佛告普廣菩薩未來世中若有善男子善女人聞是地藏菩薩摩訶薩名者或合掌者讚歎者作禮者戀慕者是人超越三十劫罪普廣若有善男子善女人或彩畫形像或土石膠漆金銀銅鐵作此菩薩一瞻一禮者是人百返生於三十三天永不墮於惡道假如天福盡故下生人間猶爲國王不失大利若有女人猒女人身盡心供養地藏菩薩畫像及土石膠漆銅鐵等像如是日日不退常以華香飲食衣服繒綵幢旛錢寶物等供養是善女人盡此一報女身百千萬劫更不生有女人世界何況復受除非慈願力故要受女身度脫衆生承斯供養地藏力故及功德力百千萬劫不受女身復次普廣若有女人猒是醜陋多疾病者但於地藏像前志心瞻禮食頃之間是人千萬劫中所受生身相貌

圓滿是醜陋女人如不猒女身即百千萬億生中常爲王女乃及王妃宰輔大姓大長者女端正受生諸相圓滿由志心故瞻禮地藏菩薩獲福如是復次普廣若有善男子善女人能對菩薩像前作諸伎樂及歌詠讚歎香華供養乃至勸於一人多人如是等輩現在世中及未來世常得百千鬼神日夜衛護不令惡事輒聞其耳何況親受諸横復次普廣未來世中若有惡人及惡神惡鬼見有善男子善女人歸敬供養讚歎瞻禮地藏菩薩形像或妄生譏毀謗無功德及利益事或露齒笑或背面非或勸人共非或一人非或多人非乃至一念生譏毀者如是之人賢劫千佛滅度譏毀之報尚在阿鼻地獄受極重罪過是劫已方受餓鬼又經千劫復受畜生又經千劫方得人身縱受人身貧窮下賤諸根不具多被惡業來結其心不久之間復墮惡道是故普廣譏毀他人供養尚獲此報何況别生惡見毀滅復次普廣若未來世有男子女人久處床枕求生求死了不可得或夜夢惡鬼乃及家親或遊險道或多魘寐共鬼神遊日月歲深轉復尫瘵眠中叫苦慘悽不樂者此皆是業道論對未定輕重或難捨壽或不得愈男女俗眼不辨是事但當對諸佛菩薩像前高聲轉讀此經一遍或取病人可愛之物或衣服寶貝莊園舍宅對病人前高聲唱言我某甲等爲是病人對經像前捨諸等物或供養經像或造佛菩薩形像或造塔寺或然油燈或施常住如是三白病人遣令聞知假令諸識分散至氣盡者乃至一日二日三

日四日至七日已來但高聲白高聲讀經是
人命終之後宿殃重罪至于五無間罪永得
解脫所受生處常知宿命何況善男子善女
人自書此經或教人書或自塑畫菩薩形像
乃至教人塑畫所受果報必獲大利是故普
廣若見有人讀誦是經乃至一念讚歎是經
或恭敬者汝須百千方便勸是等人勤心莫
退能得未來現在千萬億不可思議功德復
次普廣若未來世諸衆生等或夢或寐見諸
鬼神乃及諸形或悲或啼或愁或歎或恐或
怖此皆是一生十生百生千生過去父母男
女弟妹夫妻眷屬在於惡趣未得出離無處
希望福力救援當告宿世骨肉使作方便願
離惡道普廣汝以神力遣是眷屬令對諸佛
菩薩像前志心自讀此經或請人讀其數三

徧或七徧如是惡道眷屬經聲畢是徧數當
得解脫乃至夢寐之中永不復見復次普廣
若未來世有諸下賤等人或奴或婢乃至諸
不自由之人覺知宿業要懺悔者志心瞻禮
地藏菩薩形像乃至一七日中念菩薩名可
滿萬徧如是等人盡此報後千萬生中常生
尊貴更不經三惡道苦復次普廣若未來世
中閻浮提内刹利婆羅門長者居士一切人
等及異姓種族有新產者或男或女七日之
中早與讀誦此不思議經典更爲念菩薩名
可滿萬徧是新生子或男或女宿有殃報便
得解脫安樂易養壽命增長若是承福生者
轉增安樂及與壽命復次普廣若未來世衆
生於月一日八日十四日十五日十八日二
十三二十四二十八二十九日乃至三十日

是諸日等諸罪結集定其輕重南閻浮提衆生舉止動念無不是業無不是罪何況恣情殺害竊盜邪婬妄語百千罪狀能於是十齋日對佛菩薩諸賢聖像前讀是經一遍東西南北百由旬内無諸災難當此居家若長若幼現在未來百千歲中永離惡趣能於十齋日每轉一遍現世令此居家無諸横病衣食豐溢是故普廣當知地藏菩薩有如是等不可說百千萬億大威神力利益之事閻浮衆生於此大士有大因緣是諸衆生聞菩薩名見菩薩像乃至聞是經三字五字或一偈一句者現在殊妙安樂未來之世百千萬生常得端正生尊貴家爾時普廣菩薩聞佛如來稱揚讚歎地藏菩薩已胡跪合掌復白佛言世尊我久知是大士有如此不可思議神力及大誓願力爲未來衆生遣知利益故問如來唯然頂受世尊當何名此經使我云何流布佛告普廣此經有三名一名地藏本願亦名地藏本行亦名地藏本誓力經緣此菩薩久遠劫來發大重願利益衆生是故汝等依願流布普廣聞已合掌恭敬作禮而退

地藏菩薩本願經卷上

音釋

塑蘇故切土像物也 攫厥縛切持也 渧丁歷切水點也 拖拽拖湯何切拽羊設切拖拽牽引也 啗徒濫切食也 繳吉了切纏也 頸居郢切頭莖也 剉千臥切剉斫也 碓音對舂也 炒楚絞切乾熬也 遞徒計切更也 邃雖遂切深也 鏃鑗鏃昨悉切鑗憐題切鏃鑗渠答也 攢徂官切聚也 魘寐魘於琰切寐明祕切 尫瘵尫烏光切羸弱也瘵側介切病也

地藏菩薩本願經卷下

唐于闐國三藏沙門實叉難陀譯

利益存亡品第七

爾時地藏菩薩摩訶薩白佛言世尊我觀是閻浮衆生舉心動念無非是罪脫獲善利多退初心若遇惡緣念念增益是等輩人如履泥塗負於重石漸困漸重足步深邃若得遇知識替與減負或全與負是知識有大力故復相扶助勸令牢脚若達平地須省惡路無再經歷世尊習惡衆生從纖毫間便至無量是諸衆生有如此習臨命終時父母眷屬宜爲設福以資前路或懸幡蓋及然油燈或轉讀尊經或供養佛像及諸聖像乃至念佛菩薩及辟支佛名字一名一號歷臨終人耳根或聞在本識是諸衆生所造惡業計其感果必墮惡趣緣是眷屬爲臨終人修此聖因如是衆罪悉皆消滅若能更爲身死之後七七日內廣造衆善能使是諸衆生永離惡趣得生人天受勝妙樂現在眷屬利益無量是故我今對佛世尊及天龍八部人非人等勸於閻浮提衆生臨終之日愼勿殺害及造惡緣拜祭鬼神求諸魍魎何以故爾所殺害乃至拜祭無纖毫之力利益亡人但結罪緣轉增深重假使來世或現在生得獲聖分生人天中緣是臨終被諸眷屬造是惡因亦令是命終人殃累對辯晩生善處何况臨命終人在生未曾有少善根各據本業自受惡趣何忍眷屬更爲增業譬如有人從遠地來絕粮三日所負擔物強過百斤忽遇隣人更附少物以是之故轉復困重世尊我觀閻浮衆生但

能於諸佛教中乃至善事一毛一渧一沙一塵如是利益悉皆自得說是語時會中有一長者名曰大辯是長者久證無生化度十方現長者身合掌恭敬問地藏菩薩言大士是南閻浮提衆生命終之後小大眷屬爲修功德乃至設齋造衆善因是命終人得大利益及解脫不地藏荅言長者我今爲未來現在一切衆生承佛威力略說是事長者未來現在諸衆生等臨命終日得聞一佛名一菩薩名一辟支佛名不問有罪無罪悉得解脫若有男子女人在生不修善因多造衆罪命終之後眷屬小大爲造福利一切聖事七分之中而乃獲一六分功德生者自利以是之故未來現在善男女等聞健自修分分全獲無常大鬼不期而到冥冥遊神未知罪福七七日內如癡如聾或在諸司辯論業果審定之後據業受生未測之間千萬愁苦何況墮於諸惡趣等是命終人未得受生在七七日內念念之間望諸骨肉眷屬與造福力救拔過是日後隨業受報若是罪人動經千百歲中無解脫日若是五無間罪墮大地獄千劫萬劫永受衆苦復次長者如是罪業衆生命終之後眷屬骨肉爲修營齋資助業道未齋食竟及營齋之次米泔菜葉不棄於地乃至諸食未獻佛僧勿得先食如有違食及不精勤是命終人了不得力如精勤護淨奉獻佛僧是命終人七分獲一是故長者閻浮衆生若能爲其父母乃至眷屬命終之後設齋供養志心勤懇如是之人存亡獲利說是語時忉利天宮有千萬億那由他閻浮鬼神悉發無

量菩提之心大辯長者作禮而退

閻羅王衆讚歎品第八

爾時鐵圍山內有無量鬼王與閻羅天子俱詣忉利來到佛所所謂惡毒鬼王多惡鬼王大諍鬼王白虎鬼王血虎鬼王赤虎鬼王散殃鬼王飛身鬼王電光鬼王狼牙鬼王千眼鬼王噉獸鬼王負石鬼王主耗鬼王主禍鬼王主食鬼王主財鬼王主畜鬼王主禽鬼王主獸鬼王主魅鬼王主產鬼王主命鬼王主疾鬼王主險鬼王三目鬼王四目鬼王五目鬼王祁利失王大祁利失王祁利叉王大祁利叉王阿那吒王大阿那吒王如是等大鬼王各各與百千諸小鬼王盡居閻浮提各有所執各有所主是諸鬼王與閻羅天子承佛威神及地藏菩薩摩訶薩力俱詣忉利在一面立爾時閻羅天子胡跪合掌白佛言世尊我等今者與諸鬼王承佛威神及地藏菩薩摩訶薩力方得詣此忉利大會亦是我等獲善利故我今有小疑事敢問世尊唯願世尊慈悲宣說佛告閻羅天子恣汝所問吾爲汝說是時閻羅天子瞻禮世尊及迴視地藏菩薩而白佛言世尊我觀地藏菩薩在六道中百千方便而度罪苦衆生不辭疲倦是大菩薩有如是不可思議神通之事然諸衆生脫獲罪報未久之間又墮惡道世尊是地藏菩薩既有如是不可思議神力云何衆生而不依止善道永取解脫唯願世尊爲我解說佛告閻羅天子南閻浮提衆生其性剛強難調難伏是大菩薩於百千劫頭頭救拔如是衆生早令解脫是罪報人乃至墮大惡趣菩薩

以方便力拔出根本業緣而遣悟宿世之事自是閻浮衆生結惡習重旋出旋入勞斯菩薩久經劫數而作度脫譬如有人迷失本家誤入險道其險道中多諸夜叉及虎狼師子蚖蛇蝮蠍如是迷人在險道中須臾之間即遭諸毒有一知識多解大術善禁是毒乃及夜叉諸惡毒等忽逢迷人欲進險道而語之言咄哉男子爲何事故而入此路有何異術能制諸毒是迷路人忽聞是語方知險道即便退步求出此路是善知識提携接手引出險道免諸惡毒至于好道令得安樂而語之言咄哉迷人自今已後勿履是道此路入者卒難得出復損性命是迷路人亦生感重臨別之時知識又言若見親知及諸路人若男若女言於此路多諸毒惡喪失性命無令是衆自取其死是故地藏菩薩具大慈悲救拔罪苦衆生生天人中令受妙樂是諸罪衆知業道苦脫得出離永不再歷如迷路人誤入險道遇善知識引接令出永不復入逢見他人復勸莫入自言因是迷故得解脫竟更不復入若再履踐猶尚迷誤不覺舊曾所落險道或致失命如墮惡趣地藏菩薩方便力故使令解脫生人天中旋又再入若業結重永處地獄無解脫時爾時惡毒鬼王合掌恭敬白佛言世尊我等諸鬼王其數無量在閻浮提或利益人或損害人各各不同然是業報使我眷屬遊行世界多惡少善過人家庭或城邑聚落莊園房舍或有男子女人修毛髮善事乃至懸一旛一蓋少香少華供養佛像及菩薩像或轉讀尊經燒香供養一句一偈

我等鬼王敬禮是人如過去現在未來諸佛勑諸小鬼各有大力及土地分便令衛護不令惡事横事惡病横病乃至不如意事近於此舍等處何况入門佛讚鬼王善哉善哉汝等及與閻羅能如是擁護善男女等吾亦告梵王帝釋令衛護汝說是語時會中有一鬼王名曰主命白佛言世尊我本業縁主閻浮人命生時死時我皆主之在我本願甚欲利益自是衆生不會我意致令生死俱不得安何以故是閻浮提人初生之時不問男女或欲生時但作善事增益舍宅自令土地無量歡喜擁護子母得大安樂利益眷屬或巳生下愼勿殺害取諸鮮味供給産母及廣聚眷屬飲酒食肉歌樂絃管能令子母不得安樂何以故是産難時有無數惡鬼及魍魎精魅欲食腥血是我早令舍宅土地靈祇荷護子母使令安樂而得利益如是之人見安樂故便合設福答諸土地翻爲殺害集聚眷屬以是之故犯殃自受子母俱損又閻浮提臨命終人不問善惡我欲令是命終之人不落惡道何况自修善根增我力故是閻浮提行善之人臨命終時亦有百千惡道鬼神或變作父母乃至諸眷屬引接亡人令落惡道何况本造惡者世尊如是閻浮提男子女人臨命終時神識惽昧不辯善惡乃至眼耳更無見聞是諸眷屬當須設大供養轉讀尊經念佛菩薩名號如是善縁能令亡者離諸惡道諸魔鬼神悉皆退散世尊一切衆生臨命終時若得聞一佛名一菩薩名或大乘經典一句一偈我觀如是輩人除五無間殺害之罪小

小惡業合墮惡趣者尋即解脫佛告主命鬼王汝大慈故能發如是大願於生死中護諸衆生若未來世中有男子女人至生死時汝莫退是願總令解脫永得安樂鬼王白佛言願不有慮我畢是形念念擁護閻浮衆生生時死時俱得安樂但願諸衆生於生死時信受我語無不解脫護大利益爾時佛告地藏菩薩是大鬼王主命者已曾經百千生作大鬼王於生死中擁護衆生是大士慈悲願故現大鬼身實非鬼也却後過一百七十劫當得成佛號曰無相如來劫名安樂世界名淨住其佛壽命不可計劫地藏是大鬼王其事如是不可思議所度天人亦不可限量

稱佛名號品第九

爾時地藏菩薩摩訶薩白佛言世尊我今爲未來衆生演利益事於生死中得大利益唯願世尊聽我說之佛告地藏菩薩汝今欲興慈悲救拔一切罪苦六道衆生演不思議事今正是時唯當速說吾即涅槃使汝早畢是願吾亦無憂現在未來一切衆生地藏菩薩白佛言世尊過去無量阿僧祇劫有佛出世號無邊身如來若有男子女人聞是佛名暫生恭敬即得超越四十劫生死重罪何況塑畫形像供養讚歎其人獲福無量無邊又於過去恒河沙劫有佛出世號寶性如來若有男子女人聞是佛名一彈指頃發心歸依是人於無上道永不退轉又於過去有佛出世號波頭摩勝如來若有男子女人聞是佛名歷於耳根是人當得千返生於六欲天中何況志心稱念又於過去不可說不可說阿僧

祇劫有佛出世號師子吼如來若有男子女人聞是佛名一念歸依是人得遇無量諸佛摩頂授記又於過去有佛出世號拘留孫佛若有男子女人聞是佛名志心瞻禮或復讚歎是人於賢劫千佛會中爲大梵王得授上記又於過去有佛出世號毘婆尸若有男子女人聞是佛名永不墮惡道常生人天受勝妙樂又於過去無量無數恒河沙劫有佛出世號寶勝如來若有男子女人聞是佛名畢竟不墮惡道常在天上受勝妙樂又於過去有佛出世號寶相如來若有男子女人聞是佛名生恭敬心是人不久得阿羅漢果又於過去無量阿僧祇劫有佛出世號袈裟幢如來若有男子女人聞是佛名者超一百大劫生死之罪又於過去有佛出世號大通山王如來若有男子女人聞是佛名者是人得遇恒河沙佛廣爲說法必成菩提又於過去有淨月佛山王佛智勝佛淨名王佛智成就佛無上佛妙聲佛滿月佛月面佛有如是等不可說佛世尊現在未來一切衆生若天若人若男若女但念得一佛名號功德無量何況多名是衆生等生時死時自得大利終不墮惡道若有臨命終人家中眷屬乃至一人爲是病人高聲念一佛名是命終人除五無間罪餘業報等悉得消滅是五無間罪雖至極重動經億劫了不得出承斯臨命終時他人爲其稱念佛名於是罪中亦漸消滅何況衆生自稱自念獲福無量滅無量罪

校量布施功德緣品第十

爾時地藏菩薩摩訶薩承佛威神從座而起

胡跪合掌白佛言世尊我觀業道衆生校量布施有輕有重有一生受福有十生受福有百生千生受大福利者是事云何唯願世尊爲我說之爾時佛告地藏菩薩吾今於忉利天宮一切衆會說閻浮提布施校量功德輕重汝當諦聽吾爲汝說地藏白佛言我疑是事願樂欲聞佛告地藏菩薩南閻浮提有諸國王宰輔大臣大長者大刹利大婆羅門等若遇最下貧窮乃至癃殘瘖啞聾癡無目如是種種不完具者是大國王等欲布施時若能具大慈悲下心含笑親手徧布施或使人施軟言慰喻是國王等所獲福利如布施百恒河沙佛功德之利何以故緣是國王等於是最貧賤輩及不完具者發大慈心是故福利有如此報百千生中常得七寶具足何況衣食受用復次地藏若未來世有諸國王至婆羅門等遇佛塔寺或佛形像乃至菩薩聲聞辟支佛像躬自營辦供養布施是國王等當得三劫爲帝釋身受勝妙樂若能以此布施福利迴向法界是大國王等於十劫中常爲大梵天王復次地藏若未來世有諸國王至婆羅門等遇先佛塔廟或至經像毀壞破落乃能發心修補是國王等或自營辦或勸他人乃至百千人等布施結緣是國王等百千生中常爲轉輪王身如是他人同布施者百千生中常爲小國王身更能於塔廟前發迴向心如是國王乃及諸人盡成佛道以此果報無量無邊復次地藏未來世中有諸國王及婆羅門等見諸老病及生產婦女若一念間具大慈心布施醫藥飲食卧具使令安

樂如是福利最不思議一百劫中常爲淨居天主二百劫中常爲六欲天主畢竟成佛永不墮惡道乃至百千生中耳不聞苦聲復次地藏若未來世中有諸國王及婆羅門等能作如是布施獲福無量更能迴向不問多少畢竟成佛何況釋梵轉輪之報是故地藏普勸衆生當如是學復次地藏未來世中若善男子善女人於佛法中種少善根毛髮沙塵等許所受福利不可爲喻復次地藏未來世中若有善男子善女人遇佛形像菩薩形像辟支佛形像轉輪王形像布施供養得無量福常在人天受勝妙樂若能迴向法界是人福利不可爲喻復次地藏未來世中若有善男子善女人遇大乘經典或聽聞一偈一句發殷重心讚歎恭敬布施供養是人獲大果報無量無邊若能迴向法界其福不可爲喻復次地藏若未來世中有善男子善女人遇佛塔寺大乘經典新者布施供養瞻禮讚歎恭敬合掌若遇故者或毀壞者修補營理或獨發心或勸多人同共發心如是等輩三十生中常爲諸小國王檀越之人常爲輪王還以善法教化諸小國王復次地藏未來世中若有善男子善女人於佛法中所種善根或布施供養或修補塔寺或裝理經典乃至一毛一塵一沙一渧如是善事但能迴向法界是人功德百千生中受上妙樂如但迴向自家眷屬或自身利益如是之果即三生受樂捨一得萬報是故地藏布施因緣其事如是

地神護法品第十一

爾時堅牢地神白佛言世尊我從昔來瞻視

頂禮無量菩薩摩訶薩皆是大不可思議神通智慧廣度衆生是地藏菩薩摩訶薩於諸菩薩誓願深重世尊是地藏菩薩於閻浮提有大因緣如文殊普賢觀音彌勒亦化百千身形度於六道其願尚有畢竟是地藏菩薩教化六道一切衆生所發誓願劫數如千百億恒河沙世尊我觀未來及現在衆生於所住處於南方清潔之地以土石竹木作其龕室是中能塑畫乃至金銀銅鐵作地藏形像燒香供養瞻禮讚歎是人居處即得十種利益何等爲十一者土地豐壤二者家宅永安三者先亡生天四者現存益壽五者所求遂意六者無水火災七者虚耗辟除八者杜絶惡夢九者出入神護十者多遇聖因世尊未來世中及現在衆生若能於所住處方面作如是供養得如是利益復白佛言世尊未來世中若有善男子善女人於所住處有此經典及菩薩像是人更能轉讀經典供養菩薩我常日夜以本神力衛護是人乃至水火盜賊大横小横一切惡事悉皆消滅佛告堅牢地神汝大神力諸神少及何以故閻浮土地悉蒙汝護乃至草木沙石稻麻竹葦穀米寶貝從地而有皆因汝力又當稱揚地藏菩薩利益之事汝之功德及以神通百千倍於常分地神若未來世中有善男子善女人供養菩薩及轉讀是經但依地藏本願經一事修行者汝以本神力而擁護之勿令一切災害及不如意事輒聞於耳何況令受非但汝獨護是人故亦有釋梵眷屬諸天眷屬擁護是人何故得如是聖賢擁護皆由瞻禮地藏形

像及轉讀是本願經故自然畢竟出離苦海證涅槃樂以是之故得大擁護

見聞利益品第十二

爾時世尊從頂門上放百千萬億大毫相光所謂白毫相光大白毫相光瑞毫相光大瑞毫相光玉毫相光大玉毫相光紫毫相光大紫毫相光青毫相光大青毫相光碧毫相光大碧毫相光紅毫相光大紅毫相光綠毫相光大綠毫相光金毫相光大金毫相光慶雲毫相光大慶雲毫相光千輪毫光大千輪毫光寶輪毫光大寶輪毫光日輪毫光大日輪毫光月輪毫光大月輪毫光宮殿毫光大宮殿毫光海雲毫光大海雲毫光於頂門上放如是等毫相光已出微妙音告諸大衆天龍八部人非人等聽吾今日於忉利天宮稱揚讃歎地藏菩薩於人天中利益等事不思議事超聖因事證十地事畢竟不退阿耨多羅三藐三菩提事說是語時會中有一菩薩摩訶薩名觀世音從座而起胡跪合掌白佛言世尊是地藏菩薩摩訶薩具大慈悲憐愍罪苦衆生於千萬億世界化千萬億身所有功德及不思議威神之力我聞世尊與十方無量諸佛異口同音讃歎地藏菩薩云正使過去現在未來諸佛說其功德猶不能盡向者又蒙世尊普告大衆欲稱揚地藏利益等事唯願世尊爲現在未來一切衆生稱揚地藏不思議事令天龍八部瞻禮獲福佛告觀世音菩薩汝於娑婆世界有大因緣若天若龍若男若女若神若鬼乃至六道罪苦衆生聞汝名者見汝形者戀慕汝者讃歎汝者是諸

衆生於無上道必不退轉常生人天具受妙樂因果將熟遇佛授記汝今具大慈悲憐愍衆生及天龍八部聽吾宣說地藏菩薩不思議利益之事汝當諦聽吾今說之觀世音言唯然世尊願樂欲聞佛告觀世音菩薩未來現在諸世界中有天人受天福盡有五衰相現或有墮於惡道之者如是天人若男若女當現相時或見地藏菩薩形像或聞地藏菩薩名一瞻一禮是諸天人轉增天福受大快樂永不墮三惡道報何況見聞菩薩以諸香華衣服飲食寶貝瓔珞布施供養所獲功德福利無量無邊復次觀世音若未來現在諸世界中六道衆生臨命終時得聞地藏菩薩名一聲歷耳根者是諸衆生永不歷三惡道苦何況臨命終時父母眷屬將是命終人舍宅財物寶貝衣服塑畫地藏形像或使病人未終之時眼耳見聞知道眷屬將舍宅寶貝等爲其自身塑畫地藏菩薩形像是人若是業報合受重病者承斯功德尋即除愈壽命增益是人若是業報命盡應有一切罪障業障合墮惡趣者承斯功德命終之後即生人天受勝妙樂一切罪障悉皆消滅復次觀世音菩薩若未來世有男子女人或乳哺時或三歲五歲十歲已下亡失父母乃及亡失兄弟姊妹是人年既長大思憶父母及諸眷屬不知落在何趣生何世界生何天中是人若能塑畫地藏菩薩形像乃至聞名一瞻一禮一日至七日莫退初心聞名見形瞻禮供養是人眷屬假因業故墮惡趣者計當劫數承斯男女兄弟姊妹塑畫地藏形像瞻禮功德

尋即解脫生人天中受勝妙樂者即承斯功德轉增聖因受無量樂是人更能三七日中一心瞻禮地藏形像念其名字滿於萬遍當得菩薩現無邊身具告是人眷屬生界或於夢中菩薩現大神力親領是人於諸世界見諸眷屬更能每日念菩薩名千遍至于千日是人當得菩薩遣所在土地鬼神終身衛護現世衣食豐溢無諸疾苦乃至橫事不入其門何況及身是人畢竟得菩薩摩頂授記復次觀世音菩薩若未來世有善男子善女人欲發廣大慈心救度一切衆生者欲修無上菩提者欲出離三界者是諸人等見地藏形像及聞名者至心歸依或以香華衣服寶貝飲食供養瞻禮是善男女等所願速成永無障礙復次觀世音若未來世有善男子善女人欲求現在未來百千萬億等願百千萬億等事但當歸依瞻禮供養讚歎地藏菩薩形像如是所願所求悉皆成就復願地藏菩薩具大慈悲永擁護我是人於睡夢中即得菩薩摩頂授記復次觀世音菩薩若未來世善男子善女人於大乘經典深生珍重發不思議心欲讀欲誦縱遇明師教視令熟旋得旋忘動經年月不能讀誦是善男子等有宿業障未得消除故於大乘經典無讀誦性如是之人聞地藏菩薩名見地藏菩薩像具以本心恭敬陳白更以香華衣服飲食一切玩具供養菩薩以淨水一盞經一日一夜安菩薩前然後合掌請服迴首向南臨入口時至心鄭重服水既畢慎五辛酒肉邪淫妄語及諸殺害一七日或三七日是善男子善女人於

睡夢中具見地藏菩薩現無邊身於是人處授灌頂水其人夢覺即獲聰明應是經典一歷耳根即當永記更不忘失一句一偈復次觀世音菩薩若未來世有諸人等衣食不足求者乖願或多病疾或多凶衰家宅不安眷屬分散或諸横事多來忤身睡夢之間多有驚怖如是人等聞地藏名見地藏形至心恭敬念滿萬遍是諸不如意事漸漸消滅即得安樂衣食豐溢乃至於睡夢中悉皆安樂復次觀世音菩薩若未來世有善男子善女人或因治生或因公私或因生死或因急事入山林中過渡河海乃及大水或經險道是人先當念地藏菩薩名萬遍所過土地鬼神衛護行住坐卧永保安樂乃至逢於虎狼師子一切毒害不能損之佛告觀世音菩薩是地藏菩薩於閻浮提有大因緣若說於諸衆生見聞利益等事百千劫中說不能盡是故觀世音汝以神力流布是經令娑婆世界衆生百千萬劫永受安樂爾時世尊而說偈言

吾觀地藏威神力　恒河沙劫說難盡
見聞瞻禮一念間　利益人天無量事
若男若女若龍神　報盡應當墮惡道
至心歸依大士身　壽命轉增除罪障
少失父母恩愛者　未知魂神在何趣
兄弟姉妹及諸親　生長以來皆不識
或塑或畫大士身　悲戀瞻禮不暫捨
三七日中念其名　菩薩當現無邊體
示其眷屬所生界　縱墮惡趣尋出離
若能不退是初心　即獲摩頂受聖記
欲修無上菩提者　乃至出離三界苦

是人既發大悲心　先當瞻禮大士像
一切諸願速成就　永無業障能遮止
有人發心念經典　欲度群迷超彼岸
雖立是願不思議　旋讀旋忘多廢失
斯人有業障惑故　於大乘經不能記
供養地藏以香華　衣服飲食諸玩具
以淨水安大士前　一日一夜求服之
發殷重心愼五辛　酒肉邪婬及妄語
三七日內勿殺害　至心思念大士名
即於夢中見無邊　覺來便得利根耳
應是經教歷耳聞　千萬生中永不忘
以是大士不思議　能使斯人獲此慧
貧窮衆生及疾病　家宅凶衰眷屬離
睡夢之中悉不安　求者乖違無稱遂
至心瞻禮地藏像　一切惡事皆消滅
至於夢中盡得安　衣食豐饒神鬼護
欲入山林及渡海　毒惡禽獸及惡人
惡神惡鬼幷惡風　一切諸難諸苦惱
但當瞻禮及供養　地藏菩薩大士像
如是山林大海中　應是諸惡皆消滅
觀音至心聽吾說　地藏無盡不思議
百千萬劫說不周　廣宣大士如是力
地藏名字人若聞　乃至見像瞻禮者
香華衣服飲食奉　供養百千受妙樂
若能以此迴法界　畢竟成佛超生死
是故觀音汝當知　普告恒沙諸國土

囑累人天品第十三

爾時世尊舉金色臂又摩地藏菩薩摩訶薩頂而作是言地藏地藏汝之神力不可思議汝之慈悲不可思議汝之智慧不可思議汝

之辯才不可思議正使十方諸佛讚歎宣說汝之不思議事千萬劫中不能得盡地藏地藏記吾今日在忉利天中於百千萬億不可說不可說一切諸佛菩薩天龍八部大會之中再以人天諸衆生等未出三界在火宅中者付囑於汝無令是諸衆生墮惡趣中一日一夜何況更落五無間及阿鼻地獄動經千萬億劫無有出期地藏是南閻浮提衆生志性無定習惡者多縱發善心須臾即退若遇惡緣念念增長以是之故吾分是形百千億化度隨其根性而度脫之地藏吾今慇懃以天人衆付囑於汝未來之世若有天人及善男子善女人於佛法中種少善根一毛一塵一沙一渧汝以道力擁護是人漸修無上勿令退失復次地藏未來世中若天若人隨業報應落在惡趣臨墮趣中或至門首是諸衆生若能念得一佛名一菩薩名一句一偈大乘經典是諸衆生汝以神力方便救拔於是人所現無邊身爲碎地獄遣令生天受勝妙樂爾時世尊而說偈言

現在未來天人衆　吾今慇懃付囑汝
以大神通方便度　勿令墮在諸惡趣

爾時地藏菩薩摩訶薩胡跪合掌白佛言世尊唯願世尊不以爲慮未來世中若有善男子善女人於佛法中一念恭敬我亦百千方便度脫是人於生死中速得解脫何況聞諸善事念念修行自然於無上道永不退轉說是語時會中有一菩薩名虛空藏白佛言世尊我自至忉利聞於如來讚歎地藏菩薩威神勢力不可思議未來世中若有善男子善

女人乃及一切天龍聞此經典及地藏名字或瞻禮形像得幾種福利唯願世尊爲未來現在一切衆等畧而說之佛告虚空藏菩薩諦聽諦聽吾當爲汝分别說之若未來世有善男子善女人見地藏形像及聞此經乃至讀誦香華飲食衣服珍寶布施供養讚歎瞻禮得二十八種利益一者天龍護念二者善果日增三者集聖上因四者菩提不退五者衣食豐足六者疾疫不臨七者離水火災八者無盜賊厄九者人見欽敬十者神鬼助持十一者女轉男身十二者爲王臣女十三者端正相好十四者多生天上十五者或爲帝王十六者宿智命通十七者有求皆從十八者眷屬歡樂十九者諸横消滅二十者業道永除二十一者去處盡通二十二者夜夢安樂二十三者先亡離苦二十四者宿福受生二十五者諸聖讚歎二十六者聰明利根二十七者饒慈愍心二十八者畢竟成佛復次虚空藏菩薩若現在未來天龍鬼神聞地藏名禮地藏形或聞地藏本願事行讚歎瞻禮得七種利益一者速超聖地二者惡業消滅三者諸佛護臨四者菩提不退五者增長本力六者宿命皆通七者畢竟成佛爾時十方一切諸來不可說不可說諸佛如來及大菩薩天龍八部聞釋迦牟尼佛稱揚讚歎地藏菩薩大威神力不可思議歎未曾有是時忉利天雨無量香華天衣珠瓔供養釋迦牟尼佛及地藏菩薩已一切衆會俱復瞻禮合掌而退

地藏菩薩本願經卷下

音釋

替他計切代也懇口很切誠也蠍許竭切毒蟲也横戶孟切不以理也哺蒲故切以口餇食也

大乘理趣六波羅蜜多經

唐罽賓國三藏般若奉　詔譯

清刻龍藏佛說法變相圖

大乘理趣六波羅蜜多經序

唐代宗皇帝製

大朴既散有爲遂作名利牽乎伐巧智喪乎眞愛惡攻乎性情因緣堅其染習內則百慮無節外則六根競誘天理滅而莫知道源迷而忘返淪溺苦海劫盡還初惟至人了萬物之宗越三界之表廓獨立而不改徧諸有而常然故能開導群疑濟拔流品六波羅蜜經者衆法之津梁度門之圓極也昔日月燈明如來爲菩薩說歷劫曠遠眞偈寂寥文殊師利於耆闍會中嘗與彌勒菩薩語及其事成一切種智會無量義因唯佛能知唯佛能說教必有主其在茲乎是以釋迦如來爲法而生俟時而現三身不異故處代而常離萬行無修故隨方而自在運慈悲之力開攝護之

門因其六塵示之六度導於法分令證法身結習紛綸乘理而悟是眞般若之旨也故有慈氏善問大音讃言天垂寶華雲集仙蓋甘露流液光明燭幽使迷方淺深皆得自然之慧恒沙億衆能通般若之智嘗試論之先儒有言誠者自成而道自導也夫誠巳於内則不勉而中不思而得誠物於外則不言而應不爲而成其内者證法之身其外者大悲之力德産之致也密化育之功也夫春風發吹萬類咸滋旭日昇晝群陰盡釋乾坤易簡之道是則大同神明幽賛之情孰云區別殊塗一致其理固然朕虔奉丕圖保乂蒸庶思建皇極以升大猷遐想靈蹤期於叶契而舍城妙説久祕梵文徒懷瀉缾未啓遺夾微言不昧將或起予於是罽賓沙門般若受旨宣揚光宅沙門利言爲之翻譯時大德則賓聖寺道液醴泉寺超悟慈恩寺應眞莊嚴寺圓照光宅寺道岸西明寺圓照誓空良秀等法門領袖人中龍象證明正義輝潤玄文知釋迦之寶城識衆尊之滿字以貞元四年歲次戊辰十二月二十八日於西明寺譯成上進凡一部十卷龍神翼衛如從金口之傳梵衆護持無異毫光之現朕齋心滌慮仰味宗源聞所未聞實爲希有然以汲引之旨流布爲先庶憑眞筌永濟浮俗聊因暇日三復斯經雖法海甚深而波流不讓舉其梗槩昭悟將來

大乘理趣六波羅蜜多經卷第一

唐罽賓國三藏般若奉　詔譯

歸依三寶品第一

如是我聞一時薄伽梵在王舍大城迦蘭多迦竹林精舍時與衆多菩薩摩訶薩住不退轉位階十地十波羅蜜多悉已圓滿復有衆多諸大苾芻皆阿羅漢諸漏已盡無復煩惱逮得已利心善解脱慧善解脱復有阿僧企耶諸有情等皆發阿耨多羅三藐三菩提心爾時慈氏菩薩摩訶薩於此會中而作是念此會衆中諸有情類貧窮孤露無所依怙流轉生死沈溺愛河欲達彼岸爲聞法故願見世尊求一切智無有力能爾時慈氏菩薩爲欲諮問甚深義趣一切有情云何發菩提心求佛決定三無數劫無有疲倦今佛世尊意趣難解廣大甚深文句巧妙具足圓滿記別有情因果差別希求速疾無上菩提於是彌勒菩薩摩訶薩發如是心即從座起整理衣服善調六根身口意業皆悉寂靜然其六根百福所生妙相莊嚴八十種好三無數劫之所圓滿摩訶般若波羅蜜多等百千萬日光明相莊嚴其身一切有情瞻仰無猒近無等等佛果菩提以如是身往詣佛所五體投地禮佛雙足又以無量功德莊嚴之手如新生蓮華合掌恭敬而白佛言如來世尊於一念中能知一切有情過去未來現在之心或有有情因諮問時獲清淨心或有有情受記之時獲須陀洹果乃至阿羅漢果辟支佛果或得阿耨多羅三藐三菩提記爲此義故仰諮如來惟願世尊分別解説世尊今爲三世有

情所依之主或有有情行大乘行其心柔和惟願世尊慈悲愍念獲甘露法不獨受用而同其味云何令諸有情趣大涅槃安隱正路此等有情當作何事於一切智得不退轉云何圓滿檀波羅蜜乃至般若波羅蜜多又此般若波羅蜜多與前五種波羅蜜多而為其母云何修習而能圓滿又此大願云何顯發又諸有情云何修習涅槃彼岸惟願世尊分別解說為欲利益安樂一切有情令得歡喜爾時薄伽梵讚慈氏菩薩摩訶薩言善哉善哉善男子汝今乃能利益安樂一切有情問是深義勸諸有情修善業故常為有情勤修習故汝今一心廣為有情頓絕羈鎖勤求法故汝今以此大慈悲心於三阿僧企耶圓滿六種波羅蜜多大海法故汝今已近菩提道場涅槃岸故猶如明星出已旭日便照汝今亦爾當作佛日汝今諦聽善思念之我今為汝具足分別甚深之義如有智人能善思惟觀察生死險道之中莫能過於無所依怙譬如大海舟船而無帆主其中有情多所漂溺涌浪洄澓破壞沈沒種種諸難常有憂患求於吉祥無上船師以為依怙又諸有情於生死中常多恐懼所以求於力勢之人而為恃怙不被怨賊之所侵害縱彼怨賊有大狂力為此之人依附王者而彼怨賊必無更能作損害者又彼怨賊既見力勢永捨怨心順從正化一切有情亦復如是各作是念誰能與我作歸依處除其衰患令得安樂於此三界五道之中天龍藥叉阿蘇羅迦嚕囉健達婆緊捺羅摩怙洛迦人非人等諸衆之中而求

覔之無有能爲作歸依者所以者何彼諸天等自未能免生死羈鎖煩惱繫縛流轉三界無量無邊衆苦呑噉諸怖畏事以貪欲網之所纒縛況能爲我作歸依處又諸天等常被甲冑鬬戰之具心懷怖畏彼阿蘇羅而況於人及餘諸趣以是觀察三界六道無有堪能拔濟我者以是應當歸佛法僧除佛法僧更無有能救護我者一切有情若欲求於阿耨多羅三藐三菩提涅槃樂者應當歸依佛法僧寶以是因緣令諸有情歸佛法僧爾時慈氏菩薩摩訶薩白佛言世尊云何名爲佛法僧寶云何歸依佛告慈氏言佛寶者則有二種一者佛身二者佛德言佛身者所謂如來應供正徧知明行足善逝世間解無上士調御丈夫天人師佛世尊已於過去無量無邊阿僧祇劫不惜身命勤修六度萬行圓滿菩提樹下坐金剛座降伏魔軍斷諸結賊獲一切智成等正覺具足如是諸妙功德號之爲佛言佛德者即佛身中具足十力四無所畏十八不共法大慈大悲大喜大捨三解脫門三示導六神通隨心三摩地四智二智離於知境斷煩惱障及所知障離諸習氣無功用道起如如化若遠若近遊止自在無有障礙於一芥子能納無量諸妙高山如是功德無量無邊諸佛如來皆悉具足又從一劫至無量劫壽命自在無能損減於神境通往來變現無有障礙隨意自在諸佛世尊之所經行城邑聚落先放微妙金色光明照耀其處其中衆生遇斯光者身病心病皆得除愈心火滅已身得清涼僂者能伸跛者能行盲者得

視聾者能聽瘂者能言其心亂者便復本心鬼魅癲狂魍魎所持悉皆除愈裸者得衣憍慢心者而得謙下憂惱者心安隱失道者得正路飢渴者得飲食囚繫者得解脫恐怖者得無畏丘陵坑坎山澗堆阜皆悉平正猶如抵掌門第卑小自然高大衢路隘狹並皆寬廣市肆鄽里自然開豁穢惡不淨應時香潔荆棘毒刺瓦礫沙石悉皆不現日光晃耀而無炎毒香風和暢無諸塵坌白鶴孔雀鸚鵡舍利迦陵頻伽拘枳羅拘那羅命命等鳥其聲美妙出和雅音象馬牛羊水牛犛牛犎牛竹牛各出本音其聲微妙箜篌簫笛琴瑟鼓吹如是樂器不鼓自鳴及餘種種巧妙希奇諸神通事悉皆變現如是種種諸希有事日日各異轉加殊勝皆是如來威神之力若有

衆生疑佛世尊及佛功德有一異者當作是説佛與功德不一不異譬如然燈膏炷與明不一不異離於膏炷無別燈明若言燈明離膏炷者明所及處悉應焚爇佛身功德亦復如是此微妙身是佛功德無漏法身自他受用平等所依然此佛身亦非是體離是體外無別法身若是體者同於外物有四大相故知非相亦非無相若非相者同太虛空同太虛者性即是常無方便過自性清淨無染無著甚深無量無有變易難解難知微妙寂靜具無邊際眞常功德絶諸戲論唯佛證知非餘所及亦非譬喻之所校量慈氏當知如此身者即是過去未來現在殑伽沙等諸佛世尊法身之相佛報身者謂諸如來三無數劫修集無量福慧資糧所起無邊眞實功德常

住不變諸根相好智慧光明周徧法界皆從出世無漏善根之所生故不可思議超過世智純熟有情爲現慈相演無盡法廣利無邊慈氏當知此即如來報身圓滿言化身者爲彼有情隨所應化故現無量阿僧企耶諸化佛身其所化身或於地獄以現其身度彼有情令離衆苦導以正法令發勝心便生人天受勝快樂於佛法中深生信樂得佛法分獲聖道果或生鬼趣化彼有情令離飢渴種種逼迫化以正法使發勝心便生人天受諸快樂深入佛法得聖道果或化傍生在於彼趣或作迦嚕羅身或作龍身或作師子象馬熊羆虎豹豺狼野犴狐兔蚖蛇蝮蠍魚鼈黿鼉白鶴孔雀鳳凰鴛鴦鸚鵡舍利種種之身令諸有情離相殘害慈心相向能離種種諸怖畏事示以正法令深信樂歸佛法僧得生人天獲諸快樂得佛法分證聖道果或化有情於餘國土或日月光所不能照如是種種無佛法處建立正法令諸有情歸佛法僧剃除鬚髮受佛禁戒而作苾芻及苾芻尼或作鄔波索迦鄔波斯迦建立僧坊護持正法安立無量無數有情置於人天涅槃彼岸而得果證或生天趣化彼有情令離五欲心無染著導以正法發菩提心歸佛法僧深入正法置於涅槃解脫果證或生人趣現處王宮生釋種家以巧方便化諸有情斷除三界煩惱憂患生老病死故現受生踰城出家菩提樹下取吉祥草坐於道場處金剛座降伏魔軍成等正覺爲化有情轉正法輪放大光明周徧一切照曜世間自利利他悉皆圓滿或現寂

靜入大涅槃是即名爲佛化身也如是種種善巧方便無量無邊皆是如來自在神力此即三身體無異相爾時薄伽梵告慈氏菩薩摩訶薩言善男子於意云何若有善男子善女人歸依佛者當歸依諸佛清淨法身若欲求於佛法身者當作如是發大誓願願我及彼一切有情當得如是功德法身云何乃令發如是願爲佛應身刹那遷變化身佛者疾入涅槃功德法身湛然常住以是歸依清淨法身歸法身者即是歸依過去未來現在諸佛若我捨於衆生取涅槃者即同受於地獄諸苦若與有情同解脱者雖處地獄無異涅槃以是因緣令諸衆生歸佛法身證涅槃樂究竟如如體無增減如是法身是眞安樂是故但令歸佛法身復次慈氏云何名爲清淨法寶言法寶者亦有三種云何爲三第一法寶所謂涅槃甘露解脱常樂我淨而爲體性能盡一切生老病死憂悲苦惱云何生苦謂依父母胖合之時不淨種子處母胎中業力風持時經九月住居黑闇無有光明生熟藏間汙穢不淨八萬戶蟲之所和雜出息入息隨母而行口不能言眼不得視飢渴寒熱種種諸苦逼切身心如是諸苦無量無邊令諸衆生不得自在故名生苦雖受此苦而有一德一切怨家所不能見亦不能說是非過惡無比涅槃安樂法中無如是苦云何老苦所謂衆生從少至老時節代謝所有充實悉皆損減筋力衰朽行止戰掉髮白面皺眼耳昏暗牙齒踈缺顔貌醜陋身相傴僂人所惡賤所有言教隨說廢忘而以此身爲其重擔譬

如然燈膏油旣盡不久將滅老亦如是壯膏旣盡不久將死又如蘇莫遮冒覆人面首令諸有情見即戲弄老蘇莫遮亦復如是從一城邑至一城邑一切衆生被衰老冒見皆戲弄以是因緣老爲大苦除非死至無藥能治雖受老苦而不猒之祈禱神祇恒願長壽無比涅槃安樂法中無此老苦云何病苦所謂地水火風互相違害種種諸苦來集其身一切衆生無問老少皆共有之安樂適身勝妙五欲金銀珍寶家族眷屬悉皆捨離所有教詔男女親戚皆不承順一切怨家詐來親附如此病苦皆不願求以是當知病爲大苦安樂涅槃無比法中清淨寂然無斯病苦復次慈氏云何死苦所謂衆生氣絶識滅無所覺知一切苦中莫過死苦生老病苦五趣之中有無不定此死苦者皆共有之譬如貧苦能劫榮華如怨憎苦能劫親愛死苦若至不揀老少愚智貴賤一切盡劫捨見身已入幽闇處衣服卧具一切財寶莫能用之裸露而行復無伴侶貨財不免披訴無容奇哉無常能作斯害甚大鄙惡不揀怨親三界衆生無能免離皆被死伐何能救之設轉輪王那羅延力皆被擒獲當知死苦無量無邊以是觀之死爲大苦解脱涅槃無比法中寂靜安樂無玆死苦譬如有人瀑河漂溺登陟高山得免怖畏衆生亦爾常爲一切生死瀑河之所漂溺登涅槃山離生死畏亦如天雨能除毒熱塵穢等障人民安樂身意清涼百卉滋茂成就果實如來法雨亦復如是能除一切煩惱毒熱衆生安樂解脱清涼滋長一切白淨善

種成就果實令得涅槃以是因緣諸佛世尊捨無常身證涅槃樂爾時世尊欲重宣此義而說偈言

如來妙體即法身　清淨解脫同眞諦
如日與光不相離　如來功德即涅槃
眞我與佛無差別　一切有情所歸趣
生死涅槃等無二　其性不壞無造作
垢淨如如性不異　唯佛世尊獨能了
衆生悉有如來藏　三寶於是現世間
一切有情入佛智　以性清淨無別故
佛與衆生性不異　凡夫見異聖無差
一切衆生本清淨　三世如來同演說
其性垢淨本無二　衆生與佛無差別
空徧十方無分別　心性平等亦復然
譬如一切衆生界　徧在虛空受生滅
諸根生滅亦如是　處在無爲界亦然
譬如虛空火不燒　生死不壞無爲性
地水風輪轉相依　虛空無有所依相
蘊處界三亦復然　恒住業種煩惱住
彼業煩惱住何處　常居妄想無明源
妄想之心何所居　恒在無爲淨心性
蘊處界三假施設　一切法性本無住
業惑相持如地水　妄想轉動猶如風
心性本淨如虛空　妄想依空無所有
煩惱業苦從妄起　業苦還爲煩惱因
惑業循環無定居　無因無緣無所會
無生無滅性空寂　本體光明智清淨
自性無生無變異　煩惱無明垢所覆
亦如瞖眼見二月　衆生二執亦復然
煩惱猶如衆蜜蜂　其蜜即喻如來藏

此蜜衆蜂共圍遶　智者護身能取蜜
無相六度爲方便　而能證彼法界身
譬如五穀糩未除　不堪與人充美饍
菩薩煩惱糠未遣　不能施人甘露飯
行人遺寶落穢處　設經萬歲無損汙
天眼見寶知所在　收取洗拭隨意用
佛見衆生性無二　爲欲滌除煩惱穢
大乘甘露而爲水　滌盡塵勞佛性現
譬如新生五穀芽　說米有無未決定
佛性不離有無中　唯佛自證方明了
法寶自性恒清淨　諸佛世尊如是說
客塵煩惱之所覆　如雲能翳日光明
無垢法寶衆德備　常樂我淨悉圓滿
法性清淨云何求　無分別智而能證
譬如池水淨無垢　其中蓮華妙無染
如月蝕已重光明　亦如皎日出雲翳
無垢功德徧莊嚴　滌除煩惱光明現

佛告慈氏當知第一清淨法寶即是摩訶般若解脫法身復次慈氏應知第二法寶者謂即戒定智慧諸妙功德所謂三十七菩提分法謂四念住四正斷四神足五根五力七覺分八聖道此三十七法與前清淨法寶而爲方便云何方便以修此法而能證彼清淨法身當知此即第二法寶復次慈氏云何名爲第三法寶所謂過去無量殑伽沙等諸佛世尊所說正法我今亦當作如是說所謂八萬四千諸妙法蘊調伏純熟有緣衆生而令阿難陀等諸大弟子一聞於耳皆悉憶持攝爲五分一素呾纜二毗奈耶三阿毗達磨四般若波羅蜜多五陀羅尼門此五種藏教化有

情隨所應度而爲說之若彼有情樂處山林常居閑寂修靜慮者而爲彼說素呾纜藏若彼有情樂習威儀護持正法一味和合令得久住而爲彼說毗奈耶藏若彼有情樂說正法分别性相循環研覈究竟甚深而爲彼說阿毗達磨藏若彼有情樂習大乘眞實智慧離於我法執著分别而爲彼說般若波羅蜜多藏若彼有情不能受持契經調伏對法般若或復有情造諸惡業四重八重五無間罪謗方等經一闡提等種種重罪使得銷滅速疾解脫頓悟涅槃而爲彼說諸陀羅尼藏此五法藏譬如乳酪生酥熟酥及妙醍醐契經如乳調伏如酪對法教者如彼生酥大乘般若猶如熟酥總持門者譬如醍醐醍醐之味乳酪酥中微妙第一能除諸病令諸有情身心安樂總持門者契經等中最爲第一能除重罪令諸衆生解脫生死速證涅槃安樂法身復次慈氏我滅度後令阿難陀受持所說素呾纜藏其鄔波離受持所說毗奈耶藏迦多衍那受持所說阿毗達磨藏曼殊室利菩薩受持所說大乘般若波羅蜜多其金剛手菩薩受持所說甚深微妙諸總持門如是教門能除有情生死煩惱長夜黒闇速能出離證解脫果譬如明燈能除暗瞑使得見道佛亦如是然智慧炬能照有情十不善闇使見善道設彼有情慳悋財寶聞此法已便能惠施一切貧窮若有惡業衆生聞此法已捨惡修善若瞋恚者便能忍辱懈惰有情聞已精進散亂衆生聞已寂靜愚癡有情聞是法已便發智慧得智慧已悉能迴心修種種善又

諸有情聞此法已閉惡趣門開涅槃路猶如甘露證解脫果當知此即第三法寶是三法寶一切衆生應當歸依無爲法寶一切法中最尊最勝莫過無爲何以故以於生死大苦海中能爲船筏能作有情甘露良藥又是殑伽沙等諸佛菩薩三無數劫六度萬行所證之果如是妙法功德圓滿以是歸依無爲法寶若有衆生受持經者當發是願願我歸依如是法寶歸是法已願令五道一切衆生亦發是願我今歸依亦令有情安住於此功德法中引至涅槃眞實寶所慈氏當知此即名爲第三法寶復次慈氏云何名爲眞實僧寶言僧寶者亦有三種一者第一義僧所謂諸佛聖僧如法而住不可覩見不可捉持不可破壞無能燒害不可思議一切衆生良祐福田雖爲福田無所受取諸功德法常不變易如是名爲第一義僧第二聖僧者謂須陀洹向須陀洹果斯陀含向斯陀含果阿那含向阿那含果阿羅漢向阿羅漢果辟支佛向辟支佛果八大人覺三賢十聖如是名爲第二僧寶第三福田僧者所謂苾芻苾芻尼等受持禁戒多聞智慧猶天意樹能蔭衆生又如曠野磧中渴乏須水遇天甘雨霈然洪霔應時充足又如大海一切衆寶皆出其中福田僧寶亦復如是能與有情安隱快樂又此僧寶清淨無染能滅衆生貪瞋癡闇如十五月夜滿月光明一切有情無不瞻仰亦如摩尼寶珠能滿有情一切善願如是名爲第三僧寶是三僧寶一切有情云何歸依應作是說當令歸依第一義諦無爲僧寶所以者何以

是無爲常住僧故而此僧寶無漏無爲不變不異自證之法歸依如是無漏僧寶能滅有情一切苦故復願有情當獲如是無漏功德得此法已演三乘法度脫有情我所歸依佛法僧寶不爲怖畏三惡道苦亦不願樂生於人天誓救有情出生死苦是則名爲歸依僧寶復次慈氏若有衆生歸依三寶應發是心我今此身已生人趣得離八難難得能得以善方便當習一切勝妙之法若我違於如是上願不求善法則爲自欺亦如有人乘船入海至於寶所空手而歸如是歸依佛法僧寶脫苦方便若不歸依後悔何及既知是已當須勉勵精勤修習速願成就善法既成過去罪愆應當懺悔使令除滅復作是說我從無始生死已來身口意業所作衆罪無量無邊皆從虛妄顛倒心起而於父母和尚師長佛法僧寶尊重之境所作諸罪今皆懺悔復爲二事造作諸罪極重惡業如妙高山云何爲二一者親愛二者怨嫌若於生死急難之中而彼二類怨親有情而於我身不能利益應作如是徧觀察之彼與我身悉歸磨滅而我云何乃作斯罪又於十方世界一切有情造諸善業及學無學獨覺聲聞佛及弟子一切賢聖我皆隨喜復次於無始際生死轉輪受五趣身無量怨親於我未曾獲得毫氂利益之事現在未來亦不可得我於無始爲彼怨親所作諸罪我願自受誓不擾他一切衆生若我重患之時求親愛人慈心瞻省扶侍我身摩按沐浴供給飲食病瘦醫藥種種相資雖則如斯而於我身疾苦之中無相代者況

於未來而能救我生死大苦而我此身於現世中無依無怙何況未來我身既然有情亦爾自我及他皆無恃怙是故歸依眞實三寶何以故以常住故譬如有智之人於險難中求有力者以爲救護衆生亦爾生死險難歸依三寶以爲其主方能越度生死大河我若得已亦爲其主覆護一切苦難衆生能發如是大誓願者得大信心而於佛前長跪合掌偏露右肩作是歸依佛法僧寶譬如世間貧賤之人一切有情見皆輕蔑策役驅使種種呵罵陵辱其身既被輕賤遂求尊貴有力之人以爲其主便能免離種種欺辱有情亦爾或生惡趣及在人中恒被諸苦逼迫其身爲求免離歸依三寶如是諸苦悉得解脫歸三寶已復發是願願我救護一切衆生度生死海到涅槃岸如大商主導諸商人度大曠野沙磧險路至無畏處三寶導師亦復如是導引有情度空曠處生死長夜至大涅槃得無所畏慈氏當知發心修行大乘行者應作如是歸依三寶

大乘理趣六波羅蜜多經卷第一

音釋

液 夷益切　醴 里弟切　詈 平免切　梗槩 梗古杏切槩居代切梗槩大畧也　洄澓 洄胡隈切澓房六切洄澓水漩流也　僂 隴主切傴僂也　跛 補火切足偏廢也　魍魎 魍文紡切魎里養切魍魎山川之精物也　裸 郎果切赤體也　犛 莫交切長髦牛也　犎 方容切牛名　爇 儒劣切燒也　蝡

蠍 蝮居六切虺也蠍許竭切毒蟲也 傴委羽切 揀賈限切擇也 䅣苦會切穅也 素怛纜 梵語也此云契經怛當達切纜盧瞰切 研倪堅切窮也 覈下革切考實也 酪歷各切乳漿也 醍醐 醍田黎切醐洪孤切醍醐酥之精液也 殑伽 梵語也此云天堂來河名也殑其陵切

大乘理趣六波羅蜜多經卷第二

唐罽賓國三藏般若奉　詔譯

陀羅尼護持國界品第二

爾時世尊欲説甚深理趣決定了義菩薩摩訶薩六波羅蜜多時即於東方有大光明金色晃耀照王舍大城迦蘭多迦竹林精舍乃至三千大千世界皆作金色而此世界所有諸天護世四王釋提桓因乃至他化自在天王大梵天王及日月星辰末尼燈燭所有光明皆不能及除佛世尊及彼灌頂受職菩薩二種光巳餘一切光皆悉映蔽無復顯現又此三千大千世界日月威光所不照處如是日月有大威德有大光明不能照彼幽暝衆生由佛光明令彼有情各得相見此諸世界所有宫殿屋舍墻壁山林草木種種諸物亦不能障如是光明所有諸山香山寶山黒山雪山及妙高山鐵圍山大鐵圍山目眞隣陀山摩訶目眞隣陀山如是等山遇斯光照影透内外無所障礙下至阿鼻地獄上至非想非非想天悉亦蒙光靡不照耀如是三千大千世界所有諸光合成一光而無二相其中衆生遇斯光者罪垢煩惱皆得消除身心安樂各作是念我等蒙光得是安樂爾時會中忽然而有六十俱胝七寶蓮華猶如車輪從地涌出香氣芬馥其色美妙種種雜色令人樂見其一一華復有無量無邊百千萬葉其衆會上虚空之中自然而有微妙寶蓋珠網絞絡徧覆大衆如迦遮隣底迦柔輭妙服觸之悦意其蓮華中所出香氣周徧三千大千世界諸世界中所有天香龍神等香及餘草

木種種諸香此香及處無復香氣又此三千大千世界種種有情蒙香所熏喜不自勝皆悉發心煩惱罪垢一切銷滅爾時阿難陀見是光明希有之相奇特殊妙得未曾有即從座起整理衣服偏袒右肩長跪合掌而白佛言世尊以何因緣現此光明奇特之相此之光明及寶華香昔未聞見從何所來而現斯瑞惟願世尊分別解說令此衆會咸悉聞知爾時世尊告阿難陀汝今當知從此東方有世界名曰不眴彼有菩薩摩訶薩名無盡藏與六十俱胝大菩薩衆恭敬圍遶發意欲來故現斯瑞爾時世尊說是語時而此大地六種震動彼無盡藏菩薩放大光明現大神變威德自在雨妙香華無量諸天以種種音樂迎彼菩薩而爲供養彼無盡藏菩薩與六十俱胝菩薩摩訶薩衆而來至此迦蘭多迦竹林精舍住虛空中高七多羅樹皆悉恭敬合掌向佛異口同音聲徧三千大千世界讚歎如來無量功德以微妙音而說頌曰

大哉大悟無染著　無礙妙智清淨眼
斷除三毒無明習　我禮無等大悲尊
遠離怖畏諸疑網　十力辯才無所畏
異道邪徒皆慴慄　自在猶如師子王
如來慧日大光明　普照十方無罣礙
無明闇障惑已盡　如日舒光照世間
無恃無依苦厄者　生老病死久漂流
眞實悲愍大慈尊　能拔輪圍苦海難
無明顚倒生死源　種種妄想爲波浪
二障已除智自在　遊行不染如蓮華
諸法無我本空寂　猶如谷響性皆虛

無造無受如幻化　救世大悲恒演説
佛了諸法如浮雲　亦如瀑水速流注
世法不堅愚所集　聖智能觀永斷除
佛眼猶若青蓮華　超過日月百千倍
三世人天共稱讃　我禮調御難思議
佛具如是無邊德　廣度群品若恒沙
無漏功德妙莊嚴　是故我今頭面禮

爾時無盡藏菩薩與六十俱胝菩薩摩訶薩衆以是微妙伽陀讃如來已從空而下頭面禮足右遶七帀承佛聖旨各就蓮華跏趺而坐爾時阿難陀以佛神力從座而起偏露右肩長跪合掌而白佛言此無盡藏菩薩從何所來彼世界中佛號何等去此幾何惟願世尊分別解説爾時世尊告阿難陀汝自問之彼無盡藏菩薩當爲汝説時阿難陀即問無盡藏菩薩摩訶薩言族姓子從何所來彼世界中佛號何等去此遠近惟願分別時無盡藏菩薩言汝今猶有去來之相而未除耶阿難陀言我已久知此義無盡藏菩薩言汝若已知云何更問乃生二種分別之心若言來者是緣起義若言去者是緣滅義何處無此生滅相耶然我國土無有去來生滅之相若無去來即是聖智所行之處若有去來即是世間生滅之相若有音聲文字亦是世間生滅起盡之相然我國土本無文字亦無言説起盡之相若無起盡即是自覺聖智所知之境離文字相是則解脱爾時阿難陀白無盡藏菩薩言聖者我不敢問辯才大士如是深妙之義唯問聖者所居世界去此遠近及佛名字所未聞事譬如關塞收稅之人但有往

來不揀財寶多少有無皆令問之今我聲聞亦復如是從他聞説正法之聲勝解修行自求涅槃是名聲聞今見聖者法應問之我若聞已樂欲修習得安樂故爲欲增廣大乘法故又一切聲聞獨覺悉從大乘出故所以我問聖者從何所來去此遠近佛號何等時無盡藏菩薩答阿難陀言如來應正等覺現在不遠何不問之佛當爲汝記别此事於此衆會悉得無疑時阿難陀從座而起整理衣服偏露右肩長跪合掌而白佛言惟願大聖世尊爲我説之惟願善逝爲我説之此會無量無邊有情因聞此法皆欲被精進甲修菩薩行爾時薄伽梵告阿難陀曰汝今諦聽善思念之吾當爲汝分别解説彼佛世界遠近之事及佛名號功德莊嚴彼佛如來應正等覺

無礙無著一切智智汝等大衆應當信受勿生驚疑時阿難陀白佛言大聖世尊我於今者願樂欲聞爾時薄伽梵告阿難陀去此東方過十殑伽沙微塵等世界有世界名曰不眴彼世界中有薄伽梵名曰普賢如來應正等覺明行圓滿善逝世間解無上士調御丈夫天人師佛世尊今現在彼説大乘法無盡藏菩薩從彼世界而來至此彼佛世尊唯以諸大菩薩而爲其衆無有聲聞辟支佛名何況有實而彼菩薩久積淨業布施調伏善御六根常行忍辱無所障礙堅固菩提勤行精進成就善巧靜慮解脱及三摩地三摩鉢提遊戲神通大智光明自在無礙文句巧妙慈悲喜捨猶若虛空悉能摧伏異道邪論降魔勞怨勇猛不退成就佛智微妙甚深如來十

力四無所畏辯才不斷智慧無礙深入緣起能離有無行於中道離我我所有情壽命養育士夫補特伽羅意生儒童作者受者知者見者斷見常見遠離一切妄執諸見得陀羅尼素怛纜王以如來印之所印也普觀衆生堅固不捨等如一子無有二心演甘露法猶獅子吼上中下類一切有情聞斯法已無不獲益速疾安住涅槃正路三明六通具八解脱紹三寶種無有斷絶灌頂受職當作法王能了有情度未度者詣菩提樹坐於道場處師子座自在無畏降伏魔怨能現佛身相好具足能轉無上清淨法輪純以大菩薩僧而爲眷屬圍遶説法利益有情爾時會中一切衆生聞佛説彼諸大菩薩功德法已歡喜踊躍不能自勝即以無量天嗢鉢羅華鉢特摩華拘牟頭華奔荼利迦華曼荼羅華摩訶曼荼羅華及餘種種雜華而散佛上及無盡藏菩薩等六十俱胝菩薩大衆之上而爲供養歡喜自慶而作是言我等今日獲大善利得見如是大菩薩衆若餘國土一切衆生聞我供養得親近者亦獲善利聞彼菩薩功德法者皆發無上正等覺心時此會中三十六億衆生皆發阿耨多羅三藐三菩提心爾時薄伽梵復告具壽阿難陀言彼不眗世界無諸苦難及三惡趣亦不聞名亦無五衆犯禁之名亦無煩惱勞慮等聲亦無女人嫉妬慳悋懈怠瞋恚亂意愚癡亦無障蓋幷諸習氣亦無種種上中下等雜類之名亦無三乘差別之號佛法僧寶平等一相亦無魔及魔民異道邪見亦無飢渴寒熱等事及我我所男女

等相互相攝受種種異名而彼世界廣博嚴淨以六十萬億俱胝佛刹爲一佛土亦無日月唯以菩薩願力光明而爲照曜地平如掌純以帝青及吠瑠璃末尼珠等種種雜寶間錯莊嚴又以衆寶蓮華而散其上其華鮮明柔輭第一如天妙觸迦遮隣底迦衣八重寶樹交映蓊鬱周帀圍遶以爲垣墻種種雜華而爲嚴飾亦無沙礫坑坎丘陵土石黒山荆棘毒刺唯有無量妙寶高山雖有天人無别異相不假雜食而用資身亦無便利穢汚不淨常以法喜禪悅爲味國土嚴淨唯佛法王化諸菩薩無有文字亦無言說彼諸菩薩受化之時來詣佛所恭敬合掌目不暫瞬瞻仰如來念佛三昧自然成就故彼世界名爲不瞬念佛三昧云何是耶所謂非色相生亦非

受想行識生非前後邊際智慧生亦非現在見聞所生佛告阿難其念佛三摩地不可思議於諸法無所行而觀諸法如實相無說無示無相無名此即名爲念佛三昧爾時曼殊室利菩薩摩訶薩即從座起偏袒右肩右膝著地合掌恭敬而白佛言大聖世尊若有善男子善女人受持此六波羅蜜多經深妙理趣得幾所福佛告曼殊室利菩薩摩訶薩若有善男子善女人於九十億殑伽沙俱胝那庾多百千佛所供養恭敬尊重讃歎於意云何此善男子善女人所得功德寧爲多不曼殊室利白佛言甚多世尊甚多善逝佛告曼殊室利菩薩摩訶薩我今爲汝分别演說若有善男子善女人能於此六波羅蜜多經甚深理趣大乘法寶乃至一頌一句受持讀誦

書寫解説如説修行而此功德勝前功德所以者何此六波羅蜜多大乘理趣甚深法門乃是一切諸佛之母一切如來從此生故爾時曼殊室利菩薩摩訶薩白佛言大聖世尊我今爲欲擁護國界及受持此經典者常爲守護爲欲滌除一切障難説陀羅尼祕密文句

第一根本身眞言曰

南謨薩嚩尾泥一唵二嚩平聲引移倪以切濕嚩二合囉三

第二心眞言曰

唵一穆二

第三頭眞言曰

唵一毋鼻聲穆二

第四頭髻眞言曰

唵一菴引悟穆二

第五甲冑眞言曰

唵一鍐引穆莎訶

第六器仗眞言曰

唵一鑾愼高切口引呼合穆

大聖世尊此陀羅尼文句是三世諸佛法身肢節過去未來現在諸佛之所宣説若有善男子善女人於閑靜處著新淨衣發大殷重無分別心誦百千徧必得聞持永無忘失若有善男子善女人持是經者當知此人即是法師若有人輕毀違犯此法師者當知即是輕毀違犯過去未來現在諸佛爾時薄伽梵讃曼殊室利菩薩摩訶薩言善哉善哉汝今説是諸佛眞言作大利益擁護慈愍一切衆生除諸障難爾時普賢菩薩摩訶薩即從座

起偏袒右肩右膝著地合掌恭敬而白佛言大聖世尊我亦爲欲擁護國界及受持此經典者常作守護爲欲滌除障難說陀羅尼祕密文句

南謨囉紇二合旦一南謨悉馱南二南謨阿利也南三南謨娑䫂怒南四怛地你也切佗五唵六止哩止哩尼七悉哩悉哩尼八呬哩呬哩尼九呬吒呬吒十翳醯兮一十陀囉尼二十三麼莎訶三十

世尊此陀羅尼祕密文句乃是三世諸佛之所宣說若有善男子善女人持是經者當知此人即是法師若有人輕毀此法師者當知即是違犯過去未來現在三世諸佛爾時大聖觀自在菩薩摩訶薩即從座起偏袒右肩右膝著地合掌恭敬而白佛言大聖世尊我亦爲欲擁護彼善男子善女人持是經者常作守護及所住國土一切諸難說陀羅尼祕密文句

南謨娑滿多没馱南一怛地你也切佗二唵三哩弭嚟四哩弭嚟五誐欏哩弭嚟六簡佗加丑哩弭嚟切七尾止嚟八莎訶九

世尊此陀羅尼乃是三世諸佛之所宣說若有人能持是經者當知此人即是法師若人輕毀此法師者當知即是輕毀三世諸佛

爾時曼荼羅諸天菩薩皆悉集會其名曰

金剛薩埵　金剛王　金剛染
金剛善哉　金剛寶　金剛威
金剛幢　金剛愛　金剛法
金剛利　金剛因　金剛語言
金剛羯磨　金剛護　金剛藥叉

金剛拳　金剛薩埵　金剛寶
金剛法　金剛羯磨　金剛喜戲
金剛鬘　金剛歌　金剛舞
金剛香　金剛華　金剛燈
金剛塗香　金剛鉤　金剛索
金剛鎖　金剛鈴

金剛阿尾奢等異口同音共說法身種子陀羅尼曰

唵一慕二欠三阿引聲四吽五怛闌二合六紇哩二合七惡八

此等大士諸天菩薩恭敬合掌前白佛言大聖世尊我等若見有人受持此經乃至一頌一句我等恭敬供養尊重是人如毗盧遮那如來等無有異

爾時六波羅蜜多菩薩具足威儀而於佛前各各自說陀羅尼祕密文句

第一布施波羅蜜多菩薩說真言曰

南謨薄伽伐諦曳一二合怛哩二合瑟拏二合哩二摩訶撥羗迷三吽索蘇各切四

第二淨戒波羅蜜多菩薩說真言曰

南謨薄伽伐諦曳一二合賀囉賀囉二猻施略上乃刀切下盧遮切廼以羝三曷嚟撥囉二合没馱吽癹吒下字半聲呼四

第三安忍波羅蜜多菩薩說真言曰

南謨薄伽伐諦曳一二合蘇囉撥底丁里切二廼以羝三驃尾黒切吽你入聲吉切你你吠二合灑四索桑各切五

第四精進波羅蜜多菩薩說真言曰

唵引南謨薄伽伐諦曳一二合告思你耶二末藍微毛賀耶三吽癹吒半聲四

第五靜慮波羅蜜多菩薩說眞言曰

南謨薄伽伐諦曳一二合呬里呬里二二合枳里枳里三弭里弭里四矩殺吒二合矩殺吒二合五唵六慕引唵七慕哩二合嚩平聲莎訶八

第六智慧波羅蜜多菩薩說眞言曰

南謨薄伽伐諦曳一二合揭諦揭諦二波囉揭諦三波囉僧揭諦四冐地莎訶五

時六波羅蜜多菩薩天等皆白佛言大聖世尊我等亦爲擁護持是經者說此陀羅尼祕密文句若有善男子善女人受持此經乃至一頌一句我等供養恭敬尊重讃歎如佛無異

爾時毗沙門天王亦爲擁護國界及受持經者說自心眞言曰

怛地你也切他一拘那里二阿羝韈羝捺羝二阿娜羝四拘那里五

爾時毗樓勒叉天王亦爲擁護國界及受持經者說眞言曰

怛地你也切佗一阿誐儜二誐儜三敎哩四岸平聲那去聲哩五旃拏里六摩鄧者七卜羯斯八僧去聲矩黎九没黎二合灑黎十

爾時提頭賴吒天王亦爲擁護國界及受持經者說眞言曰

怛地你也切他一瞖黎二怒米梨三怒閉妳平聲四怒瞖黎五閉黎六閉妳七平聲莎訶八

爾時毗樓博叉天王亦爲擁護國界及受持經者說眞言曰

怛地你也切佗一阿尼嚩尼二窘而三去聲怒拏去聲迷四怒矩黎五悉哩怒哩六弭哩七怒莎訶八

時四天王白佛言大聖世尊我等亦爲擁護
國土及善男子受持經者說此陀羅尼祕密
文句若有輕毀受持經者即爲輕毀三世諸
佛
爾時執金剛菩薩亦爲擁護受持經者說眞
言曰
南謨囉怛曩二合怛囉二合也耶一南謨失戰二合
平聲拏二轗日囉二合三播拏上聲曳平聲四寧上聲羝
耶二合五撥囉二合入嚩上聲二合履多六拘嚕二合馱
耶七訖栗二合多八比頻密切俱胝目佉耶九嚕
麼曷里沙拏昧孕羯囉耶十的乞儭二合那十一
難上聲瑟鷄嚕二合羯吒耶十二撥囉二合捻入聲勃多
二合轗日囉二合賀薩多耶十三薩嚩平聲尾逝那十四
微那夜迦尾特問二合娑那羯囉引聲耶十五此上十五
句起請眞言下三句正說眞言怛地你也切侘一吽轗日囉二合
矩嚕二那去聲怛喇吒二合三
爾時鈴鐸耳微那夜迦等亦爲擁護受持經
者說眞言曰
怛地你也切侘一唵二必致必致三摩必致必
致四摩尾奢摩尾奢五摩入嚩上聲二合囉摩入
嚩二合囉六莎訶七
爾時閻魔羅王亦欲擁護受持經者說眞言
曰
怛地你也切侘一悉哩二尾悉哩三尾質哩四
尾質哩尼五你叩你叩六瞖醯兮七慕多撥
底八莎訶九
爾時訶哩底愛子母亦爲擁護受持經者說
眞言曰
怛地你也切侘一娜妳妳諧切下同娜妳二頻妳頻
妳三薩尾山微那夜迦喃四目佉髯磨喃五

鑠訖底(二合)悉檐磨南(六)磨嚩都(七)莎訶(八)
爾時摩利支天亦爲擁護受持經者說眞言
曰
怛底嚟(二合)麼寧(一)滿怛囉(二合二)撥娜寧磨挽
底(丁伊切)怛地(你也切)佗(一)遏迦末斯(二)末迦末
斯(三)頞怛那(去聲)南末斯(四)撥吐迷洛叉(五)嗢
撥吐迷洛叉(六)薩嚩昧以瓢(入聲七)薩武撥薩
倪(上聲)瓢(八)昌洛叉(九)莎訶(十)
爾時迦嚕拏王爲欲擁護國王大臣及受持
經者說迦嚕拏王理趣眞言曰
乞史(二合)皺(一)唵(二)莎訶(三)
爾時眞實迦嚕囉王爲欲擁護國界及受持
經者說眞言曰
南謨薩多墦(二合一)誐嚕拏耶(二)没孽囉摩訶
没孽囉(三)縵惹(平聲)縵惹(平聲四)薩嚩(上聲)娜岸(平聲)

(五)摩囉耶尾沙八索(六)嗢涅蘇(上聲)哩耶(二合七)
你袍(八)慕(上聲)贊(去聲)誐麼哩補(九)鑠訖多(二合)薩
那(十)窣覩縵寧(上聲十一)薩莽嘌多(十二)尾搖(十三)賀
哩多(引)羅(十四)簡底(項伊切十五)嚕質囉(十六)僧屹囉
(二十)銘(二合十七)捺里與捺囉(二合十八)你迦囉(引十九)擔耶
(二十)薩麼曩(二十一)泥庚底(丁里切二十二)商佉(二十三)乞
史(二合)囉(平聲二十四)没哩(二合)娜羅(二十五)窘多(二十六)
那嚩(去聲)囉(二十七)三藐佉(二十八)尾灑(二十九)乞史
(二合)跛寧(三十)
時迦嚕囉王纔說是眞言巳一切惡龍毒氣
皆悉摧滅國土安寧
爾時大自在天王爲欲擁護受持經者說眞
言曰
怛地(你也切)佗(一)唵(二)怛吒耶(三)莎訶(四)悉怛
吒耶(五)莎訶(六)嚩吒耶(七)莎訶(八)勿吒耶(九)

莎訶十捨咄嚕二合你屹葦二合怛曩耶十一莎訶
十二南謨迦吒十三尾迦吒十四羯昵平聲引迦去聲囉
十五播吒羅上聲耶耨多囉十六你瑟吒二合簡你瑟
吒二合十七簡你瑜惹難上羯十八誐羅十九你尾二合
誐羅二十尾捨撥囉二合尾捨二十一阿尾捨二十二
嚕捺囉二合二十三勞捺嚟二合那二十四汙曩汙曩
二十五諾賀諾賀二十六跛者跛者二十七莽佗莽
佗二十八尾特問二合娑也二十九尾特問二合娑也
三十瑜倪始嚩二合囉三十一摩醯始嚩二合囉三十二
南謨悉諦窣覩三十三播摩醯三十四訝顏夏切慈
三十五南謨始戰二合拏耶三十六莎訶三十七撥囉
二合戰拏耶三十八莎訶三十九涹屹囉二合引耶四十
莎訶四十一涹屹囉二合諦惹耶四十二莎訶四十三
戍羅耶短聲下同四十四莎訶四十五戍羅匿仍職切賀
嚩二合耶四十六莎訶四十七氷幷孕切誐上聲耶四十八

莎訶四十九氷誐信灑去聲二合耶五十莎訶五十一孽
囉耶五十二莎訶五十三孽囉嚕播耶五十四莎訶
五十五佉上聲囉耶五十六莎訶五十七佉囉嚕播耶
五十八莎訶五十九祢怛多囉耶六十莎訶六十一嗢
特嚩去聲二合耶六十二莎訶六十三嗢特嚩二合繫舍
耶六十四莎訶六十五諾賀那去聲耶六十六莎訶六十
七撥者那去聲耶六十八莎訶六十九阿目佉去聲耶
七十莎訶七十一阿寧上聲韈多迦耶七十二莎訶七十
三烏菩識摩耶七十四莎訶七十五烏菩識摩嚕
涅囉二合耶七十六莎訶七十七瑜上聲滿七十八你尾
二合瑟底七十九也失者迦失質八十阿寐捺囉二合
韈底八十一薜底末底八十二播耶八十三壤誐平聲
八十四透嚧八十五茗拏囉八十六轂乞史八十七紇
嘌奈鹽八十八摩呼八十九塞建二合那九十屹哩二合
嚩平聲九十一賀努九十二鄔瑟佗二合九十三匿仍職切

賀嚩二合九十四娜娑九十五室嚕二合怛囉二合九十六
羅邏上聲咤九十七室哩山九十八諸賀彌九十九莎
訶一百癹吒半聲一百一

爾時毗沙門天王及諸天等各說如是陀羅尼已俱白佛言大聖世尊我等若見如是法師受持讀誦乃至一頌一句常作擁護滌除一切災難苦厄及諸毒氣呵罵捶打種種疾患魑魅魍魎不吉祥事皆悉銷滅佛告諸大士及毗沙門天王汝等善能守護如是持經法師此經名字尚不可聞何況盡能受持讀誦恭敬供養尊重讚歎以種種塗香末香燒香華鬘衣服及妙寶蓋繒綵幢旛香油酥燈以如是等百千萬種供養法師應先發願聞此經已如說修行我今以此持經法師付囑汝等應當擁護乃至親屬亦當守護令無衰患使得安樂

發菩提心品第三

爾時薄伽梵作師子吼顯明祕密總持門已時慈氏菩薩摩訶薩即從座起偏袒右肩右膝著地一心合掌而白佛言善哉善哉大聖世尊能以大悲讚說如是祕密甘露勝陀羅尼守護國界惟願世尊哀愍衆生宣說阿耨多羅三藐三菩提法令諸有情未發心者云何發心已發心者云何修行復何因緣於大乘心得不退轉爾時薄伽梵告慈氏菩薩摩訶薩言若有善男子善女人欲爲有情修大乘行欲度有情置大涅槃應當先發五種勝心云何爲五一者於諸有情普發平等大慈悲心二者於一切種智心不退轉三者於諸有情起親友想於險難中誓當救護四者常

於有情起負債想五者恒懷慙媿何時償畢能發如是五種心者速能證得阿耨多羅三藐三菩提復次慈氏菩薩摩訶薩云何於大乘中一心修行得不退轉如往昔時有一商人聰慧明達常行仁孝恒見父母宗親貧苦常懷憂惱逼切身心以何方便而能給濟作是思惟無過入海採如意寶而供給之得離貧苦以是因緣發勇猛心不惜軀命從家而出種種方便求覓資粮及諸善伴船及船師於其中路遇一異人從海而還乃問此人如是忽遽欲何所之商人具答如上因緣爲救貧窮今欲入海求如意寶以相資給彼異人言我昔離家亦復如是爲濟親族貧窮諸苦既發家已路經曠野庋大砂磧絶無水草多有野象虎豹豺狼毒蛇師子或遇劫賊大山大河飢渴寒熱驚懼怖畏種種危難與彼船師方至大海又遇大風大魚惡龍雷電雹雨鼓浪洄洑多有留難不可具說雖受如是種種諸苦尚不能獲如意寶珠但得資身粗自供足猶未能濟貧乏之親今勸仁者勿强艱苦徒自疲勞吾欲與仁别爲經理所以者何然彼大海有種種難黑風黑山藥叉羅刹摩竭蛟龍衆難非一但曾聞有如意珠名往者千萬獲無一二以是因緣勸於仁者宜速迴還爾時商主聞是語已倍復增進發三勝心入海不退云何爲三一者父母兄弟宗親貧苦若斯如何空歸不相救濟二者我之親屬昔時富有惠我衣食憐愍於我今者貧窮命不全濟如何放捨而欲退還三者我在家時處理家務策役驅使大小僮僕種種呵責如

何貧苦不相賑恤令彼歡喜而欲却還以是因緣念酬恩德發大勇猛決定前進要當入海求如意寶得已還家濟於親屬恣其所用永離艱窮菩薩摩訶薩亦復如是發菩提心觀於十方六趣四生皆是我之宿世父毋憐愍我故造諸惡業墮於地獄餓鬼畜生受諸苦惱以是因緣而自思惟以何方便濟斯苦難作是念已唯有入於六波羅蜜多大法海中求佛種智拯濟有情生死之苦如是思已發大勇猛無退屈心精進勤求無有懈倦種種方便求覓資糧菩提善伴法及法師行至中路遇一魔王領諸眷屬或現天身或現人身婆羅門身或作商主苾芻苾芻尼身或餘種種異類之身而彼魔王問菩薩言汝今勿忙欲詣何所菩薩答言我爲一切苦惱衆生今欲入於六度大海求佛種智如意寶珠以救一切貧乏衆生魔王復云我初發心亦復如是爲度一切苦惱衆生出生死家度大流轉曠野砂磧備受飢渴盜賊恐怖衆難非一方至六度大法海中或遇乞頭或逢乞眼耳鼻舌身手足肢節心肺腸胃肝膽脾腎國城妻子奴婢僕使如是種種隨乞而施不生慳悋勤求智寶經無量劫生死流轉在於苦海雖受種種諸苦難事猶不能獲無上菩提而但迴求阿羅漢果出離三界寂滅涅槃我今勸汝勿强勞苦應自修持吾欲與汝共階此果所以者何我念三塗常受飢苦心思吞啗仰面向空誰來入口充我一飽種種苦難逼切身心人命無常過於山水善知識者難遭難遇若不信受後悔何追生死海中流轉不

定心如水月何不實耶惡知識者易見易逢恒樂勸人行菩薩道捨財捨命望趣菩提況諸佛出興時乃一現求者千萬得無一二以是勸仁不須勞苦應求解脱自取涅槃又三無數劫受諸勤苦方能獲得佛果菩提此生三生證阿羅漢一種無學何用苦爲無智愚人心希佛果備歷艱苦經無量劫尚未聞證阿羅漢果何況能得無上菩提譬如有人獲一小鳥更見有一迦嚕囉王即放手中巳所執鳥便前捕捉迦嚕囉王大者飛翔小者復失愚求佛果亦復如是棄此求餘二果俱失旣如是巳願早迴心於此生中必證羅漢爾時菩薩聞是語巳轉增勇猛發三種心云何爲三一者一切衆生從無始際生死巳來皆我所親或爲朋友現受苦惱未得免離如何退還二者一切衆生從無始巳來給我衣食憐愍我深今受輪迴苦難非一云何未報乃生退心三者一切衆生從無始際皆我眷屬策役驅使轉相呵責未曾少分酬報彼恩以是因緣不應退屈更增勇猛求證菩提若證菩提一切智寶用濟生死苦難衆生是名菩薩摩訶薩於大乘中一心修行得不退轉復次慈氏當知即是菩薩摩訶薩修大乘行發五種心此五心中一者於諸有情起大悲心二者爲諸有情求一切智心無退轉此二心者於大乘法精進修行三者一切有情皆我親友四者一切有情於我有恩未有毫釐用相酬報五者一切有情皆我眷屬我曾於彼起不善業種種呵罵非理責罰深心慙媿何時償畢此之三心令諸菩薩勇猛不退乃至

證得阿耨多羅三藐三菩提

大乘理趣六波羅蜜多經卷第二

音釋

蓊鬱（蓊烏貢切鬱紆勿切蓊鬱草木盛貌）眴（輸閏切與瞬同目動也）嚟（力夷切）誐（五歌切）儜（女耕切）妳（奴買切）鵽（當掇切）埿（僅疑切）魑魅（魑抽知切魅明祕切魑魅老精物也）砂磧（磧七迹切沙漠曰磧）

大乘理趣六波羅蜜多經卷第三

唐罽賓國三藏般若奉　詔譯

不退轉品第四

爾時慈氏菩薩摩訶薩頭面著地禮佛雙足而白佛言大聖世尊已説菩薩五種發心修行大乘得不退轉然大悲心云何發起云何修行惟願如來哀愍有情廣爲宣説利益安樂諸衆生故爾時薄伽梵告慈氏菩薩摩訶薩言善哉善哉善男子快問斯義汝今諦聽善思念之吾當爲汝分別解説斷汝疑網所言五種心者第一大悲心當持此心堅固不捨念彼惡趣地獄衆生復思其苦如契經説汝應知之今於此經重爲汝説觀諸有情皆是宿世父母宗親所尊重境今在地獄現受衆苦爲十三火之所纏遶有二火燄從足而入徹頂而出復有二燄從頂而入通足而出復有二燄自背而入從胷而出復有二燄從胷而入自背而出復有二燄從左脇入穿右脇出復有二燄從右脇入穿左脇出復有一燄從首而纏下至於足然此地獄諸衆生身其形輭弱猶如熟酥爲彼衆火交絡焚爇其地獄火燒人間火如燒氎華無復餘燼或有衆生爲火所燒東西馳走以求救護莫知所爲復有衆生逃形無地却來赴火復有衆生忽被擲置糞穢深坑坑中有蟲其嘴銛利純是鋼鐵長十六指唼嗽衆生皮骨髓腦復有衆生處塘煨中而被燒煮或有衆生在鹹水中而被漂溺是時獄卒以大鐵網從中漉出猶若捕魚置彼衆生熱鐵地上偃卧燒炙次以鐵鉗鑷取其舌復以洋銅灌注其口悶絶

而死良久乃穌即欲奔馳意求免離終無得脫復有鐵狗尋即逐之鐵烏鐵觜隨飛而啄骨肉分裂而啗食之遥見園林即欲攀上望得免脫其林樹上皆生鐵刺其一一刺長十六指其刺炎熱衆生欲上刺鋒垂下從胷而入徹背而出受苦無量求脫無由烏鷲飛來啄取雙眼復劈其腦取髓食之從此欲下刺鋒向上眼耳鼻舌身肉手足及十指節悉皆分散隨挂樹上免脫無由獄卒收取盛鐵囊中以熱鐵棒反覆槌打復有衆生手足頭髻五處磔裂以鋸解之復有衆生内鐵臼中以其鐵杵從頭而擣復有衆生在於鑊湯鐵杈翻轉煑之糜爛唯有骨在其命猶存復有衆生處於地獄而以紫礦將爲屋舍縱火焚燎其燄洞然紫礦鎔流滴如熱箭復有地獄四面鐵山衆生處中二山相拶或時南北或復東西二山合時其中衆生膿血流出復有地獄而有鐵蛇纏衆生身從足至首而銜其頭盡力縛束髓血集頂吸而食之唯殘皮骨復有地獄諸衆生等而被獄卒三鈷鐵杈而杈其身從兩足入至頂及肩三處通出其火隨杈猛燄俱發眼耳鼻口火出亦然復有地獄以諸衆生卧熱鐵地或偃仆側次黑鐵繩隨身而拼復以斤斧而斵斫之如工匠師治諸濕木復有衆生被諸獄卒從足至頸條取其皮脩已作繩用充韁轡銜勒衆生上高山頂其山熱鐵驅迫令登鞭撻萬般苦不可説此等衆生從無始來皆父母内外宗親今者流轉在於地獄經無量劫常受苦惱如巳舍宅惡業盡故暫生人天於此造惡還墮地獄苦

薩摩訶薩觀此衆生受諸苦已起大悲心次觀鬼趣復起悲心見諸衆生處餓鬼中一日一夜如人一月以日計月十二爲年於鬼趣中壽五百歲同於人間萬五千歲常受飢渴耳初不聞漿水之名何況眼見然彼餓鬼身如太山頭如穹廬咽細如針其髮髮下垂覆兩肩猶如利刀割切形體變爲猛燄燒爛其身如火燎薪苦痛難忍其兩腋毛下覆肩腹次隱處毛下垂膝踝刀割火燒亦復如是經無量歲受如斯苦或遥見水奔赴求之及到其傍面仆而倒以惡業力其水變爲膿血糞穢或作熱砂其水兩岸復有獄卒執持弓箭刀棒鉞斧槍矟斫刺種種捶楚飢火所燒熱渴迷亂尋返馳走猛火焚爇莫知所之獄卒隨逐撾打斫截手足肢節悉皆損折復有餓鬼朝産五子隨産食之夜生五子隨生隨食由懷飢餓未曾蹔飽或遇天雨仰口承之由業力故一滴入口流入腹中變成猛火直過而出或遇夏月熱風起時吹諸餓鬼墮砂磧中下熱砂燒上爲日炙飢渴熱逼望見樹林欲取陰凉奔走至彼陰避餓鬼隨至皆移何以故昔於人間或設施會見有乞人慳惜不與非理打罵而遣逐之以是業緣令受斯報復有餓鬼於夜月時淨無雲翳流光照觸毒熱爍身如盛夏時日炙無異復有餓鬼於盛冬時有大風起由業力故吹諸餓鬼猶若飛塵置氷山中受諸寒苦從是受苦經無量時於此命終還墮地獄如是往來經無量歲惡業盡已希得人身生貧賤家慳恪不施以乞自活轉增貪惜以貧窮故造十不善種種諸

罪從此命終復墮地獄受種種苦其苦畢已生餓鬼中如是往返經無數劫受如斯苦此等衆生亦於過去無量無邊生死劫中恒爲父母六親眷屬常爲我故造不善業今在餓鬼受斯苦報菩薩摩訶薩觀是苦已起大悲心復次慈氏鬼趣既然次觀傍生亦復如是有諸麞鹿野犴狐兔虎豹豺狼種種諸獸及諸飛鳥野鷄鵝鴨梟鴈鴛鴦如是等類若行若住棲止飛浮恒畏於人大力鳥獸若飲若食未曾暫安晝夜之中常懷怖懼復有傍生黿鼉龜鼈魚蚌蝦蟇室獸摩羅水族之類恒被網捕生死水中復有傍生蛇虺蜥蜴蚰蜒鼠狼此類傍生闇中而生闇中而死復有傍生蟣蝨蚤等依人身生還依人死復有傍生或依死屍或依糞濕或依草木當處而生還當處死或變化生還變化死所謂蛆蟲螟蛉蝨螣阜螽蛺蝶之類復有傍生恒食膿血及諸不淨以爲甘味所謂猪狗蜣蜋蠅蚋之類遥聞糞氣以爲香美飛走馳赴恐不得餐復有傍生不食美草唯食棘刺不飲清流唯飲濁水復有傍生非依草生而恒食草所謂象馬牛驢駱駝騾等畜生之類或以鐵鉤鉤斵其腦令使調伏得以乘之或穿鼻中或以轡勒籠繫其首負重而行常被鞭撻種種呵罵遲疾須行或有尫羸起已復倒捶楚無限力不能前皆由宿因今受斯苦或食信施無復精勤償他宿債遭此艱苦如是驅役種種鞭打尚未還足或取殺之苦切萬端陳告無所生乏水草病無醫藥死已刳剝爲人啗食如是死已墮於地獄何以故由心愚癡不知善

惡不念父母生育劬勞不識因果不聞正法亦無布施持戒善根但念水草餘無所知此等傍生人所畜養除畜養外餘類傍生所謂師子虎豹豺狼及上所説水陸傍生互相殘害更相啗食由是業故生地獄中經無量劫受諸劇苦地獄罪畢復趣傍生如是徃來經無量劫此等傍生亦於過去無量無邊生死劫來恒爲父母六親眷屬常爲我故造不善業今在傍生受斯苦報菩薩摩訶薩觀此苦已起大悲心傍生旣然次觀人趣有諸衆生雖生人道多受貧窮飢餓長時裸形露體泥行雨宿霜穫暑耘日夜驅馳手足皴裂頭髮蓬亂羸步而前乞丐巡門未曾一飽至於日暮偃卧飢眠取給於他無相濟者雖有言行人不信從雖有姿容反遭輕賤恒行忍辱饒益於人而被嫌呵云自怯懼或有文藝人不録之省覲宗親猜嫌求食或歸信三寶謗謂邀名或讃歎於人便云諂曲或生下賤恒不自安繫屬於人進退唯命常冒寒熱不知温凉給水採薪不辭勞倦卽主之意都無慜心小有差遲尋被鞭撻自作自得非天與人薄福所招過於死苦譬如枯樹枝葉皆無一切飛禽不來棲託薄福之人亦復如是爾時薄伽梵重説頌言

無言稱癡闇　有語謂風狂　親近嫌諂諛
遠離云恐怖　忍辱言怯弱　歸信謂邀名
貧賤在人門　實過於死苦

復次慈氏當知貧窮極爲大苦雖常親近讃歎於人以無福故過患隨生以貧窮故恒遭淩辱轉造惡業墮捺落迦復有豪貴族姓之

人多有僕使象馬牛羊親戚眷屬前後圍遶受勝妙樂猶若諸天五欲迷荒轉增貪恚恒起我慢淩蔑於人爾時薄伽梵說伽陀曰

不攝五根多放逸　貪財害已若怨家
耽荒五欲如醉人　貴賤皆招生死苦

佛告慈氏菩薩摩訶薩一切衆生不知現在及與未來自所造業如影隨形諸苦所因貪欲爲本更不修習善法津梁燒滅宿因白法皆盡從此沒已復墮三塗所以者何由貪欲故恒斷生命恃已勢力劫奪他財種種方便侵他妻妾恣欲邪行不擇親踈恒起希求作諸妄語詭詐良善綺飾文詞訶毀有情作麤惡語傳說彼此離間他人眷屬諸親不令和睦恒懷貪嫉侮慢自高瞋火所燒善業都盡讃諸外道謗佛法僧祠祀天神以求福祐不知宿世三寶深恩無量劫來爲我勤苦修習勝行菩提資粮具一切智號之爲佛而於生死長夜闇中爲作燈明爲歸爲救爲船爲筏拯濟生靈置於人天大涅槃岸衆生邪見我慢貢高猶如醉人五欲纒縛不修善法從此命終墮於地獄傍生鬼趣或在人中下賤貧窮受諸苦惱如被毒箭中於身心善法不修受斯苦報菩薩摩訶薩觀是苦已起大悲心次觀天趣觀彼諸天壽命長遠無諸苦惱將命終時五衰相現一者頭上華鬘悉皆萎顇二者天衣塵垢所著三者腋下自然汗出四者兩目數多眴動五者不樂本居此相現時新生天女皆悉遠離棄之如草舊侍天女愛戀情深圍遶而觀如欲捨命哽噎悲哭各各就前哀號問訊時天報曰彼新天女我亦憐

愍無有二心云何今者棄我如草汝等於今悲哀惜我以是因緣於舊生愛新者生瞋五相現前必知死至離天宮處美妙音聲天上色香悅意欲樂迷亂失念離此宮耶諸天會中不得久住我於今日命將盡耶如是苦惱猶箭中心我等無依無怙無親無主無歸無救失聲悲歎諸天快樂而捨我耶又思善見宮城於今將絕帝釋寶座朝謁無由殊勝殿中永斷瞻望釋天寶象何日同乘眾車苑中無復能見麤惡苑內介冑長辭雜林苑中宴會無日喜林園苑遊止無期波利質多及劫波樹白玉輭石更無坐時善法堂中集議長隔曼陀枳尼殊勝池水沐浴無由四種甘露亦難得食五妙音樂頓絕聽聞咄哉大苦無常迅速令我此身獨嬰此苦刹那生滅而至死耶諸天壽命乃如幻夢脫衣棄地痛割身心如被蛇螫極大苦惱瞻仰餘天願垂慈愍濟我壽命更延少日不亦樂乎能爲我身除五衰相勿令墮彼馬頭山處沃焦海中雖有是言諸天聞之無能救者此天見已作是思惟彼等諸天不能相救延我壽命以是定知將死不久臨命終時其天自見當生之處墮於地獄傍生鬼趣見是相已哽噎悲號悶絕躃地角眼相視尋即命終隨業受生墮三惡趣以是當知天中大苦流轉不絕無有盡期菩薩摩訶薩觀是苦已起大悲心慈氏當知譬如有人以角弓弰滴大海水弓所得水與大海水何者爲多慈氏菩薩摩訶薩白佛言世尊其弓弰水極爲微少如何以此比大海乎以是大海極爲深廣云何方比弓弰水耶

爾時薄伽梵告慈氏菩薩摩訶薩言善男子從人天没墮三惡趣如大海水復生人天如弓䔧水墮三塗者受苦無量不可稱說不可思量如上略說三惡趣苦如殑伽河而得一沙其未說者如殑伽沙壽命亦爾如人間壽經於百年帝釋天中為一晝夜以此晝夜三十為月十二為年壽一千年如人間歲總三俱胝餘六十億以此壽量為彼黑繩大地獄中一日一夜以此日夜三十為月十二為年滿一千年而為壽量以此千年而於衆合大地獄中為一日夜以此日夜三十為月十二為年滿一千年以為壽量乃至阿鼻大地獄中壽一中劫以是當知地獄衆生壽命長遠諸天臨終以天眼觀皆悉能知極懷憂惱所有欲樂一時皆失以其苦樂各十六分一分

苦生能滅天中十六分樂是為菩薩摩訶薩觀見諸天臨命終時受如是苦起大悲心慈氏當知此即菩薩摩訶薩第一大慈悲心復次應起大精進心拔濟有情置涅槃岸如有商主作是思惟父母宗親咸悉貧匱如何方便得免艱難如是思已更無異方唯有入海採如意珠得已還歸色養給侍作是念已入海求之得如意珠置高幢上能雨一切種種珍寶衣服飲食香華妓樂父母宗親隨意所須悉令充足菩薩摩訶薩發菩提心求一切智亦復如是作是思惟一切衆生皆我宿世父母親屬流轉生死現受諸苦以何方便而得免離如是思已更無異方唯有入於六波羅蜜法海之中求一切智如意寶珠以濟斯苦作是念已入法海中而求種智如意寶珠

置法幢上布大慈雲普雨一切神通功德陀羅尼門慙媿衣服施爲舍宅淨戒之香忍辱華鬘精進之趣禪定爲牀智慧甘露以爲其飲諸法空寂而爲其座以大涅槃而爲寶城諸佛菩薩爲善知識降霔如是妙寶衣服香華妓樂如意寶珠一切種智唯除無上調御大師無能拔濟諸苦難者永得安樂究竟涅槃菩薩摩訶薩思惟是已決定自知得不退轉復發是願願我所生有苦難處代諸衆生受諸苦惱不願自證解脫涅槃捨彼衆生自求安樂所以者何一切聲聞及辟支佛自求解脫已入涅槃無量無邊不可勝數不能利樂一切衆生不能稱揚佛身功德菩薩摩訶薩設在三塗能令有情捨不善業修習善法免離衆苦而得解脫況於人中以是因緣菩薩摩訶薩利樂十方一切有情由此義故忉利諸天大梵天王大自在天諸仙外道恭敬供養皆悉容受而此菩薩得不退心三世諸佛所共稱讃與受記別菩薩摩訶薩修大乘者自在無畏如師子王一切衆生隨逐而行永無怖畏直至菩提聲聞緣覺諸阿羅漢聞菩薩教深入巖窟以衣覆頭而趣涅槃豈同大乘修菩薩行自利利他無不蒙益以是因緣轉加增進寧於三塗受無量苦終不自利而取涅槃過現未來一切有情所造惡業應墮惡趣受諸苦者願集我身我代受之我於過去及現在世所修勝行一切善品諸功德法願皆迴施一切有情速證涅槃所有珍財我願悉捨打罵淩辱終不加報皆忍受之願彼衆生悉無罪累無量無邊阿僧祇劫難行

苦行我願盡行而爲衆生誓求無上正等菩提精進修行禪定解脱得不退轉又如過去無量無邊菩薩摩訶薩精勤修習一切智慧我亦當作如是修行所以者何爲度一切流轉有情安置涅槃無上解脱復願一切衆生之類若卵生若胎生若濕生若化生若有色若無色若有想若無想若非有想若非無想我皆令入大般涅槃一切衆生皆令圓滿六波羅蜜具足成就無上佛身百福莊嚴三十二相八十種好項背圓光過百千日衆生樂見瞻仰無猒復願十方世界一切衆生功德莊嚴悉皆如佛復發是願願捨此身爲於法界一切衆生打罵訶責或時繫縛苦切淩辱欲斷命根種種役使承順無違願彼衆生悉無罪累發是願已復更思惟願我速得成滿此願復願此身住於五趣利益安樂一切有情無依怙者爲作依怙遊他國者爲作示導入海之者爲作船筏涉溝澗者爲作橋梁處曠野者爲作泉井寒凍之者爲作柴薪盛暑炎毒爲作清涼處黒闇者爲作燈明疲乏之者作輭敷具饑餓之者作甘美饍渴乏之者化作甘漿爲裸露者而作衣服亢旱饑饉爲雨五穀病苦之者爲作良醫疾病除愈壽命延長孤惸鰥寡而爲侍者諸貧窮者爲作伏藏隨彼行住不相捨離若遠行者爲作伴侶并作車馬令達所至若邪見者爲説正法令住正見地獄苦者我誓入彼地獄之中拔濟令出墮餓鬼者爲作清涼甘美飲食除熱饑渴墮傍生類虎豹豺狼熊羆師子化作肉山以充食啗復發是願食我肉者悉得充飽不

相食啗象馬牛羊麞鹿等獸我爲彼作肥膩輭草若諸衆生食肉啗草五穀飲食隨意所須悉令充足處人趣者隨所樂欲我悉供給令無所乏復發是願願我悉得成就一切陀羅尼身隨諸衆生所在之處皆爲救護作如意樹及作寶瓶出無盡財給施一切具足圓滿或作醫王除其疾病以大悲手執法關鑰開涅槃城示佛知見三僧祇劫難行苦行救諸衆生安住涅槃眞實解脱於所生處常勤精進無有懈怠利益安樂一切有情爲救衆生處捺落迦受苦無量如涅槃樂復發是願若一切衆生未得解脱我願常居地獄不證菩提慈氏當知即是菩薩摩訶薩第二精進勤求一切智智復次慈氏行此行已應當更發三種勝心求不退轉乃至三無數劫精進修行於一刹那無令間斷或有衆魔作沙門形婆羅門形或作苦行種種異形於大乘中求諸過失勸修行者令其退轉作如是言佛道懸遠經百千劫難行苦行難捨能捨國城妻子象馬七珍奴婢僮僕身肉手足無所悋惜如是布施經千萬劫方證菩提無量衆生如是修習皆未成佛悉已退轉自取涅槃設成佛果亦入涅槃一種涅槃何須勤苦汝求利益修二種事一求現生常受快樂人天種種勝妙五欲隨意所作小有苦者亦勿須怖何以故譬如農夫豈懼蟲鹿不營種耶人天快樂亦復如是雖有小苦快樂無窮但自修持何憂何怖二者自求涅槃此生三生得阿羅漢自當解脱何用勤苦求佛果耶若復不能趣二乘者且受人天種種快樂設後猒離

疾入涅槃譬如有人用功雖少獲利乃多復有一人功力極多事不成辦設汝布施種種勤勞都無所成自爲欺誑汝今與我行住共俱出世涅槃進止同處慈氏當知菩薩摩訶薩修大乘者聞斯語已都不信從作是思惟此是惡魔嬈亂我耳而作障礙欲誘誑我令退菩提既知是已復發是心我今不應違本誓願受如斯語決定進求無上佛果而於大乘誓不退轉發三種心云何爲三一者一切有情皆我宿世父母親友從無始際生死輪迴受大艱苦於八寒八熱十六地獄受諸苦惱復於餓鬼傍生趣中及於人天亦復如是況是我之宿世父母内外親屬而無悲戀是故我今誓取菩提不應退屈慈氏當知此即菩薩摩訶薩不退轉中第一心也二者一切有情從無始來既爲父母一一生處在母腹中寢食睡眠不得安止生育劬勞以大悲心血變成乳長時不倦咽苦吐甘功德日修願我成長自我薄祐夭壽而終父母悲號自拔頭髮椎胷墮淚食旨不甘一一生中皆有斯苦所出目淚其量淺深過四大海所飲母乳過四大河復次一切有情無始至今以恩愛故爲我父母種種因緣爲我捨命以是至今流轉未息若此有情勤苦修習無上菩提即此有情悉合成佛由爲我故生死無窮復次一切有情從無始來憐愍我故造不善業心無改悔若此惡業可立形相計量積集過妙高山積業既然墮三惡趣于今不絕以是義故如何背恩自取涅槃而求解脫譬如衆人同犯王法繫在囹圄逃形無路中有一人見

牆小穴設諸方便自脱而行以是因緣免離苦難二乘之人亦復如是昔與衆生同爲癡愛繫在三界生死囹圄求出無由中有一人見四諦門知苦斷集證滅修道獲阿羅漢自證涅槃修大乘者則不如是願共衆生同得解脱以戒定爲雙手智慧爲鈇鉞大悲爲鉤鑰破煩惱賊摧生死軍開涅槃城昇智慧殿慈氏當知此即菩薩摩訶薩修大乘者第二不退轉心三者菩薩摩訶薩作是思惟從無始際流轉至今一一有情互相繫屬身口意業苦惱他人作擾亂心發彼瞋恚奪他財寶種種貪求斷他命根食他血肉如是殺害無量無邊設彼未終日夜思想以何方便斷彼命根持其血肉充我飲啗又懷憍慢恃已淩他説彼爲非自言我是聞他勝事嫉妬心生不耐他人中毒令死見急難者無有悲心喜不自勝何當早逝見富貴者意不欲之願犯刑名貶黜貧賤願他苦惱自受榮華願他財寶日夜銷亡願我資財日日增長願彼憂苦我恒安樂彼受憎嫌我納愛敬他作怨家自爲親友彼恒墮落我得超昇願他貧窮我唯富有我得智慧願彼愚癡無始生死日夜思惟以如是心自求安樂利益向已苦惱屬他無一衆生不被侵害名聞善事皆不願他口許心違常行如是種種逼惱令彼不安無量無邊不可備説復以惡教示導他人現在未來墮於險道詐作知見辯證他人令損珍財失其官爵以離間語鬭亂親踈巧詐多端令心相恨墮於地獄無有出期以麤惡言於他毀罵如以熱箭中彼身心乃至命終何時暫

忘假立名字毀呰多端損惱衆生種種異語或作外道邪見仙人恚火燒心說邪惡法瞋毒熾盛墜陷有情蠱道呪術妖魅符書令諸衆生皆共修習互相損害疾病流行壯者衰羸少變令老明眼令瞽聦耳使聾端正之者而現醜容眉高之者而獲癩病修善之者而令作惡智慧之者使令癡狂長壽之者而令夭喪富貴之者而令貧賤乃至今日未絕流行復念我昔爲外道師邪見教人非法說法法說非法令無量無邊諸有情類退菩提心墮於邪見非法之中從此命終墮捺落迦傍生鬼趣復有衆生於往世中受我邪教從險峻山投身而下入閻牟河便取命終云得生天于今不絕復有無量衆生往殑伽河南閻牟河北二水中間有大神樹名尼枸陀其樹端正茂葉含翠扶踈蔭映地平廣博此爲施場樹下多立三鈷鐵戟彼諸衆生求生天者於彼場中先行布施次剃鬚髮入河沐浴望除罪垢然後上樹當鐵戟上投身而下自取命終從此死已云得生天無始至今流行未絕復有衆生受我邪教常自慳惜不行惠施若見施者起大瞋心見受施人復生恚怒何以故我見施者及受施人由此業緣俱墮地獄以是見故無量劫中受餓鬼苦于今未脫復有衆生受我邪教多殺牛羊以血祀天何以故如是牛羊天賜與我我食其肉血應祭天無始至今受行其教已命終者墮惡趣中殘害未寧互相食啗以愚癡故不得涅槃復有衆生受我邪教於佛法僧常行誹謗復有衆生受我邪教不信三世善惡因果言無布

施亦無供養亦無其果無護摩法無善行無惡行亦無業果無此世無他世無地獄無餓鬼無傍生無天無人無父無母一切衆生猶如酒醉造酒之人而以麴米温凉調適遂有酒名飲則醉人此醉豈從父母生耶衆生亦爾父母和合本由染愛而有我身我命終已更無有生譬如斫樹燒已成灰種此灰者豈有樹生我身亦爾死已無生以是故知定無因果由此而於父母師長無有恭敬常毁罵之無量生中教此邪法令諸有情墮於地獄或有外道以火燒身或投水中自溺而死或利戟上宛轉而終或修狗行以口食糞而求生天或修牛戒如牛行李飲水啗草裸露而行不辯六親而作婬亂或有外道自餓不食盡日而立夜後方食或有外道五熱炙身隨日而轉或有外道常翹一足或有外道常奉事月白月一日啗食一口二日二口乃至滿月食十五口黑月初日减食一口二日二口至黑月盡但食一口或都不食或有外道常持鷄戒散食在地以足撥取口拾而食知時而鳴或有外道裸形而行無有羞恥燖去毛髮日中而立隨日而轉於盛寒際處陰影中當風而立或有外道斷人命已而取髑髏盛其飲食或有外道裸形無恥以灰塗身或有外道炭墨塗身以人髑髏肢節諸骨以爲瓔珞華鬘鐶釧身首莊嚴或有外道馬尾鬉髦織爲衣服或有外道樹皮爲衣或有外道鷲毛作衣或有外道鷄毛爲衣以如是等外道邪法教諸衆生以口業故無數衆生至今愚迷不得解脱復從無始乃至于今以身惡業

苦惱衆生作獄卒身手執鐵鉗礫衆生舌灌注洋銅又以鐵槌打碎其骨又以鐵鋸解諸衆生又驅迫衆生上於劒樹抽出腸胃五藏而食又以鐵索縛束衆生擲灰河中使受諸苦旋即曳出置熱鐵上如魚在鏊宛轉受苦又逼起坐以熱鐵杓盛以洋銅灌口令飲又以鐵鉗拔出其舌曳令長廣鐵犂耕之如上所說地獄苦中無始劫來我爲此事種種身業苦惱衆生又作師子虎豹豺狼熊羆等獸殘害衆生飲血啗肉又作人王宰官士庶長者居士尊位之中枉法科稅非理捶楚不行王法損害有情以是思惟無始至今五趣衆生無不惱害斫頭剜眼刵耳劓鼻截舌啗肉敲骨出髓斬其手足乃至斷命又在人中不作餘業而爲魁膾畋獵漁捕罘網罾繳奪衆生命所謂牛羊麞鹿狐兎鷄猪魚鼈等身分割肢節成大積聚而以販鬻如是殺害無量無邊經於無量俱胝劫中如是衒賣以自活命復次慈氏菩薩摩訶薩修大乘者應發是心如是思惟我以貪瞋癡故造作如是身口意業誘誑損害一切衆生現墮地獄餓鬼畜生受諸苦惱我今慙媿深自悔責作何方便以酬報之如是思惟更無方便能償斯愆唯有志求阿耨多羅三藐三菩提更無有能償此宿債我得無上正等覺已於此流轉曠野磧中廣度衆生置涅槃城安樂之處以一切智智如意寶珠用酬無始所有深愆慈氏當知此即菩薩摩訶薩第三不退轉心也如上二心發起修行精勤不怠此心三心於大乘中一心修行得不退轉復次慈氏菩薩摩訶

薩以此五種發菩提心修行大乘速能成就
一切智智

大乘理趣六波羅蜜多經卷第三

音釋

觜即委切喙也銛恩廉切利也髓息委切骨中脂也腦乃老切頭
髓也煻煨煻音唐煨烏灰切煻煨灰火也鉗鑷鉗其淹切鑷尼輒切劈
匹歷切破也磔陟格切裂也鋸居御切鋸也拶子括切逼也仆
芳遇切偃仆也拼悲萌切以繩彈之也斸株玉切斫也穹廬穹丘弓切
廬凌如切穹廬旃帳也犴疑旰切胡地野狗也蜥蜴蜥先的切蜴夷益切
蜥蜴守宫也蟊螣蟊迷浮切食草根蟲也螣敵德切食苗葉蟲也蟯蜋
蟯墟羊切蜋呂張切蟯蜋食糞蟲也尫烏光切弱也弰師交切弓末也惸
葵營切無弟兄也愶迄業切以威力相恐也燖徐廉切以湯沃毛令脫也
鏊疑到切餅鏊也剜烏丸切刻削也刖魚厥切斷足也劓疑器切截鼻也

罘房尤切兔罟也罾繳罾咨騰切魚網也繳職畧切矰繳也髲皮寄切

大乘理趣六波羅蜜多經卷第四

唐罽賓國三藏般若奉 詔譯

布施波羅蜜多品第五

爾時佛薄伽梵於大衆中作師子吼廣說五種發菩提心已時慈氏菩薩摩訶薩與無量無數百千俱胝諸大菩薩摩訶薩衆文殊師利菩薩摩訶薩而爲上首皆已成就六種波羅蜜多復有無量大阿羅漢諸漏已盡所作已辦捨離重擔梵行清淨及無數俱胝百千萬億那庾多天龍阿蘇羅健闥婆迦嚕羅緊捺羅摩怙洛迦藥叉羅刹鳩畔荼薜荔多毗舍遮人非人等時慈氏菩薩摩訶薩在大衆中即從座起整理衣服偏袒右肩長跪合掌一心恭敬而白佛言世尊已說大乘菩薩不退轉心菩薩摩訶薩修習幾法得名菩薩摩訶薩惟願世尊分別解說爾時薄伽梵告慈氏菩薩摩訶薩言若有善男子善女人以清淨心歸依佛法僧寶發阿耨多羅三藐三菩提心得不退轉即名菩薩生我法中名摩訶薩與殑伽沙等諸佛菩薩而爲法子爲彼有情而爲父母以大福德光明照曜過百千日莊嚴其身爾時慈氏菩薩摩訶薩白佛言世尊此諸菩薩摩訶薩云何遠離云何親近復以何人而爲伴侶先作何事應云何住云何修行云何降伏其心云何攝持誰之勢力速疾證得阿耨多羅三藐三菩提爾時佛薄伽梵告慈氏菩薩摩訶薩言若善男子善女人應當導引五趣衆生置於無上正等菩提遠離外道邪法及惡知識應當親近修行布施持戒忍辱精進禪定智慧具足行大乘者而

爲伴侶應於自身聽聞正法精勤誦持應常安住如是六種波羅蜜多精進修行降伏心意攝護六根由此勢力疾證無上正等菩提是名菩薩摩訶薩云何名爲六種波羅蜜多所謂布施持戒忍辱精進禪定智慧是爲六種波羅蜜多何故先說檀波羅蜜佛告慈氏我今爲汝廣分別說其布施者於六度中最易修習是故先說譬如世間諸所作事若易作者先當作之是故先說布施波羅蜜多一切有情無有不能行布施者若藥叉若羅刹師子虎狼及諸獄卒屠兒魁膾此等衆生於有情中極爲暴惡尚能離慳而行布施云何布施所謂養育男女慈念乳哺然此衆生雖不能知福利之事以憐愛故令得色力壽命安樂離飢渴苦亦名布施以是義故於六波羅蜜多是故先說檀波羅蜜又如一切貧窮有情飢寒裸露身心不安何能造作種種事業若與衣食令得安樂然後能修種種事業菩薩摩訶薩亦復如是見諸有情貧窮所逼不能發起無上信心修行大乘種種事業先施一切衣服飲食房舍卧具病瘦醫藥令心安樂然後令發無上正等覺心修行大乘種種事業以是義故六到彼岸布施爲門四攝之行而爲其首猶如大地一切萬物依之生長以是義故先說布施波羅蜜多如上所說藥叉等類不知福田及非福田由愛念故施於乳哺當作人身富有資財所須無乏以此習故所生之處常離慳貪給施一切能除有情貧窮困苦所以者何諸菩薩摩訶薩爲欲利樂諸有情故先行布施波羅蜜多有來乞

者皆施與之不得顰蹙亦不邪視忿恚懷恨而行布施隨其所有而施與之不得遲疑而生慳悋於所愛物衣服卧具飲食湯藥國城妻子奴婢僮僕象馬七珍不生慳悋隨乞與之乃至一念不生退悔若生疑惑當知是魔何以故魔王波旬化爲財寶令使慳悋以此方便惑亂我心於大菩提而爲障礙以是義故不應慳悋如是思惟一切珍財愛戀之心皆應捨離時慈氏菩薩摩訶薩白佛言世尊若所愛財寶皆應布施不生悋惜菩薩摩訶薩爲轉輪王所有七寶千子圍遶不知云何譬如微細草木處於谿澗遇天暴雨大水汎漲漂盡無遺其轉輪王五欲自恣雄猛自在千子隨身滌菩提心皆悉漂盡云何修習布施行耶以是因縁難爲捨離爾時薄伽梵告慈氏菩薩摩訶薩言善男子菩薩摩訶薩所生之處常得富貴財寶豐足法應如是若爲轉輪聖王應作如是二種思惟一者思惟過去諸佛難行之行及佛菩薩所有教法此轉輪王五欲勝樂皆從妄計分別而生猶如幻夢轉輪聖王於五欲境不起分別不生計著何能障礙菩提之心二者思惟一切有情我已引入阿耨多羅三藐三菩提安樂之地亦如過去殑伽沙等諸佛如來難捨能捨我亦誓當作如是捨爲欲滌除慳悋之垢發如是心願從今身乃至成佛誓以此身捨與法界一切衆生所修福業若多若少願與一切衆生共之迴向無上正等菩提以是觀之我昔已捨一切身命如妙高山觀我此身猶如芥子身命尚捨何況珍財若諸菩薩多積珍財

不行布施猶如白象於殑伽河淨澡浴已以鼻噏取糞穢塵土徧身坌之我以福德淨水澡浴其身端嚴清潔不應慳悋愛惜財寶坌汙其身慈氏當知菩薩應作如是思惟若有人來乞我身皮我即剥之不生瞋恨歡喜施與若乞身首血肉骨髓皆悉能施以是因緣菩薩摩訶薩利益安樂諸有情故不捨生死而取涅槃復作是念我今此身前際不來後亦無去父母和合不淨種子而有我身處不淨中生熟藏間猶如種樹枝葉茂盛華果成實我身亦爾以苦爲枝憂悲爲葉欺誑爲華癡爲根本瞋恚羅刹而居此樹又爲惡業虎豹豺狼師子等獸圍繞此樹我今暫時憩此樹下何爲愛惜此毒樹耶而此樹身無我我所設復有著我亦捨之願奉衆生任彼所須終無悋惜何以故我以捨故不求果報不求恩德無所著故所以者何以此毒身有三惡法之所纏繞云何爲三一者不淨二者極苦三者無恩若復有人於此羅刹毒害惡獸圍繞衆中救拔我身當知此人於我大恩而於我身作大利益我於此人常懷恩德豈更於此而惜身耶又此大地所有園林草木藥等根莖枝葉華果成實而堪服食及帶持者若以利斧斬此草木枝葉華果分折與人而能利益無量衆生而此大地不念衆生食我身分枝葉華果而得除病彼無情物尚不分別而能利益一切有情而況我身不能於他而興利益行於布施反於乞者起我慢心輕罵陵蔑復於自身內外觀察先觀內身眼是我耶是我所耶若非我者云何悋惜耳鼻舌身

亦復如是周徧觀察無我我所次觀外身色是我耶是我所耶聲香味觸亦復如是於此内外周徧觀察皆無有我既無有我云何慳惜而不施耶應當決定如是思惟願將此身速奉一切何以故此身無常遷變不定剎那生滅無所有故爾時世尊而説頌言

若他逼捨身命財　制不自由無利益
如是知已諦思惟　開心自施爲最勝
迷人若悟夢幻法　内外皆捨無所著
如是布施等虚空　無我無受爲最勝

復次慈氏若菩薩摩訶薩修行大乘求阿耨多羅三藐三菩提者當修空法以觀空故心得自在於殑伽沙佛所得受記別心不退轉而行布施無有劬勞檀施爲刀破慳悋賊慳悋賊者衆苦根本菩薩於此不生愛著何以故菩薩摩訶薩雖有煩惱皆是方便利物而生然彼煩惱不爲過失以諸菩薩隨願生故身口意業住無功用得清淨故善調五根無放逸故能多利樂一切衆生能知勝義及世俗諦以正定水洗滌慳垢除此垢已於施自在説大乘法威光照耀如日流輝破諸黑闇説法聲光除心昏冥慈氏菩薩摩訶薩白佛言世尊以何因緣先明法施佛告慈氏菩薩摩訶薩此法施者有三種事勝於財施云何爲三一財施者而有竭盡法施增長則無有盡以是校量勝於財施二受財施者現在利益受法施者現在未來俱有利益於無量世恒相隨逐無人侵奪乃至無上正等菩提不相捨離三財施者能施獲益受者無益若法施者自他俱益由聞法故發心速趣無上菩

提由此三義法施之者勝於財施由行法施名稱遠聞一切人天尊重恭敬以此因緣先說法施若菩薩摩訶薩修習布施波羅蜜多爲三種事與諸功德而爲其本一者能利自他若不利他自受世樂非菩薩行二者於大乘中無有退轉三者隨修少分乃爲無量功德之本何以故由清淨心無分別故譬如日出照於世間情與非情皆蒙利益是日不言我能照觸亦不分別情與非情以是菩薩所作功德乃至布施一華一果皆爲利益一切衆生以此功德成無上果悲化十方示導一切復次慈氏菩薩摩訶薩以施爲寶作莊嚴具乃至成佛相好莊嚴云何少施功德多耶以方便力少分布施迴向發願與一切衆生同證無上正等菩提以是功德無量無邊猶如少雲漸徧世界復次慈氏施有三種一者小施二者大施三者第一義施言小施者謂以種種飲食衣服諸莊嚴具財寶象馬庫藏倉廩城邑聚落園林屋宅及轉輪王所有樂具而行布施是名小施二大施者輪王所愛后妃眷屬及與己身以施乞者是名大施三第一義施者能以身命而行布施以無所得心相應故名爲第一義施菩薩摩訶薩以是三種而行布施是故名爲檀波羅蜜復次慈氏以食施者當施五事云何爲五一者施命若人無食難以濟命二者施色因得食故顏色和悅三者施力以是食故增益氣力四者施樂以此食故身心安樂五者施辯若饑餓者身心怯弱言說謇訥不能辯了飲食充足身心勇鋭得大辯才智慧無礙菩薩摩訶薩

施飯食時應作如是迴向發願我施食時施此五事若施命者願與一切衆生得佛壽命長遠無盡一劫二劫隨願而住二施色者願與一切衆生得佛色身如紫金色照曜世間過百千日三施力者願與一切衆生得佛十力一一節中皆有八萬四千六百六十三種那羅延力四施樂者願與一切衆生得佛無比涅槃安樂五施辯者願與一切衆生得佛世尊四無礙辯若施味時願與一切衆生得佛無上甘露法味具足充滿安置無比清淨涅槃若施漿時願與一切衆生除其渴愛若施美飲砂糖石蜜甘蔗蒲萄種種香飲得如來口中四牙所有飲食及諸毒藥至此牙時變成甘露若施醫藥願與一切衆生得六度藥療生死病悉得痊除獲涅槃樂若施衣服願與一切衆生得慚愧服以覆其身離諸陋形端嚴殊妙獲金色身最勝無比若施塗香種種味香願與一切衆生戒香塗身悉除煩惱臭穢習氣若施象馬車乘輦轝船筏願與一切衆生皆得如來隨心三昧遊止自在無所障礙施橋梁時願與一切衆生得六度橋越生死河至涅槃岸若施瓔珞願與一切衆生得三十二相八十種好瓔珞莊嚴若於曠野沙磧之處往來渴乏爲日所曝施以井池飲水沐浴願與一切衆生離於流轉生死曠野三毒災火渴愛之苦復願我身爲法泉池一切智水充滿其中隨彼衆生飲水沐浴竭生死源得眞解脱施義堂屋令諸衆生離風雨怨賊惡獸怖懼身得安樂願與一切衆生悉得入於涅槃堂屋離煩惱賊地獄寒熱生

死風雨永無怖畏若施氈褥細軟敷具願與一切衆生坐菩提座自然覺悟得眞平等若施種種上妙衣服願與一切衆生得三乘法衣普覆一切苦惱衆生若施三寶師僧父母種種燈燭願與一切衆生得一切智眼若施音樂願與一切衆生得眞天耳十方世界所有音聲皆悉聞知若於迥遠無佛法處建立僧坊及招提舍置諸資具飲食湯藥願與一切衆生置涅槃城安樂之處永離流轉生死之苦若施湯藥願與一切衆生施以法藥除煩惱病若施僕使願與一切衆生悉如阿難奉侍如來若救囚繫令得解脱願與一切衆生遠離一切煩惱囚繫得眞解脱住法王位若施金銀及無價寶願與一切衆生得百福相莊嚴其身若施寶冠莊嚴之具瓔珞環釧耳璫珠鬘種種校飾願與一切衆生獲八十種好莊嚴法身若施阿蘭若修道之處願與一切衆生得四聖種依止之所若施伏藏願與一切衆生得佛無上功德法財若施七寶及輪王位自在安樂願與一切衆生得大力用以妙法手拔濟衆生出十惡業以十善水洗令清淨以淨戒香用塗其身除斷一切惡名臭氣以慙愧衣服而爲覆蓋以佛功德而爲瓔珞以忍辱爲華鬘莊嚴其身以靜慮爲牀座安處不動以菩提冠置於頂上處法王位而受灌頂慈氏當知如是施者此即名爲菩薩行於小施復次言大施者菩薩摩訶薩於所愛敬貞順妻妾及以端正孝友男女愛無雙者以用布施若我不捨此妻子者云何得與一切衆生爲法父母及能憐愛一切衆

生悲愍救護如已愛子能令離於生老病死以是義故菩薩摩訶薩一切寵愛珍惜之者悉皆布施乃至成佛無上菩提慈氏當知如是施者名爲菩薩行於大施復次第一義施者菩薩摩訶薩以清淨心於自身手足皮肉骨髓頭目耳鼻乃至身命以用布施心無悋惜以此功德願與一切衆生於當來世得佛金剛不壞之身若施手足心無悋惜願與一切衆生於生死流轉漂溺瀑河無救護者授正法手拔濟令出置安樂地若施耳鼻舌時願與一切衆生於當來世悉得諸佛清淨五根以是妙法莊嚴衆生若以肉血施諸衆生如是施時願與一切衆生當得此身猶如大地與諸有情作依止處亦如大水能除垢穢潤澤枯涸百卉滋長又如大火能除闇冥成熟一切復如大風能鼓一切開發生長使得敷榮若施眼時願與一切衆生而得佛眼若施頭首及施寶冠願與一切衆生得佛無上七覺寶冠復次慈氏菩薩摩訶薩所有世間妙好之物不生貪著常能惠施一切有情所以者何以大悲心等視衆生猶如一子願與一切衆生永息貧窮於所求願悉令滿足而於生死曠野之中備七聖財得佛智寶復次慈氏云何菩薩摩訶薩修行布施無諸過患謂自手營作而行布施非嫉妬他非畏惡名非求恩德而行布施爲濟貧乏惸獨困苦而行布施是名爲施若爲名聞而作師長行於布施如商賈人非行施也起大悲心不擇怨親財物多少而行布施名眞施也復次慈氏有二種田云何爲二一者悲田謂諸孤露貧

窮困苦二者敬田謂佛法僧父母師長於悲田所不應輕賤言無福田於敬田所不應求報以大悲心無所分別等施一切名眞施也又布施者勿起希求而於財物不能捨離或被官逼奪而行布施或畏損失而行布施於三寶所不得輕慢應生尊重不自稱說而行布施若以重寶無所愛著不生我慢亦不貢高而行布施名眞實施若於敬田不生恭敬將所厭物而施與之不名爲施或爲家貧無妙好物而有麤鄙恥不施之以是因緣都不行施善男子夫行施者不應分別隨其所有來即與之是即名爲檀波羅蜜菩薩摩訶薩不應自恃持戒多聞禪定智慧而行布施亦不輕慢他人貪恚愚癡寡聞破戒而行布施非淨施也菩薩摩訶薩所行布施無不活畏無惡趣畏隨其多少而施與之以廣大心皆得無盡無量功德是即名爲檀波羅蜜若爲布施互相嫉妬令家眷屬鬪諍不和不名布施若爲布施譏毀乞人汝今丁壯諸根具足何不自作營理生業而求乞耶如是施者不名布施或施已追悔而作是言我爲愚癡枉費財物如是施者不名爲施或希他讚歎或怖惡名如是施者不名爲施或爲惡願而行布施不名布施或擇日而施謂白月一日八日十四日十五日黑月三日八日九日十三日十四日十五日如是日施餘日不施不名爲施或擇時施晨朝布施午時不施日暮餘時亦復如是如此施者不名布施或擇人施施與貧者不施富者或貧富俱施不施病者或與病者不施餘類或施此人不施彼人如

是施者不名布施或選知識顔貌端正而與好物餘施惡物不名爲施或見乞者俳優鼓樂嬉戲談笑而施與之餘者不施如是施者不名布施夫布施者不求果報輪王護世釋梵諸天刹帝利家及婆羅門長者居士如是家生而爲已身自求解脫而行布施亦不厭退生疲倦心言我已施不應更施如是等施但名布施不得名爲檀波羅蜜復次慈氏菩薩摩訶薩不爲如上非法布施以正解脫迴向發願無上菩提是眞布施檀波羅蜜究竟清淨於阿耨多羅三藐三菩提得不退轉若能如是離諸過失行無相施所得功德無量無邊廣大如法界究竟若虛空菩薩摩訶薩以如是心若施一華若施一果乃至施水一滴而於此經受持讀誦乃至一偈一句令他聽聞經一刹那所得功德無量無邊若復有人從無量阿僧祇劫所行布施以金銀七寶及餘種種妙好珍財以用布施求轉輪王釋梵護世或求阿羅漢果獨覺菩提及餘作業於無量無邊阿僧祇劫受持淨戒所有功德比前菩薩摩訶薩無住相施所得功德百分千分萬分億分俱胝分乃至鄔波尼殺曇分不及其一而此菩薩願力所施一滴之水投於大海海水有盡滴水無盡何以故衆生無盡故菩薩願力亦無有盡虛空法界亦復如是復次菩薩摩訶薩如是漸次勤行精進得大神通昇妙高山或至大海獲無價寶還贍部洲雨種種寶給施有情或雨飲食衣服臥具病瘦醫藥除斷有情飢渴疾病貧窮困苦以此功德願施有情盡未來際常無休息廣

大如法界究竟若虛空若但自利而行布施如空片雲風吹即散豈能利益一切衆生復次菩薩摩訶薩如是布施同眞際等法界火不能燒水不能漂風不能吹金剛堅實不能碎壞是故菩薩布施願力能令衆生得大利益究竟安樂亦令一切有情同此行願乃至無上正等菩提誓不退轉常行是行乃至涅槃利益有情令得解脫復次慈氏如來在世一切有情而以種種上妙衣服房舍卧具飲食湯藥酥燈油燈瞻蔔油燈種種華香以奉供養尊重恭敬歌唄讚歎於佛滅後取佛舍利起窣堵波亦作如上種種供養尊重讚歎如是二事功德果報等無差別由此義利令諸有情發殷重心虔誠愛樂以敬慕故發菩提心聽聞正法如說修行便能趣證阿羅漢果辟支佛果及諸菩薩成就十地圓滿六度乃至佛果無上正等菩提即此有情復能勸喻諸有情等同修勝行乃至證得無上正等菩提以是義故菩薩摩訶薩修行布施波羅蜜多乃至施水一滴所有利益同眞際等法界無有窮盡若行施時不能無爲一切有情迴向無上正等菩提設以寶聚如妙高山而用布施利益甚少猶如芥子易可窮盡亦如片雲風飄即滅復次慈氏菩薩摩訶薩修習大乘布施行時猶如伏藏隨自身行如如意樹隨有情意能滿彼願菩薩摩訶薩應當更發二種勝心一者所有資財庫藏諸物知自性空猶如陽燄夢想幻化二者於諸有情起大悲心若見貧窮起憐愍心發是心已應正了知於是財寶不應慳悋手自行施願與一

切有情同證無上正等菩提如是之財眞我所有設畜財物終不爲已皆爲饒益一切衆生悉皆成就檀波羅蜜若我積聚種種財物不能自施如是之物非是我有用不自在同於裸形如守藏人自無其分無常賊來風刀解體所愛財物妻妾持去別奉他人彼人得已倍復慳惜乃至命終亦復如是展轉慳悋終不能捨如是等人暫時守護以是當知如是資財定非我物王賊水火及與惡子悉皆有分常懼侵奪思寄親知寢食不安恒憂散失由慳不施招此憂危復次慈氏行此施已水火怨賊不能侵奪寢食安隱心無憂慮若自手施迴向發願彼諸有情方霑其分乃至佛果恒相隨逐心常安隱離諸憂怖若慳悋者常懷憂惱現在世中諸苦根本於未來世當知亦然復次慈氏慳悋不施所畜財物如把草炬逆風而行草盡燒手當受痛苦若速棄者則無諸苦如是知已當觀此財猶如火炬亦如幻燄應速捨之求眞實果若慳貪有情互相讚歎汝有黠慧守護珍財莫如愚人妄行惠施如是之人謗無因果當墮地獄餓鬼畜生設得爲人常多貧賤復次能行施者國王大臣婆羅門居士之所稱讚所出言詞人皆信受慳悋之人不能惠施常懷憂惱謂施無福當墮三塗復次能施之人一切敬愛慳貪之輩衆所憎嫌能布施者如僧伽藍一切人天悉皆歸向慳貪之人如陷塚墓一切賢聖皆悉遠之亦如涸池衆鳥不集如是二人處大衆中若讚於施聞之怡暢若訶慳悋赧而媿之復次行布施者諸天賢聖樂與同

處慳不施者餓鬼畜生自然會集復次行無相施住第一義得人法空能利自他究竟圓寂復次慈氏若有善男子善女人自稱菩薩修行大乘應當決定正念思惟布施功德無量無邊慳悋過失亦復無量如是知已決定斷除無有障礙見乞者來顏色和悅不應譏毀若聞乞聲歡喜愍念譬如孝子違離父母五十餘年忽聞還家不勝喜躍聞乞者聲亦復如是迎至家中瞻覩如佛發如是心此善知識令受我施除我慳貪惡趣過失無量利益莊嚴我身無上菩提瑩飾我體如是乞士著弊垢衣和顏輭語愍我而來是我良友所以者何除我身中慳貪過惡此之乞者是我郎主我即奴僕應受教命發是心已從座而起手自捧持所施之物右膝著地歡喜奉施願與一切衆生利益安樂迴向無上正等菩提復於乞者起利益心如是之人即是能行天如意樹若無是者如何得度生死曠野不乏資糧達於人天涅槃彼岸以是當知人天安樂無上解脱皆因乞者而得成就復次慈氏若時乞者至菩薩所起大希望菩薩是時家貧無物應當輭語慰喻彼人無令瞋恨不生疑惑令悉有無以是因緣歡喜而去復次菩薩摩訶薩行布施時應當慈悲寛其心意所有乞者任彼往來隨其所須皆不遮悋復次慈氏一切財物無常敗壞衆苦之本如身瘡疣鳥持敗肉其慳悋者不自食用功德不修復不與人堅守財寶亦復如是當知此人非行施者不名菩薩於大乘法不發勝心亦不能成不退轉位譬如大海不宿死屍大乘

海中不容慳者菩薩所以修大乘行爲欲遠離一切罪垢具修功德於佛法中不生疑慮於諸有情及諸財寶一切時中心無分別常行惠施利樂群生以如是行圓滿布施波羅蜜多速得成就阿耨多羅三藐三菩提名第三勝義檀波羅蜜多

大乘理趣六波羅蜜多經卷第四

音釋

翕 迄及切與吸同 謇訥 謇紀偃切吃也訥奴骨切言難也

大乘理趣六波羅蜜多經卷第五

唐罽賓國三藏般若奉　詔譯

淨戒波羅蜜多品第六

爾時佛薄伽梵於大衆中作師子吼廣說布施波羅蜜多已時慈氏菩薩摩訶薩合掌恭敬而白佛言大聖世尊已說修大乘者興大悲心行布施波羅蜜多以何方便而能圓滿淨戒波羅蜜多何名淨戒防何過失云何護持而得清淨設護淨戒現在未來有何果報云何守護當證阿耨多羅三藐三菩提惟願世尊分別廣說利益安樂一切有情爾時如來應正徧知明行圓滿善逝世間解無上士調御丈夫天人師佛世尊讚慈氏菩薩摩訶薩言善哉善哉汝於無量百千億劫奉持淨戒普爲利益安樂有情問如是義汝今諦聽善思念之吾當爲汝分別解說若有善男子善女人修大乘者若欲圓滿淨戒波羅蜜多應當如是發廣大心普爲憐愍一切衆生所謂不怖地獄不求生天不爲已身自求解脫護持禁戒復作如是正念思惟我於昔時已發誓願若見有情毀禁戒者誓當勸令堅持淨戒以佛淨戒而爲瓔珞莊嚴其身若我不能護持戒者云何以戒攝護有情以是因緣勸令持戒若不如是云何能置一切有情於阿耨多羅三藐三菩提所以者何若諸凡夫自不清淨爲毀戒者雖說正法勸他持戒終不信從反被輕呵若欲教他護持淨戒何不自護而毀犯耶以是思之汝應持戒汝若不持汝口雖說自耳不聞如是種種被他譏毀何能勸人守護淨戒以是當知先自檢身離

諸放逸堅持淨戒波羅蜜多然後爲人説正法要有情聞已便能信受既信受已護持佛戒具足清白乃至得成阿耨多羅三藐三菩提復次慈氏若有衆生發菩提心普爲一切五趣四生乃至護持一禁戒者亦得名爲入佛淨戒波羅蜜多能得無上正等菩提復次慈氏菩薩摩訶薩修大乘者見諸有情墮於惡趣應當修習淨戒波羅蜜多拔濟令出置於涅槃然修行時有三大障一者瞋恚二者慳貪三者染欲其瞋恚者能退悲心大悲心者一切菩提行之根本以悲力故於夢寐中不生殺想況覺寤時斷命食肉其慳貪者不能捨施於已財物常生慳惜於他財寶恒起貪求是故菩薩摩訶薩見他財物如覩毒蛇不生貪著其染欲者非清淨行應當遠離五欲淤泥然此貪欲諸苦根本六波羅蜜之大障也復能燒滅菩提之心爾時薄伽梵而説頌言

女性妖媚幻惑人　如怨詐親不可近
貪欲迷荒壞清淨　如水瀑流摧石壁
女人之性多諂曲　如水隨流性不定
恒懷異志背其夫　智者諦思應遠離
譬如雪山白象王　鼻有力能拔大樹
及見毋象心昏醉　引入陷穽被調伏
如鹿食草飲清流　復能遠涉諸山谷
獵師能爲誘鹿聲　彼鹿尋聲來就死
如魚沈潛深隱處　游泳水中難可見
爲求其食呑鉤餌　貪欲喪身亦復然
譬如黑蜂貪其香　醉象汗流發香氣
貪齅此香集象身　象耳搖動撲皆死

如燈無風燄熾然　飛蛾爲明競投赴
由斯入火自焚燒　貪愛亡軀亦如是
五塵徧觸衆生身　一一害人如毒藥
受者如是諦思惟　衆苦積聚非安樂
炎火熾然猶可觸　旋嵐猛風或能繫
瞋恚毒蛇易調伏　女人之心難可禁
無熱池中功德水　流入大海不堪飲
八味皆失同鹹苦　親近女人善法盡

佛告慈氏以是因緣當知女人不應親近乃至夢中不應思想況覺寤時而行欲事復次菩薩摩訶薩離三障已應當修習十種淨戒云何爲十所謂身三淨戒口四淨戒意三淨戒言身三者離殺盜婬云何不殺若見有情被損害時應以悲心往救其命或以資財贖令得脫設不免者以身代之何況自殺不偷盜者菩薩摩訶薩於他財物乃至夢中不生盜想況於覺寤而起盜心應於自財以清淨心無所悋惜常行惠施亦勸他人離不與取恒行布施波羅蜜多離染欲者菩薩摩訶薩應當遠離五欲境界亦爲有情說欲過失復令衆生離欲邪行讚說出家無量功德令多衆生捨家出家拔濟有情離貪愛欲是則名爲身三善也言口四者謂離虛誑離間麤惡及無義語云何虛誑謂不見言見見言不見聞覺知等亦復如是於此虛誑皆捨離之作眞實語名離妄語復次離間語者於彼說此於此說彼令生乖諍若能離此常和合語是則名爲遠離間語麤惡語者謂出惡言令彼熱惱所不欲聞而令聞之若能離此常以輭語令彼適悅是則名爲離麤惡語言無義語

者以染欲心戲弄談謔乃至邪論皆無義利若能離此爲益有情實語時語是則名爲離無義語菩薩如是若能離口四過修習如來四種善語常爲有情說於妙語令聞法者歡喜信受如水清珠能清濁水聞法信受亦復如是復次慈氏意不善業亦有三種謂貪瞋癡離貪嫉者見他尊貴多饒財寶起嫉妬心應正思惟作如是念願一切有情得大富貴無所乏少是諸有情勤苦艱難今乃獲得云何於彼生嫉妬心我於已財皆應奉彼況彼自獲我應隨喜云何乃反生嫉妬耶以是因緣於彼有情不應嫉妬但生隨喜若能如是除貪嫉者是名菩薩持心淨戒復次離瞋害者若菩薩摩訶薩被諸有情諸惡誣謗無故打罵斷截肢節菩薩於彼離瞋害心作是思惟我已發願於諸有情不起瞋害云何今日乃發是心又我昔願常以法藥蠲除有情瞋害之病若於衆生起瞋害者自疾不能救何能救彼一切有情復次若諸有情瞋菩薩時深自剋責以我有過福德鮮薄令他生瞋我若無過彼必不瞋復次菩薩摩訶薩見二有情互相瞋恨結怨不捨菩薩見已生悲愍心此之有情不捨瞋恨當墮地獄火燒其身受大苦惱是我之咎應持法藥療此瞋病我昔誓願願與一切衆生除瞋恚病云何今日不爲斷除此等衆生常爲恚魔之所執縛不自覺知以大猛火之所焚燒既被魔執設持利刀來殺害我我知魔鬼不應生瞋當於是人生大悲愍復次離邪見者一切衆生皆有邪見極爲深厚菩薩大悲以正見炬作大照明

令見三寶於佛法僧所有功德深生信樂一切外道一切衆魔作障礙者不能破壞正見之心於大乘行無能退屈復次慈氏菩薩摩訶薩行大乘者欲令衆生離不善行先當自身遠離十惡修行十善何以故若諸菩薩自行十善所有言教人皆信受若自不行而教人者譬如有人爲水漂溺語岸上人我能救汝無有是處造十惡者亦復如是自被十惡瀑流所漂語諸衆生我當度汝亦無是處菩薩如是於十善戒具足修習復教他人如是展轉名爲修習淨戒波羅蜜多時慈氏菩薩摩訶薩復白佛言世尊如是有情除斷十惡修十善者當獲何果爾時佛薄伽梵讚慈氏菩薩摩訶薩言善哉善哉善男子汝今諦聽善思念之吾當爲汝次第解說此十善業一一皆感四種果報云何爲四一現在安樂二煩惱怨賊勢力羸劣三於當來世常得尊貴無所乏少四精勤修習當得無上正等菩提離殺四者一菩薩摩訶薩於一切衆生不起害心能施無畏亦不恐怖以無怖故一切衆生親近供養尊重讚歎菩薩於彼生憐愍心由慈心故過去所有一切怨恨自然心息二者瞋恚害心悉皆羸劣以慈甘露用塗其心而能蠲除瞋等熱惱睡眠安隱恒無惡夢以慈心故藥叉諸鬼食血肉者捨離害心及諸惡獸常相守護三者於未來世獲三種果一者壽命長遠常無中夭二者所生之處常無病苦三者大富饒財恒得自在四者以不殺故得佛法分於五趣中所生之處於世自在隨意能住乃至坐於菩提樹下諸魔鬼神不

能爲障成等正覺無量聖衆之所圍遶慈氏此即離殺四種果報復次離不與取亦四果報一者於現生中得離貪嫉身心安樂二者以離貪嫉一切衆生之所信向委寄任用無復疑惑與諸有情而作伏藏三者於未來世得大富饒豪貴自在所有珍財王賊水火無能侵奪四者能與殑伽沙等一切諸佛主功德藏所謂十八不共法等清淨法財二乘之人耳尚不聞何況得見慈氏當知此即名爲離偷盜業四種果報復次離欲邪行亦四種報一者於現生中一切人天之所稱讚亦無疑阻人所敬重遠離惡名二者六根調善令染欲火勢力微劣三者於未來世所生之處父母宗親妻子眷屬孝友貞順純一無雜離於女人所有過失令諸衆生無復染愛四者爲離邪行而得馬王陰藏之相乃至成就阿耨多羅三藐三菩提慈氏當知此即名爲離於邪行四種果報復次離虛誑語亦四種報一者於現在世常行實語離虛誑語諸天憐念常共守護二者既無虛誑一切衆生信受其語若說法時人皆諦受無勞功力自然信行設復有人自雖虛誑憎誑語人見實語者心亦歡喜以自妄語不信他實若知眞實深生敬重當知實語爲大利益斷妄語者一切惡業不復造作何以故以他問時如實荅故若在閑靜不起妄念何以故若人問我汝閑居時生妄念不若言無者是虛誑語若言有者羞愧他人以是因緣能令妄心漸漸微薄三者所生之處口中常出青蓮華香蘇曼那香一切有情之所愛敬自實語者不疑他人

有虚誑語亦令他人信己實語能令衆生永斷疑網四者所出言詞人皆信受能令衆生聞法歡喜乃至當得無上菩提慈氏當知此即名爲離虚誑語四種果報復次不離間語亦四種報一者現在世中能令自他和合無諍所在安樂二者以和合故衆人愛敬過去所有離間語罪悉得銷滅於三惡趣心無憂懼三者於未來世得五種果一者能獲金剛不壞之身世間刀杖無能損壞二者於所生處得善眷屬無諸乖諍不相捨離三者於所生處設不遭遇善友知識爲說法者自然覺悟無二法門於佛法僧深生信向無有退轉四者令諸有情一心一事歡喜相向速能證得慈三摩地五者而能勸發一切有情修習大乘令不退轉四者由遠離間常和合語得善眷屬隨順調伏乃至涅槃不相捨離慈氏當知此即名爲離兩舌語四種果報復次離麤惡語亦四種報一者現在世中離麤染垢心常清淨若於塵境妄起貪欲瞋恚風塵集諸藏識菩薩摩訶薩興大悲雲降慈心雨滅妄貪欲止恚風塵令得清淨二者輭語之人一切愛樂讚歎隨順令麤惡者漸令調伏六根清淨三業無染三者以清淨故於當來世所生之處永離三塗常生善處四者漸次能得無上菩提具梵音聲說法之時隨其類音各解其義而生念言今薄伽梵爲我說法不爲餘人所說妙法皆契我心除我身心煩惱習氣慈氏當知此即名爲離麤惡語四種果報復次離無義語亦四種報一者現在世中智人讚歎心無卒暴而得安樂二者所出言

教人皆信受麤惡微薄三者於未來世所生之處恒聞種種如意音聲四者漸次能得無上菩提獲無礙辯設彼三千大千世界所有一切天龍人非人等來詣佛所同於一時各各别問自所疑事時薄伽梵於一刹那以一言音悉能訓對皆契本心斷除疑網慈氏當知此即名爲離無義語四種果報復次離貪嫉者亦四種報一者現在世中見他富貴不生貪嫉作是思惟彼人富貴皆宿福生以我貪嫉豈能侵奪以是因縁應永斷除慳貪嫉妬若不除斷常受貧窮無復威力以是義故菩薩觀之除其貪嫉於他富貴生隨喜心不捨毫釐獲大功德二者一切愛敬身心安樂無復憂惱威德自在能淨心中貪欲雲翳猶如夜月衆星圍遶貪嫉之心由斯微薄三者所生之處常得端嚴六根圓滿財寶豐足衆人愛敬常行惠施無礙辯才處衆無畏四者乃至證得無上菩提衆聖圍遶功德最上一切衆生同受教命慈氏當知此即名爲離貪嫉者四種果報復次離瞋恚者亦四種報一者於現在世六根聰利儀容可觀人所親附瞋恚之人猶如枯樹心中火然所有枝葉悉皆乾盡衆生亦爾被瞋恚火熏習五根儀相枯槁人所惡見二者心無瞋恚一切惱害打罵訶責盡皆不起譬如有人持迦嚕羅呪一切諸毒無能害之以無恚怒增長慈心以慈眞言令三十六俱胝天魔鬼神悉皆摧伏奉慈眞言無所損害三者於未來世以慈心梯上生梵天一劫安樂令諸衆生斷惡修善四者漸次能得無上菩提具足莊嚴三十二相

八十種好熾然炳著無量功德蘊集其身慈氏當知此即名爲離瞋恚人四種果報復次離邪見者亦四種報一者若離邪見修行正見於現世中離惡知識親近善友聞法信受未生不善令永不生已生不善令盡除斷未生善法修習令生已生善法修令增長此正見者一切善法之根本也二者能閉不善行門於大衆中名稱普聞心無疑悔三者於未來世所生之處遇善知識得善伴侶順於正見歸佛法僧更無異向於菩薩行無退轉心除滅罪愆增長福聚有漏無漏生死涅槃過患利益能善分別了達諸法無我我所無有執著住法性空正見力能究竟清淨四者所有三乘勝妙功德人不能測正見之力皆悉圓滿能爲衆生作歸依處度脱有情出生死苦悉皆安置無上大乘乃至處於法王之位慈氏當知此即名爲離邪見人四種果報復次菩薩摩訶薩非唯護持十善淨戒功德無盡乃至受持微細禁戒清淨功德亦無有盡何以故凡夫衆生受持禁戒取相果報一切有盡外道諸仙所有禁戒失通亦盡人間十善捨十善時戒亦隨失欲界諸天壽盡戒失色界諸天四靜慮中無色界天三摩鉢底捨生失定戒亦隨盡二乘無學入涅槃時戒亦隨盡若菩薩摩訶薩所受禁戒六十五種隨一一戒究竟清淨功德無盡云何名爲六十五種謂不害衆生不行偷盜不侵他妻不誑惑他不兩舌語忍麤惡言不作綺語不生貪嫉見他安樂生歡喜心不起瞋恚惡言罵辱悉能忍受不起邪見尊重如來不師外道復

次歸信佛戒心無疑濁故歸信法戒離欲眞實故歸信僧戒和合最勝故尊重父戒生我身故尊重母戒養育我故尊重和尚戒生我法身故尊重阿闍棃戒教我軌則故尊重大弟子戒成我法身故一心戒輕重無差故無破戒於重不犯故不缺戒輕不毀故不習小乘戒不求聲聞果故不習二乘戒不求獨覺果故離惡生處戒不生邪見外道家故增長白法戒以淨戒力隨願生故富貴相戒智者不嫌故端嚴戒其心不亂故無毀呰戒於一切處不被譏訶故善護五根戒勤不放逸故名稱戒善解諸法故少欲戒無所希求故端直戒衆善隨心故如說修行戒不違教命故大慈戒救度一切衆生故大悲戒拔一切衆生苦故大喜戒慶彼得樂故大捨戒離憎愛故知已過戒省察自心故不見他過戒護彼意故布施戒救貧乏故攝持戒攝一切善法故忍辱戒不害衆生故精進戒勇猛不退故禪定戒定支增長故智慧戒聞法無猒故多聞戒求法無倦故近善知識戒修集覺分故離惡知識戒避險惡道故不惜身分戒刹那無常故不惜壽命戒如救頭然故不追悔戒性本清淨故不虛假戒無變動故無熱惱戒內外清涼故無人我戒心謙下故不掉舉戒性安靜故不諂曲戒常質直故知衆生心戒善識物機故調伏心戒不濁亂故寂靜戒離諠雜故右遶戒無理行故救拔衆生戒行四攝法故護正法戒守護法財故圓滿諸願戒弘誓清淨故如來戒隨順如相故佛三昧戒圓滿一切佛法故慈氏當知此即菩薩摩訶

薩六十五種清淨戒身佛告慈氏若諸菩薩持一一戒能得如是無量功德乃至捨所愛命不得缺犯佛之禁戒應持此戒如護眼睛守慎此戒如護賢瓶不以五欲利斧而斬壞故護微小戒如五逆罪輕重等護心若金剛不得起於貢高我慢雖持此戒清淨如是比於無始所造惡業如大千界所有微塵此持戒善比彼惡業如一微塵既知如是云何恃戒而生我慢復次慈氏菩薩見諸衆生毀破禁戒不生輕慢而於自身更增持護復作是念我昔誓願令諸衆生堅住淨戒雖諸衆生難可化度我當勤加精進以淨戒船度破戒者出生死海到涅槃岸復次慈氏若諸衆生有此身者須四種物云何爲四一者飲食二者衣服三者房舍四者醫藥菩薩摩訶薩於此四事如法營求不以非法不自矜高多求無猒應當少欲知足支身譬如有人身患瘡苦求善良醫以藥塗附用衣裹之處深密室卧輭敷具但爲治瘡非愛身故菩薩如是以八苦身雖求良藥塗以飲食假以衣服處於房舍不樂此身色力壽命爲修勝法安樂衆生除斷生死煩惱癰瘡菩薩如是處大衆中常省已過不毀他人遠離名譽若有讚歎之者皆自思之如是名聞我皆無分我今自測多諸愆犯功德法中我無少分衆生妄見言我有之菩薩以大悲心而爲依止以淨戒波羅蜜多而爲伴侶復次慈氏有是淨戒非波羅蜜多取相持戒不爲最勝之所攝受但名淨戒非波羅蜜多何以故但獲三界有漏果報壽盡無故若普爲一切衆生護持禁戒觀

第一義空無我人相而爲有情護持禁戒是則名爲淨戒波羅蜜多能令衆生速得無上正等菩提又此淨戒波羅蜜多與諸有情而爲示導復與一切無信有情生淨信故能與有情作伏藏故復與一切有情作無價寶珠瓔珞嚴身故復與一切有情作上妙塗香故復與一切有情作大名聞故又此淨戒波羅蜜多能與在家出家一切有情若老若少平等端嚴故不起我慢增上慢離諸過患威儀清淨無諸怖畏能得阿耨多羅三藐三菩提最勝法王云何能知戒爲第一若有衆生能持淨戒雖處卑賤而非族姓豪貴尊嚴亦非自力能益他人以是淨戒波羅蜜多能令一切天龍藥叉人非人等國王大臣刹帝利婆羅門長者居士悉皆歸敬禮拜供養尊重讃歎廝下之人受持佛戒尚得如是恭敬尊重況餘尊貴之人護持禁戒成就圓滿淨戒波羅蜜多當知護淨戒者行住坐卧及經行處其地吉祥一切人天應取其土頂戴供養以是當知持淨戒者於諸衆中而爲第一最高最上是則名爲淨戒波羅蜜多究竟圓滿

大乘理趣六波羅蜜多經卷第五